Über dieses Buch Am 17. Juli 1203 erstürmen Kreuzritter eine christliche Stadt: Konstantinopel. Zu ihren zahllosen Freveln gehört die Plünderung der Hagia Sophia, deren kostbarste Reliquie, das Haupt Johannes des Täufers, von den Kreuzrittern in dreizehn Teile zerstückelt und auf dreizehn Klöster und Kirchen der Christenheit verteilt wird. Doch die Mächte des Bösen versuchen, alle Teile in ihre Gewalt zu bekommen, damit das Böse die Herrschaft über die Welt antreten kann. Um dies zu verhindern, schickt der Vatikan eine äußerst »gemischte« Streitschar auf den Weg: den abgefallenen Priester Dorotheus von Detmold, einen Schüler Meister Eckharts, den Dämonologen Doktor Cäsarius von Carlsberg, einen Künstler der weißen Magie, den trunk- und streitsüchtigen Zisterziensermönch Maurus, den schlitzohrigen türkischen Seeräuber Tughril und den fränkischen Ritter Tyrant du Cœur. Sie sollen das Haupt zurückbringen.
Das abenteuerliche Unternehmen beginnt im Siebengebirge bei Bonn und endet im fernen Armenien, erfolgreich natürlich, aber immer von bösen Scheusalen bedroht. Denn am Ende des 13. Jahrhunderts war die mittelalterliche Welt voller Teufelsdiener, Drachen, Dämonen, Magier, hundsköpfigen Monstern und liebestollen Buhlerinnen, die die Abstinenz des Theologen aus Detmold auf beklemmende Proben stellen.
»Das Eis der inneren Reserve schmilzt bei fortschreitender Lektüre schnell dahin... Die Jagd nach dem gestohlenen Haupt des Täufers gewinnt die Spannung eines gepfefferten Kriminalromans... Der Verfasser kennt sich im Dämonenglauben des Mittelalters ebenso aus wie in den Schriften der frommen Mystiker.« (Rudolf Pörtner)

Der Autor Josef Nyáry, 1944 in Berlin geboren, lebt als Journalist und Schriftsteller in Hamburg. Er schrieb Berichte über den Yom-Kippur-Krieg, die Hungerkatastrophen in der Sahel-Zone, die Umweltveränderungen durch das Kanalprojekt am Weißen Nil und veröffentlichte seit 1982 bislang vier große historische Unterhaltungsromane: ›Ich, Aras, habe erlebt‹, ›Nimrods letzte Jagd‹ (1984; Fischer Taschenbuch, Bd. 8073), ›Das Haupt des Täufers‹ (1985) und ›Die Vinland-Saga‹, einen Roman über die Wikinger (1986).

Josef Nyáry

DAS HAUPT DES TÄUFERS

Ein Roman aus Europas
dunkler Zeit

Fischer Taschenbuch Verlag

Für einige Begriffe, deren Bedeutung nicht aus dem Text hervorgeht, befindet sich auf Seite 582 ein kleines Glossar.

11.–15. Tausend: Mai 1988

Veröffentlicht im Fischer Taschenbuch Verlag GmbH,
Frankfurt am Main, Dezember 1987
Lizenzausgabe mit freundlicher Genehmigung
des Meyster Verlags GmbH, München
(Edition Meyster im Verlag Albert Langen – Georg Müller GmbH, München)

Umschlaggestaltung: Rambow, Lienemeyer, van de Sand
Satz: Fotosatz Otto Gutfreund, Darmstadt
Druck und Bindung: Clausen & Bosse, Leck
Printed in Germany
ISBN 3-596-28258-6

VORWORT

Die merkwürdigen, noch nicht restlos geklärten Umstände, unter denen am Ostersonntag vergangenen Jahres auf der Peloponnes die Handschrift Ath 2504 entdeckt wurde, haben diesem Palimpsest eine ungewöhnliche Publizität nicht nur in der Fach-, sondern auch in der Sensationspresse eingetragen.

Die zahlreichen, wenn auch überwiegend unqualifizierten Zeitungsberichte hielten das Interesse der Öffentlichkeit an diesem Gegenstand unüblich lange wach. Aus dieser Anteilnahme oder besser Neugier erklärt sich wohl auch die rasche und großzügige Zuteilung der zur Entzifferung der Handschrift nötigen Mittel.

Diesen günstigen Verhältnissen ist die schnelle Ausfertigung der vorliegenden Übersetzung zu danken. Ihr außerordentlich seltsamer Inhalt dürfte das Interesse auch einer nicht fachkundigen Leserschaft fesseln.

Die Handschrift Ath 2504 besteht aus 169 Blättern in dem ungewöhnlich kleinen Format von 148 × 104 Millimetern. Sie enthielten ursprünglich eine von drei Händen geschriebene griechische Ausgabe des Buches Henoch, das zu den wichtigsten und interessantesten Apokryphen des Alten Testaments gehört. Das Pergament wurde vermutlich im 2. Jahrhundert n. Chr. in Alexandria aus Ziegenfell hergestellt. Auf eine ägyptische Herkunft des Palimpsests weist auch der Einband aus Ebenholz und Nilpferdhaut.

Die Originalschrift wurde ein rundes Jahrtausend später mit einem scharfen Messer abgekratzt und danach mit einer Lösung aus Schwefelammonium vollends getilgt. Auf der so entstandenen Fläche trug der Verfasser der Ath 2504 eine schwarze Tinte aus Kupfervitriol und Galläpfelsaft auf. Die Flüssigkeit wurde mit Wein versetzt und vermutlich über einem Kohlenfeuer erhitzt. Der Autor benutzte die Kölner Bastardschrift, eine Abwandlung der Florentiner Schrift, in der Dante seine »Divina Commedia« schrieb. Ath 2504 ist sehr ungleichmäßig ausgeführt und erweckt den Eindruck, in beträchtlicher Eile und Erregung geschrieben worden zu sein.

Den Verfasser der Handschrift, Dorotheus von Detmold, kennt die Mediävistik bisher lediglich aus einem apokryphen Brief Meister Eckharts (um 1260–1327). Der große deutsche Mystiker des Mittelalters lehrte in den Jahren 1293 und 1294 als Sententiarius der theologischen Fakultät an der Universität von Paris. In dem besagten Schreiben, übrigens gerichtet an den bedeutenden Scholastiker Johannes Duns Scotus (um 1266–1308) aus Oxford, erwähnt Meister Eckhart seinen Schüler Dorotheus beiläufig als einen »signifer immodestiae«, einen »Bannerträger des Ungehorsams«.

Bisher wurde aus diesem Hinweis nicht klar, ob der gewaltige Gelehrte aus Gotha damit Unbotmäßigkeiten des Detmolders gegenüber dem Lehrkörper oder gegen Gott selbst rügen wollte. Nun gibt Dorotheus selbst Auskunft darüber.

Die mysteriösen Ereignisse, die zur Auffindung der Handschrift Ath 2504 führten, sind zu gut bekannt, als daß sie hier wiederholt werden müßten. Es soll jedoch zumindest erwähnt werden, daß das sonderbare Verhalten der beiden Mönche aus dem Athanasios-Kloster an der südöstlichen Spitze der Peloponnes in der letztjährigen Karfreitagnacht von Dorotheus auf wundersame Weise vorausgesagt scheint. Das gilt sowohl für die wirren Schreie der beiden Unglücklichen als auch für ihr plötzliches Davonlaufen aus der Krypta in die Dunkelheit bis zu ihrem tödlichen Sturz durch plötzlich nachgebendes Erdreich in eine mehr als zwanzig Meter tiefe, bis dahin unbekannte Höhle.

Auch für die makabren Funde der Bergungsmannschaften auf dem Grund der Grotte, das silberne Spottkruzifix und die sethianische Verfluchungstafel, bietet der Dorotheus-Bericht eine erstaunliche Erklärung.

Die Handschrift Ath 2504 zählt zweifellos zu den bedeutendsten Funden der modernen Mediävistik. Ihr Inhalt, so verwirrend und phantastisch er sich auch darbietet, wird über weite Strecken durch zuverlässige historische Quellen gestützt.

Die Besonderheit, ja Einzigartigkeit des Dokuments liegt also nicht nur in seiner Entdeckungsgeschichte begründet, sondern mehr noch in den geheimnisvollen, oft geradezu mystischen Erlebnissen, die Dorotheus schildert. Vieles davon wird erst durch weitere Forschungen geklärt oder doch wenigstens gedeutet werden können.

Der Herausgeber

DIE HANDSCHRIFT ATH 2504 DES DOROTHEUS VON DETMOLD

Nutzt die Zeit;
denn diese Tage sind böse

Epheser 5, 16

TOMUS PRIMUS

Der Herr steht auf, die Dämonen zerstieben; die Gott hassen, fliehen vor seinem Angesicht. Ja, vernichtend wirkt der 2. Vers des 68. Psalms, mächtiger noch als selbst Kreuzeszeichen und Vaterunser. Das Davidslied auf Gottes Sieg verjagt die Teufel und unreinen Geister, so wie die Sonne den Nebel vertreibt. Mich aber schützt diese Strophe nicht mehr. Denn ich habe meine Rechte als Geschöpf Gottes verwirkt, lebe nur noch als tote Hülle, nutzlos wie ein geborstenes Gefäß.

Ungehorsam, zweiflerischen Sinn, schließlich gar mangelnde Demut vor Gottes Willen warfen mir meine Feinde vor, als sie mich aufforderten, die theologische Hochschule von Paris zu verlassen. Und in der Tat vertraute ich dem Verstand stets mehr als dem Gefühl. Wenn andere nach dunklen Ahnungen handelten, folgte ich allein dem Augenschein. Wenn andere höherer Weisheit entgegenschwebten, schürfte ich tiefer nach Wahrheit. Erkenntnissen, nicht Empfindungen galt mein Suchen. Andere unterwarfen sich gehorsam den überlieferten Lehren, ich aber fragte. Andere nahmen unbedenklich jede Erklärung an, mich aber nannte man einen Ungläubigen. Am Ende bezeichnete man mich als unwürdig, der hl. Kirche zu dienen.

Dieses Urteil erleichterte mir den Entschluß, auf das Sakrament der Priesterweihe zu verzichten und meine Erdenwanderung als Laie fortzusetzen. Ach, wie oft schon bereute ich diese Entscheidung, die meine Seele des stärksten Schutzes beraubte! Aber wie hätte ich ahnen können, daß ich einst in Belphegors Bart zum Dämonenkonzil reisen würde? Der sprechende Schädel der Ssabier weissagte mir. Der Hundeköpfige trug mich in den Tempel unter der Sphinx von Ägypten. Auf Gottes dunkler Seite beschwor der Beherrscher des Bösen die Barbarei meines Geistes. Ich sah Satans unheiligen Altar in seinem scheußlichen Schmuck. Ich wog des Judas Silberlinge, betete in des Malchus abgehauenes Ohr, küßte die Hand des Herodes, und vor dem Kreuz des reuelosen Schächers beugte ich das Knie.

Wie hätte ich denn ahnen können, daß ich einst lernen würde, auf Wasser zu wandeln und durch die Lüfte zu schweben? Ich las die Smaragdtafel aus dem ägyptischen Grab des Dreimal Mächtigsten Hermes, sah Salomos Schlüssel, den Stein der Weisen und schließlich den sephirotischen Baum. Ich lauschte dem Hymnus der Sterne: »Certia stant omnia lege« – »Alles ruht sicher in dem Gesetz«. Mein Lehrer aber war ein Weiser, der einst selbst mit Jesus an Wundertaten zu wetteifern wagte.

Wie hätte ich ahnen können, daß ich ein kochendes Meer befahren sollte? Zu einer schwimmenden Insel mit brennendem Wasser und glühendem Schnee? Winde wogen schwer wie Eisen, Felsen leicht wie Luft. Als Vogel flog ich zum schwebenden Schloß des Herzogs von Hinnom. Da der Sand zwölfmal schneller als sonst durch das Stundenglas rieselte, wusch ich die Wolle meines Gewandes in Feuer.

Mit weisen und tapferen Männern suchte ich die heiligste Reliquie der Christenheit zu retten. Vom Rhein nach Rom, von Athen nach Armenien und Ägypten ging die Jagd, bis sich über einem nebligen Eiland endlich unser Schicksal erfüllte. Die Mächte, die das Kleinod geraubt hatten, drohten uns oft zu überwinden. Doch der Glaube meiner Gefährten blieb stark und wappnete sie wie mit eherner Brünne. Mich aber schwächte Sünde, und meine Wehr zerbrach.

Auf meiner Fahrt durch die Reiche der Finsternis und des Feuers, der Schwarzen und Weißen Magie lernte ich von Gnostikern und Gymnosophisten, Meistern der Mystik und Mantik, Sehern, Wahrsagern und Wundermännern aller Art. Ich erfuhr Geheimnisse der Eingeweideschauer und Exorzisten, Goldmacher und Giftmischer, Hexen und Hierophanten, Liebeszauberer und Leichenschänder, Totenwecker und Teufelsdiener in großer Zahl. Was ich für Traum hielt, wurde Wirklichkeit. Je länger ich im kühlen Bad meiner Vernunft verweilen wollte, desto hitziger fieberte meine Vorstellungskraft, in atemloser Angst vor dem Unfaßbaren gefangen.

Nicht nur Magier befehdeten mich: auch Geister, Gespenster, Grablose und andere Wesen der Zwischenwelt folgten meiner Fährte. Bacchantinen und Buhlteufel bedrängten mich, Drachen und Dämonen fielen mich an, Erinnyen und Empusen eilten mir nach, Harpyien und Hundeköpfige hetzten mich, Teraphim und Totenseelen lähmten mein Herz. Der schrecklichste von allen aber war der Graue, jener mitleidlose Verfolger, den man den Assiduus, den Unablässigen, nennt.

Doch nicht nur Mangel an Gehorsam und Gottvertrauen führten mich ins Verderben: zum Verhängnis wurde mir, daß ich mich klüger als der Teufel dünkte. Doch Satans Schläue ist kein menschlicher Verstand gewachsen, und immer wieder siegten die Begierden meines Erdenleibs über die Wünsche meiner göttlichen Seele.

Die fränkischen Ritter Achaias haben durch ihre Lüsternheit, Raubgier und Mordlust die alten Dämonen Griechenlands zu neuem Leben erweckt. Als die dünne Tünche des Christentums abblätterte, krochen Bluttat und -schande aus der Vergangenheit sternferner Sagenwelten hervor. Aus der Rinde der Erde drangen die grausen Gestalten menschlicher Urtriebe brüllend zum Licht. Stürme, rot wie Blut, verdunkeln nun dort den Glanz der christlichen Taufen.

Dies schreibt Dorotheus von Detmold, ein Verlorener des Herrn, fünftausend Jahre nach Adam und sieben Jahrhunderte vor Armageddon, dem Ende der Welt. Auch wenn die Zeit drängt und ich nicht mehr lange zu leben habe, will ich doch versuchen, meine Erlebnisse so ausführlich wie möglich zu schildern, damit man mich und mein Tun besser versteht.

Wer immer diese Aufzeichnung findet, möge, sofern er ein Mensch ist, der Worte gedenken, die der hl. Paulus einst den Korinthern sandte: »Ihr könnt nicht aus dem Kelch Gottes trinken und aus dem Kübel des Teufels. Ihr könnt nicht Gäste sein am Trog der Dämonen und an der Tafel des Herrn.«

SECTIO II

Nach meinem Streit mit Meister Eckhart mußte ich meinem Wunsch, Priester zu werden, für immer entsagen. Verzeiht die Kirche doch zwar selbst den größten Mangel an Gelehrsamkeit, nicht aber das kleinste Wanken im Glauben! Ich beschloß daher, in meine westfälische Heimat zurückzukehren. Dort hoffte ich, einen Geldsack zu finden, dem ich als Lehrer seiner Söhne dienen konnte.

Meine wenigen Münzen waren längst in den Taschen geschäftiger Wirte verschwunden, als ich zwei Wochen später, am Fest Mariä Geburt, endlich den Rheinstrom erreichte. Im Schein der letzten Abendsonne setze mich ein Fischer für ein paar fromme Worte über. Am anderen Ufer spähte ich vergeblich nach einem Heuschober oder Schafstall. Notgedrungen wandte ich mich einem nahen Wäldchen zu, um dort zu übernachten, der Gnade Gottes und meiner Gesundheit vertrauend.

An der Böschung eines geschwätzigen Bächleins scharrte ich ein wenig herbstliches Laub zusammen. Dann wickelte ich mich in meinen wollenen Umhang und sagte dem Tag mit einem Blick auf funkelnde Sterne Lebewohl.

Das tröstliche Murmeln des rinnenden Wassers schläferte mich alsbald ein. Doch spät in der Nacht erwachte ich plötzlich, und nun klang das Plätschern nicht mehr wie ein Wiegenlied, sondern wie eine Warnung. Die Sterne waren verschwunden, und vor meinen Augen wogte die Dunkelheit einer unnatürlich finsteren Nacht. Sogleich versammelten sich meine Sinne gewappnet auf dem äußersten Vorwerk meines Verstandes. Aus dem Inneren des Waldes wallte eine Stille auf mich zu, die wie ein ungeheures Tier zu leben und zu atmen schien. Etwas Unerklärliches, Fremdartiges floß wie geschmolzenes Blei durch die drückende Luft, und ich rang nach Atem wie Jona im Bauch des Wals. Formlose Glieder schienen nach mir zu greifen, und in steigendem Entsetzen spürte ich den lähmenden Hauch einer bösen, unheimlichen Macht.

Mit einem Schrei sprang ich auf. Ich wollte fliehen, doch meine Beine gehorchten mir nicht. Meine Füße bewegten sich, als steckten sie in zähem Schlamm. In verzweifelter Anstrengung suchte ich Schritte zu tun, die mich dem Grauen entfernten, doch das Unnennbare kam immer näher. In Todesangst schlug ich das Zeichen des Kreuzes und stammelte ein Vaterunser, aber die tückischen Fesseln um meine Fersen lösten sich nicht. Mit aller Kraft meiner zitternden Muskeln kämpfte ich gegen den Bann. Dann stolperte ich plötzlich, stürzte und schlug mit dem Schädel auf einen Stein.

Das letzte, was ich fühlte, bevor ich in tiefer Bewußtlosigkeit versank, war das kalte Wasser des Bächleins, das über meinen Leib strömte.

Ich erwachte durch den schrägen Strahl der untergehenden Sonne. Meine geblendeten Augen füllten sich sogleich mit Tränen. Ich wischte meine Lider und beschattete mit der Linken die Stirn. Mein Blick fiel auf ein schmales, spitzbogiges Fenster. Meine Rechte strich über frisches Leinen. Verwundert blickte ich mich um und entdeckte, daß ich in einem weichen Bett mit hohen, hölzernen Pfosten lag.

Auf einem roh aus Brettern gezimmerten Tisch gewahrte ich kupferne Tiegel und Tücher, Scheren, Zangen, Klistiere und allerlei anderes Heilgerät, wie es sich in klösterlichen Krankenzimmern findet. Von einem kunstvoll gemalten Bild an der steinernen Wand lächelten mir die hl. Cosmas und Damian zu, die brüderlichen Ärzte und Glaubensstreiter Ciliciens.

Mühsam erhob ich mich und trat ans Fenster. Durch bucklige, in Blei gefaßte Scheiben spähte ich in den Innenhof eines Gebäudes hinab, bei dem es sich nur um eine Abtei handeln konnte.

Zu meiner Linken erhob sich eine Kirche aus grauem Tuffstein, in strenger Schlichtheit errichtet. Die mächtigen Quadern schienen zum Teil gänzlich unbearbeitet. Konsolen und Kapitelle trugen keinerlei Zier. Ein viereckiger Bergfried trennte das Gotteshaus von der doppelmannshohen Mauer. Das feste Tor aus eisenbeschlagenen Eichenbohlen öffnete sich etwa vierzig Schritte von meinem Fenster entfernt. Rechts schlossen sich eine Küche mit zwölf Kaminen und ein zweischiffiges Refektorium an. Dem hölzernen Latrinenturm folgte das dreigeschossige Wohnhaus der Mönche, in dessen oberstem Stockwerk sich meine Krankenstube befand. Der Hof war mit großen, grauen Steinen gepflastert. Die Strahlen der Abendsonne spiegelten sich auf dem Dach der Kirche, als flösse dort Blut.

Auf einer Anrichte neben dem Fenster stand ein Krug Wasser. Daneben entdeckte ich auf einem Zinnteller zwei Kanten Brot, eine geräucherte Wurst und ein kräftiges Stück Käse, in dem ein Messer steckte. Ich trank mit tiefen Zügen. Dann schnitt ich mir die Mahlzeit in mundgerechte Teile. Als ich herzhaft in die Brotrinde biß, durchzuckte mich plötzlich ein stechender Schmerz. Ich tastete nach meiner Stirn und bemerkte dort einen festen Verband.

Nachdem ich mich gestärkt hatte, kehrte ich zu meinem Lager zurück und schlief wieder ein.

Einige Zeit später erwachte ich von neuem, zum zweiten Mal von Licht geweckt. Diesmal drang jedoch nicht der sanfte Strahl einer milden Sonne in meine Augen, sondern der grelle Schein eines nächtlichen Blitzes. Drei Herzschläge später rollte krachender Donner über den Himmel.

Bald danach fuhr ein zweiter Wetterfunke herab, und Regentropfen zerplatzten am Fenster. Ich folgte dem Naturschauspiel eine Weile mit müden Augen. Dann bemerkte ich plötzlich, daß auf einige Blitze kein Donner folgte. Verwundert stand ich auf und schaute durch die nasse Scheibe. Wieder flackerte Helligkeit, und ich gewahrte den Schein einer Fackel, die auf den Zinnen des Klosters entflammt und schnell in einer Nische verborgen wurde.

Auf dem Kirchendach, der Mauer und dem Refektorium bewegten sich seltsame Schatten. Sie liefen und standen, wuchsen und schwanden, verdoppelten sich und lösten sich wieder auf, so daß es schien, als wandelten auf den Wehrgängen menschengestaltige Wolken umher. Ich schloß verwundert die Lider, denn ich glaubte nicht anders, als daß meine Sinne mich täuschten. Dann aber hörte ich Schritte auf dem Dach über mir und wußte, daß es sich um Wesen aus Fleisch und Blut handeln mußte, die dort in luftiger Höhe einer rätselhaften Beschäftigung nachgingen.

Ich drückte meine Stirn gegen die Scheibe, um mehr sehen zu können, aber die Finsternis blieb undurchdringlich. Die Regentropfen fielen nun immer dichter. Auch wurden keine weiteren Fackeln mehr angezündet.

Nach einer Weile jedoch zuckte wieder ein Himmelsfeuer nieder, und in seinem Schein sah ich erschrocken, daß auf den Mauern und Dachvorsprüngen mehr als hundert Männer standen, alle in dunkle, lang herabwallende Kutten gehüllt. Zum Schutz gegen den Gewittersturm trugen sie spitze Kapuzen, so daß ich ihre Gesichter nicht zu erkennen vermochte. Ihre Häupter waren ausnahmslos dem Gotteshaus zugewandt. Wie gebannt starrten die Männer auf das drei Klafter hohe Portal. Über dem ganzen Innenhof aber funkelte es wie ein riesiges Spinnengewebe.

Im gleichen Augenblick krachte ein Donnerschlag ganz in der Nähe, so laut, daß meine Ohren zu klingen begannen. Als das Getöse wieder verhallte, mischte sich in das Grollen plötzlich ein zweites Geräusch. Dann begann sich die schwere Eichenholzpforte der Kirche langsam zu öffnen. Dahinter bewegte sich ein schwarzes Riesengebilde von schier unfaßlicher Form, doppelt so hoch wie ein Mensch und mit Umrissen, die meinem ungläubigen Verstand nahezu unlösbare Rätsel aufgaben.

Angestrengt suchte ich zu erkennen, was für ein Wesen dort wohl durch die Dunkelheit schritt. Aber nach einer Weile mußte ich mir pochenden Herzens gestehen, daß ich kein Geschöpf auf Gottes Erdboden kannte, das diesem ungeheuren schwarzen Schatten auch nur im entferntesten entsprach.

Hinter dem ungeschlachten Riesenleib schob sich mit seltsam schwankenden Bewegungen eine zweite, kleinere Gestalt aus der Kapelle. Das schwere Tor schwang zurück, und die beiden seltsamen Besucher stiegen die steinernen Stufen des Gotteshauses hinab.

Ich preßte mein Gesicht an die Scheiben. Ein neuer Flammenblitz krachte nieder, und meiner Kehle entfuhr ein Schrei. Denn im Licht des himmlischen Feuers gewahrten meine erschrockenen Augen zwei Wesen, wie ich sie bis dahin selbst in Alpträumen noch nie gesehen hatte.

Das größere trug den Kopf eines Hundes von jener mordgierigen Rasse, deren furchtbare Söhne sich einst in Neros Arenen von Christenfleisch nährten. Schwellende Muskelstränge umspannten die breiten Kiefer des Unholds. Daumendicke Reißzähne funkelten unter den blutroten Lefzen, und an den Seiten des grausigen Mauls standen wie bei einem Keiler gebogene Hauer hervor. Aus der schwammigen Nasenkuppe sickerte Schleim, als der Doggengesichtige prüfend die Luft in die schwarzen Nüstern sog. In den schrägen Augen des Hundeköpfigen glomm Glut wie schwelender Brand unter Asche. Spitze, dreieckige Ohren standen auf seinem massigen Schädel. Eine mächtige Mähne fiel auf die breiten Schultern, dichter Pelz bedeckte Brust und Rücken. Die Finger liefen in gekrümmten Klauen aus, die Krallen schleiften rasselnd über die steinernen Platten. Alles an diesem gewaltigen Körper zeugte von tierhafter Kraft. Im Blick des Schreckenswesens aber funkelte eine unirdische Schläue.

Noch mehr entsetzte mich der Anblick der unheimlichen Mißgestalt, die hinter dem Doggengesichtigen wankte. Denn sie bewegte sich wie die Spottgeburt eines wahnsinnigen Gottes, der seine Freude nur an ungelenken Gliedern findet und seine Gestalten als Zerrbilder alles Schönen, Natürlichen und Gesunden entwirft. Vom kahlen Schädel dieses Ungeschöpfs platzte die Haut und enthüllte weißes Gebein. Unter den leeren Augenhöhlen klaffte die schwärzliche Höhlung einer verwesten Nase. Fetzen von fauligem Fleisch hingen an den bleichen Knochen. Die Lumpen, die diesen lebenden Leichnam umhüllten, mochten vor Jahren als Totengewand gedient haben. Ein Klumpen schlohweißer Haare hing häßlich an seinem Haupt. Die Hände des Wiedergängers umklammerten ein mit Gold beschlagenes Kästchen, auf dessen Deckel Edelsteine blitzten. Der lippenlose Mund des Toten bewegte sich in stimmlosen Bekundungen unsäglichen Entzückens, auf eine so widerwärtige Weise, daß ich vor Abscheu die Augen schloß.

Als ich die Kraft fand, sie wieder zu öffnen, sah ich plötzlich helle Fackeln. Einige Männer auf Dächern und Mauern zogen sie aus den Nischen und streckten sie den beiden unheiligen Besuchern entgegen.

Jetzt erst gewahrte ich, daß die Gewänder mit den Kapuzen nicht aus Wolle gewirkt, sondern aus blauem Byssus gewebt worden waren. Die Mönche hatten sie mit den verschiedensten Zeichen bestickt. Ich erkannte Kreuze, Fische, das Monogramm Christi, die heiligen Buchstaben Gottes, die sechs Zeichen der hl. Dreifaltigkeit und andere fromme Symbole. Drei Männer auf dem Dach der Kapelle trugen Gewänder mit Sinnbildern, die mir damals noch unbekannt waren und deren Bedeutung ich erst später erfuhr: vom Umhang des größten leuchteten die purpurnen Lettern des Ararita, der die Dämonen vertreibt. Die Mäntel der beiden anderen waren mit den Zauberziffern der zehn Sephirot bestickt, die alle Zwielichtwesen schrecken. Außerdem hatten die drei Männer schimmernde Alabasterketten zur Abwehr von Teufelsmagie umgehängt und die Stirn mit Kränzen von Eppich umwunden, dem Kraut, das Menschen vor Totengeistern schützt.

Reglos wie Statuen standen die Wächter auf ihren Plätzen. Sie schienen den heftigen Regen kaum zu spüren. Aus ihren Kehlen aber erklangen in tiefen Tönen die ersten Worte der heiligen Formel, die Menschen in höchster Bedrohung singen: »Protege nos, domine« – »Schütze uns, oh Herr.«

Der Hundeköpfige starrte aus engen Augenschlitzen um sich. Wäre es seinem Tiergesicht gestattet gewesen, ein menschenähnliches Mienenspiel zu zeigen, so wäre darauf nun wohl ein Ausdruck von Überraschung, keinesfalls aber von Furcht zu erkennen gewesen. Mit einem Ruck stieß er die Arme vom Körper ab. Ein flatterndes Geräusch ertönte, und eine lederne Flughaut spannte sich zwischen Händen und Hüften des Dämons. Der Untote trat von hinten an seinen Gefährten heran und schlang einen knochigen Arm um den gewaltigen Nacken. Wieder fuhr ein Blitz herab. Der Doggengesichtige duckte sich, um vom Boden emporzuspringen und sich vom Wind aus dem Kloster tragen zu lassen. Da flutete plötzlich helles Licht über den Innenhof. Denn nun hoben alle hundert Mönche mit einem Mal ganze Bündel von brennenden Fackeln aus ihren Nischen und steckten auf den Mauern riesige Reisighaufen an.

Der Hundeköpfige fuhr zurück und stieß ein heiseres Knurren aus. Denn der grelle Schein enthüllte nun, was ihm wie mir zuvor verborgen geblieben war: über den Innenhof spannten sich zahlreiche Schnüre. Zwischen Mauern und Dächern bildeten sie den sechsstrahligen Stern, mit dem Salomo einst die Dämonen bezwang. Jedes Seil trug sieben Knoten, geordnet nach der Buchstabenzahl der mächtigsten Psalme. »Protege nos, domine«, sangen die Mönche, »a dextris et a sinistris...« Mit feierlichen Bewegungen führten sie dabei die Fackeln von links nach rechts.

Aus der faßförmigen Brust des Doggengesichtigen drang ein gräßliches Grunzen. Der Blick seiner roten Augen fuhr an den Leinen entlang, wo sich nun immer seltsamere Symbole im flackernden Schein der harzigen Kiene enthüllten: kleine, goldene Leitern, silberne Sechsen und Neunen, Plättchen mit drei, manchmal auch vier senkrechten Strichen und viele andere Zauberzeichen waren in die gedrehten Stricke geflochten.

Der Regen fiel jetzt in schweren Schleiern herab. »Protege nos, domine, ante et retro«, sangen die Mönche und schwenkten die Fakkeln vor und hinter sich.

Der Hundeköpfige zog die Lefzen hoch und stieß einen drohenden Laut aus. Langsam drehte er seine Schnauze zum Tor. Dann setzte er den massigen Leib in Bewegung. Torkelnd und stolpernd wie ein Betrunkener setzte ihm der Untote nach.

Die Mönche auf der Wehrmauer wichen zurück, als sie den Dämon auf sich zukommen sahen. Sie hoben die rauchenden Brände über die Häupter und hielten sie dann dem Angreifer entgegen. »Protege nos, domine«, flehten sie furchtsam, »intus et superius . . .«

Der Doggengesichtige hatte das Tor des Klosters nun fast erreicht. Schon hob er die Pranke, die hölzernen Flügel zu zersprengen. Da übertönte plötzlich eine laute Stimme den Chor der betenden Mönche, und Worte erklangen, die mir völlig unbekannt waren: »Jasal Salha Jahima Jamha!«

Der Dämon stieß ein schreckliches Zischen aus. Die schwarze Mähne sträubte sich wie das Nackenhaar eines Wolfs, dem plötzlich ein starker Hirtenhund in den Weg tritt. Suchend drehte das Ungeheuer den Schädel. Seine Hauer blitzten wie geschliffene Dolche, die scharfen Klauen schimmerten wie Schwerter.

Hinter einem Mauervorsprung neben dem Tor trat ein kleiner, dürrer Mann von wenigstens siebzig Jahren hervor. Er trug einen spitzen, silbernen Hut und einen langen weißen Umhang, der bis zum Boden reichte. Der Mantel war mit blauen Wellen und roten Flammen bemalt. Auf der Brust des Alten funkelte ein goldenes Dreieck, um seinen Hals hing ein hellgrüner Kranz. In seiner Rechten hielt der Fremde einen hölzernen Stecken, aus dessen Rinde kreisförmige Streifen geschnitten waren. Wie eine Peitsche hob der Fremde den Stab. Der Hundeköpfige fuhr mit wütendem Brüllen zurück.

»Tibi abeundum non est!« befahl der Alte mit hallender Stimme, »du wirst mir nicht entweichen!« Dann folgte aus dem Mund des Mannes die heilige Formel, mit der man Höllengeister bannt: »Alligatus, vinctus, domitus sis!« – »Sei gefesselt, gebunden, gebannt!« Danach erklärte der Fremde den Dämonen zu seinem Gefangenen: »Proscriptus, captatus, captus!« Am Ende aber folgte eine furchtbare Verfluchung: »Devotus, exsecratus, nefarius sis!«

Der Doggenköpfige schrie wie ein verwundeter Elefant. Seine aufgerissenen Augen funkelten in hilflosem Zorn. Seine Glieder bebten wie unter entsetzlichen Schmerzen. So wütend der Dämon auch kämpfte, er konnte sich nicht von der Stelle rühren, solange der gekerbte Stab auf ihn zeigte.

Immer heftiger rauschte der Regen herab. Wieder und wieder zuckten Himmelslichter über das nächtliche Firmament. Lauter und lauter sangen die Mönche ihr »Protege nos!« Die heftigen Bewegungen des Hundeköpfigen wurden schnell immer schwächer. Es schien, als senkte sich ein unsichtbares Netz auf den Dämon hinab.

Der Regen stürzte nun wie Wasser aus einem Krug nieder. Der Wiedergänger wankte auf den weißen Mann zu, doch der Alte herrschte ihn an: »Laha Sisasud Jatamha Hud!« Sogleich verhielt der Untote den Schritt. Sein verfaulter Mund verzerrte sich, seine entfleischten Füße zuckten; auch er vermochte sich nicht mehr zu rühren.

Blitze zerrissen die Dunkelheit unter den Wolken wie silberne Messer ein schwarzes Gewand. Der Gesang der Mönche schwoll zu einem machtvollen Triumph der Frömmigkeit und des Glaubens. Der Alte zog eine purpurne Schnur aus seinem Umhang und schritt auf die beiden Unholde zu. Da ertönte hinter ihm plötzlich ein Krachen, lauter als jeder Donner.

Niemals wieder möchte ich schauen müssen, was ich nun sah.

Es schien, als hätten die mächtigen Bohlen der Torflügel sich in riesige Schlangen verwandelt. In wahnwitzigen Windungen rasten sie durch die Luft, bevor sie sich in unentwirrbaren Knäueln am Boden wälzten. Durch die Öffnung aber schritt ein Dämon, der noch viel mächtiger als selbst der Hundeköpfige schien.

Die Gestalt in dem zerborstenen Tor stand mehr als sechs Fuß hoch und war von Kopf bis Sohle in einen nachtdunklen Umhang gehüllt. Schiefergrau glänzte die Haut seiner knochigen Hände, felsfarben der faltige Hals, graniten das zerfurchte Gesicht. Unter den Füßen des Grauen erstarrte das Regenwasser zu Eis. Suchend hob die Gestalt den Kopf. Ihre Augen waren geschlossen. Als ich in das aschfahle Antlitz sah, floß das Böse wieder wie Blei durch die Luft auf mich zu, und plötzlich wußte ich, wer mir tags zuvor in jenem Wäldchen aufgelauert hatte.

Wieder stand ich wie gelähmt. Furcht und Schrecken schossen wie Feuerströme durch meine Adern, doch ich vermochte nicht zu fliehen.

Der Mann mit dem spitzen Hut fuhr zusammen, als er den Grauen erblickte, und die Zuversicht schwand aus seinem Gesicht. Er hob den gekerbten Stock und rief der Gestalt entgegen: »Atha Gibor Leolam Adonai!« Doch der Kalte hieb mit der Klaue nach dem geweihten Stab, und der weiße Mann wich zurück.

Der Graue achtete nicht weiter auf ihn, sondern schritt über den Hof. Der Doggenköpfige aber stieß ein freudiges Geheul aus, nahm den Untoten auf den Rücken und sprang mit einem gewaltigen Satz durch das nun unverteidigte Tor. Einen Wimpernschlag später schwebte ein schwärzlicher Schatten flatternd zum Himmel und verschwand wie Rauch zwischen den Wolkenfetzen.

Im gleichen Moment verriet mir ein lautes Krachen, daß der Unhold die Tür des Wohnhauses aufgesprengt hatte. Der weißgekleidete Alte schrie den Mönchen auf dem Kirchendach Befehle zu, die ich nicht verstand. Die Stiege knarrte unter schweren Tritten. Dann wehte ein eisiger Hauch in mein Zimmer.

Ich fuhr herum. In der Tür stand der Graue. Entsetzen schnürte mir die Kehle zu. Ich wußte, daß ich ihm nicht entkommen konnte.

Hinter den bleichen Lidern des Dämons schien es zu glühen. Tastend streckte er die fahlen Finger nach mir aus. Wieder rollte Donner über den Himmel. Dann konnte ich den beißend kalten Atem des Grauen spüren. Ein böses Lächeln lag auf dem schlafenden Antlitz. »So ist es also, wenn man stirbt«, dachte ich bei mir, »so also sieht der Tod aus, wenn er einen Menschen holt.«

SECTIO III

Langsam hob der Dämon die Hand. Ich sah, wie sich die Krallen spreizten. Von neuem ertönte ein lautes Krachen über meinem Kopf, doch diesmal nicht vom Donner: Holztrümmer regneten auf mich herab, und kräftige Fäuste packten mich an beiden Armen.

Die Hand des Dämons schnappte zu wie der Kiefer der Viper. Doch ehe die steingrauen Klauen mein Antlitz zermalmen konnten, wurde ich mit einem Ruck vom Boden gerissen und in das Dachgestühl gezogen.

Ein schrilles Kreischen ließ mein Blut stocken. In rasender Wut hieb der Unhold auf die stützenden Dachpfosten ein. Splitternde Balken und berstende Schindeln erfüllten die Luft. Der Giebel geriet ins

Rutschen. Einer der Mönche, die mich hielten, verlor das Gleichgewicht, strampelte hilflos mit den Beinen in einer Flut lebendig gewordener Bretter und stürzte dann mit einem gellenden Schrei in die Tiefe.

Die beiden anderen zogen mich auf einen steinernen Sims. Wenige Herzschläge später erreichten wir das Kirchenschiff. Aufatmend blickte ich zurück. Der Graue ragte mit dem Oberkörper aus dem zerstörten Dach, die Arme nach mir ausgestreckt. Dann drehte der Dämon sich um und verschwand.

»Schnell!« schrie der Weißgekleidete im Hof. »Zum Fluß! Auf das Boot! Beeilt Euch!«

Die beiden Mönche zerrten mich durch ein Fenster in den Kirchturm. Dann hetzten sie mit mir die Wendeltreppe im Inneren des Gotteshauses hinab. Als wir am Allerheiligsten vorübereilten, sah ich den Altar aufgebrochen, die Heilige Schrift zerrissen und das Kruzifix achtlos zu Boden geworfen.

Wir hasteten durch das Portal ins Freie. Der Graue stand schon vor dem Wohnhaus. Mit erhobenen Händen trat er auf uns zu. Meine Beine versagten, und ich wäre der Länge nach auf die Steine gestürzt, hätten mich die beiden Mönche nicht gehalten. Sie packten mich an den Handgelenken und schleiften mich über den Hof zu dem zerschmetterten Tor. Eis knirschte unter ihren Füßen. Dann hörte ich das Rumpeln von eisenbeschlagenen Rädern. In verwegener Fahrt dröhnte ein Pferdegespann von den Ställen herbei: vier schwarze Rosse mit einem hochbordigen Wagen, wie er gewöhnlich zur Traubenlese benutzt wird. Der Kutscher rieß mit aller Kraft an den Zügeln. Wiehernd stiegen die Rappen empor. Der Knecht sprang ab und lief voller Entsetzen davon.

Die beiden Mönche schoben mich auf die Ladefläche und kletterten auf den Kutschbock. Einen Wimpernschlag später raste unser Wagen mit schlagenden Rädern über holprige Wege bergab.

Als ich mich umdrehte, trat der Graue aus dem Tor des Klosters.

Die beiden Mönche auf dem Kutschbock hieben wie besessen auf die Rosse ein. Die vier kräftigen Hengste wieherten, wie ich Pferde noch nie hatte schreien hören, und in mein hämmerndes Herz schlich sich der Gedanke, es könne kaum nur Furcht vor Peitschenhieben sein, was diese starken Tiere so entsetzte.

Nach kurzer Zeit erreichten wir den dichten Wald des Rheintals. Zwischen blattreichen Buchen und eisenstämmigen Eichenbäumen führte ein steiler Hohlweg zum Strom. Die Straße schlängelte sich in zahlreichen Windungen zwischen Felsen hindurch, so daß wir nur noch langsam vorwärts kamen. Immer wieder gerieten die Rappen auf der lehmigen Erde ins Rutschen. Wir rollten über lose Äste, die der Sturm herabgerissen hatte. Zweimal hielten die Mönche an, sprangen vom Kutschbock und räumten in fliegender Hast Steinbrokken und entwurzelte Stämme beiseite.

Immer noch zuckten Blitze herab. Ihr Schein erleuchtete einen Wald, dem das Unwetter furchtbare Wunden geschlagen hatte. Viele Male wandten die beiden Mönche die Köpfe. Auch ich erwartete jeden Moment das totenbleiche Gesicht unseres Verfolgers zu sehen. Schließlich schoß der Wagen schwankend an biegsamen Weiden vorbei und kam schleudernd am Ufer des Stroms zum Stehen.

Ein Blitzstrahl beleuchtete einen Kahn, der dort an einer krummen Kiefer festgebunden lag. Seltsame Zeichen bedeckten die Bordwand des Bootes. Der Mönch mit dem purpurnen Ararita packte mich und stieß mich in den Nachen. Der kleinere begann, die Rosse auszuschirren.

Als der Mönch das Führpferd von seinen Fesseln befreit hatte, stieg der Rappe auf der Hinterhand empor und keilte mit den Hufen nach einem Holunderstrauch. Die buschigen Zweige bewegten sich plötzlich.

»Er kommt!« schrie der größere der beiden Männer.

Sofort sprang der andere zu uns ins Boot. Aus dem Gebüsch ertönte ein Krachen und Knacken, das nicht vom Wind verursacht sein konnte. Als sie zwanzig Klafter vom Ufer entfernt waren, stießen die Mönche ein Zischen aus. Neben einer urweltlichen Ulme sah ich den Grauen stehen, die Krallenhände nach uns ausgestreckt.

Wie besessen ruderten die beiden Männer auf den Fluß hinaus. Die Gestalt des Dämons schrumpfte und wurde schließlich von der Dunkelheit verschluckt. Am Ende hallte ein langgezogener Laut schaurig wie ein Schrei des Wahns durch den Wald, geboren aus einer Enttäuschung, wie sie wohl nur ein Wesen empfindet, dem jede menschliche Regung fremd ist.

Meine beiden Retter hielten nicht inne, bis sie das gegenüberliegende Ufer erreichten. In einiger Entfernung von einer Sandbank warfen sie einen steinernen Anker in das flache Wasser. Dann sanken sie erschöpft in sich zusammen.

Der Regen versiegte. Nach einer Weile öffnete sich ein Riß in den schwärzlichen Wolken, und bald beleuchtete der tröstliche Schein eines milden Mondes den nächtlichen Strom.

Ich legte mich ermattet auf den Boden. Der Mönch mit dem Ararita zog unter seiner Bank eine Decke hervor und warf sie über mich. Ich schloß die Augen und sank in einen unruhigen Schlaf.

Als ich erwachte, floß milchiges Morgenlicht zwischen dem grauen Gewölk hervor. Ich fühlte mich zerschlagen wie nach einem Alptraum. Erst meinte ich, noch immer auf meinem Laubbett in dem lichten Wäldchen zu liegen. Doch dann stellte ich beunruhigt fest, daß der Boden unter mir schwankte, und als ich den Kopf wandte, sah ich, daß ich mich wirklich in einem Boot befand.

Die beiden Mönche musterten mich mit finsteren Gesichtern. Der größere trug einen schwarzen Bart, der fast sein ganzes Gesicht verhüllte. Das schüttere Haar des kleineren färbte sich an den Schläfen grau.

»Wo bin ich?« fragte ich mühsam. Ein Hustenanfall schüttelte mich, und mein Kopf schmerzte wie unter Hammerschlägen.

»Still!« mahnte der Mönch mit den Sephirotzahlen. »Ruht Euch aus! Die Gefahr ist vorüber.«

Ich wollte mich aufrichten, aber der Grauhaarige drückte mich auf die feuchten Planken zurück. »Später«, brummte er.

Ein langgezogener Ruf ertönte. Die beiden Mönche blickten zum jenseitigen Ufer. Dann ergriffen sie die Ruder und steuerten das kleine Fahrzeug wieder über den Strom.

Als wir das östliche Gestade erreichten, verriet mir ein plötzliches Schaukeln, daß jemand zustieg. Wenige Herzschläge später beugte sich ein Gesicht über mich, das mir seltsam bekannt erschien.

Unter einer hohen, von zahlreichen Linien durchzogenen Stirn wuchsen buschige Brauen. Hinter schrägen, geröteten Lidern schimmerten grünliche Augen. Die schmale, gekrümmte Nase sprang wie der Schnabel eines Auerhahns hervor. Die grauen Wangen spannten sich ledrig wie die Schwimmhäute einer Kröte. Bei den spitzen Ohren begann ein fahlgelber Bart, der sich um einen kantigen Kiefer wand. Die schmalen Lippen zeigten ein dünnes Lächeln, und endlich erkannte ich nun den Weißgekleideten aus dem Dämonenkampf.

Ich schluckte und fuhr mit der Zunge über den trockenen Rand meines Mundes. »Wer seid Ihr?« fragte ich.

»Das möchte ich von Euch erfahren«, antwortete der Alte. »Und zwar schnell! Woher stammt Ihr, wer sind Eure Eltern? Was wißt Ihr? Was hattet Ihr in Heisterbach zu suchen? Los, heraus mit der Sprache, es geht um Leben und Tod!«

»Ich weiß nicht«, antwortete ich, »es ist alles so verworren... Wer seid Ihr, daß Ihr das wissen wollt?«

»Antworte, du Strolch!« rief der große Mönch erbost.

Der Alte hob die Hand. »Wenn ich deine Hilfe benötige, werde ich es dich wissen lassen, Lucretius«, sagte er barsch. »Unser Freund befindet sich offenbar noch nicht recht bei Besinnung. Wir müssen Geduld mit ihm haben.« Dann krallte der Gelbbärtige seine dürren Greisenfinger in meinen Kragen, zog mich ein wenig empor und forderte, nun etwas lauter: »Vertraut mir! Ohne mich wärt Ihr längst verloren. Also beantwortet meine Fragen!«

»Träume ich noch immer?« versetzte ich verdutzt. »Bin ich denn überhaupt noch am Leben?«

Der Alte lockerte seinen Griff und betastete sanft den Verband an meiner Stirn. Dann wandte er sich nach den Mönchen um. »Zum Drachenfelsen! Schnell!« befahl er. »Wir dürfen keine Zeit verlieren!«

Die Ruderer gehorchten. Der Greis blickte mich forschend an und meinte leise: »War wohl alles ein bißchen viel für Euren geschwächten Geist. Erzählt mir von Euch, damit ich erkenne, wieviel ich Eurem Verstand schon zumuten kann!«

»Ich bin auf den Namen Dorotheus getauft«, berichtete ich zögernd. »Doch das geschah nicht auf Wunsch meiner Eltern, die ich nicht kenne, sondern auf Veranlassung des Domherrn von Detmold, Dankwart. Detmold liegt im Osten Westfalens, wo Kaiser Karl die Sachsen schlug. Auch siegte dort, am Fuß des Teutoburger Waldes, vor Zeiten Arminius der Cherusker gegen...«

»Jaja, ich weiß«, rief der Alte ungeduldig. »Berichtet mir von Euch, nicht von germanischer Geschichte!«

»Herr Dankwart fand mich als Säugling auf den Stufen des Doms«, fuhr ich fort. »In seinem Haushalt wuchs ich auf...«

»Also ein Findelkind!« unterbrach mich der Alte überrascht.

»Ja«, erwiderte ich, »doch dafür kann ich nichts.«

»Schon gut«, meinte der Fremde. »Erzählt weiter!«

»Später lehrte Herr Dankwart mich und die anderen Kinder Lesen und Schreiben«, fuhr ich fort. »Dank Gottes Gnade zeigte ich mich dabei recht anstellig. Als ich erwachsen wurde, sammelte der Domherr bei den Bürgern Geld, um mich an einer Hochschule die Heilkunst erlernen zu lassen. Denn Detmolds Stadtarzt steht schon hoch in Jahren. Kanntet Ihr Herrn Dankwart? Er war ein weitblickender Mann, der viel zu früh sterben mußte.«

»Nie von ihm gehört«, entgegnete der Alte. »Ihr habt Medizin studiert? Wo? Und bei wem?«

»Erst hörte ich die Vorlesungen Jean Pitards am Collegium des hl. Cosmas in Paris«, gab ich zur Antwort. »Er war der Leibarzt des Königs Ludwig von Frankreich und begleitete seinen Herrn auf Kreuzzüge nach Ägypten und Afrika ...«

»Ich weiß, ich weiß«, versetzte der Alte. Ein flüchtiges Lächeln zog über sein runzliges Antlitz. »Eigentlich gibt es nur fünf chirurgische Sekten auf dieser Erde«, meinte er. »Die Mahometaner sind die aufgeklärtesten von allen. Schon seinerzeit im alten Cordoba vermochten die Mauren jede Krankheit allein an den Ausscheidungen des Leidenden zu erkennen. Dann folgten die Italiener in Salerno und Bologna. Sie placken ihre Schutzbefohlenen erst mit Aderlässen und Schröpfköpfen, und dann warten sie ab, welche Wirkung sich zeigt. Bei den Franzosen zu Montpellier und Paris arbeiten sehr ungeduldige Ärzte. Wenn sie nicht mehr weiter wissen, schneiden sie ihren Kunden die Bäuche auf und schauen nach. Die Deutschen wiederum vertrauen auf Tränke und Zaubermittel. Und dann gibt's noch die alten Weiber überall auf der Welt mit ihren Heiligenbildchen. Denen hilft der Glaube, wieder gesund zu werden.« Sein Gesicht wurde wieder ernst. »Die Franken halten Jean Pitard für den besten Arzt auf der Welt«, meinte er verächtlich. »In Wirklichkeit stiehlt dieser Kerl sein Wissen nur aus den Werken Größerer zusammen. Wahre Weise haben das, was Pitard jetzt in Paris lehrt, schon vor Jahrhunderten beschrieben.«

»Ja«, nickte ich. »Das war auch einer der Gründe, weshalb ich ...«

»Zum Beispiel Rhazes, der Zitherspieler aus Persien«, fuhr der Alte eifrig fort. »Er war es doch, der die Erkenntnisse des Hippokrates vervollständigte und die Verfahren Galens verbesserte! Er entdeckte als erster wirksame Mittel gegen Scharlach, Blattern und Masern, arbeitete sogar schon mit Arsenik, Quecksilber und Sarazenensalbe, und das bereits vor vierhundert Jahren! Dann Avicenna aus Chorasan im Inneren Asiens, der Fürst der Ärzte, der auf dem Turban eine Krone trug. Keine Augen- und Nervenkrankheit, die er nicht kannte! Und erst Maimonides aus Cordoba, der große Lehrer der guten und bösen Gifte. Und viele andere mehr ...«

»Woher wißt Ihr das alles?« staunte ich. »Seid Ihr Arzt?«

»Wir stellen hier die Fragen!« fiel mir der Schwarzbart ins Wort.

Der Alte hob wieder die Hand. »Habt Ihr Euer Studium abgeschlossen?« forschte er.

»Davon wollte ich eben erzählen«, erwiderte ich. »Nach zwei Jahren wechselte ich die Schule. Ich ging nach Montpellier.«

»Wirklich?« fragte der Greis überrascht. »Hörtet Ihr dort den großen Arnold von Villanova? Oder Raimundus Lullus, den begabten Sucher?«

»Leider nicht«, antwortete ich. »Doch Bernhard von Gordon kenne ich gut. Ich zählte zu seinen Schülern.«

»Gordon!« schnaubte der Alte geringschätzig. »Ein Scharlatan, der leichtgläubigen Narren nichtsnutzige Augenwässerchen andreht! Feiner Lehrer!«

Ich zuckte die Achseln. »Nach einigen Monaten merkte ich sowieso, daß mich die Heilkunst nicht mehr so fesselte, wie es einem Menschen wohl ansteht, wenn er sein Leben Kranken widmen soll«, berichtete ich weiter. »Nicht für Leiber, für Seelen wollte ich sorgen. Darum brach ich mein Studium ab und kehrte nach Paris zurück. Bei Meister Eckhart wollte ich mich zum Priester ausbilden lassen.«

»Eckhart!« murmelte der Alte. »Und? Habt Ihr Euer Ziel erreicht? Ihr scheint eher ein Bettler geworden zu sein.«

Ich schwieg beschämt.

»Sprich, du Lümmel!« fuhr Lucretius auf.

Der Alte blickte mißbilligend auf. »Du sollst rudern, nicht reden!« herrschte er den Schwarzbart an. »Du verfügst über Körperkräfte, ich über Kenntnisse. Nutzen wir ein jeder, was ihm gegeben ist!«

Bruder Lucretius verstummte beleidigt und schlug das Holz ins Wasser, als wolle er den Strom für die Zurücksetzung strafen.

»Wir sind gleich da«, meldete der grauhaarige Mönch.

»Danke, Caleb«, sagte der Alte. »Also los«, meinte er dann aufmunternd zu mir. »Wir sind alle keine Heiligen. Meister Eckhart warf Euch hinaus, nicht wahr? Ja, ich kenne ihn wohl, den strengen Lehrmeister!«

»Nein, ich ging aus freien Stücken«, entgegnete ich trotzig.

»Und er hielt Euch nicht zurück?« lächelte der Fremde. »Worin bestand denn Eure Verfehlung?«

Ich fühlte, wie ich errötete. »Das ist eine Sache zwischen Gott und mir«, wehrte ich ab. »Ihr seid nicht mein Beichtvater!«

»Aha!« lächelte der Alte. »Also die Fleischeslust machte Euch so zu schaffen. Nun ja, in Paris ...«

»Ich fastete, wachte, las und tat viele Bußwerke aller Art«, sagte ich schnell, »oh, ich empfand meine Reue jedesmal so tief! Viele Nächte lang lag ich auf wunden Knien vor meinem Schöpfer, bis er mir endlich verzieh. Ja, ich geißelte mich mit ledernen Schnüren, aß viele Wochen trockenes Brot, füllte Kiesel in meine Schuhe... Doch Meister Eckhart vermochte ich damit nicht zu versöhnen. Denn er liebte mich nicht.«

Der Alte wiegte bedächtig das graue Haupt. »Freund Eckhart schätzt solche selbstauferlegten Leiden gering«, meinte er nach einer Weile. »Pflegt er nicht zu sagen: ›Wer den Leib unseres Herrn empfangen will, braucht nicht danach zu schauen, was er empfinde oder spüre oder wie groß seine Innigkeit oder Andacht sei, sondern er soll darauf achten, wie beschaffen sein Wille und seine Gesinnung seien‹?«

»Ich habe den Sinn dieses Satzes nie recht verstanden«, gab ich zu. »Weiß Gott es etwa nicht zu schätzen, wenn wir uns aus Achtung für ihn quälen? Wenn wir unser Fleisch martern, um ihn zu ehren?«

»Meister Eckhart glaubt, daß alle Empfindungen, nicht nur die schlechten, zum Schweigen gebracht werden müssen, wenn der Mensch in seinem Inneren Gottes Stimme vernehmen will«, erklärte der Alte. »Wer wirklich gehorsam sein möchte, muß sich allem eigenen Streben entziehen. Eckharts Denken erhebt sich über das aller anderen Kirchenlehrer, so wie sich ein Adler über die krähenden Hähne emporschwingt! Doch nur ein wirklich gläubiges Herz vermag den Mystiker zu verstehen.«

»Mir ist diese Art der Gottessuche zu schwierig«, gestand ich. »Wer allzuviel grübelt, verliert leicht den Blick für die schlichte Wahrheit.«

Der Alte sah mich kopfschüttelnd an.

»Wie anders«, fragte ich gereizt, »wollt Ihr erklären, daß Meister Eckhart sogar behauptet, auch und gerade das Widerwärtige stamme von Gott? Liebt der Herr die Menschen etwa nicht mehr? Lauter verwirrende Lehren! Früchte kranker Denkweise, sonst nichts! Der Meister las wohl zu oft in den heidnischen Schriften, die der Teufel vor christlichen Fackeln verbarg.«

»Sprecht nicht so, Ihr Narr!« unterbrach mich der Alte. »Gott schuf das Leid doch nur, damit der Mensch sich besser zu ihm bekehre! Laßt doch einmal in Eurem Inneren nachklingen, was Meister Eckhart sagt: ›Weil es Gottes Wille ist, daß dieses Leid geschehe, soll des guten Menschen Wille so ganz und gar mit Gottes Willen eins und geeint sein, daß der Mensch mit Gott dasselbe will, selbst wenn es sein Schaden und seine Verdammnis wäre‹!«

»Wie kann ein Mensch die eigene Verdammnis wünschen?« fragte ich unmutig. »Das sind doch wirre Gedanken eines irregeführten Geistes, gleich den Phantastereien der Mönche, die in ihren Einöden angeblich schreckliche Teufel bekämpfen!«

»Glaubt Ihr denn nicht an diese Legenden?« wollte der Alte wissen.

»Wenn es Dämonen gibt«, rief ich unwillig, »so wabern sie doch nicht zahlreich wie Fliegenschwärme über die Welt! Für mich ist das alles Schwindel.«

»Schwindel?« schrie Bruder Lucretius unbeherrscht. »Und für so einen undankbaren, ungläubigen Bastard gab Bruder Aureus sein Leben!«

Der alte Mann blickte mich aufmerksam an. »Dann denkt Ihr wohl, Ihr hättet heute nacht nur geträumt«, stellte er fest.

»Geträumt, geirrt, gefiebert, wie Ihr es auch immer nennt«, rief ich verstockt. »Man weiß doch, wozu der Geist taugt, der durch einen Schlag gegen den Kopf erschüttert wurde und zugleich ungesund erhitzt ist.«

»Der heilige Antonius war weder gestürzt noch erkältet, als er in der thebaischen Wüste mit dem Versucher rang«, wandte der Alte ein.

»Diesen frommen Mann führten Hunger und Durst in die Irre«, beharrte ich. »Dazu kamen Schlaflosigkeit und Selbstkasteiung, sowie die Bekämpfung aller natürlichen Triebe, und das in einer Wüste, wo die Luft vor Hitze flirrt. Kein Wunder, daß er schließlich Spukgestalten sah.«

»Du gemeines Schandmaul!« rief Lucretius wütend. »Hättet Ihr diesen Mann doch dem Dämon überlassen, Eminenz! Er ist es nicht wert, daß Bruder Aureus sein Leben für ihn gab!«

Der Alte seufzte. Der Mönch schloß sogleich den Mund und blickte schuldbewußt zu Boden. Der Kahn lief auf Grund. Die beiden Ruderer sprangen ans Ufer und vertäuten das schwankende Boot.

»Kommt!« befahl der Alte.

Ich richtete mich auf. Erst jetzt bemerkte ich, daß der geheimnisvolle Fremde nicht mehr den weißen, mit Wellen und Flammen bemalten Umhang trug, sondern einen roten Talar mit Hermelinbesatz an den Säumen. Der kühle Wind des Morgens zerrte an seinen strähnigen, grauen Haaren.

»Wohin bringt Ihr mich?« fragte ich.

Der Alte hob den Arm. Ich folgte seiner Hand mit den Augen und sah eine steile Felswand hinter dem herbstlich gefärbten Wald. In halber Höhe gähnte die dunkle Öffnung einer Grotte, die nur einem geübten Kletterer zugänglich sein konnte.

»Dort hinauf? Wir sind doch keine Vögel!« zweifelte ich.

»Redet nicht so viel!« antwortete der Alte. »Haltet lieber die Augen offen!« Dann griff er in seinen Umhang, zog den gekerbten Stecken hervor und strebte mit entschlossenen Schritten hangaufwärts.

Unsicherheit befiel mich, doch meine Neugier überwog, und ich folgte dem seltsamen Mann ohne weitere Mahnung. Die beiden Mönche schlossen sich uns an. Der größere trug zwei Fackeln, der kleinere ein zusammengerolltes Seil.

Schon nach wenigen Schritten über den stark abschüssigen Anger hielt der Alte an. Auf dem weichen Wiesenboden vor seinen Füßen erkannte ich einen merkwürdigen Abdruck. Er maß wohl die dreifache Länge eines menschlichen Fußes und paßte zu keinem Tier. Die vier Vorderzehen liefen in spitze Krallen aus. Von der Ferse stach eine fünfte Klaue nach hinten wie an dem beutegreifenden Stoß eines Adlers. Nirgends auf der Welt aber konnten Raubvögel von solcher Größe leben!

Als die beiden Mönche das riesige Trittsiegel sahen, erbleichten sie und flüsterten: »Protege nos!« Der Alte tastete nach dem Dreieck vor seiner Brust und stieß wieder unverständliche Worte hervor. Ich beschloß, sicherheitshalber ein Kreuzeszeichen zu schlagen. Der Alte blickte mich nachdenklich an. Dann nickte er mir aufmunternd zu. »Seid ohne Furcht«, sagte er. »Der Kynokephalus flog fort. Vielleicht aber fangen wir seinen Meister!«

Plötzlich keimte in mir der Verdacht, daß die drei vor mir ein Possenspiel aufführten, um mich in Furcht zu versetzen. Wenn ich in der vergangenen Nacht unter dem Druck eines gräßlichen Alptraums vor Angst geschrien hatte, war es wohl nicht schwer zu erraten, welcher Mahr mich gemartert hatte. Dann konnte der Fremde leicht eine Spur wie von einem furchtbaren Ungeheuer in den Boden graben, mich hinführen und dadurch meinen Verstand verwirren. Doch wenn die drei Männer so etwas planten – wer, fragte ich mich, waren sie dann, und warum verfolgten sie mich? Konnte ich ihnen im Schlaf wirklich so viel erzählt haben, daß sie imstande waren, einen Fußabdruck anzufertigen, der so genau den Klauen des hundeköpfigen Dämons entsprach? Der alte Mann murmelte unausgesetzt vor sich hin, und nun verstand ich auch seine Worte: »Jasal Salha Jahima Jamha«, lauteten sie. »Laha Sisasud Jatamha Hud!«

Ich fröstelte und wußte nicht recht, ob die Kälte daran schuld war. »Protege nos!« wisperten die beiden Mönche hinter mir.

Wir benötigten fast eine Stunde, um den Felsen bis zur Hälfte zu erklimmen. Die Höhle lag schräg über uns, doch kein Steig oder Sims führte hinauf. Der Alte blieb stehen und wandte sich um. Seine Miene zeigte äußerste Entschlossenheit. »Das Seil her!« befahl er dem älteren Mönch.

Bruder Caleb wickelte schweigend den Strick von der Schulter. Es war ihm anzusehen, daß er gern widersprochen hätte, aber er wagte es nicht. Die Augen des Schwarzbarts schimmerten glasig vor Angst.

»Lucretius!« rief der Alte.

»Hier, Eminenz!« antwortete der Mönch mit fast versagender Stimme. Seine sehnigen Hände zitterten heftig.

Der Alte musterte die beiden Männer. Verlegen wichen sie seinem Blick aus.

»Ihr sollt nicht in die Höhle steigen – das ist meine Aufgabe«, sprach der Mann im roten Talar. »Haltet aber das Seil gut fest! Und lauft nicht fort wie furchtsame Esel, wenn jetzt zufällig irgendwo ein Haselhuhn hustet!«

»Nein«, versicherte Bruder Caleb.

Der Alte band sich das Tau um die Hüften und steckte die Fackeln in seinen Gürtel. »Paßt gut auf unseren Freund auf!« befahl er mit einem Blick auf mich.

»Jawohl, Eminenz!« antwortete der Schwarzbart gehorsam. Sein Gefährte flüsterte furchtsam: »Protege nos!«

»Jaja!« brummte der alte Mann. »Mich auch!« Dann stieß er seinen Stock in einen Felsspalt und zog sich mit erstaunlicher Kraft und Geschicklichkeit in die Höhe. An besonders glatten Stellen der Wand schleuderte er das lose schwingende Seil über schroffe Spitzen und zog sich behende daran in die Höhe. Sein Umhang flatterte im Wind wie die gespreizten Flügel einer großen roten Fledermaus. Die beiden Mönche sicherten ihn.

Es dauerte nicht lange, dann erreichte der Alte den unteren Rand der Höhle. »Vorsicht«, rief er herab. Felsbrocken prasselten auf uns nieder. Dann duckte sich der Alte unter dem steinernen Gaumen der Grotte und kroch in die gezackte Öffnung wie in ein riesiges Maul.

Dicht unterhalb des unheimlichen Schlundes wuchs ein verkrüppelter Judasbaum. Seine gekerbten Blätter umrankten den Rand der klaffenden Mündung wie ein buschiger Bart.

Die beiden Mönche murmelten Gebete. Der Schwarzbart sah mich düster an.

Hoch über dem Drachenfelsen erschien ein schwarzer Punkt. Bruder Lucretius spähte furchtsam empor und preßte sich dann entsetzt an den Felsen. »Der Kynokephalus!« stieß er hervor.

Der Grauhaarige schaute überrascht nach oben. »Ach was!« meinte er dann. »Das ist nur ein Rabe. Der tut uns nichts.«

»Ein Rabe mit rotem Schnabel?« fragte Bruder Lucretius zitternd.

Ich deutete mit dem Kopf zur Höhle und fragte: »Wer ist dieser seltsame Mann? Zählt er zu den Kardinälen, weil ihr ihn als Eminenz ehrt?«

»Das werdet Ihr noch früh genug erfahren«, erwiderte der Schwarzbart mürrisch.

Ich lächelte ein wenig und spottete dann: »Freilich, dem Gewand nach könnte er eher ein Arzt oder gar ein Zauberer sein. Allerdings vermögen Magier bekanntlich zu fliegen und brauchen daher nicht wie Affen an Seilen zu schaukeln.«

Bruder Lucretius warf mir einen zornigen Blick zu, aber er gab keine Antwort. Denn in diesem Augenblick begann sich der Strick zu bewegen. Er zuckte in den Händen der beiden Mönche wie eine rasende Schlange.

Die Männer lehnten sich gegen die Wand und suchten besseren Stand zu gewinnen. »Macht Euch fort!« herrschte mich der Schwarzbart an. »Wir brauchen Platz!«

Vorsichtig trat ich auf dem schmalen Felsband nach rechts. Ein von Glimmer gesprenkelter Vorsprung versperrte mir den Weg. Ich griff mit der Rechten in Löcher des rauhen Gesteins und schwang mich vorsichtig vorbei. Da legte sich auf einmal eine Hand auf meine Schulter.

»Seid Ihr das, alter Mann?« fragte ich überrascht. »Wie kamt Ihr denn so schnell herab?«

Statt einer Antwort drang ein schriller Schrei an meine Ohren. Erschrocken griff ich nach der fremden Hand. Ich fühlte kalte, glatte Knochen.

Voller Entsetzen versuchte ich, die unheimlichen Finger von meiner Schulter zu lösen, aber sie krallten sich nur tiefer in mein Fleisch. Wie von Sinnen schlug ich um mich. Felsbrocken lösten sich unter meinen Füßen. Eine zweite Hand streifte meine Kehle. Weiches Gespinst strich über meine Stirn. Ein Schädel erschien vor meinen Augen, und voller Grauen erkannte ich das von Verwesung zerstörte Gesicht des Untoten aus dem Kloster.

Das Blut wollte mir in den Adern gefrieren, als ich die schwarzen Augenhöhlen, die klaffende Nasenwunde und den verzerrten Mund sah. Ich schrie und wehrte mich verzweifelt gegen den Griff des Gerippes. Fast hätte ich dabei den Halt verloren und wäre in die Tiefe gestürzt. Da hörte ich über mir plötzlich ein Schleifen, Scharren und Schaben. Wenige Herzschläge später glitten vor meinen Augen zwei Stiefel aus schwarzem Eidechsenleder herab. Dann blickte ich in das bärtige, vor Anstrengung gerötete Antlitz des Alten. Er hatte das Seil um den starken Wurzelstock des Judasbaums geschlungen und sich dann zu mir heruntergelassen wie eine Spinne an ihrem Faden.

»Nur ruhig!« rief er, »das sind doch nur ein paar Knochen! Haltet still, ich helfe Euch!«

Ich schloß die Augen und wartete bebenden Herzens, bis mein Retter das Skelett von meinem Körper abgelöst hatte. Klappernd stürzte das Gerippe über die Felsen hinab.

»Habt Ihr ihn denn nicht rechtzeitig gesehen?« fragte der Alte die Mönche. Die beiden Männer schüttelten die Köpfe. Sie waren genauso erschrocken wie ich.

»Ihr hättet lieber die Augen aufsperren sollen statt eure Mäuler«, schalt der Mann im roten Talar. »Ihr habt ja gequiekt wie Schweine beim Schlachter!«

»Zürnt uns nicht, Eminenz!« bat Bruder Caleb inständig. »Der Anblick war so entsetzlich...«

Der Alte schaute sinnend die steilen Felsen hinab. »Gewiß ein armer Mönch aus dem Kirchhof«, brummte er nach einer Weile. »Wir müssen den Heisterbachern sagen, daß sie ihn heimholen können. Nun wird ihn niemand mehr stören.«

Ich wunderte mich über die Worte, aber ich hatte mich noch nicht genügend gefaßt, um den Alten nach ihrem Sinn zu fragen. Erst einmal wollte ich meiner gefährlichen Lage an der steilen Bergwand entkommen und wieder auf sicheren Boden gelangen.

Die beiden Mönche kletterten voran. Hastig folgte ich ihnen. Der Alte hielt meinen Arm, und ein beruhigendes Gefühl der Sicherheit durchströmte mich.

Als wir den Wald erreicht hatten, setzten wir uns auf einige glatte Steine. Still schlängelte sich zu unseren Füßen der Rheinstrom durch das Tal. Nach einer Weile schaute mich der Alte forschend an und fragte: »Seid Ihr nun überzeugt?«

»Wovon?« erwiderte ich. »Ja, ich gebe es zu: Auch gestern nacht im Traum erblickte ich so einen Untoten. Doch sehen solche Leichen im Zustand der Fäulnis nicht alle gleich aus? Freilich: Ohne Euch wäre ich wohl aus dieser Felswand gestürzt. Ihr habt mir das Leben gerettet. Dafür danke ich Euch. Verlangt aber nun nicht von mir, daß ich deshalb an Gespenster glaube! Wer weiß, wer diesen armen Menschen von der Klippe stürzte! Und wie lange er an diesem Vorsprung hing, ehe ich zufällig gegen ihn stieß!«

»Du Narr!« empörte sich Bruder Caleb. »Dämonen im Kloster, ein Untoter an der Drachenhöhle, genügt dir das noch immer nicht?«

»Ich erschrak fast zu Tode«, antwortete ich und sah den Alten fragend an. »Aber Ihr sagtet doch selbst, es handele sich nur um ein paar tote Knochen.«

»Ja, jetzt«, entgegnete der Fremde ernst. »Doch das war nicht immer so.«

»Natürlich nicht!« versetzte ich mit leichtem Lächeln. »Als der Besitzer dieser Knochen noch lebte, steckten sie in einem Körper aus Fleisch und Blut!«

Der Alte seufzte. »Euer Unglauben«, sprach er nach einer Weile, »macht uns die Sache nicht leichter. Euch übrigens auch nicht. Dämonen sind es, gegen die wir zu kämpfen haben. Euch aber folgt das gefährlichste von allen Höllenwesen.«

»Ich sagte Euch doch schon«, erwiderte ich, »daß mein Glaube dem Wort Gottes gilt und nicht den Wachträumen verwirrter Geister!«

Bruder Lucretius sprang zornig auf. Der Alte hielt den Schwarzbart am Ärmel fest. »Meister Eckhart hatte recht«, meinte er gelassen. »Ihr seid ein ziemlicher Narr, Dorotheus. Darum verlor der große Lehrer wohl am Ende die Geduld mit Euch. Wann habt Ihr seine Schule verlassen?«

»Am Tag nach dem Fest Mariä Aufnahme in den Himmel«, antwortete ich. »Ich wanderte schnurstracks nach Osten, um in meine Heimat zurückzukehren. Ich könnte schon morgen in Detmold sein, wäre ich nicht in diesen dummen Bach gefallen!«

»Bach?« fragte der Alte. »Wann? Und warum?« Die drei Männer beugten sich aufmerksam vor.

»Mich plagte ein Alptraum«, berichtete ich. »Ich fühlte etwas Unsichtbares aus der Dunkelheit näher kommen. Ich fürchte mich nicht so leicht, doch mein Verstand schien wohl nicht recht wach... Schließlich verlor ich wohl die Beherrschung. Ich sprang auf, um vor etwas zu fliehen, was es gar nicht gab.«

Die beiden Mönche tauschten wissende Blicke.

»Ich wollte davonlaufen«, fuhr ich fort, »aber ich stolperte, stürzte und schlug gegen einen Stein. Da wurde mir schwarz vor Augen. Später träumte ich von einem Kloster, in dem gespenstische Dinge geschahen. Als ich erwachte, lag ich in Eurem Boot, und Eure Gefährten ruderten mich über den Strom.«

»Ihr habt die Klaue des Kynokephalus doch mit eigenen Augen gesehen!« meinte der Alte. »Und den Untoten an der Felswand! Wie könnt Ihr da noch immer glauben, das alles sei nur ein Traumbild gewesen?«

»Weil es in Wahrheit weder Wiedergänger noch Dämonen gibt«, versetzte ich. »Auch wenn gewisse Priester gern solche Schauergeschichten erzählen, damit sich ihre Schäfchen leichter scheren lassen!«

»Du verstockter Hund!« brauste Bruder Lucretius auf. »Du bist schuld, daß Aureus sich das Genick brach!«

»Beruhige dich!« mahnte der Alte den Mönch. »Davon wird unser Gefährte nicht wieder lebendig.« Er glättete seinen roten Talar und faßte mich dann scharf ins Auge. »Ihr spracht von einem Wasser«, erinnerte er mich.

»Ja«, erklärte ich. »An meinem Nachtlager floß ein Bächlein vorbei. Das letzte, was ich vor meiner Ohnmacht fühlte, war etwas Nasses, Kaltes, das über meinen Körper strömte. Was weiter geschah, weiß ich nicht.«

»Ich kann es Euch sagen«, versetzte der Alte. Seine Raubvogelbrauen senkten sich, und seine grünen Augen funkelten mit seltsamer Kraft. »Zwei Zisterzienser aus Heisterbach sammelten gestern mittag Beeren an einem Bach in der Gemarkung Dollendorf, ungefähr eine halbe Stunde nördlich von hier. Dort fanden sie Euch. Die Mönche brachten Euch in ihr Kloster, legten Euch ins Krankenzimmer, verbanden Euch und gingen dann wieder ihren Verrichtungen nach. Man sollte es nicht glauben, aber es fiel diesen beiden nicht ein, mir oder wenigstens dem Abt auch nur ein Sterbenswörtchen davon zu sagen, daß sich ein Fremder im Kloster befand.«

»Warum auch?« wandte ich ein. »Bin ich doch weder bekannt noch bedeutend!«

»Darum geht es nicht«, meinte der Alte mit der Miene eines Mannes, dessen Geduld auf eine schwere Probe gestellt wird. »Aber daß diese beiden Narren einen Fremden ins Kloster brachten, während wir uns gerade darauf vorbereiteten, einen der gefährlichsten...

Nun, davon später. Erzählt mir erst noch einmal ganz genau von Eurem Alp!«

»Eigentlich war es kein richtiger Traum«, berichtete ich. »Ich meine, ich sah keine Bilder oder Gestalten... Es war, als läge...«, ich suchte nach dem treffenden Wort.

»Ihr wollt sagen, es floß etwas Unbekanntes wie Blei durch die Luft«, stellte der Alte fest.

»Ja, genauso war es«, entfuhr es mir. »Woher wißt Ihr das? Habt auch Ihr diese merkwürdige Empfindung schon einmal verspürt?«

Der Alte gab keine Antwort. Sinnend sah er ins Rheintal hinab. Nach einer Weile sprach er:

»Also gut, Ihr ungläubiger Thomas! Vertrauen darf nur verlangen, wer selbst vertraut. Ich will Euch verraten, was in Wirklichkeit geschah, während Ihr zu träumen wähntet. In der vergangenen Nacht wurde das Kloster Heisterbach von zwei gefährlichen Dämonen heimgesucht. Auf den Besuch des ersten waren wir vorbereitet. Der zweite aber hat uns völlig überrascht. Dadurch gerieten wir alle in höchste Gefahr.«

Ich starrte den alten Mann fassungslos an. Wieder schlich ein Gefühl der Beklemmung in meine Brust, und ich fragte zum dritten Mal: »Wer seid Ihr? Welches seltsame Schicksal führte uns hier zusammen? Und was soll diese Begegnung im Plan des Schöpfers bezwecken?«

»Das möchte ich selbst gern wissen!« versetzte der Alte. »Nun aber hört: Ich bin ein Mensch, der gewisse Fertigkeiten besitzt, wie sie gelegentlich benötigt werden, wenn Frömmigkeit allein nicht mehr genügt. Betrachtet mich am besten als eine Art Fachmann für gewisse Erscheinungen, an die manche Menschen heute nicht mehr so recht glauben wollen... Mehr davon vielleicht später. Jetzt zur Sache: Das Kloster Heisterbach hütet einen Schatz, den ein fremder, gefährlicher Herrscher in seinen Besitz bringen möchte. Wie dieser Gottesfeind heißt und wo er sich aufhält, weiß ich noch nicht. Die Spuren führen jedenfalls nach Osten. Von dort kam ein Magier, um das Kleinod aus dem Kloster zu rauben. Der Zauberer versicherte sich der Dienste eines Dämonen: des Kynokephalus. Er zählt zu den mächtigsten Wesen der Zwischenwelt und befehdete schon die Apostel.«

»Die Heilige Schrift kennt diesen Namen nicht«, zweifelte ich.

»Da hast du recht«, erwiderte der Alte. »Doch schweigt die Bibel nicht auch sonst über manches, das doch ganz offenkundig ist? Kain zeugte Enoch. Aber mit wem? Bis zur Flucht des Brudermörders nach dem Land Nod nennt die Bibel außer ihm nur drei Menschen: Adam,

Eva und Abel. Woher also nahm Kain sein Weib? Im 1. Buch Mosis steht darüber kein Wort. Andere, freilich geheime Schriften aber bezeugen: Kains Gemahlin hieß Awan und war seine Schwester, Adams und Evas älteste Tochter! Die zweitälteste, Asura, heiratete später Adams dritten Sohn Seth, von dem alle heutigen Menschen abstammen.«

»Aber Asura und Awan waren doch ganz gewiß keine Dämoninnen!« wandte ich ein.

»Natürlich nicht«, erklärte der Alte geduldig. »Als was aber würdet Ihr Lilith bezeichnen, die Adam beiwohnte, ehe Gott Eva erschuf? Der Prophet Jesaja selbst nennt sie eine Dämonin – gibt es ein zuverlässigeres Zeugnis? Und was sagt Ihr zu dem Unheilgeist Asmodi, der in Ekbatana aus Eifersucht nacheinander sieben Ehemänner Saras in der Hochzeitsnacht erschlug? Nachzulesen in der Erzählung Tobits! Würde Gott denn im Buch Levitikus durch Mosis Mund verboten haben, den Dämonen zu opfern, wenn es solche Wesen gar nicht gäbe?«

»Es herrschte auch stets nur ein einziger Gott«, gab ich widerspenstig zur Antwort. »Dennoch schreibt das erste Gebot uns Menschen vor: Du sollst keine anderen Götter haben neben mir.«

Der Alte seufzte. »Ihr gehört offenbar zu jenen Übergescheiten, die vor lauter Gelehrsamkeit die Welt nicht mehr verstehen«, meinte er kopfschüttelnd. »Wahrscheinlich seid Ihr auch der erste, der den Doggengesichtigen sieht und danach noch schriftliche Beweise für das Vorhandensein von Dämonen verlangt. Wißt Ihr denn nicht, daß auch dem hl. Bartholomäus einst ein solcher Ungeist begegnete, auf der Reise des Apostels in das Land der Berber? Mit seiner von Gott verliehenen Kraft machte der Apostel den Hundeköpfigen zu seinem Diener. Als später Bürger der Handelsstadt den großen Glaubensverkünder steinigen wollten, ließ Bartholomäus den Kynokephalus los, und der Dämon tötete 603 edle Männer der Stadt!«

»Woher wollt Ihr denn wissen, daß der Kynokephalus des Apostels wirklich so aussah wie der Doggengesichtige in meinem Traum?« fragte ich halsstarrig.

»Wir kennen eine ganze Reihe Dämonen mit Hundeköpfen«, erklärte der Alte, »sie ähneln einander sehr. Alle scheinen wenigstens doppelt so groß wie Menschen, und ihre Augen leuchten wie Feuer. Ihre Zähne sind scharf wie die Fänge von Wölfen, ihre Hauer gebogen wie die von riesigen Ebern. ›Die Nägel an seinen Zehen waren gekrümmt wie Gartenmesser, die Fingernägel wie Löwenklauen‹, berichtete Bartholomäus. Der hl. Thomas hat, wie Ihr als Theologe wohl wißt, zu Nicäa gleich sieben Doggendämonen besiegt. Nun, er war ja schließlich der Zwillingsbruder des Herrn! König Salomo zwang sogar sechsunddreißig Hundsköpfige unter seinen Befehl.«

Vor meinem inneren Auge erschien das wilde Gesicht des geflügelten Unholds, und mich überlief ein Schaudern. »Davon steht aber nichts in der Apostelgeschichte der Bibel«, bemerkte ich eigensinnig. »Das liest man nur in apokryphen Schriften, die von der Kirche nicht als Bestandteile der Heiligen Schrift anerkannt werden.«

Der Alte hob die Augen zum Himmel. Dann erzählte er weiter:

»Ich ahnte, daß dem Kloster der Angriff eines Dämons drohte. Zum Schutz der Mönche bereitete ich einige Maßnahmen vor. Unsere Falle hätte nicht nur genügt, einen Kynokephalus zu fangen: selbst die Teraphim und alle Teufelsgeister der Tiefe wären dem Siegel Salomos wohl kaum entkommen.«

Der Atem des Alten ging schneller. »Luft- und Lügengeister, Nekyodämonen und andere Nachtgespenster, Hundeköpfige und Höllenwesen sonstiger Art«, stieß er hervor, »auf alles war ich gefaßt. Und was, bei Beelsephons sieben Schwänzen, brach dann plötzlich durch das Tor? Ein Assiduus! Ausgerechnet ein Assiduus!«

Die beiden Mönche blickten stumm auf ihren Meister. »Was ist denn ein Assiduus?« unterbrach ich den Alten. »Ich kenne dieses Wort nicht. Und was hat das alles mit Salomos Siegel zu schaffen?«

Der alte Mann starrte mich an. Dann beruhigte er sich ein wenig. »Jaja«, sagte er, »es wird wohl besser sein, wenn ich der Reihe nach berichte. Also: Der Magier, der das Kloster berauben wollte, ließ sich in dieser Drachenhöhle nieder. Ich fand die Spur seines Feuers. Leider ließ er nichts zurück, was mir gestattet hätte, ihn in meine Gewalt zu bringen. Ein Fetzen Stoff von seinem Kleid, ein Haar, ja selbst ein wenig Erde aus einem Fußabdruck hätten genügt! Aber der Kerl ist vorsichtig und verschlagen.«

»Und geschickt«, fügte ich hinzu. »Wie hätte er sonst diese Felswand emporklettern können!«

»Euer Spott wird Euch bald vergehen«, sagte der Alte unwillig. »Der Magier brauchte die Steilwand doch nicht zu erklimmen! Der Kynokephalus trug ihn zur Höhle.«

»Und die Fußspur des Hundeköpfigen?« fragte ich. »Nützt sie Euch nichts?«

»Was hätte ich jetzt noch davon, den Dämon zu bannen, nachdem das Kleinod geraubt ist?« brummte der alte Mann mißmutig. »Nein, den Magier müssen wir finden, wenn wir den Schatz zurückgewinnen wollen! Als der Zauberer den günstigsten Zeitpunkt für seinen Überfall ausgekundschaftet hatte, schlich er zum Kirchhof. Dort erweckte er einen der toten Mönche zum Leben und schickte ihn mit dem Hundeköpfigen in das Kloster.«

»Wenn dem Magier ein so mächtiger Dämon gehorchte«, fragte ich zweifelnd, »wozu war dann noch ein Untoter nötig?«

»Ein Dämon durfte nicht Hand an den Schatz legen, von dem ich sprach«, antwortete der Alte. »Es handelt sich um eine Kostbarkeit heiligster Art. Nur Menschen, lebende oder tote, können das Kleinod gefahrlos berühren. Außerdem mußte der Magier jemanden schikken, der genau wußte, wo der Schatz verborgen war. Der tote Mönch kannte das Versteck natürlich.«

»Und wie«, fragte ich wieder, »konnten die beiden Unholde unbemerkt in die Kirche eindringen? Wird das Kloster denn nachts nicht verschlossen?«

»Ihr versteht aber auch gar nichts!« rief der Alte unwirsch. »Eine Falle stellte ich auf! Und ich hätte darin den Hundekopf samt diesem lebenden Leichnam gefangen, wärt Ihr mir nicht dazwischen geraten!«

Ich schwieg. Der Fremde bedachte mich mit mißbilligenden Blicken und fuhr fort:

»Woher ich wußte, in welcher Nacht der Dämon erscheinen würde, werde ich Euch vielleicht später verraten. Denn meine Überlegungen sind nicht leicht zu verstehen, wenn man so wenig von der Zwischenwelt weiß wie Ihr. Wir waren jedenfalls bereit. Kurz nach Mitternacht standen der Kynokephalus und der Wiedergänger plötzlich auf dem Dach der Kirche. Wir blieben natürlich ganz still. Nach einer Viertelstunde ließ sich der Dämon mit dem Untoten zu Boden gleiten. Der lebende Leichnam öffnete die Pforte, und beide drangen in das Allerheiligste ein. Als wir sie drinnen rumoren hörten, verteilte ich meine Männer auf dem Dach. Dann spannten wir Seile über den Hof, bis sie den sechsstrahligen Stern Salomos bildeten. Ihr habt das Zauberzeichen ja wohl erkannt.«

»Ich weiß, daß die Heilige Schrift den König Salomo ob seiner Weisheit rühmt«, erwiderte ich.

»Und Salomos Testament? Habt Ihr es denn nie gelesen?« fragte der Alte. Er seufzte. »Jaja«, meinte er dann versonnen, »der alte Eckhart! Als wir an der Ordensschule zu Köln gemeinsam die Schriften des Albertus Magnus studierten, waren wir gute Freunde. Heute würde der große Gelehrte wohl nur höchst ungern zugeben, mich zu kennen. Dabei hat doch auch sein Vorbild, der große Albertus, gelegentlich gar nicht so ungern die magischen Künste versucht. Ich erinnere mich noch sehr gut, wie er im Winter 1249 Wilhelm von Holland verblüffte! Trotz strengster Kälte bat Albertus den Gast zum Mahl in den Garten. Verwirrt hüllte sich der König in einen dicken Pelz. Doch die Festtafel stand zwischen Bäumen im schönsten Frühlingsschmuck, und ein laues Lüftchen trieb dem vermummten Monarchen den Schweiß auf die Stirn. Schließlich entledigte sich der Holländer seines Pelzes. Doch kaum war das Essen beendet, sprach Albertus Magnus ein Dankgebet – und ein Schneesturm brach über den Klostergarten herein. Nie sah man einen König so schnell zum Ofen laufen!«

Der Alte schmunzelte ein wenig, wurde aber schnell wieder ernst und berichtete weiter:

»Glaubt mir, es gibt keine zweite Schrift auf der Erde, die soviel Wissen über Dämonen enthält wie das Vermächtnis Salomos. Alle Arten von bösen Geistern sind darin aufgezählt: die gefallenen Engel, die Söhne von Engeln und Menschenfrauen, die Seelen der toten Giganten, auch sämtliche Geister aus Gräbern und Grotten, von Klippen, Klüften und Kreuzwegen. Dazu Greife und andere Mischwesen aus Vierfüßern und Vögeln, ebenso auch Dämonen, deren Leiber sich aus Teilen von Tieren und Menschen zusammensetzen. Andere Unholde können jede beliebige Körperform annehmen. Manche brausen gar gestaltlos durch die Luft wie der Wind. Salomo aber beherrschte sie alle: den Riesenwolf Rhabdos und den panzerhäutigen Pterodrakon, den lichtscheuen Leontophoron, den dreiköpfigen Drakoryph, den Ochsenverschlinger Ornias und den Leberzerreißer Lix Tetrax. Auch die drei entsetzlichsten Empusen mußten sich Salomo unterwerfen, die oleandergleiche Onoskelis mit ihren zierlichen Hörnern ebenso wie ihre engelhaarige Schwester Enepsigos und die orchideensüße Obyzuth. Ja, selbst der aasverzehrende Abezethibou, der Herrscher des Tartarus, zitterte vor dem Weisen von Juda. Und Beelzebub selbst, der König aller Dämonen, sägte für den Zionstempel thebaischen Marmor. Salomos Siegelring, der diese Wunder bewirkte, ist schon seit 2000 Jahren verschollen. Aber zum Glück besitzen wir einiges Wissen von seiner Farbe und Form. Zum Beispiel ist überliefert, daß dieses Siegel wie ein Stern gestaltet war, der in sechs Richtungen strahlt. Die Fassung zeigte noch andere Zauberzeichen.«

»Kleine goldene Leitern?« fragte ich. »Ich sah sie an den Schnüren baumeln, die Ihr über den Klosterplatz spanntet.«

»Ihr wißt doch wohl, was sie bedeuten, nicht wahr?« sagte der Alte. »Es sind geweihte Nachbildungen jener heiligen Leiter von Luz oder Bet-El, auf der Jakob nach seiner Flucht vor dem zornigen Esau die Engel Elohims in Scharen auf- und niederfahren sah. ›Siehe, eine Leiter stand auf der Erde, und ihre Spitze reichte bis in den Himmel‹ – das 1. Buch Mosis kennt Ihr ja wohl.«

»Was aber bedeuteten diese silbernen Sechsen und Neunen?« fragte ich wieder. Ich begann zu ahnen, daß sich mir nun eine neue Welt erschließen sollte, die mir bis dahin unbekannt geblieben war.

»Das waren keine Ziffern, sondern hebräische Buchstaben, freilich aus uralter Zeit«, antwortete der Alte. »Deswegen habt Ihr sie wohl mit Zahlen verwechselt. Was Ihr für eine Sechs hieltet, war in Wirklichkeit jener Buchstabe, mit dem die zehn Gebote beginnen. Was Ihr als eine Neun ansaht, stand am Schluß der Gesetzestafeln von Sinai. Zusammen bedeuten die beiden Lettern soviel wie Anfang und Ende, Geburt und Tod, Schöpfung und Weltgericht, so wie Alpha und Omega bei den Griechen oder Ha und Wa bei den Arabern der Wüste.«

Der Alte blickte mich prüfend an und fuhr fort: »Auf die kleinen goldenen Tafeln waren vier senkrechte Striche geritzt. Erinnert Ihr Euch? Diese entsprechen den Fingern an Salomos segnender Hand. Andere zeigten jenen fünfzackigen Stern, der schon seit ältesten Zeiten als das heilige Pentagramm wirkt. Es enthält den zum Kreis geformten, unnennbaren Namen Gottes. Die drei geraden Striche mit der darüber liegenden Querlinie aber versinnbildlichen zugleich die Paarheit aller Erdenwesen und die Einzigartigkeit ihres Schöpfers: leben doch auf der Welt von jeder Art mindestens zwei Stück, nur Gott der Herr kennt nicht seinesgleichen. Sieben Symbole enthält Salomos Siegel. Doch ihre Kraft vermag nur zu nutzen, wer nicht nur ihre Form, sondern auch ihre Formeln kennt.«

»Und warum«, fragte ich weiter, »trugen die Mönche des Klosters Kleider aus Leinen, wo Wolle doch viel besser gegen schlechtes Wetter schützt? Hat auch das mit Dämonen zu tun?«

»Wolle stammt von Schafen«, erklärte der Alte. »Es ist ein tierischer und deshalb unreiner Stoff. Leinen aber wird aus Flachs gewebt. Blau ist als Farbe des Himmels allen bösen Geistern verhaßt. Was die Zeichen des Fischs und der heiligen Buchstaben auf den Gewändern bedeuteten, brauche ich Euch ja wohl nicht zu erklären.«

Ich blickte zu den beiden Mönchen, die jetzt gewöhnliche braune Filzkutten trugen, und sagte: »Standen diese Männer gestern nacht nicht auf dem Dach der Klosterkirche? Die Schutzzeichen an ihren Kleidern ...«

»Ihr meint die purpurnen Lettern des Ararita«, erwiderte der Alte. »Diese kraftvolle Formel besteht aus den Anfangsbuchstaben von sieben hebräischen Worten. Übersetzt lauten sie ›Der Eine, das Prinzip Seiner Einheit, das Prinzip Seiner Einsheit, Seine sich wandelnde Form, die Eins ist.‹ Kaum ein Gebet wirkt so mächtig wie diese Worte.«

Der Klang der Formel fesselte meinen Geist, und ich verspürte den Wunsch, tiefer in die Geheimnisse dieses Mannes zu dringen. »Auf dem Mantel Eures Gefährten, der sein Leben für das meine gab«, meinte ich nun, »entdeckte ich Zeichen, die ebenfalls wie hebräische Ziffern erschienen.«

»Die zehn sephirotischen Zahlen«, klärte der Alte mich auf. »Die Eins als Mal der Macht, die Zwei als Waffe der Weisheit, die Drei als Eisen der Einsicht, danach auch die Werte für Mitleid, Stärke, Schönheit, Siegeskraft, Klarheit, Vernunft und Ehre, die allen Zwischenweltwesen eine Qual sind. Ja, mächtig wirkte unsere Magie, so daß der Dämon weder durch die Luft entweichen noch in die Kirche zurückkehren konnte. Ihm blieb nur der Weg durch das Tor, an dem ich auf ihn wartete.«

»Doch Bruder Aureus mußte trotz dieser Schutzzeichen sterben«, bemerkte ich.

Die beiden Mönche starrten mich finster an. Der Alte seufzte und sprach:

»Ich sage es nur ungern, doch Aureus verschuldete sein Ende selbst. Denn im entscheidenden Moment verlor er den Glauben und ließ sich von Furcht übermannen. Er stürzte nicht durch die Kraft des Dämonen vom Dach, sondern aus eigener Schwäche. Wäre sein Sinn fest geblieben, säße er jetzt unter uns.«

Lucretius und Caleb schwiegen bedrückt. Langsam stieg die Sonne über die Felsen in unserem Rücken. Ich deutete auf den Stab des Alten. Die Rinde des Steckens glänzte schwarz wie Kohle, das Holz der Kerben leuchtete weiß wie Schnee. »Auch in diesem Stab steckt gewiß große magische Macht«, meinte ich. »Der Doggengesichtige wich vor ihm wie ein Hund vor der Peitsche.«

»Ja, ich war gewappnet«, antwortete der Alte. »Saht Ihr auf meinem Gewand nicht die blauen Wellen des Jordan, dessen Wasser seit Jesu Taufe allen Dämonen ein Greuel ist, und die roten Flammen des brennenden Dornbuschs, an dem Gott einst Moses berief?« Er griff unter seinen Umhang und zog das goldene Dreieck hervor. »Dieses Heilszeichen versinnbildlicht die gottgefällige Einheit von Stoff, Körper und Geist«, erläuterte er. »Und der grüne Kranz, den Ihr an meinem Hals sehen konntet, war aus Orobanche geflochten, dem Löwenkraut, das alle Höllenwesen vertreibt. Ihr seht, ich hüte kein Geheimnis vor Euch. Doch Ihr habt recht: Der stärkste meiner Zauber wohnt in diesem Stock. Er stammt von einem Storaxbaum.«

»Wie die Stäbe, die Jakob einst in Haran schnitt und über die Tränken legte, damit die Tiere seines Herrn Laban möglichst viele gescheckte Junge warfen«, rief ich staunend.

»Richtig«, erwiderte der Alte. »Ja, auch das Buch Genesis hält viel Wissen über Zauberei bereit – man muß nur verstehen, zwischen den Zeilen zu lesen. Als Jakob sich mit seinem Schwiegervater geeinigt hatte, daß Laban künftig alle einfarbigen Lämmer aus der gemeinsamen Herde erhalten solle, Jakob jedoch nur die scheckigen oder gesprenkelten, suchte Isaaks Sohn nach einem Holz, das die Muttertiere zum Werfen gefleckter Junge brachte. Gott ließ ihn den Storaxbaum wählen, der bekanntlich auch sonst unter allen Gewächsen hervorragt. Wird sein Harz nicht als Weihrauch zu Ehren Jahwes verbrannt?«

Der Alte unterbrach sich und spähte suchend über den Strom. Nach einer Weile fuhr er fort: »Heute weiß jeder Schafzüchter, daß er trächtigen Tieren weiße Tücher vor die Augen halten muß, wenn sie helle, und schwarze, wenn sie dunkle Lämmer gebären sollen. Jakob aber erkannte als erster, daß man gesprenkelten Nachwuchs erhält, wenn man die Tiere mit gekerbten Stäben umgattert. Laban wunderte sich sehr, als die Herde seines Knechtes so schnell wuchs. Schließlich kehrte Jakob als reicher Mann in seine Heimat zurück, versöhnte seinen grimmigen Bruder Esau mit Geschenken und wurde zum Stammvater Israels. Seitdem werden Storaxäste als Mittel zu vielen magischen Werken benutzt. Auch der Stab Aarons stammte ja von einem solchen Baum. Nur Holz vom hl. Kreuz wirkt noch mächtiger gegen Dämonen. Doch diese Reliquie darf, wie Ihr wißt, nur der Heilige Vater führen.«

»Der andere Geist jedoch, der Graue, fürchtete Euren Zauber nicht!« sagte ich zweifelnd.

Der Alte preßte die Lippen zusammen. »Bei Beelzebubs brandigem Balg!« stieß er hervor, »das war doch ein Assiduus! Wer hat schon jemals gewagt, sich dem Grauen entgegenzustellen? Furchtbar ist die Macht des Ewigen Verfolgers. Nennen die Völker ihn doch nicht umsonst den ›Seelenfresser‹, ›den, der das Leben lähmt‹ oder ›Bruder des Bösen‹. Beherrscht Ihr nicht genug Latein, zu wissen, was ›Assiduus‹ heißt?«

»Der Unablässige«, gab ich zur Antwort. »Wißt Ihr kein Mittel, ihn zu bannen?«

»Nein«, versetzte der Alte. »Und ich glaube auch nicht, daß es einem Sterblichen jemals gelang, dem Unerbittlichen zu entkommen...« Er blickte mich nachdenklich an. »Ihr werdet sehr auf der Hut sein müssen«, murmelte er.

»Glaubt Ihr auch, daß es der Assiduus war, der mich an jenem Bächlein überfiel?« fragte ich mit klopfendem Herzen. »Doch warum verschonte er mich, als ich bewußtlos zu Boden stürzte?«

»Der Unablässige erwacht nur nachts zum Leben, und er besitzt auch keine Flügel, sich damit durch die Lüfte zu schwingen«, erklärte der Alte. »Doch da er stets weiß, wo sich sein Opfer aufhält, eilt er ihm auf dem kürzesten Weg hinterher. Ja, manchmal wartet er schon am Ziel auf den Verfolgten, der sich noch nach ihm umdreht! Nur eins ist dem Assiduus verwehrt: er darf Wasser weder durchwaten noch befahren.«

»Dann hat mich also das Bächlein gerettet«, rief ich staunend. »Jetzt verstehe ich auch, warum Ihr mich über den Rhein rudern ließt! Brauche ich also immer nur einen Fluß zu überqueren, wenn der Assiduus naht? Muß er dann jedesmal bis zur Quelle wandern, um auf meine Seite zu gelangen?«

»Wenn er keine Brücke findet«, versetzte der Alte. »Vergeßt nicht: der Assiduus sieht stets, wo Ihr seid – Ihr aber werdet ihn erst gewahren, wenn er schon vor Euch steht. Wann immer Ihr an einem Ufer landet, könnt Ihr nie sicher sein, ob Ihr Euch nun in Sicherheit oder umgekehrt in höchste Gefahr gebracht habt, weil der Graue vielleicht im Gebüsch auf Euch lauert. An diesem Bächlein half Euch das Glück. Im Kloster waren es meine Leute, die Euch dem Dämon eben noch entrissen. Wer aber weiß, was beim nächsten Mal geschieht?«

Angst stieg in mir hoch. »Und tagsüber?« fragte ich beklommen. »Wo hält der Unablässige sich auf, wenn die Sonne scheint?«

»Sowie das erste Morgenlicht auf ihn fällt, löst er sich auf«, berichtete der Alte. »Am Abend gewinnt er an gleicher Stelle wieder Gestalt, um seine Jagd fortzusetzen. Er folgte Eurer Spur ins Kloster. Es lag ja nicht weit entfernt. Auch der arme Untote verlor beim ersten Sonnenstrahl sein künstliches Leben. Manche Magier können Tote erwecken, doch immer nur für eine Nacht. Da man die Dienste dieses armen Teufels nicht mehr benötigte, stürzte man ihn die Klippen hinab.«

Die herbstliche Sonne wärmte mich nun mit erstaunlicher Kraft. In meiner Stirnwunde pochte das Blut. Plötzlich befiel mich eine Schwäche, und mir wurde schwarz vor Augen. Eine feste Hand packte meinen Arm. Besorgt rief der Alte: »He! Was ist los? Hier, trinkt!«

Mühsam hob ich den Kopf. Der Alte hielt mir ein Fläschchen aus grünem Kristall vor den Mund. Einen Augenblick lang argwöhnte ich, er wolle mich vielleicht vergiften. Dann aber dachte ich, daß er mich ja in der Felswand auf einfachere Art zu Tode hätte befördern können. Daher öffnete ich gehorsam die Lippen. Der Alte goß eine seltsame Flüssigkeit in meinen Mund, wie ich sie nie zuvor gekostet hatte. Sogleich durchströmte Wohlgefühl meinen Leib.

»Ein erprobtes Stärkungsmittel«, erklärte der Alte. »Gemischt nach uraltem Rezept. Jetzt aber machen wir uns besser auf den Weg. Wir müssen noch einmal zum Kloster zurück und dann über den Rhein.« Er blickte mich forschend an. »Ich fände es am besten, wenn Ihr mit uns zögt, Dorotheus«, sagte er schließlich.

»Ich weiß nicht recht«, wehrte ich ab. »Eigentlich wollte ich nach Detmold.«

»Wenn Ihr auf dieser Seite des Stroms bleibt, wird Euch der Graue nächste Nacht erwischen«, warnte der Alte. »Nicht einmal ich könnte Euch vor ihm schützen. Ihr saht es ja selbst: Den Hundeköpfigen vermochte ich mit einer Formel aus dem Bittbuch des Babyloniers Andahrius zu bannen. Den Grauen aber hielt selbst das ›Atha Gibor Leolam Adonai‹ – ›Du bist in Ewigkeit mächtig, oh Herr!‹ aus den schwarzen Schriften der Kabbalisten nicht auf. Ich glaube, nur Salomos Siegelspruch selbst könnte den Assiduus überwinden. Doch diese Worte sind keinem lebenden Menschen bekannt.«

Der Alte erhob sich. Müdigkeit füllte meine Lider mit Blei. Die beiden Mönche ergriffen mich an den Armen und stützten mich, bis wir das Ufer erreichten. Sie legten mich in den Bug des Bootes und ruderten mit der Strömung nach Norden.

»Es tut mir leid, daß ich Euren Plan durchkreuzte«, murmelte ich schläfrig. »Ich wußte nichts von dem Grauen.«

»Schon gut«, meinte der Alte. »Es war mein Fehler. Denn daß ein Kloster Verletzte aufnimmt, ist schließlich nicht ungewöhnlich! Ich hätte selbst nachsehen sollen, statt mich auf die Zisterzienser zu verlassen. Als der Assiduus durch das Tor trat und zu dem Krankenzimmer hochstarrte, fiel es mir wie Schuppen von den Augen. Zum Glück für Euch standen meine drei Männer auf dem Kirchendach ganz in Eurer Nähe. Sonst wären sie wohl zu spät gekommen. Auch der Wagen, nach dem ich sogleich schickte, rollte eben noch rechtzeitig... Ihr hattet Glück.«

»Ich danke Euch«, murmelte ich.

»Ruht Euch nun aus«, riet der Alte. »Wir werden über Euch wachen.«

»Ich soll mit Euch ziehen und kenne noch nicht einmal Euren Namen«, meinte ich. »Wie soll ich Euch nennen?«

»Am besten wie die anderen hier«, antwortete der Alte.

Langsam ließ ich mich wieder auf die Planken nieder. Noch eine letzte Frage beschäftigte meinen Geist. Ich blickte den Alten forschend an. »Eines will ich noch wissen«, sagte ich dann. »Was lag in dem goldenen Kästchen, das der Untote aus der Kapelle entführte?«

»Das darf ich Euch noch nicht verraten«, erwiderte der Alte entschieden. »Ihr müßt Geduld haben, Dorotheus. Wir werden einander bald besser kennen. Vielleicht finde ich dann heraus, ob wir unser Zusammentreffen nur einem Zufall oder vielleicht dem Willen Gottes verdanken. Oder auch einer anderen Macht... Vertraut mir!«

Ich nickte und sank zurück. Ein letzter schwacher Zweifel regte sich in mir, und eine innere Stimme raunte mir zu: »Bist du wirklich bereit, an diesen Unsinn zu glauben? An lebende Tote und Flügeldämonen, die man mit Jakobsleitern fängt? An einen grauen Verfolger, der nicht über Wasser zu schreiten vermag?« Dann aber sah ich am Ufer des Rheins drei schwarze Hengste stehen, noch immer an den hochbordigen Wagen geschirrt, den wir in der Gewitternacht dort stehengelassen hatten. Die Mäuler der Rosse waren weit aufgerissen, ihre Augen leuchteten weiß und ihre hoch erhobenen Vorderhufe wiesen sämtlich in die gleiche Richtung. Bewegen konnten sich die Tiere nicht. Denn sie waren zu Eis erstarrt.

SECTIO V

Über das, was danach geschah, weiß ich nicht viel. Wenn ich zurückdenke, geht es mir wie einem Schiffer in nebliger See, der zwar von Zeit zu Zeit zufällig eine vereinzelte Landmarke sichtet, sonst aber weder Kurs noch Standort kennt. Die meiste Zeit schlief ich. Aber auch dann, wenn ich erwachte, blieb mein Geist kraftlos wie ein Dämmerlicht, und ich besaß keinen eigenen Willen. Manchmal beugte sich einer der beiden Mönche über mich, und dann kostete meine Zunge stets eine heiße Brühe. Durch ein beständiges Schaukeln verlor mein Körper alles Gefühl für Raum und Zeit.

Als ich wieder zu mir kam, schwand das Tageslicht wie verschüttete Milch, und ich vernahm ein seltsames Dröhnen. Immer noch wiegte mich ein sanftes Schaukeln, nun aber lag ich nicht mehr in einem Boot, sondern in einem Wagen.

Überrascht fuhr ich auf und blickte in das Gesicht des Alten. Er lehnte, in ein braunes Bärenfell gehüllt, schlafend zwischen zwei Fässern. Durch die vordere Öffnung der Plane, die unser Gefährt überdachte, sah ich die beiden Mönche auf dem Kutschbock sitzen. Wir rollten auf seltsam gezackte Bergriesen zu. Auf ihren schneebedeckten Gipfeln glühte der Widerschein der Abendsonne.

Vier kräftige Schimmel zogen das Fuhrwerk. Die Achsen knarrten wie gemartert, und ein böiger Wind zerrte an unserer Zeltbahn. Ich richtete mich auf und befreite mich von den wollenen Decken, die mich wie der Panzer einer Schildkröte umschlossen.

Der Alte öffnete die Augen. »Alles in Ordnung?« fragte er.

Vorsichtig befühlte ich meine Stirn. »Mir geht es gut«, antwortete ich. »Wohin fahren wir?«

Der Alte hob beruhigend die Hand. »Habt Ihr denn schon wieder vergessen?« meinte er. »Ihr wart doch einverstanden, uns zu begleiten! Seht Ihr die Berge dort vorn? Damals, in Montpellier, reistet Ihr einmal aus Kurzweil mit anderen Schülern in die Pyrenäen. Dabei stürztet Ihr und Euer linkes Bein brach dicht unterhalb des Knies. Obwohl die Verletzung sehr gut verheilte, habt Ihr Euch danach nie wieder auf einen Felsen gewagt – bis Ihr mit uns zum Drachenstein zogt. Diese Gipfel dort vorn aber recken sich noch viel höher zum Himmel als selbst die Pyrenäen. Es sind die Alpen!«

»Es überrascht mich nicht, daß Ihr Mittel kennt, Schlafenden ihre Geheimnisse zu entlocken«, versetzte ich aufgebracht. »Stehe ich etwa im Verdacht, ein Verbrechen begangen zu haben, daß Ihr mich mit solchen Listen ausforschen mußtet?«

»Nun, nun!« erwiderte der Alte sanft. »Entspannt Euch! Ja, ich weiß, wie man über einen schlafenden Geist Gewalt gewinnt, aber...«

»Der Trank aus Eurer grünen Flasche half wohl dabei«, fuhr ich erbost dazwischen.

»Aber, aber!« beschwichtigte der alte Mann. »Ihr spracht ganz ohne mein Zutun. Im Fieber. Ihr seid kein Gefangener! Ich wünsche mir jedoch von Herzen, daß Ihr noch eine Weile mein Gast bleibt.«

»Sagt mir erst, wohin die Reise geht!« verlangte ich.

»Nur wenn Ihr schwört, uns zu begleiten«, antwortete der Alte. »Es wäre sonst zu gefährlich – für Euch! Darum verriet ich Euch bisher auch weder meinen Namen noch unser Ziel. Wüßtet Ihr beides, so würden Euch bald die gleichen Mächte verfolgen, denen wir jetzt auf der Spur sind.«

Die schreckliche Gestalt des Grauen erschien vor meinem inneren Auge, und ein wenig leiser sagte ich: »Dann habe ich also vergeblich gehofft, alles sei nur ein Traum?«

Der Alte schwieg. Ich blickte mich vorsichtig um. Der geräumige Wagen war mit zahlreichen Truhen in den verschiedensten Größen beladen. Zwischen ihnen entdeckte ich allerlei Handwerksgerät wie Sägen, Beile, Hacken und Schaufeln, aber auch Körbe mit Brot und Fässer mit Wein, wie sie zu einer Reisegesellschaft gehören. Daneben erspähte mein Auge im Dämmerlicht Dinge, wie man sie bei Gauklern findet: verknotete Schnüre in vielerlei Farben, zusammengerollte lederne Peitschen, Tücher von seltsamem Glanz und Bündel aus hölzernen Stäben. Leise klirrten sechseckige Teller aus Zinn. Von geschnitzten Stangen flatterten dünne, metallene Bänder. Häute unbekannter Tiere hingen von den schwankenden Sparren. An der rückwärtigen Lade des Wagens erklang das stete Geläut einer kleinen, silbernen Glocke.

»Löscht Euren Durst nur aus braunen Gefäßen«, befahl der Alte, »und eßt nur, was ich Euch gebe! Ihr wißt noch zu wenig und könntet Schaden nehmen durch Dinge, die Ihr nicht kennt.«

Die schrägen Augen unter den buschigen Brauen funkelten wie Birkenblätter im Aprilregen. Wieder bewegte mich der Gedanke, ob ich dem Alten trauen dürfe, und wieder beschloß ich, vorerst wenigstens so zu tun. Ich griff nach einem ockerfarbenen Krug und tat einen kräftigen Schluck.

Der Alte beobachtete mich gespannt. Als ich wieder abgesetzt hatte, sprach er:

»Nun, Dorotheus? Befürchtet Ihr jetzt, tot umzufallen? Nein? So ist es recht. Denn wenn ich Euch ermorden wollte, hätte ich Euch dann vor dem Grauen gerettet? Oder am Drachenfels festgehalten, als Ihr schlotternd vor Angst in die Tiefe zu stürzen drohtet? Hätte ich Euch in den zehn Tagen, als wir zu Schiff rheinaufwärts reisten, nicht bequem ins Wasser werfen können? Oder Euch im Schlaf eins meiner

Gifte einflößen? Ich prüfte Euer Wissen, nur, weil ich sicher sein wollte, daß Ihr uns nichts verschweigt, auch nicht unwissentlich. Denn wir befinden uns auf einer gefahrvollen Fahrt und wollen kein vermeidbares Wagnis eingehen. Als ich in Eure Erinnerung drang, merkte ich bald, daß Ihr aufrichtig seid.«

Der Wagen hielt an. An der hinteren Öffnung der Zeltbahn erschien der Kopf des Mönchs Lucretius. »Wir sind da«, meldete er.

Der Alte erhob sich und kletterte aus dem Gefährt. Ich folgte ihm mit steifen Gliedern. Unter der steilen Paßstraße strömte ein schäumender Fluß. »Wo sind wir?« fragte ich. »Und wo kommt dieser Wagen her?«

»Das Fuhrwerk trägt mich schon seit fünfzig Jahren durch die Welt«, antwortete der Alte. »Die letzte Stadt, die wir durchquerten, hieß Basel. Kennt Ihr sie?«

Er verstummte und sah sich besorgt um. Dann beugte er sich ein wenig vor und raunte mir zu: »Dort führt schon seit einem halben Jahrhundert eine Brücke über den Rhein.«

»Der Graue...?« fragte ich beklommen.

Der Alte nickte. »Nach meinen Berechnungen haben wir zwei Tage Vorsprung«, fügte er hinzu. »Morgen kreuzen wir diesen Fluß dort, die Aare. In einer Furt. Einstweilen seid Ihr also sicher. Wir werden hier übernachten.«

Ich wandte mich um und sah eine dreistöckige, aus grauem Granit gemauerte Herberge, die sich an einen schroffen Felsvorsprung lehnte. Uralte Linden schirmten den Eingang. Auf einem großen Schild las ich die Worte »Zum goldenen Greif«. Neben der hölzernen Tafel starrte ein greuliches, geflügeltes Geschöpf auf uns herab.

Der Alte lächelte und legte mir leicht die Hand auf die Schulter. »Vor dem braucht Euch nicht bange zu sein«, erklärte er. »Greife fliegen schon seit Menschengedenken nicht mehr durch diese Berge. Der heilige Himerus rottete sie schon vor vierhundert Jahren allesamt aus. Aber im einfachen Volk blieb die Erinnerung an diese Ungeheuer bis heute bewahrt. Und dieser wackere Wirt lockt nun mit jener Schreckensgestalt Gäste an, denen beim Anblick des hölzernen Greifs die Lust vergeht, im Freien zu übernachten.«

Fast so sehr wie über das greuliche Bildwerk wunderte ich mich darüber, daß auf dem Dachfirst der Herberge ein großer Rabe mit rotem Schnabel saß. Um nicht allzu furchtsam zu erscheinen, schwieg ich darüber und trat in die niedrige Gaststube ein. Der Alte streifte an einer steinernen Stufe den Straßenkot von seinen schwarzen Eidechsenstiefeln und folgte mir. Klobige Balken stützten die rußige Decke. An roh gezimmerten Tischen saßen Fuhrknechte aus allen Alpenländern. Der Wirt, ein ungeschlachter Riese mit Händen wie Schaufeln, verzog das grindige Gesicht zu einem schiefen Lächeln und eilte uns unterwürfig entgegen. »Seid willkommen, edle Herren«, rief er mit knarrender Stimme. »Was darf es sein? Wein? Wildschweinbraten?«

»Was die Küche gerade bereithält!« meinte der Alte, ließ sich auf eine Eichenbank nieder und nickte uns zu. Ich setzte mich neben ihn. Bruder Lucretius trat zum Ofen.

»Richtet uns auch eine Unterkunft für die Nacht!« befahl unser Anführer.

Ein nicht sehr vertrauenerweckendes Lächeln teilte das zerklüftete Antlitz des knorrigen Hünen. »Mit dem größten Vergnügen«, versprach er mit einer Verbeugung, »wie viele seid Ihr?«

»Vier«, sagte der Alte. »Unser Fuhrwerk steht vor der Tür.«

»Mein Hausknecht wird sich sogleich darum kümmern«, versicherte der Wirt eilfertig. Auf seinem häßlichen Gesicht erschien ein Ausdruck von Verschlagenheit. Lauernd beugte er sich über den Tisch. »Wohin geht die Reise?« fragte er. »Einige Pässe sind schon verschneit.«

»Wir kennen den Weg«, versetzte der Alte.

»Heda, Wirt! Was schwatzt Ihr so lange?« erscholl plötzlich eine unwirsche Stimme vom anderen Ende des Saals. »Bringt endlich Wein und Braten herbei!«

Wir drehten uns um. An einem schmalen Fenster saß ein hochgewachsener Jüngling, dessen Kleider und Bewaffnung seinen ritterlichen Stand bezeugten. Ein kunstvoll geschmiedetes Hemd aus Eisenringen bedeckte die breite Brust. Von seinen starken Schultern fiel ein silbern gesäumter Umhang aus hellroter Wolle herab. Aus einer Lederscheide am Gürtel des Fremden ragte der Griff eines Schwerts.

»Ich eile, edler Herr!« rief der Wirt hastig und lief zur Küche. Der Ritter blickte uns nachdenklich an, doch nur so lange, wie es die Schicklichkeit zuließ. Dann wandte er sich wieder einem buntbemalten Büchlein zu, in dem er suchend zu blättern begann. Das Wappen auf seinen Schultern entfaltete sich und zeigte einen viereckigen Turm aus roten und weißen Steinen, den sieben Zinnen krönten.

Bruder Caleb trat ein.

»Der Wagen steht im Stall«, meldete der Mönch. »Hier ist der Schlüssel.«

Der Alte nickte und schob einen breiten Eisenstift mit dreifach durchbrochenem Bart in sein Gewand.

Es dauerte nicht lange, da trug eine blonde, starkknochige Magd mit blauen Augen und rosigen Armen eine kupferne Schüssel herbei. Das schwere Gefäß enthielt eine kräftige Suppe, in der dicke Brot- und Fleischbrocken schwammen. Der Duft der fetten Brühe weckte meinen Magen, und ich streckte die Hand aus, um lustig hineinzugreifen. Da merkte ich, daß mich die beiden Mönche erschrocken anblickten. Sie waren offensichtlich bestrebt, ihrem Meister den Vorrang zu lassen. Der Alte sprach ein kurzes Tischgebet, in einer Sprache, die ich nicht verstand. Als er geendet hatte, erwartete ich, daß seine Hand nun hurtig in die Suppe tauchen würde, um die besten Bissen zu erhaschen. Statt dessen fuhren die Finger des Alten flink in den roten Talar und kehrten mit einem Silbergerät zurück, wie ich es nie zuvor gesehen hatte.

Das eigentümliche Werkzeug besaß einen elfenbeinernen Griff und zwei Zinken. Ich hielt es erst für eine Waffe, doch dann erkannte ich, daß es eher an eine Forke erinnerte. Im gleichen Augenblick enthüllte sich mir auch der Zweck des Geräts. Denn der Alte stach die silbernen Spitzen durch ein schönes Stück Hühnerbrust und hob das heiße Fleisch aus dem Napf, so wie ein Storch mit seinem langen Schnabel den Körper der Unke durchbohrt und aus dem Weiher emporzieht. Am Ende nahm der Alte ein kleines Messer, trennte mit geübter Bewegung das lockere Brustfleisch vom Knochen, spießte die Happen ohne Hast auf die Zinken und steckte sie dann geschickt in den Mund.

Ich staunte darüber sehr, denn ich hatte bis dahin noch nie einen Menschen gesehen, der sein Fleisch nicht mit Händen, sondern mit einem Hilfsmittel aß. Die beiden Mönche schienen an diesen seltsamen Anblick lange gewöhnt, denn sie achteten weniger auf die Forke als vielmehr auf das, was in der Schüssel zurückblieb.

Als der Alte das Fleisch sorgsam zerkaut hatte, führte er mit einem hölzernen Löffel einige Mundvoll Brühe nach. Dann erst griffen die Mönche zu. So wie sie langte nun auch ich ohne viel Umstände in die Suppe, wie es die Sitte gebietet. Dann packte der schwarzbärtige Lucretius die Schale, um sie an seine Lippen zu führen. Auf ein Räuspern des Alten hin ließ er das Kupfer jedoch schnell wieder fahren und schob mir die Suppe entgegen. Ich stärkte mich mit einem kräftigen Schluck. Erst dann gestattete der Alte auch den beiden Mönchen zu trinken.

Danach löffelten wir aus einem großen Kessel mundgerecht geschnittene Stücke von Ochse und Kalb, legten sie auf dicke Schnitten altbackenen, ungesäuerten Brotes und träufelten eine grüne Soße aus zerstampften Krebsschwänzen, Salbei und Mandeln darüber. Der Wirt reichte uns auch Rindsmark-Beignets und Kapaunpastete. Wir tranken schäumendes Bier, ermunterten unsere Mägen zwischendurch mit Aqua vitae und beendeten das Mahl schließlich mit einem Gelee aus Äpfeln, Birnen und anderen Früchten.

Zu meinem Befremden sprachen der Alte und die beiden Mönche während des Essens kein einziges Wort. Auch schienen Caleb und Lucretius gewissenhaft darauf bedacht, möglichst wenig Geräusch zu erzeugen. Als der Schwarzbart doch einmal aufstoßen mußte, erntete er sogleich einen tadelnden Blick des Alten. Der seltsame Mann berührte nicht einen einzigen Bissen mit seinen Händen. Auch trank er aus einem eigenen Becher, den er am Schluß mit klarem Wasser ausspülte und wieder in seinem roten Umhang verschwinden ließ.

Der junge Ritter am Nebentisch stach seinen Dolch hungrig in einen gebratenen Rehrücken, tunkte die Stücke in braune Zimtsoße und zog sie dann mit geübten Lippen von der scharfen Klinge ab. Zwischendurch goß er sich aus einem Zinnkelch rubinroten Wein in die Kehle. Dabei umfaßte er nicht etwa plump mit der Faust den Bauch des Gefäßes, sondern ergriff mit den Fingerspitzen sittsam den schlanken Stiel. Er führte den Kelch so zierlich zum Mund, als habe er eine Rose gepflückt und wolle nun ihren Duft genießen. Dieses höfische Benehmen bewies auf eindrucksvolle Weise, wieviel Wert die Erzieher des jungen Ritters dem Unterricht in feinen Tafelsitten beigemessen haben mußten.

Als unser Mahl beendet war, faltete der Alte von neuem die Hände und entließ uns mit einem weiteren, mir unbekannten Gebet. Danach erhob sich Bruder Lucretius und trat zu dem Wirt an den Schanktisch. Die beiden Männer wechselten einige Worte, die ich nicht verstand. Dabei sah ich voller Unbehagen die schwarzen Augen des knorrigen Riesen auf mir ruhen.

Nach einer Weile kehrte der Schwarzbart zurück und nickte dem Alten zu. Ich griff nach einem neuen Krug Bier. Da fühlte ich plötzlich sanft eine Hand auf dem Arm. »Genug jetzt«, sagte der Alte bestimmt. »Ihr seid noch schwach und braucht dringend Schlaf. Morgen brechen wir in aller Frühe auf. Dann geht die Fahrt über steile Höhen.«

Ich nickte, denn wirklich beschwerte mich plötzlich bleierne Müdigkeit. Der Wirt reichte mir eine Öllampe. Sein Grinsen entblößte schiefe, bräunlich verfärbte Zähne. Über knarrende Stufen stieg ich zu unserer Stube empor. An einem Tisch legte ich meine Kleider ab. Braune Binsenmatten bedeckten den Boden. Unsere vier Betten standen zu je zweien an den beiden Seiten. Ich leuchtete auf das vorderste Lager und blieb verblüfft stehen. Denn in den Kissen erblickte ich das anmutige Gesicht eines Mädchens, das kaum mehr als sechzehn Jahre zählte.

Die schöne Jungfrau trug das rotblonde Haar zu zwei zierlichen Zöpfen geflochten. Hinter den rosafarbenen Lippen ihres lieblich geschnittenen Mundes schimmerten helle Zähne. Ihr schlichtes weißes Leinenkleid ließ glatte, gebräunte Schultern und schlanke, von blondem Flaum reizvoll getönte Arme frei. Unter den wollenen Decken erhob sich ein sanfter Busen. Die Umrisse ihrer ebenmäßig geschwungenen Hüften schienen mir so verlockend, daß ich beschloß, nicht länger zu zögern. Erfreut trat ich auf meine hübsche Besucherin zu.

Als ich das Bett erreichte, machte das Mädchen Anstalten, sich zu erheben. »Zuviel der Höflichkeit, schönes Kind«, rief ich launig und legte der Jungfrau freundlich die Hand auf die bloße Schulter. »Stehe ich doch längst noch nicht in dem Alter, in dem ein Mann auf solche Achtung besonderen Wert legt! Mache es dir bequem, wir wollen ein wenig scherzen!«

Das Mädchen sank gehorsam nieder. Ich setzte mich auf die hölzerne Kante und streifte mein Gewand ab. Das Mädchen schlug erneut die Decken zurück.

»Nicht so ungeduldig, du holdes Wesen«, lächelte ich. »Ich bin gleich soweit.«

Die Kleine ergriff meinen Arm. »Warum denn so stürmisch?« rief ich fröhlich und wälzte mich auf das Lager. Sie aber rutschte unter mir hindurch und lief ohne ein Wort zur Tür hinaus.

Dieses wunderliche Benehmen erstaunte mich nicht wenig. Aber ich war zu müde, um weiter darüber nachzudenken. Darum wickelte ich mich in die vom Leib des Mädchens angenehm erwärmten Decken und schlief sofort ein.

Mitten in der Nacht weckte mich plötzlich lautes Gebrüll. Erschrocken fuhr ich auf. Auf dem Lager neben meinem Bett ruhte der Alte. Sein Mund stand offen und entließ ein geräuschvolles Schnarchen. Gegenüber schliefen die beiden Mönche. Wieder ertönte von unten die barsche Stimme, und ich erkannte, daß sie dem jungen Ritter gehörte.

Mit einem Schlag war alle Müdigkeit aus meinen Gliedern verschwunden. Neugierig erhob ich mich, streifte mein Gewand über, schlich zur Tür und schob leise den Riegel zurück. Dann tastete ich mich zur Treppe und spähte in die Gaststube hinab.

Hinter dem Schanktisch krümmte sich mit demütig gesenktem Haupt, die Arme schützend über den Kopf gebreitet, der riesige Wirt.

»Verschont mich, edler Herr!« jammerte er ein um das andere Mal. Vor ihm stand, die rechte Faust drohend zum Schlag erhoben, mit zornrotem Antlitz der junge Ritter. »Schändlicher Spitzbube!« schrie er den Riesen an. »Kuppler! Ich werde dich lehren...«

Neben dem wütenden Jüngling kauerte ängstlich das Mädchen, das am Abend mein Bett so plötzlich verlassen hatte. »Aber Herr!« flehte sie, »seid doch nicht...«

»Dirne!« knirschte der Ritter. »Schweig, ehe ich dich mit gegerbtem Fell in die Gosse sende!«

»Nicht doch, edler Herr!« bettelte der Hüne, an dem nun nichts Furchteinflößendes mehr zu entdecken war. »Vergebt uns! Wir haben es doch nur gut gemeint! Wißt Ihr denn nicht...«

»Ich weiß sehr wohl!« wütete der Jüngling. »Hältst du mich denn für einen Hinterwäldler? Du gemeiner Strolch, fort mit dieser Metze! Ich brauche keine Kebse, du Bastard!«

»Das Mädchen ist doch mein eigenes Kind!« wimmerte der Wirt.

»Was? Deine Tochter?« eiferte der Ritter in immer größerer Wut. »Schämst du dich nicht, dein eigen Fleisch und Blut zu solcher Schande zu treiben, du erbärmlicher Schuft?«

»Ich habe sie zu nichts gezwungen«, verteidigte sich der Schankwirt furchtsam, »sie tut es freiwillig, es ist doch gar nichts dabei...«

»Nichts dabei?« dröhnte der Jüngling und gab dem vor Furcht zitternden Mädchen einen kräftigen Stoß. »Als dächten alle Ritter nur an wohlfeiles Frauenfleisch!«

»Aber wir ahnten doch nicht...« winselte der Wirt. »Sonst hätte ich Euch einen Knaben geschickt!«

Ich glaubte, der Ritter würde den Mann nun mit den bloßen Händen erwürgen, so zornig wurde er, als er das hörte. Er packte den Riesen am Hals und beutelte ihn wie einen ungehorsamen Hund. »Hältst du mich etwa für einen schmutzigen Päderasten?« brüllte er aus voller Lunge. »Sehe ich aus wie ein verfluchter Sklave der Sünde Sodoms?«

»So war es doch nicht gemeint!« winselte der Wirt.

Eine kräftige Hand schob mich beiseite. Der Alte eilte die Stiege hinab. »Haltet ein, Herr Ritter«, rief er. »Verschont diesen Mann!«

Der Jüngling wandte sich überrascht um. »Was wollt Ihr?« fragte er unwirsch. »Mischt Euch nicht ein! Wer seid Ihr überhaupt?«

»Doktor Cäsarius von Carlsburg in Böhmen«, antwortete der Alte, und auf diese Weise erfuhr ich nun endlich seinen Namen. »Glaubt mir, es liegt ein Versehen vor!«

»Was gibt es da mißzuverstehen, wenn ein Mann in seinem Bett ein Mädchen findet!« grollte der Ritter.

»Ihr befindet Euch im Irrtum«, erklärte der Alte. Furchtlos trat er zu den beiden Männern und löste mit fester Hand die Finger des Fremden vom Hals des Riesen. Widerstrebend ließ der Jüngling den knorrigen Hünen frei. Der Gastwirt faßte sich keuchend an die Kehle und sank schweratmend auf einen Stuhl.

»Ich bin Tyrant du Cœur aus dem Geschlecht der Grafen von Tamarville im Artois«, sagte der Ritter knapp und nur, um der Form Genüge zu tun. »Dient Ihr der Kirche?«

»Ich bekleide kein geistliches Amt«, antwortete der Alte, »aber ich reise im Auftrag des Heiligen Stuhls. Ihr verdächtigt diesen Wirt zu Unrecht. Als seine brave Tochter zwischen Eure Laken kroch, wollte sie Euch nicht etwa zu fleischlichen Lüsten verlocken, sondern nur Euer Lager anwärmen. So ist es Sitte in diesem gastfreien Land.«

»Anwärmen?« fragte der Ritter verdutzt. »Ohne Küsse und Koserei?«

»Das ist in diesen Bergen Brauch«, bestätigte der Alte, »da hier die Nächte so kalt und die Kissen so klamm sind.«

»Was für eine weibische Sitte!« meinte der junge Ritter verächtlich. »Gewiß stammt sie aus dem verweichlichten Süden! Doch wenn man solchen Dienst schon für notwendig hält, hätte dann nicht eine tüchtige Wärmflasche die gleiche Wirkung erzielt, ohne mit dem Geruch der Sündhaftigkeit behaftet zu sein?«

»Ganz gewiß nicht«, widersprach der Alte. »Denn es ist ein großer Unterschied, ob man künstliche oder natürliche Wärme genießt. Legte man dem alten David, als er nachts vor Kälte nicht mehr schlafen konnte, denn etwa heiße Steine ins Bett? Nein, man suchte ihm ein ansehnliches Mädchen, die schöne Abisag aus Sunem. Und diese jungfräuliche Magd teilte fortan das Lager des greisen Königs, in allen Ehren: David erkannte sie nicht! So steht es im Buch der Könige zu lesen.«

»Ich kenne die Heilige Schrift«, versetzte der Ritter. »Doch der

König zählte damals schon siebzig Jahre. In diesem gesegneten Alter braucht man die Sünde der Wollust wohl kaum mehr zu fürchten.«

»David war nicht der einzige, der sein erlöschendes Lebensfeuer mit der unverbrauchten Kraft eines jungen Körpers speiste«, erklärte der Alte. »Auch tut die Nähe solcher glatten und gesunden Leiber keineswegs nur Greisen wohl. Denn das Wichtigste an diesem hilfreichen Mittel ist nicht die Wärme, sondern das Od, jener flüchtige Hauch aus dem Mund junger Menschen, der sich in Kissen und Dekken fängt. Auf einem Friedhof am Tiber verkündet eine Marmorinschrift aus römischer Zeit, daß Clodius Hermippus 115 Jahre und fünf Tage alt wurde, und zwar durch den Hauch junger Mädchen, ›puellarum anhitu‹, wie es auf seinem Grabstein heißt. Es ist ja schließlich auch kein Geheimnis, daß gerade die Lehrer durch den beständigen Umgang mit jungen Menschen oft ein besonders hohes Alter erreichen.«

Abwehrend hob der Ritter die Hand. »Genug«, unterbrach er, »ich zweifle nicht an Eurer Gelehrsamkeit, Doktor! Immerhin dient Ihr dem Apostolischen Stuhl. Was aber macht Euch so sicher, daß dieser grobe Schrat mit seiner Tochter, die wie zur Sünde geschaffen erscheint, wirklich nichts anderes wollte, als einem Gast ein gut gewärmtes Bett zu bieten?«

Ich räusperte mich und stieg die Treppe hinab. »Ich kann das bezeugen«, sagte ich zu dem Ritter. »Denn auch bei mir lag dieses hübsche Kind, ohne daß es zu einer Sünde kam.«

Das Mädchen blickte mich überrascht an.

»Das stimmt«, meldete sich der Wirt mit ängstlicher Stimme. »Dieser Jüngling war lange Zeit krank. Darum bat mich einer seiner Begleiter ...«

»Das besagt gar nichts«, meinte der Ritter und musterte mich mit mißtrauischen Blicken. »Vielleicht wollte Euch das Mädchen genauso verführen wie mich. Obwohl es mir nicht eben schmeichelt, daß sie mich erst besuchte, nachdem sie von Euch verschmäht worden war!«

Das Mädchen schaute angstvoll zwischen dem Ritter und mir hin und her. Ich gab mir einen Ruck und erwiderte:

»Ihr irrt Euch, Herr. Da auch ich nichts von dieser Sitte des Anwärmens wußte, hielt ich die Jungfrau gleichfalls für eine käufliche Beischläferin. Ich glaubte, sie sei von meinen Gefährten gesandt, um meine Genesung voranzutreiben.« Ich spürte, wie mir vor Verlegenheit das Blut zu Kopf stieg. »Jetzt schäme ich mich dafür«, fuhr ich fort, »vorhin aber habe ich mich neben dieses hübsche Fräulein gelegt, um ihre Liebe zu genießen. Sie aber riß sich los und floh.«

»Wer seid Ihr?« fragte der Ritter. »Am Ende ebenfalls ein frommer Knecht der Kirche? Habt Ihr Euch gar zur Ehelosigkeit verpflichtet, daß Ihr angesichts einer entblößten Schulter gleich die Beherrschung verliert?«

»Mein Name ist Dorotheus«, antwortete ich. »Ich stamme aus Detmold. Einst wollte ich Priester werden, aber... Nein, ich darf heiraten, wenn ich will.«

Tyrant du Cœur schaute den alten Mann fragend an. Doktor Cäsarius nickte.

»Nun denn«, meinte der Ritter. »So peinlich, wie Euch das Bekenntnis sein muß, habt Ihr gewiß nicht gelogen.« Er wandte sich dem Mädchen zu, hob es vom Boden auf und sagte sanft: »Es tut mir leid, daß ich Euch etwas grob behandelte, liebes Fräulein.« Zu dem Wirt aber sprach er barsch: »Lerne daraus, daß der gute Ruf eines Mädchens wichtiger ist als das Geschäft seines Vaters!«

Der Wirt nickte heftig. »Jawohl, Herr!« stieß er hervor. »Ich danke Euch, Herr!«

Tyrant du Cœur wandte sich um und stieg ohne ein weiteres Wort die Treppe hinauf. Auch wir kehrten in unser Zimmer zurück. Ich konnte jedoch nicht einschlafen und lag lange wach.

Ungefähr eine Stunde später erhob sich Doktor Cäsarius, griff nach dem Nachtlicht und hielt es forschend in mein Gesicht. Ich stellte mich schlafend. Der alte Magister schlich auf Zehenspitzen zur Tür, schob vorsichtig den Riegel zurück und schlich die Treppe hinunter. Heimlich folgte ich ihm. Der Alte trat in den Hof, lief zum Stall und öffnete leise die Tür. Schon kurze Zeit später kam er wieder heraus. Ich eilte vor ihm ins Zimmer zurück.

Als der Magister unsere Tür sorgfältig wieder verriegelt hatte, leuchtete er mich erneut prüfend an. Dann setzte er sich an den Eichenholztisch und zog ein schwarzes Buch aus seinem Talar. In wachsender Erregung blätterte er in der Fibel. Dabei hörte ich ihn mehrmals leise den Namen »Tyrant« murmeln. Seine Lippen bewegten sich lange Zeit so, als ob er im Geiste zählte.

Ich wunderte mich sehr, konnte aber den Sinn seines Tuns nicht enträtseln. Plötzlich stieß Doktor Cäsarius zischend die Luft aus, klappte das geheimnisvolle Buch wieder zu und löschte das Licht.

Es war nicht zu unterscheiden, was ihn erschreckte: die Worte, die er auf den Seiten der Handschrift gelesen haben mochte – oder das seltsame Rauschen, das jetzt auf einmal in der Ferne erklang. Es schien von weither zu kommen, wurde schnell lauter, fuhr plötzlich dröhnend über das Dach der Herberge hinweg und verhallte dann in den Bergen.

SECTIO VI

Am nächsten Morgen rollten wir in einer steinigen Furt durch die gletscherkalten Fluten des Flusses Aare. Dann fuhren wir auf einer gut ausgebauten Römerstraße durch den äußersten Südwesten des Erzbistums Mainz, das dort an das Gebiet der alten Diözese Besançon grenzt. Zwei Tage später erreichten wir das Kloster Mariä Einsiedeln im Zürichgau. Von dort führt die Straße nach der Lombardei an den faltigen Flanken schneehäuptiger Steingiganten entlang. Im Westen fiel der Hang steil zum Vierwaldstätter See hinab. Östlich von unserem Weg wogten die Gipfel und Grate der Rätischen Alpen wie ewig von Schaum gekrönte Wellen eines erstarrten Meeres.

Zwischen dem schroffen Absturz des Roßstocks und dem spiegelnden Auge des Sees zogen wir langsam dahin, so wie Ameisen auf dem Rand einer Schüssel krabbeln. Hinter der Abzweigung eines nur Fußwanderern zugänglichen Saumpfades nach dem Kloster Disentis führte unsere Straße durch ein trogförmiges Tal. Immer wieder kreuzten wir geröllbedeckte Gerinne. Kargletscher leuchteten über uns, und in der Ferne fesselten fliederweiße Firngrate wie aus einem Feenland unseren Blick. Eisvögel fischten an Wasserfällen, so daß uns dies alte Grenzland der einst von Kaiser Augustus besiegten Leponter fast wie ein Garten Gottes erschien.

Kein Fuhrwerk kam uns entgegen, denn es war schon spät im Jahr. Nur Tiere teilten unsere Einsamkeit, und vornehmlich solche, wie man sie sieht, wenn die Natur erkrankt ist: immer wieder wichen große Ratten vor den Rädern unseres Wagens, und in der Luft begleiteten uns schwarze Schwärme von Raben, Krähen, Alpendohlen und vielen anderen unreinen Vögeln des Deuteronomiums. Einige Male erblickten wir auf den bräunlichen Matten von Steinbrech und Flechten die unnatürlich verrenkten Kadaver von Gemsen und Böcken. Wir untersuchten das erste Tier, konnten jedoch nicht feststellen, auf welche Weise es getötet worden war. Denn die Geiß wies keine äußere Verletzung auf; es schien, als habe eine Riesenfaust ihr das Genick gebrochen.

Schweigend saß Doktor Cäsarius neben mir auf dem Kutschbock.

Die beiden Mönche liefen hinter dem Wagen her. Immer wieder richtete der Alte die Augen prüfend zum Himmel.

Langsam wand sich die Straße an dieser steinernen Schulter der Erde empor. Riesige Rottannen, über und über von grauem Gespinst umwoben, beschatteten unseren Weg. Unter den eisernen Reifen unserer Räder knirschte gefrorener Kies, und ein beständiger, kalter Wind lähmte unsere Finger. Dennoch ließ der Alte die Zügel weder mir noch einem der beiden Mönche, sondern er hielt die ledernen Riemen während der ganzen Fahrt selbst. Es schien, als sei er ständig darauf vorbereitet, die vier Rosse herumzureißen.

Die Mönche flüsterten miteinander. Je höher wir gerieten, desto leiser wurden ihre Stimmen, und schließlich verstummten sie ganz. Wir rumpelten durch eine Mulde mit pelzigem Edelweiß und ganzen Sippen altadeligen Enzians. Danach rollte unser Gefährt in eine düstere Schlucht. Ihre senkrechten Wände schlossen sich so eng zusammen, daß wir uns bald wie Körner zwischen den Rädern von Mühlsteinen fühlten.

Unheimlich hallte das Schnauben der Pferde von den steilen Felswänden wider. Statt eines tröstlichen blauen Himmels sahen wir über uns nur noch drohend schwarzes Gewölk. Oft genug hingen Vorsprünge und Dornbüsche über unseren Köpfen und verwehrten uns jeden Ausblick, so daß wir dahinzogen wie in einem unterirdischen Gang.

Anfangs folgte der Weg am Boden der Klamm dem Ufer eines gischtenden Wildwassers. Doch bald verließen wir den Bach, und der Pfad schlängelte sich in immer gewagteren Windungen Schritt für Schritt in die Höhe. Selbst die Wipfel der stärksten Tannen und Fichten verschwanden bald unter unseren Füßen. Der Weg führte an der glatten Felsmauer entlang wie ein steinerner Sims am fugenlosen Wall einer Feste.

Manche Stellen sahen aus, als hätten vorzeitliche Riesen einer wankelmütigen Natur nachhelfen wollen und diesen unvollkommenen Pfad mit starken Sturzblöcken gestützt. An anderen Stellen aber schien sich die Bergwelt gegen unser Vordringen wehren zu wollen, denn dort lagen große Gesteinstrümmer auf dem Pfad. Als wir sie mühsam zum Abgrund rollten, sahen wir, daß ihre Bruchstellen noch glänzten, als hätten sie sich erst kurze Zeit zuvor von den Flanken des Berges gelöst.

Während wir die schmale Straße räumten, umklammerte der Alte die Zügel, als erwarte er, jeden Moment überfallen zu werden. Als ich danach wieder zu ihm auf den Kutschbock steigen wollte, wies er mich mit einem Kopfschütteln zurück. »Bleibt jetzt hinter dem Wagen!« befahl er. »Irgend etwas stimmt hier nicht. So viele tote Tiere...« Er ließ den Satz unvollendet und schnalzte halblaut mit der Zunge. Die vier Schimmel setzten sich in Bewegung. Lucretius und Caleb blickten einander betreten an. Dann gaben sie sich einen Ruck und folgten ihrem Meister.

Zu unserer Rechten fiel nun ein Felssturz todesgefährlich in unergründliche Tiefen hinab. Zur Linken türmte sich eine überhängende Mauer auf, so daß wir weder Himmel noch Erde zu sehen vermochten. Wie auf dem Rand eines riesigen Kessels wand sich der Weg allmählich nach Osten. Dort führte eine winzige Brücke über eine tiefe Erdspalte auf die andere Seite der Schlucht.

Der zierliche Bogen des steinernen Stegs krümmte sich schmal wie ein Spinnenbein über dem schwarzen Abgrund. Graue Nebel stiegen aus der Tiefe auf. Auf den verwitterten Wänden zu beiden Seiten glitzerte ein beständiger Strom eisigen Wassers, das von einem unsichtbaren Gipfelgletscher zu uns niederrann. Auf der linken Seite der Kluft, etwa zehn Klafter über der Brücke, gähnte der schwarze Schlund einer Höhle.

Doktor Cäsarius hielt unser Fuhrwerk an. Ein Gefühl der Beklemmung beschlich mich. Die beiden Mönche starrten furchtsam auf die Grotte und bekreuzigten sich. Der alte Magister ließ sich vom Kutschbock herab und befahl mit leiser Stimme: »Dorotheus! Jetzt seid Ihr an der Reihe!«

Ich nickte, stieg auf den Sitz und packte die Zügel. Doktor Cäsarius gab den beiden Mönchen einen Wink. Hastig kletterten sie hinten auf den Wagen. Vor uns bedeckte zäher Schlamm den Weg. Der Alte stapfte mit entschlossenen Schritten hindurch. Wir folgten ihm. Langsam, in geisterhafter Stille, näherten wir uns der Brücke.

Als wir die letzte Biegung erreichten, sahen wir zwischen den klaffenden Kiefern der Grotte die Reste uralter Mauern. Aus der Entfernung war nicht zu erkennen, wie viele Jahre die Befestigung bereits in Trümmern lag. Die kunstvoll behauenen Quadern schienen noch aus der Zeit der Römer zu stammen. Manche von ihnen trugen ein roh gemeißeltes Kreuz. Es schien, als habe vor vielen Jahrhunderten dort einmal ein kleines Kirchlein gestanden, in dessen Schatten reisende Kaufleute ihre Seelen erquicken konnten. Vielleicht, so dachte ich, wohnte dort auch einst ein Klausner, der in der Düsternis dieser Felslandschaft seine Abkehr von weltlichen Wünschen vollzog.

Unter der Höhle verhielt der Magister den Schritt und spähte nach oben. Seine Rechte tastete sich in den linken Ärmel, wo ich den Storaxstab wußte. Doch in der Grotte regte sich nichts. Offenbar stand das Steingeklüft immer noch unter dem Schutz des Kreuzes.

Nach einer Weile wandte sich Doktor Cäsarius um und lief, nun ziemlich eilig, der Brücke entgegen. Ich folgte ihm mit straffem Zügel. Im Wagen hinter mir hörte ich die Mönche erleichtert seufzen.

Wir hatten die Höhle schon hinter uns gelassen, da blieb der Alte plötzlich stehen und hob warnend die Hand. Ich folgte seinem Blick und zog erschrocken die Zügel an. Denn auf der anderen Seite der Brücke erschien wie aus dem Felsen gewachsen die von Nebelschleiern umwallte Gestalt eines riesigen Mannes.

Der Fremde trug einen kreisrunden Hut mit einer zwei Hand breiten Krempe. Von seinen eckigen Schultern fiel ein grauer Mantel aus grober Wolle herab. In seinem dunklen Gesicht funkelten weiße Augen. Seine mächtige Pranke umschloß den knorrigen Ast eines Ahornbaums. Plumpe Stiefel aus Bärenfell waren um die Füße des Fremden geschnürt.

Noch furchterregender als dieser schwarzgesichtige Riese erschien uns der zottige Hund an seiner Seite, der knurrend das Nackenhaar sträubte und hinter hochgezogenen Lefzen tödliche Reißzähne aufblitzen ließ. Das mächtige Tier übertraf an Körpergröße ein Stierkalb. Sein breiter Kopf und sein braunes Fell erinnerten an einen Bären, und seine Tatzen schienen bereit, selbst einen Bullen niederzuringen.

Der alte Magister zog seinen schwarzweißen Storaxstecken hervor. »Gib uns den Weg frei, wer immer du bist!« rief er über die Brücke.

Der riesige dunkelgesichtige Mann rührte sich nicht von der Stelle. Mit der Linken kraulte er ruhig den breiten Nacken der Dogge. »Sagt mir erst, was ihr hier zu suchen habt!« forderte er.

Doktor Cäsarius öffnete den Mund zu einer Antwort. Da ertönte hinter uns plötzlich ein entsetzliches Zischen, und dann erscholl ein Schrei, als ob tausend Teufelsposaunen bliesen.

Der Alte stand wie erstarrt. Die beiden Mönche im Wagen begannen vor Angst zu wimmern. Die Pferde bäumten sich erschrocken auf. Dann war kein Halten mehr: Wiehernd gingen die Rosse mit unserem Wagen durch.

Der alte Magister duckte sich unter den Hufen und rollte sich rasch zwischen zwei Felsen. »Runter vom Wagen!« schrie er. Der Storaxstab entglitt seinen Fingern und fiel in die Schlucht.

Ich hörte, wie die beiden Mönche vom Fuhrwerk stürzten. Da ließ ich die Zügel los und sprang seitwärts in ein Gebüsch. Fingerlange Dornen rissen mein Gewand in Fetzen und verletzten meine Haut, doch ich spürte die Schmerzen nicht. Mit aufgerissenen Augen sah ich zu dem riesigen Mann auf der anderen Seite der Brücke.

Unsere Pferde rasten mit trommelnden Hufen über den steinernen Steg. Mit lautem Krachen prallte der Wagen zweimal gegen die niedrige Brüstung. Steinbrocken polterten in die Tiefe. Wenige Herzschläge später hatte unser Gespann in wildem Galopp die andere Seite der nebligen Spalte erreicht. Dort aber trat der Fremde den wiehernden Hengsten in den Weg, als komme ihm nur ein Kleinkind auf einem Schlitten entgegen. Nie wieder sah ich einen so starken Mann. Mit beiden Händen packte der Hüne das Leittier an Zaumzeug und Mähne. Dann drückte er den vor Angst schäumenden Hengst mit dem Gewicht seines gewaltigen Leibes gegen das andere Führpferd, bis dieses mit der Schulter gegen die Felswand schrammte. Mit schmerzvollem Wiehern brach der weiße Hengst in die Knie und zwang die anderen Pferde zum Stehen. Die scheckige Dogge sprang mit langen Sätzen auf uns zu.

»Vorsicht!« schrie der Riese. Doch es war nicht der Hund, vor dem er uns warnen wollte.

Ich drehte mich um, und was ich nun sah, ließ mir fast das Blut in den Adern stocken. Denn aus dem Dunkel der Grotte kroch ein Wesen hervor, das nur der Satan selbst erschaffen haben konnte.

Zuerst erkannte ich zwei runde Augen. Sie schienen groß wie Wagenräder und glühten in schwefligem Gelb. Dann schob sich ein scheußlicher Schädel ins Freie, schrecklicher als selbst das Antlitz der Gorgo. Im Maul des schaurigen Mißgeschöpfs leuchteten zwei Reihen nadelspitzer Zähne, die wie Sägeblätter aufeinander standen. Zwischen ihnen zuckte die zweifach gezackte Spitze einer schwärzlich glänzenden Zunge. Das Kinn lief in bewegliche, borstige Taster aus. Silbriger Speichel tropfte aus diesem scheußlichen Schlund. Seitlich bogen sich kräftige Kieferzangen, bereit, ihr Opfer ohne Gnade in das grausige Gebiß zu schieben. So schrecklich war dieser Anblick, daß ich entsetzt die Hände vor das Gesicht schlug und erst einige Herzschläge später wagte, zwischen den Fingern hervorzuspähen.

Der Kopf des auf so gräßliche Weise mißgebildeten Monstrums erweiterte sich hinter den starren Augen zu einem weichen, weißlichen Schädel, der wie der Hinterleib einer Spinne geformt war. Überall hingen häßliche Hautlappen nieder; sie bewegten sich wie Seetang in seichtem Strom. Ein schartiger Hornkamm schützte den eichenstammdicken Nacken. Fransige Schuppen bedeckten den Rücken; er wölbte sich breit wie der Buckel des Wals. Zwei Paare von schwarzen Flughäuten klebten gefaltet an dem ungefügen Leib. Die Knie der acht biegsamen Beine zeigten wie bei einem Weberknecht nach oben. Die haarigen, ungleichen Gliedmaßen mündeten in scherenförmige Klauen, aus so hartem Horn gewachsen, daß sie Funken sprühten, wenn sie gegen die Felsen schlugen.

Als das Scheusal die Höhle verlassen hatte, faltete es die vier Fledermaushäute auf. Schneller als Libellenflügel peitschten sie die Luft, und ein donnerndes Dröhnen betäubte unsere Ohren. Nun wußte ich, was ich drei Nächte zuvor über dem Dach der Herberge an der Aare vernommen hatte.

Ein heftiger Windstoß fegte Blätter und dürre Äste davon. Einen Herzschlag später landete die abscheuliche Mißgeburt auf dem morastigen Pfad. Aus pulsierenden Poren an seinem faltigen Kehlsack tropfte zähflüssiger Auswurf, als uns das Ungeheuer mit bestürzender Geschwindigkeit entgegenkroch.

Die beiden Mönche standen wie gelähmt. Der alte Magister hob die Hand und richtete sie auf die ungeschlachte Echse. »Atha Gibor Leolam Adonai«, rief er mit hallender Stimme. »Weiche, Mamonas! Fort in die Finsternis mit dir, du Feind des Lichts! Fahre zurück in deinen Pfuhl, du Schande der Schöpfung!«

»Protege nos!« wimmerten die Mönche und streckten der geifernden Mißgestalt mit zitternden Händen Holzkreuze und Rosenkränze entgegen.

Ein tiefes Grollen erscholl aus dem Rachen des Riesenwurms. Dann klappte die Donnerechse die schäumenden Kiefer auf und stieß mit schreckenerregendem Zischen eine gelbliche Nebelwolke hervor. Ein schwefliger Pesthauch drang uns in die Nasen. Es stank, als hätte Sterculius, der Dämon der Abtritte, die gemeinsten Gerüche aus allen Teilen der Erde gemischt: von persischen Teufelsmandeln bis zum griechischen Stinkstrauch, vom Kotholz des Eilandes Taprobane bis zur schötchentragenden Stinkkresse der Klostergärten, vom ätzenden Saft des Carabuskäfers bis zu den Ausdünstungen des Iltis. So grauenvoll roch der Brodem des buckligen Untiers, daß wir zu würgen begannen und uns Tränen in die Augen traten.

»Protege nos!« heulten die beiden Mönche halberstickt. Doktor Cäsarius aber stand unerschrocken wie ein Fels und schleuderte dem monströsen Reptil nun Worte entgegen, die machtvoller klangen als alle anderen Formeln, die ich bis dahin je vernommen hatte: »Ähjäh

Sär Hjäh! Ähjäh Jah Hassem!« schrie der alte Magister. »Ähjäh Sär Hjäh Ilschaddai Adonai Marja Sabaoth!«

Der widerliche Wurm krümmte sich unter dem Klang der äonenalten Beschwörung. Sein mastbaumdicker, dreißig Ellen langer Schweif mit den vier knöchernen Stacheln fuhr durch die Luft, prallte wie eine Keule gegen die Felsen und schleuderte große Gesteinsbrocken auf uns herab.

»Vorsicht!« rief der dunkle Riese hinter uns wieder, aber es war schon zu spät. Einer der Steine traf den Magister am Kopf. Besinnungslos sank der Alte zu Boden.

Das Echsenwesen hob den Kopf und stieß einen schrillen Triumphschrei aus. Es klang, als brüllten zehntausend Elefanten zugleich. Der grelle Schall lähmte unsere Glieder, und wir vermochten uns nicht mehr zu rühren.

Mit gefletschten Zähnen sprang nun der zottige Hund dem Donnerdrachen entgegen und verbiß sich wütend im Kehlsack der Echse.

Das Riesenreptil richtete sich wie eine giftige Schlange auf und riß den tapferen Hund in die Höhe. Ein paar Herzschläge später schlossen sich die Scherenklauen der Vorderbeine um die Hüften der beiden Mönche.

Bruder Lucretius brüllte vor Qual und ließ sein Kruzifix fallen. Caleb verlor sogleich die Besinnung; schlaff hing sein Körper im Griff der gebogenen Krallen. Ich stand noch immer wie angewurzelt. Da erhielt ich plötzlich einen groben Stoß und taumelte zur Seite. An mir vorbei sprang der dunkle Riese dem Ungeheuer entgegen. Wie ein Besessener hieb er mit seinem schweren Stock auf die borstigen Beine des Schreckenswesens ein.

Der Todesschrei des schwarzbärtigen Mönchs brach ab, als sein Kopf zwischen die sägenden Kiefer der Echse geriet. Blut spritzte zu Boden. Die linke Klaue des Höllengeschöpfs schnitt den bewußtlosen Caleb mitten entzwei. Die beiden Hälften des zerstückelten Körpers fielen zu Boden.

Dann schnappten die Sicheln nach dem schwarzgesichtigen Hünen. Im letzten Moment sprang der Fremde zur Seite und schlug mit seinem Stab gegen die furchtbaren Scheren. »Ein Schwert!« schrie er. »Bringt mir ein Schwert!«

Nun löste sich endlich meine Erstarrung. Ich lief zu dem alten Magister und rüttelte ihn. »Wacht auf, Doktor Cäsarius!« schrie ich. »Gebt uns eine Waffe, damit wir uns wehren können!«

Das zornige Bellen der mutigen Dogge ging in ein markerschütterndes Jaulen über. Wie rasend drosch der Fremde auf die Satansechse ein, doch das zornige Zwielichtwesen gab seine Beute nicht frei. Die linke Vorderklaue tastete sich zu dem alten Magister vor, der noch immer reglos auf dem Boden lag. In meiner Verzweiflung packte ich einen großen Stein. Da erscholl plötzlich eine kraftvolle Stimme. »Stehe mir, du Ausgeburt der Hölle!« schrie sie. »Jetzt ist deine letzte Stunde gekommen!«

Überrascht hob ich den Kopf. Auf dem schmalen Pfad hetzte in gestrecktem Galopp ein ganz in Eisen gepanzerter Ritter mit eingelegter Lanze auf den Höllendrachen zu. Von seinem Schild leuchtete in roten und weißen Farben ein eckiger Turm mit sieben Zinnen.

SECTIO VII

Laut hallte der Kampfschrei des Ritters durch die Schlucht. Sein starker Schimmel schnaubte wie das Streitroß Hiobs, von dem es in der Bibel heißt: »Es spottet der Furcht und kennt keine Angst und kehrt nicht um vor dem Schwert, sondern es scharrt in die Erde, und sooft die Drommete klingt, spricht es: Hui!« Der gräßliche Teufelswurm fuhr herum. Wieder fegte sein Stachelschwanz mannshohe Felsbrokken von den Wänden. Hoch aufgerichtet stellte sich die Höllenschlange dem neuen Gegner.

Der rote Umhang des Ritters flatterte wie eine Flamme im Wind. Die sechs Ellen lange Lanze zielte dicht unter den Kehlsack des Drachens. Ich bestaunte den Mut des Mannes und auch die Tapferkeit seines Hengstes, der mit trommelnden Hufen dem Teufelstier entgegenstürzte. Zugleich aber empfand ich Trauer, denn ich zweifelte nicht, daß Roß und Reiter dem Tod geweiht waren.

»Zurück!« schrie der alte Magister und richtete sich mühsam auf. »Das ist kein Wesen von dieser Welt!«

Schwefelgelber Qualm schoß wieder aus dem aufgerissenen Rachen der geflügelten Riesenechse. Mit schier unglaublicher Genauigkeit setzte der kühne Tamarville die Spitze seiner Lanze mitten zwischen die Ränder zweier Hornplatten am Hals des Ungeheuers.

Ich erwartete nun nichts anderes, als daß die klafterlange Waffe tief in die Gurgel des Giganten eindringen würde. Aber zu meinem Entsetzen glitt die Lanzenspitze von der Schuppenhaut ab, als sei sie auf einen Felsen gestoßen.

Der Aufprall hob den überraschten Ritter aus dem Sattel. Das reiterlose Schlachtroß sprang laut wiehernd unter den niederfahrenden Tatzen hindurch. Der eisengepanzerte Mann schwang hoch durch die Luft und landete auf dem buckligen Rücken des Höllenwesens.

Ein Schrei des Entsetzens entfuhr meiner Kehle. Der Jüngling kam zwischen den klobigen Höckern des Rückenpanzers schnell wieder auf die Beine und zog sein Schwert. Bläuliches Feuer schlug aus der Hornhaut des brüllenden Behemoth, als der rote Ritter nun mit schmetternden Schlägen auf ihn einhieb.

Die Satansechse ließ den Hund aus den Kiefernzangen fahren. Leblos stürzte das tapfere Tier auf die Erde. Der Jüngling zielte nach dem weißlichen Hinterschädel, doch immer wieder prallte seine Waffe an dem gezackten Nackenschild ab. Wütend griff die gewundene Schlange nun mit den Scherenklauen nach ihrem Gegner. Als sie ihn nicht erreichen konnte, drehte sie ihren walfischgroßen Leib auf den Rükken, um den Ritter unter sich zu zerquetschen.

Im allerletzten Moment sprang der Jüngling vom Hals des Panzerwurms auf einen schmalen Sims an der Wand der Schlucht. Die Lanze fiel klirrend zu Boden. Der dunkelgesichtige Riese brachte sich mit einem mächtigen Satz vor dem ungeschlachten Echsenleib in Sicherheit, hob seinen Hund auf und schleppte ihn in eine schmale Ritze zwischen den Felsen am Rand der Klamm.

»Die Lanze!« rief der Magister mir zu. »Schnell!«

Der Teufelsdrachen tastete nach dem roten Ritter auf dem kaum fußbreiten Felsband. Der Jüngling sprang schnell zur Seite und traf mit dem Schwert die gespreizten Klauen, aber auch dort konnte er die Panzerhaut nicht versehren.

Doktor Cäsarius rüttelte mich am Arm. »Die Lanze!« schrie er. »Holt mir die Lanze!«

Geduckt lief ich los. Der hölzerne Spieß lag neben den schleifenden Flügeln in einem Dornstrauch, so nahe bei dem ungefügen Riesenkörper, daß ich bei jeder Drehung unter ihm begraben werden mußte.

Angstvoll blieb ich stehen und blickte zu dem alten Magister. Doktor Cäsarius humpelte über die Brücke zu unserem Wagen. Die Hinterachse war gebrochen. Die Pferde an der Deichsel wieherten in panischer Angst, doch sie vermochten sich weder aus dem Geschirr zu befreien noch das beschädigte Gefährt von der Stelle zu ziehen. Da faßte ich mir ein Herz, sprang unter den turmhohen Panzerleib, riß die Lanze mit einem Ruck aus dem struppigen Flechtwerk und hastete, ohne mich umzusehen, hinter dem Alten her.

Schwerfällig kletterte Doktor Cäsarius auf den schiefen Wagenkasten und schlug die Plane zurück. Aus einer Wunde an seinem linken Bein tropfte Blut. Ich hielt die Lanze hoch. »Was wollt Ihr damit?« fragte ich. »Ihr seid verletzt!«

Der alte Magister antwortete nicht. Ich wandte mich um und sah, daß die Bewegungen des jungen Ritters allmählich langsamer wurden. Auch der dunkelgesichtige Hüne besaß kaum mehr Aussicht, sein Leben zu retten. Sein Knotenstock lag zerbrochen auf der Erde. Immer, wenn der wackere Mann mit seinem Hund den schützenden Felsspalt verlassen wollte, fuhr der Drachenkopf mit klaffenden Kiefern auf ihn herab.

Hinter mir klirrte Glas. Ich spähte unter das Zeltdach. Der alte Magister holte hastig winzige Fläschchen aus gelbem, grünem, blauem und rötlichem Kristall aus einer kupferbeschlagenen Kiste. Dann kramte er mit fliegenden Händen in einem kupfernen Tiegel. »Hilf uns, Herr!« keuchte er.

Der Drache schob eine Vordertatze in den engen Felsspalt. Langsam schloß sich die Klaue um den leblosen Körper des Hundes. Der dunkelgesichtige Riese packte die scharfen Krallen mit bloßen Händen und stemmte sich gegen den tödlichen Griff. Blut rann zwischen seinen Fingern hervor.

»So tut doch etwas!« schrie ich.

Der alte Magister antwortete nicht. Fieberhaft kramte er auf dem Grund des von Grünspan bedeckten Kessels. Endlich zog er ein kleines Schwämmchen hervor.

»Was wollt Ihr denn damit?« fragte ich fassungslos.

Doktor Cäsarius führte das Schwämmchen schnell an seine Lippen und murmelte: »Atha Gibor Leolam Adonai« – »Du bist in Ewigkeit mächtig, oh Herr!« Dann griff der Magister nach der Lanze und steckte den Schwamm auf die Eisenspitze.

Wieder erklang ein markerschütterndes Brüllen. Schaudernd sah ich, wie die Panzerschlange das waffenstarrende Haupt hob, um den Ritter von seinem schmalen Felsband zu reißen. Der eisengepanzerte Jüngling wich aus, doch auf Dauer konnte er dem mahlenden Maul kaum entkommen.

»So tut doch etwas!« schrie ich den Alten an.

Doktor Cäsarius gab keine Antwort. Sorgfältig goß er aus vier verschiedenen Fläschchen Wasser auf den trockenen Schwamm, bis das braune Gebilde vor Nässe tropfte. »Bringt Ritter Tyrant die Lanze!« befahl er dann. »Beeilt Euch! Klettert rechts an den Felsen empor!«

Ich packte den hölzernen Schaft und hastete über die Brücke zurück auf den Schauplatz des schrecklichen Kampfes. Hell sang das Normannenschwert, als der Jüngling mit raschen Streichen die klickenden Kieferzangen traf. Mein Herz schlug wie eine Trommel. Elle um Elle zog ich mich an schroffen Kanten bis zu einem Felsvorsprung neben dem Sims des Ritters empor und schrie hinüber: »Herr Tyrant! Nehmt diese Waffe!«

»Unnütz!« brüllte der Jüngling und hieb wie rasend auf den Drachen ein. »Der Panzer ist viel zu dick!«

»Zielt auf die Teufelsfistel!« rief der alte Magister von unten. »Den roten Nabel, durch den der Satan seinen Geschöpfen das Leben einbläst!«

»Nabel?« schrie der Ritter zurück. »Wo?« Er spähte suchend hinab. Mitten auf der fahlgelben Unterseite des Panzertieres bebte ein handtellergroßer, purpurner Fleck.

Der Ritter streckte den Arm aus. »Die Lanze her!« forderte er.

Das Ungeschöpf schlug mit dem gepanzerten Vorderschädel gegen den Berg. Große Gesteinstrümmer polterten über die Felsen zu unseren Füßen hinunter. Eine der Klauen stieß gegen mein Bein. Ich lehnte mich so weit wie möglich aus der Wand und reichte dem Ritter die Waffe. Tyrant du Cœur schloß die behandschuhten Finger um die eherne Spitze und zog den schweren Spieß zu sich heran, als hielte er nur einen dünnen Halm.

»Was ist das für ein Hexenschwamm?« brüllte er zu dem Magister hinab. »Wollt Ihr mich etwa zu heidnischem Zauber verleiten, damit ich mit meinem Leben auch meine Seele verliere?«

»Wir sind fromme Christen«, rief der Alte, »und gehorchen in allem nur Gottes Gebot! Der Herr ist in Ewigkeit mächtig! Sein Wille geschehe!«

»So sei es«, murmelte der Ritter. Wieder strömte gelber Dunst aus dem schwärzlichen Schlund der Echse.

Tyrant du Cœur nahm den schweren Spieß fest in die Fäuste. »Sein Wille geschehe!« stieß er hervor. Dann stürzte der Ritter sich mit der Lanze zwischen den schnappenden Scheren des Schreckentiers in die Tiefe.

Einen Wimpernschlag später bohrte sich die eiserne Spitze in den zuckenden Nabel. Schon fürchtete ich, der Panzer würde den Stahl auch diesmal abprallen lassen. Dann aber sah ich, wie die Lanze tief in den schuppigen Riesenleib drang.

Fast die Hälfte der rotweißen Stange verschwand in den ekligen

Eingeweiden der unreinen Teufelsechse. Schwarzblaues Blut, dickflüssig wie Erdpech, quoll aus dem Drachenleib hervor. Dann ertönte ein Schrei, der noch schrecklicher klang als alles Gebrüll zuvor. Es war, als hätte Satan selbst die abscheulichsten und furchterregendsten Töne der Erde zu einem widernatürlichen Ruf des Unheiligen zusammengemischt: das helle Heulen des nächtlichen Sturmwinds, der Erde von Gräbern fegt und aus geheimen Grüften die Leiber Verstorbener wieder ans Licht bringt; das tückische Fauchen des Leoparden, das selbst den mutigsten Jäger erzittern läßt; das tiefe, raubgierige Brüllen des Löwen, das lähmende Zischen zustoßender Schlangen und das mordlüsterne Knurren angreifender Wölfe, nur alles tausendmal lauter. Die Höllenechse bäumte sich auf und riß mit dem Stachelschwanz knietiefe Furchen in das Felsgestein. Dann rollte die teuflische Bestie unendlich langsam auf die rechte Seite und stürzte mit entsetzlichem Krachen in die neblige Felsschlucht hinab.

Atemlos blickte ich auf den verlassenen Kampfplatz. Der Ritter war verschwunden.

Unter mir kroch der dunkelgesichtige Riese aus seinem Spalt. Ungläubig starrte er mir entgegen. »Ihr habt es geschafft!« rief er.

Ich schüttelte den Kopf. »Nein«, erwiderte ich. »Nicht ich, der Ritter besiegte den Drachen. Das Ungeheuer riß ihn mit sich in die Tiefe.«

»Das könnte dem Teufel so passen!« antwortete eine grimmige Stimme vom Rand des nebligen Abgrunds. Dann tauchte ein Handschuh auf. Kraftvoll zog sich Tyrant du Cœur über die Klippen hinauf.

Der alte Magister eilte herbei und beugte sich über die düstere Klamm.

»Meiner Treu, Herr Ritter!« seufzte der dunkle Hüne. »Ihr habt uns das Leben gerettet!«

»Dankt nicht mir, sondern dem Magister«, versetzte der Jüngling. »Seiner frommen Wissenschaft verdanke ich den Sieg.«

»Also gut!« rief der Riese. »Danke, wem auch immer!« Dann wandte er sich ab, holte den armen Hund aus dem Felsspalt hervor und beugte sich über das tapfere Tier.

»Der brave Kerl ist tot«, sagte Doktor Cäsarius leise. »Er hat sich für uns geopfert.«

Der dunkle Mann schluchzte. »Verfluchter Höllenwurm!« schrie er und ballte die Fäuste. »Hättest du doch lieber mich getötet als meinen edlen Hylaktor! Ach, nun werde ich niemals wieder dein frohes

Gebell hören, teurer Gefährte! Nie wieder werde ich einen Freund finden wie dich!«

Der Alte klopfte dem Trauernden tröstend auf den Rücken. Dann raffte Doktor Cäsarius die Falten seines Talars und stieg durch die Felsen zur Grotte empor. Erst jetzt gewahrte ich dort an der steilen Wand roh in den Stein gehauene Stufen, die schräg in die Höhe führten.

Tyrant du Cœur versetzte mir einen freundschaftlichen Hieb auf die Schulter. »Ihr seid ein mutiger Mann«, lobte er. »Was will der Alte in der Höhle?«

»Er sucht nach Spuren«, erwiderte ich.

Der Ritter blickte mich sonderbar an. Dann schritt er durch den Morast, trat an den verstümmelten Leichen der beiden Mönche vorbei und folgte dem Alten. Nach kurzem Zögern eilte ich ihm nach.

Die Grotte führte weit tiefer in den grauen Granit, als ich mir vorgestellt hatte, und wölbte sich auch um vieles mächtiger, als der niedrige Eingang vermuten ließ. Links rauschte in einer Nische gischtendes Wasser herab. Es sammelte sich in einer kleinen steinernen Mulde und floß dann durch eine unterirdische Röhre in unbekannte Felsentiefen davon.

Neben dem schäumenden Rinnsal erblickten wir auf dem Boden den schrecklich zugerichteten Kadaver eines Tiers, das dem Drachen zum Fraß gedient haben mochte. Nur an den langen, gebogenen Hörnern war zu erkennen, daß es sich um die Überreste eines Steinbocks handeln mußte. Einige Schritte weiter, in einer apsisähnlichen Ausbuchtung der Höhlenwand, fanden wir Reste von Möbeln aus ungehobeltem Holz. Drei Stangen mit einem Seilgeflecht hatten wohl einst als bequeme Bettstatt gedient. Neben der in zwei Teile zerbrochenen Platte eines Buchenholztischs fanden sich Bretter und Seitenteile eines zerschmetterten Schranks. Kästen und Truhen lagen in wirrem Durcheinander auf dem felsigen Boden; bei den meisten war der Deckel eingedrückt. Überall traten wir auf Scherben. Aus zerschlagenen Fässern stieg der saure Geruch vergossenen Rotweins in unsere Nasen. Zwischen den Kacheln des zerstörten Ofens sahen wir Pfannen und Kessel, Löffel und Schöpfkellen, alle verbogen, als wären sie unter rollende Felsen geraten.

Einige Schritte vor uns entzündete Doktor Cäsarius mit einem Feuerstein ein wenig Werg, setzte eine Fackel in Brand und warnte: »Vorsichtig! Hier hat sich das Ungeheuer entleert. Gott, wie das stinkt!«

Vorsichtig traten wir näher. Der alte Magister leuchtete in den hinteren Teil der Höhle. Angestrengt spähten wir in die Dunkelheit. »Nichts«, sagte der Alte enttäuscht.

Wir drehten uns um und liefen wieder zum Eingang.

Plötzlich wuchs neben uns an der Wand ein riesiger Schatten empor. Tyrant du Cœur fuhr herum und griff zum Schwert. »Ach, Ihr seid es«, sagte er dann. Der dunkelgesichtige Hüne war uns gefolgt und blickte mit bitterer Miene in die zerstörte Höhlenwohnung.

»Womit habe ich das verdient?« klagte er zornig. »Wer hetzte mir dieses Höllenvieh auf den Hals?«

Der Ritter ließ die Waffe wieder ins Wehrgehenk gleiten. »Wer seid Ihr?« fragte er den Riesen.

»Man nennt mich Maurus«, antwortete der Fremde. Weiß leuchteten seine Augen in dem dunklen Gesicht, das krause schwarze Haare und ein starker, wolliger Bart umrahmten. »Ich bin Zisterzienser.«

Der alte Magister stieß überrascht die Luft aus. »Dann war das wohl Eure Behausung?« meinte er.

»Erraten«, versetzte der Mönch, der seinen Grimm nur mit Mühe zu zügeln vermochte. »Und wer seid Ihr, der Ihr mir diesen Spielgefährten Satans beschertet?«

»Doktor Cäsarius«, stellte sich der Magister vor. »Aus Carlsburg in Böhmen. Dies hier ist Ritter Tyrant du Cœur aus dem Geschlecht Tamarville in Artois. Jener Jüngling dort heißt Dorotheus und stammt aus Detmold in Westfalen. Ich glaube nicht, daß es ein Zufall war, der uns hier zusammenführte.«

»Nein?« murrte der Mönch. »Was sonst? Ich hatte niemanden eingeladen!«

»Laßt uns die Unterhaltung draußen fortsetzen«, schlug der rote Ritter vor. »Hier riecht es wie in Luzifers Latrine. Ich kriege schon fast keine Luft mehr.«

Wir kletterten über die schmale Stiege zur Straße hinab. Dort legte mir Doktor Cäsarius die Hand auf die Schulter und sagte:

»Verzeiht mir, wenn ich Euch bisher wie einen dummen Jungen behandelte. Ich wußte anfangs nicht so recht, was ich von Euch halten sollte. Jetzt aber habt Ihr Tapferkeit bewiesen!«

»Ich danke Euch«, erwiderte ich lahm.

Der Alte blickte nachdenklich auf die Leichen der beiden Mönche. »Ich bitte Euch«, sagte er dann zu mir, »nehmt eine Schaufel und grabt die armen Kerle ein.«

Ich nickte. Doktor Cäsarius wandte sich an den Ritter. »Und Ihr könnt mir helfen, in diese Schlucht hinabzusteigen«, fügte er hinzu.

»Dort hinunter?« fragte Tyrant du Cœur überrascht. »Was in aller Welt sucht Ihr dort?«

»Etwas sehr Kostbares«, antwortete der Alte.

Der alte Magister folgte mir zum Wagen. Während ich einen Spaten ergriff, legte er sich ein zusammengerolltes Seil um die Schulter. Am Rand der Klippe band er sich das Tau um die Hüften, reichte das lose Ende dem Ritter und bat: »Seid so gut und befestigt das an Eurem wackeren Pferd. Wenn ich rufe, zieht an!«

Tyrant du Cœur nickte und pfiff seinem Streitroß. Das mutige Tier trabte mit aufgestellten Ohren herbei. Ich freute mich am Spiel der Muskeln unter dem seidigen Fell. »Ein herrlicher Hengst«, meinte ich bewundernd. »Wie nennt Ihr ihn?«

»Sangroyal«, erwiderte der Ritter. »In seinen Adern fließt das Blut der Pferde König Salomos.« Sorgfältig verknotete er das Seil am Sattel des Schimmels. »Ihr seid ein alter Mann«, sagte er zu dem Magister. »Laßt mich an Eurer Stelle gehen!«

»Nein«, entgegnete der Alte. »Den Storaxstab kann nur ich allein wiederfinden.«

Tyrant du Cœur zuckte die Achseln und zog die Schlinge an den Hüften des Alten fest. Bruder Maurus trat hinzu und wickelte sich das Tau um die gewaltige Rechte. »Seid vorsichtig!« mahnte er.

Der Alte nickte. »Gebt mir Euren Dolch, Herr Tyrant!« bat er.

Der Jüngling reichte ihm die Waffe. Doktor Cäsarius schob sie in seinen Gürtel. »Fertig!« murmelte er. Dann kletterte er langsam über den Rand der Kluft. Das Seil spannte sich, und der Magister schwang sich in die schwarze Felsentiefe hinab. Bald war er zwischen den Nebelschwaden verschwunden.

Ich überquerte die Brücke und lief bis zu einer Stelle, wo sich die Straße verbreiterte. Dort stieß ich den Spaten in das Geröll und hob eine flache Mulde aus. Ich legte die beiden Mönche hinein und schaufelte Erde über sie. Daneben begrub ich den Hund. Dann holte ich eine Axt, schlug die beiden stärksten Stangen eines Dornbuschs ab und band sie zu einem Holzkreuz zusammen.

Es dämmerte schon, als ich meine Arbeit beendet hatte. Der kalte Wind wehte immer heftiger durch die Schlucht. Die grauen Nebelfetzen stiegen höher und höher, bis sie wie geisterhafte Wogen unsere Füße umwallten. Maurus hielt das nun lockere Tau immer noch fest in den Händen. Besorgt blickte er über die Schulter nach dem roten Ritter. »Wo bleibt der Alte so lange?« fragte der Mönch. »Hier wird's allmählich ungemütlich!«

Tyrant du Cœur hob die Brauen. »Er wird schon wissen, was er tut«, murmelte er und klopfte seinem unruhigen Pferd auf den Hals.

Ich beugte mich über die niedrige Brüstung. Die Schlucht schien bis in die Hölle zu führen. Plötzlich vernahm ich einen fernen Laut.

»Ich habe etwas gehört!« rief ich den beiden anderen zu.

Bruder Maurus nickte. Das Seil straffte sich. Tyrant du Cœur packte die Zügel.

Wieder erklang ein leiser, hallender Ruf aus den nebligen Schwaden.

»Zweimal!« stellte der Mönch nun fest und schlang das Tau um einen riesigen Felsbrocken. »Los, Herr Ritter!«

Tyrant du Cœur schwang sich in den Sattel und drückte Sangroyal die Fersen in die Flanken. Gespannt verfolgten wir, wie das straffe Seil langsam nach oben glitt.

Da ertönte plötzlich ein lauter Schrei, und das Seil schwang locker in der Luft.

»Der Drache!« brüllte Bruder Maurus entsetzt. Mit fliegenden Händen riß er das Tau in die Höhe.

Tyrant du Cœur sprang vom Pferd. Ich eilte auf die beiden zu. Gemeinsam griffen wir nach dem Ende der Leine. Mit einem Schmerzenslaut zog der Mönch die Pranke zurück und rieb sie heftig an seinem wollenen Umhang.

Das Seilende war schwarz verfärbt, als sei es abgesengt worden. Ein zäher, tiefblauer Saft tropfte von den zerfransten Hanffasern zu Boden. Gelber Dampf stieg zischend auf, und erschrocken gewahrten wir, daß sich das Drachenblut durch die Felsen fraß wie glühende Kohle durch Schnee.

SECTIO VII

Ritter und Mönch blickten einander erschrocken an. Tyrant du Cœur zog sein Schwert. Mit einem Hieb der scharfen Klinge trennte er das rauchende Ende ab. Dann knotete er das Seil zu einer Schlinge und band sie sich um die Hüften.

»Laßt lieber mich gehen«, meinte Bruder Maurus. »Ich bin ein Diener Gottes. In diesem Höllenschlund helfen Psalmen eher als Panzer und Vaterunser besser als Waffen!«

Der junge Ritter schüttelte den Kopf. »Auch Eure beiden Mitbrüder hofften sich durch Kruzifix und Rosenkranz zu retten«, antwortete er. »Und wer verstünde von heiligen Dingen mehr als der alte Magister? Sein Wissen scheint ihm nichts genutzt zu haben. Jetzt kommt es auf Kenntnis im Kampf an, Mönch, und das fällt in mein Fach!«

Der dunkelgesichtige Riese packte mit seinen mächtigen Pranken das Tau und prüfte seinen Halt am Sattelknauf des Schimmels. Ohne ein weiteres Wort stieß sich der Ritter ab und tauchte in die fahlen Schleier hinunter.

Das letzte Tageslicht begann zu schwinden. Niedrige, dunkle Wolken senkten sich vom Himmel in die Schlucht.

»Setzt Euch schon mal auf das Pferd, Dorotheus«, meinte der Mönch. Geisterhaft leuchteten die weißen Augen in seinem dunklen Gesicht.

Ich rieb besänftigend die Nüstern des Schimmels und schwang mich in den Sattel. Sangroyal tänzelte aufgeregt hin und her, doch dann gehorchte er willig dem Druck meiner Schenkel.

Maurus hielt sich mit der Linken an einem Felsvorsprung fest und lehnte sich weit in den Abgrund hinaus.

»Könnt Ihr etwas erkennen?« fragte ich.

Der Mönch zog sich auf festen Grund zurück und schüttelte den Kopf.

Plötzlich ertönte ein scharfer Pfiff aus den Nebeln zu unseren Füßen. Hastig führte Bruder Maurus das Tau wieder um den rundgeschliffenen Steinblock und winkte mir zu. Ich drehte das Pferd und ritt vorsichtig an. Das Seil scheuerte an einer Felszacke. »Vorsicht!« warnte der Mönch. »Nicht so schnell!« Er bückte sich und zog mit unglaublicher Kraft die Leine auf ein Stück weichen Lehms. »Jetzt!« rief er mir zu.

Ich schnalzte mit der Zunge. Erneut setzte sich der Hengst in Bewegung. Als wir schon ein gutes Stück zurückgelegt hatten, flatterte plötzlich roter Stoff über die Klippe. Im nächsten Moment erblickte ich das vor Anstrengung verzerrte Antlitz Tyrant du Cœurs. Cäsarius von Carlsburg lag quer über den breiten Schultern des Ritters. Aus einer klaffenden Wunde am Kopf des Magisters troff Blut. Mit letzter Kraft klammerte er sich an seinen Retter.

Maurus packte den alten Mann an Armen und Beinen und zog ihn auf die Straße. Keuchend folgte der Jüngling und sank dann entkräftet zu Boden. In seinem Gürtel steckte der Storaxstab.

»Bei meiner Seele!« rief Tyrant du Cœur. »Noch einmal steige ich nicht in diesen Stinkpfuhl hinab, lägen dort auch Gold und Edelsteine zuhauf!«

»Was ist geschehen?« fragte Maurus. »Lebt der Drache noch?«

»Nein«, erwiderte der Ritter, »dem habe ich es gründlich besorgt. Sein verdammtes Blut spritzte überall hin... Der Kot einer kranken Katze verpestet die Luft nicht so schlimm wie dieser scheußliche blaue Schleim! Doch das Übelste quoll aus dem Kopf der Höllenechse...« Er wandte sich dem Alten zu. »Was suchtet Ihr dort eigentlich?« fragte er.

Doktor Cäsarius stöhnte. Vorsichtig befühlte er die Platzwunde an seiner Stirn. »Den Drachenstein«, murmelte er.

Wir starrten ihn überrascht an. »Gibt es den wirklich?« fragte der Mönch verwundert.

»Was staunt Ihr denn so?« antwortete der Magister. »Der Drache selbst bestand doch ebenfalls nicht nur in Eurer Einbildung, oder?«

»Nein«, brummte der Mönch und blickte auf seine blutenden Hände.

Doktor Cäsarius griff in die Tasche seines Talars und zog ein schimmerndes Gebilde hervor. Neugierig scharten wir uns um den Alten. Der leuchtende Gegenstand war etwa so groß wie ein Gänseei und besaß die Form einer fünfeckigen Pyramide mit abgehauener Spitze. Seine Oberfläche glänzte milchig trüb. In seinem Innern flackerte eine bläuliche Flamme.

Verzaubert starrten wir in das gespenstische Feuer, das sich in immer gleicher Bewegung zu schlängeln schien. »Was vermag dieser Stein?« fragte der Mönch mit dumpfer Stimme.

»Wer den lapis draconis besitzt, kann allen Tieren, auch vielen Pflanzen, manchmal selbst Wind und Wolken befehlen«, berichtete der Magister. »Freilich gehört dazu auch noch die Kenntnis verschiedener Formeln. Einige sind mir schon seit Jahrzehnten vertraut. Manche aber habe selbst ich noch nicht herausfinden können.« Mit zusammengekniffenen Augen blickte er an den Wänden der Schlucht in die Höhe. »Es wird gleich dunkel«, erklärte er dann. »Wir wollen hier lagern. Für heute sind wir sicher.«

Der Ritter nickte und reichte dem Alten den schwarzweißen Stekken. »Ich bleibe bei Euch, wenn Ihr gestattet«, meinte er. »Ich will mein Pferd nicht durch einen Ritt in dunkler Nacht gefährden.«

»Seid unser Gast«, lud ihn der Alte ein. »Auch Ihr, Bruder Maurus – schließt Euch uns an! Wir haben viel zu bereden. Ich sagte Euch ja schon: Es ist kein Zufall, daß wir uns hier trafen.«

Der Mönch schaute den Magister mißtrauisch an. Dann nickte er langsam.

Doktor Cäsarius erhob sich ächzend und wankte mühsam über die Brücke zu dem frischen Grab. Wir folgten ihm und falteten die Hände.

»Zieht euch den Harnisch Gottes an«, betete der Magister, »damit ihr gegen die listigen Angriffe Satans besteht. Denn wir haben nicht mit Königen aus Fleisch und Blut zu kämpfen, sondern mit den Herrschern der finsteren Welt, den bösen Geistern...«

Nach diesen Worten aus dem Epheserbrief des hl. Paulus fügte der Alte mit leiser Stimme hinzu: »Requiescate in pace, Gefährten! Aureus liegt zu Heisterbach, ihr nun in dieser Schlucht. Am Jüngsten Tag werden wir wieder vereint.«

Der Mönch murmelte ein Paternoster und sprach dann einen Segen, in dem er auch seinen Hund nicht vergaß, obwohl Tiere doch keine Seele und deshalb auch keinen Anteil am Ewigen Leben besitzen.

Dann wandten wir uns ab und schlugen unser Lager auf.

Mönch und Ritter halfen, Kisten abzuladen. Ich sammelte unterdessen Holz an den Rändern der Schlucht. Bald flackerte ein wärmendes Feuer unter einem kupfernen Kessel mit Bohnen und Speck. Dazu ließ Doktor Cäsarius einen Krug mit kräftigem Moselwein kreisen. Als erster packte der Mönch das Gefäß. Seine zerschundenen Hände waren mit Leinenstreifen verbunden. Jeder von uns nahm einen tiefen Schluck. Dann sprach der Magister:

»Was ich euch jetzt zu sagen habe, sollt ihr in euren Herzen bewahren und nicht nach außen dringen lassen, ehe es euch ausdrücklich erlaubt wird. Und das wird vielleicht nie geschehen. Ihr teilt mit mir ein Geheimnis, das ihr zwar jetzt noch nicht versteht, das uns jedoch von nun an verbindet wie eine eherne Kette. Noch darf ich Euch nicht alles offenbaren. Aber schon bald werdet ihr wissen, was euch geschah – und warum.«

Tyrant du Cœur starrte schweigend ins Feuer. Der Mönch fragte unwillig: »Wollt Ihr es dabei etwa bewenden lassen? Das wäre mir denn doch zu dünn! Mein treuer Hund getötet, mein Heim zerstört! An wem soll ich den braven Hylaktor rächen? Der Drache ist tot. Wer schuf, wer schickte ihn?«

»Ich bin noch nicht fertig«, entgegnete Doktor Cäsarius ruhig. Er lehnte sich an eine Kiste, glättete seinen Talar und fuhr fort:

»Nur der Heilige Vater selbst kann mich von meiner Schweigepflicht entbinden. Daraus mögt ihr ersehen, welche Bedeutung wir unserem Handeln beimessen müssen. Es ist der Stuhl Petri, in dessen Auftrag wir streiten!«

»Das sagtet Ihr schon in jener Herberge an der Aare«, meinte der Ritter. »Was hat der Drache damit zu tun?«

»Er kam, um uns zu töten«, erklärte Doktor Cäsarius knapp. »Mächtig sind die Feinde, denen wir entgegenziehen!«

»Wenn schon«, brummte der Ritter. »Hauptsache, man weiß, wofür man sich schlägt!«

»Gerade das darf ich euch noch nicht sagen«, antwortete der Magister. »Darum ist es wohl besser, wenn ihr mir jetzt erst einmal erzählt, was euch an diesen Ort verschlug. Vielleicht vermag ich daraus erhellende Schlüsse zu ziehen.«

Mönch und Ritter wechselten einen Blick. Dann sagte Tyrant du Cœur: »Das könnt Ihr haben. Ich bin der zweite Sohn des Grafen Normann von Tamarville. Unsere Burg steht im schönen Artois, der lieblichen Perle im Garten Gottes zwischen Paris und Flandern. Seit dem Tod meines Vaters gebietet mein Bruder Blandrate über unseren Besitz. Vor zwei Monden sandte er mich aus, unsere Schwester Alix aus Achaia heimzugeleiten.«

Doktor Cäsarius beugte sich aufmerksam vor. Bruder Maurus fragte: »Achaia? Wo liegt denn das?«

»So nennen die Franken ihr Fürstentum in Griechenland«, erklärte der Alte. »Fahrt fort, Herr Tyrant!«

»Nun«, meinte der Ritter lächelnd, »in diesen Bergen weiß man wohl nur wenig von der Welt. Ihr werdet euch gewiß auch fragen, wie ein Normannenfräulein nach Griechenland kommt. Ganz einfach: Meine Familie besitzt in Achaia aus alter Zeit ein Lehen. Wir sind die Herren von Katakolon an der Mündung des Alphiosflusses. Mein Großvater Rotwolf von Tamarville stürmte im Jahre des Herrn 1204 mit dem Kreuzritterheer als erster die Zinnen von Konstantinopel...«

»Kreuzritter?« fragte Bruder Maurus spöttisch. »Strauchdiebe, Beutelschneider, das paßte besser! Statt sich in kalten Steppen und kargen Sandwüsten mit kampftüchtigen Türken und angriffslustigen Arabern anzulegen, fielen diese Schnapphähne lieber über die verweichlichten Griechen her, ihre Glaubensbrüder in Christo. Im reichen Konstantinopel machte das Plündern und Brandschatzen wohl auch mehr Freude!«

Der Ritter griff zornig zum Schwert. »Was erlaubt Ihr Euch?« rief er erbost. »Das Urteil über tapfere Männer, die ihre Beute mit blanker Waffe erstreiten, gebührt wohl zuallerletzt einem Mönch, der seinen Unterhalt mit einem hölzernen Löffel erbettelt!«

»Beruhigt Euch«, sprach Doktor Cäsarius begütigend. »Papst Innozenz hat die Führer des Kreuzzugs mit dem Bann belegt. Der Tapferkeit Eurer Ahnen, Herr Ritter, tut das keinen Abbruch. Nicht wahr, Bruder Maurus?«

»Löffel? Betteln?« rief der Mönch erbost. »Das hättet Ihr mir vorhin sagen sollen, als ich Euch aus der Schlucht zog!«

»Streitet euch nicht!« mahnte der alte Magister.

Der Mönch zog eine kinderkopfgroße Schöpfkelle aus seinem Umhang, steckte sie ohne Umschweife in den Kessel und führte einen ordentlichen Schlag Bohnensuppe zum Mund. Geräuschvoll schlürfte er die heiße Speise. Doktor Cäsarius verzog das Gesicht. Der Ritter runzelte zornig die Stirn. Dann erzählte er weiter:

»Zum Dank für seine Tapferkeit auf Konstantinopels Mauern erhielt mein Ahnherr vom Anführer jenes Feldzugs, dem Grafen Balduin von Flandern, als neues Wappenzeichen den rotweißen Turm. Denn sieben Zinnen zierten auch die Bastion, die Rotwolf von Tamarville damals erstürmte. Später zog mein Großvater mit einem anderen Feldherrn des Heeres, Gottfried von Villehardouin, nach Achaia, um sich dort weiteren Ruhm zu erwerben.«

Mißtrauisch schielte der Ritter zu dem Mönch. Bruder Maurus schmatzte genüßlich. Tyrant du Cœur hob den Weinkrug, nahm einen tüchtigen Schluck und setzte seinen Bericht dann etwas ruhiger fort:

»Viele tapfere Normannen, Flamen, Burgunder und Provençalen fielen in diesen Kämpfen. Als die starke Burg Katakolon an der Westküste der Peloponnes erobert wurde, war es wieder Rotwolf von Tamarville, der die geborstenen Wälle als erster überwand. Dafür erhielt er die Feste und das umliegende Land am Alphios zum Lohn. Nach vielen weiteren Kriegszügen fiel Ritter Rotwolf bei Pelagonia in Mazedonien heldenhaft kämpfend unter den Schwertern der Griechen. Seine Witwe Beatrix ließ ihn in einem Kloster bestatten. Dann setzte sie ihren Schwager Audemar als Burgherrn in Katakolon ein und kehrte mit ihrem Sohn Normann nach Tamarville zurück.«

Der Ritter hob wieder den Humpen. Dann erzählte er weiter:

»Viele Jahre später reiste meine Mutter nach Achaia, um dort ihre kranke Lunge zu heilen. Sie starb in der Burg bei der Geburt meiner Schwester. Mein Vater konnte das Kind nicht nach Frankreich holen, denn es war viel zu schwach. Auch später rieten die Ärzte stets von einer Reise nach dem kalten Norden ab. So wuchs die edle Alix bei ihrer Tante Mahaut auf. Meine Schwester fühlte sich in Griechenland offenbar ziemlich wohl... Jetzt aber soll sie endlich heimkehren, um sich mit unserem Nachbarn, Graf Robert von Montclair, in Gottesfurcht und Liebe zu verbinden. Mein Bruder Blandrate beauftragte mich, sie nach Tamarville zu geleiten.« Der Ritter lächelte. »Man sagt, Alix sei die schönste Jungfrau in ganz Achaia«, fügte er stolz hinzu.

»Man sagt?« fragte Doktor Cäsarius. »Habt Ihr sie denn selbst noch nie gesehen?«

»Nein«, antwortete der junge Ritter versonnen. »Ich reise zum ersten Mal nach Achaia. Habt Ihr einen Löffel für mich? Danke! Ich sah Euch vor mir in die Schlucht fahren. Da beeilte ich mich, Euch einzuholen. Plötzlich flog dieser Drache von den Felsen herab.« Er lächelte ein wenig. »Eigentlich wollte ich an der Rhone zum Mittelmeer reiten und mich dann in Genua auf eine Galeere nach Corinth begeben. Dann aber riet mir eine innere Stimme, den Weg durch die Alpen zu nehmen.«

»Was für ein Pech!« meinte ich, schluckte ein Stück Speck hinunter und griff nach dem Krug.

»Pech? Seid Ihr närrisch?« rief Tyrant du Cœur. »Welchen größeren Ruhm konnte ich an meine Farben heften als den eines Drachenbezwingers? Wie viele Männer durften schon solches vollbringen? Vor tausend Jahren erstach der hl. Georg von Kappadozien am See Silena in Libyen ein solches Teufelstier. Der fromme Legionär Theodorus von Euchaita erschlug kurz darauf zu Amasia am Schwarzen Meer einen Drachen mit seinem Schwert. Und wieder nur einige Jahre später war es der hl. Martin von Tours, der in der Provence die Echse Tarasque mit geweihtem Wasser zu töten verstand. Vor achthundert Jahren befreite Domitian, der Bischof von Maastricht, die flandrische Stadt Huy von einem giftspeienden Drachen. Der Bischof Romanus von Rouen tötete den greulichen Gargouille an der Seine, indem er ihm das leinene Skapulier eines Mönchs überwarf. Der sechste und letzte Drachenbezwinger war der hl. Beatus, hier in diesen Bergen, und seitdem sind nun schon sechshundert Jahre vergangen. Außer diesen tapferen Männern siegten nur die Apostel selbst über die teuflischen Tiere: Thomas in Indien und Andreas, der Bruder Petri, gleich zweimal an einem Tag bei Nicäa in Bithynien.«

»Ihr seid gut unterrichtet«, meinte Doktor Cäsarius. »Aber ich fürchte, Eure Ruhmestat muß einstweilen unter uns bleiben.«

Bruder Maurus rülpste laut und tunkte seine Kelle platschend in die nahrhafte Brühe. Der alte Magister zuckte zusammen. Zögernd zog er die zweizinkige Gabel und fischte nach einem Bissen Fleisch. Der Mönch beobachtete ihn belustigt und ließ laut einen Wind fahren. »Ist etwas?« fragte er unschuldig.

»Erzählt nun von Euch, Bruder!« forderte Doktor Cäsarius mißmutig. »Ich hoffe, Euer Mund spricht ebenso deutlich wie Euer Gesäß.«

»Nun ja, die Bohnen!« meinte der Mönch gemütlich. »Je lauter der Färz, desto freier das Herz.« Wieder erklang ein knarrendes Orgeln unter seinem Gewand.

»Puh!« machte der Jüngling. »Haltet ein, Bruder Mönch, Ihr seid doch kein Drache!«

Der Riese räusperte sich. »Nun, eine so fesselnde Mär wie der Herr Ritter habe ich natürlich nicht zu bieten«, meinte er dann. »Ich bin nur ein einfacher Mann aus dem Maurenland, wanderte einst nach Norden und lebte eine Weile in dieser Höhle, bis ...«

»Das geht mir zu schnell«, unterbrach ihn der Magister. »Woher genau stammt Ihr – aus Spanien oder aus Afrika? Wie hießen Eure Eltern? Und welchen Standes waren sie?«

Bruder Maurus blickte den Alten unwillig an. »Ich wüßte nicht, warum das von Wichtigkeit sein sollte«, wehrte er ab.

»In aller Freundschaft, Bruder Maurus«, sagte Doktor Cäsarius sanft, »das kann ich wohl besser beurteilen. Ich verspreche Euch, daß ich nachher ebenso ausführlich von mir berichten werde.«

»Da bin ich schon jetzt gespannt«, murmelte der Mönch. »Also, wenn Ihr es unbedingt wissen wollt: Mein Vater hieß Simon und lebte als fleißiger Fischer im felsreichen Melilla. Der Hafen liegt am Rif von Marokko. Der Berg ragt wie ein Sporn ins Meer, genau gegenüber von Almeria.«

»War er ein Christ?« fragte der alte Magister.

»Wie?« meinte der Mönch. »Ach so, jaja, natürlich.«

»Aber Ihr seid in einem heidnischen Land aufgewachsen«, stellte der Ritter fest.

»Zweifelt Ihr etwa an meinem Glauben?« fuhr der Mönch auf.

»Aber nein!« beschwichtigte ihn der alte Magister. »Erzählt nur weiter!«

»Auch ich wurde Fischer«, berichtete Bruder Maurus. »Meine Eltern starben früh. Im Jahr darauf gelangte ein neuer Sultan zur Macht. Er verdoppelte die Kopfsteuer für alle Christen und Juden. Daraufhin setzte ich mich in mein Boot und segelte nach Aragon. Ein Mönch nahm mich mit in das Kloster de Santas Creus und lehrte mich dort, nach der Zisterzienserregel zu leben.«

Der dunkelgesichtige Hüne verstummte, schüttelte sich eine weitere Kelle Suppe in den breiten Mund und sprach schmatzend weiter:

»Aber in Spanien herrscht immer Krieg, und ich bin ein äußerst friedliebender Mensch. Darum entfloh ich dem Waffengetöse nach Norden. Ich suchte einen abgeschiedenen Ort, an dem ich ein ruhiges Leben als Einsiedler führen konnte. Nach langen Wanderungen fand ich endlich diese Höhle, in der ich nun schon seit fünf Jahren hause.«

»Jetzt wurdet Ihr auch hier gestört«, meinte ich mitfühlend.

»Gestört? Wollt Ihr mich verspotten?« beschwerte sich der Mönch. »Ich bin völlig erledigt! Und das alles nur, weil so ein ehrgeiziger Ritter mein stilles Tal zum Schauplatz eines Drachenkampfs erkor!«

»Ich habe weder Ort noch Gegner gewählt«, antwortete Tyrant du Cœur verdrossen.

Doktor Cäsarius meinte begütigend: »Immerhin, Bruder Maurus, rettete uns der Ritter das Leben. Ohne Herrn Tyrant hätte uns diese Bestie mit Haut und Haaren verschlungen.«

»Wenn Ihr mit dem Satan Händel habt«, versetzte der Mönch und spuckte einen Knochen ins Feuer, »so laßt gefälligst Unschuldige aus dem Spiel, die nichts weiter als ihre Ruhe wollen.«

»Ihr seid ja ein seltsamer Christ!« tadelte der Ritter. »Wenn es gegen den Gottesfeind geht, sollten alle Gläubigen Schulter an Schulter stehen, gleichviel, ob sie das Herz eines Löwen besitzen oder nur den Mut einer Maus!«

»Nennt Ihr mich etwa feige?« erboste sich Bruder Maurus. »Euch schützte Eure Rüstung, ich aber kämpfte mit bloßen Händen!«

»Nicht doch, ihr Herren!« mahnte der alte Magister. »Wir sitzen im selben Boot. Bringt es nicht unüberlegt zum Kentern! Sonst müssen wir alle ertrinken. Bruder Maurus, ich bitte Euch: Sagt mir nun noch, wo Ihr Euch in den letzten Tagen aufgehalten habt!«

»Das braucht kein Geheimnis zu bleiben«, brummte der dunkelgesichtige Hüne verstimmt. »Ich wanderte vor zwei Wochen mit meinem treuen Hylaktor über den Paß des hl. Gotthardt, um einen Mitbruder in der Gegend von Airolo zu besuchen. Er besitzt sehr lesenswerte Bücher, und außerdem braut er einen... doch das gehört nicht hierher!«

»Was für Bücher denn?« fragte der Alte.

»Schriften, wie ich sie noch niemals sah«, erzählte der Mönch. »Geschrieben von berühmten Männern: Abel, Noah, Henoch ...«

Ich griff nach dem Krug: Der Mönch berichtete weiter:

»Ich gedachte mir ein paar Bände auszuleihen, um meinen Geist in der Einsamkeit zu unterhalten. Doch Vater Hermogenes, so heißt mein Freund, wollte mir die Werke nicht überlassen. Er schien sich wegen der Schriften ziemlich zu sorgen... Als ich zu meiner Klause zurückkehrte, sah ich schon von weitem, daß der Eingang völlig zerstört war. Ihr fuhrt gerade die Straße entlang. Ich hielt Euch, halten zu Gnaden, für ganz gemeine Diebe, die nicht einmal vor dem Eigentum eines Einsiedlers Ehrfurcht empfinden. Dann aber kroch dieser Lindwurm aus meiner Behausung... und mein armer Hylaktor...«

Er brach ab und wischte sich mit einem Zipfel des Umhangs die Augen. Ich empfand Mitleid mit dem Mönch und wollte ihn auf andere Gedanken bringen. Darum beugte ich mich vor und fragte freundlich: »Täusche ich mich, Bruder Maurus, oder war Euer Vater ein Mohr?«

»Was?« schrie der Mönch und sprang auf die Füße. »Wollt Ihr mich beleidigen? Meine Ahnen stammten sämtlich aus Spanien!«

Erschrocken fuhr ich zurück. »Ach so«, erwiderte ich. »Wohl aus dem südlichsten Teil? Ich meine, von dort, wo die Sonne...Ich wollte sagen...«

Der dunkelgesichtige Riese griff nach einem brennenden Holzscheit.

»Natürlich«, rief ich hastig. »Krauses Haar und breite Nasen findet man ja auch bei anderen Völkern...«

Der Mönch hielt mir eine riesige Faust vor das Gesicht. »Noch ein Wort, Hühnerbrust«, drohte er, »und Eure Nase ist so platt wie die Philister unter Samsons Säulen!«

»Beruhigt Euch, Bruder Mönch!« mischte sich Doktor Cäsarius ein. »Es war doch nicht böse gemeint!«

Der Hüne schleuderte das Scheit ins Feuer und setzte sich auf ein Faß. Tyrant du Cœur reichte ihm versöhnlich Wein. Mit einem finsteren Blick auf uns alle nahm Bruder Maurus den Krug und leerte ihn in einem einzigen Zug. Klirrend zerschellte das Tongefäß an einem Felsen.

»Nun seid Ihr an der Reihe!« sagte der Mönch zu dem Magister.

»Also gut«, seufzte Cäsarius von Carlsburg. »Meinen Namen

kennt Ihr ja, wißt auch, woher ich stamme. Mein Blut ist slawisch.« Er blickte mich freundlich an. »Und so spricht manchmal auch meine Zunge. Vor allem, wenn ich bete. Ich bin Magister der Theologie, Alchemie und Physik, zugleich auch Doktor dämonologiae. Der Heilige Stuhl befahl mich zum Kampf gegen eine fremde Gewalt, die sich gefährlicher Geister bedient. Was diese böse Macht beabsichtigt, wissen wir noch nicht genau. Doch wir befürchten das Schlimmste! Die bisherigen Unternehmungen unseres Feindes deuteten darauf hin, daß ein Überfall auf das Kloster Heisterbach am Rhein bevorstand. Die Mönche dieser Abtei zählen wie Ihr, Bruder Maurus, zum Orden der Zisterzienser.«

»Ich weiß«, meinte der Mönch, stieß schallend auf und griff nach einem neuen Krug Wein. Doktor Cäsarius blickte anklagend zum Himmel und fuhr dann fort:

»Woher ich wußte, daß ein Dämon diese Abtei heimsuchen würde, darf ich jetzt noch nicht verraten. Jedenfalls stellte ich dem Unhold eine Falle. Dann geschah leider etwas, das ich nicht vorhersehen konnte.«

Der alte Magister berichtete nun in kurzen Worten von den Ereignissen in jener Gewitternacht vor zwei Wochen und von mir. »Darum«, so schloß er, »konnte der Kynokephalus am Ende entkommen und sogar seinen Raub retten. Er floh nach Osten, wahrscheinlich nach Achaia. Wir werden ihm folgen.«

»Es tut mir leid«, meldete Tyrant du Cœur sich zu Wort, »aber auf mich müßt Ihr dabei verzichten. Ich habe andere Pläne.«

»Nach Griechenland ist es weit«, sprach der Alte bedächtig. »Wer weiß, was bis dahin noch alles geschieht!«

Der Ritter zuckte die Achseln. »Ich habe nichts dagegen, Euch bis Venedig zu begleiten«, meinte er. »Auch teile ich gern ein Schiff nach Achaia mit Euch. Dort aber warten Pflichten auf mich, die ich nicht versäumen darf.«

»Das könnt Ihr alles später besprechen«, meinte der Mönch ungeduldig. »Sagt mir nun endlich, was Eure Erzählung mit diesem Drachen zu tun hat!«

»Das Ungeheuer wurde ausgesandt, nachdem der Dämon seinem Herrn von uns berichtet hatte«, antwortete der Magister. »Schon in der Herberge an der Aare hörte ich den Mamonas über unserem Dach. Eure Klause, Bruder Maurus, bot dem Behemoth ein günstiges Versteck. Ich erkannte zwar die Wegmarken seiner Luftreise, denn im Gebirge lagen überall Kadaver von großen Tieren umher. Doch als sich in dieser Höhle nichts rührte, glaubte ich, der Drache lauere uns am Gotthardtpaß auf. Ich hätte zu Eurer Klause hinaufklettern und nachsehen sollen. So aber konnte die Echse warten, bis ich mit meinem Storaxstab vorbeigezogen war.«

»Mit was für einem Stab?« fragte Tyrant du Cœur. Der Alte erklärte es ihm. Auch Bruder Maurus lauschte gespannt. Dann berichtete Doktor Cäsarius weiter:

»Als ich Euch, Bruder Maurus, auf der anderen Seite der Brücke erspähte, meinte ich erst, Ihr wärt der Feind. Wegen dieses Irrtums konnte uns der Drache noch leichter überraschen. Ich fiel zwischen die Felsen und verlor meinen Stab. So hätten wir in dem ungleichen Kampf gewiß unser Leben gelassen, wäre uns nicht durch himmlische Fügung der Ritter zu Hilfe geeilt.«

»Und der edle Hylaktor!« fügte Bruder Maurus hinzu.

»Und Euer braver Hund!« bestätigte der Alte.

»Wahrlich, selbst in meinen düstersten Träumen sah ich noch niemals ein solches Teufelsgeschöpf!« stieß ich hervor. »Als Eure Lanze, Herr Tyrant, von der Schuppenhaut abprallte, glaubte ich uns alle verloren. Denn wie tötet man ein Wesen, dessen Panzer selbst einem solchen Stoß widersteht?«

»Mit den Waffen des Glaubens«, antwortete der Magister.

»Aber die beiden Mönche hielten dem Ungeschöpf doch ihre Kruzifixe und Rosenkränze entgegen«, zweifelte ich. »Dennoch fielen sie dem Mamonas hilflos zum Opfer.«

Fragend blickten Mönch und Ritter zu dem Dämonologen. »Ihr sprecht die Wahrheit, Dorotheus«, meinte der Alte nach einer Weile. »Doch Lucretius und Caleb, die beiden armen Seelen, führten die heiligen Waffen zwar mit den Händen, nicht aber auch mit den Herzen. Die Wunderkraft geweihter Gegenstände wirkt stets nur so weit, wie der Glaube ihrer Benutzer reicht. Das Gottvertrauen unserer Gefährten erwies sich als zu gering, wie schon bei Bruder Aureus in Heisterbach. Nur darum durfte der Drache die Mönche töten.«

»Das ist wirklich gut«, brummte Bruder Maurus. »Ein Doktor der Dämonologie auf der Suche nach einem unbekannten Feind. Ein verhinderter Priester auf der Flucht vor einem grauen Gespenst. Ein junger Ritter auf der Jagd nach Lorbeeren. Was aber habe ich damit zu schaffen, der ich doch nichts als meinen Frieden haben möchte?«

»Ihr hattet eben Pech«, bemerkte Tyrant du Cœur. »Wärt Ihr ein wenig später heimgekehrt, so säßet Ihr jetzt zwar in einer recht unordentlichen Behausung, doch Euer Hund wäre noch am Leben, und außer ein wenig Gestank würde nichts Euren Seelenfrieden stören.«

»Ganz so einfach ist das nicht«, widersprach der Magister. »Laßt mich nun weiter berichten. Mich überraschte es nicht, daß Eure Lanze, Herr Tyrant, wirkungslos blieb. Sind doch die Panzer der Satansechsen ebenso hart wie die Herzen der Gottlosen! Die Klauen solcher Kreaturen schneiden tief wie unbereute Sünden, ihr Blut aber ätzt so beißend wie die Verleugnung Jesu. Das habe ich gemerkt, als ich an diesem Seil hing.«

»Und ich, als ich mit diesen Krallen rang«, meinte der Mönch und hob den Krug in der verbundenen Rechten.

»Warum dann diese Teufelsfistel, die den Mamonas schließlich doch verwundbar machte?« fragte der Ritter.

»Unvollkommen sind alle Werke des Satans«, erklärte Doktor Cäsarius. »Denn er ist ja kein Schöpfer, sondern nur ein Affe Gottes, der den Allmächtigen nachzuahmen versucht, ohne es ihm je gleichtun zu können. Dennoch vermochtet Ihr, Ritter Tyrant, nur mit einer Waffe zu siegen, die durch christlichen Zauber geweiht war.«

»Das Schwämmchen!« rief der Ritter verwundert.

»Ja«, bestätigte der Magister. »Es enthielt Tropfen von den vier heiligsten Wassern der Welt: aus dem Fluß Jabbok, an dem einst Jakob mit dem Engel rang. Aus dem Bach Kishon, an dem der Prophet Elias die Priester Baals bezwang. Aus dem Strom Kebar, an dem Ezechiel die Herrlichkeit des Herrn schauen durfte. Und aus dem Taufbecken Jesu, dem Jordan. Es gibt keinen stärkeren Schutz gegen unreine Geister. Miteinander vermengt zerfressen diese Wasser die Körper der Höllenwesen wie Säure.«

»Das habe ich gesehen«, bestätigte Tyrant du Cœur. »Der Bauch des Behemot in der Schlucht war weich wie geschmolzenes Wachs. Was widerfuhr Euch denn dort unten? Hatte das blaue Blut das Seil durchgefressen?«

Der Alte nickte. Tyrant du Cœur entwand dem Mönch den Weinkrug und trank in hastigen Zügen.

»Hinter dem Hirn trägt der Mamonas den magischen Stein«, fuhr der Magister fort. »Ursprünglich gedachte ich dieses Geheimnis für mich zu behalten. Denn ich meinte, euch könne es eher schaden als nützen. Doch dann riß das Tau, und Ritter Tyrant ließ sich zu mir herab... Natürlich bemerkte er sofort, daß ich den Schädel geöffnet hatte. Drache der Finsternis! Erzfeind des Engels Gabriel! Ich konnte es kaum glauben, daß er noch einmal auf die Menschen losgelassen würde...« Er blickte sich unruhig um. »Die Macht, die uns verfolgt, verfügt über stärkere Teufelswerke als alle anderen Gottesfeinde seit tausend Jahren«, sagte er düster.

Der Mönch starrte den Alten an. »Und was habt Ihr in meiner Klause gesucht?« wollte er wissen.

Statt einer Antwort schaute der Dämonologe zu mir und stärkte sich wieder mit Wein. Ich antwortete für ihn: »Es hätte doch sein können, daß unser Feind in der Höhle ein Zeichen zurückließ, das ihn verriet.«

Der Alte nickte.

»Wer es auch immer war«, rief Bruder Maurus voller Haß, »ich werde den treuen Hylaktor rächen, und sei es an Satan selbst!«

»Wohlgesprochen«, lobte der Alte. »Ich freue mich, daß Ihr uns folgen wollt. Der Feldzug führt in ferne Länder und birgt große Gefahren. Aber am Ende winkt ein hoher Preis.«

Ich starrte in die Dunkelheit. Plötzlich lastete die Luft schwer wie Blei auf meiner Brust. Besorgt sah ich mich um. Doktor Cäsarius folgte meinen Blicken. »Nein«, versuchte er mich zu beruhigen. »Das kann nicht sein. Wir haben mindestens zwei Tage Vorsprung vor ihm! Allerdings...« Der Alte gab sich einen Ruck. »Also gut«, meinte er. »Helft mir!«

Er trat zu dem zerbrochenen Wagen, löste von der Seitenwand drei Bretter und band sie mit Seilen zusammen. Dann schob er die hölzerne Rinne in einen kleinen Wasserfall neben unserem Lager. Der Ritter verkeilte die Planken in der Felswand, der Mönch sicherte sie mit Steinen. Kurze Zeit später floß ein Teil des Sturzbaches den Weg hinunter und über die Brücke.

»Das sollte genügen«, meinte der Magister.

»Dieses Rinnsal hält vielleicht einen Zug Ameisen auf«, zweifelte Tyrant du Cœur, »aber doch keine Dämonen!«

Doktor Cäsarius erklärte ihm, was er von dem Assiduus wußte. Die beiden Männer lauschten mit grimmigen Gesichtern. »Höllenbrut!« stieß der Mönch hervor. »Freilich, wenn Satans Geschöpfe sogar die geheiligte Heimstatt eines frommen Klausners zerstören durften!«

Mit diesen Worten leerte der dunkle Riese auch den zweiten Krug und schleuderte ihn mit kräftigem Schwung in die nachtdunkle Schlucht.

Das Feuer brannte allmählich nieder. Wir legten uns zur Ruhe. Ich konnte lange Zeit nicht schlafen. Unruhig wälzte ich mich hin und her. Die Last auf meinem Leib schien immer schwerer zu werden.

Spät in der Nacht erhob sich Doktor Cäsarius plötzlich, blies in die Glut und legte ein wenig Holz nach. Als helle Flammen emporzüngelten, zog der Dämonologe das schwarze Büchlein aus seinem Talar und hielt es dicht vor die Augen. Dann hörte ich ihn immer wieder jene Worte sagen, deren Bedeutung ich erst später erfuhr: »Manus tardit terrorem divinitate capitis« – »Durch die göttliche Weisheit des Hauptes hält die Hand das Schreckliche auf.«

Diese Worte sollte ich niemals vergessen.

SECTIO IX

Im Morgengrauen weckte mich ein kalter Regenguß. Ich richtete mich auf und sah mich um. Der Ritter ruhte, das Haupt auf den Sattel gebettet, unter den schirmenden Zweigen einer verkrüppelten Kiefer. Aus dem zerbrochenen Wagen drang das Schnarchen des alten Magisters. Seine eidechsenledernen Stiefel ragten unter der Plane hervor. Bruder Maurus lag in einer Felsnische, durch seinen wollenen Umhang gegen Wind und Wetter geschützt.

Plötzlich zuckte der schlafende Zisterzienser zusammen. Im nächsten Moment sprang er mit einem Satz auf die Füße, rollte die Augen und stieß mit zorniger Stimme viele unverständliche Worte hervor. Dabei schlug er in die Luft, als sähe er einen Feind, auf den es einzudreschen gelte.

Das laute Gebrüll des Riesen schreckte den Ritter auf. Tyrant du Cœur zog sein Schwert und spähte suchend im Kreis. Dann stieß er seine Waffe ins Wehrgehenk zurück und fragte: »Wacht Ihr oder träumt Ihr, Bruder Mönch? Hier ist niemand zu sehen!«

»Wie?« rief der dunkelgesichtige Hüne und rieb sich die Augen. »Was ist denn?« Verwundert schaute er den Ritter an.

»Euch plagte wohl ein Alpdrücken!« meinte Tyrant du Cœur.

Der alte Magister kletterte von dem zerstörten Wagen. Gemeinsam entluden wir Kisten und Werkzeug. Dann hoben Ritter und Mönch das schwere Gefährt empor. Ich zog schnell das Rad ab und häufte stützende Steine unter den Wagenkasten. Dann erneuerten wir die Achse. Zuletzt verschnürte Doktor Cäsarius die kupferbeschlagene Truhe hinter dem Kutschbock. Den Drachenstein trug er in einem ledernen Beutel an einer Kette um seinen Hals.

Kurze Zeit später ließen wir die Schlucht hinter uns und querten einen breiten, von buntbelaubten Bäumen bestandenen Berghang, den eine milde Herbstsonne bestrahlte. Am Abend rasteten wir neben dem schmalen Saumpfad, der in nebliger Höhe über den Paß des hl. Gotthardt führt. Mit einem Gebet gedachten wir jenes bayrischen Bauernsohns, der vor anderthalb Jahrhunderten trockenen Fußes über die Donau schritt und später zum Bischof aufstieg.

Nach einer zweiten ungemütlichen Nacht weckte uns wieder der Kampfschrei des Mönchs, und erneut schien er verwirrt, als wir uns um ihn scharten. Nach einem hastigen Frühstück rollten wir über den Grat und zogen dann in das Tal des reißenden Flusses Ticinus hinab, an dem einst Hannibal die Römer schlug. Der alte Magister trieb uns zur Eile. Auch Bruder Maurus konnte es offenbar kaum erwarten, den Klausner wiederzusehen.

Die Mittagssonne stand am Himmel, als wir in einer kalkweißen Klippe die schwarze Öffnung einer kleinen Höhle erblickten. Doktor Cäsarius hielt die Pferde an und blickte mit gespannter Miene auf den Eingang der Einsiedelei.

»Was ist Euch?« fragte der Mönch. »Befürchtet Ihr etwa...?« Dann flog ein finsterer Schatten über das dunkle Antlitz des Riesen. Ohne ein weiteres Wort sprang Bruder Maurus vom Kutschbock. Einige Herzschläge später kletterte er auf einer hölzernen Leiter zu dem gähnenden Loch und verschwand in der Höhle.

Der Alte schüttelte zweifelnd den Kopf und folgte dem Mönch mit bedenklicher Miene. Jetzt erst sah ich den rotschnäbeligen Raben auf der Spitze des Felsens. Schnell lief ich dem Magister nach. Tyrant du Cœur blieb im Sattel sitzen. Unbewegt wie ein marmornes Standbild schaute der Ritter zu Tal. Die Hand des Jünglings lag auf seinem Schwert. Sein edles Antlitz strahlte Entschlossenheit aus wie das eines Erzengels, der die Tore Edens bewacht.

Aus dem Innern der Grotte drang ein grausiger Schrei. Der alte Magister beschleunigte seine Schritte. Keuchend hasteten wir in die kühle Felsenwohnung.

Im schwachen Schein des Lichts, das durch den Eingang fiel, erblickten wir Bruder Maurus. In seinen starken Armen hielt der Mönch den mageren Leib eines uralten Mannes. Das graue Haar des greisen Klausners fiel fast bis zum Boden. Ein weißer Bart bedeckte seine Brust. Es schien, als schliefe er.

»Vater Hermogenes!« schluchzte der Riese. »Wacht auf! Sagt doch etwas!«

Weinend bettete der Mönch den Einsiedler auf die Erde, beugte sich über ihn und preßte sein Ohr an die knochige Brust. Doktor Cäsarius legte dem Hünen die Hand auf die Schulter. »Es hat keinen Zweck«, murmelte er. »Er ist tot.«

»Tot?« wiederholte Bruder Maurus fassungslos. »Doch wie? Warum? Als ich ihn vor drei Tagen verließ, glühte er vor Gesundheit. ›Ich werde hundert Jahre alt‹, sagte er. Und nun...«

»Er wurde ermordet«, erklärte der alte Magister und trat zu einem Schrank, auf dem verschiedene Bücher lagen. Ich folgte ihm und erkannte, daß das Regal von fremder Hand durchsucht worden war. Schriften und Rollen lagen verstreut umher. Einige waren zu Boden gefallen, andere wie in sinnloser Wut in Fetzen gerissen.

»Ermordet?« rief Bruder Maurus. »Aber es ist doch gar keine Wunde zu sehen!«

Der Dämonologe seufzte. »Wer sich auf die Kunst des Tötens so gut versteht wie unser Feind«, sagte er dann, »der braucht weder Dolch noch Drogen. Gibt es doch bessere Mittel, die zudem schneller wirken und keine Spuren hinterlassen. Der Zauberer Simon Magus zum Beispiel, der Erzgegner Petri in Neros Tagen, flüsterte seinem Opfer nur ein bestimmtes Wort ins Ohr, und sogleich fiel es tot um. Gewisse Zauberer in Arabien halten sich Schlangen, die durch ihr Zischen auf Bogenschußweite töten. Und der bithynische Basilisk, mit den richtigen Kräutern gefüttert, vermag einen Menschen allein mit seinem Blick umzubringen.«

»Simon Magus?« fragte ich verwundert. »Heißt so unser Feind? Wie jener Magier aus der Bibel, der wegen seiner Zauberei von dem Apostel Philipp samt all seiner unreinen Geister vertrieben wurde?«

»Ja, den meinte ich«, antwortete der Magister. »Hier aber war er nicht am Werk – er starb schon vor 1200 Jahren! Kennt Ihr die passio Petri etwa nicht, die Leidensgeschichte des ersten Apostels? Nach seiner Vertreibung aus Samaria zog Simon Magus nach Rom und erwarb dort als Magier große Berühmtheit. Er machte Menschen unsichtbar, weckte Tote auf, verwandelte sich in Schlangen, Ziegen und Vögel und vollbrachte noch andere Wundertaten. Vor Kaiser Nero behauptete er, der Sohn Gottes zu sein. Zum Beweis bot er an, sich von Engeln gen Himmel tragen zu lassen. Nero ließ auf dem Marsfeld einen Holzturm errichten, lorbeerumkränzt stieg Simon Magus hinauf, und wirklich schwebte der Zauberer bald über den Tempeln und Hügeln der Stadt. Nicht Engel, sondern Dämonen trugen ihn in die Höhe. Petrus erkannte die Satansgeister und befahl ihnen, ihren Herrn fallen zu lassen. So stürzte Simon Magus zu Tode. Sein Blut spritzte dem Kaiser ins Gesicht.«

»Die passio Petri gilt nicht als Bestandteil der Heiligen Schrift«, wandte ich ein. »Viele neuere Theologen halten sie für eine fromme Legende.«

»Wohl weil heute niemand mehr glauben möchte, daß bestimmte Menschen sich in Tiere verwandeln oder gar durch die Luft reisen können«, versetzte der Dämonologe. »Doch daran, daß Jannes und Jambres, die Zauberer des Pharao, ihre Stäbe in Schlangen verwandelten, wagt kein Christ zu zweifeln, denn das steht ja im Buch Exodus.«

»Ihr habt recht«, gab ich zu. »Auch ich hätte mir so manches, was ich mit Euch schon erlebte, vorher nicht träumen lassen.«

Der alte Magister bückte sich und betrachtete prüfend den Boden der Höhle. »Hier war ein Zauberer am Werk, der noch viel mehr Macht als Simon Magus besitzt«, erklärte er dann. »Wenn ich nur herausfinden könnte, mit wem wir es zu tun haben!«

»Wer es auch immer sein mag«, stieß Bruder Maurus haßerfüllt hervor, »ich werde nicht ruhen, bis Vater Hermogenes und mein treuer Hylaktor gerächt sind. Das schwöre ich bei meinem Leben!«

»Achtet auf Eure Worte!« mahnte der alte Magister. »Menschenkraft reicht nicht aus, diesen Gegner zur Strecke zu bringen. Das kann nur mit Gottes Hilfe gelingen. Doch der Allmächtige findet an Rachedurst keinen Gefallen. Betet lieber um Gnade, statt vorschnell Schwüre zu leisten!«

»Der Allmächtige!« schrie der Mönch wie von Sinnen und riß sich in schrecklichem Zorn die Kutte vom Leib. »Wieviel Macht besitzt er denn, wenn er nicht einmal seine frömmsten Diener schützen kann? Hermogenes lebte frei von Sünde. Dennoch mußte er sterben. Ich werde ihn rächen, mit oder ohne Gott!«

»Vermeßt Euch nicht!« rief der Dämonologe besorgt. »Mäßigt Euch und bereut Euren sinnlosen Zorn, sonst seid Ihr verloren!«

Der Riese verstummte. Schweratmend kniete er auf dem Boden. Rötlichweiß leuchteten seine Augen. Immer wieder strich er dem toten Klausner liebevoll über das Haar.

»Standen die Schriften Abels, Noahs und Henochs in diesem Schrank?« fragte Doktor Cäsarius.

Der Mönch nickte stumm.

»Sie sind verschwunden«, stellte der alte Magister fest. Suchend tastete er umher. Dann zog er ein geschliffenes Glas aus der Tasche und beugte sich prüfend über das unterste Brett.

»Habt Ihr etwas entdeckt?« fragte ich gespannt.

Doktor Cäsarius seufzte. »Unser Feind ist sehr vorsichtig«,

brummte er. Dann stieß er einen Pfiff aus. »Jetzt hat er vielleicht doch einmal einen Fehler gemacht!« meinte er in plötzlicher Erregung. Er zog ein rotes Seidentuch aus dem Talar und wickelte es um seine Rechte. Dann griff er mit äußerster Vorsicht nach einem zerlesenen Evangeliar. Eine dicke Schmutzschicht bedeckte den braunen Einband.

Neugierig schaute ich dem Alten über die Schulter. Bruder Maurus erhob sich und trat mit finsterer Miene zu uns.

Doktor Cäsarius spitzte die Lippen, beugte sich über das Buch und blies ein wenig Staub von dem Deckel. Unter dem Schmutz blinkte ein Scherben wie ein winziger Spiegel.

»Schnell, Dorotheus!« befahl der Magister. »Holt mir das fliederfarbene Fläschchen aus meiner Truhe!«

Ich eilte die wacklige Leiter hinab und lief zum Wagen. Der kupferbeschlagene Kasten war mit einem Eisenstift verschlossen. Ich öffnete den Deckel und spähte hinein. Dutzende von Behältern in allen Formen und Farben befanden sich in den Fächern, jeder zum Schutz gegen Stöße mit einem Wolltuch umwickelt: schlanke Fläschchen aus glitzerndem Kristall standen neben langhalsigen Phiolen aus grauem Glas, runde Dosen aus schillerndem Perlmutt neben buntbemalten Schachteln aus Zypressenholz, kantige Kännchen aus Kupfer neben bauchigen Krüglein aus Jade, daumendicke Röhrchen aus Rosenquarz neben würfelförmigen Kästchen aus braunem Elektron, zierliche Amphoren aus Alabaster neben glatten Gefäßen aus Speckstein. Die vielgestaltigen Behältnisse, alle mit Zauberzeichen beschriftet, funkelten in solcher Pracht, daß ich erstaunt verharrte und nicht wußte, wo ich suchen sollte. Tyrant du Cœur beobachtete mich wachsam.

»Ganz unten rechts!« rief der Alte vom Eingang der Höhle herab.

Ich kramte zwischen hohlen silbernen Stangen mit Schraubverschlüssen, bronzenen Lämpchen und länglichen Büchsen aus Blei, bis meine Finger am Boden der Truhe endlich ein gläsernes Fläschchen erfühlten. Ich zog es hervor und hielt es hoch. Es glänzte im samtigen Violett blühender Fliederbüsche.

»Das ist es!« rief Doktor Cäsarius.

Hastig kletterte ich die schwankende Leiter empor. »Langsam!« mahnte der alte Magister. »Sonst zerbrecht Ihr es noch!« Er nahm mir das Fläschchen aus der Hand und trat zu dem Evangeliar. Der Mönch hielt eine kleine Schüssel mit Wasser. Der Dämonologe tauchte einen Zipfel seines Seidentuchs hinein und betupfte damit behutsam die Oberseite des Buchs. Nach und nach erschienen unter dem

Staub rotglühende Rubine und sternblaue Saphire, schlangenäugige Smaragde und milchweiße Mondsteine. Sie umrahmten ein achteckiges Stück Glas, in dem das schwache Licht vom Eingang widerschien.

»Ein Spiegel!« entfuhr es dem Mönch. »Wozu?«

»Das Evangeliar gehörte einst Mitgliedern einer kleinen, schon lange verbotenen Sekte«, erklärte der Magister. »Ihre Anhänger glaubten, der Fromme könne Gottes Wort nur dann verstehen, wenn er sich selbst erkenne. Dieser falsche, heidnische Gedanke stammt aus der griechischen Philosophie. In Wirklichkeit kommt es für einen Christen ja nicht auf Erkenntnisse, sondern allein auf den Glauben an. Darum hat Papst Gregor diese Sekte schon vor 200 Jahren mit dem Kirchenbann belegt und vom Tisch des Herrn vertrieben.«

»Vater Hermogenes war kein Ketzer!« rief Bruder Maurus empört.

»Das habe ich auch nicht behauptet«, erwiderte Doktor Cäsarius. »Er benützte zwar dieses Evangeliar, doch er bestrich den Einband mit Lehm, um nicht von weltlicher Pracht abgelenkt zu werden. So handelt nur ein gehorsamer Sohn der Kirche. Freilich hätte Euer Freund die Edelsteine samt diesen Scherben auch abkratzen und wegwerfen können. Seien wir froh, daß er das nicht getan hat.«

»Wieso?« fragte der Mönch verdutzt. »Braucht man Reichtümer, um einen Mörder zu richten?«

»Nicht wegen der Juwelen, sondern wegen des Spiegels«, antwortete der Dämonologe. »Wenn wir Glück haben, zeigte er genau auf den Eingang, als die Bluttat geschah.«

»Was nützt uns das jetzt noch?« murrte der Mönch. »Laßt uns Vater Hermogenes würdig begraben und dann den Verbrecher verfolgen, der ihn erschlug!«

Der alte Magister antwortete nicht, sondern zog mit geschickten Fingern den Stöpsel aus dem Flaschenhals. Dann hielt er das fliederfarbene Glas seitwärts vors Auge und ließ eine bräunliche Flüssigkeit auf das Seidentuch tropfen.

»Was ist das?« fragte ich neugierig.

»Öl vom Grab des hl. Johannes zu Ephesus«, klärte uns Doktor Cäsarius auf. Er legte den angefeuchteten Stoff auf den Spiegel und begann sanft zu reiben.

»Was bezweckt Ihr damit?« fragte Bruder Maurus gespannt. »Ich weiß, der Apostel Johannes wird als Schutzheiliger der Spiegelmacher verehrt, aber...«

Doktor Cäsarius goß wieder etwas Öl auf das Tuch und bearbeitete den Spiegel nun kräftiger. Ein leises Knistern erklang. Der blinde Scherben begann zu schimmern.

Bruder Maurus beugte sich überrascht vor. Zum dritten Mal träufelte der Magister heiliges Gräböl auf die scharlachrote Seide. Dann murmelten seine Lippen Worte, die ich nicht verstand. Erst zum Schluß sprach der Dämonologe auch einen lateinischen Satz: Monstra, revela, pateface! – ›Zeige, enthülle, mache sichtbar!‹

Das geheimnisvolle Knacken schwoll zu einem gespenstischen Prasseln. Der Spiegel färbte sich milchig trüb, dann siriusweiß und schließlich so hell wie klares Wasser.

»Monstra, revela, pateface!« wiederholte der Dämonologe mit erhobener Stimme. Wieder folgten Formeln, die ich nicht kannte. Dann blendete uns plötzlich ein greller Blitz. Mit einem Schmerzensruf schloß ich die Augen.

Als ich die Lider wieder öffnete, huschten winzige Nebelwölkchen über die spiegelnde Fläche. Sie trieben auf dem Glas umher wie Schneeflocken auf dem Eis eines Weihers. Hinter ihnen erkannte ich jetzt die Umrisse eines Gesichts.

»Monstra, revela, pateface!« drängte der Magister zum dritten Mal und verrieb wieder einige Tropfen Öl vom Johannesgrab auf dem Spiegel.

Die weißen Schleier begannen allmählich zu schwinden, so wie der Dunst feuchter Wiesen morgens unter den Strahlen der Sonne zerstiebt. Und plötzlich schaute ich in eine so entsetzliche Fratze, daß ich einen Aufschrei nicht zu unterdrücken vermochte.

Das grausige Gesicht, das uns der Spiegel zeigte, gehörte einem Greis, der älter sein mußte als alle anderen Menschen. Er schien das Wissen von Jahrtausenden zu hüten. Doch anders als bei weisen Männern, die kraft ihrer Kenntnis von Leben und Tod den Trug der Welt durchschauten, verriet das Antlitz dieses Alten abgrundtiefe Schlechtigkeit. Seine narbige Stirn war von bösen Gedanken umwölkt wie ein gezackter Gipfel von schwarzen Gewitterstürmen. Alle Böswilligkeit der Welt zeichnete die Züge dieses Scheusals, so als sei er im Trotz gegen jede Tugend gezeugt.

Der bohrende Blick der kohlschwarzen Augen enthielt nicht Barmherzigkeit, sondern Bosheit, statt Herzlichkeit nur Hoffart und an Stelle von Liebe lediglich Lust an niedrigsten Lastern. Die scharfe, gekrümmte Nase verriet gemeine Gier ohne die kleinste Spur von Großherzigkeit, Roheit ohne die geringste Rücksicht und Stolz ohne jede Selbstbeherrschung. Der zusammengepreßte, schmallippige Mund schließlich zeugte von Grausamkeit ohne Güte, maßlosen Haß auf alles Heilige und Mordlust ohne Mitleid. So bedrohlich erschien mir dieses unheimliche Antlitz, daß mein Herz wie rasend pochte.

»Kynops!« flüsterte Doktor Cäsarius voller Entsetzen. »Ich hätte nicht gedacht, daß Ihr noch lebt!«

Ein grausames Lächeln verzerrte den peitschenschnurdünnen Mund des Schwarzbärtigen, und seine Augen glühten wie Fackeln. Dann begann das Zauberbild plötzlich zu zittern, flackerte wie eine Flamme im Wind und verlosch schließlich wie das Licht einer Kerze.

»Gott sei uns gnädig«, stieß der Magister hervor. Sein Gesicht war schweißbedeckt. »Ich ahnte, daß uns ein mächtiger Gegner nachstellt. Doch Kynops...« Er starrte uns fassungslos an.

»Wer ist dieser Kerl?« fragte der Mönch unbehaglich und kratzte sich heftig am Kinn. Die plötzliche Furcht des Dämonologen schien seine Zuversicht ein wenig zu dämpfen.

Doktor Cäsarius wankte. »Bringt mich hinaus«, keuchte er. »Fort hier!«

Wir brachten den Dämonologen zum Eingang der Höhle und führten ihn achtsam die steile Stiege hinab.

Tyrant du Cœur sprang vom Pferd und eilte herbei. »Was ist geschehen?« rief er.

»Wir kennen jetzt unseren Gegner«, gab ich zur Antwort.

Der Ritter kniete neben dem Magister nieder, blickte in das bleiche Gesicht und fragte behutsam: »Geht es Euch gut, Doktor Cäsarius? Mögt Ihr einen Schluck Wasser?«

Der Alte nickte. Der Jüngling lief zu seinem Roß und löste eine in Leinen genähte Flasche vom Sattel. Der Dämonologe trank mit geschlossenen Augen. Dann atmete Doktor Cäsarius einige Male tief und sagte schließlich:

»Wahrlich, nicht einmal der Assiduus erschreckte mich so sehr wie Kynops, den ich schon lange in der Hölle wähnte! Viele Jahrzehnte lang brachte er Unheil über die Menschen, bis ihn der hl. Johannes endlich überwand... Doch seither sind mehr als 1200 Jahre vergangen! Wenn ich nicht wüßte, daß uns der Spiegel die Wahrheit zeigte, würde ich meinen, uns habe ein Spukgeist genarrt!«

Mönch und Ritter blickten einander betreten an. »Wer ist dieser Kynops?« fragte Tyrant du Cœur. »Berichtet uns von ihm!«

Trotz der Kühle des herbstlichen Tages lief Schweiß von der Stirn des Magisters. Doktor Cäsarius wischte sich mit dem roten Seidentuch über das faltige Antlitz. Die Reste des heiligen Öls hinterließen dunkle Streifen auf der blassen Haut. Dann sagte der Dämonologe:

»Schon vor der Geburt des Herrn trieb dieser Bruder Beelzebubs sein Unwesen. Namenloses Leid brachte Kynops über alle Sterblichen im Bannkreis seiner Macht. Die Abscheulichkeit seiner Untaten überstieg jedes Maß. Die Grausamkeit seiner Gelüste macht es unmöglich, seine Verbrechen zu schildern. Männer, Frauen und Kinder litten unter seiner Verworfenheit. Sein Wissen um das innerste Wesen der Welt verlieh ihm schier unbegrenzte Gewalt. Er lebte auf der Insel Patmos in der Ägäis. Die Einwohner dieses Eilands waren ihm ausgeliefert. Kynops mordete sie oder ließ sie am Leben, ganz wie es ihm beliebte. Jeden Sabbat pflegte er Satan einen dreijährigen Knaben zu opfern. Jeden Karfreitag aber, wenn die Christen der Welt der Kreuzigung Christi gedachten, badete Kynops im Blut von siebzig Jungfrauen und spottete über die Leiden des Herrn.«

Ein Hustenanfall schüttelte den Magister. »Erzählt für mich weiter, Dorotheus«, ächzte er mühsam. Die beiden Männer starrten mich an. In den Augen des Mönchs las ich Grauen, im Blick des Ritters Zorn. Ich räusperte mich und fuhr fort:

»Nur selten wagte es einer der Unterdrückten, sich zu wehren. Denn auf Patmos galt Kynops als Gott. Und wer empört sich schon gegen den Himmel? Den Ungehorsamen schickte der Zauberer seine Dämonen ins Haus. Sie fuhren in die Leiber der Opfer und fraßen sie inwendig auf.«

»Worin bestand die Sünde dieser armen Menschen«, fragte Tyrant du Cœur erschüttert, »daß Gott keins ihrer Gebete erhörte?«

»Sie waren keine schlechten Menschen, aber Heiden«, antwortete ich. »Darum flehten sie nicht zu Gott, sondern zu Apoll, der doch in Wirklichkeit niemand anderes war als Satan in einer seiner zahllosen Götzengestalten. Einhundert Jahre lang herrschte Kynops über die Insel wie ein reißender Wolf über wehrlose Lämmer. Dann konnte Gott das Schreien der Gefolterten, das Klagen der Geschändeten, das Weinen der Entrechteten und die Verzweiflung der Entehrten nicht mehr ertragen. Er sandte seinen Lieblingsapostel Johannes nach Patmos. Der Evangelist sollte den Gedemütigten und Verfolgten den Trost des wahren Glaubens spenden. Im Jahre des Herrn 72 betrat Johannes die Insel. Mit einem Gebet ließ er den Tempel Apolls zusammenstürzen. Die Priester eilten sogleich zu Kynops. Der Magister sandte einen seiner Dämonen aus, die Seele des Apostels zu holen. Aber Johannes besiegte den unreinen Geist. Auch drei andere Dämonen, die der Magier schickte, kehrten nicht mehr zurück. Da stürzte sich Kynops selbst mit seiner höllischen Schar auf Johannes. Gott aber half seinem Diener. Vor den Schwertern der Erzengel fielen alle Dämonen wie die nackten Wilden der Wüste vor den gepanzerten römischen Legionären.«

Der alte Mann hustete wieder, und ich verstummte. Nach einer Weile berichtete Doktor Cäsarius weiter: »Als Kynops sah, daß sein Teufelsheer vernichtet war, stürzte er sich ins Meer und entschwand. Alle glaubten, er sei in die Hölle gefahren. Aber er lebt! Wer soll die Menschen nun vor ihm beschützen? Die Apostel, Evangelisten und Jünger Jesu sind tot. Auch die Märtyrer und Glaubensboten, die ersten Päpste und Gründerbischöfe liegen schon lange begraben.« Wieder schüttelte ihn ein Hustenanfall.

»Wenn dieser Kynops schon so lange nicht mehr gesehen wurde«, fragte Tyrant du Cœur, »woher kanntet Ihr dann sein Gesicht?«

»Die vatikanische Bibliothek verwahrt ein altes Bildnis des Magiers«, erklärte Doktor Cäsarius leise. »In einem Gemach, das nur wenige Eingeweihte betreten dürfen. In diesem Raum sind die Unheilszeichen des Bösen verschlossen, die niemals wieder unter die Menschen gelangen sollen: das Henkersbeil, mit dem Herodes einst die Kinder Bethlehems hinmeucheln ließ. Die Leier, die Kaiser Nero zum Feuertod der Christen schlug. Das goldene Opfermesser, mit dem der abtrünnige Kaiser Julian Apostata die Leiber von Christenfrauen aufschlitzte, um aus ihren Eingeweiden die Zukunft zu lesen. Die Geißel, mit der Attila die Märtyrer Pannoniens peitschte, und noch viele andere Feldzeichen finsterer Mächte.« Er hustete wieder, diesmal so heftig, daß er hinterher lange nach Luft rang und roten Speichel zu Boden spie. Mühsam fuhr er fort:

»Aber die stärksten Reliquien der Sünde befinden sich noch immer in den Händen der Satansdiener: der Stein, mit dem Kain seinen Bruder Abel erschlug. Die Räucherpfanne Korachs, der sich am Horeb gegen Moses erhob. Das Schwert, das Absalom gegen seinen Vater David schwang. Goliaths Gürtel, Ahabs Altar für den Herrn der Fliegen und Salomes seidene Schleier, die alle schon soviel Unglück über die Menschheit brachten. Und jetzt hat der Teufel sogar eine Heilsreliquie erobert, den besten Schild des Abendlands!«

Der alte Magister verstummte und trank wieder einen Schluck. Wir schwiegen betroffen.

»Es war Kynops, der den Raub der Reliquie lenkte«, erzählte Doktor Cäsarius weiter. »Er rief den Kynokephalus herbei, erweckte den toten Mönch zum Leben und stieß ihn später vom Drachenfels. Dann ritt der Magier auf dem Rücken des Dämons in seine Heimat zurück.« Er schüttelte verstört den Kopf. »Damals vor 1200 Jahren siegte Johannes über den Zauberer«, sagte er leise, »und jetzt führte uns Öl vom Grab des Apostels auf die Spur des Feindes.«

»Wunderbar sind die Werke des Herrn«, sprach Ritter Tyrant fromm.

»Weiß denn Kynops nichts davon, daß solches Öl noch nach Stunden ein Spiegelbild wieder zurückbringen kann?« fragte ich.

Der alte Magister blickte mich unwillig an. »Natürlich kennt der Magier die Kräfte des Apostels genau!« antwortete er. »Hätte Kynops den Spiegel bemerkt, läge das Glas längst in tausend Splitter. Doch weil das Evangeliar mit Lehm bestrichen war, übersah der Magier den Scherben.«

»Warum ließ Gott diesen Mord zu?« fragte Bruder Maurus. »Vermag denn selbst die reinste Seele den Leib, den sie bewohnt, nicht vor dem Bösen zu schützen?«

»Die Tat geschah nach Gottes Willen«, erwiderte der Magister, »aus Gründen, die wir jetzt noch nicht begreifen. Doch durfte Satan nicht selbst den gerechten Hiob quälen? Auch die Apostel starben schmerzvolle Tode: Petrus wurde in Rom nach dem Sieg über Simon Magus von dem zornigen Kaiser kopfunter gekreuzigt, Jakobus der Ältere in Jerusalem von den Henkern des Herodes nach Foltern enthauptet, Andreas in Patras ans schräge Richtholz genagelt. Philippus wurde im phrygischen Hierapolis nackt mit durchbohrten Knöcheln zum Verbluten an einen Haken gehängt, Bartholomäus in Armenien von Barbaren lebend enthäutet, Matthäus in Myrne von Menschenfressern bei lebendigem Leibe verbrannt, Thomas in Indien mit Lanzen durchbohrt. Der jüngere Jakobus zu Jerusalem wurde vom Tempel gestürzt und dann mit einer Tuchwalkerstange erschlagen, Judas Thaddäus in Persien mit Keulen zu Tode geprügelt, Simon Zelotes in Kolchis zersägt, Matthias in Äthiopien mit Äxten zerstückelt, Paulus in Rom von Nero nach Martern enthauptet, Barnabas in Salamis gesteinigt...«

Der alte Magister hustete in seine Faust. Dann fuhr er fort:

»Sind wir etwa gerechter, als jene es waren? Nein. Uns allen droht nun die gleiche Todesgefahr, ob wir Fromme sind oder Frevler. Doch wir besitzen Verbündete. Hätte sonst Ritter Tyrant eine innere Stimme vernommen, die ihn bewog, über die Alpen zu ziehen? Wäre mir sonst der Gedanke gekommen, diesen Spiegel mit dem Öl des hl.

Johannes zu benetzen? Johannes! Ihr ahnt nicht, welches Geheimnis sich mit diesem Namen verbindet... Alles geschieht nach des Allmächtigen Plan. Wir kennen unsere Aufgabe, nicht aber unser Geschick, und wissen längst noch nicht, welche Rolle wir spielen sollen im großen Plan der göttlichen Schöpfung.«

»Was immer uns zugedacht ist«, meinte ich, »wir wollen es wie brave Christen auf uns nehmen.«

»Ihr ahntet, daß Vater Hermogenes tot war«, sprach der Mönch düster. »Warum?«

Der alte Dämonologe zeigte zur Spitze des Berges. »Seht Ihr den Raben mit dem roten Schnabel?« fragte er. »Müht Euch nicht, mit Stein oder Pfeil nach ihm zu zielen – Ihr würdet ihn nicht treffen. Denn es ist ein magisches Tier. Dieser Vogel folgt uns schon seit Heisterbach. Durch seine Augen sieht Kynops, wohin wir ziehen.«

»Der Rabe saß auch auf dem Dach der Herberge an der Aare«, fügte ich hinzu.

»Richtig«, bestätigte der Magister. »Ich wußte nicht, daß auch Ihr ihn bemerkt hattet... Wir wollen diesen armen Menschen begraben und dann schleunigst weiterziehen, wohin Gott uns ruft.«

Der Mönch rief mit blitzenden Augen: »Mich braucht Ihr nicht zu ermuntern, Magister! Ich folge Euch, ob Ihr es wollt oder nicht.«

Tyrant du Cœur sah verlegen zu Boden. »Ich habe meinem Bruder versprochen, unsere Schwester ohne Verzug in die Heimat zu bringen«, meinte er zögernd. »Ich bin ihm Gehorsam schuldig. Noch niemals brach ich mein Wort. Ich kann nicht mit Euch reisen.«

Doktor Cäsarius blickte den Ritter nachdenklich an. Dann nickte der Alte langsam. »Begleitet uns wenigstens bis nach Venedig«, bat er. »Vielleicht vermag ich Euren Sinn noch zu wandeln.«

»Das glaube ich kaum«, entgegnete der Jüngling entschieden.

»Und Ihr, Dorotheus?« fragte der alte Magister. »Verspürt Ihr kein Heimweh nach Detmold mehr? Nehmt Ihr es mir noch immer übel, daß ich Euer Einverständnis, mich zu begleiten, zu einem Zeitpunkt erwirkte, da Ihr Euch nicht recht bei Besinnung befandet? Glaubt mir, ich wollte das Beste für Euch!« Silberne Pünktchen funkelten in seinen grünen Augen wie Glimmer im flechtenbedeckten Fels.

»Ich bin kein Held«, antwortete ich. »Doch wenn Gott es will – ich bin bereit, meine Pflicht zu tun, worin sie auch bestehen mag.«

»Ihr kommt mir ein wenig blaß vor, Freund Dorotheus«, bemerkte Bruder Maurus. »Hoffentlich wackeln Euch nicht die Knie, wenn es ernst wird.«

»Ja, ich habe Angst«, gestand ich. »Erstaunt Euch das, wo es doch jetzt gegen einen Magier geht, der Toten, Dämonen und sogar Drachen gebietet?«

Bruder Maurus zog die Augenbrauen hoch. Tyrant du Cœur klopfte mir beruhigend auf die Schulter. Doktor Cäsarius aber versetzte:

»Da irrt Ihr Euch, Dorotheus. Nur der Untote und der Hundsköpfige wurden von Kynops geschickt. Den Drachen muß ein anderer ausgesandt haben – einer, der noch viel mächtiger ist.«

SECTIO X

Auch am nächsten Morgen sprang Bruder Maurus mit einem gellenden Kampfschrei auf die Füße, und fortan begann für uns jeder neue Tag mit diesem unverständlichen Gebrüll. Eine Erklärung für sein Verhalten konnte oder mochte uns der Mönch nicht geben. Wenn er aufgewacht war und sich wieder beruhigt hatte, brummte er jedesmal nur: »Ich wollte Euch nicht erschrecken. Habe nur schlecht geträumt! Seid ihr Kinder, daß euch ein paar laute Worte in Angst versetzen?«

Um die Mittagsstunde erreichten wir Bellinzona, das früher Bilitis hieß. Dort kaufte der alte Magister dem Mönch und mir neue Kleider. Denn unsere Gewänder waren an so vielen Stellen zerrissen, daß sich das Flicken nicht lohnte. Tyrant du Cœur schenkte jedem von uns einen Spieß, einen Dolch und verschiedene Münzen. Als ich ihm dafür danken wollte, wehrte er ab: »Was ist dieser Stecken schon gegen die Waffe, die Ihr mir brachtet, als ich auf diesem Felsband mit dem Drachen focht!«

Danach verließen wir den schäumenden Ticinus. Auf einer schmalen Straße überquerten wir die Berge zum Lacus Ceresius und dann zum Lacus Comacenus, an dessen Südende das alte Como liegt. Dort leben viele Alchimisten, weil in dieser Stadt die beiden Pliniusse geboren wurden, zwei berühmte Gelehrte des römischen Reichs. Die naturgeschichtlichen Werke des Älteren stehen in jeder Universität. Sie handeln von den Geheimnissen der verschiedensten tierischen, pflanzlichen und mineralischen Stoffe. Er soll sich, wie Doktor Cäsarius uns erzählte, aber auch mit der Wahrsagerei und Totenbeschwörung beschäftigt haben. Auf einer Schiffsreise im Golf von Neapel brach plötzlich der Vesuv aus, Feuer und Asche fielen vom Himmel, und schweflige Flammen fraßen den Forscher auf. Zur Trauerfeier erschien ein Äthiopier, den niemand kannte. Er behauptete, ein Schüler des toten Meisters gewesen zu sein. Als der Fremde abgereist war, konnte man die nekromantischen Werke des Schriftstellers nirgends mehr finden. Ich aber habe diese verschollenen Schriften später mit eigenen Augen gesehen, in einem Raum, der mehr Geheimnisse enthält als irgendein anderer Ort auf der Welt.

Vor dem Dom harrten zerlumpte Bettler in hellen Scharen der Mildtätigkeit ihrer Besucher. Da sah man Blinde und Lahme, Krüppel und Geistesschwache, unschuldig ins Unglück geratene Menschen und vom Schicksal bestrafte Sünder in großer Zahl. Sie drängten sich um jeden Gläubigen, der zum Gebet ins Gotteshaus schritt, und flehten so inständig um milde Gaben, daß auch ich, obwohl ich doch selbst fast mittellos war, nicht widerstehen konnte: ich zog ein paar Kupferstücke aus meiner Tasche und warf sie einem Aussätzigen zu. Dankbar verneigte sich der Bettler. Auf seiner weißen Stirn leuchtete rot wie Blut eine kreuzförmige Narbe.

»Wer hat dir denn dies Zeichen eingebrannt, du armer Mann?« fragte ich.

»Der Glaubensfeind in Ägypten!« antwortete der Aussätzige und entblößte den zahnlosen Gaumen. »Der Heide, dem ich auch diese Krankheit verdanke. Einst war auch ich so jung, stark und gesund wie Ihr. Mit König Ludwig zog ich zum Nil, in einem Heer von Helden... Nun seht, was aus mir wurde!«

Hinter Como wandten wir uns auf der noch gut erhaltenen römischen Fernstraße ostwärts. Über Leucerae oder Lecco gelangten wir nach Bergamo und dann nach Brescia, das lateinisch Brixia heißt. Dort betete Tyrant du Cœur am Grab des hl. Honorius. Dieser Nachkomme Kaiser Konstantins war vor 600 Jahren zum Bischof geweiht und dann im Wald von heidnischen Langobarden ermordet worden. Seine Gebeine ruhen in der Kirche des hl. Faustinus, der schon vor mehr als tausend Jahren unter Kaiser Hadrian das Martyrium erlitt.

Brescia ist besonders für die Reliquien einiger großer Glaubenskämpfer berühmt, die Gaudentius der Fromme einst für sein neues Gotteshaus sammelte: Teile von den geweihten Gebeinen der Apostel Andreas und Thomas, des Evangelisten Lucas und der Mailänder Märtyrer Gervasius und Protasius, die zur Zeit Kaiser Aurelians mit Schwert und Keule erschlagen wurden. Auch von den Vierzig Märtyrern sind Reliquien nach Brescia gelangt. Diese christlichen Legionäre standen zu Sebaste in Armenien eine grausam kalte Winternacht lang nackt auf dem Eis eines Weihers und erfroren lieber, als ihren Glauben zu verleugnen und sich in die Wärme einer nahen Badestube zu retten.

Trotz des Besitzes von heiligen Überresten so tapferer Blutzeugen zeigen die Bürger Brescias aber nur nachlässigen Glaubenseifer. So haben sie es zum Beispiel seit nunmehr acht Jahrhunderten versäumt, den Jupitertempel zu schleifen, den Kaiser Vespasian in ihrer Stadt errichten ließ. Tag für Tag laufen sie an dem heidnischen Heiligtum vorüber und bedenken nicht, wie streng der Herr einst am Ort des Weinens die Israeliten strafte, weil sie die Götzen und Kultpfähle der Kanaaniter nicht zerstört hatten.

Während der Reise beobachtete ich, wie Doktor Cäsarius immer wieder die Nähe des jungen Ritters suchte und leise mit ihm sprach. Tyrant du Cœur schien jedoch gegen alle Überredungskünste des alten Magisters gefeit.

Einige Tage später ritten wir durch die Tore Veronas, eine sehr volkreichen Stadt. Hier zog es Bruder Maurus mit Macht zu den Reliquien des hl. Zeno. Denn der Mönch fühlte sich mit diesem Märtyrer besonders verbunden: »Dieser Heilige stammt, wie ich, aus Mauretanien«, erklärte er, »und er trägt als Zeichen einen Fisch.«

»Dennoch war Zeno kein Jünger Petri«, versetzte Doktor Cäsarius. »Das Flossentier wurde ihm zugeeignet, weil er Verona einst aus großer Wassernot errettete. Die Atesis oder Etsch war über die Ufer getreten, und ihre reißenden Fluten umspülten bereits die Mauern der Kirche, in der Zeno begraben lag. Die verängstigten Veroneser flehten zu dem Heiligen um Hilfe. Da wichen die Wasser wie durch ein Wunder zurück. Aber auch schon zu seinen Lebzeiten vollbrachte Zeno zahlreiche Ruhmestaten des Glaubens. Einmal vertrieb er sogar einen Dämon aus dem Leib einer Kaisertochter. Ihr Vater Gallienus schenkte dem Heiligen dafür eine goldene Krone, die Zeno sogleich zerbrach und unter die Armen verteilte.«

»Nun«, murrte Bruder Maurus, »der gute alte Afrikaner wird schon ab und zu auch einmal in der Etsch geangelt haben! Und daß er sich auf den Umgang mit unreinen Geistern verstand, kann uns wohl nur nützlich sein.«

Nach diesen Worten verbrachte der riesige Mönch eine Nacht in der Krypta der Kirche. Ich lag indessen in unserer Herberge wach und dachte nicht an Heilige, sondern immer nur an den Assiduus. Stunde um Stunde grübelte ich darüber nach, wie weit mein unerbittlicher Verfolger wohl noch entfernt sein mochte.

Am nächsten Morgen führte unsere Reise über die Via Postumia. Diese Überlandstraße der römischen Kaiser verbindet schon seit Augustus die Hafenstadt Genua mit Aquileja am Hadriatischen Meer. In Vicenza feierten wir eine Kommunion. Das Gotteshaus wurde über dem Grab des hl. Ursus errichtet, der einst im Jähzorn Vater, Frau und Kind erschlug. Für dieses schreckliche Verbrechen büßte er viele Jahre lang auf zahllosen Wallfahrten durch ganz Italien. Später lebte Ursus als Einsiedler auf einem Hügel nahe der Stadt. »Wenn selbst dieser Mörder Gottes Vergebung erlangte«, meinte Bruder Maurus, »wird der Herr auch uns verzeihen, wenn wir auf unserem Rachezug vielleicht einmal ein wenig in Zorn geraten!«

Doktor Cäsarius aber warnte den Mönch: »Hofft nicht schon jetzt auf Vergebung für Sünden, die Ihr erst noch begehen wollt! Sonst werdet Ihr vielleicht bestraft, noch ehe Ihr gefehlt habt.«

Am Nachmittag des folgenden Tages erreichten wir die Lagune. Das Meer ist dort so flach, daß man zu Pferd eine Meile weit ins Wasser hinausreiten kann. Wir schoben unseren Wagen in einen Lagerschuppen und stellten die Pferde in einem Mietstall unter. Der alte Magister drückte mir die kupferbeschlagene Truhe in den Arm. »Tragt sie für mich, Dorotheus«, bat er. »Ich bin ein alter Mann.«

Dann setzten wir nach Venedig über. Tyrant du Cœur fragte den Fergen nach einer angemessenen Herberge. Doch der Dämonologe bewog den jungen Ritter, uns zum Palast des päpstlichen Gesandten zu folgen. »Ich brauche Euch als Zeugen für meinen Bericht, Herr Tyrant«, erklärte er. »Außerdem könnt Ihr bei Herrn Benedetto vielleicht noch etwas erfahren, was für Euch wichtig werden mag. Schweigt aber von den Dämonen und Drachen – davon will ich selbst erzählen.«

Tyrant du Cœur nickte. »Morgen aber«, versetzte der Ritter, »nehme ich das erste Schiff nach Achaia. Auch der Legat des Papstes wird mich nicht davon abhalten, meine Pflicht zu erfüllen.«

Der Dämonologe lächelte sanft, aber er schwieg.

Auf dem Platz vor der Kirche des hl. Markus verließen wir unser Schiff und schritten durch die dichtgedrängte Menschenmenge auf ein mit weißem Marmor verkleidetes Herrenhaus zu. Düfte von Amber und Estragon, Ingwer, Knoblauch und Koriander, Mandeln und Mastix, Minze und Nelken, Pfeffer und Rosenwasser, Safran und Zimt und zahllosen anderen Gewürzen des Ostens stiegen uns in die Nasen. Zwischen den Ständen der Händler drängten sich gelbhaarige Waräger aus dem Land Rus und schwarzhäutige Äthiopier aus dem

Reich Aksum, olivenhäutige Syrer von der Levante und kupferbraune Ägypter aus Alexandrien und Rosetta, rothaarige Berber aus den Burgen im Rif und sommersprossige Flamen aus Brügge, schwarzgelockte Aragonesen aus Tarragona und kleinwüchsige Griechen aus Trapezunt am Schwarzen Meer. Denn Venedigs Kaufleute handeln mit allen Häfen der Welt, am liebsten jedoch mit den Mamelucken Ägyptens, obwohl die doch Anhänger Mahomets sind und Christen in ihrem Land oft grausam verfolgen.

Im Gewimmel der Kaufleute, Seefahrer, Lastträger, Handwerker, Stadtwächter, Geistlichen und Besucher aus aller Welt wandelten käufliche Dirnen in großer Zahl. Denn Venedig beherbergt mehr Dienerinnen der fleischlichen Lüste als jede andere Stadt auf der Welt. Um die Augen der Männer zu fangen, trugen die schönen Frauen trotz der herbstlichen Kühle die Arme und Schultern entblößt. Einige ließen die Bänder der Blusen so tief rutschen, daß man die Rundung ihrer Brüste sehen konnte. Manche dieser Frauen waren so schön, daß sie selbst Kaisern die Kronen zu stehlen vermochten. Sie glichen den Töchtern Kains, die einst sogar die Engel im Himmel zu Unzucht verführten.

Kurze Zeit später saßen wir auf erhöhter Terrasse unter einem Dach aus geflochtenen Palmenzweigen. Der Botschafter des apostolischen Stuhls trug ein lockeres Leinengewand über dem massigen Körper. Sein Bauch war mit einer blutroten Schärpe umwickelt. Sein kahler Schädel glänzte im Licht der letzten Abendsonne. Die flinken, hellblauen Augen lugten zwischen dicken Speckwülsten hervor, und seine fettigen Lippen grinsten genießerisch, als er uns die erlesensten Speisen vorlegen ließ, mit ebensolchen Eßforken, wie sie der alte Magister benutzte. Auf diese Weise erfuhr ich, daß man dieses Speisegerät in Italien schon seit zwanzig Jahren verwendete; es wurde »Gabel« genannt. Viele der Gerichte schmeckten ungewohnt. Es gab Kalbfleisch, in fingerdicke Streifen geschnitten und in Eikruste gebraten, mit Kreuzkümmel bestreut und dann mit Rosenwasser besprengt. Auch fettes Hammelfleisch in einer süßsauren Soße aus Honig, Essig und Säften vom fremden Früchten, die man Aprikosen nannte, wurde gereicht. Der Legat langte selbst tüchtig zu und lobte mit vollem Mund die Kunst seines Kochs: »Karim al-Kalib kommt aus Bagdad und diente zuvor am Hof des Kalifen – wahrlich, dort versteht man zu schmausen!« Dann lächelte er dem alten Magister zu und fuhr fort: »Aber am meisten freue ich mich darüber, daß Euch unser Diätgericht mundet, das ich nach den Rezepten von Salerno zubereiten ließ.«

Doktor Cäsarius tauchte einen Pfirsich in Wein, biß herzhaft hinein und erwiderte: »Ich danke Euch, Exzellenz. Ihr seid ein großartiger Gastgeber. Selbst mein geliebtes Gelee aus Datteln, Mandeln, Pistaziennüssen und Sesamöl habt Ihr nicht vergessen.«

»Wie könnte ich!« lachte der beleibte Botschafter fröhlich. »Nehmt aber auch von den Walnüssen aus Kappadozien, den syrischen Äpfeln und den Rosinen aus Jersualem – nirgends geraten sie süßer als in der Heiligen Stadt!«

Uns, die wir Braten aßen, drängte der Gesandte des Papstes Soßen mit Kapern und Safran, Zwiebelscheiben und schwarzen Trüffeln aus Ägypten auf, bis ich glaubte, daß man uns gleich wie Fässer davonrollen werde. Ich erfrischte mich mit einem kräftigen Schluck des trockenen Rotweins von Montepulciano in der Toscana, genoß den leicht bitteren Nachgeschmack und fragte dann: »Was sagt der Heilige Vater denn eigentlich dazu, daß die Christen Venedigs die Ungläubigen nicht bekriegen, ja nicht einmal zu bekehren versuchen, sondern ihnen im Gegenteil zu einem blühenden Handel verhelfen?«

Der dicke Legat verschluckte sich, hustete, wischte sich mit einem weißen Leinentuch über den Mund und rief: »Oho! Ein strenger Glaubensfechter! Hat es Euch etwa nicht geschmeckt?«

»Nicht mein Gedärm, mein Gewissen stellt diese Frage«, entgegnete ich.

»Diese wackeren Venezianer bringen den Mahometanern ja nicht nur Waren, sondern zugleich das Wort Gottes«, schmunzelte der Gesandte.

»Betrachtet Ihr diese Pfeffersäcke etwa als Vorbilder für die christliche Lebensweise?« entgegnete ich erstaunt. »Die Apostel bezeugten ihren Eifer für das Evangelium nicht durch Geschäftssinn und Geldgier, sondern durch Genügsamkeit und Glaubensstärke!«

Bruder Maurus schneuzte sich geräuschvoll zwischen den Fingern. Der alte Magister sah dem Mönch angewidert zu und schob sein Fruchtgelee von sich. Der päpstliche Gesandte musterte mich immer noch freundlich und gab zurück:

»Da habt Ihr recht, Dorotheus. Doch der gewöhnliche Mensch ist nun einmal, gerade im Orient, so geschaffen, daß ihn Erfolg mehr beeindruckt als Elend, Überfluß mehr als Mangel, Seide mehr als Lumpen und ein Krösus mehr als ein Hungerleider.«

»Eher geht ein Kamel durch ein Nadelöhr, als daß ein Reicher in das Reich Gottes gelangt«, entgegnete ich. »Jesus liebt die Büßer, nicht die Prasser!«

»Nun ja, ich kenne das Evangelium des Matthäus«, meinte der Legat gemütlich. »Das muß man nicht alles so wörtlich nehmen. In der Bergpredigt heißt es auch: ›Selig sind die Armen im Geiste‹ – wollt Ihr daraus etwa schließen, daß wir Verrückte nach Ägypten senden sollen, um die Mahometaner von der Macht Christi zu überzeugen?«

»Wenn der Waffenhandel weiter so wuchert, werden uns die Mahometaner bald umgekehrt die Überlegenheit ihres Propheten beweisen!« mischte sich Tyrant du Cœur ein. »Im Hafen sieht man, was die Venezianer zum Nil schaffen: Schiffbauholz, Pech und Teer, Eisen, Kupfer und Zinn, alles Waren, wie man sie auf Werften und zur Herstellung von Waffen braucht. Aus Gewinnsucht stärken unsere Kaufleute einen Gegner, der die Heiligen Stätten der Christenheit schändet!«

»Nicht doch!« erwiderte der Gesandte sanft. »Der Mameluckenherrscher selbst sorgt dafür, daß keine Kirche in Jerusalem geschlossen wird. Jeder Pilger darf gegen geringen Wegzoll alle Andachtsorte im Heiligen Land besuchen. Denn der Prophet predigte seinen Anhängern Duldsamkeit gegenüber anderen Glaubensbekenntnissen. Bis also der Herr beschließt, die Heiden zu überwinden, kommen wir gut miteinander aus. Das ist schließlich besser, als in unseligen Kreuzzügen Ströme von Blut zu vergießen. Glaubt mir: Unsere schlimmsten Feinde sind nicht die Anbeter Allahs im Osten, sondern die Sklaven Satans, die unter uns leben: Diebe, Mörder, Halsabschneider, Ehebrecher und Zinswucherer, Sünder aller Art, die Hörigen des Höllenfürsten!«

»Was meint Ihr mit ›unseligen Kreuzzügen‹?« fragte der Ritter stirnrunzelnd. »Es erstaunt mich, daß ein so hochgestellter Diener der heiligen Kirche derart gering von jenen mutigen Männern denkt, die für den Glauben stritten!«

»Mutig?« fragte Bruder Maurus sogleich. »Was suchten jene Raufbolde in den Städten, die sie unter dem Zeichen des Kreuzes verbrannten, denn anderes als Gold und Silber? Zum Ziel ihrer Lanzen wählten sie nicht die Schilde tapferer Türken, sondern lieber die Schöße wehrloser Weiber!«

»Wagt es nicht noch einmal!« brauste der junge Ritter auf. »Mein Großvater Rotwolf von Tamarville gab für die Sache Christi sein Leben!«

»Nichts gegen Euren Ahn«, erwiderte der Hüne hitzig, »doch was in Konstantinopel geschah, fand nicht den Segen der Kirche! Sprach nicht Gott selbst sein Urteil über die Führer des Raubzugs? Warum wohl wurde Graf Balduin, der sich nach dem gemeinen Überfall zum Kaiser krönen ließ, schon ein paar Wochen später auf seinem Feldzug gegen die wilden Bulgaren gefangen und grausam zu Tode gemartert? Hände und Füße hackten sie ihm ab, bevor sie ihn den wilden Tieren zum Fraß vorwarfen. Und Dandolo, der Doge von Venedig, der sich geckenhaft mit kaiserlichen Halbstiefeln schmückte? Auf schmachvoller Flucht vor dem gleichen Feind brach ihm das Bauchfell. Er starb mit einem Hodensack so groß wie eine Melone!«

»Pst!« machte der Legat und blickte sich besorgt um. »Darüber spricht man hier nicht!«

Bruder Maurus blickte den Gesandten verächtlich an, hob den Schenkel und entließ einen pfeifenden Wind aus dem Darm. »Da hört Ihr, was ich auf die Venezianer gebe«, knurrte er grimmig.

»Ich bin der gleichen Meinung«, lächelte der Legat, »wenn ich das auch nicht so artig auszudrücken vermag wie Ihr. Warum so ernst an diesem schönen Abend, meine Freunde!« Er reichte uns Pfeffergebäck und hieß seine Diener, uns Wein nachzuschenken. Der Mönch trank in großen Zügen, der Ritter aber nippte nur.

Die rotgewandeten Diener räumten Schüsseln und Teller ab. Dann beugte sich Doktor Cäsarius vor und schilderte dem Gesandten, was sich im Kloster Heisterbach und in der Alpenschlucht ereignet hatte. Der Botschafter folgte den Worten des Dämonologen mit steigender Besorgnis. »Jesus!« flüsterte er schließlich voller Entsetzen, »das bedeutet ja, daß der Angriff der bösen Mächte bereits begann!«

»Wir dürfen keine Zeit verlieren«, bestätigte der Dämonologe. »Habt Ihr Nachricht aus Rom?«

Der Gesandte nickte. Aus seinem runden Gesicht war jede Farbe gewichen. »Gestern brachte eine Botentaube diesen Brief für Euch, Eminenz«, murmelte er und zog ein zusammengefaltetes Zettelchen aus der Tasche. Mit zitternden Händen reichte er es über den Tisch.

Doktor Cäsarius hustete, zerriß das Pupurbändchen und las. Bruder Maurus sah aufmerksam zu. Der Botschafter schien seine Neugier kaum zügeln zu können. Tyrant du Cœur beobachtete den Dämonologen mit scharfem Blick. Doch der Magister verriet uns nicht, was in dem Schreiben stand. Nach einer Weile steckte er das Papier in seinen Talar und versank in brütendes Schweigen.

Ich stand auf, um mir die Beine zu vertreten. Bruder Maurus erkundigte sich nach dem Abtritt. Doktor Cäsarius und Tyrant du Cœur blieben mit dem Hausherrn zurück. Ich sah, wie sich der Dämonologe über den Tisch beugte und auf den Ritter einredete.

Im hinteren Teil des Gärtchens, zwischen zierlich beschnittenen Buchsbaumsträuchern, stieß ich auf eine Rotziegelmauer. Dahinter vernahm ich seltsame Geräusche. Neugierig stellte ich mich auf die Zehenspitzen und spähte hinüber. Auf der anderen Seite begann ein mit schwarzen Steinen gepflasterter Hof. Er grenzte an ein schieferdunkles Bauwerk mit vergitterten Fenstern. Zwischen zwei Eisenstäben starrte mir das schmutzige Gesicht eines Gefangenen entgegen.

Das von Wind und Wetter gegerbte Antlitz drückte Haß und Feindschaft aus. In den dunklen Augen schimmerte Mordlust wie in den Lichtern eines gefesselten Leoparden. Das linke Ohr des Fremden war von einer blutigen Kruste bedeckt. Kräftige Zähne blitzten in dem raubtierhaften Gesicht. Er starrte mich so finster an, daß ich erschrak. Deutlich hörte ich nun auch Geräusche von Geißelhieben und die gedämpften Schmerzensschreie von Menschen.

Hastig wandte ich mich ab und kehrte zu unserer Tafel zurück. »Was ist das für ein Haus?« fragte ich den Gesandten. Die drei Männer fuhren auseinander. Ich stutzte und fügte hinzu: »Störe ich etwa?«

»Ich habe Seine Exzellenz soeben davon überzeugt, daß wir vor Euch nichts zu verbergen brauchen«, antwortete der Magister. »Ihr werdet gleich alles erfahren – wenn auch Bruder Maurus zurückgekehrt ist.«

»Hier bin ich!« ertönte die tiefe Stimme des Mönchs.

Wir setzten uns und blickten gespannt auf den Legaten. Der Botschafter sagte: »Hinter jener roten Mauer liegt der Kerker des Dogen. Dort sitzen zahlreiche Verbrecher aller Art, aber auch Kriegsgefangene, ehe sie auf die Galeeren gehen. Gerade erzählte ich dem Magister und Herrn Tyrant, daß vor zehn Tagen ein besonderer Häftling in das Verlies gebracht wurde: ein türkischer Seeräuber aus dem ägäischen Meer. Scheint ein ziemlich zäher Kerl zu sein. Obwohl er schwer verletzt und halb bewußtlos war, als man ihn auffischte, wehrte er sich so heftig, daß zwei venezianische Seeleute über Bord gingen. Das kostete den Türken das linke Ohr.«

»Diesen Mann habe ich eben gesehen«, rief ich überrascht aus. »Warum brachte man ihn her? Heiden läßt man doch sonst ohne viel Umstände über die Planke springen!«

»Der Befehlshaber der Galeere, Kapitän Gasparo Ghisi, forschte den Türken erst einmal aus«, erklärte der Gesandte. »Dabei bekam der Venezianer eine so haarsträubende Geschichte zu hören, daß er beschloß, den Seeräuber persönlich in Venedig abzuliefern.«

»Was war das für eine Erzählung?« fragte der Mönch. »Von tapferen Glaubensstreitern etwa, diesmal unter dem Halbmond statt unter dem Kreuz?«

Der Ritter hob die Augenbrauen. Der Botschafter blickte Doktor Cäsarius an. »Habt Ihr Eure Leute schon eingeweiht?« fragte er.

»Nicht über die Ereignisse in S.«, antwortete der Magister. »Von dem Seeräuber mögt Ihr getrost berichten.«

»Dann will ich mich vorsichtig ausdrücken«, meinte der Legat. »Dieser Türke beschuldigte Kapitän Ghisi, ihn mit Teufelsmagie überwunden zu haben. Das Meer habe plötzlich zu kochen begonnen. Daraufhin sei sein Piratenschiff wie ein Stein in die Tiefe gesunken.«

»Und glaubte der Venezianer das Märchen?« wollte der Mönch wissen.

»Es blieb ihm nichts anderes übrig«, erwiderte der Gesandte. »Der Seeräuber war am ganzen Körper von Blasen bedeckt. Er sah aus wie ein gesottener Krebs.«

»Können wir ihn besuchen?« fragte Doktor Cäsarius.

»Der Doge will mich mit dem Mann nicht reden lassen, ehe er ihn selbst ausgequetscht hat«, klagte der Botschafter. In sein kalkweißes Antlitz kehrte allmählich die Farbe zurück. »Was ich weiß, erfuhr ich von dem Kapitän, der mir ... verpflichtet ist. Der Doge will den Gefangenen heute nacht peinlich verhören.«

»Dann müssen wir den Türken vorher sprechen«, meinte der alte Magister. »Nach der Folter wird er kaum noch in der Lage sein, vernünftig zu antworten.«

»Richtig«, bestätigte der Legat. »Glücklicherweise habe ich, wie es so meine Art ist, auch dem Hauptmann der Wache schon manche Gefälligkeit erwiesen ... Ich denke, er wird uns einen Besuch in der Zelle erlauben. Wartet hier!«

Mit diesen Worten verschwand er. Kurze Zeit später öffnete sich in der Ziegelmauer mit leisem Quietschen eine niedrige, eiserne Pforte. Gebückt traten wir hindurch. Der Gesandte zog uns in den gepflasterten Hof. Sein kahler Schädel glänzte im Mondschein.

»Folgt mir!« raunte er uns zu.

Wir eilten zu dem düsteren Gebäude. Vor einer versteckten Tür zwischen kahlem Gesträuch stand ein hagerer Hauptmann der venezianischen Wache.

»Was? Gleich mit vier Leuten wollt Ihr hinein?« wehrte er ab. »Das ist viel zu gefährlich!«

Der Gesandte klimperte leise mit einigen Goldstücken.

»Also gut«, sagte der Venezianer. »Ich habe die Posten vom unteren Gang abgezogen. Doch wenn die Ablösung kommt, müßt Ihr wieder verschwunden sein!«

Der Botschafter nickte. Wir eilten durch einen schmalen Flur, an schweren Eisentüren vorüber. Vor der vierten Zelle hielt der Hauptmann an.

»Der Kerl sitzt in Einzelhaft«, flüsterte er, »wegen gewisser seltsamer Geschichten, von denen die gewöhnlichen Gefangenen nichts hören sollen.« Er schloß die Tür auf. »Seid vorsichtig, Exzellenz«, bat er. »Und empfehlt mich dem Heiligen Vater!«

»Gewiß«, versprach der Legat. »Klopft, wenn es Zeit ist!«

Doktor Cäsarius nahm eine Fackel von der Wand und trat als erster in die Zelle. Das flackernde Licht fiel auf eine ausgemergelte Gestalt.

»Fürchte dich nicht!« sagte der alte Magister leise. »Wir kommen nicht in böser Absicht.«

Ein verächtliches Zischen ertönte. Leise klirrten eiserne Ketten.

»Verstehst du Latein, Diener des Propheten?« fragte Doktor Cäsarius. »Sonst können wir auch arabisch sprechen.«

Ein paar für mich unverständliche Worte erklangen. Der Magister antwortete in der gleichen Sprache. Dann hörten wir den Türken in leidlichem Latein voller Verachtung sagen: »Angst? Seit wann bangt einem Streiter Allahs vor kläffenden Christenhunden?«

»Wo habt Ihr unsere Sprache erlernt?« fragte der Mönch überrascht.

»Wo schon!« erwiderte der Türke. »Auf See natürlich! Durch das feige Gewinsel der Pfaffen und Pfeffersäcke, wenn meine Peitsche über ihren Rücken tanzte! Und durch das brünstige Stöhnen ihrer jungfräulichen Töchter, die meine Männlichkeit genossen!«

»Nun, nun!« brummte Doktor Cäsarius begütigend. »Wir sind keine Venezianer, die Ihr beleidigen müßt, um Euch für erlittene Unbill zu rächen. Wir wollen uns nach der Erscheinung erkundigen, die Euer Schiff zerstörte: das kochende Wasser im Meer!«

Der Türke lachte höhnisch. »Fragt Euren Bruder, den Scheitan!« versetzte er. »Von mir erfahrt Ihr nichts!«

Bruder Maurus rollte wütend die Augen und packte den Gefangenen mit seiner riesigen Pranke am Hals. Kehlige Laute erklangen aus dem Mund des Mönchs, als sei Arabisch seine Muttersprache.

»Laßt ihn los!« befahl der Magister. »Gewalt mag der Doge gebrauchen, ich versuche es lieber mit Vernunft.«

»Du stinkender Sohn einer schwarzen Hure!« keuchte der Türke halberstickt und zerrte mit knochigen Händen an den stählernen Fingern des Mönchs. »Welch eine Schande für die Sprache des Koran, daß selbst ein solcher Auswurf wie du sie zu verstehen vermag! Bist du am Ende ein verfluchter Überläufer, der den wahren Glauben verriet, um sich mit christlichen Schweinen zu suhlen?«

Der Mönch holte aus, doch Ritter Tyrant fiel dem Riesen in den Arm. Der alte Magister blickte den Türken nachdenklich an und sagte: »Lebend kommt Ihr hier nicht mehr heraus, das wißt Ihr wohl selbst. Ich mache Euch ein Angebot: Ihr erzählt uns, was wir wissen wollen. Dafür verschaffe ich Euch einen schnellen, schmerzlosen Tod.«

»Nur Feiglingen bangt vor der Folter!« antwortete der Gefangene. »Ich werde diesem dreckigen Dogen zeigen, wie ein Mann von Ehre stirbt!«

»Ihr seid mutig, aber unbedacht«, erwiderte Doktor Cäsarius. »Warum wollt Ihr Euren Feinden Vergnügen bereiten? Wißt Ihr nicht, daß der Doge ein steinalter Greis ist, dessen erkaltetes Herz nur noch vom Schreien gequälter Menschen erheitert wird? Besonders, wenn es Andersgläubige sind? Ich kann mir denken, daß er sich schon den ganzen Tag auf Euer langsames Sterben freut. Stellt Euch seine Enttäuschung vor, wenn er heute nacht in dieser Zelle nur einen Leichnam findet!«

»Ha!« knurrte der Türke. »Ich soll einem geifernden Christenhund glauben? Sarnhuris, der Fürst der Dschinnen, wird Euch für diese Lügen die Leber zerreißen!«

Doktor Cäsarius streckte die Hand aus. »Gebt mir Euren Dolch, Herr Ritter!« forderte er.

Tyrant du Cœur zögerte. Dann griff er zum Gürtel und reichte dem Dämonologen die Waffe.

»Jetzt zeigt Ihr Euer wahres Gesicht, Ihr Sohn eines Affen!« spottete der Seeräuber. »Stoßt nur zu! Erfahren werdet Ihr nichts!«

Mit einem schnellen Schritt trat der Magister an den Türken heran. »Ihr irrt Euch«, sagte er. Ehe wir dazwischenspringen konnten, drückte er dem überraschten Seeräuber den scharfen Stahl in die Hand. Dann schloß der Dämonologe die schmutzigen Finger des Türken um den Griff der Waffe und setzte sich die Spitze an die eigene Kehle.

»Stoßt zu, wenn Ihr mir nicht vertraut«, rief er. »Dann schickt Ihr wenigstens noch einen Ungläubigen in die Gehenna, ehe Ihr zu den Huri-Mädchen in den Himmel fahrt.«

Der Türke starrte den Alten an. Hell spannte sich die Haut an den geschundenen Knöcheln des Räubers. Die Muskeln seiner Kinnladen zuckten. Ein Zittern durchfuhr seinen Leib. Dann ließ der Räuber den Dolch langsam sinken. »Bei Iblis, dem Herrn der Hölle«, stieß er schweratmend hervor. »Ihr seid in der Tat keine Venezianer und handelt anders als alle Christen, die ich bisher kannte.«

»Wir sind Glaubenskämpfer, doch keine Kreuzritter«, antwortete Doktor Cäsarius. »Nicht die Diener des Propheten sind unsere Feinde, sondern böse Mächte, die alle Menschen bedrohen, Christen wie Mahometaner.«

Der Türke musterte uns zweifelnd. »Versprecht mir, daß Ihr mich nicht diesen venezianischen Hunden ausliefert!« forderte er. »Tötet mich – Ihr könnt den Wächtern ja sagen, ich hätte euch angegriffen.«

»Einverstanden«, stimmte Doktor Cäsarius ohne Zögern zu.

»Schwört es!« befahl der Gefangene.

»Ich schwöre es!« murmelte der Magister bereitwillig.

»Nein, so genügt mir das nicht!« meinte der Seeräuber mißtrauisch. »Ihr da!« Er winkte dem Ritter. »Ihr seht aus wie ein Mann, der mit einer Waffe umzugehen weiß. Gelobt mir, daß Ihr mich nicht lebend diesem räudigen Hund von einem Dogen überlaßt, wenn ich Euch berichtet habe, was Ihr zu wissen begehrt!«

Tyrant du Cœur zögerte.

»Tut, was er sagt!« raunte ihm Doktor Cäsarius zu.

Der Ritter drehte sich um und blickte den Botschafter fragend an. Der Legat nickte.

»Also gut«, seufzte Tyrant du Cœur. »Ich werde Euren Wunsch erfüllen. Ihr habt mein Ehrenwort.«

»Das Ehrenwort eines Christen!« knurrte der Gefangene geringschätzig. »Schwört mir bei der Ehre Marias!«

»Laßt die heilige Jungfrau aus diesem sündigen Spiel!« rief der Ritter erbost.

»Aha!« lachte der Seeräuber. »Eure Verlogenheit entlarvt sich schnell!«

»Schwört es«, schnaufte der Gesandte. »Ich befehle es Euch im Namen des Heiligen Vaters!«

»Ich schwöre es«, knirschte der Ritter. »Bei der unbefleckten Ehre Marias!«

Der Türke schwieg eine Weile. Dann meinte er: »Also gut. Der Scheitan selbst brachte das Meer zum Kochen, um mich, den Streiter des Propheten, meinen schlimmsten Feinden auszuliefern!«

»Wo geschah das?« fragte Doktor Cäsarius.

Der Seeräuber schluckte trocken. Dann berichtete er: »Auf einer Fahrt nach Thera, der südlichsten der Zykladen. An dieser Insel läuft der Schiffsverkehr von Rhodos nach Korinth vorüber.« Die Augen des Seeräubers glänzten fiebrig. »Wir wollten uns eben auf einen pisanischen Kauffahrer stürzen. Da erschienen plötzlich zwei venezianische Kriegsgaleeren am Himmelsrand. Wir machten uns nach Süden davon, hinaus auf die offene See. Es wehte eine frische Brise. Wir wären den Ruderschiffen also leicht entschlüpft. Aber nach einer Stunde gerieten wir plötzlich in Nebel. Keine Ahnung, wo der plötzlich herkam! Dann erklang ein Knirschen unter unserem Kiel. Es hörte sich an, als scheuerten unsere Planken auf einer Sandbank.«

Es klopfte an der Tür. »Beeilt Euch!« rief der Hauptmann.

Gedankenverloren schüttelte der Gefangene den Kopf. »Eine Sandbank mitten im Meer!« fuhr er dann fort. »Weit und breit kein Land in Sicht. Tausendmal segelte ich schon auf diesem Kurs nach Kreta, doch niemals entdeckte ich dort eine Insel! Der Nebel wallte immer dichter. Ich glaubte, wir hätten uns verirrt und näherten uns einem fremden Gestade. Darum befahl ich, Tiefe zu loten.«

Wir schwiegen gespannt. Der Türke sah uns der Reihe nach an. Dann erzählte er weiter:

»Einer meiner Seeleute tauchte das Senkblei ins dampfende Meer. Als er es wieder heraufzog, war es geschmolzen. Da wußte ich, daß uns der Scheitan verfolgte. Ich rief die Mannschaft an die Ruder. Aber es war schon zu spät. Das Pech floß aus den Fugen, die Seile zersetzten sich, und am Ende fiel unser Schiff auseinander wie das Papyrusboot eines Knaben.

Mit schmerzlichem Gesicht griff sich der Seeräuber an das gesunde Ohr. »Noch jetzt höre ich die Todesschreie meiner Gefährten«, stieß er hervor. Schweiß perlte von seiner schorfigen Stirn. Nach einer Weile fuhr der Seeräuber fort:

»Als unser Schiff unterging, klammerte ich mich ans Steuer. Wir sanken über den Bug. Ich fiel als letzter ins Wasser. Zu meinem Glück schwamm der Hauptmast vorbei. Ich packte ihn und zog mich auf das Holz. Ein heftiger Wind trieb mich nach Norden. Als sich die See wieder abgekühlt hatte, fischte mich dieser Venezianer auf.«

Wieder klopfte es an die Tür.

»Seid ihr noch nicht fertig?« fragte der Hauptmann ungeduldig. »Die Ablösung zieht gleich auf!«

»Einen Moment noch!« antwortete der Magister. Dann wandte er sich wieder dem Gefangenen zu. »Saht Ihr auch heißen Schnee?« fragte er. »Oder vielleicht ein schwebendes Schloß über glühenden Wolken?«

»Ihr wollt mich wohl veralbern!« versetzte der Türke. »Aber es ist mir gleich, ob Ihr mir glaubt oder nicht. Tötet mich nun, ehe mich diese unbeschnittenen Hunde ergreifen!«

Tyrant du Cœur biß sich auf die Lippen. Dann trat er auf den Seeräuber zu und nahm ihm den Dolch aus der Faust. Die Ketten des Türken rasselten, als er die Brust unter dem schmutzigen Kittel entblößte.

»Ihr seid ein tapferer Mann«, meinte Doktor Cäsarius. »Nennt mir nun noch Euren Namen, damit wir Euch ein ehrendes Andenken bewahren!«

Der Seeräuber blickte uns an. Spott funkelte in seinen dunkelbraunen Augen. »Ich heiße Tughril«, sprach er mit fester Stimme. »Und nun stoßt zu!«

Der Ritter hob den Dolch, doch der Magister fiel ihm in den Arm. »Wartet noch«, sagte der Alte.

Tyrant du Cœur sah ihn fragend an.

»Wir versprachen diesem Mann einen schnellen und schmerzlosen Tod«, erklärte der Dämonologe. Vorsichtig zog er eine kleine, bläulich schimmernde Gemme aus seinem Talar und reichte sie dem Ritter. »Gebt das dem Gefangenen!« befahl er. »Dann erfüllt Ihr Euren Schwur ebensogut wie mit dem Dolch. Denn dieser Stein enthält ein Gift, das in der Zeit eines Wimpernschlags tötet!«

Tyrant du Cœur nickte erleichtert. »Schade, daß Ihr sterben müßt!« sprach er zu dem Türken, als er ihm den Edelstein übergab.

Der Seeräuber nahm die Gemme mißtrauisch zwischen die Finger und hielt sie prüfend in die Höhe. »Täuscht Ihr mich auch nicht?« fragte der Gefangene. »Bedenkt, Ihr habt bei der Ehre Marias geschworen!«

»Wartet, bis wir gegangen sind«, erklärte der alte Magister. »Wenn der Doge erscheint, schluckt Ihr das Schmuckstück. Dann wird das Leben sogleich aus Eurem Körper entweichen.«

Quietschend öffnete sich die Tür. Der Hauptmann packte den Legaten aufgeregt am Arm. »Ihr müßt jetzt gehen!« rief er erregt. »Die neue Wache zieht auf!«

Gebückt eilten wir durch den winzigen Hof zurück in den Garten des Gesandten. Dort erfrischten wir uns mit Wein. Lange hingen wir stumm unseren Gedanken nach. Dann brach Tyrant du Cœur unser

Schweigen. »Der Glaube des Türken schien nicht schwächer als der unsere«, sagte der Ritter, »obwohl sein Gott doch nur ein Götze ist.«

»Er redete wie ein Held«, meinte Doktor Cäsarius, »wird er nun auch so handeln? Wir werden es bald wissen.«

»Ich glaube nicht, daß er zögert, die Gemme zu schlucken«, erklärte der Mönch. »Habt Ihr nicht gesehen, wie er sich das Hemd von der Brust riß?«

»Doch, doch«, versetzte Doktor Cäsarius ruhig.

Wir blickten einander verwundert an. Dann fragte Tyrant du Cœur: »Wollt Ihr etwa sagen, daß die Gemme gar kein Gift enthielt? Und daß ich nun meineidig bin?«

Doktor Cäsarius hob seinen Kelch und blickte über den Rand auf die Lichter Venedigs. »Wir haben ihn nicht getäuscht«, erwiderte er. »Der Türke wird sterben. Aber noch heute nacht werden wir ihn wieder zum Leben erwecken. Denn dieser Mann ist der Fünfte in unserem Bund.«

SECTIO XI

Es dauerte eine ganze Weile, bis wir uns von der Überraschung wieder erholten. Als erster gewann der Gesandte des Papstes die Fassung zurück. »Tughril...« murmelte er. »Ihr meint also, daß jene Lettern in S. nun auch hier...«

»Ganz recht«, unterbrach ihn Doktor Cäsarius, »doch vergeßt nicht: inversus – umgekehrt!«

»Manus!« entfuhr es dem Legaten. »Fünf Finger...«

»Verübelt mir meine Neugier nicht«, mischte sich Tyrant du Cœur ein. »Doch ich verstehe kein Wort!«

»Geduldet Euch noch ein wenig«, meinte der alte Magister. »Hört erst meinen Plan: Um Mitternacht begibt sich der Doge in das Gefängnis. Wenn er festgestellt hat, daß der Türke tot ist, läßt er zum Trost gewiß einen anderen Häftling foltern. Den Leichnam des Seeräubers werden die Wachen wie gewöhnlich in einen Sack stecken und auf den Schindanger werfen – dort hinter dem Kerker, an dem kleinen Seitenkanal. Drei Stunden vor Sonnenaufgang fährt ein Totengräber in einem schwarzen Boot durch die Stadt und bringt die Leichen der Gefangenen zum Festland, wo sie verscharrt werden. Bis dieser Kahn kommt, müssen wir Tughril geborgen haben. Das wird eure Aufgabe sein, Dorotheus und Bruder Maurus! Herr Tyrant, Ihr beobachtet die Wächter. Sollte uns einer auf die Schliche kommen, so macht ihn unschädlich, tötet ihn aber nicht! Ich werde Euch mit einem Ruderboot abholen.«

Der Dämonologe blickte den Botschafter an. »Begebt Euch zu dem Dogen in die Folterkammer, Exzellenz«, rief er, »damit kein Verdacht auf Euch fällt, wenn das Verschwinden des Leichnams bemerkt wird!«

»Was ist, wenn man uns überrascht?« wollte der Ritter wissen. »Wie kann ich dann im Hafen noch ein Schiff nach Achaia besteigen?«

»Ihr steht unter dem Schutz des Papstes«, stellte der Legat fest.

Tyrant du Cœur starrte den Botschafter ärgerlich an und sagte dann zu Doktor Cäsarius:

»Ihr verstrickt mich in eine Sache, mit der ich nichts zu tun haben möchte. Ich glaube fast, Ihr habt das alles geplant, um mich meiner Pflicht zu entfremden!«

»Beruhigt Euch«, erwiderte der Dämonologe. »Glaubt mir: Noch heute früh wußte ich so wenig von dem Türken wie Ihr. Erst jetzt fügt sich das Bild zusammen... Wenn Ihr erst einmal alles wißt, werdet Ihr einsehen, daß Ihr uns folgen müßt.«

»Warum sagt Ihr mir dann nicht die Wahrheit?« fragte der Ritter zornig. »Immer bekommt man nur Andeutungen zu hören. Die Ereignisse in S.! Fünf Finger! Eine Hand! Was bedeutet das alles?«

»Dämonen, Wiedergänger, Drachen, und heute nacht wollt Ihr selbst einen Toten zum Leben erwecken«, mischte sich Bruder Maurus ein, »was steckt hinter all diesen Rätseln?«

»Und was ist das für ein Bund, in dem dieser Tughril der Fünfte sein soll?« wollte ich wissen.

Der Magister und der Legat wechselten einen Blick. Dann sagte Doktor Cäsarius entschieden: »Genug jetzt! So gern ich wollte, ich darf euch das Geheimnis noch nicht verraten! Vertraut mir!«

Der Mönch zuckte die Achseln. »Hauptsache, wir kriegen den Kerl, der Vater Hermogenes und meinen treuen Hylaktor auf dem Gewissen hat«, brummte er. Tyrant du Cœur aber schwieg.

Als das Sternbild der Taube Noahs über den Dächern der schlafenden Stadt erstrahlte, brachen wir auf. Gebückt eilten wir auf der gepflasterten Straße entlang. Vor dem Haupteingang des Kerkers lag ein prächtiges Boot auf dem Kanal. Wächter sperrten die Durchfahrt. Ihre Waffen blinkten im Fackelschein.

Tyrant du Cœur winkte uns hinter einen Pfeiler. »Da kommen wir nicht ungefragt durch«, raunte er uns zu. »Wie erklären wir den Wachen, daß wir zu dieser Stunde noch unterwegs sind?«

»Da brauchen wir wohl nicht lange zu grübeln«, versetzte der Mönch. »In einer Stadt wie dieser gibt es nur einen überzeugenden Grund.«

Dann trat der Riese aus dem Schatten der Mauer und schwankte auf die Wächter zu. Dabei sang er mit lauter Stimme:

»Ich liebte einst ein Mägdelein,
Von alten Sachsenenkeln.
Ihr Haar, das war wie Flachs so fein,
Auch das auf ihren Zähnen!«

»Er ist übergeschnappt!« stöhnte der Ritter. »Los, Dorotheus – wir müssen mitspielen, sonst ist alles verloren!«

Wir eilten dem dunklen Hünen nach, hakten uns links und rechts bei ihm ein und stellten uns gleichfalls betrunken. Bruder Maurus schrie aus voller Kehle:

»Ich liebte einst ein Mägdelein,
Von der Kastilier Küsten.
Selbst die Melonen wirkten klein
Vor ihren runden Augen!«

Die Wächter lächelten. »Holla!« rief einer von ihnen. »Wer kommt denn da? Ihr seid ja voll wie tausend Nattern!«

Der Mönch ließ einen mächtigen Rülpser entweichen, der von der Hauswand wie ein Hammerschlag widerhallte. Dann grölte Bruder Maurus:

»Ich liebte einst ein Mägdelein,
Wohl aus der Grafschaft Marche.
Sie ließ mich überall hinein,
Sogar in ihren Garten!«

Die Wächter lachten schallend. »He, singt uns noch ein paar Verse vor!« forderte einer von ihnen.

Bruder Maurus hielt vor dem vordersten Venezianer an, stierte aus trüben Augen auf ihn herab und sang weiter:

»Ich liebte einst ein Mägdelein,
Fern aus dem stolzen Speyer.

Sie sagte, jetzt ist alles mein,
Und griff mir an die Ohren!«

Der neue Hauptmann der Wache trat näher. »Ihr seid ja ein Dichter!« rief er grinsend. »Wohin des Wegs so spät? Hier ist das Gefängnis, wißt Ihr das nicht?«

»Wir sind Kaufleute aus Aragon!« lallte ich mit scheinbar schwerer Zunge, »und trafen diesen Mönch, der uns auf eine Reise ins Gelobte Land begleiten möchte... Auch auf geschäftlicher Fahrt kann frommer Beistand nicht schaden.«

»In der Tat«, stimmte der Hauptmann zu. »Wie ich höre, hat er auch schon begonnen, für euer Seelenheil zu beten. Fahrt fort, Mönch! Ich bin stets begierig, neue Kirchenlieder zu lernen.«

Bruder Maurus reckte sich zu voller Größe empor und grölte:

»Ich liebte einst ein Mägdelein,
Aus Bayerns Felsensteinen,
Die schmeckte überall so rein,
Selbst zwischen ihren Brauen!«

Der Hauptmann lachte. »Noch ein solcher Psalm, dann dürft Ihr nach Hause«, prustete er.

Bruder Maurus ließ sich nicht zweimal bitten. Von neuem erscholl seine kräftige Stimme:

»Ich liebte einst ein Mägdelein,
Aus Flandern, stolz und groß.
Ihr Schenkel war so kühl wie Stein,
Heiß aber war ihr Blick!«

Die Wächter brachen wieder in Gelächter aus. »Jetzt aber fort!« rief der Hauptmann fröhlich. »Unser Doge empfing soeben Besuch vom Gesandten des Heiligen Vaters!«

Wir wankten an den Wachen vorüber. Als wir den Lichtkreis der Fackeln glücklich verlassen hatten, bogen wir um die Ecke.

»Das war knapp!« entfuhr es dem Ritter. »Beeilt euch! Ich behalte die Posten im Auge.«

Wir liefen durch eine schmale Gasse. Nach kaum fünfzig Schritten kamen wir an einen kleinen Kanal.

»Hier muß es sein«, meinte der Mönch.

Der Mond beschien einen Haufen von grob zusammengenähten Säcken. Meine Finger erfühlten weiches Fleisch. Erschrocken zog ich die Hand zurück.

»Einer von diesen hier ist es«, flüsterte ich, »aber welcher?«

»Öffnet die Säcke und schaut nach!« befahl Bruder Maurus. »Was ist – fürchtet Ihr Euch vor Toten?« Er stieß mich ungeduldig zur Seite, knüpfte eine der Hüllen auf, langte hinein und zog den Kopf eines Leichnams an den Haaren heraus. Blonde Locken fielen über das zerschlagene Gesicht eines stülpnasigen Slawen.

»Der ist es nicht«, stellte Bruder Maurus fest, stopfte den Schädel zurück und band den Sack sorgfältig wieder zu. Dann langte er nach dem nächsten Opfer. Als er das lose Leinen zurückstreifte, erschien das schmutzige Antlitz Tughrils. Geronnenes Blut bedeckte sein Kinn.

Prüfend schüttelte der Mönch den Türken. Der Kopf des Seeräubers schlenkerte haltlos hin und her. »Der ist mausetot«, meinte Bruder Maurus. »Ich bin gespannt, wie der Magister den wieder lebendig machen will.«

»Mit dem Drachenstein«, sagte ich.

Der dunkelgesichtige Riese blickte mich überrascht an. »Ach ja«, sagte er. »Den hatte ich ganz vergessen.« Er lud den Türken auf die breiten Schultern, stolperte und fluchte leise.

Angestrengt lauschten wir in die Nacht. Plötzlich hörten wir das leise Plätschern von Rudern.

»Das muß der Magister sein«, seufzte Bruder Maurus erleichtert. »Sagt dem Ritter Bescheid!«

Auf dem Wasser schob sich ein dunkler Schatten heran. »Los!« rief der Mönch halblaut. »Worauf wartet Ihr noch?«

Ich wandte mich um und lief durch die enge Gasse zurück. Der Mond verschwand hinter Wolken. Schon nach wenigen Schritten vernahm ich ein Geräusch. »Seid Ihr es, Herr Tyrant?« fragte ich in die Dunkelheit und blieb stehen.

Es kam keine Antwort. Plötzlich raschelte es hinter mir. Verwundert drehte ich mich um. Dann durchfuhr mich das Entsetzen wie ein Dolch aus eisigem Stahl. Denn ich blickte in das von Aussatz zerfressene Antlitz des Bettlers von Como.

Ich wollte schreien, doch ehe sich ein Laut aus meiner Kehle lösen konnte, krallten sich kräftige Finger um meinen Hals. »Stirb!« flüsterte der Fremde voller Haß.

Verzweifelt wehrte ich mich gegen den würgenden Griff. Ein übelriechender Hauch strömte mir aus dem zahnlosen Mund des Bettlers entgegen. Das häßliche Gesicht mit der kreuzförmigen Narbe verzerrte sich zu einer teuflischen Fratze. Der Fremde packte mich an den Haaren und zog meinen Kopf an seine schorfbedeckten Wangen. Mit aller Kraft stieß ich mich von ihm ab, aber der Aussätzige preßte mich immer enger an sich. Ich sah seine furchtbaren Wunden und meinte schon, ihre ekligen Absonderungen auf meiner Haut zu spüren. Da wurden Kopf und Körper des Angreifers plötzlich von mir gerissen. Einen Herzschlag später brach der Fremde mit einer klaffenden Halswunde zu meinen Füßen zusammen. Hinter ihm stand eine hohe Gestalt.

»Seid Ihr verletzt, Dorotheus?« fragte eine besorgte Stimme. »Kommt, wir müssen zum Boot!« Der Mond tauchte aus dem schwarzen Gewölk hervor und leuchtete in das Gesicht des Ritters.

»Der Bettler«, ächzte ich. »Er kam aus Como!«

»Aus Como?« fragte Tyrant du Cœur verwundert. »Täuscht Ihr Euch nicht? Bedenkt, es ist stockfinstere Nacht!«

»Ich sah diesen Mann vor dem Dom«, beharrte ich. »Ich schenkte ihm eine Kupfermünze!«

Der Ritter zog mich am Ärmel. »Kommt!« befahl er, »ehe uns die Wächter doch noch erwischen! Ist der Magister schon da?«

Atemlos nickte ich. Wir eilten zu dem Seitenkanal. »Wo bleibt ihr denn so lange?« rief uns Bruder Maurus entgegen.

»Ein Fremder fiel Dorotheus aus dem Hinterhalt an«, erklärte der Ritter. »Ein aussätziger Bettler. Dorotheus glaubt, er habe den Mann schon einmal gesehen – in Como.«

»Unsinn!« meinte der Mönch.

»Aber ich schwöre es euch!« rief ich aufgeregt. »Ich erinnere mich deshalb so gut an ihn, weil er mir erzählte, er sei einst mit König Ludwig von Frankreich unter dem Kreuz nach Ägypten gefahren!«

»Zum Nil?« fragte Doktor Cäsarius überrascht. »Warum habt Ihr das nicht gleich gesagt?« Behende wie eine Katze sprang er von Bord. »Zeigt mir, wo dieser Bettler liegt!« befahl er.

Ich eilte durch die Gasse voraus. Auf halber Strecke fanden wir die dunkle Gestalt des Aussätzigen auf dem Pflaster.

Vorsichtig trat der Dämonologe an den leblosen Körper heran. Dann kniete er nieder, befühlte den blutigen Schädel, hielt seine Hand über den verzerrten Mund und tastete schließlich nach der Brust des Fremden.

»Ist er etwa nicht tot?« fragte Tyrant du Cœur.

Bruder Maurus stolperte herbei, bückte sich und starrte dem Fremden ins Gesicht. »Den habe ich noch nie gesehen«, murmelte der Mönch. »Mein Gott, der sieht ja grauenvoll aus!«

Doktor Cäsarius streckte die Hand aus. Der Ritter reichte dem Magister den Dolch. Der Dämonologe schnitt das fleckige Hemd des Fremden entzwei und entblößte den mageren Körper. Genau in der Mitte zwischen den beiden bräunlichen Brustwarzen zeigte sich eine dritte.

»Das Sündenmal Kains«, sagte der alte Magister mit heiserer Stimme.

»Jesus!« entfuhr es dem Ritter.

»Er hat uns verfolgt und beobachtet«, klärte uns Doktor Cäsarius auf. »Seht her!« Langsam zog er den Storaxstab aus dem Ärmel. Die geschnitzten Streifen leuchteten im Schein des Mondes.

»Hataf Hataf Lataf Lataf Ghur Ghur«, murmelte der Magister. »Bahid Bahid Dadhi Dadhi Hidur Hidur.« Dann fuhr er in lateinischer Sprache fort: »Wo sind die, deren Gestalt wie die der Schweine ist? Wo sind die, deren Gestalt wie die der Schlangen ist? Wo sind die, deren Gestalt wie die der Geier ist? Zeigt eure wahre Natur!«

Danach stieß Doktor Cäsarius die Spitze des Steckens gegen die mittlere Brustwarze des Toten. Ein bläulicher Blitz flammte auf. Als der grelle Schein wieder verblaßte, lag auf dem Pflaster nicht mehr ein Mann, sondern ein riesiger, zottiger Hund mit räudigem Fell.

»Da seht ihr es!« keuchte der alte Magister. »Fort von hier!«

Maurus packte den Kadaver. Im Boot streifte der Mönch die Leinenhülle vom Körper des Türken, legte den toten Hund hinein, band den Sack sorgfältig zu und brachte ihn dann zurück zu den anderen Leichen.

»Falls der Totengräber nachzählt«, erklärte er.

»Los!« rief Doktor Cäsarius. »Es ist höchste Zeit!« Mönch und Ritter griffen in die Riemen. Als wir den engen Kanal verließen, kam uns ein schwarzes Schiff entgegen.

Kurze Zeit später ruderten wir in den Großen Kanal. Am Stadtrand richtete der Magister einen dünnen Mast auf und zog daran ein kleines Segel hoch. Ein leichter Wind griff in das Tuch und trieb uns über die Lagune. Die Wolken verschwanden vom Himmel, und bunte Sterne begannen zu funkeln.

Als sich die Lichter Venedigs langsam entfernten, warf der Dämonologe einen prüfenden Blick auf den toten Türken und sagte: »Nun wollen wir ihn wecken. Übernehmt das Steuer, Dorotheus. Haltet das Boot so ruhig wie möglich!«

Ritter und Mönch zogen die Ruder ein. Tyrant du Cœur blickte Doktor Cäsarius unruhig an. »Wollt Ihr ihn wirklich wieder lebendig machen?« fragte er besorgt. »Ist das nicht Anmaßung? Sünde?«

»Gott gibt das Leben«, erwiderte der Magister. »Ich wirke nur als Werkzeug des Herrn. Frevelte denn der Prophet Elischa, als er den Sohn der mildtätigen Sunemiterin aus dem Totenreich zurückholte? Verstieß der Apostel Petrus etwa gegen Gebote des Herrn, als er in Joppe die hilfreiche Jüngerin Jesu, Tabita, auferstehen ließ? Auch noch andere Getreue des Herrn haben solche Wunder vollbracht: St. Thomas erweckte zu Helioforus erst einen Jüngling, der von einem Drachen vergiftet worden war, und dann eine Jungfrau, die ihr Liebhaber aus Eifersucht mit dem Schwert durchbohrt hatte. Der Evangelist Johannes machte zu Patmos einen Knaben wieder lebendig, den ein Dämon im Bad erwürgt hatte. Und er ließ auch die keusche Drusiana auferstehen, der ihr Liebhaber noch im Sarg nachstellen wollte. Der hl. Andreas rettete von Dämonen ermordete Jünglinge in Nicäa, Philippi und Thessalonike. Und später hat auch der hl. Martin von Tours Tote erweckt.«

Doktor Cäsarius ließ sich neben dem Türken nieder, öffnete das kupferbeschlagene Kästchen und holte eine eiserne Pfanne heraus. Aus verschiedenen Töpfchen und Tiegeln schüttete der Dämonologe winzige Flocken in das flache Räuchergerät. Dann entzündete er mit einem Feuerstein etwas Werg und blies in die Glut. Bald breiteten Weihrauch, Galbanum, Styrax und Narden ihre Wohlgerüche aus, jenes Räucherwerk, das Adam nach seiner Vertreibung aus Eden zu Ehren des Herrn verbrannte.

Während der Duft die Lüfte durchdrang, begann der Dämonologe mit dumpfer Stimme eine Beschwörung zu murmeln: »Vade, Yesemigadoon – hebe dich hinweg, Dämon der Unterwelt! Namtar, Osiris, Hades, Pluto, vadete – fort mit euch! Oh Ulpaga! Oh Kammara! Oh Kamdo! Oh Karkhanmu! Oh Asmagaa! Die Uana! Die Uthu der Sonne! Dies soll euch gebieten...« Die weiteren Worte verstand ich nicht.

Nach einer Weile nahm Doktor Cäsarius einen winzigen silbernen

Löffel aus seinem Kupferkästchen, fuhr damit in den Mund des Toten und kratzte ein wenig getrockneten Speichel von der Zunge. Mit der Linken hob er ein Fläschchen aus rötlichem Glas, das eine wasserhelle Flüssigkeit enthielt, ans Auge. Als er den Löffel hineinsteckte, glühte der seltsame Saft plötzlich auf, als sei in der Flasche eine Fackel entflammt. Staunend beobachteten wir das Wunder.

»Od des Lebens!« betete der Magister. »Raphael, Raël, Miraton, Tarniel, Rex, ihr Reiter des Nordwinds, ihr höchsten Herrscher des Tages, ihr Engel der Weißen Magie, eilt mir zu Hilfe!«

Wie gebannt starrten wir auf das bleiche Antlitz des Türken. Eine Welle schlug gegen das Boot, und Wassertropfen zischten in der Räucherpfanne.

»Haltet den Kahn auf Kurs!« mahnte Tyrant du Cœur. »Sonst macht Ihr noch alles zunichte!«

Erschrocken gehorchte ich. Der alte Magister rief: »Michael, Tardiel, Huratabal!« Dann goß er dem Toten die schimmernde Flüssigkeit in den Mund.

Einige Zeit kniete der Dämonologe nun regungslos neben dem Leichnam. Dann schob er mit der Linken langsam das rechte Lid des Türken in die Höhe und blickte forschend auf den leblosen Augapfel hinab. Endlich holte Doktor Cäsarius den Drachenstein aus dem Lederbeutel. Mit beiden Händen hob er das leuchtende Kleinod zum Himmel. Wieder folgte eine Beschwörung, von der ich diesmal jedoch nur die Worte »Occultum« und »Interiora« verstand.

Danach ließ sich der Magister den Dolch des Ritters reichen. Hastig schnitt er das völlig verschmutzte Wams des Türken entzwei. Am Ende streifte der Alte seinen roten Talar ab, legte sich nackt auf den Leichnam, schob den strahlenden Stein in die Herzgrube des Vergifteten und blies dem Toten seinen Atem in den Mund.

Fassungslos starrte Tyrant du Cœur auf die beiden Männer. Ich schlug ein Kreuzzeichen und betete flüsternd die Verse des Römerbriefs: »Denn Christus ist gestorben und lebendig geworden, um Herr zu sein über Tote und Lebende.« Was vor meinen Augen geschah, erschien mir wie ein unfaßbarer Traum.

Mit aller Kraft preßte der Dämonologe seinen mageren Leib auf den sehnigen Körper des Räubers. Immer wieder schöpfte er Luft, um sie dem Türken in den Mund zu hauchen. Dazwischen rief er laut: »Der Große Theriak! Od des Lebens! Heli, Heloim, Sothar, Immanuel, Sabaoth, Agla, Tetragrammaton...« Dann folgten wieder viele Worte, die ich nicht verstand.

Die Sterne begannen zu zittern. Der Wind frischte auf, und Schaumkronen bildeten sich auf den Wellen. Das Boot begann heftig zu schwanken. Der alte Magister rollte auf dem Leichnam hin und her. Mit Armen und Beinen umschlang er den leblosen Körper.

Tyrant du Cœur murmelte ein Vaterunser. Auf einmal traten die Augen des Mönchs aus den Höhlen, und mir stockte der Atem. Denn plötzlich hob sich die Brust des Toten. Seine verkrampften Finger zuckten, seine blutleeren Lippen begannen zu zittern, und endlich schlug er die Augen auf.

Einen Herzschlag später fuhr der Türke mit einem Schrei in die Höhe und stieß den Magister mit beiden Händen von sich. »Wer seid Ihr?« brüllte er entsetzt. »Soll das der Himmel sein, den der Prophet seinen Streitern versprach? Bei allen 360 Götzen, die einst an der Kaaba zu Mekka verehrt wurden – Ihr seht eher aus wie Malik, der Vogt der Hölle!«

Doktor Cäsarius streifte sich den Talar wieder über und antwortete: »Ruhig! Ihr seid unter Freunden!«

»In der Hölle besitze ich keine Freunde!« versetzte der Türke. »Höchstens ein paar alte Bekannte!« Suchend spähte er über den Bootsrand. »Außerdem hätte ich in der Gehenna mehr Feuer und weniger Wasser erwartet«, wunderte er sich.

»Ihr befindet Euch nicht am Ort der Verdammnis«, erklärte der Dämonologe, »sondern auf der Lagune Venedigs. Mein Gift betäubte Euch nur. Die Wächter des Dogen hielten Euch für tot und warfen Euch auf den Schindanger. Wir bargen Euch und brachten Euch an Bord...«

»Ihr lügt!« schrie der Türke erregt. »Ich schaute die Engel Allahs... Israfil mit der Posaune, der einst zum Jüngsten Tag rufen wird... Munkir und Ankir, die Vorsteher des Seelengerichts... Ich schritt durch den Eingang zum Paradies, sah David, Salomo, Abraham, Ismael, Noah und den Propheten selbst dort sitzen. Sie hoben die Hände, um mich willkommen zu heißen... Da fiel plötzlich ein Schatten über mich, und ich stürzte hinab...«

»Ruht Euch erst einmal aus«, riet der alte Magister und träufelte aus einer Silberphiole einige purpurne Tropfen auf die Lippen des Türken.

»Ich will nicht...«, stieß der Seeräuber mit großer Anstrengung hervor. Dann sank sein Kopf kraftlos zurück, und er fiel in tiefen Schlaf.

»Ihr habt es tatsächlich geschafft«, flüsterte der Ritter bewegt. »Nie sah ich ein solches Wunder!«

»Schweigt darüber!« befahl der Magister und setzte sich wieder ans Ruder. »Beim Heiligen Vater werdet Ihr alles erfahren.«

Ruhig steuerte Doktor Cäsarius nun unser Boot nach Nordwesten. Bald erblickten wir das flackernde Licht der einsamen Fackel, die vor dem großen Lagerhaus brannte. Als wir das Brausen der Brandung vernahmen, spähten wir aufmerksam nach gefährlichen Klippen und Felsen. Da beugte sich der Magister, der sich wohl unbeobachtet glaubte, über den schlummernden Türken, schnitt ihm blitzschnell eine Locke ab und schob das schwarze Haar in eine Tasche seines Talars. Mit knirschendem Kiel setzte der Alte dann unseren Kahn auf den Strand.

»Laßt Tughril einstweilen im Boot«, befahl er. »Herr Tyrant, Bruder Maurus! Ihr schirrt die Rosse an. Ehe die Sonne aufgeht, müssen wir verschwunden sein, wenn wir alle Verfolger abschütteln wollen.«

Ritter und Mönch eilten zu den Pferden. »Kommt, Dorotheus!« rief der Magister. Ich folgte ihm zu dem Verschlag, in dem der Stallknecht schnarchte. Doktor Cäsarius rüttelte den Schlafenden an der Schulter. »Wacht auf!« rief er. »Hat jemand nach uns gefragt?«

Der Pferdepfleger fuhr hoch und glotzte uns schlaftrunken an. Dann kratzte er ausgiebig seinen kantigen Schädel. »Nur ein aussätziger Bettler, gestern mittag«, erklärte er nach einer Weile. »Er behauptete, Ihr wärt ein Arzt, der ihn von seiner Krankheit heilen könne. Ist das wirklich wahr?«

»Natürlich!« erwiderte der Magister. »Aber wir müssen leider fort. Der Rat von Genua wünscht unsere Hilfe... Dort gibt es viel Geld zu verdienen. Wenn wieder jemand nach uns fragt, sagt ihm, wo man uns antreffen kann. Wir werden gewiß mehrere Monate in Ligurien bleiben.«

Doktor Cäsarius drückte dem Stallknecht ein paar Münzen in die Hand und schob ihn auf seinen Strohsack zurück. Dann zog er mich hinter sich aus dem Raum.

»Geht zum Boot und weckt den Türken!« raunte er mir zu. »Wir treffen uns dort vorn bei den Pinien, die wie Drillinge nebeneinander stehen. Wir müssen vorsichtig sein, falls dieser Kerl uns beobachtet... Beeilt Euch!«

Ich nickte und hastete durch die Dunkelheit zum Boot. Plötzlich spürte ich die Anstrengung der Nacht immer stärker in meinen Beinen. In dem tiefen Sand wurden mir die Füße schwer wie Blei. Ich keuchte und rang nach Atem. Die Luft lastete immer drückender auf meinen Lungen.

Doch erst, als ich den Nachen erreichte, erkannte ich den Grund. Denn vor dem Boot stand eine große, graue Gestalt.

SECTIO XIII

Ich wollte schreien, doch das Entsetzen schnürte mir die Kehle zu. Ich wollte fliehen, doch der Schrecken lähmte meine Beine. Ich wollte die Augen schließen, aber mein Wille versagte. Wehrlos starrte ich dem grausamen Assiduus entgegen, der mit erhobenen Armen auf mich zuschritt. In dem dunklen Gesicht unter der grauen Kapuze leuchteten gelbe Augen. Hilflos wie eine Fliege im Netz der Spinne wartete ich auf den Tod. Schon streckte der Unhold die Klauen aus. Da prallte plötzlich eine dunkle Gestalt gegen den Rücken des Dämons. Es war Tughril.

»Lauft!« schrie der Türke. Mit beiden Armen umklammerte er den Nacken des Grauen.

Der Dämon knurrte böse und schleuderte den Angreifer zur Seite, so wie sich ein zorniger Stier mit dem Schweif einer lästigen Bremse entledigt.

Tughril stürzte zu Boden, rollte aber sofort wieder auf die Füße. Zornig ergriff er ein Ruder und schlug es gegen den Unhold. Doch der Assiduus packte das Holz und schleuderte es zu Boden. Klirrend wie ein Eiszapfen, der vom Rand eines Daches auf steinerne Platten herabfällt, zerschellte das Ruder in tausend Stücke.

Entgeistert starrte Tughril den Dämon an. »Aus welcher Hölle kommst du?« schrie er verwirrt.

Der Graue wandte sich ab und schritt weiter auf mich zu.

»Dorotheus!« rief eine Stimme von fern. »Lauft fort!«

Gebannt starrte ich in das schlafende Antlitz des Dämons. Die gebogenen Fingernägel des Assiduus schimmerten wie geschliffener Stahl. Sie würden, so dachte ich, jetzt meine Gurgel zerfetzen, so wie ein Koch mit dem Häckselmesser eine Zwiebel zerschneidet.

In diesem Moment begann sich der Himmel zu verfärben. Ein fahler Schimmer ersten Tageslichts drang vom Firmament herab. Und dann sah ich, wie die graue Gestalt vor meinen Augen langsam zerschmolz, so wie schwarze Tusche aus einem gläsernen Tintenfaß fließt. Wenige Herzschläge später war der Assiduus verschwunden.

Der Türke rüttelte mich am Arm. »Was war das für ein Wesen?«

fragte er. Sein Gesicht war weiß wie Kalk. »Bei Harut und Marut, den Engeln der Geilheit – selbst das kochende Meer schreckte mich nicht so sehr wie diese Satansgestalt!«

Nun eilten auch die anderen herbei. »Hat der Assiduus Euch berührt?« rief der Dämonologe keuchend.

»Ihn nicht, aber mich«, antwortete Tughril statt meiner. Er zitterte wie Espenlaub. »Bei den Hodenschrauben der Teufelshuren«, stieß er hervor, »mir war, als kämpfte ich mit einem Klotz aus Eis!« Er zeigte auf seine nackte Brust. »Ich bin halb erfroren!« beklagte er sich. »Wer hat mein Wams zerschnitten? Gebt mir etwas zum Anziehen!«

»Kommt mit zu unserem Wagen«, meinte der Magister.

Der Türke hielt sein Hemd mit den Händen zusammen und eilte hinter uns her. »Ich weiß, daß das Gebot der Ehelosigkeit viele christliche Priester zu schlimmen Verirrungen treibt«, schnaufte er, »aber... Brrr, ich glaube, Ihr habt mich vorhin geküßt!«

»Wir sind keine Geistlichen«, klärte ihn der Dämonologe auf. »Ich mußte Euch entblößen, um Euch wiederbeleben zu können. Auch wollte ich Euch keineswegs liebkosen, sondern ich blies Euch Luft in den Mund, damit Eure Lungen wieder zu atmen begannen. Als Seefahrer solltet Ihr wissen, daß man auf diese Weise schon viele Menschen, die fast ertrunken wären, gerettet hat.«

Der Türke schwieg. Doktor Cäsarius reichte ihm ein langes Gewand aus grünem Filz. »Zieht das an!« befahl der Magister. »Es trägt die Farbe Eures Propheten.«

Mißtrauisch nahm der Seeräuber das Kleid und streifte es über den Kopf. Zusätzlich hüllten wir ihn in Decken. Bruder Maurus kletterte auf den Kutschbock und schnalzte mit der Zunge. Die vier Pferde zogen an.

»Wollt Ihr mir nicht eure Namen verraten?« fragte der Türke. »Wohin verschleppt ihr mich?«

»Wir haben Euch nicht aus den Händen des Dogen befreit, um Euch umzubringen«, versetzte der Dämonologe. Dann stellte er uns der Reihe nach vor und erzählte dem staunenden Türken von dem Kynokephalus und dem Assiduus, auch von dem Drachen und dem verzauberten Hund. Dabei erfuhren wir, daß die Kunst, Tiere in Menschen zu verwandeln, in Ägypten beheimatet ist und dort seit den ältesten Zeiten von heidnischen Magiern geübt wird. »Heute findet der Reisende am Nil nur noch Moscheen und Kirchen«, berichtete Doktor Cäsarius. »Unter der Erde aber liegt noch mancher Tempel der Teufelsdiener verborgen, und Eingeweihte wissen, daß heidnische Priester noch immer des Nachts durch geheime Gänge in die großen Pyramiden bei El Kahira dringen, um dort ihre schwarzen Messen zu feiern.«

Zum Schluß erzählte der Magister dem Seeräuber, wie wir ihn auf dem Schindanger geborgen und während unserer Fahrt über die Lagune wieder aufgeweckt hatten.

»Vorhin habt Ihr noch behauptet, ich sei gar nicht richtig tot gewesen«, versetzte der Türke argwöhnisch. »Ich wußte gleich, daß Ihr logt! Wer sagt, daß ich Euch jetzt vertrauen kann? Vielleicht wollt Ihr mir nicht das Leben, sondern die Seele rauben, indem Ihr mich zum Götzendienst verleitet!«

»Wir beabsichtigen nicht, Euch zum Christentum zu bekehren, falls Ihr das meint«, erklärte der alte Magister. »Euer Glaubensbekenntnis bleibt für uns ohne Belang.«

»So?« spottete der Seeräuber. »Dann seid Ihr der erste Christ, der so denkt. Die anderen eiferten immer so lange, bis ich ihnen aufs Maul hieb.«

Tyrant du Cœur blickte den Türken unwillig an. Der Dämonologe legte dem Ritter besänftigend die Hand auf die Schulter. »Wir haben Verständnis für frommen Eifer«, antwortete er, »und werden nicht Gleiches mit Gleichem vergelten.«

»Wie edelmütig!« höhnte der Seeräuber. »Und wohin bringt Ihr mich jetzt? Nach Mekka?«

»Nach Rom«, erklärte der Dämonologe.

»Was?« rief der Türke entsetzt. »Mitten in das Rattennest der Ungläubigen? Lieber führe ich zur Hölle! In Rom wohnt doch der oberste Götzendiener, der seine Horden immer wieder in meine Heimat entsendet, um dort die Rechtgläubigen zu überfallen! Diese Strauchdiebe, die unsere Städte niederbrennen und unsere Heiligtümer schänden!«

»Sprecht Ihr etwa vom Heiligen Vater?« fuhr der Ritter auf. »Hütet Eure Zunge, wenn Ihr nicht meine Faust kosten wollt!«

»Heiliger Vater?« höhnte der Seeräuber. »Namenloses Leid brachten seine gepanzerten Raubscharen über die Reiche des Ostens. Nicht nur über die Söhne Allahs, sondern ebenso über die anderen Christen. Habt Ihr vergessen, was damals in Konstantinopel geschah?«

»Ihr Mahometaner seid auch nicht besser«, antwortete der Jüngling mühsam beherrscht. »Wer ließ denn Ali, den Schwiegersohn des Propheten, damals in Kufa ermorden? Doch wohl der schurkische Muawija, der dadurch zum Kalifen aufstieg! Und Alis Sohn Hussein wurde danach bei Kerbela von Muawijas Nachfolger Jazid grausam erschlagen. Ströme von Blut vergossen diese angeblich heiligen Männer, aus blanker Gier nach Geld und Macht!«

»Das wagt Ihr mir zu sagen, Giaur?« brüllte Tughril erregt. »Ausgerechnet Ihr als Knecht geiler Pfaffen, die den ganzen Tag prassen, saufen und alles huren, was größer ist als ein Schwein...«

»Hört auf!« rief Doktor Cäsarius. »Unsere Zeit ist zu kostbar, um sie mit Wortgefechten zu verschwenden. Wartet, bis wir in Rom sind, Tughril! Dort könnt Ihr selbst mit dem Heiligen Vater sprechen. Von ihm werdet Ihr erfahren, was Eure und auch unsere Bestimmung sein soll. Dann mögt Ihr Euch entscheiden. Wenn Ihr Euch aber weigert, uns zum Papst zu begleiten, sehe ich mich gezwungen, Euch in Fesseln zu legen.«

Der Türke schwieg eine Weile. Dann gab er schließlich zur Antwort: »Gut! Keine Ketten mehr! Ich werde nicht fliehen, Ihr habt mein Wort!«

»Das muß ja was ganz Besonderes sein«, ließ sich der Mönch vom Kutschbock vernehmen.

»Wollt Ihr mich etwa verhöhnen?« brauste Tughril auf.

Tyrant du Cœur beugte sich freundlich lächelnd zu ihm hinab. »Schwört bei der ehelichen Treue Aischas, der Gemahlin des Propheten!« forderte er.

»Nein!« brüllte der Türke zornig. »Laßt unsere Heiligen aus dem Spiel!«

Der Ritter zuckte die Achseln, griff hinter sich und zog ein starkes Seil hervor.

»Also gut!« knirschte Tughril. »Ich schwöre es. Bei der ehelichen Treue Aischas. Das werdet Ihr noch bereuen!«

Tyrant du Cœur streckte die Hand aus. »Willkommen in unserer Reisegesellschaft«, sagte er.

Der Türke blickte verdutzt zu dem blonden Ritter. »Also gut«, murrte er und schlug ein. »Aber nur unter einer Bedingung: Ihr müßt mir helfen, mich an diesem Dogen zu rächen!«

»Wir kehren nicht nach Venedig zurück«, erklärte der alte Magister.

»Das wäre auch unnötig«, meinte Tughril. »Ich brauche nur etwas Geld. Weckt mich in der nächsten Stadt!«

Damit bettete er sich bequem auf den Boden und schlief sofort ein.

Am späten Nachmittag erreichten wir wieder den Marktplatz von

Padua. Tughril gähnte ein paarmal und spähte durch die Ritzen der Plane. Flötenmusik drang an unsere Ohren.

»Anhalten!« rief der Türke. »Herr Ritter, gebt mir Geld!«

Tyrant du Cœur und Doktor Cäsarius wechselten einen Blick. Der alte Magister nickte. Der Ritter griff in seine Börse und drückte dem Türken einige Silberstücke in die Hand.

»Folgt ihm!« befahl der alte Magister. »Ihr auch, Dorotheus. Sonst gerät unser neuer Gefährte vielleicht in Schwierigkeiten!«

Zu dritt eilten wir zur Basilika des hl. Antonius. Zwischen den Ständen der Händler erblickten wir ein tannenschlankes Tanzmädchen aus Tunis. Es blies eine Hirtenflöte und bot dabei seinen geschmeidigen Körper in Bewegungen dar, die selbst ein aufgeschlossener, neuzeitlicher Mensch als anstößig empfinden mußte. Bunte, geflochtene Schnüre pendelten zwischen den sehnigen Schenkeln der reizvollen Afrikanerin. Ihre prallen Brüste schwangen, von schmalen Bändchen gehalten, in wirbelndem Takt. Obwohl ich mich bemühte, nicht an sündige Lüste zu denken, spürte ich bei diesem Anblick fleischliches Verlangen.

Wir warteten, bis die Vorstellung zu Ende ging. Dann sprach der Türke die Tänzerin auf Arabisch an. Das hübsche Mädchen sah ihn erst abweisend, dann erstaunt, zum Schluß jedoch voller Freude an. Ohne weiteres Zögern bedeckte die Afrikanerin ihre Blöße mit einem seidenen Umhang und folgte uns.

Bruder Maurus machte große Augen, als er das Mädchen erblickte. »Ein prächtiger Einfall, uns ein wenig Unterhaltung zu verschaffen«, lobte er.

»Die Kleine ist nicht für Euch!« versetzte der Türke. »Was seid Ihr für ein Mönch? Starrt sie gefälligst nicht so schamlos an!«

»Tughril hat recht, Bruder Maurus«, sagte ich. »Es schickt sich nicht, so unverhohlen nach schlanken Schenkeln zu schielen!«

»Ihr habt leicht reden!« versetzte der Riese. »Ihr wart Studiosus in Paris, ich aber Einsiedler in Helvetien!« Er schlug mit den Zügeln, und wir rollten zur größten Herberge der Stadt. Tughril bestand auf einem eigenen Raum. »Allah hätte keine Freude an meinen Gebeten, wenn ich sie vor den Augen von Christen vollführte!« erklärte er, schob die Tänzerin in sein Gemach und verriegelte die Tür.

Als es Nacht wurde, speisten wir. Tughril erschien wenig später mit glänzenden Augen, die Afrikanerin am Arm, und fragte nach dem Koch. Der Wirt stellte uns einen jungen Mann vor, der einige Jahre lang den Johannitern von Rhodos aufgewartet hatte. Der einstige Ordensdiener bereitete uns ein wohlschmeckendes Mahl aus Brassen, Stör und Wildbret in Zimtsoße nach Cameliner Art. Dazu reichte er uns schmackhafte Strähnen aus Eierteig, die man »Nudeln« nannte. Der Koch behauptete, er habe die Zubereitung dieses Gerichts von einem venezianischen Kaufmann mit Namen Polo erlernt. Dieser habe Nudeln am Hof des Mongolenkaisers gegessen. In Venedig, erzählte der junge Koch weiter, sei diese Speise jedoch verpönt. Dort halte man Polo für einen Aufschneider, der China in Wirklichkeit niemals betreten habe.

Nach der reichhaltigen Mahlzeit sagte Tughril zu dem Koch: »Ich habe mich bisher nicht zu erkennen gegeben, weil ich erst Eure Fähigkeiten überprüfen wollte. Ich bin ein Freund des Dogen und schulde ihm eine Gefälligkeit. Nehmt also diese Silberstücke, begebt Euch morgen in die Lagunenstadt, meldet Euch im Palast und kocht dort! Das Mädchen wird Euch begleiten, um vor dem Dogen zu tanzen. Wer Euch geschickt hat, sollt Ihr jedoch erst verraten, wenn das Mahl beendet ist.«

Der junge Mann und das Mädchen nickten.

»Strengt Euch an«, sagte der Türke. »Dann wird Euch der Doge noch einmal belohnen.«

»Und wie ist Euer Name, Herr?« wollte der junge Mann wissen.

Tughril lächelte freundlich. »Man nennt mich Einohr«, erwiderte er, »ich kam mit Kapitän Gasparo Ghisi aus Kreta.«

Der Koch verneigte sich ehrerbietig. »Macht euch gleich morgen früh auf den Weg!« befahl Tughril. »Und laßt euch nicht einfallen, mich zu hintergehen! Wenn der Dank des Dogen ausbleibt, werde ich euch zu finden wissen!«

»Ihr werdet zufrieden sein!« versicherte der Koch, verbeugte sich erneut und verließ uns.

Die Tänzerin erhob sich, warf dem Seeräuber einen verheißungsvollen Blick zu und verschwand in sein Zimmer. Der Türke leerte einen randvoll gefüllten Humpen Falerner und rülpste versonnen. Da platzte ich heraus:

»Ich verstehe Euch nicht, Tughril! Der Doge warf Euch in den Kerker, nur knapp seid Ihr seinen Folterknechten entkommen, und dafür belohnt Ihr ihn?«

Der Türke lächelte sanft. »Sagte Doktor Cäsarius nicht, daß der Herrscher Venedigs ein steinalter Mann sei? Ein hübsches Mädchen und ein guter Koch aber sind die schlimmsten Geschenke für einen Greis. Kann er doch weder des einen noch des anderen Künste genießen! Seine Begierde wird erwachen, ohne daß er sie zu stillen vermag. Ach, wenn ich nur zusehen könnte! Der Doge wird schrecklichere Qualen erleiden als ich in der Zelle – vor allem, wenn ihm die Flötenspielerin, wie ich ihr auftrug, berichtet, daß ich ihre Fertigkeiten vorher selbst erprobte!«

Schon früh zogen wir uns in unser Gemach zurück. Doktor Cäsarius, Tyrant du Cœur und Bruder Maurus legten sich ohne weitere Umstände in ihre Betten. Auch ich verspürte große Müdigkeit. Dennoch konnte ich lange Zeit nicht einschlafen. Denn ich mußte immer wieder an den Grauen denken und daran, ob mich vielleicht der Heilige Vater in Rom vor diesem schrecklichen Verfolger zu retten vermochte.

Es war schon spät, als mir die Augen zufielen. Aber schon kurze Zeit später weckte mich plötzlich ein leises Geräusch. Als ich den Kopf wandte, sah ich zu meinem Erstaunen, daß die junge Tänzerin aus Tunis in unser Gemach schlich.

Schnell schloß ich die Lieder und spähte durch die Wimpern. Das hochgewachsene, schöne Mädchen schloß leise die Tür. Dann blickte die Tänzerin mit einem Ausdruck auf mich herab, in dem sich auf seltsame Weise Sehnsucht und Scheu miteinander vereinten. Nach einer Weile löste sie langsam den bunten, seidenen Umhang. Der hauchfeine Stoff schwebte wie eine Vogelschwinge zu Boden, und unser glimmendes Nachtlicht beschien einen Körper von makelloser Schönheit, den nur noch ein buntbestickter Gürtel umschlang.

Ich stellte mich schlafend, denn ich schämte mich meiner Gefühle, da ich doch noch bis vor kurzem ein Mann der Kirche gewesen war. Klopfenden Herzens wartete ich, was nun geschehen mochte.

Die langbeinige Afrikanerin trat auf mich zu. Ihre schmalen Nasenflügel bebten wie die einer jungen Leopardin, die sich zum ersten Mal einem Gefährten hingeben will. Ihre nachtdunklen Augen glänzten, und ihre vollen Lippen öffneten sich. Mein Herz begann wie rasend zu schlagen, und ich dachte, daß sie nun an meine Seite kommen würde. Statt dessen schritt das katzenhafte Geschöpf auf Zehenspitzen zum Fußende meines Lagers, sank dort mit einer anmutigen Bewegung auf die Knie, und einen Herzschlag später war ihr zierliches Köpfchen unter meiner Decke verschwunden.

Noch ehe ich mich darüber zu wundern vermochte, fühlte ich weiche Haut an meinen Fersen. Im nächsten Moment fuhr ein feuchtes Zünglein zärtlich zwischen meinen Zehen hindurch, und ein fast schmerzvolles Gefühl des Entzückens durchströmte mich, als ich gewahrte, wie sich ihr Mund verlangend um meine Fußspitze schloß. Mir war, als ob sich dort nun alle Empfindungen meines Leibes vereinten, und der beginnende Rausch meiner Sinne verstärkte sich noch, als ich fühlte, wie ihre spitzen Nägel sachte über meine Schenkel strichen. Gleichzeitig stahl sich wie ein Dieb der Gedanke in meinen Kopf, wie glücklich ich doch war, daß wir vergessen hatten, die Tür zu verriegeln.

Nach einer Weile schob die aphroditengleiche Afrikanerin ihren glatten, gelenkigen Leib zwischen meinen Beinen empor und suchte dabei wie eine Schlange züngelnd ihren Weg. Atemlos gewahrte ich, wie ihre Lippen kosend meine Knie erklommen. Dann wallte die Wärme ihres Mundes an meinen Oberschenkeln entlang. Am Ende, als Höhepunkt meiner Wonne, streichelte ihr heißer Hauch meinen Leib.

Während ihr Köpfchen immer mehr Raum zwischen meinen Schenkeln erzwang, quälte sie mich mit vielen kleinen Bissen der Lust. Ihr flacher, stoßweiser Atem verriet ihre Erregung. Sie schien in einen immer schnelleren Taumel zu fallen. Wellen der Wonne durchzogen meinen Leib, und ein Strom des Glücks erhitzte das Blut meiner Adern. Noch aber hielt ein letzter Rest von Zucht die Flut meines Lebens zurück.

Dennoch war ich in diesem ungleichen Kampf zur Niederlage verurteilt. Denn die geschmeidige Tänzerin bohrte ihre schlängelnde Zunge spielerisch in meinen Nabel, tastete sich mit streichelnden Fingern auf meiner Haut bis zum Hals empor und begann voller Lüsternheit, mit schmeichelnden Lippen an den Haaren auf meiner Brust zu zupfen. Schließlich legte die junge Tänzerin seufzend ihr glühendes Antlitz in meine Halsbeuge und schob sich auf mich. Einen Herzschlag später teilte ihre süße Zunge meine Zähne und drang tief in meinen Mund, verlangend und widerstrebend, fordernd und abweisend, kosend und keusch zugleich.

Mir war, als schmeckte ich nun alle Seligkeit des Lebens. Die reifen Brüste mit den zarten Spitzen streiften liebesdurstig meinen Mund. Dann bäumte sich die Afrikanerin stöhnend auf und nahm mit einem lustvollen Seufzer von mir Besitz. Die haselnußbraune Haut ihres flachen Bauchs erzitterte wie der Spiegel des Teiches, den ein Fischlein durchquert, und ihre runden Hüften zuckten wie Adern am Hals eines Opferlamms.

Ein leiser, langgezogener Laut drang aus ihrem geöffneten Mund. Sie preßte die Schenkel an meine Flanken, und ihre kräftigen Hände krallten sich unbeherrscht in mein Haar. Ich spürte die Leidenschaft ihres Leibes, ihr Atem strich feurig wie der Wind der Wüste über meine Wangen, und mit kindlicher Stimme wisperte sie unbekannte Liebkosungen in mein Ohr. Da rissen die brüchigen Fesseln meiner Frömmigkeit, und ich vollendete die Sünde.

Danach löste sich die Fremde sanft von mir und streifte ihren Seidenumhang über. Ein zärtliches Lächeln verzauberte ihre Züge, als sie sich ein letztes Mal über mich beugte. Dann glitt sie hinaus und schloß lautlos die Tür.

Ich richtete mich auf und spähte besorgt zu meinen Gefährten. Der alte Magister wälzte sich auf die Seite und schnarchte. Bruder Maurus lag zwischen zerwühlten Kissen und schnaufte laut durch die Nase. Ritter Tyrant schlief in der gelassenen Art des Gerechten. Langsam erhob ich mich, um die Tür abzusperren, damit die anderen am nächsten Morgen keine neugierigen Fragen stellten. Doch als ich die Hand zu dem hölzernen Riegel ausstreckte, fuhr ich erschrocken zurück.

Denn die Tür war von innen verschlossen.

SECTIO XIV

Als der Morgen graute, fuhr Bruder Maurus mit einem besonders lauten Schrei in die Höhe. Er schlug dabei so heftig um sich, daß sein Bett zerbrach. Zwei Herzschläge später trat der Türke Tughril unsere Tür ein, mit einem Bratenmesser bewaffnet, das er zu seiner Sicherheit in der Nacht aus der Küche gestohlen hatte. Mit kampfesdurstigen Blicken spähte der Seeräuber in unserem Gemach umher.

Doktor Cäsarius beruhigte ihn, berichtete ihm von der Angewohnheit des Mönchs und gestand, daß wir den Grund selbst nicht kannten. »Denkt Euch nichts dabei, Herr Tughril«, meinte der alte Magister. »Ansonsten ist unser Gefährte ein sehr besonnener Mann und gerade durch seine Gelassenheit sehr angenehm im Umgang.«

»Dann ist es ja gut«, erwiderte der Türke kopfschüttelnd. »Ich machte mir schon Sorgen. Es wäre meiner Gesundheit wohl nicht sehr zuträglich, wenn Ihr hier umgebracht würdet und die Büttel anschließend mich, einen Diener des Propheten, im Nebenzimmer fänden!«

Während er so redete, versuchte Bruder Maurus, das hölzerne Bettgestell wieder zusammenzubauen. Ohne Werkzeug konnte ihm das jedoch nicht gelingen. Am Ende trat der Mönch in flammendem

Zorn die losen Bretter roh mit den Füßen zur Erde, packte sie dann mit den Fäusten und schleuderte sie laut fluchend durch den Raum.

»Das nennt Ihr gelassen?« staunte der Türke. »Wie muß sich dann jemand verhalten, für den Ihr das Beiwort ›unbeherrscht‹ wählt? Seltsame Christen! Schmeißt das Gerümpel doch gleich zum Fenster hinaus, Mönch!«

Bruder Maurus hielt ein, blickte scheel auf den Türken und öffnete dann die Läden, um sich im Strom der Morgenluft abzukühlen.

Tughril schaute den Dämonologen nachdenklich an. »Noch viel rätselhafter als dieser Satanstanz aber erscheint mir, was in Venedig geschah«, meinte er. »Ich habe heute nacht noch einmal darüber nachgedacht. Ehrlich gesagt, am liebsten hätte ich mich aus dem Staub gemacht. Doch ich verspüre keine Lust, als flüchtiger Gefangener am Galgen zu baumeln. Außerdem habt Ihr mein Wort. Ich finde jedoch, Ihr seid mir eine bessere Erklärung schuldig, als Ihr sie mir gestern gabt.«

»Neugier ist eine zuverlässige Fessel«, lächelte der Magister. »Ich werde Euch das Geheimnis verraten, damit Ihr seht, daß wir nichts Böses gegen Euch im Schilde führen. Gestern nacht im Boot wollte ich Euch nicht zu sehr verwirren und tat daher erst einmal so, als hättet Ihr nur geschlafen. Ihr habt diese kleine Lüge aber sogleich durchschaut. Nun hört! Die Gemme enthielt in ihrem Innern einen winzigen Tropfen aus den gefährlichsten Giften der Welt: den scharfen Saft des schwarzen Schlafkrauts mischte ich mit dem seimigen Sud aus den weißen Blättern der Herkulespflanze. Milch aus dem Stengel des Lattich floß mit Harz aus Skythenhanfblättern zusammen. Der rosarote Tollkirschennektar verband sich mit der Kraft der Alraune, die man im Osten Mandragora nennt. Das Blut der Tollrübe aus den dalmatischen Urwäldern, den Schleim des Stechapfels und noch mehr Flüssigkeiten aus den verschiedensten Gewächsen schüttete ich zusammen. Dann verschloß ich die Öffnung der Gemme mit einem Pfropfen aus Wachs. Als Ihr den Stein schlucktet, ließ die Wärme Eures Leibes den Stöpsel schmelzen, und der Saft rann heraus. Euer Herz hörte auf zu schlagen, Eure Lungen atmeten nicht mehr, Eure Augen verengten sich nicht mehr unter den Strahlen des Lichts, so daß der Doge Euch für tot erklärte. Nur auf diese Weise konnte ich Euch befreien.«

»Ich kenne dieses Zeug«, meinte Tughril. »Die Feldärzte der Araber verwenden solche Säfte als Betäubungsmittel, wenn sie einen Arm oder ein Bein abhacken müssen.«

»Wenn ich Euch nur eingeschläfert hätte«, erklärte Doktor Cäsarius, »so hätte Euer Herz weitergearbeitet, Eure Lunge weiter Luft geholt, Euer Auge weiter auf Licht angesprochen. Nein, die Stoffe, die ich Euch nannte, nutzte ich nur als zusätzliche Hilfe – ungleich wichtiger waren die Verse, die ich bei der Zubereitung des Tropfens sprach. Der Heilige Vater selbst segnet mein Tun. Ich darf Euch diese Formel nicht verraten, denn mich binden eherne Eide – einen gewöhnlichen Sterblichen könnte die Kenntnis der Worte das Leben kosten! Doch die Gebete, mit denen ich später auf der Lagune den Todesbann von Euch nahm, sollt Ihr erfahren.«

Der alte Magister hob einen Wasserkrug an die Lippen, trank und fuhr dann fort:

»Erst nannte ich die Namen der machtvollsten Totendämonen, die sich schon in den Lüften über uns versammelt hatten. Meine Fluchworte und der Weihrauchduft vertrieben diese Höllengeister. Dann mischte ich ein wenig Speichel aus Eurem Mund mit dem Großen Theriak, der aus vierundsechzig verschiedenen Stoffen besteht: Anthemis und Asarum, Balsamsamen und Bibergeil, Cardamum und Centaurenkraut, getrocknete Endivien und Enzianblüten, Kostwurz und Kubebenpfeffer, Lorbeerkörner und Lepdidium, Mastix und Majoran, Safran und Sellerie, Zimt und Zitwerwurzel, es würde zu lange dauern, jetzt alle aufzuzählen... Die Flüssigkeit befand sich in dem Fläschchen hier.«

Der Dämonologe hielt das rötliche Glas in die Höhe und berichtete weiter:

»Mit dem Schleim von Eurer Zunge verband sich der Große Theriak zum Od des Lebens. Doch seine Kraft reichte nicht aus, denn Ihr wart schon erkaltet. Daher mußte ich Euch mit meinem Körper und Atem erwärmen. Der Drachenstein war es schließlich, dessen Hitze Euch endlich erweckte.«

Vorsichtig holte der alte Magister das Kleinod aus seinem ledernen Beutel. Ein sanfter Schein verbreitete sich in unserem Gemach. Erschrocken wich Tughril zurück und streckte drei Finger nach dem Magister aus.

»Das Auge Scheitans!« stieß er hervor. »Schnell, packt es wieder in den Beutel, unheiliger Teufelsdiener!«

»Ihr braucht Euch nicht zu fürchten«, beruhigte ihn Doktor Cäsarius. »Böses bewirkt der Drachenstein nur in den Händen von Sündern. Der aber, dessen Seele rein ist, fördert mit der Magie des Kleinods das Gute. Die fünf höchsten Engel erhörten mein Flehen. Als ich ihnen die heiligsten Titel Gottes zurief, trugen die Wächter des Himmels Eure Seele zur Erde zurück und fügten sie wieder in Eure Brust. Ja, Ihr wart tot, Tughril; nun aber lebt Ihr wieder. Herr Tyrant hat sein Versprechen erfüllt. Ihr seid der Fünfte in unserem Bund. In Rom werdet Ihr erfahren, was Eure Aufgabe sein soll.«

Der Türke nickte langsam. »Also gut«, murmelte er. »Auf in den Pfuhl des Unglaubens! Einem Streiter des Propheten bangt nicht vor den Ifrit der Luft, den Dschinnen in den Gebirgen oder den Scheitanen des Großen Feuers – wie sollte ich mich da vor einem greisen Götzendiener fürchten!«

Damit entschwand Tughril in sein Zimmer, um sich anzukleiden. Nach einem reichhaltigen Frühstück stiegen wir in den Wagen und brachen auf.

Die Afrikanerin sah ich nicht wieder.

In den folgenden Tagen durchquerten wir einige der berühmtesten Diözesen Europas. Zuerst gelangten wir nach Ravenna, Bischofssitz schon seit dem 1. Jahrhundert, da Petrus seinen jungen Begleiter Apollinaris in diese Stadt sandte. Am Hafen beteten wir in der Kirche des hl. Vitalis, den die Folterknechte des Kaisers Diokletian vor 900 Jahren mit einer Stachelkeule erschlugen. Einen Tag später, an dem kleinen Flüßchen Rubico, bogen wir landeinwärts in Richtung Florenz. Dort, in der Kirche des hl. Kreuzes, bestaunten wir die prachtvollen Bibeldarstellungen eines Künstlers namens Giotto. Der Türke Tughril hatte zugestimmt, sich um seiner eigenen Sicherheit willen nicht als Diener des Propheten zu erkennen zu geben. Als er das Antlitz Jesu erblickte, murmelte er: »Bei Mudhib mit den Eberzähnen, was für eine Lästerung, das Gesicht dieses Heiligen an die Wand zu malen und dort von allen begaffen zu lassen!«

Die sehr weltlich gesinnten Bürger der reichen Handelsstadt sprachen auf allen Plätzen von den neuesten Werken eines Adeligen namens Alighieri, der in gewagten Sätzen seine träumerische Liebe zu einem Edelfräulein namens Beatrice beschrieb. Mir kamen seine Ergüsse reichlich abgeschmackt und überdies völlig kunstlos vor. Nicht zur Kurzweil, sondern nur zu meiner besseren Unterrichtung über diese leichtfertige Art der Dichtung kaufte ich eine Abschrift seines Buches »Vita Nuova« und las darin. Dabei wurde ich mehr als einmal an mein eigenes Traumabenteuer erinnert und sah in Gedanken von neuem den biegsamen Körper der Tänzerin vor meinen Augen. Da stieß mich Bruder Maurus so derb in die Seite, daß ich fast vom Kutschbock gefallen wäre.

»Was ist Euch, Dorotheus?« fragte der Mönch. »Seit Ihr in diesem anstößigen Machwerk blättert, steht Euch das Maul offen wie einem Ochsen. Ich wünschte, ich besäße auch soviel Vorstellungskraft, daß mich Buchstaben in Begierde und Worte in Wollust versetzten!«

Ich aber behielt mein nächtliches Erlebnis in Padua für mich, denn ich schämte mich meiner fleischlichen Schwäche.

Hinter Florenz fuhren wir auf der alten Via Cassia durch die Toscana. Der alte Magister trieb uns immer wieder zur Eile, und ich begann mich zu fragen, was wohl in dem geheimnisvollen Brief gestanden haben mochte. Der rotgeschnäbelte Rabe blieb unsichtbar.

Drei Wochen nach unserer Flucht aus Venedig rollten wir durch die Tore der Ewigen Stadt zum Palast des Papstes. Dort überließen wir Pferde, Wagen und Gepäck den Bediensteten, die uns mit allen Zeichen der höchsten Ehrerbietung empfingen. Als wir uns in wohlgewärmten Gästezimmern erfrischt hatten, beteten wir im Dom des hl. Petrus. Danach hieß uns Doktor Cäsarius warten und schritt mit einem Hauptmann der päpstlichen Garde davon.

Während die Strahlen der Nachmittagssonne die bunten Fenster des Gotteshauses in tausend Farben erglühen ließen, beugte ich vor einem Beichtstuhl das Knie und bekannte einem Priester meine Sünden. Dann reinigte ich meine Seele durch strenge Buße, denn ich wollte unbefleckt vor den Heiligen Vater treten. Tyrant du Cœur und Bruder Maurus taten es mir gleich. Der Türke aber saß staunend auf einer Bank und bewunderte mit glänzenden Augen die Schätze dieser herrlichsten Kirche der Welt.

Mit der Dämmerung erschien ein päpstlicher Bote, um uns zu holen. Ich freute mich schon darauf, durch marmorn verkleidete Gänge zu schreiten, vorbei an Obelisken aus dem Wunderland Ägypten und über breite Treppen mit Goldgeländern hinauf in die höchsten Säle, denn ich wollte die Sprachlosigkeit des Türken genießen. Wenn unsere Gespräche über den Glauben auf der langen Fahrt keinen Wandel seines verstockten Sinns herbeigeführt hatten, dann würden, so hoffte ich, Pracht und Prunk des Papstpalastes ihm die Überlegenheit unseres Gottes beweisen.

Doch zu meiner Verwunderung führte der Bote uns nicht in die Gemächer des Heiligen Vaters, sondern in den Keller hinab. Tiefer und tiefer schritten wir durch die düsteren Grüfte des alten Gebäudes, in dem die heidnischen Herrscher Roms einst ihre Augen am grausamen Sterben der Glaubenszeugen geweidet hatten. Ist die Ewige Stadt doch reicher an Märtyrern als alle anderen Orte der Welt! Schier endlos die Liste der glorreichen Namen: Laurentius wurde von Kaiser Valerian auf einem glühenden Rost verbrannt, Sebastian auf Befehl Kaiser Diokletians von den Soldaten der Garde mit Pfeilen erschossen. Primus, Prisca und viele andere wurden enthauptet, Chrysanthus und Daria mit Fackeln gesengt und lebendig begraben, Processus und Marianus zu Tode gepeitscht, Marius und Martha mit ihren Söhnen an Fleischerhaken erhängt. Concordia wurde, ebenfalls unter Valerian, mit Bleiruten zu Tode gegeißelt. Dem Crispinus schnitten die Schergen Diokletians bei lebendigem Leib die Haut in Streifen. Claudius wurde im Eisenkessel gekocht, Papst Telesphorus unter Kaiser Hadrian mit einer Keule erschlagen, Hippolytus von Pferden zu Tode geschleift. Ach, und noch immer kein Ende des Leidens! Tarsitius und viele Gefährten im Glauben wurden gesteinigt, Martina und zahllose andere von Löwen zerrissen, Eustachius und seine Familie in einen Ofen geworfen, Apollonia und Tausende anderer Märtyrer ans Kreuz geschlagen oder mit Pech beschmiert und als lebende Fackeln verbrannt... Ihr Blut macht Roms Erde zur kostbaren Krume des heiligen Ackers, an dessen Früchten nun die Menschheit ihre Seele labt.

Weiter und weiter wanderten wir in die Eingeweide des riesigen Bauwerks. Eine Weile wiesen uns brennende Lämpchen den Weg, bald aber flackerten nur noch vereinzelte Fackeln. Ein modriger Luftzug blies uns entgegen. Ich fühlte die Kälte jahrtausendealten Todes, und Grauen befiel mich bei dem Gedanken, daß alle diese Verbrechen auf Erden ungesühnt geblieben waren.

Maurus und Tughril liefen schweigend neben mir her. Das Gesicht des Mönchs verriet, daß er an diesem Ort nicht anders empfand als ich. Der Türke blickte immer wieder in die seitlichen Gänge hinein, als fürchte er, daß dort jeden Moment ein Ungeheuer hervorstürzen könne. Tyrant du Cœur aber schritt mit dem Boten voraus, so wie ein furchtloser Leitstier die Herde anführt.

In den untersten Katakomben wehte der Hauch der Heilsgeschichte durch einen Wald schwarzer Säulen. Mit feierlicher Bewegung nahm unser Führer nun einen ehernen Leuchter mit sieben Armen von einem Steinblock und wandte sich nach rechts in einen besonders finsteren Teil des Gewölbes. Am hintersten Ende öffnete der Diener eine rostige Eisentür. Die schwere Pforte schwang in kreischenden Angeln zurück. Wir blickten einander an. Tyrant du Cœur schritt als erster hinein. Wir folgten ihm.

Zuerst erblickte ich nur einen Haufen dunkelrot glimmender

Kohlen. Als der Bote den Leuchter abstellte, enthüllte sich meinen Augen ein seltsames Bild.

Die Glut schwelte in einem kleinen, kupfernen Becken, das in der Mitte einer niedrigen Zelle stand. Die Mauern waren aus grauen, unbehauenen Quadern gefügt. Nässe rann von den rußigen Wänden und weichte den Fußboden auf, so daß wir bis zu den Knöcheln im Lehm versanken. Auf einem hölzernen Brett kniete Doktor Cäsarius. Vor ihm sah ich eine dünne Schicht Stroh. Auf dem armseligen Lager kauerte ein uralter Greis im härenen Büßergewand. Sein strähniges Haar schimmerte weiß. Ein langer, schütterer Bart fiel ihm bis zur Brust. Sein Antlitz war von Falten bedeckt. Den müden, wäßrigen Augen unter den buschigen Brauen verliehen rote Ränder einen Ausdruck unendlicher Traurigkeit. Die Nägel an Händen und Füßen des Alten schienen schon seit Monaten nicht mehr geschnitten. Um seinen hageren Leib trug der Greis eine rostige Kette aus Eisen. Sie wand sich um seine Schultern und Hüften wie der Leib einer Schlange.

Tyrant du Cœur kniete nieder und griff nach der Hand des Alten. Erst jetzt erkannte ich an den dürren Fingern den Ring Petri. Andächtig küßte der Ritter das Siegel des Papstes. Bruder Maurus und ich taten es dem Normannen gleich. Tughril blieb an der Wand hinter uns stehen. Der Diener verließ die Zelle und schloß die quietschende Tür.

»Kniet neben mir«, murmelte der Magister.

Tyrant du Cœur, Bruder Maurus und ich gehorchten. Doktor Cäsarius wandte sich nach dem Türken um. Tughril starrte trotzig auf ihn herab.

»Laßt ihn«, sprach der Papst mit einer Stimme, die wie aus weiter Ferne zu uns drang. »Besser ein ehrlicher Heide als ein christlicher Heuchler.« Er blickte den Seeräuber lange an. Dann fügte er hinzu:

»Ich bin Cölestin, der fünfte Papst dieses Namens. Eure Prediger behaupten in den Moscheen, daß ich in Gold gegürtet sei und auf Gebirgen von Juwelen throne. Nun sieh mich an! Ich trage die Ketten Petri, der hinter dieser Wand begraben liegt. Trockenes Brot dient mir zur Speise, schmutziges Wasser zum Trank. Denn nicht Stolz, sondern Demut siegt über Satan.«

Mit diesen Worten erhob sich der Papst auf die Knie, nahm seinen Trinknapf und kroch mit klirrenden Fesseln zu dem verblüfften Türken. Mit klammen Fingern öffnete er die Schnürriemen des Räubers, um ihm die Füße zu waschen.

Tughril ließ den Heiligen Vater anfangs staunend gewähren. Kaum aber hatten die ersten Tropfen die Haut des Türken genäßt, sprang er wie von einer Wespe gestochen zur Seite. »Was macht Ihr da?« rief er verlegen. Dann sprach er mit belegter Stimme:

»Wahrlich, Fürst der Christen, Ihr wohnt anders, als ich glaubte. Ich weiß, wie Ketten schmerzen! Auch klingen Eure Worte keineswegs so anmaßend, wie ich erwartet hätte. Es ziemt sich wohl kaum, wollte ich mich von einem so ehrwürdigen Mann bedienen lassen. Ich bin bereit zu hören, was Ihr zu sagen habt.«

Der Stellvertreter Christi erhob sich mühsam und kehrte mit schlurfenden Schritten zu seinem Lager zurück. Dort ließ er sich nieder und winkte Tughril an seine Seite. Mißtrauisch gehorchte der Türke. Dann wandte sich der Heilige Vater zu uns. »Kniet nicht vor mir«, bat er. »Ich bin es nicht wert.«

Maurus und ich gehorchten. Tyrant du Cœur und Doktor Cäsarius aber verharrten in ihrer demütigen Haltung. Papst Cölestin betete leise ein Agnus Dei. Dann versank er in tiefes Schweigen. Erst nach einer ganzen Weile seufzte er plötzlich und sagte:

»Ich habe vernommen, welche Gefahren ihr um des Glaubens willen bestehen mußtet. Mein Wunsch bewog Doktor Cäsarius, über die Ursachen zu schweigen. Jetzt aber ist die Zeit gekommen, euch zu erklären, was sich hinter den Ereignissen zu Heisterbach und an den anderen Orten verbirgt. Furchtbare Feinde bedrohen die Welt. Nicht Lanzen, sondern Laster sind ihre Waffen, nicht Städte, sondern Seelen ihr Ziel. Ohne daß ihr es wußtet, wurdet ihr zu Kämpfern der Kirche, zu Rittern Gottes, Beschützern des Glaubens, Verteidigern der Gerechtigkeit.«

»Mein Gott heißt Allah, und Mahomet ist sein Prophet«, rief Tughril trotzig.

Der alte Papst legte dem Türken die Hand auf den Arm und erklärte: »Gilt Jesus nicht auch den Mahometanern als heilig? Wenn sie auch seine wahre Natur verkennen, preisen sie den Sohn Gottes doch als einen vom Himmel gesandten Propheten! Auch die Verehrung Adams, Abels, Henochs, Noahs, Abrahams, ja auch des Moses und des Elias, Davids, Salomos und Johannes des Täufers ist unseren Religionen gemein. Johannes! Johannes! Warum ...«

Der heilige Mann unterbrach sich und wischte sich über die Augen. Dann faßte er sich wieder und fuhr fort.:

»Ich weiß sehr wohl, daß man in Mekka nicht etwa dem Satan huldigt. Ebenso solltest auch du, mein Sohn, anerkennen, daß ich nicht für das Böse kämpfe. Den Graben, der uns trennt, zu überwinden, erfordert nur einen kleinen Schritt!«

Der Türke schielte verlegen zu uns. Papst Cölestin sprach weiter:

»Kennst du den Koran so wenig, daß du nicht weißt, wie sehr auch dein Prophet die endliche Vereinigung des christlichen und des mahometanischen Glaubens ersehnte? Im 171. Vers der 4. Sure wird Jesus ›Geist Gottes‹ genannt, im 17. Vers der 5. Sure als Messias gefeiert. Am Ende der Zeit wollte Mahomet seine Schwester mit Christus vermählen. Die unbefleckte Empfängnis Marias, die Wunderkräfte Jesu werden im Koran ebenso wie in der Bibel bezeugt. Vom Höchsten kommt alles Heil. Wir nennen Ihn Gott, ihr Allah, die Juden Jahwe.«

Der Papst sah uns der Reihe nach forschend an. Dann hob er die Hände und betete:

»Vater im Himmel, verleihe mir Weisheit, alle die Lügen und Listen des Antichrist zu entlarven! Gib meiner Zunge das Geschick, die rechten Worte zu sagen, damit ich die Unwissenheit dieser Männer mit dem Licht der Wahrheit erhelle! Mit Deiner Gnade können wir selbst den König des Bösen besiegen. Ohne Deinen Segen jedoch bleiben wir hilflos wie Lämmer im Käfig des Löwen.«

Wieder schaute der heilige Mann lange in unsere Gesichter. In seinem Blick lag soviel Liebe, daß ich bald beschämt die Augen abwandte. Der Nachfolger Petri seufzte. Dann fuhr er fort:

»Christus hat durch sein Opfer zu Golgatha den alten Kampf zwischen Gut und Böse für immer entschieden: Die Gerechtigkeit jubelte über die Sünde, die Hoffnung über die Verzweiflung, das Licht über die Finsternis. Doch bis zu Gottes endgültigem Sieg in Armageddon werden seine Getreuen noch vielen Anfechtungen ausgesetzt sein. In den alten Tagen Roms waren es die Kaiser, später dann die Barbaren, die unsere edlen Vorgänger im Glauben grausam verfolgten. Heute aber wachsen die Waffen des Antichrist in uns selbst: Geiz und Geschlechtslust, Habsucht und Härte gegen die Schwachen, Mordlust und Machthunger, Selbstsucht und Sittenlosigkeit, die Verachtung alles Alten und die Verherrlichung jedes Neuen, die Lust zum Widerspruch und die Freude am Zweifel ... Irrlehrer finden überall Zulauf. Nicht einmal die Päpste waren gefeit gegen Ehrgeiz und schändliches Streben nach weltlicher Macht. Die Gefahr aber, die jetzt der Christenheit droht, übertrifft die bisherigen Anschläge Satans, so wie die rauschenden Wogen des Meeres im Winter die plätschernden Wellen des Tiberstroms übersteigen. Ja, der Teufel selbst bläst die Posaune zum Angriff auf die Bastionen des Guten. Aber wir kennen noch nicht einmal seine Krieger!«

Ich blickte unruhig zu dem Magister. Die Augen des Dämonologen waren geschlossen. Tiefe Demut verschönte sein runzliges Antlitz. Papst Cölestin fuhr fort:

»Wir sind aus Gott, aber die ganze Welt steht unter der Macht des Bösen – so schrieb schon der Apostel Johannes in seinen Briefen. Nehmt dieses Wort auf, als sei es ein Schwert! Der Glaube soll euch wie ein Panzer beschützen, doch eure Schlagwaffe sei Wissen, sonst kann unser Plan nicht gelingen!«

Der greise Papst verstummte. Seine gichtigen Hände verknoteten sich zu einer flehenden Geste. Seine Lippen zitterten, und ein tiefes Stöhnen entrang sich der knochigen Brust unter dem Büßergewand. Der Dämonologe schrak zusammen und schaute den Heiligen Vater sorgenvoll an. Der Papst nickte dem Magister zu, und Doktor Cäsarius sagte:

»Im 2. Jahrhundert nach der Geburt des Erlösers herrschten zwei Kaiser gemeinsam über das römische Reich: Lucius Verus und Marc Aurel. Beide waren im heidnischen Götzenglauben erzogen und verfolgten die Christen. Doch es gefiel dem Herrn, in Marc Aurel das Gewissen zu wecken. Der Kaiser befaßte sich mit der christlichen Lehre. Schließlich verlor er die Ehrfurcht vor Jupiter und den anderen römischen Götzen und bereitete sich darauf vor, in sich den Samen der Heilsbotschaft aufzunehmen.«

Der alte Papst seufzte schwer. »Ach, wieviel Unglück, wieviel Blut, wie viele Opfer wären der Kirche erspart geblieben, hätte schon Marc Aurel sich zum Glauben bekehrt!« rief er aus. »Doch der Satan rastet nie. Über die ganze Welt trieb er das graue Gewölk seiner Bosheit, um den zu töten, der Christus Rom zu Füßen legen wollte!«

»Ja«, fuhr der alte Magister fort, »der Gottesfeind versäumte keine Zeit, den frühen Sieg der Christen über das Heidentum zu verhindern. Der Kaiser sandte damals seine Truppen gegen die Parther, die zu jener Zeit über Babylon herrschten. Sein General Avidius zog vor die Stadt Seleucia am Euphrat. Die Bürger der Stadt schlossen mit dem Feldherrn einen Vertrag und öffneten seinen Legionen die Tore. Doch in der Nacht fielen die Römer über die Einwohner her und steckten die Stadt in Brand. Vierhunderttausend Menschen kamen in den Flammen um.«

Der alte Papst bekreuzigte sich. Doktor Cäsarius hustete. Die grünen Augen des Dämonologen glühten, als er weitererzählte:

»Einer der plündernden Legionäre fand im Tempel Apolls ein silberbeschlagenes Kästchen und brach es mit seinem Dolch auf. Es enthielt einen verwesten Schädel. Der Soldat starb auf der Stelle. Die anderen sahen eine gelbe Wolke aus der Truhe wallen und liefen schreiend davon.«

»A Chaldaeorum arcanis«, murmelte der Papst. »Befreit aus der chaldäischen Lade, fluteten tödliche Dünste über die ganze Welt. Ein Jahr später hatte die Seuche selbst die entlegensten Länder an Donau und Duoro, Rhone und Rhein, Tejo und Themse erreicht. Viele Millionen Menschen fielen dem Schwarzen Tod zum Opfer. Die Pest machte keinen Unterschied zwischen Christen und Heiden, Barbaren und Römern, Reichen und Armen, Männern und Frauen, Eltern und Kindern. Denn Gott ließ Satan freie Hand, wie damals bei Hiob. Domine misereor – erbarme Dich unser, oh Herr!«

»Misereor – erbarme Dich!« beteten nun auch Doktor Cäsarius, Tyrant du Cœur und Bruder Maurus. Hastig stimmte ich ein. Tughril schwieg. Die Lippen des Türken waren schmal und weiß wie ein Kreidestrich.

»Am Ende erwürgte der giftige Hauch auch Marc Aurel«, fuhr Doktor Cäsarius fort. Wieder erschütterte ihn ein Hustenanfall, und ein Tropfen Blut rann aus seinem Mundwinkel. »Der Teufel hatte das Heidentum also noch einmal gerettet! Aber des Kaisers christlicher Diener Antonius fand das chaldäische Kästchen in dem zerfallenen Tempel und brachte es zu Papst Soter, dem 12. Nachfolger Petri, nach Rom. Der hl. Soter versuchte sogleich zu ergründen, wem dieses schreckliche Haupt gehörte. Er forschte danach in den Sibyllinischen Büchern.«

»In den Weissagungen der Sibyllen?« fragte ich erstaunt. »Ich hielt diese Schriften stets für verbotenen Zauber, dessen Anwendung für Christen einen Verstoß gegen das erste Gebot bedeutet! Gott der Allmächtige allein kennt die Zukunft. Wer Dämonen danach befragt, begeht eine schwere Sünde!«

Der Papst und der Magister wechselten einen Blick. Danach erwiderte Doktor Cäsarius:

»Schon in grauer Vorzeit sagten die Sibyllen die Zukunft voraus, aber nicht etwa nur den Heiden! Sandte nicht Adam einst seinen Sohn Seth, ihm eine Frucht aus dem Garten Eden zu holen? Der Jüngling kehrte zu spät zurück und legte seine Beute auf Adams Grab. Aus dem kleinen Kern wuchs in tausend Jahren ein starker Stamm. Als König Salomo den ersten Tempel Gottes erbaute, war die Geschichte längst vergessen. Der König befahl, den Baum zu fällen. Doch der Stamm paßte nicht in den Plan der Bauleute. Deshalb benutzten sie ihn als Steg über einen Bach. Jahre später erschien eine Sibylle an Salomos

Hof und sprach zu dem König: ›An diesem Holz wird der Messias sterben!‹ Und wirklich haben die Knechte des Pilatus später aus diesen Bohlen das Heilige Kreuz gezimmert.«

Ich schwieg. Doktor Cäsarius fuhr fort:

»Dennoch, Ihr habt nicht ganz unrecht, Dorotheus: Tatsächlich verrieten die Sibyllen vor allem den Griechen und Römern ihre zukünftigen Geschicke. Herophile aus Erithrea prophezeite den Untergang Trojas. Die weise Prophetin Phoebo von Samos sah die Athener bei den Ziegenflüssen gegen die Spartaner Flotte und Feldzug verlieren. Nach der Niederlage der Römer gegen Hannibal ließ der Senat auf Weisung der Sibylle von Cumae zwei Männer und zwei Frauen auf dem Forum lebendig begraben.«

Tyrant du Cœur schüttelte angewidert den Kopf. »Feiglinge!« stieß er hervor. »Männer von Ehre hätten sich mit der Waffe verteidigt, statt Wehrlose zu ermorden! Und alles auf den Rat eines solchen Satansweibs!«

»Auch Gott forderte einst ein Menschenopfer«, wandte ich ein, »und verhinderte es erst im letzten Moment.«

Die anderen starrten mich überrascht an. Dann sprach der greise Papst: »Damit wollte der Allmächtige nur Abrahams Treue prüfen. In Wahrheit ist es Gott ein Greuel, wenn das Blut seiner Kinder vergossen wird. Vernichtete der Herr nicht deshalb die Kanaaniter, weil sie ihre Erstgeborenen vor dem Götzen Moloch im Feuer verbrannten?«

Ich nickte: Doktor Cäsarius hustete heftig. Der Heilige Vater fuhr fort:

»Die heidnischen Bücher der Sibyllen wurden schon 80 Jahre vor der Geburt des Erlösers bei einem Brand im Jupitertempel vernichtet. An ihre Stelle rückten die Orakel frommer Frauen, in denen Gottes Geist ebenso wirkte wie einst in den Propheten des Alten Bundes. Darum enthalten die zwölf neuen Sibyllinischen Bücher viel Wissen über die Zukunft der Kirche. Doch nur von Gott Erwählte dürfen darin lesen – anderen verbrennt ihr Licht die Augen.«

Der greise Papst verstummte und fuhr sich mit der Hand über die Stirn. Statt seiner sprach Doktor Cäsarius weiter:

»Nach diesen Weissagungen wird es neun Weltalter geben. Im vierten gebar die heilige Jungfrau uns den Erlöser. Im sechsten herrschte der Antichrist in Gestalt Neros über die Welt. Im achten wird Rom von allen Menschen verlassen sein. Dann fluten die Völker Gogs und Magogs aus dem Osten über die Welt. Sie brechen die eisernen Tore im Kaukasus auf, mit denen sie einst von Alexander dem Großen ausgesperrt wurden, und überrennen Europa. Danach wird der Widersacher Gottes die zurückgekehrten Propheten Elias und Henoch ermorden und auf dem Ölberg mit dem Erzengel Michael um die Herrschaft über die Welt kämpfen. Dieses Weltalter wird beginnen, wenn Rom vollständig von Menschen entblößt ist. Wie aber kann der Teufel diese Stadt am leichtesten entvölkern? Durch Krankheit, Seuche, Pestilenz, wie schon bei Marc Aurel.«

»Pest?« fragte Bruder Maurus entsetzt. Das dunkle Gesicht des Riesen färbte sich fahl wie Asche. »Breitet sich die Seuche etwa wieder aus?«

»Wir wissen, daß der Schwarze Tod von neuem über Europa herfallen wird«, antwortete der Magister, »wenn es uns nicht gelingt, den Antichrist... Doch ihr versteht mich wohl besser, wenn ich euch der Reihe nach berichte. Also: Auf dem Deckel der chaldäischen Zedernholztruhe entdeckte Papst Soter fünf Buchstaben: C.D.T.T.M. Lange suchte er in den Weissagungen der Sibyllen nach einer Erklärung. Endlich fand er den Satz ›Caput diffudit terrorem trans mundum‹ – ›Das Haupt verbreitete Schrecken über die Welt‹. Wessen Kopf in dem Kästchen lag, fand der hl. Soter nicht heraus. So geriet die Sache langsam in Vergessenheit. Als die Wandalen im Jahr des Herrn 455 Rom überfielen und plünderten, wurde die chaldäische Lade nach Konstantinopel gebracht. Nach der Eroberung Ostroms durch die lateinischen Ritter vor 90 Jahren kehrte sie in den Vatikan zurück. Sie steht nun in jener Kammer des Bösen, von der ich euch schon erzählte.«

»Vor einigen Monaten zog auch ich die Sibyllinischen Bücher zu Rate«, sprach nun der Heilige Vater, »denn mir waren einige außergewöhnliche Diebstahlsfälle in Kirchen und Klöstern bekanntgeworden. Bei meinen Nachforschungen schärfte der Herr meinen Blick für die Zusammenhänge. Das Vorgehen der Verbrecher und die besondere Beschaffenheit ihrer Beute lassen keinen anderen Schluß zu als den, daß Satan erneut einen Anschlag wider die ganze Christenheit plant.«

Der alte Papst richtete sich auf. Die Ketten an seinem ausgemergelten Körper klirrten, als der Greis die Arme hob und uns mit schallender Stimme zurief:

»Es ist die zwölfte Stunde. Verliert keine Zeit! ›Inversus‹ – ›verkehrt‹, so lautete das Wort, auf das mein Finger fiel, als ich die Schriften Sibylles entrollte. Ihr, Tughril, saht doch schon etwas Verkehrtes und Widersinniges: als das kalte Wasser des Meeres plötzlich zu kochen begann. Auch davon las ich in den Schriften der Sibylle, vom Segen durch ein Findelkind und noch von vielen anderen Dingen...«

»Wem aber gehört dieses Haupt?« riefen Tyrant du Cœur und ich wie aus einem Munde. Verlegen verstummte ich wieder. Der Ritter wiederholte: »Wer ist der Heilige, der in die Hände des Höllenfürsten geriet?«

»Der edelste Sterbliche, der jemals lebte«, antwortete der greise Papst. Eifer glühte in seinen Augen, wie Glut unter Asche im plötzlichen Luftzug erglimmt. Dann folgten die Worte des Heiligen Vaters einander wie rollende Felsen.

»Es ist der Prophet, der einst in der Wüste Judäa rief: ›Kehrt um! Das Himmelreich ist nahe!‹« sprach er. »Der Heilige in dem Kamelhaargewand, der sich von Heuschrecken und wildem Honig ernährte. Der Vorläufer, der den Gläubigen verkündete: ›Der aber, der nach mir kommt, ist stärker als ich, und ich bin es nicht wert, ihm die Schuhe zu binden.‹ Der Bote des Heilands, über den Christus selbst sagte: ›Unter allen Menschen hat es keinen größeren gegeben!‹ Der Mann, dessen Namen Bibel und Koran preisen, dem der Platz vor allen anderen Propheten und Aposteln gebührt. Er, der Jesus im Jordan mit dem Wasser des Glaubens begoß: Johannes der Täufer!«

Als der Papst den Namen ausgesprochen hatte, fuhr ein heißer Windstoß durch die Zelle. Die Kerzen des Leuchters verlöschten, und aus der Erde unter uns drang ein schreckliches, böses Grollen.

SECTIO XV

Im düsteren Schein der Kohlenglut sah ich nur schemenhaft die Gestalten meiner Gefährten. Einen Herzschlag lang schienen sie wie erstarrt. Dann aber handelten sie mit großer Schnelligkeit. Tyrant du Cœur sprang mit dem Satz eines Panthers zur Tür und zog das Schwert, um uns zu decken. Doktor Cäsarius warf sich schützend über den Heiligen Vater. Bruder Maurus stürzte zum Tisch und riß den erloschenen Leuchter an sich. Der Türke Tughril blies in das Kohlenbecken, um die Flammen zu entfachen und die Dochte der Kerze neu zu entzünden.

Bald breitete sich wieder Licht in der kleinen Zelle aus. Doktor Cäsarius erhob sich und kehrte auf seinen Platz zurück. Tyrant du Cœur stieß die Waffe in das Wehrgehenk. Gespannt blickten wir auf den Heiligen Vater. Papst Cölestin seufzte und sprach:

»Nun saht ihr es selbst: Nicht einmal in der innersten Festung der Christenheit sind wir vor Satans Wut sicher. Noch greifen die Geister der Hölle nicht an, doch ihre Scharen sammeln sich schon in der Rinde der Erde. Jeden Tag können diese Dämonen hervorbrechen und die geschwächten Kämpfer des Christentums überrennen. Denn wir sind hilflos, seit wir den Schutz des Hauptes Johanni verloren. Schon keimt das Kainskraut im Herzen der Welt. Wer will ihm wehren, weiter zu wachsen?«

»Johannes?« hörten wir plötzlich den Türken fragen. Verwundert drehten wir uns nach ihm um. »Der Koran kennt diesen heiligen Mann als den vom Engel verheißenen Sohn des rechtschaffenen Zacharias«, sprach der Seeräuber. »In der 19. Sure heißt es von ihm: ›Heil lag auf dem Tag, an dem er geboren wurde, Heil auch auf dem Tag, an dem er starb, und Heil auf dem Tage, an dem er aufgeweckt wird zum Ewigen Leben.‹ Wie konnte Euch seine Reliquie verlorengehen?«

»Der Allmächtige ließ es zu, daß Satan sie raubte«, antwortete der greise Papst mit brüchiger Stimme. »Laßt uns diesen Beschluß als Strafe für unsere Sünden verstehen, die Sünde der ganzen Menschheit. Nicht nur für mich trage ich diese Ketten, sondern als Buße auch für die anderen, die ihre Frevel noch nicht eingestehen wollen, ja vielleicht gar nicht erkannt haben. Aber wir alle haben gefehlt – welchen anderen Grund kann es geben, daß Gott uns seine Gnade entzog?«

»Wo wurde dieses Kleinod denn gestohlen?« fragte Tughril. »Hier im Petersdom? Vielleicht kann man dort eine Spur aufnehmen und den Dieb verfolgen.«

Doktor Cäsarius hustete, schüttelte ungeduldig den Kopf und antwortete: »Aber das tun wir doch schon!« Dann fuhr der alte Magister etwas ruhiger fort: »Verzeiht! Ihr könnt ja nicht wissen, daß es sich nicht um eine Reliquie, sondern um deren mehrere handelt. Auch das ist etwas, was wir nicht genau verstehen... Ihr wißt wohl, daß Johannes 29 Jahre nach der Geburt des Herrn von den Häschern des Herodes gefangengenommen wurde. Denn der Heilige hatte mit herben Worten die sündige Tat des Herrschers verurteilt. Herodes, Vierfürst von Galiläa, frönte nämlich der Fleischeslust mit der schönen Herodias, der Ehefrau seines Bruders Philippus. Die Schergen des Königs verschleppten Johannes auf die Festung Machärus in Moab. Dort feierte der Fürst Geburtstag. Die Tochter seiner Geliebten, Salome, tanzte so aufreizend vor Herodes, daß er schwor, ihr zu schenken, was immer sie wünschte. Da forderte Salome den Kopf des Johannes auf einer Schale. Der Scharfrichter ging und enthauptete den Propheten. Als die Jünger des Heiligen davon erfuhren, holten sie den Leichnam und legten ihn bei seiner Heimatstadt Samaria in ein geheimes Grab.«

»Dann raubten die Diener des Teufels das heilige Kleinod also in Palästina?« fragte der Türke erstaunt.

»Geduld!« erwiderte der Magister. »Ihr werdet gleich alles erfahren! Dreieinhalb Jahrhunderte später spürte Kaiser Julian Apostata, der abtrünnige Neffe Konstantins des Großen, das Johannesgrab auf. Der grimmige Christenverfolger verbrannte das geweihte Gebein und zerstreute die Asche in alle Winde. Das Haupt fand er nicht. Denn es war getrennt vom Körper beigesetzt worden, und niemand konnte dem Kaiser sagen, wo es geblieben war.«

Der Dämonologe hustete hinter vorgehaltener Hand, schluckte wie unter Schmerzen und berichtete weiter:

»Im Jahre des Herrn 452 erschien Johannes der Täufer im Traum dem Mönch Marcellus aus dem syrischen Emesa und zeigte ihm den Platz, an dem sein Haupt verborgen lag. Marcellus erhob sich sogleich und schritt noch in der Nacht zu der Grotte. Hinter einer Mauer entdeckte er eine Urne, und darin fand er den kostbaren Kopf, ganz mit Haaren bedeckt. Über ein Jahrhundert lang blieb das heilige Haupt in Emesa, das heute Homs heißt. Dann wurde es in die Johanneskirche nach Damaskus überführt. Im 11. Jahrhundert gelangte das Kleinod schließlich nach Konstantinopel. Dort befand es sich auch noch, als die Krieger des lateinischen Kreuzzugs mit den Venezianern die Stadt überfielen.«

Die Muskeln im Antlitz des Ritters zuckten, aber er schwieg. Doktor Cäsarius erzählte weiter:

»Was bei der Eroberung Konstantinopels mit der Reliquie geschah, wissen wir nicht genau. Ein Jahr lang blieb sie verschwunden. Dann fanden sich ihre zerstückelten Teile plötzlich in vielen verschiedenen Städten, hauptsächlich im Nordosten Frankreichs: der Hinterkopf in Paris, die Augenbrauen im Kloster Clairvaux, die Haare in Beauvais, das Antlitz in Amiens, die linke Kopfseite in Noyon, die rechte in Nemours. Der Unterkiefer kam auf ungeklärte Weise nach Besançon, das Kinn nach Aosta, die Stirn nach San Salvador in Kastilien, die Schädeldecke nach Rhodos, das Nasenbein hierher nach Rom in die Abtei des hl. Silvester. Die Ohren wurden seither im Kloster des heiligen Florus in der Auvergne verehrt, die Zähne aber zu Heisterbach.«

Die Überraschung traf mich wie ein Schwall kalten Wassers, und ich konnte nicht verhindern, daß die Luft zischend durch meine Lippen entwich.

»Ja, Dorotheus«, sagte der alte Magister, »das war es, was das goldene Kästchen barg, das der Kynokephalus in jener Sturmnacht entführte. Der Raub der Reliquie am Rhein war der letzte in einer Kette von Diebstählen in ganz Europa. Zuerst verschwand der Hinterkopf in Paris. Der Altar der Kapelle wurde dabei völlig zerstört, zwei Priester fanden den Tod. Dann brach in Clairvaux ein Brand aus. Als die Mönche das Feuer gelöscht hatten, fanden sie ihren Abt tot, den Reliquienschrein aufgebrochen. Amiens, Beauvais, Noyon – aus all diesen Orten wurden Teile vom Haupt des Täufers gestohlen, stets auf unerklärliche Weise. Natürlich meldeten Domherren und Äbte die Überfälle sogleich nach Rom, und der Heilige Vater durchschaute den teuflischen Plan.«

Ein neuer Hustenanfall unterbrach die Erzählung des Dämonologen. Der alte Magister zog ein seidenes Tuch aus der Tasche und wischte sich über die Lippen. Statt seiner sprach Papst Cölestin weiter:

»Als ich erkannte, was in den Kirchen geschah, rief ich Doktor Cäsarius nach Rom, um mich mit ihm zu beraten. Gibt es doch auf der ganzen Welt keinen zweiten Gelehrten, der soviel vom Höllenwesen versteht! Als der Magister eintraf, waren uns von den Johannesreliquien nur noch die Zähne zu Heisterbach und das Nasenbein im Silvesterkloster geblieben. Wir kamen überein, daß Doktor Cäsarius zum Rhein reisen sollte, um zu versuchen, den Dieb dort zu fangen. Er hoffte, ihn zwingen zu können, uns seinen Auftraggeber zu verraten. Ich segnete den Storaxstab des Magisters und erteilte ihm auch die Erlaubnis, den Großen Theriak anzuwenden. Wenn der Dämon der Falle entrann, sollte der Magister mir Nachricht senden, selbst aber auf dem schnellsten Wege nach Konstantinopel reisen, um dort die Vorfälle zu untersuchen, die zur Zerstückelung des Hauptes geführt hatten.«

Wir wagten kaum zu atmen. Die Lippen des alten Magisters murmelten die mahnenden Worte des Petrusbriefes: »Seid nüchtern und wachsam! Euer Widersacher, der Teufel, geht wie ein brüllender Löwe umher und sucht, wen er verschlingen kann...« Der Heilige Vater nickte und fuhr fort: »Als der Magister abgereist war, hüllte ich mich in dieses Büßergewand und kasteite meinen Körper mit Petri Ketten. Nachdem ich gefastet hatte, begab ich mich in die Krypta zu den Sibyllinischen Schriften. Erst las ich in dem alten Bericht von Seleucia.

Dann stieß mein Finger auf das Wort ›inversus‹. Ja, verkehrt, verdreht, verfälscht ist alles Satanswerk!«

Erschöpft hielt der greise Papst inne. Doktor Cäsarius öffnete schon den Mund, um für ihn weiterzuerzählen. Doch der Heilige Vater hob die Hand und fuhr selbst fort:

»C.D.T.T.M.! So lautete die Botschaft auf dem chaldäischen Kästchen. Doch auch umgekehrt ergeben diese Buchstaben einen Sinn. Obwohl uns Tausende von Meilen trennen, wurde Doktor Cäsarius und mir die gleiche Eingebung zuteil: Manus tardit terrorem divinitate capitis – ›Durch die göttliche Weisheit des Haupts hält die Hand den Schrecken auf‹. Und eine dritte Bedeutung dieser Lettern findet ihr, wenn ihr sie als Anfangsbuchstaben eurer Namen nehmt.«

Der greise Papst sah uns durchdringend an. Dann rief er mit erhobener Stimme:

»Ihr seid die fünf Finger der rettenden Hand! Inversus – ja, in den Weissagungen der Sibylle las ich noch von vielen anderen unverständlichen Dingen. Von einem schwebenden Schloß über glühenden Wolken. Von Steinen, leichter als Luft, von Wind, schwer wie Eisen, von Wasser, das man nicht schöpfen kann, von Wolle, die in Feuer gewaschen wird, von Christen, die nicht Weihnachten feiern, von Sand, der zwölfmal schneller durchs Stundenglas rieselt, und von der Rettung durch ein Findelkind. Diese und noch mehr Wunder müßt ihr ergründen, wenn ihr die Reliquie für die Christenheit zurückgewinnen wollt.«

»Aber warum hat man von den Diebstählen niemals etwas erfahren?« fragte ich beklommen. »In Paris bei Meister Eckhart vernahm ich von diesen Vorfällen kein Wort!«

»Stellt Euch vor, welche Furcht unter den Menschen ausbräche, wenn der Reliquienraub bekannt würde!« antwortete der Magister. »Nein, diese Angelegenheit muß geheim bleiben, ebenso wie die Kämpfe mit dem Dämon und dem Drachen. Erst wenn die Knechte Satans besiegt sind, dürfen wir darüber reden.«

Dann blickte Doktor Cäsarius zu dem Mönch und sagte mit leiser Stimme: »Euer väterlicher Freund, Bruder Maurus, der Einsiedler Hermogenes, wußte ebenfalls von dem teuflischen Plan. Ich kannte diesen frommen Klausner nicht, aber der Heilige Vater hat mir von ihm berichtet.«

»Ja«, nickte der greise Papst. »Es gab schon früher einmal einen Weisen namens Hermogenes, der sich auf Magie verstand. Er sandte seine Geister gegen Jakob, den Bruder des Herrn. Doch der Heilige besiegte die Dämonen. Da warf sich der Zauberer Jakob zu Füßen, bereute seine Sünden und diente fortan dem christlichen Glauben. Dein Gefährte, Bruder Maurus, stammte von jenem Hermogenes ab. Von seinem Ahnherrn hatte er über viele Vorväter hinweg einige von den bedeutendsten Schriften der Menschheit geerbt. Vor allem das Buch Henochs, des siebten Urvaters nach Adam, enthält viel nützliches Wissen für einen Kampf gegen unreine Geister und böse Engel. Wegen dieser Schriften mußte Hermogenes sterben.«

Tröstend legte der alte Magister dem Mönch die Hand auf die Schulter. »Dafür soll Kynops büßen!« stieß Bruder Maurus zwischen zusammengebissenen Zähnen hervor.

Der greise Papst blickte zu Tughril und sagte: »Als ich durch meinen Botschafter in Venedig von dir und deinem Abenteuer vor Kreta erfuhr, sah ich natürlich sogleich, wie gut dein Bericht zu den Weissagungen der Sibyllen paßte. Ich sandte Doktor Cäsarius darüber Nachricht. Außerdem teilte ich ihm mit, daß auch das Nasenbein des Täufers aus dem Silvesterkloster gestohlen war. Tag und Nacht hatten 70 Mönche dieser Abtei das Kleinod bewacht. Doch vor vier Wochen, im Morgengrauen, brach Kynops selbst auf dem Rücken des Hundeköpfigen durch das Dach der Kapelle, packte das Reliquiar mit dem Nasenbein und flog davon. Nun befinden sich also alle Teile der Reliquie in den Händen der Gottesfeinde. Sie werden das Haupt jetzt wohl wieder zusammensetzen. Ist das erst einmal geschehen, gibt es für uns keine Rettung mehr...«

»Ja«, nickte der alte Magister. »Als ich mit Euch, Tughril, sprach, erkannte ich, daß Euer Name Euch als fünften Finger an unserer Hand bestimmte. Darum beschloß ich, Euch zu befreien.«

»Ihr kämpft gegen Magier und seid selbst einer«, meinte der Türke. »Für einen Diener des Propheten gilt es als Sünde, sich Allahs Allmacht über Leben und Tod anzumaßen!«

»Ein Magier vertraut nur der Macht seines Geistes und verfolgt stets den eigenen Vorteil«, entgegnete Doktor Cäsarius. »Ich aber diene dem Herrn. Auch besitze ich keinerlei übernatürliche Fähigkeiten, sondern nur ein wenig Wissen um die Kraft von Gebeten, mit denen man Gottes Beistand erlangt.«

»Ich dachte nicht, daß Euer Gift so schnell wirkt«, erklärte Tughril. »Als ich die Gemme in den Mund schob, fiel ich auf der Stelle um. Beim Sturz zerbiß ich mir die Zunge.«

»Doch warum, Magister«, fragte Bruder Maurus, »habt Ihr uns über die Straße zu jenem Schindanger geschickt, statt uns im Boot mitzunehmen? Wir liefen den Wächtern des Dogen geradewegs in die Arme...«

»Beruhigt Euch«, antwortete der Dämonologe mit einem flüchtigen Lächeln. »Wie ich hörte, habt Ihr die Gefahr ja auf einfallsreiche Weise gemeistert.«

»Wie? Ihr habt alles gehört?« fragte der Mönch erschrocken und schielte schuldbewußt umher.

Der greise Papst erhob sich. Auch wir standen auf. Lange faßte der Heilige Vater nun erst den Magister ins Auge. Dann sprach er mit feierlicher Stimme:

»Cäsarius von Carlsburg, du getreuer Knecht der Kirche! Nicht ohne Grund beginnt dein Name mit jener Letter, die ›caput‹, das Haupt, bezeichnet. Denn du bist zum Anführer unserer Streitmacht erkoren. Gehst du doch deinen Gefährten an Lebensjahren und Weisheit voran wie ein Leitwolf den anderen Rüden! Deinem scharfen Verstand verdanken wir die Erkenntnis der bösen Macht. Dein reiches Wissen wird über die Täuschung des Antichrist triumphieren. Ja, wie Raubtiere sollt ihr in das Lager der Dämonen brechen und den unreinen Geistern mit scharfen Zähnen das Kleinod wieder entreißen, das uns soviel bedeutet!«

Der alte Magister verneigte sich tief und antwortete: »Meine Hände und mein Herz werden stets so handeln, wie Ihr es befehlt, Heiliger Vater. Betet für uns!«

Ich sah zu dem Dämonologen hinüber, und plötzlich durchwogte mich ein Gefühl des Vertrauens zu dem alten Mann. Dann merkte ich, daß der Blick des Heiligen Vaters auf mir ruhte, und senkte demütig das Haupt.

»Dorotheus von Detmold«, sprach der greise Papst, »zwei Worte sind es, die sich deinem Namen zuordnen lassen. Das erste lautet ›diffudit‹, denn auch du solltest etwas über die Menschen ausgießen: das Wort des Glaubens. Wenn du nicht zum Priester geweiht werden konntest, wirst du vielleicht den Menschen auf andere Weise mit christlichen Lehren nützen. Das zweite Wort heißt ›divinitate‹ – durch göttliche Weisheit bist du berufen, an unserer Seite zu fechten.«

»Und der Assiduus?« fragte ich voller Angst. »Welchen Schutz gibt es für mich vor dem grausamen Geist, der mich seit Heisterbach unablässig verfolgt?« Furchtsam spähte ich in die Runde. »Wer weiß«, fügte ich hinzu, »vielleicht schleicht der Graue schon durch diese Gewölbe, um mich zu holen!«

Der Heilige Vater blickte mich mitleidig an. »Kein Sterblicher kann den Assiduus hindern, dir nachzustellen«, sagte er leise. »Was dich mit diesem Dämon verbindet, ist ein Geheimnis, das kein irdischer Verstand zu enträtseln vermag. Eines aber weiß ich: Ob dich der Graue einholt oder du ihm am Ende doch noch entkommst, liegt allein an dir selbst.«

»Ich werde alles tun, was ich dem Glauben schuldig bin«, gelobte ich.

Der greise Papst nickte. »Bruder Maurus«, sagte er dann, »›mundi‹ – ja, weltlich erscheint mir dein Streben nach Rache. Kämpfe nicht für deinen Zorn, sondern allein für den Glauben! Und ›manus‹ – du bist der Daumen der rettenden Hand. Wenn du versagst, können deine Gefährten das Kleinod nicht bergen. Prüfe dich, ob du bereit bist!«

»Mein Kreuz zerbrochen, mein Altar entweiht!« schnaubte der Mönch. »Nehmt mich auf in euren Kreis!«

Der Heilige Vater nickte ernst. Dann faßte er den Ritter ins Auge. »Tyrant du Cœur«, sprach er. »Du hast deine Tapferkeit mehr als einmal bewiesen, und ›terrorem‹ heißt das Wort, das deinem Namen gleich zweimal gebührt. Denn du sollst der Hölle sowohl durch die Kraft deines Körpers als auch durch die Standhaftigkeit deiner Seele zum doppelten Schrecken gereichen. Es ehrt dich, daß du zögerst, uns zu folgen, weil dich ein Gelübde verpflichtet. Doch ich entbinde dich von deinem Schwur. Erst nach gelungener Rettungstat sollst du die Schwester in die Heimat führen. Ich selbst will deinem Bruder schreiben. Er wird sich meinem Wunsch nicht verschließen. Dein scharfes Schwert, dein tapferes Herz und deine reine Seele sind unsere wirksamsten Waffen. Zaudere nicht länger, die Sache des Glaubens zu deiner zu machen, und diene Gott mit allen Fähigkeiten, die er dir verlieh!«

»Ich schwöre es«, antwortete der Ritter mit fester Stimme. »Solange sich das edle Haupt in Satans Hand befindet, soll Alix nicht von mir noch meiner Sendung wissen.«

Nun wandte sich der greise Papst dem Türken zu. Tughril sah ihn mit zusammengekniffenen Augen an. »Ich auch?« fragte er verblüfft.

»Ja«, gab der Heilige Vater zur Antwort. »Denn ›tardit‹ kommt von einem Wort, das aufhalten oder hindern bedeutet, aber auch zögern und säumen. Du zauderst noch, mit uns zu ziehen. Doch nur zu fünft könnt ihr die Menschheit retten. Fürchte dich nicht vor den Venezianern! Ich habe dem Dogen bereits befohlen, euch auf allen Wegen zu unterstützen. Das Wort ›trans‹ aber bedeutet nicht nur ›über‹ oder

›durch‹, sondern auch ›über etwas hinaus‹ – so verlangt Gott nun auch von dir, daß du über die Grenzen deines Glaubens hinausblickst.«

»Also gut«, erwiderte der Türke. »Ich bin dabei, solange von mir nichts verlangt wird, was gegen die Gebote des Koran verstößt.«

Der Heilige Vater schöpfte tief Luft und sah uns dann der Reihe nach an. »Faßt einander an den Händen«, sprach er mit fester Stimme. »Gott gebe euch Kraft! Folgt der Spur des Magiers! Fahrt zu der schwimmenden Insel! Bringt mir das Haupt des Täufers zurück! Doch hütet euch vor dem Satan. Ach, wie viele edle Streiter des Glaubens, Heilige und Propheten, auch Patriarchen und von Gott gesalbte Herrscher sind den Verführungskünsten des Teufels erlegen! Noahs Sohn Ham spottete voller Hoffart über die Nacktheit seines betrunkenen Vaters und sank deshalb zum verachteten Knecht seiner Brüder herab. Jakob betrog seinen Bruder Esau um das Erstgeburtsrecht und mußte dafür vierzehn Jahre in der Fremde dienen. Seine Söhne Simeon und Levi rächten die Schändung ihrer Schwester Dina an den Sichemiten auf grausamste Weise. Dafür entzog ihr Vater ihnen das Erbteil: ›Werkzeuge der Gewalt sind ihre Messer‹, sprach er auf dem Totenbett über die Söhne, ›verflucht ihr Zorn, da er so heftig. Verflucht ihr Grimm, da er so roh!‹«

Wir wagten kaum zu atmen, so machtvoll hallten die Worte des heiligen Greises nun durch das Gewölbe. »Verfallt nicht der Sünde Rubens«, rief Papst Cölestin, »der brünstig das Bett seines Vaters bestieg! Selbst Moses fehlte, als er zu Meriba angesichts seines dürstenden Volkes im Glauben wankte und Gott auf die Probe zu stellen versuchte. Zur Strafe für seinen Zweifel durfte der Prophet das Gelobte Land nur aus der Ferne sehen. Meidet die Sünde Aarons, der zuließ, daß Israel ein goldenes Kalb verehrte! Geht der Sünde Miriams aus dem Weg, die ihrem Bruder Moses ebenbürtig sein wollte und dafür von Gott mit Aussatz geschlagen wurde! Flieht die Sünde Sauls, der einst den Propheten Samuel aus der Unterwelt aufsteigen ließ! Die Philister nagelten seinen Leichnam an die Mauern Bet-Scheans. Hütet euch vor der Sünde Davids, der seinen getreuen Gefolgsmann Urija in den Tod schickte, um seine Lust an der Witwe zu stillen! Deshalb durfte nicht er, sondern erst Salomo Gott einen Tempel errichten. Aber auch dieser erlag der Versuchung: Trotz seiner Weisheit ließ er sich von seinen heidnischen Weibern zur Abgötterei verführen. Darum zerbrach sein Reich. Begeht nicht die Sünde Petri, der Jesus dreimal verleugnete! Nehmt euch auch vor der Sünde Philipps in acht: Aus Rache für die Folterqualen, die er als Märtyrer erleiden mußte, ließ der Apostel in Hierapolis 7000 Heiden im Erdreich versinken. Deshalb mußte er 40 Tage lang warten, ehe er in den Himmel eintreten durfte. Alle diese Männer waren im Glauben stark. Dennoch erlagen sie einmal dem großen Verführer, der alten Schlange, die schon soviel Unheil über die Menschen brachte.«

Wir schwiegen bedrückt. Die Worte des Heiligen Vaters folgten einander nun wie die Hiebe, mit denen ein Steinmetz den Eckstein zurechtschlägt:

»Ihr, die ihr mich gehört habt und von reinem Herzen seid, folgt meiner Weisung!« rief er uns zu. »Zögert nicht, euer Leben zu opfern, wenn es das hohe Ziel verlangt! Denkt an die Märtyrer und Glaubenszeugen, deren Blut die Erde heiligt! Ihr Glaube gab ihnen die Kraft, dem Satan und seinen Künsten zu trotzen. Ähnelt ihnen in eurem Eifer, gleicht ihnen in eurer Furchtlosigkeit! Wundert euch über nichts, was euch begegnet. Glaubt nicht nur euren Augen, traut nicht nur euren Ohren, sondern seht auch mit der Seele und hört mit den Herzen! Dann werdet ihr siegen. Ich aber will in diesen Ketten büßen, bis ich berufen bin, euch zu helfen. Denn so wie einst Matthias als Nachfolger des Verräters Judas den Kreis der zwölf Apostel wieder schloß, so werde auch ich bald in euren Bund treten. Denn auch das haben mir die sibyllinischen Weissagungen offenbart: Einer von euch wird Gott die Treue brechen!«

Die Prophezeiung ließ mein Herz erbeben, so wie der laute Glockenschlag das allzu nahe Ohr erschüttert. Zwischen Trümmern zerstörter Zuversicht suchten die Wächter meines Wesens verzweifelt Reste von Hoffnung zu retten, so wie Ameisen durch den zerstörten Bau wimmeln, um ihre Puppen, das Unterpfand ihrer Zukunft, zu bergen. Noch lange hallten die Worte des Heiligen Vaters in meinem Inneren nach, und die Frage, wer der Verräter sein mochte, beschäftigte mich fortan Tag und Nacht. Immer wieder blickte ich forschend in die Gesichter meiner Gefährten und sah ihnen an, daß sie der gleiche Gedanke bewegte: Wer von uns würde Jesus nachfolgen, wer Judas?

Am nächsten Morgen lenkte Doktor Cäsarius unser Fuhrwerk am Circus Maximus nach Süden. Ich saß neben ihm auf dem Kutschbock. Von fern erkannten wir die Ruine des Colosseums, geheiligt durch das Blut zehntausender Christen, die ihrem Glauben bis zum Tode treu geblieben waren. Das faltige Gesicht des alten Magisters schien wie aus Stein gemeißelt – auch er hatte, dachte ich nun, wohl schon viele Male für die Kirche sein Leben gewagt. Im Kloster Heisterbach hatte ich selbst gesehen, mit welchem Mut er gegen den Kynokephalus kämpfte und sich danach sogar dem Grauen in den Weg zu stellen wagte. Auch vor dem Drachen Mamonas war er nicht gewichen. Beim Anblick des Magiers Kynops aber wankte sein Herz – würde er bestehen, wenn er einem noch mächtigeren Gottesfeind gegenüberstand? Oder würde Doktor Cäsarius dann die Sünde Petri begehen und seinen Herrn verleugnen?

Noch größer schien mir die Gefahr, in der seit alters alle Magier leben: Selbst die Frömmsten unter ihnen erlagen einmal der Versuchung, zum eigenen Nutzen zu handeln. Nach der Erweckung des toten Türken hatte der Dämonologe beteuert, nur ein Werkzeug des Höchsten zu sein. Würde er eines Tages aber nicht doch selber Herr seiner Zauberkraft werden wollen und die Weiße Kunst ohne den Segen Gottes mißbrauchen? Würde er gar der Sünde Satans verfallen, der Gott an Macht gleichen wollte?

Als wir hinter dem Grabmal des heidnischen Feldherrn Scipio durch das Tor des hl. Sebastian rollten, drehte ich mich zu Tyrant du Cœur um und dachte bei mir: Bisher zeigte der Ritter stets Gottesfurcht und edle Denkungsart. Sein Zorn in der Herberge an der Aare bewies, daß er den Lockungen der Sünde zu widerstehen verstand – anders als die meisten Ritter, die von reiner Minne sangen, während sie in Wahrheit nur ihre fleischlichen Lüste befriedigen wollten. Am Paß in den Bergen stürzte der Jüngling sich wie ein Blitz auf den schrecklichen Drachen. Schnell aber auch, so dachte ich weiter, löste sich Tyrant du Cœur von dem Schwur, den er erst ein paar Wochen zuvor seinem Bruder geleistet hatte. Freilich, der Papst selbst befreite ihn von der Verpflichtung – dennoch glaubte ich auf dem Antlitz des Ritters seither ein heimliches Zeichen von Unsicherheit zu entdekken. Das stolze Schiff seiner Seele segelte nun zum ersten Mal auf fremdem Kurs und in unbekannten Gewässern – würde es Klippen und Untiefen meistern? Auch Saul begann als strahlender Held, von Gott erwählt, von dem Propheten Samuel gesalbt und vom ganzen Volk unter den Eichen von Mizpa bejubelt.

Hinter der Stadtmauer kamen wir an den Katakomben des hl. Calixtus vorüber. Er, der einstige Sklave, verwaltete vor tausend Jahren den ersten christlichen Friedhof von Rom. Zum Papst geweiht, starb er den Märtyrertod: Schergen des Kaisers Elagabal, der die Diener Baals nach Italien lud, stürzten Calixtus mit einem Stein um den Hals in einen Brunnen. Wir beteten zum Angedenken des Heiligen, und wie ein Wolf schlich sich der Gedanke in die Hürde meines Herzens, daß wir nun jenem Osten entgegenfuhren, aus dem schon so viele Satanskulte nach dem Abendland gedrungen waren.

Während wir zwischen samtgrünen Pinien dahinfuhren, begann der Mönch hinter uns im Wagen zu schnarchen. Ich dachte bei mir: Bruder Maurus schläft scheinbar den Schlaf des Gerechten – aber wie weit ist ihm zu trauen? Lebte er wirklich fünf Jahre lang in jener düsteren Alpenschlucht? Und selbst wenn er uns nicht belog: gemahnte sein Verhalten in der Höhle des armen Hermogenes und auch später im Keller des Papstpalastes nicht an die Gefahr, daß der Riese die Rachsucht zu seinem Gott erhoben hatte? So wie die Gibeoniter, die sich von König David sieben Nachkommen Sauls ausliefern ließen, um sie zu Beginn der Gerstenernte hinzurichten? Sie rächten damit die Blutschuld, die Saul einst auf sich geladen hatte, als er ihre Fürsten erschlug. Doch nicht die grausame Vergeltung wird in der Heiligen Schrift gerühmt, sondern die Mutterliebe, mit der Sauls Witwe Rizpa an den Leichen ihrer Söhne wachte und die Aasvögel vertrieb. Der Unterschied zwischen Gerechtigkeit und Rache gleicht dem zwischen Liebe und Lust: wo der Mensch seinen Trieben nachgibt, fällt er in Sünde. Der Frevel Simeons und Levis wog vor dem Herrn so schwer, daß er ihre Nachkommen unter die anderen Stämme Israels zerstreute. Auch in dem dunkelgesichtigen Mönch schien die Demut vor Gott nicht sehr tief verwurzelt, und ich argwöhnte, daß Bruder Maurus möglicherweise in Melilla als Mahometaner geboren und erst später in Spanien getauft worden war.

Und Tughril? Der Türke war als Gefangener in unsere Gemeinschaft geraten. Beruhte sein Gehorsam gegenüber dem Heiligen Vater nur auf Verstellung? Als der greise Papst uns zum Abschied die Hostien reichte, zuckte der Räuber zurück, als hielte man ihm ein glühendes Messer entgegen. Wie aber konnte Tughril, ein Heide, die sibyllinische Prophezeiung erfüllen und dem Herrn die Treue brechen, wenn er doch gar nicht an ihn glaubte?

Am Fuß der Albanerberge wandte ich mich nach dem Türken um. Der Seeräuber ruhte mit geschlossenen Augen auf einem verfilzten Schaffell. Auf seinem braunen Gesicht lag ein sanfter Ausdruck, so als könne er kein Wässerchen trüben. Aber auch eine schlafende Katze wirkt harmlos – wehe den Mäusen, die dann dem Schein vertrauen!

Und ich selbst? Während wir hinter Velletri in die pontinischen Sümpfe hinabrollten, prüfte ich mein Herz, und wieder beschlich mich Furcht. Denn ich mußte mir eingestehen, daß ich am allerwenigsten sicher sein durfte, den Versucher abwehren zu können. Welche List der Teufel auch anwenden wollte – bei mir würde jede Waffe wirken. Furcht? Schon wenn der Graue erschien, stand ich vor ihm wie gelähmt – wie sollte ich mich dann gegen Satan selbst wehren! Sünde? Die Tänzerin aus Tunis hatte mich zur Unzucht verführt, ohne daß ich ihr auch nur eine Sekunde lang widerstand. Ich fiel wie eine schwache Festung im Angriff der Plänkler, wie ein Blatt im frühesten Hauch des Herbstes, wie ein morscher Stamm im ersten Seufzer des Sturms. Und obwohl ich nur im Traum gesündigt hatte, so dachte ich, würde ich der Tänzerin wohl auch wach kaum die Tür gewiesen haben.

Je länger ich darüber grübelte, desto deutlicher erkannte ich, daß ich das schwächste Glied der Kette bildete und die Tücke des Teufels daher zuerst auf mich zielen mußte. Ich fühlte das Bedürfnis, mich dem alten Magister anzuvertrauen, doch ich fand vorerst keine Gelegenheit dazu.

In Terracina sahen wir ein Kriegsschiff der Johanniter. Der Türke folgte uns nur äußerst ungern zum Hafen. »Nun schlägt Euch wohl das Gewissen?« spottete Bruder Maurus. »Fallen Euch Eure Untaten wieder ein, wenn Ihr die wackeren Glaubensstreiter erblickt? Ja, das sind andere Gegner als die feigen Pfeffersäcke, die sich von Euch ohne Gegenwehr ausplündern ließen!«

Dabei entließ der Mönch einen kräftigen Wind. Doktor Cäsarius zog ein Seidentuch hervor und preßte es vor die Nase. Der Türke erwiderte heftig: »Glaubensstreiter? Diese sogenannten Ordensritter rauben nicht schlechter als Luchse und Wölfe! Gewiß, ich erhielt schon von manchem geldgierigen Kauffahrer aus Genua oder Venedig den Zoll, den sie für das Befahren islamischer Meere nun einmal entrichten müssen. Und auch die habsüchtigen Händler aus Pisa, Amalfi, Salerno und aus anderen verlausten Christenlöchern ließ ich nicht ungeschoren. Alles nach Allahs Befehl! Diese verfluchten Giauren mit dem weißen Kreuz aber stürzen sich auf die Handelsschiffe der Gläubigen aus Rosetta, Damiette, Akkon und Alexandria, Tunis, Haifa und allen anderen herrlichen Perlen des Halbmonds, so wie fette Fliegen frisches Fleisch umschwirren. Ekelhaft! Was haben diese Ratten in unseren Wassern zu suchen?«

»Mit mir braucht Ihr darüber nicht zu streiten«, grinste der Mönch und öffnete die Pforten seines Darms für einen weiteren siegreichen Ausfall, »erörtert das mit den Johannitern!«

»Keine zehn Pferde kriegen mich auf dieses Schiff!« erboste sich Tughril. »Meinem treuen Gefährten Tutusch zogen diese Hunde die Haut ab und nagelten sie an den Mast!«

»Wir werden den Rittern sagen, daß Ihr unser Sklave seid«, schlug der Mönch großmütig vor. »Dann wird Euch nichts passieren – solange Ihr uns flink und gehorsam bedient. Andernfalls müßte ich Euch zur besseren Täuschung der Ordensritter die Peitsche zu kosten geben.«

»Das könnte Euch so passen!« rief der Türke giftig. »Lieber die Pest als Eure Befehle, Ihr stinkender Sohn des Scheitans!«

»Oho!« lachte der Mönch, »wie redet Ihr denn mit Euren Wohltätern, die Euch aus dem Kerker befreiten?«

»Hört auf!« befahl Doktor Cäsarius. »Wir geben Euch am besten für einen Basken aus, Tughril. Die Bergbewohner aus Navarra beherrschen nur wenig Latein, ihre eigene Sprache aber wird von keinem anderen Menschen verstanden. Ich werde den Johannitern erzählen, daß wir uns auf einer Pilgerreise befinden. Ist unser Zug doch auch wirklich nichts anderes als eine Wallfahrt für unseren Glauben, ein Feldzug im Dienst der heiligen Kirche und ein reumütiger Bußgang für fremde und eigene Sünden. So brauchen wir nicht zu lügen, und man wird uns auch nicht mit Fragen bedrängen, die den heiligen Ernst unserer Fahrt stören könnten.«

»Dann muß Tughril nur noch aufpassen«, rief der Mönch fröhlich, »daß er beim Pissen niemanden die gestutzte Spitze seines Schweifs sehen läßt.«

»Unbeschnittenes Rübenschwein!« fuhr der Türke auf. »Euer After fördert Edleres zutage als Euer Maul!«

Bevor die beiden nun miteinander handgreiflich werden konnten, fuhr das Schwert des Ritters zwischen ihnen herab. »Hadert nicht und achtet auf Eure Worte«, mahnte Doktor Cäsarius. »Wir ziehen nicht zum Scherzen aus! Wenn ihr einander verletzt oder tötet, ist unsere Sendung gescheitert, ehe sie recht begann! Also bezähmt euren Übermut und verhaltet euch wie vernünftige Männer!« Er blickte uns der Reihe nach an. »Seid vorsichtig und überlaßt das Reden mir!«

Tyrant du Cœur schob sein Schwert ins Wehrgehenk zurück. Kurze Zeit später rollte unser Fuhrwerk über breite Bohlen an Bord der kleinen Galeere. Doktor Cäsarius bezahlte die Überfahrt in kölnischen Silbermark. Diese Münze wird wegen ihres unverfälschten Werts in allen Häfen des Südens besonders geschätzt. Zur Mittagsstunde lösten die Johanniter die Leinen und segelten an der Küste Italiens nach Süden.

Als die Nacht niederfiel, ankerten wir vor einer kleinen, kahlen Insel. Die Ordensritter entfachten auf dem Vorschiff ein Feuer. Ihr Kapitän, Ludger von Nogent, lud uns zum Mahl. Sein griechischer Diener reichte uns Pökelfleisch und getrockneten Fisch. Der strenge Geschmack wurde durch sahnige Soßen aus Ingwer, Zimt, Safran, Gewürznelken und Muskat gemildert. Dazu schöpfte der Mundschenk samischen Wein in große Pokale.

»Wenigstens für den Rebensaft brauche ich mich nicht zu schämen«, seufzte Ludger von Nogent, Abkömmling eines burgundischen Adelsgeschlechts, »denn den tranken schon die Helden Homers. Ansonsten bedauere ich es sehr, daß ich euch nur karge Speisen anbieten kann. Ihr wißt ja, auf See kommt es bei der Verpflegung auf Haltbarkeit, nicht auf Wohlgeschmack an... Aber vielleicht laßt ihr euch ja doch noch überreden, mit uns bis nach Rhodos zu reisen. Auf unserer Ordensfeste werde ich euch mit gebratenen Tauben, saftigen Bärentatzen und frischen Forellen für diesen schaurigen Fraß entschädigen!«

»Homer?« fragte ich.

»Ein blinder Minnesänger der heidnischen Griechen«, erklärte der Ordensritter. »Er berichtete von einem Krieg um die stolze Burg Troja und die schöne Dame Helena. Ihr kennt die Geschichte wohl aus den Werken des Diktys von Kreta und des Dares von Phrygien, die im Westen sehr beliebt sind. Die Griechen behaupten aber, daß diese beiden Dichter ihre Geschichten nicht selbst ersonnen, sondern ganz und gar aus den Werken Homers zusammengestohlen haben. Nun, vielleicht wird man die Ilias eines Tages einmal in das Lateinische übersetzen. Dann könnt Ihr Euch selbst ein Bild von diesem großen Heldenlied machen.«

»Grämt Euch nicht wegen des Essens«, meinte der alte Magister und hustete hinter artig vorgehaltener Hand, »es mundet ganz ausgezeichnet!«

»Ein schlechter Lügner, doch ein guter Gast!« lächelte der Kapitän und grüßte uns mit erhobenem Humpen. Wir taten ihm höflich Bescheid. Der Ordensritter wischte sich mit dem Handrücken über den starken, hellbraunen Schnurrbart und fragte dann:

»Wie geht es dem Papst, Doktor Cäsarius? Oder unterliegt sein Befinden etwa der ärztlichen Schweigepflicht?«

»Was den Gesundheitszustand des Heiligen Vaters betrifft, so darf die Christenheit unbesorgt sein«, erwiderte der Magister.

»So!« rief der Johanniter fröhlich und griff wieder nach seinem Kelch. »Darauf laßt uns trinken! Möge Papst Cölestin lange leben! Auch wenn er für meinen Geschmack ein bißchen zu viel Verständnis für die Mahometaner aufbringt, diese ungläubigen Hunde!«

Tughrils Kinnbacken spannten sich. Besorgt legte ich dem Türken die Hand auf den Arm.

»Aber wie man so hört, schläft der Heilige Vater nicht in seinem Bett, sondern auf einem Lager aus Stroh, im Keller seines Palastes«, fuhr Ludger von Nogent fort.

»Ich kann nur für den Körper sprechen, nicht für die Seele«, versetzte Doktor Cäsarius würdevoll. »Wenn der Papst büßen will, geht das nur Gott und ihn selbst etwas an.«

»Ihr Ärzte erinnert mich stets ein wenig an Zauberer«, lächelte der Ordensritter. »Immer diese geheimnisvollen Andeutungen! Dazu so viele unverständliche Ausdrücke, die kein gewöhnlicher Sterblicher kennt! Auch Euer Fuhrwerk scheint seltsam genug. Ihr solltet Euch daran erinnern, daß die Magie schon auf der Synode zu Elvira im Jahr des Herrn 305 als Abfall von Gott verurteilt wurde ...«

»Nur die Schwarze Magie, nicht auch die Weiße«, verbesserte der Magister. »Der Fluch der Kirchenväter galt nur den Täuschungstaten des Teufels, nicht etwa auch den Wunderwerken der Heiligen und Apostel!«

»Nun ja«, meinte Ludger von Nogent, »Ihr stammt aus Böhmen, sprecht Eure Tischgebete auf Slawisch... Im Norden und Osten und ganz besonders in Eurer Heimat scheint der christliche Glaube ja wohl noch nicht so tief verwurzelt... Sind doch erst 300 Jahre vergangen, seit der hl. Cyrillus Euer Volk bekehrte!«

»Dreihundertundeinunddreißig, um genau zu sein«, verbesserte der Magister gelassen. »Und die erste Synode, auf der beschlossen wurde, Hexerei mit dem Tod zu bestrafen, fand anno Domini 785 statt – im Norden, zu Paderborn.«

»Schon gut«, wehrte der Ordensritter lachend ab. »Ich will ja gern anerkennen, daß Euer Volk ebenso fest im Glauben steht wie die Franken, Verzeihung: Normannen und Mohr... Spanier.«

»Wenn das Alter einer Kirche etwas mit ihrer Kraft zu tun hat«, wandte Tughril ein, »dann doch wohl höchstens dergestalt, daß der Glaube sich um so stärker zeigt, je jünger er ist. Wie wäre sonst zu erklären, daß die Mahometaner ihre Gebete viel eifriger verrichten und die Gebote ihres Glaubens viel sorgfältiger beachten als die... als wir Christen?«

»Findet Ihr?« fragte Ludger von Nogent erstaunt. »Nun ja, vielleicht die Araber! Leute wie Saladin oder Harun al Raschid, die wußten in der Tat, was gottgefällige Ritterehre bedeutet. Aber diese Türken, mit denen wir es jetzt zu tun haben, sind nichts als ganz gewöhnliche Lumpen, Stricksdiebe, Strauchritter und Schufte! Die scheren sich einen Dreck um den Koran, wenn es um ihre Kasse geht. Ich kenne da einen Abkömmling eines winzigen Stamms von stinkenden Hammelhirten, sie nennen sich nach ihrem Häuptling ›Osmanen‹... Wenn man diese Schmutzfinken sieht, kann man kaum glauben, daß sie wüßten, was Wasser sei. Und nun stellt Euch vor: Einer von diesen verlausten Ziegentreibern, ein gewisser Tughril, baute sich doch tatsächlich ein Boot, fuhr auf die Ägäis und fiel dort acht Jahre lang in der frechsten Weise über ehrbare christliche Kaufleute her. Manchmal gleich vor unserer Nase! Zum Glück erwischten ihn unlängst die Venezianer und brachten ihn in die Lagune. Auf daß der Kerl dort bald verrecke!«

Mit diesen Worten schwenkte der Johanniter seinen Silberpokal durch die Luft und stieß ihn klirrend gegen Tughrils Kelch, so daß dem

Türken nichts übrigblieb, als mit dem Ordensritter auf sein eigenes Ende zu trinken. Bruder Maurus grinste breit. Dann beugte sich der Mönch ein wenig vor und fragte angelegentlich:

»Worin bestand denn der Zweck Eurer Reise, Herr Kapitän? Habt Ihr wieder ein paar fette mahometanische Götzendiener zur Ader gelassen?«

Tughril starrte den plattnasigen Hünen finster an. Der Kapitän lachte und gab zur Antwort: »Nein, diesmal lautete unser Befehl nicht, Gottes Zorn ins Morgenland zu tragen, sondern das Abendland mit Beweisen der Liebe des Herrn zu bedenken. Wir brachten kostbare Reliquien in den Westen, Schätze von unermeßlichem Wert.«

»Ich wußte gar nicht, daß der Osten immer noch so viele von diesen Kostbarkeiten besitzt«, staunte Tyrant du Cœur.

»Es handelte sich nicht um Schädel und Gebeine«, erklärte Ludger von Nogent. »Die wurden, da habt Ihr recht, schon bei den ersten Kreuzzügen vor den Heiden in Sicherheit gebracht. Aber das Heilige Land besitzt noch viele andere geweihte Gegenstände: Erde von dem Acker bei Damaskus, aus dem Gott einst den Körper Adams knetete; Fasern vom Stamm der Palme, deren Zweige die Juden beim Einzug Christi in Jerusalem schwenkten. Sand aus den Fußspuren am See Genezareth. Blumen von Apostelgräbern, die Milch Mariens...«

»Wie?« fragte Bruder Maurus verblüfft. »Wollt Ihr im Ernst behaupten, es seien noch Tropfen aus jener Brust vorhanden, die den Erlöser stillte?«

Ludger von Nogent lachte schallend. »Ihr seid ein Schelm!« rief er heiter, »aber so mancher glaubt das tatsächlich... In Wirklichkeit bezeichnet dieser Begriff nur Kreidestaub aus jener Grotte zu Bethlehem, in der die Gottesmutter ihr Kind nährte. Wenn man das weiße Pulver mit Wasser mischt, schimmert die Flüssigkeit wie Milch, und nur deshalb wird sie so genannt. Als Mönch solltet Ihr das eigentlich wissen!«

»Und wie wird dem Käufer bewiesen, daß die Kreide wirklich aus der heiligen Höhle stammt?« brummte Bruder Maurus verstimmt. »Wenn ich bei Euch solche Reliquien erwürbe – woher wüßte ich denn, daß Euer Marienöl vormals wirklich das ewige Feuer vor dem Bild der Gottesmutter in der Geburtskirche speiste? Daß Eure Mariensteine wirklich am Grab der heiligen Jungfrau im Tale Josaphat lagen? Und daß der Weihrauch, den Ihr verhökert, tatsächlich aus den Händen der hl. Drei Könige stammt? In der Bibel steht ja nicht einmal, daß es wirklich drei waren!«

»Hoho!« lachte Ludger, ohne im mindesten beleidigt zu sein. »Nun, Ihr habt so unrecht nicht. Was wir, gegen ein gewisses Entgelt natürlich, aus dem Heiligen Land in den sicheren Schoß der römischen Kirche bringen, trägt kein Echtheitssiegel. Sind diese Dinge doch schließlich nicht als Geldanlage, sondern zur Glaubensstärkung gedacht! Die heiligen Tücher vom Grab des Stephanus sehen nicht anders aus als gewöhnliche Stoffe. Das Wasser aus dem Teich Siloah, in dem Maria einstmals Jesu Windeln wusch, fließt nicht dicker oder reiner als das jeder anderen Quelle. Die Asche vom Berg Jahwe-Jire, auf dem Abraham seinen Sohn Isaak zum Opfer band, erscheint so grau wie jede andere Glut nach dem Erlöschen. Erst vor dem Auge der Seele gewinnen die heiligen Gegenstände ihren besonderen Glanz.«

Der Ordensritter lachte wieder und goß sich einen tüchtigen Schluck funkelnden Weins in die Kehle. Da konnte sich Tughril nicht mehr beherrschen und rief: »Wer aber schützt die Christen vor Betrügern, wie sie ja schließlich in jedem Geschäftszweig beheimatet sind? Die zahllosen Splitter vom heiligen Kreuz, die es an jeder Ecke zu kaufen gibt – würde man sie alle sammeln, so könnte man aus ihnen nicht nur zwei Balken, sondern gewiß eine ganze Galeere zimmern! Der ungeteilte Rock Christi liegt, wie ich hörte, zur Zeit in 21 verschiedenen Kirchen. In einer Stadt namens Antwerpen soll man sogar die Vorhaut Jesu verehren!«

Doktor Cäsarius hustete erneut, und es verging eine ganze Weile, bis er wieder zu Atem kam. Dann wischte sich der alte Magister den Mund ab und sagte:

»Es ist nicht alles Täuschung, was Laien trügerisch erscheint. Die meisten Kreuzessplitter sind so winzig, daß man sie mit dem bloßen Auge kaum erkennt. Damit sich auch Gläubige in den hinteren Reihen am Anblick der Reliquie erheben können, befestigten viele Priester die nadelfeinen Späne an Ästen von ähnlicher Farbe und stellten sie so in die gläsernen Fenster ihrer Reliquienschreine. Unwissende Kirchenbesucher halten dann alles sichtbare Holz für einen heiligen Kreuzesrest. So kommen diese Irrtümer zustande. Auch gibt es nur einen einzigen Rock Christi. Er soll ja nicht nur an die Schergen des Pilatus erinnern, die um das Gewand des Heilands Lose zogen, sondern zugleich die Einheit der Kirche versinnbildlichen. Aus Nächstenliebe gaben die Bischöfe Triers in alter Zeit immer wieder ein paar Fäden des kostbaren Schatzes an andere Diözesen, um die Heilkraft des Rocks mit ihren christlichen Brüdern zu teilen – nur darum können Dumme glauben, es gäbe einundzwanzig solche Kleidungsstükke! Das sanctum praeputium zu Antwerpen schließlich soll uns stets daran gemahnen, daß der Erlöser von Abraham stammte. Wir sollen die Söhne Israels als Brüder Jesu lieben, nicht als Nachfahren des Judas hassen!«

»Aber woher stammen all diese angeblichen Gebeine von heiligen Männern und Frauen?« fragte Tughril hartnäckig. »Soweit ich weiß, pflegten Roms Kaiser die hingerichteten Christen stets zu verbrennen, damit von ihnen nichts übrigbleibe. Dennoch haben eure ..., ich meine, unsere wackeren Kirchenväter später jeden Märtyrer, den sie suchten, auch bald gefunden. Was macht euch eigentlich so sicher, daß es sich bei diesen Reliquien nicht bloß um Maulwurfszähne und Mäuseknochen handelt?«

»Lästerer!« fuhr ich unmutig auf.

»Beruhigt Euch!« mahnte Doktor Cäsarius. »Es ist weder der Ort noch die Stunde, über diese Frage zu rechten. Solange unsere Kirche die Reliquien anerkennt, eignen sie sich zur Verehrung. Denn im Grunde geht es gar nicht um ihre Echtheit, sondern allein um den Glauben, den der Christ in ihre Kräfte setzt. Ebenso, wie man nicht etwa die Heiligen anbetet – diese Ehre gebührt Gott allein –, sondern sie lediglich bittet, beim Herrn als Fürsprecher zu wirken.«

»Das werden sie gewiß gern tun«, höhnte Tughril, »wenn ihr sie aus ihren Gräbern zerrt, zerstückelt und in alle Welt zerstreut! Am Jüngsten Tag werden die armen Märtyrer im ganzen Christenreich umhereilen und sich erst in Rom Beine einschrauben, dann in Spanien Finger anfügen, in Paris den Kopf aufsetzen und nach Köln aufbrechen, um sich dort ihre Zähne zu holen! Und solcherart zerstückelte Leichen sollen dann auch noch Wunder bewirken!«

Ein neuer Hustenanfall erschütterte den Magister, und das Rasseln seiner Lungen klang noch schlimmer als zuvor. Besorgt sahen wir zu, wie der Dämonologe nach Luft rang. Ludger von Nogent sprang auf und klopfte seinem Gast kräftig auf die Schultern. Erst nach bangen Minuten löste sich endlich der Krampf in der Kehle des Alten. Schweratmend stützte er den Kopf in beide Hände. Dann gewann er die Gewalt über seine Stimme zurück und erklärte:

»Die Kraft des Heiligen ruht unvermindert noch im kleinsten Teil seiner Überreste, ganz gleich, wie lange er schon tot ist. Öffneten nicht Moses und Josua einst beim Auszug aus Ägypten die Gräber der Patriarchen, um die Gebeine Jakobs, Josephs und der anderen Väter mit in das Gelobte Land zu nehmen?«

»Und wenn ich mich recht entsinne«, fügte Bruder Maurus hinzu,

»zeigt sich der Reliquienglaube auch in anderen Religionen verankert. Stellt man in Mekka nicht bis heute die spärlichen Barthaare des Propheten aus?«

Tughril verschluckte sich, hustete und lief rot an. Freundschaftlich mahnte Ludger von Nogent: »Trinkt nicht so hastig, Freund! Im Baskenland ist man solch glutvollen Wein nicht gewohnt.«

»Ebensowenig wie bei den Mahometanern«, grinste der Mönch und rülpste. »Wenn ich an diesen Heiden überhaupt etwas schätze, dann ihre Selbstbeherrschung beim Zechen. Obwohl sich auch dort nur die wahren Gläubigen eine gewisse Zurückhaltung auferlegen. Es soll genug Muselmänner geben, die das Verbot des Propheten nicht mehr kümmert als ein Fliegenschiß. Die saufen Wein wie ihre Kamele Wasser.«

Tughril wollte aufspringen, doch Tyrant du Cœur hielt den Türken mit ehernem Griff auf dem Stuhl. »Immer noch besser, mit Wein zu sündigen als mit Weibern«, knirschte der Seeräuber bebend vor Zorn. »Euer Vater war wohl beiden Lastern verfallen, da er sich offenbar trunken mit einer Äffin vergaß!«

Bruder Markus sprang mit dumpfem Brüllen auf die Füße. Ich packte den linken Arm des Riesen, Ludger von Nogent hängte sich mit dem gesamten Gewicht seines Körpers an die schon zum Schlag erhobene rechte Faust.

»Laßt mich los!« keuchte der dunkelgesichtige Riese, »damit ich diesen Giftzwerg wie eine Wanze zerquetsche!«

»Los doch, Fettwanst!« zischte Tughril ohne Furcht. »Ich reiße Euch die Christenglocken ab!«

Doktor Cäsarius verbeugte sich vor dem Ordensritter. »Es tut mir leid«, murmelte der Magister bedrückt, »aber der starke Saft von Samos...«

»Das macht doch nichts!« rief Ludger von Nogent fröhlich, »auf solchen Seereisen dankt man für jede Art von Kurzweil. Seit uns die Türken überall auflauern, sind Späße und lustige Dinge selten geworden!« Mit geübtem Stoß trat der Ordensritter dem Mönch in die Kniekehlen, und ächzend sank Bruder Maurus auf seinen Stuhl. Der Johanniter beugte sich zu ihm herab und sagte freundlich: »Beruhigt Eure Leber, Bruder Mönch! Ich will Euren Humpen nachfüllen. Es ist wahrer Männer nicht würdig, sich wegen eines Wortes zu entzweien, das im Wein gesprochen wurde.«

Tyrant du Cœur hob seinen Pokal. »Trinkt mit mir lieber auf das, was uns vereint!« meinte er mit Betonung.

Tughril und Bruder Maurus tauschten einen mißmutigen Blick. Dann hoben sie gleichfalls die Becher und wünschten einander Gesundheit und langes Leben. Ihre Stimmen klangen jedoch gepreßt, und es war beiden anzusehen, daß sie nur auf die Gelegenheit warteten, dem Gegner die erlittene Schmach heimzuzahlen.

SECTIO II

Unter den Himmelslichtern der Krippe von Bethlehem, die von den Heiden einst für eine Leier gehalten wurde, betteten wir uns zur Ruhe. Ich wartete, bis die anderen eingeschlafen waren, um mich dann endlich dem Magister anzuvertrauen. Doch als ich mich erheben wollte, rüttelte mich eine harte Hand an der Schulter.

»Still! Steht auf und folgt mir«, flüsterte Doktor Cäsarius.

Hastig schälte ich mich aus den Decken und folgte dem Dämonologen zum Vorschiff. Ein leichter Wind strich über die See.

»Was ist?« fragte ich verwundert.

»Geduld!« raunte mir Doktor Cäsarius zu. »Setzt Euch!«

Gehorsam ließ ich mich auf die Planken nieder. Eine sanfte Dünung wiegte das Schiff. Der Wind frischte auf. Fröstelnd warf ich mir ein Schaffell um die Schultern.

Der alte Magister blickte mich eine Weile nachdenklich an. Das fahle Licht des Mondes ließ sein runzliges Antlitz wie das eines Hundert-, ja Tausendjährigen erscheinen. Der edle Glanz uralten Wissens schimmerte in seinen Augen. Mit leiser Stimme begann er zu sprechen:

»Was ich Euch jetzt zu sagen habe, wird Euch gewiß überraschen. Denkt aber immer daran, daß ich nicht aus übereiltem Entschluß heraus handele, sondern nach reiflicher Überlegung! Ihr habt gehört, was der Papst zu mir sagte. So wie mein Name, beginnt auch das erste Wort unserer Weissagung, ›caput‹, mit C. Ich soll den Feldzug anführen. Nun aber wird es Zeit, daß ich mein Wissen mit einem Helfer teile.«

»Warum?« fragte ich furchtsam. Mein Herz schlug wie eine Trommel. »Hat das vielleicht etwas mit Eurem Husten zu tun?«

Doktor Cäsarius nickte. »Es wird immer schlimmer«, gestand er. »Manchmal friere ich nachts schon wie König David. Eine Krankheit, ich weiß nicht welche, zerfrißt mir die Brust. Was wird geschehen, wenn ich sterbe? Tyrant du Cœur ist ein tapferer Mann, doch seine Stärke liegt im offenen Kampf. Der Teufel ist kein Ritter! Er bevorzugt den tückischen Anschlag aus dem Versteck. Tughril und Bruder Maurus können gleichfalls als wackere Kämpfer gelten. Doch ihr Stolz erscheint zu grob, ihr Zorn zu ungehemmt. Ein solcher Mut ist mörderisch und wählt das Opfer oftmals nach dem Zufall aus. Nein, zur Magie taugt keiner von beiden. Darum beschloß ich, Euch in die Geheimnisse meiner Kunst einzuweihen, soweit ich es vermag in der kurzen Zeit, die uns zur Verfügung steht. Noch heute nacht will ich damit beginnen.«

Ich blickte mich unsicher um. »Und wenn uns jemand belauscht?« fragte ich.

»Die anderen schlafen fest. Sie werden nicht vor dem Morgen erwachen«, erwiderte der Magister.

»Woher wollt Ihr das so genau wissen?« staunte ich. »Der Posten, den ich dort hinten am Heck sah, wird sich wohl kaum erlauben, jetzt ein Nickerchen zu machen.«

»Doch«, sagte Doktor Cäsarius. »Ich warf ein paar Späne von Agallocheholz über ihn.«

»Agalloche?« fragte ich verwundert. »Wo wächst dieser Baum?«

»Auf Taprobane im indischen Meer«, antwortete der Magister und zeigte mir einige purpurne Splitter in einem braunen Lederbeutel. »Die Äthiopier räuchern damit ihren Göttern«, berichtete er. »Die Araber nennen das Holz Aghadudjy, die Juden Ahaloth. Diesem Zauber ist kein menschliches Auge gewachsen. Der brave Mann wird schlummern, bis ich ihn wieder erwecke, und danach vergessen haben, daß er schlief. Auch um die anderen braucht Ihr Euch keine Sorgen zu machen.« Wieder funkelten silberne Punkte in seinen Augen. »Wahrscheinlich werde ich noch eine ganze Weile leben«, fügte er mit einem leisen Lächeln hinzu. »Und je besser Ihr mir beisteht, desto weniger muß ich mich plagen.«

Erstaunen wogte nun über die Ebene meines Verstandes, so wie die Flutwelle des Flusses eine flache Insel überspült. Einige Herzschläge lang saß ich stumm da, keines geordneten Gedankens fähig. Erst nach einer ganzen Zeit faßte ich mir ein Herz und fragte:

»Mich wähltet Ihr, Doktor Cäsarius? Schwebe ich denn nicht selbst in Todesgefahr? Euer Leib mag vielleicht alt und hinfällig sein. Wie aber steht es um meine Seele? Euch verfolgt eine schmerzhafte Krankheit, mich aber hetzt ein grausamer Dämon!«

»Ihr seid von uns allen der Jüngste«, antwortete der Magister entschieden. »Außerdem wurdet Ihr in der Theologie ausgebildet und versteht auch etwas von Heilkunst. Damit erfüllt Ihr die zwei wichtigsten Bedingungen für das Studium der Magie. Niemandem sonst wollte ich mein Wissen anvertrauen. Beten wir, daß es Euch hilft, das heilige Haupt aus den Klauen des Antichrist zu befreien.«

»Ihr sprecht, als lägt Ihr schon auf dem Totenbett«, flüsterte ich furchtsam. »Wie sollen wir ohne Euch den Satan besiegen?«

»Ich beabsichtige nicht, heute oder morgen zu sterben«, versetzte der Dämonologe. »Aber ich muß rechtzeitig Vorsorge treffen.«

Er hustete und wischte wieder einen dünnen Blutfaden von seinem Kinn. »Schwört mir, daß Ihr alles, was ich Euch jetzt anvertraue, für immer in Eurem Herzen verschließt!« forderte er. »Schwört mir, über alles zu schweigen, was ich Euch eröffne. Schwört mir, daß Ihr Euer Wissen stets nur für das Gute verwendet!«

»Ich schwöre es«, murmelte ich. Ein Strom neuer, unbekannter Gedanken durchwallte mein Gehirn, so wie ein ungelenkter Wildbach plötzlich ein trockenes Tal näßt. Die grünen Augen des Dämonologen bohrten sich in die meinen, und stärker als je zuvor spürte ich ihre bezwingende Kraft.

Doktor Cäsarius kniete sich auf das Deck und winkte mir, es ihm gleichzutun. Voller Demut neigte ich das Haupt.

»Jao Sabaoth Adonai Elohe«, begann der alte Magister. Seine zitternden Fingerspitzen zeigten auf meine Stirn. Dann sprach er mit brüchiger Stimme die sieben salomonischen Eide. »Wiederholt sie!« forderte er.

Stockend sagte ich die nie zuvor gehörten Worte auf, die seither meinen Mund kein zweites Mal verließen. Dann griff der Dämonologe in seinen Talar und holte ein winziges, purpurnes Fläschchen mit goldenem Stöpsel heraus. Seine Lippen beteten das apostolische Glaubensbekenntnis. Dann goß der Magister ein wenig vom Inhalt des Glasbehälters auf ein seidenes Tuch.

»Agnus Dei«, wisperte er. »Lamm Gottes, du nimmst hinweg die Sünden der Welt...«

Langsam malte Doktor Cäsarius mit der fremdartigen Flüssigkeit ein Kreuzzeichen auf meine Stirn. Beklommen fragte ich mich, was das Fläschchen wohl enthalten mochte. Das Mal auf meiner Haut brannte wie Feuer, und ich biß mir vor Schmerz auf die Lippen.

Der alte Magister schien meine Qual nicht zu bemerken. »Lamm Gottes«, betete er von neuem, »misereor nos – erbarme dich unser!«

Das Kreuz brannte immer stärker. Die bunten Sterne begannen zu flackern. Der kalte Wind trocknete den Schweiß auf meinem Gesicht, und ich fühlte, wie meine Züge vor Kälte erstarrten.

»Lamm Gottes«, flüsterte Doktor Cäsarius zum dritten Mal, »gib uns den Frieden!« Ein lichter Schein strahlte um das schüttere Haar des alten Magisters, und einen Augenblick lang dachte ich: So müssen die Israeliten Moses gesehen haben, als er mit den Zehn Geboten vom Berg Horeb niederstieg. Vor meinem inneren Auge erschien der Heiland am Kreuz, und im gleichen Moment durchzuckte mich eine Erkenntnis, die mir nur der Himmel eingegeben haben konnte. Tränen traten mir in die Augen, doch diesmal vergoß ich sie nicht aus Schmerz, sondern aus Reue. Denn ich erkannte, daß das Salböl auf meiner sündhaften Stirn einen winzigen Tropfen vom Blut des Erlösers enthielt.

Lange Zeit schwiegen wir, und ich betete viele Male zu Gott. Inbrünstig sprach ich die Anfangsverse des 83. Psalms: »Schweig doch nicht, oh Gott, bleib nicht still, oh Gott, bleib nicht stumm! Sieh doch, deine Feinde toben; die dich hassen, erheben das Haupt...« Als ich mich wieder gesammelt hatte, fragte ich den Magister:

»Fürchtet Ihr denn nicht, daß ich zum Judas werde? Tyrant du Cœur wird in seiner Treue nicht schwanken, Bruder Maurus als Mönch den Glaubenspfad nicht verlassen, und der Herr schickte uns doch wohl kaum einen Heiden, nur damit dieser uns hintergehe! Ihr selbst schließlich seid über jeden Zweifel erhaben. Wen anders als mich kann das sibyllinische Orakel also meinen?«

»Ihr irrt Euch«, antwortete der Magister ruhig. »Entsinnt Euch doch, welche Weissagungen der Heilige Vater in den Sibyllinischen Schriften fand! ›Die Rettung geschieht durch ein Findelkind‹, hieß es an einer Stelle in dem Orakelbuch. Aus diesen Worten geht ganz eindeutig hervor, daß Satan das geraubte Haupt an einen Menschen verlieren wird, der als Kind ausgesetzt wurde. Und da wir anderen unsere Eltern kennen, könnt nur Ihr dieser Retter sein.«

SECTIO III

Fassungslos starrte ich Doktor Cäsarius an. »Ich?« fragte ich erschrocken. »Ich soll Satan besiegen?«

»Durch Gottes Gnade«, antwortete der Magister ernst, »traf ein Kiesel aus wollener Schleuder die Schläfe des eisengepanzerten Riesen. So tötete David Goliath. Auch Ihr könnt selbst den stärksten

Feind bezwingen, solange Ihr göttlicher Hilfe würdig bleibt. Nun aber öffnet die Kiste!«

Ich blickte in die grünen Augen, und immer stärker bedrängte mich der Wunsch, dem Magister endlich meine Sünde mit jener Traumgestalt in Padua zu beichten. Aber im Blick des Alten lag so viel Zuneigung und Vertrauen, daß ich nicht den Mut aufbrachte, ihn mit der Wahrheit zu enttäuschen.

Der brennende Schmerz auf meiner Stirn ließ langsam nach. Doktor Cäsarius legte mir sanft die Hand auf die Schulter und nickte mir zu. Dann stand der Dämonologe auf, stieg in den Wagen und winkte mir. Ich folgte ihm klopfenden Herzens.

Im Schutz der Plane entflammte Doktor Cäsarius ein kleines Windlicht aus Wachs. Wir lagerten uns auf Fellen. Leise schlugen niedrige Wellen gegen die Bordwand des Schiffs. Der alte Magister hob die Rechte, und plötzlich war mir, als hemme diese Hand den Fluß der Zeit, als stünden die Sterne auf einmal unverrückbar am Himmel, als warte auf uns kein neuer Tag mehr. Dann begann der Dämonologe zu sprechen:

»Die meisten Menschen glauben, daß die Magie erst von den Heiden erfunden wurde, um den Christen zu schaden. Selbst Bischöfe und Kardinäle denken so. Was für ein Unsinn! In Wirklichkeit sind die magischen Künste so alt wie die Menschheit. Der erste, der sie beherrschte, war Adam selbst.«

Ich blickte den alten Magister staunend an und öffnete den Mund zu einer Frage. Er aber gab mir ein Zeichen zu schweigen und fuhr fort:

»Ja, Dorotheus. Adam, der Ahnherr des Menschengeschlechts, wirkte den ersten Zauber. Da er vom Baum der Erkenntnis aß, kannte er alle Geheimnisse der Schöpfung. Im Koran steht, daß Adam sogar die Engel an Klugheit übertraf. Nach dem Sündenfall stieg er bis zum Hals ins Wasser des Jordan, um Buße zu tun, und sprach zu dem Fluß: ›Ich befehle dir, Jordan, betrübe dich mit mir!‹ Und von Stund an blieb das Wasser des Flusses stehen, vierzig Tage lang. So lesen wir es im Buch des Lebens Adams und Evas, das ebenso heilig ist wie die Bibel selbst. Auch Adams Söhne im Lande Elda wirkten als Magier. Wie anders hätte Abel bewirken können, daß der Rauch seines Opfers trotz böiger Winde gerade zum Himmel stieg? Freilich, es geschah nach Gottes Willen. Denn Abel, der eigentlich Amilabes hieß, lebte gerecht. Kain aber, dessen wirklicher Name Adiaphotes, der Lichtlose, lautete, war in Wahrheit von Satan gezeugt. Auch Kain trieb Magie. Aber die Künste des Teufels verblaßten vor der Macht, die Gott Abel verlieh.«

Der nächtliche Wind zerrte heftiger an der Plane, und das kleine Licht begann zu flackern. Doktor Cäsarius sah sich mißtrauisch um. Dann erzählte er weiter:

»Adams dritter Sohn Seth erbte das magische Wissen von seinem Vater. Hätte der Jüngling sonst in das Paradies eindringen können, um Adam noch einmal eine Frucht vom Ölbaum Edens an das Totenbett zu bringen? Satan fiel Seth auf dem Weg in Gestalt einer Schlange an, doch Adams Sohn besiegte den Höllenfürsten.«

Eine besonders kräftige Welle schlug gegen das Schiff und ließ es schlingern. Der Dämonologe richtete sich auf und spähte durch eine Lücke der Zeltbahn. Dann fuhr er fort:

»Seths frommer Sohn Enos, der als erster auf Erden den Namen des Herrn rief, verabscheute Zauberei. Denn sie erschien ihm als Sünde. Darum vergaßen er und seine Nachkommen alle magischen Fähigkeiten ihrer Vorfahren. So waren sie hilflos, als in den Tagen Jareds, des sechsten Urvaters nach Adam, abtrünnige Engel vom Himmel herabstiegen, um mit den Menschentöchtern Unzucht zu treiben. Darum verlieh Gott Jareds Sohn Henoch magische Kräfte. Die sündhaften Himmelswesen schwängerten die Schwestern Henochs und pflanzten auf diese Weise den Samen des Bösen in die Welt. Doch der Prophet erkannte die Zeichen des Himmels und sagte den schlechten Engeln ihr Verderben voraus.«

Der alte Magister griff in seinen roten Talar und zog das schwarze Büchlein heraus. »Gewiß kennt Ihr Henochs Bericht«, sprach der Dämonologe. »Dem Unkundigen aber sagen Henochs Gedanken nur wenig. Erst der geschärfte Geist findet darin einen Schlüssel zum Tor der Erkenntnis.«

Mit diesen Worten schob der Magister das schwarze Buch wieder in seine Tasche, faßte mich scharf ins Auge und fuhr fort:

»Henoch entdeckte die alten Geheimnisse der Magie aufs neue. Er war es auch, der Buchstaben und Zahlen erfand. Darum wird er seit alters her von allen Menschen verehrt, manchmal auch unter ganz anderem Namen: die heidnischen Ägypter nannten ihn Thot und hielten ihn für einen göttlichen König. Sie glaubten, er habe 3226 Jahre lang über das Nilland geherrscht und in dieser Zeit mehr als 36000 Bücher geschrieben, in denen alle Regeln der Natur verzeichnet seien. Die Babylonier nannten ihn Nabu. Die Griechen hielten ihn für eine Gottheit mit Namen Hermes. Später gaben sie ihm den

Beinamen Trismegistos, das heißt: der dreimal Mächtigste. Alexander der Große fand einst in Ägypten Henochs Grab und darin eine smaragdene Tafel mit dem Testament des Propheten. Aber durch die Berührung des Leichnams erkrankte der Welteroberer; später, in Babel, starb er daran. Die Tafel ist seitdem verschwunden. Hier, stärkt Euch!«

Der alte Magister beugte sich über das kupferbeschlagene Kästchen und zog das Fläschchen aus grünem Kristall hervor, aus dem ich schon am Drachenfels getrunken hatte. Als er mir das funkelnde Glas vor den Mund hielt, zuckte ich ein wenig zurück. Doktor Cäsarius lächelte und sprach: »Noch immer argwöhnisch, Dorotheus? Welche Geheimnisse soll ich denn noch mit Euch teilen, damit Ihr mir endlich vertraut? Ja, damals am Rhein schlieft Ihr nach diesem Tropfen ein. Jetzt aber wird Euch das gleiche Getränk ermuntern, als wäre es Tag. Denn dieser Saft verstärkt den Willen. Er schließt dem die Augen, der zu schlummern wünscht, und weckt den, der wachen will, auf.«

Gehorsam setzte ich das Gefäß an die Lippen. Der sonderbare Saft rann wie ein Tropfen glühenden Eisens durch meine Brust hinab.

»Ich werde Euch die Zusammensetzung später erklären«, versprach der Dämonologe. »Nun aber hört: Noah war der nächste, der überirdische Kräfte zu nutzen verstand. Im 1. Buch Moses steht ja genau beschrieben, wie er die Vögel zu seinen Dienern machte, ehe er auf dem Lubar landete, dem höchsten Gipfel des Ararat.«

Doktor Cäsarius ließ mich noch einmal trinken, nahm auch selbst einen Schluck und setzte dann seine Erzählung fort:

»Serug, der 7. Urvater nach Noah, lebte in Chaldäa. Dort lernte sein Sohn Nahor, nach Art der Babylonier zu weissagen und zu zaubern. Ihr habt davon gewiß im Buch der Jubiläen gelesen, das den Schriften der Genesis an Alter und Ehrwürdigkeit nicht nachsteht. Ach, hätten Hieronymus und die anderen Kirchenväter dieses erhabene Werk doch in den Kanon der Heiligen Schrift aufgenommen! Kaum ein anderes Buch enthält soviel nützliches Wissen. Doch weil die Jubiläen nicht als Bestandteil der Bibel anerkannt sind, müssen die meisten Menschen die Weisheit dieser Aufzeichnungen entbehren. So wissen sie nicht, daß Abraham schon als Knabe zu Ur die gierigen Saatkrähen mit einem Zauber von den Feldern des Vaters vertrieb: er schnitzte ein krummes Holz und zog damit eine Furche. Dann gab er das kostbare Saatgut hinein und deckte es schützend mit Erde zu.«

Gebannt lauschte ich den Worten des Alten, und eine neue, reichere Welt des Glaubens begann sich vor meinem inneren Auge zu formen. Doktor Cäsarius hustete verhalten und berichtete weiter:

»Über die Zauberkraft Jakobs berichtete ich Euch schon am Drachenfelsen. Auch Jakobs Sohn Joseph wirkte als Magier. In seinem silbernen Becher las er die Zukunft und deutete auf diese Weise die Träume des Pharao. Man nennt diese Art der Weissagung ›Hydromantie‹.«

»Aber zu dieser Zeit lebten doch auch in Ägypten Magier«, wandte ich ein, »ebenso wie bei den Assyrern und Arabern, Persern und Phöniziern, Syrern und Sabäern, die allesamt nicht jünger als das Volk Gottes sind.«

»Ihr habt recht«, versetzte der alte Magister. »Steht nicht in Josephs Testament, wie Suleika, die lüsterne Ehefrau Potiphars, den Sohn Jakobs zur Unzucht verführen wollte? ›Sie schickte mir eine Speise mit Zauberei vermischt‹, schilderte er, ›als der Verschnittene kam, der sie mir brachte, blickte ich auf und sah einen furchtbaren Mann, der mir mit der Schüssel ein Schwert überreichte.‹ Dank seiner magischen Fähigkeiten durchschaute Joseph also den versteckten Zauber der Sünderin. Wie Moses und Aaron ließen auch Jannes und Jambres Frösche in schier unglaublicher Menge aus dem Nil steigen. Das hatte sie der Teufel, der Affe Gottes, gelehrt. Der Seher Bileam wiederum, der die Israeliten im Auftrag der Moabiter verfluchen sollte, stammte aus Petor am Euphrat. Und so gab es zu allen Zeiten noch viele andere Zauberer unter den Menschen.«

Immer noch standen die Sterne still. Auch der Mond rückte nicht weiter. Die Wolken verharrten auf ihrem Platz, und selbst der Wind wagte nicht mehr zu wehen, als der alte Magister nun die Namen der großen Magier aus den vergangenen Zeiten nannte.

»Xisuthros war der erste. Er lebte in Akkad. Selbst die Sintflut vermochte ihn nicht zu versehren, denn als der Regen fiel, verwandelte er sich in einen Fisch. Gott aber erkannte die List und verdammte den Zauberer dazu, für immer als stummes Flossentier weiterzuleben. So konnte der größte Magier Mesopotamiens sein Wissen an niemanden weitergeben.

Belus war der zweite. Als einziger von den Zauberern, die einst den Turm zu Babel erbauten, entging er dem Gericht Gottes – doch nur um den Preis, für immer im Strunk der Ruine lebendig begraben zu sein. Wehe dem, der dort nach Schätzen sucht und dem Magier dadurch den Weg in die Freiheit öffnet!

Zoroaster hieß der dritte. Er lebte in Persien, 500 Jahre vor Moses. Sein Werk umfaßte zwei Millionen Zeilen. Nichts blieb ihm fremd. Als erster Sterblicher nach Henoch fuhr er zum Himmel auf.

Der vierte war Orpheus aus Thrakien, den die Griechen als Gottheit der Geheimnisse verehrten. Mit seiner verzauberten Leier brachte er die Toten aus der Unterwelt zurück.

Der fünfte war Bakis, der Herrscher der Nymphen. In grauer Vorzeit hauste er an Phrygiens Küsten. Vögel, Schlangen, ja sogar Bäume und Büsche sprachen mit ihm.

Der sechste war der Ägypter Chemes, Herr der unbelebten Stoffe. Sein Wissen stahl er aus Henochs Schriften, doch er verwandte es zu bösen Taten. Zur Strafe liegt er für immer in einem See von brennendem Schwefel.

Der siebente war Osthanes, der Meder. Er folgte König Xerxes auf seinem Feldzug gegen die Griechen. Aus Totenschädeln deutete er die Geschicke der Menschen. Seine in sieben Sprachen geschriebenen Bücher halfen einst Alexander, die Welt zu beherrschen.«

So zählte der Dämonologe Namen um Namen auf. Einige kannte ich aus der Bibel, doch auch über sie erfuhr ich vieles, was ich bis dahin nicht wußte: daß Hiob den Stein der Weisen besaß, nach ihm erst Salomo. Später nutzte auch Alexander der Große die Kraft dieser Kostbarkeit, ebenso wie die heidnischen Philosophen Pythagoras und Demokrit, schließlich sogar der Arzt Galen aus der Teufelsstadt Pergamon! Im 2. Buch der Chronik steht über Judas König Manasse: »Er ließ im Tal Hinnom seine Söhne durch das Feuer gehen, trieb Zauberei, Wahrsagerei und andere geheime Künste, bestellte Totenbeschwörer und Zeichendeuter« – doch daß der Herrscher Jerusalems wissentlich dem bösen Belial diente, dem Fürsten des Unrechts, der oft auch unter dem Namen Matanbutuk erscheint, das erfuhr ich erst von Doktor Cäsarius.

Auch über andere Gestalten aus der Geschichte des Gottesvolkes hörte ich Einzelheiten, die mir bis dahin unbekannt geblieben waren: die Worte, die Elias sprach, als er mit seinem Mantel die Wasser des Jordans teilte; die Formel, die Jezebel von Phönizien einst König Ahab ins Ohr flüsterte, um ihn zur Hurerei mit ihren Freundinnen zu verleiten. So brachte sie ihn zum Abfall von Gott. Zur Strafe fraßen später Hunde auf der Flur von Jesreel ihr Fleisch. Machtvoll klang das Gebet in meinen Ohren, mit dem einst der Prophet Elischa in Gilgal auf wunderbare Weise das Brot für seine Gäste vermehrte; erschrokken vernahm ich die furchtbaren Verfluchungswünsche, mit denen Simon Magus einst einen unschuldigen Knaben tötete, um sich den Geist des Kindes für immer als Sklaven dienstbar zu machen.

Danach berichtete mir der alte Magister von vielen zauberkundigen

Männern, die ich aus Schriften der Kirchenväter kannte. Unter diesen Magiern gab es Gute und Böse, Wohltäter und Verbrecher, Gottgefällige und Verdammte. Frei von Schuld lebte Sokrates, der Philosoph, der sich von einem Geist die Zukunft weissagen ließ. Nieste der Dämon nach rechts, so bedeutete das »Ja«, nieste er aber nach links, war das als »Nein« zu verstehen. Der Wundertäter Empedokles aus Agrigent in Sizilien konnte Tote erwecken und Regen herbeizaubern. Der Seher Melampus aus Pylos auf der Peloponnes verstand die Sprache der Vögel und ließ sich von ihnen prophezeien. Epimenides aus Kreta schlief dreißig Jahre lang in einer Höhle und überlebte drei Jahrhunderte. Zahlreicher waren die Zauberer, die sich der Schwarzen Magie bedienten: Auf der Insel Aiaia verwandelte die lasterhafte Circe Menschen in Schweine. Die thessalische Hexe Canidia hielt Jungfrauen gefangen, um sich mit dem Monatsblut der Wehrlosen zu verjüngen. Und erst die Römer! Babilus, Neros Hofastrologe, las die Namen frommer Christen in den Sternen und verriet sie dem Kaiser. Nero ließ die Gläubigen gefangennehmen und bei lebendigem Leib als Laternen verbrennen. Der Zauberer Maximus beschwor für Julia, die Sonnenpriesterin vom heiligen Homs und Gemahlin des Kaisers Severus, in einem verfallenen Tempel zu Ephesus einen Incubus. In brünstiger Begierde öffnete die liebestolle Kaiserin zuerst dem Dämon, danach auch dem Magier den Schoß. Die Hexe Pamphilia bestrich sich mit Zaubersalbe, klebte sich Federn an und flog in Gestalt einer Eule zum Fest der Unterweltsgötter, um sich mit dem Höllenfürsten Pluto zu paaren. Tullus Hostilius, Roms dritter König, erkühnte sich gar, um die Dämonin Juno zu werben. Als er sie mit magischen Mitteln zwang, zu ihm herabzusteigen und vor ihm ihre Scham zu entblößen, wurde er von dem Höllengeist Jupiter in einem Feuer von Blitzen verbrannt. Noch zur Zeit des Kaisers Valens, als das Christentum schon gesiegt hatte, versammelte der Magier Jamblichos in einem Landhaus bei Rom 24 Zauberer und versuchte, die Zukunft des Heidentums aus dem Krähen eines Hahns zu enträtseln.

Das Licht des Mondes spiegelte sich auf der See wie in einem silbernen Teller. Aufgewühlt aber wogten die Wasser im Meer meiner Seele, als ich an das Leid dachte, das jene gottlosen Magier über die Menschen gebracht hatten. Wenn Kynops wieder zurückgekehrt war, konnten dann, dachte ich, nicht auch die anderen Zauberer aus der Vergangenheit wiederkommen und neue Verbrechen begehen?

Doktor Cäsarius ließ mir jedoch keine Zeit, länger darüber zu sinnen, sondern berichtete weiter. Hadad von Baalbek mauerte seine

Opfer in Säulen ein und ließ diese umstürzen, um sich daran zu freuen, wie sie samt ihren Opfern zerbrachen. In Mekka umwickelte Lucaines eine Wachsfigur Mahomets mit verknoteten Schnüren und durchbohrte sie mit Nadeln, um den Propheten seiner Männlichkeit zu berauben. Doch Mahomet erkannte den Anschlag, fand die Figur und löste den Zauber durch Verse aus dem Koran. Die Ophiten entführten Frauen und vergewaltigten sie mit Hilfe abgerichteter Schlangen. Als schlimmste von allen gelten die Ssabier von Syrien, über die ich später noch zu berichten habe.

»Wer aber«, fragte ich endlich, »waren die mächtigsten Magier, die jemals lebten? Handelten sie als Helfer des Herrn oder als Sklaven der Sünde?«

»Sie waren gute Menschen, doch nun sind alle tot«, antwortete der Magister. »Prägt Euch die Namen ein – von manchem werdet Ihr bald lesen. Bartim der Brahmane schrieb ›Das Meer der Seele‹ – kein anderes Buch erhellte den Trug des Teufels besser. Kinas, der Inder, der über 600 Jahre lang lebte, schuf die ersten Amulette gegen böse Geister. Kanka, sein Landsmann, zog schon vor 4000 Jahren vom Indus zum Nil und gründete dort die Stadt Memphis. Er fand die Zahlen, die einander lieben, so daß man mit ihrer Hilfe Menschen, ja ganze Völker zusammenzuführen vermag. Ein weiterer Inder, Azim mit Namen, baute im fernen Dongola am Nil, im äußersten Süden Libyens, ein Becken aus schwarzem Marmor, dessen Wasser niemals versiegt. Utarid, der Weise von Babel, schrieb sieben Bücher über »Die Lebenden und die Toten«. Wer seine Erkenntnis versteht, kann seinen Weg nie verfehlen. Aristoteles aus Stagira in der Nähe des Berges Athos zählte die Summe der göttlichen Schöpfung zusammen – niemand verfaßte ein wichtigeres Werk. Aber der mächtigste aller Magier war Apollonius von Tyana. Denn er vereinte Wunderwissen der Inder und der Ägypter, der Babylonier und der Hellenen, der Juden und auch der Christen, so daß man ihn den zweiten Jesus nannte.«

SECTIO IV

Doktor Cäsarius öffnete eine Kiste aus Zedernholz und ließ mich einen Blick hineinwerfen. »In dieser Truhe«, erklärte der Dämonologe dann, »findet Ihr die bedeutendsten Bücher der Weißen Magie. Lest sie! Der grüne Trank hält den Schlaf von Euch fern, bis der Tag graut.

Dann ruht aus! Morgen nacht könnt Ihr weiterstudieren. Sagt aber niemandem etwas davon!«

Ich nickte und holte die uralten Schriften heraus. Mein Auge fiel auf Namen und Titel, die mich anfangs oft erschütterten oder erschreckten. Von den meisten Werken waren nur wenige Ausgaben über die Zeiten gerettet worden, manche gab es sogar nur noch ein einziges Mal auf der Welt.

Am ältesten schien mir das fünftausendjährige Werk des Königs Sargon von Akkad über die Wahrsagekunst der Chaldäer. Nur wenig jünger dünkte mich der Bericht des Babyloniers Andahrius, mit dessen Formeln Doktor Cäsarius zu Heisterbach den Kynokephalus bezwingen wollte. Reich an Jahren mochten auch die Zauberbücher des Isidorus von Medien sein, der einst das letzte Einhorn zähmte. Als besonders kostbare Schätze empfand ich das Erzengelbuch des Moses, das Testament Rubens und das gefährliche Tiquane der Nabatäer. Neben Platos Zauberbuch »Timaios« erkannte ich die verschlüsselten Briefe des Asklepios. Neben den geheimschriftlichen Gesängen der Arvalbrüder zu Rom lagen die rätselhaften Reden des Abaris, den man auch »Aerobates« nannte, weil er durch die Luft zu schreiten vermochte. Die Akten aus dem Prozeß gegen den Afrikaner Apulejus, der unter Marc Aurel der Zauberei angeklagt wurde, fand ich im Wahrsagebuch »Die Frucht« des Ptolemäus von Alexandria. Die eigentümlichen Einweihungseide der Essener waren aus Gründen, die ich damals noch nicht verstand, mit der Apokalypse des hl. Petrus zusammengebunden.

Die »Ägyptischen Mysterien« des Panchrates, der auf Krokodilen zu reiten vermochte, standen neben den »Indigamenta« des Numa Pompilius, des zweiten Königs von Rom, der sich der Nymphe Egeria in Liebe verband. Die Aufzeichnungen des Arignotus, der zur Zeit Kaiser Hadrians aus einem Haus in Korinth das Gespenst eines darin Ermordeten austrieb, entdeckte ich bei der »Himmelswanderung« des Alexandriners Nechepso, in der für alle Zeiten festgehalten ist, wie man die altägyptischen Dämonen rief. Hinter den Liedern des Amphiaraos, der mit den Argonauten nach Kolchis fuhr, raschelten die Rollen des Kynikers Sallustinus, der glühende Kohlen auf seinen Schenkel legte und in die Glut blies.

Ein Schauer fuhr mir über den Rücken, als ich die magischen Zeichen des Ägypters Neneferkaptahs erblickte, mit den beiden Formeln, die zur Rückkehr aus der Unterwelt verhelfen. Mit ebenso großer Ehrfurcht blätterte ich in den Werken Dagrits, des Meisters der saturninischen Zaubervorschriften, und im »Buch der Seelengeißelung« von Numid, dem Mauren. Aus Arabien stammten die »Geheimnisse Merkurs« von Abu Bakr und das »Verwehrte Buch« Dschaffers aus Basra, der die Verse des Korans auf die Planeten verteilte und so als erster den hundertsten Namen Allahs erfuhr.

Älter wirkte das Buch »Kestoi« des Sextus Julius Africanus aus Jerusalem, der vor tausend Jahren die christliche Zeitrechnung begründete, jünger dagegen das fremdartige »Planetengebet« des Tilimsani. Zuunterst lagen die erst vor einem halben Jahrhundert verfaßten Werke des Albertus Magnus, zusammen mit den Arbeiten Arnolds von Villanova. Der letzte Band enthielt eine Abschrift des magischen Handbuchs »Das Ziel des Weisen« von dem Mauren Picatrix, das erst vor 38 Jahren auf Befehl des Königs Alfons von Kastilien in das Lateinische übersetzt worden ist.

Während der alte Magister ruhte, las ich in den Werken dieser außergewöhnlichen Männer, die ihr Leben der Erforschung der Geisterwelt geweiht hatten. Erst als der Morgen mit rotem Himmelsmund gähnte, bettete ich mich zur Ruhe.

Einen Tag später fuhr unser Schiff zwischen den Felsen jener Meerenge hindurch, an der vor Zeiten tiergestaltige Dämonen namens Scylla und Charybdis hausten. Doktor Cäsarius erzählte mir, daß der Apostel Petrus diese beiden Ungeheuer schon vor mehr als tausend Jahren ausgetrieben hatte. Danach entschwand Italiens Küste unseren Blicken, und wir segelten über das Ionische Meer.

Jeden Abend begann ich nun in den Büchern des Dämonologen zu blättern, und eine fremdartige, geheimnisvolle Welt erschloß sich meinem Verstand. Vieles in diesen geheimen Schriften erschien mir unfaßbar, manches andere aber seltsam vertraut. Und schließlich erkannte ich, wie schnell der Mensch verloren ist, wenn er sich nur auf seinen Verstand und die Wahrnehmungen seiner Sinne verläßt.

Was ich aus dem geschriebenen Wort nicht verstand, erläuterte mir der Magister mit seinem berufenen Mund. Keine meiner Fragen klang ihm so lächerlich, daß er sie nicht mit großer Geduld beantwortet hätte.

Als ich das 7. Buch Mosis studierte, das viele Heilmittel enthält, wunderte ich mich über die sonderbaren Bestandteile dieser Tränke: Hundezähne, in der Johannisnacht gesammelt und zu Pulver zerrieben, sollten gegen Fieber helfen, Galle von Aal und Forelle gegen ein schwaches Gehör und so fort. In anderen Büchern las ich von Biberhoden, Rattenhirn, Fliegendreck und vielen anderen ekelerregenden

Stoffen, ganz wie in den Fibeln der Quacksalber, die von Markt zu Markt ziehen und den dummen Bauern das Gold aus der Tasche ziehen. Selbst manche Ärzte scheuen sich ja nicht, an der Unwissenheit derer zu verdienen, die ihnen vertrauen. Der alte Magister erklärte mir dazu: »Ihr dürft Rezepte in magischen Büchern nicht wörtlich nehmen. Denn damit das heilige Wissen nicht auch Unwürdigen zuteil wird, benutzen die alten Meister bestimmte Bezeichnungen, die möglichst scheußlich klingen sollen, in Wahrheit aber nur Pflanzen und Steine bezeichnen. Dem Eingeweihten sind diese Begriffe natürlich bekannt: ›Schlangenblut‹ ist nichts anderes als zerstoßener Roteisenstein, ›Pavianshaare‹ nennt man den Samen der Anispflanze, ›Affentränen‹ den Anissaft, und ›Krokodilskot‹ steht für ein äthiopisches Gras. Die Milch der Maulbeere heißt ›Fuchsblut‹, das Mark des Beifußes ›Falkenherz‹, der ägyptische Dornstrauch ›Ibisknochen‹... Wer von Magie nichts versteht und sich dennoch vermißt, das Wissen der Alten stehlen zu wollen, kann dabei manche Überraschung erleben. Diese Fleischhacker und Zungenkrämer aber, die sich heutzutage als Ärzte verkleiden, traktieren ihre ahnungslosen Opfer tatsächlich mit Eulenaugen und Eselsurin..., man möchte es kaum glauben, daß jemand so etwas freiwillig schluckt.«

Die »Alchemie« des Zosimus mahnte, daß ein Magier stets Vorsorge treffen sollte, auch unsichtbare Dämonen rechtzeitig zu erkennen. Doktor Cäsarius erklärte dazu: »Jeder unreine Geist besitzt seinen eigenen Geruch. Die Schöne des Schlafs, Onoskelis, duftet wie Oleanderblüten. Rhabdos, der Riesenhund, riecht wie verfaulendes Fleisch. Der dreiköpfige Drakoryph strömt den Dunst von Dorschgalle aus. Der aasverzehrende Abezethibou verbreitet den Geruch von Geiern. Belphegor, Belial und viele andere Höllendämonen stinken nach Schwefel, und an dem Duft von bitteren Mandeln erkennt man den Satan selbst.«

Später gelangte ich an jene Stelle in den Erinnerungen des Esseners Eleazar, an der die seltsamen Worte stehen: »Das Auge erkennt die Herrschaft Satans, ohne ihn zu erblicken.« »Mit diesem Satz«, erklärte mir der Magister, »wollte der edle Eleazar erklären, daß der Christ, wenn er dem Teufel verfallen ist, alle anderen Menschen nur noch als Umrisse sieht wie Scherenschnitte oder Schatten an der Wand.«

Mit solchen Gesprächen verging die Zeit. Tyrant du Cœur und Bruder Maurus saßen oft mit den Ordensrittern zusammen – der eine hungrig nach Wissen, der andere durstig nach Wein. Der Türke Tughril hielt sich abseits und lauschte den Kampftaten, deren sich die Johanniter brüsteten, mit schlecht verhohlenem Grimm.

Die ganze Fahrt über begleiteten uns mildes Wetter und lauer Wind. Als wir schon darauf warteten, die südlichsten Gipfel der Peloponnes vor uns aus dem Meer auftauchen zu sehen, schliefen die Lüfte plötzlich ein. Statt wandernder Wogen plätscherten nur mehr winzige Wellen vor unserem Bug, und über die See legte sich eine seltsame, unwirklich scheinende Stille.

Ich rieb mir die müden Augen, gähnte und schlug die Decken beiseite, um ein wenig umherzugehen und meine schlaffen Glieder mit Frische zu erfüllen. Die Johanniter traten zur Bordwand und schauten verwundert ins Wasser. Tyrant du Cœur und Doktor Cäsarius wechselten einen Blick und blickten dann zu Bruder Maurus. Der Mönch zuckte die Achseln. Der Dämonologe gab ihm ein Zeichen. Mürrisch griff Bruder Maurus neben sich und rüttelte den Türken an der Schulter.

»Was ist los?« brummte Tughril verschlafen. »Gönnt Ihr einem ehrlichen Mann nicht einmal das verdiente Nickerchen zur Mittagszeit?«

Bruder Maurus deutete mit einem Nicken des Kopfes zum Vorschiff. Der Türke sah sich verwundert um. Dann sprang er auf die Beine und lief zur Bordwand.

Die letzten Wellen liefen kraftlos aus. Das Schiff hörte auf zu schaukeln und lag still wie auf Sand. Trotz der späten Jahreszeit schien eine kräftige Sonne am blauen Himmel. Kein Lüftchen regte sich. Die Ordensritter beratschlagten leise, ob sie die Ruder ins Wasser tauchen sollten. Ihr Flüstern durchbrach die Stille, die wie verzaubert erschien.

»An die Hölzer!« rief Tughril auf einmal. »Schnell, wendet das Schiff!«

»Was ist in Euch gefahren?« fragte Ludger von Nogent verblüfft.

»Dreht um!« schrie der Türke erregt. »Es geht um Leben und Tod!«

Einige Ritter lachten. »Dem hat wohl die Sonne zu stark auf den Schädel gebrannt«, hörte ich eine belustigte Stimme.

Tughril ballte die Fäuste. »Was ist mit Euch?« forschte der Kapitän. »Als Baske kennt Ihr die See gewiß so gut wie wir. Doch ich vermag nichts Verdächtiges zu entdecken!«

»Hört Ihr denn nicht?« brüllte Tughril wie von Sinnen und deutete auf sein gesundes Ohr. »Das Meer kommt!«

Der Türke stieß den Ordensritter grob zur Seite, eilte zum Ruder und warf sich mit aller Kraft gegen die Stange.

»An die Riemen!« keuchte er. »Sonst sind wir alle verloren!«

Ludger von Nogent schaute ihm kopfschüttelnd nach. Wir lauschten, doch sosehr wir uns bemühten, außer dem heftigen Atem des Türken war kein Laut zu vernehmen.

»Seid ihr denn alle taub?« erregte sich Tughril. »Hilft mir denn niemand?«

»Also gut«, meinte der Kapitän. »Wenn Ihr darauf besteht! Es scheint mir zwar ziemlich närrisch zu sein, aber wir wollen tun, was Ihr sagt.«

Er winkte seinen Männern zu. Die Ordensritter schoben lange hölzerne Ruder in die Halterungen. Der mangelhafte Eifer, mit dem sie den Befehl des Schiffsherrn befolgten, machte mich schmunzeln. Da schien mir plötzlich, als ob vom fernen Horizont ein leises Summen zu uns drang.

»Tughril hat recht«, flüsterte Doktor Cäsarius blaß.

Tyrant du Cœur erhob sich von seinem Sitzplatz und trat zu dem Türken. Gemeinsam drückten die beiden Männer das schwere Ruder so weit auf die Seite, wie es die Vorrichtung zuließ.

Bruder Maurus zog prüfend Luft in die breite Nase. »Irgend etwas stimmt hier nicht«, murmelte der Mönch.

Tughril ließ den Ritter am Ruder zurück, sprang in den Decksraum und kehrte mit zwei zusammengerollten Seilen zurück. »Bindet euch fest!« befahl er mit lauter Stimme.

Unsicher blickten die Ordensritter einander an. Ich kniff die Augen zusammen und spähte zum südlichen Himmelsrand, dorthin, wo Kreta liegen mußte. Wieder lauschte ich angestrengt. Ein tiefes Grollen schien aus der Ferne zu uns zu dringen. Es klang wie das Rumpeln eisenbeschlagener Räder.

Nun hörten auch die Johanniter das Geräusch. »Was ist das?« fragte Ludger von Nogent.

»Der Schimmel Scheitans!« rief der Türke. »Rudert schneller! Wir müssen ihm entgegen!«

Die Ordensritter gehorchten. Als die Sonne über dem Bug stand, richtete Tyrant du Cœur das Ruder wieder gerade. »Und nun alle Kraft in die Riemen!« herrschte der Türke die Männer an. »Je schneller wir fahren, desto eher werden wir überleben!«

»Tut, was der Baske sagt«, rief Ludger von Nogent und packte selbst eins der Schlaghölzer.

»Ihr auch! Rudert!« rief Tughril uns zu. »Wir brauchen jede Hand!«

Wir sprangen zu den Bänken und packten die glatten Griffe. Doktor Cäsarius saß neben mir. Vor uns ließ Bruder Maurus die Muskeln schwellen. Langsam setzte sich unser Schiff in Bewegung.

»Schneller! Schneller!« keuchte Tughril.

Das Dröhnen verstärkte sich, doch die See blieb spiegelglatt. Angestrengt spähte Tyrant du Cœur über unsere Köpfe hinweg. Seine starken Hände hielten das Steuer wie einen Schraubstock umklammert, und seine graublauen Augen leuchteten wie die eines Apostels.

»Da!« schrie er plötzlich. »Da vorn! Der Teufel!«

Erschrocken fuhr ich herum und starrte zum Horizont. Am Himmel schwoll eine düstere Wolke. Zwischen ihr und dem Wasser schimmerte ein weißer Strich, der mit jedem Herzschlag breiter zu werden schien.

»Jesus!« flüsterte Ludger von Nogent entsetzt. »Eine Woge, hoch wie ein Haus!«

Mit hastigen Bewegungen schlang sich der Kapitän ein Seil um seine Hüften und verknotete es an der Ruderbank. Die anderen Johanniter taten es ihm gleich. Doktor Cäsarius reichte mir ebenfalls eine Leine und befahl: »Macht mich neben Euch fest!« Tyrant du Cœur band sich mit ruhigen Griffen ans Steuer.

»Der Satan selbst schickt diese Flut!« stieß Bruder Maurus hervor. »Wo bleibt Eure Magie, Magister?«

»Zu spät!« rief Doktor Cäsarius. Das Antlitz des Alten war blaß wie gebleichtes Leinen. »Zauber erfordert Zeit, und ich bin kein Mann des Meeres!«

»Und der Drachenstein?« fragte ich bang.

»Er besitzt nur Macht über belebte Wesen«, erwiderte der Magister. »Gegen das Toben unbeseelter Mächte vermag er nichts.«

»Schneller!« schrie der Türke aus Leibeskräften. »Zieht die Riemen! Zieht!«

Das Schiff nahm Fahrt auf. Das ferne Tosen wuchs zu einem immer lauteren Dröhnen. Anfangs klang es wie das Brausen des Sturmwinds, dann wie das Tosen eines Wasserfalls, bald wie das Donnern von Gewitter und schließlich wie das Poltern von losem Geröll, das ein unachtsamer Wanderer an steilem Berghang lostritt.

»Zieht, Leute, zieht!« brüllte Tughril durch das ohrenbetäubende Krachen. Plötzlich war es, als ob wir uns in einer Esse befanden, vor der starke Schmiede die Eisenhämmer schwangen, oder in einem

Stollen, der durch die Unachtsamkeit eines Steigers zusammenstürzt. Die schwarze Wolke am Himmel breitete sich schneller aus als ein Tropfen Tinte im Wasser. Die Sonne verschwand unter schwärzlichen Schleiern, die jetzt ihre Last auf unsere Köpfe entließen. Aber nicht Regen fiel, sondern Asche, heiß wie aus dem Herd der Hölle.

Wenige Wimpernschläge später war unser Schiff von einer grauen Schicht erloschener Glut bedeckt. Doktor Cäsarius hustete halberstickt und rang röchelnd nach Atem. Ich ließ das Ruder fahren und barg den Kopf des alten Magisters in meinen Armen.

»Gott, hilf uns!« rief Bruder Maurus und sang mit lauter Stimme die Anfangsverse des 143. Psalms: »Herr, höre mein Gebet, vernimm mein Flehen; in Deiner Treue erhöre mich, in deiner Gerechtigkeit! Geh mit Deinem Knecht nicht ins Gericht; denn keiner, der lebt, ist gerecht vor Dir...« Die Ordensritter stimmten ein. Tyrant du Cœur stand, über und über von Asche bedeckt, wie ein Recke der Vorzeit am Steuer.

Schwarze Schwaden erfüllten die Luft so dicht wie Schlamm und Schlick. Tughril ließ sein Ruder los, sprang mit gewaltigen Sätzen zum Steuer und seilte sich neben dem Ritter an. Im nächsten Moment brach die Flutwelle über das Schiff herein, und wir wurden aus einem Fegefeuer feuriger Funken in die riesige Hölle eines vernichtenden Mahlstroms geschleudert.

Das wilde Wasser packte uns mit kalten Klauen, so wie ein blutrünstiges Raubtier sein Opfer mit reißenden Tatzen zerfetzt. Die Gischt schlug unsere Gesichter wie mit Geißeln, der schleimige Schaum drang in unsere Nasen und Münder wie der erstickende Geifer eines Giganten aus der Gehenna des Nordens, und das Salz brannte auf meiner Haut, als badete ich in dem ätzenden Blut des Drachen Mamonas. Wie mit einer riesigen Faust schlug die Flut gegen den Rumpf unseres Schiffes. Die Planken erbebten wie das gespannte Fell einer Trommel unter dem Aufprall des Schlegels. Der Bug schoß steil aus dem Wasser. Das Fahrzeug krachte in allen Fugen. Fässer und Kisten polterten in den Laderäumen umher, und die angstvollen Schreie der Ordensritter gellten in meinen Ohren.

Ich klammerte mich mit der Linken ans Ruder; mit der anderen Hand hielt ich den alten Magister fest. Bruder Maurus hieb sein Holz so heftig in die Flanken der Flutwelle, daß der Griff zwischen seinen stählernen Fingern brach. Als ich mich umwandte, sah ich tief unter mir Tughril und Tyrant du Cœur. Sie standen bis zur Brust in brodelnder Gischt, aber sie ließen das Steuer nicht los.

Das Wasser schoß ihn wahnwitzigen Wirbeln zu beiden Seiten des Schiffes entlang, als stürzten wir die Wasserfälle Alexanders zu Adalia hinunter. Vergeblich spähte ich nach dem Gipfel der Woge; sie schien selbst den Himmel zu nässen. Am Ende verband sich das Schwarz der Wolkenschleier mit dem Grau des von Asche bedeckten Meeres, und wir rasten durch die Finsternis wie auf dem Rücken eines ungeheuren Reittiers dahin.

Viele Stunden lang trieben wir über die See, so wie ein dürrer Ast im schäumenden Wasser eines Gebirgsbachs davongeschwemmt wird. So inbrünstig wir auch zum Himmel beteten und den Herrn um Hilfe anriefen, die gewaltige Woge riß uns mit unverminderter Wucht ins Unbekannte davon. In der schier undurchdringlichen Dunkelheit glaubte ich manchmal Umrisse von Inseln oder Gebirgen zu sehen, und ich begann zu hoffen, daß vielleicht bald eine Küste unsere wilde Fahrt aufhalten mochte. Dann aber fand ich zu vernünftiger Überlegung zurück und flehte zu Gott, er möge verhindern, daß unser Schiff wie eine Nußschale an diesen Felsen zerschellte.

Obwohl ich nie zuvor zur See gefahren war, wußte ich doch, daß wir den ersten Ansturm der Flutwelle nur dank Tughrils Geistesgegenwart überstanden hatten. Ohne den Türken, so dachte ich, lägen wir alle längst tot auf dem Grund des wütenden Meeres. Doch in diesem entsetzlichen, lichtlosen Toben und Tosen konnte ich mich nicht darüber freuen, am Leben zu sein, sondern ich war fest davon überzeugt, daß Tughrils kluge Tat nur unser Leiden verlängert hatte: statt schnell und schmerzlos zu ertrinken, würden wir uns nun vielleicht stundenlang wehren, um am Ende doch zu unterliegen.

Während mich solche Gedanken der Mutlosigkeit bedrängten, hörte ich plötzlich, daß Sturmwind und Sturzsee sich plötzlich noch einmal zu steigern schienen. Es grollte, als kämpften Löwe und Elefant, Feuer und Eis, Engel und Teufel gegeneinander. Dann knirschte unser Kiel auf losen Kies. Felsen zerschrammten die Flanken des Fahrzeugs, und in einem schmatzenden Strudel aus Asche und Gischt landete unser Schiff endlich auf festem Grund.

Gurgelnd rann das Wasser zurück in die See. Wenig später lichteten sich die schwarzen Wolken, und ein freundlicher Sonnenstrahl beleuchtete eine sanft gerundete Bucht. Dahinter begrenzten zahlreiche zerklüftete Berge eine weite, grüne Ebene, in deren Mitte ein breiter Fluß sein Wasser ins Meer ergoß.

Der alte Magister neben mir röchelte halberstickt und richtete sich mühsam auf. Die Erschöpfung machte ihn taumeln. Noch schlechter hatte Bruder Maurus diesen Höllenritt überstanden: der Mönch lag bewußtlos auf seinem geborstenen Ruder. Eine blutende Wunde an seinem Hinterhaupt zeigte, wo ihn ein Bruchstück des Mastes getroffen hatte. Der linke Arm des Riesen stand seitlich vom Körper, und ich erkannte auf einen Blick, daß der Knochen gebrochen war.

Vorsichtig befreite ich Doktor Cäsarius von dem rettenden Seil und half ihm über die Bordwand auf sicheren Boden. Tyrant du Cœur band sich los und wickelte ein Tau um die Brust des Mönchs. Gemeinsam ließen wir den Bewußtlosen zur Erde hinunter. Tughril war nirgends zu sehen.

Das Schiff lag zwischen Haufen von Seetang auf einem sandigen Strand. Die Ordensritter sammelten sich um den Rumpf. Das treffliche Fahrzeug schien wie durch ein Wunder nur leicht beschädigt.

»Beim Blut des Erlösers, das verdanken wir nur Gott und diesem Basken!« rief der Kapitän. »Wie sagte er? ›Schimmel Scheitans‹? Ein passendes Wort. Hätte der Huf dieses Hengstes uns etwa am Heck oder gar an der Seite getroffen, so dienten wir jetzt wohl den Fischen zum Fraß! Wo seid Ihr, Baske? Laßt Euch an meine Brust drücken!«

Wir schauten uns suchend um. Tyrant du Cœur sprang vom Heck zu Boden und zuckte die Achseln. »Kurz vor unserer Landung spürte ich, wie sich sein Seil lockerte«, erklärte der junge Ritter. »Vielleicht wurde er über Bord gespült...«

Wir blickten einander betreten an, und ich wußte, daß alle das gleiche dachten: daß nämlich auch der beste Schwimmer einen Sturz in solche See nicht überleben konnte.

Ludger von Nogent kletterte auf den Rumpf und verschwand unter Deck. Wir faßten Bruder Maurus an beiden Armen und schleiften den schweren Mann das Gestade hinauf, bis wir den Rand einer grasbestandenen Böschung erreichten. Dort betteten wir den Mönch in eine weiche Mulde und schauten uns um. Auf dem höchsten Gipfel der Berge im Norden gewahrten wir die Mauern einer starken Burg.

»Wie soll es nun weitergehen?« fragte der Ritter.

»Doktor Cäsarius wird es uns sagen«, antwortete ich, mehr von Hoffnung als von Gewißheit gelenkt.

Als wir zum Schiff zurückkehrten, saß der Dämonologe schweratmend auf einem flachen Stein. Wir schilderten ihm den Zustand des Mönchs. »Bruder Maurus darf sich in den nächsten Tagen keinesfalls bewegen«, stellte der Ritter fest. »Diese Art von Verletzungen kenne ich gut!«

Doktor Cäsarius schaute mich fragend an.

»Es sieht übel aus«, bestätigte ich.

Der alte Magister seufzte. An der Bordwand über uns erschien der Kopf des Kapitäns. »Wir brauchen mindestens zwei Tage, um den Kahn wieder flottzukriegen«, meinte er. »Ist euer Freund dann wieder auf den Beinen?«

»Auf keinen Fall«, erwiderte ich. »Er hat eine klaffende Wunde am Kopf, und sein linker Arm ist gebrochen. Wahrscheinlich wurde ihm auch ein Wirbel geknickt...«

»Schlimme Sache«, seufzte Ludger von Nogent. »Aber wir können hier nicht überwintern. Wir müssen so schnell wie möglich einen schützenden Hafen erreichen – am besten Korinth. Dort können wir das Boot ausbessern lassen. Kommt nach, wenn der Mönch genesen ist! Dort drüben steht eine Burg, in der man euch solange aufnehmen wird. Vor Ende Februar laufen wir sicher nicht wieder aus.«

»Wir sind in Eile und können nicht auf den Frühling warten«, wehrte Doktor Cäsarius ab. »Wenn unser Gefährte wieder gesund ist, werden wir über die Halbinsel nach Nauplia wandern. Dort finden wir gewiß eine Fähre nach Thera.«

»Wie Ihr wollt«, meinte der Kapitän. »Doch Euer Fahrgeld! Ich weiß nicht wie das geschehen konnte, aber unsere Kasse ging über Bord...«

»Macht Euch darüber keine Gedanken«, tröstete ihn der Magister. »Ihr braucht uns nichts zu erstatten.«

Die Ordensritter setzten breite Bohlen an und ließen unseren Wagen an Seilen hinab. Wir führten unsere Zugpferde von Bord. Glücklich rieb Tyrant du Cœur die Nüstern seines Sangroyal.

»Wir werden in Korinth eine Messe für die Seele des Basken stiften«, versprach Ludger von Nogent. »Gebt uns Bescheid, falls ihr unsere Geldtruhe findet! Bringt den Mönch auf die Burg! Dort wohnen gute Christenmenschen.«

»Wie heißt diese Feste?« fragte Doktor Cäsarius. »Ich kenne Athen und den Berg Athos, doch diese Gegend hier bereiste ich noch nie.«

Der Kapitän zeigte auf den Fluß. »Dort fließt der Alphios«, erklärte er. »Die alten Griechen zählten ihn zu den Wassern der Unterwelt. Dabei kann man sich kaum etwas Lieblicheres vorstellen als diesen stillen Strom, besonders im Sommer! Flußaufwärts kommt Ihr nach Lakonien, das heute wieder dem griechischen Kaiser gehört. Seine Grenzburg heißt Bellerophon. Der Weg führt an dem Berg vorbei, den Ihr dort hinten am Himmelsrand seht – jener, der aussieht wie eine Bastion mit drei Zinnen. Man nennt ihn den Teufelsturm.«

Ich beschattete die Stirn mit der Hand und blickte nach Süden. Dann deutete Ludger von Nogent in die entgegengesetzte Richtung. »Die Burg auf dem Küstengebirge aber zählt zu den stärksten Bastionen der Franken«, schloß er. »Sie heißt Katakolon und gehört dem Grafen von Tamarville.«

SECTIO V

Nur mit Mühe gelang es uns zu verbergen, wie sehr uns diese Auskunft überraschte. Mit zusammengepreßten Lippen blickte Tyrant du Cœur zu dem alten Magister. Verstohlen gab ihm Doktor Cäsarius ein beruhigendes Zeichen. Wir schnitten zwei starke Stangen von einer Weide und banden den gebrochenen Arm des bewußtlosen Mönchs daran fest. Dann betteten wir Bruder Maurus im Wagen auf ein weiches Lager aus Fellen und Decken. Der Dämonologe kletterte auf den Kutschbock. Als wir die Küste hinter uns gelassen hatten, hielt er die Pferde an.

»Was sollen wir tun?« fragte der Ritter. »Wie kann ich meiner Schwester gegenübertreten, ohne meinen Eid zu brechen?«

Aus dem Wagen erklang ein Stöhnen. »Wo seid ihr?« rief Bruder Maurus.

Wir schlugen die Plane zurück. »Wie fühlt Ihr Euch?« fragte ich.

»Als ob ich den Mast auf den Kopf gekriegt hätte«, knurrte der Mönch. »Wohin fahren wir?«

Wir berichteten ihm, was geschehen war. Als Bruder Maurus von Tughril erfuhr, brummte er: »Dem habe ich von Anfang an nicht getraut. Vielleicht finden wir bald einen neuen Gefährten, dessen Name mit ›T‹ beginnt.«

»Bei Belials betäubendem Brodem!« rief der Magister. »Seid kein Narr! Der Türke kannte das kochende Meer. Ich kann es einfach nicht glauben, daß Gott ihn ertrinken ließ.«

Bruder Maurus zuckte die Achseln und betastete vorsichtig seinen Arm. »Ich befinde mich nicht in der Verfassung für eine längere Überlandreise«, murrte er.

»Wir fahren zu einer Burg ganz in der Nähe«, klärte ihn Doktor Cäsarius auf. »Es handelt sich allerdings um den Besitz der Grafen von Tamarville.«

»Na und?« wunderte sich der Mönch. »Müssen wir die Verwandten unseres Gefährten etwa fürchten?«

»Wißt Ihr nicht mehr, was ich dem Heiligen Vater schwor?« erregte sich der Ritter.

Bruder Maurus überlegte. »Nun ja«, meinte er nach einer Weile. »Wenn Ihr Euren Eid wörtlich nehmt...«

»Wie befolgt Ihr denn Eure Gelübde?« erkundigte sich Tyrant du Cœur. »Wie es Euch gerade paßt?«

»Ehrlich gesagt, ich blieb dabei nicht immer ohne Fehl«, gab der Mönch zu. »Besonders, wenn ich ein Fastengelübde ablegte. Mein Mund versprach es, mein Mund auch brach es.«

Ich grübelte nach einem Ausweg, denn mir erschien es unabdingbar, dem verletzten Gefährten so schnell wie möglich die nötige Pflege angedeihen zu lassen. Darum sagte ich zu dem Ritter: »Und wenn Ihr Euch der Schwester nicht zu erkennen gebt? Sie sah Euch doch noch nie!«

Tyrant du Cœur blickte mich nachdenklich an. »Und was soll ich antworten, wenn man in der Burg nach unseren Namen fragt?«.

»Wer gegen Satan kämpfen will, bleibt besser frei von Sünde«, mahnte der Dämonologe. »Wir dürfen unseren Plan nicht durch Trug und Lüge entehren.«

»Dann laßt uns jetzt ein weiteres Gelübde ablegen«, schlug ich vor. »Wir schwören, daß wir Euren Namen, Herr Tyrant, nicht preisgeben wollen. Fragt man uns dann auf der Burg, so können wir reinen Gewissens erklären, daß uns ein Eid zum Schweigen verpflichtet.«

Tyrant du Cœur blickte fragend zu dem Magister. Doktor Cäsarius wiegte das graue Haupt. »Ein schlauer Einfall«, meinte er nach einer Weile. »In der Tat – so könntet Ihr Eurer Schwester begegnen, ohne Euren Schwur zu brechen.« Er kratzte sich den grauen Bart. »Uns bleibt wohl kaum eine andere Wahl«, fügte er nach einer Weile hinzu. »Bruder Maurus braucht dringend Ruhe. Außerdem müssen wir das Schicksal des Türken klären. In Katakolon werden wir es wohl am schnellsten erfahren, wenn irgendwo an dieser Küste ein Leichnam an Land gespült wird.«

Der Dämonologe sah uns der Reihe nach an. »Unser Gelöbnis gilt aber nur so lange, bis wir das heilige Haupt befreit haben«, schloß er.

Gemeinsam schworen wir nun den heiligen Eid und lasen aus dem 2. Brief Pauli an die Korinther, in dem es heißt: »Daher erlahmt unser Eifer nicht in dem Dienst, der uns durch Gottes Erhabenheit übertragen wurde. Wir haben uns von aller schimpflichen Arglist losgesagt; wir handeln nicht hinterhältig und verfälschen das Wort Gottes nicht...«

Tyrant du Cœur nahm seinen Umhang ab und wickelte das Tuch um den Schild mit dem Wappen. Dann rollten wir fast drei Stunden durch lichte Wälder von schlanken Pappeln und schirmenden Platanen. Als wir einen kleinen Wasserlauf durchquerten, der vom vordersten Ende der Bergkette niederrann, hörten wir plötzlich Kampfeslärm: Steine klirrten gegen Stahl, und wilde Schreie hallten durch den Hain.

Auf der sanft gerundeten Kuppe eines kleinen Hügels öffnete sich der Blick in ein schmales Tal. Zwischen Wacholderbüschen wehrte sich ein in Eisen gerüsteter Recke auf einem hochbeinigen Schecken gegen acht Reiter auf kleinen Pferden. Der zerbeulte Helm des Gepanzerten lag im Gras, in seinem Schildrand klafften Scharten, und aus einer Wunde an seiner Stirn tropfte Blut. Das graue Haar verriet sein fortgeschrittenes Lebensalter, in seinen Augen aber blitzte ungebrochener Kampfesmut.

Die Angreifer standen in besten Mannesjahren. Felle und Wollgewänder bedeckten ihre gedrungenen Leiber, und ihre Köpfe waren von ledernen Kappen geschützt. Mordlust glühte in ihren schrägen Augen. Die zernarbte Haut der häßlichen Gesichter mit den stumpfen Nasen glänzte wie schmutziges Wachs. Aus ihren Kehlen drangen heisere, abgehackte Schreie in einer Sprache, die keiner menschlichen glich. Einem Rudel Wölfe gleich, umkreisten die Krieger den alten Ritter.

Tyrant du Cœur stieß seinem Schimmel die Fersen in die Flanken und sprengte mit schallendem Schlachtruf auf die Kämpfenden zu. Überrascht starrten die fremden Krieger dem Jüngling entgegen. Den ersten Feind rannte Sangroyal samt seinem Reiter nieder, so wie ein starker Stier den Ziegenbock in den Sand stieße, wollte sich dieser gegen ihn wagen. Im nächsten Moment brach der Ritter in den Kreis der anderen Krieger, so wie ein Habicht unter die Hühner fährt. Die lederbehelmten Männer wichen jedoch nicht, sondern nahmen entschlossen den Kampf auf.

Der fremde Ritter hob seinen grünweißen Schild und stach einen Angreifer durch die Achsel, so daß rotes Blut hervorquoll. Tyrant du Cœur schnitt dem nächsten mit seinem Schwert in den Schenkel und stieß einem anderen durch die nur schlecht gepanzerte Schulter. Als die beiden zu Boden stürzten, rammte der Jüngling einem dritten Feind die hölzerne Lanze unter dem Arm in die Brust.

Die Mordlust der schlitzäugigen Krieger wandelte sich in Grausen, als sie das sahen. Die beiden Verletzten duckten sich tief auf die Hälse ihrer struppigen Pferde, traten den wiehernden Tieren rücksichtslos in die Weichen und preschten davon.

Tyrant du Cœur wollte den Fliehenden nachsetzen, doch der alte Ritter hielt ihn zurück. »Laßt sie!« rief er, »sie sind den Schweiß von Christen nicht wert!«

Doktor Cäsarius schnalzte mit der Zunge, und unser Fuhrwerk rollte auf die Männer zu. Als wir neben ihnen hielten, fragte der Fremde: »Noch niemals sah ich solches Fechten. Verratet mir, wem ich mein Leben verdanke!«

»Verzeiht mir, edler Herr«, sprach Tyrant du Cœur mit fester Stimme, »ein Gelübde verbietet mir, meinen Namen zu nennen. Auch meine Gefährten schworen, über meine Abkunft zu schweigen. Wir fanden uns zu einer frommen Fahrt im Dienste des Glaubens zusammen.«

»Ich achte Euren Eid«, versetzte der Alte höflich, zog den Eisenhandschuh aus und streckte dem Jüngling die Rechte entgegen. »Ich bin Galeran d'Ivry.«

»Der Seneschall von Sizilien und Regent des Reiches Achaia?« staunte Tyrant du Cœur. »Wo blieb Euer Gefolge?«

»Ich sandte meine Leute voraus, um ein wenig Einsamkeit zu kosten«, antwortete der Fremde. »Und um ein paar Zeilen für meine Dame zu dichten, Maria von Ungarn, die Königin von Neapel und hohe Gemahlin unseres Herrn Karl von Anjou. Wann fliegen einem Verseschmied die Worte leichter zu als auf einem träumerischen Ritt durch die Wälder? Ich dachte nicht, daß diese Teufel so weit nördlich streifen! Fast hätten sie mich überrascht. Euer starker Arm rettete mich. Gewiß reitet auch Ihr zu dem Turnier in Katakolon? Ich kenne eine ganze Zahl starker Kämpen, die sich gewiß mit Euch messen wollen, wenn ich ihnen erzähle, wie Ihr das Schwert zu schwingen versteht.«

»Ein Turnier?« fragte Tyrant du Cœur. »Zu wessen Ehren?«

»Das wißt Ihr nicht?« wunderte sich der Seneschall. »Morgen wird Graf Konos Sohn Konrad zum Ritter geschlagen!«

»Sein Vater wird sehr stolz auf ihn sein«, erwiderte der Jüngling überrascht.

Galeran d'Ivry lächelte. »Es heißt, daß Konrad heftig um die schöne Alix wirbt, die Tochter Graf Normanns von Tamarville«, fuhr er fort. »Mit ein wenig Glück kann er Fräulein und Festung gewinnen.«

Tyrant du Cœurs edles Antlitz blieb unbewegt. »Ich glaubte, die Burg gehöre dem Grafen von Tamarville«, meinte er leichthin.

»Sie wird ihrem Besitzer wohl bald entzogen werden«, meinte der Seneschall.

»Mit welchem Recht könnte König Karl ein erbliches Lehen zurücknehmen und neu vergeben?« fragte der Jüngling verwundert. Ich blickte besorgt zu dem alten Magister. Denn ein Streit um die Burg mußte unseren Gefährten in schwerste Gewissensnot stürzen.

»König Karl befahl, daß jeder Lehensträger oder ein Ritter von seinem Blut in Achaia erscheinen soll«, erklärte Galeran d'Ivry. »Denn in diesen schweren Zeiten wird der Adel in vorderster Linie gebraucht. Wer den Befehl nicht innerhalb eines Jahres befolgt, geht aller Ansprüche auf sein Lehen verlustig. Es fällt dann demjenigen aus seiner Blutslinie zu, der dem Besitz am innigsten verbunden scheint.«

»Vielleicht wissen die Tamarville noch gar nichts von diesem neuen Gesetz!« meinte Tyrant du Cœur.

»Graf Kono selbst schickte Boten in das Artois, wie es seine Pflicht als Verwalter gebot«, versetzte der Seneschall. »Nein, die Grafen von Tamarville legen wohl keinen Wert mehr auf ihren Besitz in diesem gefährlichen Land. Die Frist läuft nächsten März ab, am Tag der Verkündigung des Herrn.«

Der junge Ritter starrte den Seneschall an. Um das Gespräch auf einen neuen Gegenstand zu lenken, sagte ich hastig: »Was waren das für Krieger? Sie sahen aus wie die Reiter der Apokalypse!«

»Glücklicherweise bestehen sie aus Fleisch und Blut«, erwiderte der Seneschall. »Unsere Schwerter haben es ja bewiesen!« Bewundernd blickte er auf Tyrant du Cœur. »Ihr stammt gewiß aus ruhmvoller Familie! Seid Ihr Normanne? Lombarde? Oder stammt Ihr aus der Provence?« Er lächelte und hob die Hand. »Verzeiht«, rief er. »Ich wollte nicht in Euch dringen! Die Griechen nennen uns ohnehin allesamt Franken, ob unsere Ahnen nun aus Anjou oder dem Artois, aus Apulien oder Aragon stammten.«

Galeran d'Ivry stieg ab, schritt zu dem toten Krieger und drehte ihn mit der Fußspitze um. Schaudernd starrte ich in die abstoßende Fratze des Fremden. »Stammt dieses Ungeheuer etwa aus der Horde Dschingis Khans?« fragte ich furchtsam.

Der Seneschall schüttelte langsam den Kopf. »Er gehört zum Stamm der Kumanen«, erklärte er. »Diese Satanssöhne verdingen sich gern als Söldner, um ungestraft rauben, plündern, brandschatzen und schänden zu dürfen.«

Tyrant du Cœur nannte nun unsere Namen.

»Also ein Arzt!« stellte Galeran d'Ivry fest, als ihm Doktor Cäsarius vorgestellt wurde. »Ich dachte es mir gleich, Ihr tragt ja den roten Talar!«

Der Magister nickte und begann mit dem Seneschall ein Gespräch über Hämorrhoiden und ihre Pflege im Felde. Da drang plötzlich die Stimme des Mönchs an unsere Ohren. »Ein feiner Arzt, der sich mit seinen Fähigkeiten brüstet, während dem Opfer seiner Gaukelei gleich nebenan das Auge bricht!« schalt Bruder Maurus. »Blut und Wärme sind aus meinem armen Leib gewichen. Doch statt mich so schnell wie möglich mit Braten und Wein zu stärken, schwächt Ihr mich weiter durch langatmige Berichte und sinnloses Warten!«

Tyrant du Cœur runzelte peinlich berührt die Brauen, Galeran d'Ivry aber lächelte und erwiderte nach einem Blick in den Wagen:

»Recht habt Ihr, wackerer Mönch! Wir können später noch genug erzählen. Bringen wir Euch erst einmal in die Krankenstube!« Dann wandte er sich dem Ritter zu und fuhr fort: »Ich will Euch und Eure Gefährten nach Katakolon geleiten und dort dem Burgherrn empfehlen.«

Ich kletterte auf den Kutschbock und trieb die Pferde an. Wir durchquerten niedrige Hügel mit duftenden Myrtengebüschen, silberglänzendem Oleaster und immergrünem Leutiscus. Galeran d'Ivry berichtete uns von den Griechen und der Eroberung ihres Reichs durch die fränkischen Ritter. In leuchtenden Farben schilderte er dabei das Heldentum des lombardischen Markgrafen Bonifatius von Montferrat, des gewaltigsten Streiters im lateinischen Kreuzfahrerheer. Nach der Eroberung Konstantinopels wollte er die Krone Cäsars tragen. Doch der schurkische Doge Venedigs fürchtete Mut und Macht Montferrats und half statt dessen Balduin von Flandern auf den Thron. Die Franken zählten damals nur 20000 Krieger und sahen sich von einer gewaltigen Übermacht vieler feindlicher Völker umringt. Ein Kampf zwischen seinen Führern hätte das Heer in höchste Gefahr gebracht. »So wie vor Zeiten auch eine Kriegsschar der alten Achaier durch einen Zwist zwischen den Feldherrn in eine bedrohliche Lage geriet«, erzählte der Seneschall, »vor einer Feste mit Namen Troja. Achilles, der stärkste Recke, wurde von seinem Lehensherrn Agamemnon im Streit um Kriegsbeute zurückgewiesen und weigerte sich deshalb, weiterzukämpfen. Zum Glück zeigte sich Markgraf Bonifatius verantwortungsbewußter: um der Einheit der Kreuzritter willen verzichtete er auf die Kaiserkrone und gab sich mit dem Königreich Thessalonike zufrieden.« Dieses habe freilich erst noch erobert werden müssen.

»Seither sind 90 Jahre vergangen«, fuhr Galeran d'Ivry fort, »doch niemals wird man die Großtaten unserer Ahnen vergessen. Die ganze Welt horchte auf den Widerhall ihrer Namen. Die Feinde zerstoben vor ihren Schwertern wie Spreu vor dem Wind. Die glorreichsten Geschlechter hefteten neuen Ruhm an ihre Banner. Edle Herren wagten ihr Leben und gewannen reichste Lehen zum Lohn. Guillaume von Champlitte, genannt der Champenois, herrschte über die Peloponnes – wann sah die Welt einen besseren Ritter? Otto de la Roche aus Burgund – Gott lohnte seinen Eifer mit dem Besitz von Athen und Theben. Nie zuvor gebot ein Fürst über beide Burgen zugleich. Guido von Pallavicini aus der Lombardei ward ob seiner Tapferkeit zum Markgrafen von Bodonitsa an den Thermopylen ernannt. Rotwolf von Tamarville, der einst die erste Bastion von Konstantinopel gewann, wurde mit Katakolon ausgezeichnet, und noch viele andere Namen könnte ich nennen.«

Besorgt blickte ich nach hinten in den Wagen, denn ich fürchtete, der Mönch könne die lateinischen Kreuzritter wieder als Spitzbuben und Schnapphähne schmähen. Doch Bruder Maurus schaute mir mit erhobenen Brauen entgegen und flüsterte grimmig: »Keine Bange! Diesem Gimpel stopfen die Griechen und ihre Verbündeten selber das Maul und hätten es längst getan, wäre nicht unser Tyrant dazwischengeraten.«

Galeran d'Ivry spottete indessen: »Wenn man das putzige Schoßhündchen mancher Dame betrachtet, möchte man kaum glauben, daß es von Wölfen abstammt. Ebenso verhält es sich mit den griechischen Rittern. An den Thermopylen hielt einst ein Herzog von Sparta, Leonidas, mit nur 300 Reisigen einem Heer von 800000 Heiden aus Persien stand. Bonifatius von Montferrat aber jagte die erbärmlichen Nachfahren jener spartanischen Helden an dem gleichen Paß durch seinen bloßen Anblick davon, obwohl die Griechen fünfmal soviel Krieger zählten wie die Franken. Rambaud de Vaqueiras, der Troubadour von Orange, dichtete darauf ein hübsches Lied. Kennt Ihr es nicht? ›Die Griechen hatten ihre Herzen in den Fersen‹, heißt es darin, ›um damit ihre Pferde schneller zur Flucht zu treiben!‹ Vor zwanzig Jahren zog ich neben Johann de la Roche, dem Herzog von Athen, mit nur 300 wohlgerüsteten Rittern bei La Patria in Thessalien gegen ein Heer von 30000 Griechen. ›Viele Leute, aber wenig Männer!‹ rief der Fürst im Angesicht des Feindes. Wir preschten vor und gewannen den herrlichsten Sieg. Bis zu den Knien wateten wir im Blut unserer Feinde...«

Von solchen Erzählungen unterhalten, erreichten wir bald den Fuß der schroffen Berge. Dort polterte unser Fuhrwerk einen gefährlich abschüssigen Hohlweg empor. Die beiden Ritter stiegen ab und führten ihre Pferde an den Zügeln vor uns her. Nach einer weiteren Stunde bogen wir um einen felsigen Vorsprung und sahen die Burg auf Pfeilschußweite vor uns. Blumen und Bänder schmückten alle Bastionen. Wimpel wehten von den Wällen, und auf dem Bergfried blähte sich das Banner mit dem rotweißen Turm.

»Das, meine Freunde«, sagte der Seneschall stolz, »ist das Kastell Katakolon, das zu Achaias gewaltigsten Schlössern gehört.«

Links von der Feste öffnete sich zwischen kalkweißen Klippen ein sanft gerundetes Tal. Auf seiner grünen Sohle standen zahlreiche Zelte in allen heraldischen Farben. Von ihren Giebeln prangten die Wappen der edelsten Fürstenfamilien Achaias: Löwen und Leoparden drohten mit aufgerissenen Rachen, mit gespreizten Klauen stießen Adler und Falken herab. Auf anderen Schilden erblühten reizvolle Rosen und liebliche Lilien. Galeran d'Ivry nannte uns die Namen ihrer Besitzer:

»Seht ihr das rotweißgestreifte Zelt dort vorn, gleich neben den Schranken? Dort wohnt Graf Otto von St. Omer aus bestem flandrischen Adel. Er erschlägt Ochsen mit der bloßen Faust. Rechts könnt ihr den schwarzen Löwen erkennen, den Thomas von Stromoncourt im Wappen führt. Bei La Patria enthauptete er zwei Griechen mit einem einzigen Hieb. Der grüne Drache gehört Geoffroi von Tournay. Sein Pfeil traf auf mehr als 200 Schritt einen Späher des Kaisers mitten ins Herz!« So ging es eine Weile fort, bis mein Kopf brummte wie ein hohler Baum voller Bienen. Auch Doktor Cäsarius schien von der Fülle der Titel und Namen bald erschöpft. Tyrant du Cœur aber hing an den Lippen des Seneschalls, bis dieser auch den letzten der Pairs und Ritter aufgezählt hatte.

Zum Schluß wies Galeran d'Ivry auf ein besonders prächtiges Zelt mit grünen und weißen Streifen und meinte: »Dort in der Mitte erhebt sich mein Feldhaus. Ich bitte Euch, Herr Ritter, seid mein Gast!«

In diesem Moment ging rasselnd die Zugbrücke nieder. Das Burgtor öffnete sich, und ein Reiter mit goldenem Helm und hellrotem Überwurf sprengte in vollem Galopp auf uns zu. An seinem Schwertgriff funkelten Edelsteine, und sein Streitroß stammte aus edler französischer Zucht.

Kurz vor uns zügelte der Fremde sein Roß, stieß einen derben

Fluch aus und rief: »Herr d'Ivry! Fast hätte ich die Schicklichkeit verletzt! Man sagte mir nicht, daß Ihr zu Fuß schreitet!« Mit diesen Worten sprang er vom Roß, um vor dem Seneschall das Knie zu beugen.

»Zuviel der Ehre, Sire von Katakolon!« entgegnete Galeran d'Ivry, packte den stämmigen Ritter an beiden Armen und zog ihn empor.

»Laßt mich!« keuchte der Rote und streifte die Finger des alten Ritters von seinem Umhang. »Ihr seid der Glanz meines Festes.«

»Nicht doch!« wehrte der Seneschall ab und faßte noch fester zu. »Ich bin es, der Dank schuldet, für Eure Gastfreundschaft, die der von Königen und Kaisern gleicht!«

»Nein!« schnaufte der Graf von Katakolon und wand sich im Griff des Alten. »Ehre, wem Ehre gebührt!«

»Erhebt Euch, ich bitte Euch!« rief Galeran d'Ivry und klammerte sich mit aller Kraft an den Roten.

Ächzend rangen die beiden Ritter nun miteinander, ein jeder hartnäckig bemüht, den anderen an Höflichkeit zu übertreffen. Am Ende ließ sich der Graf klirrend zur Erde sinken. Der Seneschall strauchelte und rettete das Gleichgewicht nur mit einer heftigen Armbewegung, die allerdings dazu führte, daß er dem anderen mit lautem Geräusch den Umhang von den Schultern riß.

Schweratmend erhob sich der Rote. Seine vom Wetter gegerbten Wangen glühten in der Farbe reifer Äpfel. Sein Blick fiel auf uns. »Aber Eure Leute, die schon vor zwei Stunden eintrafen, sagten doch, daß Ihr allein reiten wolltet?« wunderte er sich. »Eben wollte ich Euch suchen!«

»Die Herren hier ziehen als fromme Pilger ins Heilige Land...«, erklärte Galeran d'Ivry.

»... und stellten sich in dieser gefährlichen Gegend wohl unter Euren Schutz?« unterbrach ihn der Graf lächelnd.

»Ihr irrt Euch«, versetzte der Seneschall. »Dieser Jüngling rettete mich vor acht Kumanen aus Bellerophon.«

Betroffen wich der Rote zurück. »Kumanen?« stieß er zornig hervor. »Diese Ratten wagen es, meine Gäste zu behelligen? Wahrlich, wenn das so ist, will ich gleich nach dem Turnier gen Süden reiten und diese Heidenbrut christliche Zucht lehren!« Er faßte Tyrant du Cœur ins Auge und fügte hinzu: »Und Ihr, Herr Ritter, sollt morgen mit uns tjostieren. Ich bin Graf Kono von Katakolon, der Herr dieser Burg. Wie ist Euer Name? Auf welchem stolzen Schloß stand Eure Wiege?«

»Ein Gelübde hindert unseren Freund, darüber Auskunft zu erteilen«, antwortete Galeran d'Ivry. »Er soll daher in meinen Farben fechten. Im Wagen liegt noch ein verletzter Pilger. Er brach sich auf der Überfahrt den Arm.«

»Wir sahen die Sturmwolke«, meinte Graf Kono und zwirbelte nachdenklich die breiten Spitzen seines rotblonden Barts. »Nach dem Erdbeben schien das Meer wie durch Teufelsspuk in Finsternis getaucht.«

»Erdbeben?« fragte Doktor Cäsarius. »Wann?«

»Heute früh«, erwiderte der Seneschall. »Kein Grund zur Sorge. In diesem Weltteil wackelt der Boden öfter einmal.«

»Unser Gefährte braucht dringend ärztliche Hilfe«, erinnerte Tyrant du Cœur.

»Meine Knechte werden sich sogleich um ihn kümmern«, erwiderte Graf Kono und winkte ein paar Männern auf der Mauer zu.

Wir stellten unser Fuhrwerk in den Burgstall. Der Magister hob die kupferbeschlagene Kiste heraus und legte sie mir auf die Schulter. Zwei stämmige Männer stützten den Mönch, als er die steilen Stufen in das Krankenzimmer emporstieg. Sie keuchten unter der Last, als müßten sie Mühlsteine schleppen.

»Wahrlich, Bruder Mönch«, ächzte der eine, »ein paar Tage mit leichter Kost täten Euch gewiß wohl!«

»Wie?« erboste sich Bruder Maurus. »Ich hungere schon seit Monaten, ihr Schwächlinge!«

»Was wiegt Ihr denn, wenn Ihr eßt?« staunte der Mann.

»Das werdet Ihr bald wissen«, freute sich der Mönch. »Denn jetzt ist die Zeit meines Fastens zu Ende!«

Ein Feldscher erschien und versprach, Wein und Braten zu schikken. Der Magister und ich folgten einem Diener zu einer kleinen Kammer unter dem Dach. Doktor Cäsarius schob den Riegel vor, öffnete die Truhe und holte einige grüne und gelbe Fläschchen heraus.

»Und jetzt«, murmelte er, »wollen wir sehen, wo sich dieser abgefeimte Schurke Tughril versteckt hat.«

SECTIO VI

»Tughril?« staunte ich. »Aber der ist doch tot!«

»Ach ja?« fragte Doktor Cäsarius. »Und die Schiffskasse ist wohl ebenfalls ertrunken?«

Verblüfft verstummte ich. Der Dämonologe stellte die Glasbehälter der Reihe nach auf den Tisch. Dann nahm er mehrere bunte, zusammengeknotete Tücher und knüpfte ihre Enden auseinander. Jedes enthielt einen faustgroßen Klumpen Teig. Der erste schimmerte weiß wie Kristall, der zweite leuchtete blaßgelb, der dritte lag braun wie geröstetes Brot auf dem Tisch, der vierte glänzte gelb wie Dotter. Fremdartige Gerüche zogen durch das Zimmer.

»Sollen wir das essen?« fragte ich klopfenden Herzens.

»Diese Speisen sind nicht für uns bereitet«, gab der Magister zur Antwort. »Wir werden heute nacht fasten. So schärfen wir die Sinne für die Botschaft, die wir erhoffen.«

Wir sanken auf die Knie und beteten vier Vaterunser, eines in jede Richtung des Himmels. Dann sprach der Magister feierlich die edlen Worte aus dem Brief an die Philipper, in denen der hl. Paulus schrieb: »Und ich bete darum, daß eure Liebe immer noch reicher an Einsicht und Verständnis wird, damit ihr beurteilen könnt, worauf es ankommt. Dann werdet ihr rein und ohne Tadel sein für den Tag Christi.«

Als die letzten Worte verklangen, sank die Sonne unter den Himmelsrand, und schnell wie nur in südlichen Landen brach die Nacht herein. Der Dämonologe holte eine Wachskerze aus seiner Truhe, schlug Feuer und stellte das Licht auf den Eichenholztisch. Dann trat er zu einer kupfernen Schüssel, goß sich Wasser aus einem Krug über die Hände und hieß mich das gleiche tun. Als wir uns gereinigt hatten, setzten wir uns einander gegenüber. Ein leichter Windhauch drang durch das geöffnete Fenster.

Lange Zeit blieben die Augen des alten Magisters geschlossen. Unruhig rutschte ich auf meinem Stuhl hin und her. Die Zeit schien stillzustehen, und Ungeduld zerrte an meinen Nerven. Doch erst, als das silberne Fell des Osterlamms über den östlichen Bergen erstrahlte, löste sich die Erstarrung des Dämonologen. Er blickte mich durchdringend an und klärte:

»Was ich Euch jetzt zeigen werde, soll für immer ein Geheimnis zwischen uns bleiben. Denkt stets daran, was Ihr mir auf dem Schiff schwort!«

Ich fühlte ein leichtes Brennen auf meiner Stirn und nickte. Meine Stimme drohte zu versagen, und ich mußte mich heftig räuspern. »Ich werde schweigen«, versicherte ich.

Doktor Cäsarius blickte mich forschend an. Dann ergriff er das Fläschchen aus grünem Kristall, trank daraus, gab es mir und befahl:

»Nehmt einen Schluck, Dorotheus, damit Euch der Schlaf flieht! Denn in dieser Nacht müssen wir wachen, wenn wir erfahren wollen, wo unser Gefährte steckt!«

»Gefährte?« erwiderte ich unwillig. »Verräter, meint Ihr wohl!«

Ich goß mir ein paar Tropfen des geheimnisvollen Saftes in den Mund. Wieder breitete sich ein seltsam wohliges Gefühl in meiner Brust aus.

Der Dämonologe wog prüfend den blaßgelben Teigklumpen in der Hand, roch an ihm und reichte ihn mir. Weihrauchduft drang in meine Nase. »Mastix«, erklärte Doktor Cäsarius, »aus den 24 Dörfern auf Chios, deren Bewohner die Tränen der Bäume ernten. Alle Geister gieren nach diesem Geruch.«

Er knetete den Brocken weich, legte ihn auf den Tisch und formte mit kräftigen Fingern einen flachen Fladen.

Dann ergriff der Magister den braunen Klumpen, sog wieder den Geruch ein, ließ auch mich den Duft prüfen und erläuterte dann: »Dieser Teig enthält den Saft der Moschuswurzel aus der Hochsteppe Asiens. Die Perser nennen die Pflanze ›Sumbul‹. Sie lockt die dienstbaren Geschöpfe der Luft aus weiter Entfernung herbei.«

Er wärmte den klebrigen Batzen in seinen Händen, bis die Moschusmasse sich ebenso leicht formen ließ wie zuvor der Mastix, und breitete den braunen über den blaßgelben Fladen. Die Würze der beiden wohlriechenden Stoffe erfüllte das ganze Zimmer.

Nun nahm der Dämonologe den dottergelben Teig vom Tisch. Ein herrlicher Hauch schwerer Süße umfing mich. So angestrengt ich nachdachte, ich vermochte nicht zu enträtseln, aus welchen Stoffen der Klumpen geformt war. Doktor Cäsarius erklärte: »Diese Speise enthält Nußöl, Manna, Butter, Honig und Zucker. Sie kommt damit himmlischem Nektar näher als jedes andere Gericht.«

Zum Schluß hob der Dämonologe behutsam den weißen Teig empor. Der Klumpen schien trocken, und meine Nase nahm einen Duft wahr, wie ich ihn nie zuvor gerochen hatte. Es war, als tauchte ich in eine Blüte des Paradieses, schmeckte ich von den Früchten des Garten Eden, kostete ich aus einem Kelch, aus dem sich Engel laben. So herrlich duftete der Stoff, daß meine Augen sich mit Tränen füllten. Der alte Magister sprach mit tiefer Ehrfurcht in der Stimme: »Dieser Schatz enthält den Saft einer Wurzel, die nur auf Taprobane wächst. Die Inder nennen das Gewächs Kapor, die Araber Kamfour, die Griechen Kampher, und das ist der Stoff, der die Seelen der Geister erquickt.«

Mit diesen Worten knetete Doktor Cäsarius den weißen Klumpen ebenfalls zu einem Fladen und legte ihn auf die anderen Kuchen. Dann goß er aus vier gelben Phiolen verschiedene Öle über das Geistergericht: Mandelöl nach Osten, in Richtung des Heiligen Landes, Nußöl nach Westen, Olivenöl nach Norden und Essigöl nach Süden.

»Tamagis Bagdisawad Wagdas Nufanagadis«, sprach er dabei. »Ich rufe euch, Geister der Luft!«

Ein leichter Wind wehte durch unser Zimmer, und die Kerzenflamme begann zu tanzen.

»Tamagis Bagdisawad Wagdas Nufanagadis«, wiederholte der alte Magister. »Ihr Geister, die ihr das Wissen der Wissenden kennt, die Klugheit der Klugen, die Weisheit der Weisen, antwortet mir!«

Ein heftiger Luftstoß drang herein. Die Kerze flackerte heftig, doch sie verlöschte nicht. Seltsame, helle Schleier schienen vor unserem Fenster zu schweben. Plötzlich befiel mich Furcht, und ich bereitete mich darauf vor, schreckliche Gestalten zu erblicken, die jeden Moment durch das Fenster zu uns hereinfahren mochten.

Zum dritten Mal erhob der Dämonologe die Stimme, und diesmal erklang die Beschwörung noch lauter als vorher. »Lenkt mich mit eurer Kraft, lehrt mich mit eurer Einsicht, leitet mich mit eurer Weisheit!« forderte Doktor Cäsarius. »Raphael, zeige dich gnädig!«

Als die Worte verhallten, schlugen die Läden krachend gegen die Wand, und ein heulender Sturmwind fuhr in unser Gemach. Er zerrte wie mit Händen an unseren Hemden und Haaren, so daß mir war, als sollten wir durchs Fenster fortgezogen werden. Angst schnürte mir die Kehle zu, und ich klammerte mich an meinen Stuhl. Doktor Cäsarius aber saß unerschütterlich vor den Zaubergaben, und seine Stimme zitterte nicht, als er nun zum vierten Mal rief:

»Tamagis Bagdisawad Wagdas Nufanagadis! Nehmt Unwissenheit, Vergessenheit und alle Roheit des Herzens von mir, ihr Engel der Lüfte, damit Verständnis, Wachsamkeit und Urteilsvermögen mein Haupt beherrschen! Oh Raphael, Erzengel der Verlorenen! Gestatte deinem Gesinde, mir meine Gabe zu vergelten!«

In heftigen Wirbeln brauste der Sturm durch jeden Winkel unserer Stube. Schnaubend zerwühlte er unsere Decken und schleuderte unsere Obergewänder vom Stuhl. Entsetzt starrte ich auf die Kerze, doch wie durch ein Wunder brannte sie weiter. Als ich verwundert die Hand nach ihr ausstreckte, merkte ich, daß der böige Sturm am Tischrand stockte. Wo das Wachslicht stand, wehte nur noch ein laues Lüftchen.

Mir sträubten sich die Haare, denn ich erwartete, daß die gerufenen Geister jetzt gleich erscheinen würden. Einen Herzschlag später sah ich zu meinem Schrecken, daß der Magister sich vorbeugte und die flackernde Flamme ausblies.

Angestrengt spähte ich in die Finsternis. Immer noch wütete der unheimliche Sturm. Dann erblickten meine Augen plötzlich ein neues Licht. Als ich meine verwirrten Sinne wieder versammelte, entdeckte ich, daß eine bläuliche Flamme am Rand des Opferkuchens entlangfuhr.

Tiefe Frömmigkeit lag auf dem Antlitz des alten Dämonologen, als er nun betete: »Herr! Erleuchte den Verstand deiner unwürdigen Knechte, damit wir Dir in rechter Weise zu dienen vermögen! Löse die Binden der Unwissenheit von unseren Augen! Lasse uns erkennen, was wir wissen müssen, um unser Ziel zu erreichen!«

Als er »Amen« sagte, legte sich der Sturm, als hätten wir das Fenster geschlossen, und in dem Zimmer breitete sich tiefste Stille aus.

Doktor Cäsarius griff in seinen Talar und zog die Locke hervor, die er Tughril auf der Lagune abgeschnitten hatte. Ein Purpurfaden umfing das schwarzglänzende Büschel. Mit feierlichen Bewegungen löste der Dämonologe die sieben Knoten, nahm das Haar zwischen die Finger und teilte es in zwei Hälften. Die eine band er wieder zusammen und steckte sie in die Tasche zurück. Die andere hielt er über die bläuliche Flamme.

Ein leises Knistern ertönte. Dann breitete sich leichter Brandgeruch aus.

»Ihr Engel der Luft im Osten«, betete der Magister, »ihr Engel der Luft im Westen, ihr Engel des Nordens und Südens! Zeigt mir, wo dieser Mann sich verbirgt!«

Die bläuliche Flamme fuhr in immer engeren Kreisen am Rand des Opferkuchens umher, bis sie den Teig ganz aufgezehrt hatte. Weihrauchschwaden erfüllten das Zimmer, und wir begannen zu husten. Dann fuhr die bläuliche Flamme plötzlich zum Fenster hinaus, und Dunkelheit fiel über uns wie ein wollener Mantel.

Schnell schlug der Magister Feuer und zündete die Kerze wieder an. »Schließt die Läden«, befahl er.

Ich gehorchte. »Werden wir nun erfahren, ob Tughril lebt?« fragte ich bang.

Der Alte schwieg. Sein Blick schien in weite Ferne zu dringen. »Sie suchen ihn jetzt«, antwortete er nach einer Weile.

Ich spähte aus dem Fenster und sah zu meiner Überraschung, daß die Lichter der Burg schon sämtlich gelöscht waren. »Diese Franken gehen früh schlafen«, bemerkte ich.

Doktor Cäsarius schüttelte den Kopf. »Seht Ihr denn nicht, daß das Sternbild des Zimmermanns schon das Himmelszelt überquert hat?« entgegnete er. »Es wird gleich Mitternacht!«

»Aber es sind doch erst ein paar Minuten vergangen, seit uns der Diener verließ!« staunte ich.

»In der Gesellschaft von Geistern wandelt sich die Zeit«, antwortete der Magister. »Seit Beginn der Beschwörung sind mehr als fünf Stunden vergangen.«

»In welchem Buch kann ich davon lesen?« fragte ich. »Ich bin begierig, mehr darüber zu erfahren!«

»Die Formel steht bei Picatrix im ›Ziel des Weisen‹«, erklärte der Dämonologe. »Auch Hermes Trismegistos kannte die Worte, mit denen man die unteren Engel des Herrn vom Himmel herablockt.«

»Aber Raphael zählt doch zu den mächtigsten Geistwesen Gottes!« rief ich.

»Den Erzengel wagte ich auch nicht herbeizurufen«, klärte mich Doktor Cäsarius auf. »Ich bat ihn nur um eine Gunst. In der bläulichen Flamme verbarg sich eins der Lichtwesen aus dem niedrigsten Himmel. Es eilt nun mit seinen Brüdern, Tughril zu suchen.«

Ich weiß nicht, wie lange wir schweigend saßen. Aber es ging schon dem Morgen entgegen, als ich plötzlich Regentropfen an unserem Fenster hörte. Doktor Cäsarius sprang auf die Füße, eilte zu seiner Truhe und zog eine gläserne Schüssel hervor. Dann öffnete er die größte der gelben Flaschen und goß ein paar Tropfen würzigen Wein auf den Boden. »Das Fenster auf!« rief er mir zu.

Ich klappte die Läden zurück. Ein heftiger Herbstregen rauschte vom Himmel herab. Der Dämonologe hob die durchsichtige Schale mit beiden Händen hinaus.

»Tamagis Bagdisawad Wagdas Nufanagadis!« rief er. »Raphael, Fürst der Engel, erhöre uns, wie du einst auch den blinden Tobit erhörtest! Schärfe unseren Blick, damit wir unser Werk fortsetzen können, zur Ehre des Herrn und zum Ruhm unseres Glaubens!«

Schwere Tropfen prallten in die Schüssel und sammelten sich auf dem gläsernen Boden.

»Wie dieses Wasser, so werde Eure Erkenntnis uns sichtbar, ihr Engel der Lüfte«, flehte Doktor Cäsarius. »Tamagis Bagdisawad Wagdas Nufanagadis!«

Bald erreichte die Flüssigkeit die gerundeten Wände, und in kurzer

Zeit füllte der Regen die gläserne Schale bis zum Rand. Der Dämonologe hob das Becken mit vor Anstrengung zitternden Armen herein und stellte es auf den Tisch.

Gespannt setzte ich mich ihm gegenüber. Doktor Cäsarius ließ aus den gelben Phiolen wieder die vier Öle fließen, fing sie in einem kleinen Kupferkännchen auf, mischte sie unter leisen Gebeten und schüttete die glänzende Flüssigkeit in das Regenwasser.

»Tamagis Bagdisawad Wagdas Nufanagadis«, betete er zum letzten Mal. »Kommt, ihr Geister aus den Lüften, denen man in Demut naht! Labt euch an des Opfers Düften und erzählt uns, was ihr saht!«

Das Öl verbreitete sich in der Schüssel, wie eine weiße Wolke über den blauen Himmel wallt. Erst wogte der seidige Schleier im Wasser wie Gras im Wind, dann zitterte er wie das Laub einer Pappel, am Ende aber zuckte der Tropfen wie das Herz eines frisch ausgeweideten Hirschs. Siebenmal zog sich das schillernde Gebilde zusammen und dehnte sich wieder aus. Dabei funkelte es in allen Farben des Regenbogens. Als die seltsame Wasserwolke endlich die ganze Schale erfüllte, schmolzen die Töne zusammen, und meiner Kehle entfuhr ein heiserer Schrei. Denn in der Flüssigkeit schwebte das gebräunte, bärtige Antlitz des Türken.

Tughril hielt die Augen geschlossen, so daß man nicht erkennen konnte, ob er tot war oder schlief. Erregt beugte ich mich über die Schüssel, nicht achtend, daß mein Atem den Spiegel des Wassers bewegte. Der alte Magister legte mir eine Hand auf die Schulter und schob mich ein wenig zurück. Dabei bemerkte ich, daß sich das Gesicht von mir entfernte, je weiter ich mich zurücklehnte. Als ich eine Armeslänge Abstand nahm, sah ich Tughrils ganze Gestalt. Er lag unter einem Holunderstrauch, den Kopf auf ein silberbeschlagenes Kästchen gebettet. Seine Brust hob und senkte sich in den ruhigen Atemzügen eines Schlummernden, der mit sich und der Welt zufrieden ist.

»Tatsächlich!« entfuhr es mir. »Der Kerl hat die Kasse gestohlen! Aber wie kriegen wir ihn?«

Doktor Cäsarius legte warnend den Zeigefinger an die Lippen, erhob sich und trat ein wenig vom Tisch zurück. Ich folgte seinem Beispiel und gewahrte, daß die Gestalt im Wasser weiter schrumpfte. Am Rand der Schüssel tauchten Umrisse von Eichbäumen auf. Offenbar hatte der Türke sich in einem Wäldchen zur Ruhe gebettet.

Doktor Cäsarius zupfte mich sanft am Ärmel und lief langsam im Kreis um den Tisch. Ich folgte ihm, und mit jedem Schritt veränderte sich der Hintergrund des Zauberbilds. Es war, als ob wir durch ein Rohr blickten, das sich mit unserem Auge drehte. Nach und nach öffnete sich eine Lichtung in dem nächtlichen Hain, und dahinter erhob sich im Mondschein die seltsame Klippe, die wie ein Bergfried mit drei Zinnen erschien.

»Der Teufelsturm!« entfuhr es mir.

»Tughril gelangte wohl eine Meile südlich von uns an Land und wanderte von dort gegen Mittag«, vermutete der Magister. »Er wird versuchen, so schnell wie möglich nach Bellerophon zu gelangen. Im Heer des Kaisers dienen zahlreiche Türken, bei denen er leicht unterschlüpfen kann.«

»Wir müssen ihn einholen, ehe er die Burg erreicht!« rief ich und packte den Alten am Arm. »Worauf warten wir noch?«

»Geduld!« meinte der Dämonologe. »Morgen werden wir...« Er unterbrach sich plötzlich.

»Was ist?« fragte ich bang.

Doktor Cäsarius gab keine Antwort. Angestrengt lauschte er. Nach einer Weile hörte auch ich ein dumpfes Grollen, das tief aus der Erde zu dringen schien.

Der Boden unter der Burg begann zu erbeben. Der schwere Eichenholztisch wackelte. In der Schüssel bildeten sich kleine Wellen. Das Wasser trübte sich, und ein Teil der Flüssigkeit rann auf den Tisch.

Ich lief, um die Schale festzuhalten.

»Geht nicht so nahe heran!« rief der Magister und hielt mich fest.

Das Dröhnen verhallte langsam, und die Erschütterungen verebbten. Gebannt starrte ich auf das Regenwasser, das sich wieder klärte. Dann schrie ich auf.

Denn aus der Schüssel blickte uns mit einem grausamen Lächeln das schreckliche Antlitz des Magiers Kynops entgegen.

SECTIO VII

In den kalten, kohlschwarzen Augen des Zauberers lag ein seltsamer Ausdruck von Haß und Hohn. Es schien, als ob der Magier nicht recht wußte, ob er uns verfolgen oder nur verachten sollte. Seine Blicke drohten wie Dolche, und seine Lippen formten lautlose Flüche. Dann trübte sich die Flüssigkeit wieder zu einem milchigen Weiß, und alles war wie zuvor.

Ich starrte Doktor Cäsarius an. Der alte Magister schien von der unheimlichen Erscheinung ebenso überrascht wie ich. »Kynops!« stieß er hervor. »Also auch nach Achaia seid Ihr uns gefolgt!« Hastig ergriff er die Schüssel und schüttete den Inhalt zum Fenster hinaus. Dann setzte er sich schweratmend an den runden Tisch und murmelte:

»Bei Suchoths stinkendem Steiß! Ich war mir sicher, daß wir die Späher abgeschüttelt hatten! Zählte auch dieser Stallknecht im Lagerhaus an der Lagune zu den Zuträgern des Teufels? Flattert etwa dieser verfluchte Rabe dort draußen umher?«

Der Dämonologe räumte rasch alle Phiolen und Fläschchen in seine kupferbeschlagene Kiste. Am Himmel hinter den Hügeln im Osten erschien ein fahlgelber Streifen. »Die Sonne geht gleich auf«, meinte der alte Magister. Die Müdigkeit grub tiefe Falten in sein runzliges Gesicht. »Laßt uns zu Tyrant du Cœur eilen! Auch mit Bruder Maurus müssen wir sprechen.«

Unter uns ertönten Schritte, dann vernahmen wir Hufschläge. Zugochsen brüllten vor dem Tor. Stimmen von Wächtern und Dienstleuten drangen zu uns herauf, und die Burg erwachte wieder zum Leben. Wir stiegen die steile Treppe hinunter. Als wir den Innenhof der Festung erreichten, tauchten die ersten Sonnenstrahlen das graue Gemäuer in gelben Glanz. Die Tagwache zog zum Tor und öffnete die Pforten für die Wagen der Händler und Bauern. Sie brachten Körbe voll Brot und Weinfässer in die Burg, dazu grunzende Schweine und gackernde Hühner und manches andere mehr für Küche und Keller. Wir drängten uns an den Fuhrwerken vorbei und liefen den Hügel hinab zu den Zelten. Aber noch ehe wir sie erreichten, hörten wir von der Seite her ein scharfes Zischen.

Doktor Cäsarius blieb wie angewurzelt stehen. Seine Rechte tastete nach dem Storaxstab im linken Ärmel. Erschrocken blickte ich auf eine uralte Ulme, deren Äste sich bis zum Boden beugten. Die Zweige des Baumriesen zitterten plötzlich. Hinter dem rissigen Stamm trat Tyrant du Cœur hervor.

»Da seid ihr ja endlich!« rief uns der Normanne entgegen. »Ich warte schon eine Stunde auf euch. Besser, wir reden hier – bei den Zelten lauschen zu viele Ohren!«

Er winkte uns in eine moosige Kuhle. Der Magister berichtete, was wir in der Nacht erlebt hatten. »So ein Strolch!« schimpfte der Ritter, als er von Tughril vernahm. Dann schilderte der Dämonologe die Erscheinung des Magiers.

»Kynops weiß also, wo wir sind«, stellte der Jüngling fest. »Und der Türke ahnt nichts davon!«

»Deshalb müssen wir Tughril so schnell wie möglich einholen«, stellte Doktor Cäsarius fest. »Doch ohne Euren starken Arm dürfen wir uns nicht nach Bellerophon wagen, wenn wir nicht wollen, daß die Kumanen unsere Häupter auf Stangen spießen!«

»Aber ich kann jetzt nicht fort!« entgegnete Tyrant du Cœur bedrückt. »Gestern abend mußte ich dem Seneschall versprechen, unter seinem Wappen zu tjostieren. Ich konnte es ihm nicht abschlagen, ohne Verdacht zu erwecken.«

Der junge Ritter strich sich die Locken aus der Stirn und fuhr fort: »Ja, ich weiß, ich hätte ablehnen sollen. Aber ich wußte doch nicht... Jetzt ist es jedenfalls zu spät. Heute mittag beginnt das Turnier. Morgen aber werden wir nach Süden ziehen. Vielleicht gereicht die Verzögerung uns sogar zum Vorteil: Graf Kono von Katakolon hat sich über die Frechheit dieser Kumanen derart erbost, daß er mit seinen Gästen morgen früh selbst nach Bellerophon aufbrechen will, um diese Schlitzäugigen samt ihrer griechischen Soldgeber zu bestrafen. Wir reiten mit.«

»Tughril wird dann möglicherweise mit den Türken gegen uns fechten!« wandte ich ein.

Der Magister schüttelte den Kopf. »Laßt mich erst einmal in seiner Nähe sein«, meinte er gelassen.

»Und dann?« erkundigte sich der Ritter. »Wie geht's dann weiter?«

»Wenn wir Tughril gefunden haben, kehren wir nach Katakolon zurück und warten, bis Bruder Maurus gesund ist«, erklärte Doktor Cäsarius. Ein Hustenanfall schüttelte ihn. Als er wieder zu Atem gekommen war, fuhr er fort: »Dann bauen wir das Boot, das uns zur Nebelinsel bringt. Es muß aus vierzehn verschiedenen Hölzern bestehen... Ich werde euch das noch genau erklären.«

Tyrant du Cœur nickte. »Der Mönch ist ein zäher Bursche«, sagte er. »Mehr als zwei Wochen wird es nicht dauern, bis er wieder genesen ist.«

»So lange?« fragte ich bang. »Der Graue...«

»Der Assiduus braucht mindestens einen Monat von der Lagune nach Katakolon«, beruhigte mich der Magister.

Ich atmete tief und lehnte mich ein wenig zurück.

»Gab es in Achaia kürzlich noch weitere Erdbeben oder andere ungewöhnliche Ereignisse?« fragte Doktor Cäsarius.

Tyrant du Cœur blickte den Alten nachdenklich an. »Irgend etwas stimmt hier nicht«, antwortete er nach kurzem Bedenken. »Es wird zu oft hinter meinem Rücken geflüstert, und zu viele Leute verstummen, wenn ich nähertrete. Ich traue Graf Kono nicht. Ich bin sicher, daß er niemals einen Boten nach Tamarville sandte.«

»Hütet Euch vor ihm!« warnte der Dämonologe.

»Aber da ist noch etwas anderes«, sagte der Jüngling. »Ihr habt ja gestern selbst gehört, wie Galeran d'Ivry die Heldentaten der fränkischen Ritter rühmte. Es klang, als fürchteten sie keinen Feind. Dennoch gibt es hier offenbar eine Macht, die selbst diesen Männern Angst einzujagen vermag. Es scheint sich um eine Gruppe von Kriegern zu handeln, die irgendwo im Osten beheimatet sind.«

»Türken?« fragte ich.

»Das glaube ich nicht«, antwortete Tyrant du Cœur. »Seldschuken und Osmanen sind zwar als tapfere Krieger bekannt, doch vor den Ungläubigen bangt den Baronen Achaias nicht. Dazu haben sie hier und auch im Heiligen Land schon zu oft mit den Heiden die Klingen gekreuzt. Nein, es muß etwas anderes sein... Niemand spricht es aus, doch in den Augen der tapfersten Recken erscheint das Grauen, wenn sie an diese Krieger denken..., wenn das Gespräch auf bestimmte Ereignisse kommt... Hinterlistige Überfälle, mörderische Gemetzel, Dolche aus dem Dunkel, Krieg gegen Frauen und Kinder..., furchtbare Gestalten, getrieben von den grausamsten Gelüsten, ausgerüstet mit unwiderstehlichen Waffen und ohne jeden Sinn für Ritterlichkeit und Ehre... Das ist es, was man hinter den Worten ahnt, die den Edlen hier manchmal entfahren.«

»Dämonen?« vermutete der Magister.

»Gut möglich«, versetzte der Jüngling. »Der Anführer dieser schrecklichen Schar scheint als Fürst auf einer entfernten Insel zu herrschen. Seinen Namen weiß ich nicht. Doch als ich gestern abend spät am Grab meiner Mutter betete, gingen zwei Ritter aus Bodonitsa vorüber. Sie sahen mich nicht und glaubten sich wohl auf dem Kirchhof allein. Da redeten sie über einen Herzog von Hinnom und seine grausame Garde. Sie nannten sie Pythoniden. Herzog von Hinnom... Könnt Ihr Euch etwas darunter vorstellen, Doktor Cäsarius? Ich kenne diesen Ort nur aus der Bibel...«

»Hinnom!« sprach der Dämonologe düster. »Ort der Qualen! Grausiger Opferplatz, da die sündhaften Kanaaniter ihre Söhne vor dem Götzenbild Molochs verbrannten... Wie viele schauerliche Verbrechen schändeten dort die Ehre der Erde! Selbst aus der Hölle hört man keine schrecklicheren Übeltaten als von diesem Platz!«

»Doch wurde das Tal nicht schon vor Jahrtausenden all seiner Schrecken beraubt?« fragte ich staunend. »Berichtet das Buch der Könige nicht von Joschija, jenem gerechten Herrscher von Juda: ›Er machte den Opferplatz Tofet im Tal von Hinnom unrein?‹ Das kann doch nur bedeuten, daß der Altar Molochs zerstört wurde. Und der Prophet Jeremia weissagte: ›Sehet, dann kommen Tage – Spruch des Herrn – da wird man nicht mehr von Tofet reden oder vom Tale Hinnom, sondern vom Mordtal, und beim Tofet wird man Tote begraben, weil anderswo kein Platz mehr ist.‹«

»Dennoch ließen selbst noch zu Zeiten Ezechiels und Jesajas abtrünnige Juden dort ihre Söhne und Töchter durchs Feuer gehen«, entgegnete der Magister. »Erst nach der Zerstörung Jerusalems durch die Babylonier erfüllten sich die Weissagungen der Propheten. Doch das bedeutet keineswegs, daß damit auch Hinnoms verfluchter Name für immer getilgt wäre: nicht mehr zwischen Zions Hügeln, wohl aber in den Herzen der Menschen lebt dieser Ort auf ewig fort. Darum herrscht dieser Herzog von Hinnom wohl nicht über ein Lehen im Heiligen Land, sondern über den finstersten Ort in der Seele der Menschen. Nicht Moloch, Satan ist sein Gott!«

»Was wollt Ihr nun tun?« fragte Tyrant du Cœur.

»Als erstes werden wir den Mönch unterrichten«, gab Doktor Cäsarius zur Antwort. »Auch er ahnt ja nichts von der Gefahr! Dann wollen wir dem Turnier beiwohnen. Es ist wohl besser, wenn wir einander von jetzt an im Auge behalten.«

Der junge Ritter nickte und erhob sich. »Ich werde die Dienstboten anweisen, Euch als meine Ehrengäste in die Loge des Seneschalls zu geleiten«, erklärte er.

Wir wanderten zur Burg zurück. Der Schimmer des Morgenrots färbte den gelbbraunen Mörtel der mehr als zwei Meter mächtigen Mauern mit kupfernem Glanz. Auf den mit roten Pfannenziegeln gedeckten Dächern trocknete Tau. Der starke, viereckige Burgfried reckte sich gegen den Himmel wie ein zweiter Turm von Babel. Auf den Wegen und in den Höfen der Feste drängte sich eine geschäftige Menge. Dienstmannen feilschten mit Händlern, Köche und Mägde prüften die Frische der Lebensmittel, Handwerker aller Berufe boten ihre Waren feil, so daß man fast sein eigenes Wort nicht mehr verstehen konnte.

Eilig stiegen wir über die schmale Blockstufentreppe zur Krankenstube hinauf. In unserer Hast dachten wir nicht daran zu klopfen, sondern öffneten ohne Umschweife die niedrige Tür und traten ein.

Der Mönch fuhr mit einem Laut der Überraschung aus seinen Kissen empor und starrte uns ungläubig an. Neben ihm sahen wir eben noch das hellblonde Haar einer Dienstmagd unter den Decken verschwinden.

»Was fällt Euch ein, mich so zu erschrecken!« rief Bruder Maurus vorwurfsvoll, ohne jedoch sein schlechtes Gewissen verbergen zu können.

»Wir haben mit Euch zu reden«, erwiderte Doktor Cäsarius unmutig, »und zwar allein. Schickt Eure Dirne hinaus!«

»Ihr irrt Euch«, verteidigte sich Bruder Maurus. »Die brave Jungfrau lagerte nicht bei mir, um sündhafter Wollust zu frönen, sondern sie wärmte nur meine Laken. Das ist so Brauch in kalten ...«

»... Gegenden, ja, ich weiß!« schnitt ihm der Dämonologe das Wort ab. »Wir kennen diese Sitte. Nicht wahr, Dorotheus? Doch falls Ihr es noch nicht gemerkt haben solltet, Bruder Mönch: Wir befinden uns hier in Achaia, im südlichsten Teil von Griechenland, wo es nur selten schneit.«

»Ich bin ein kranker Mann«, schnaufte der riesige Mönch mit wehleidiger Miene und ließ sich scheinbar entkräftet in seine Kissen sinken. »Die Jungfrau hilft mir zu schwitzen, damit das Fieber aus meiner Brust weicht. Seht nur, wie ihre Wärme wirkt!«

Er wischte sich mit der Hand über die schweißnasse Stirn und hielt uns zum Beweis die feuchten Finger entgegen.

»Ausdünstungen der Brunst!« rief der Magister mit strafendem Blick. »Schämt Euch!« Er trat auf die andere Seite des Lagers und zog mit einem Ruck die Decke fort. Mit einem erschrockenen Aufschrei bedeckte die junge Magd ihre Blößen. Der Dämonologe bückte sich, hob ein grobes Hemd auf und reichte es dem Mädchen. »Dem Mönch geht es besser, als du vermutest, dummes Kind«, sprach er. »Du selbst bist in viel größerer Gefahr, dich zu erkälten.«

Wir wandten uns um, bis sich die Dienstmagd angekleidet hatte und zur Tür hinauslief.

»Da geht sie hin, die sanfte Samariterin!« seufzte Bruder Maurus. »Wer soll mir nun über die heiße Stirn streichen? Wer meinen erhitzten Leib kühlen? Wer mir die Medizin einflößen, die mich am Leben hält?«

»Es wird sich schon noch irgendeine alte Vettel finden!« versetzte Doktor Cäsarius unwirsch. »Falls Ihr gesündigt habt, Mönch, rate ich Euch, baldmöglichst Buße zu tun! Sonst fährt Eure Seele vielleicht zur Hölle hinab, wenn Kynops erscheint!«

Der Mönch fuhr hoch wie ein Wolf, vor dessen Höhle ein verirrter Widder blökt.

»Kynops?« rief er. Mit schmerzverzerrtem Gesicht faßte er sich an den linken Arm. »Wo steckt der Verbrecher?«

»Das konnte ich noch nicht herausfinden«, erwiderte der Magister. »Er aber weiß, daß wir in Achaia sind.« Er berichtete von unseren Erlebnissen in der vergangenen Nacht und schloß: »Wir kamen, um Euch zu warnen.«

»Warnen?« rief Bruder Maurus. »Schafft mir den Magier herbei! Warum habt Ihr ihm nicht gesagt, daß ich hier auf ihn warte, um ihm den Hals umzudrehen!«

So schimpfte und zeterte er noch eine ganze Weile. Über den Türken aber sagte er anerkennend: »Schade, daß auf diese Ungläubigen kein Verlaß ist. Ein Kerl, der in solcher See zu schwimmen vermag, noch dazu mit einer Kiste voll Gold auf den Schultern, könnte uns im Kampf gegen Kynops wohl von Nutzen sein.«

Wir verließen die Siechenstube und schritten auf einem gepflasterten Weg durch die innere Pforte der Festung zum Palast, in dem Graf Kono wohnte. Über eine breite Freitreppe aus Stein gelangten wir in die Halle des Herrenhauses, in der alle Gäste und Burgsassen speisten. Wir stärkten uns mit einem Frühstück aus heißer Brühe, Eiern, Speck und warmem Brot, tranken dazu einen Humpen Bier und ließen dem Körper auch einen Schluck Aqua vitae zukommen, um die Leber zu erquicken. Der Burgherr tafelte an einem erhöhten Herrentisch, den ein blauer Baldachin überspannte. Neben ihm speiste ein riesiger Ritter mit langem, schwarzglänzendem Haar. Auf seinem linken Wangenknochen leuchtete eine dreieckige Narbe. Sein schwarzer Umhang war mit einem silbernen Drachen geschmückt.

Wir verneigten uns vor dem Grafen. Kono von Katakolon nickte uns leutselig zu. Der fremde Ritter musterte uns mit einem langen Blick aus schmalen Augen, und mir war, als starrte uns eine gefährliche Schlange entgegen.

Nach dem Frühstück zogen wir uns zurück, um noch ein wenig zu schlafen. Zur Mittagsstunde erhoben wir uns, erfrischten uns mit ein paar Handvoll Wasser und wanderten dann durch das von zwei runden Türmen geschützte Außentor zum Turnierplatz hinab.

Hinter den Zelten stand eine zwei Stockwerke hohe Tribüne, gezimmert aus sorgsam mit eisernen Bändern verbundenen Bohlen. In ihrer Mitte bot ein breites Dach aus rotem Segeltuch den Ehrengästen Schutz vor Sonne und Regen. In den Logen darunter erblickten wir die Blüte der Frankengeschlechter Achaias: Die vornehmen Damen und Jungfrauen trugen bestickte Obergewänder aus flandrischem Samt und syrischer Seide. Kunstvoll gefertigte Hauben saßen auf züchtig gesteckten Haaren. Pelze seltener Tiere bedeckten die Schultern der edlen Fürstinnen, und an ihren Armen gleißte goldenes Geschmeide wie Glimmer im Gneis.

Auch die Herren und Jünglinge saßen in kostbare Stoffe gewandet. Walnußgroße Edelsteine prangten an den Knäufen ihrer Dolche, und ihre Siegelringe blitzten wie Sonnen. Ihre Gürtel starrten vor Juwelen, und selbst ihre Sporen glänzten vor Gold.

Links und rechts schlossen sich die Reihen der Knappen und Dienstmannen an. Dahinter folgte das gewöhnliche Volk. In bunter Reihe hockten dort Franken und Griechen, Freie und Knechte, Krieger und Bauern, Männer und Frauen nebeneinander wie Hühner auf der Stange. Die Ritter sahen dem bunten Treiben von ihren Zelten aus zu.

Die Wappen der Kämpen lehnten an den rotweißen Turnierschranken, die sich hundert Schritte weit nach Norden und Süden erstreckten. Über den Schilden hingen Mäntel, Tücher und Schärpen mit den Farben ihrer Besitzer. Darüber standen die Helme der streitenden Ritter, jeder mit einer anderen Zier: Köpfe von Rossen trugen die einen, Schwingen von Schwänen die anderen, dritte die Hörner der Leier, andere Stangen von Einhorn, Schaufeln von Hirschen und fliegende Aare zum Zeichen uralten Adels.

Auf den Schilden erkannte ich die ehrwürdigsten Familien Achaias: Manche führten die Tiere des Nordens im Wappen, Elch und Eber. Andere zeigten die Vögel des Südens, Kranich und Kormoran. Wehrhafte Wesen wie Bär, Hahn und Löwe drohten neben den Bildern scheinbar wehrloser Geschöpfe wie Birkhuhn, Hase und Lamm. Doch wissen wir nicht aus der Offenbarung des Johannes, daß es ein Lamm sein wird, das am Weltende den Sieg über Satan erringt? Die Raubtiere Asiens, Tiger und Panther, rissen die Rachen auf. Fabeltiere wie Einhorn und Phönix enthüllten ihre überirdische Schönheit. Andere alte Geschlechter schmückten sich mit Rosen und Lilien, Eichen und Palmen oder auch Sonne und Mond. Auf manchen Schilden strahlten Kreuze und Kränze, aber auch Säbel und Spieße. Zwischen dem goldenen Schlüssel Graf Konos und dem silbernen Drachen des fremden Ritters leuchtete der schlichte Schild des Seneschalls, eine grüne Krone auf weißem Grund.

Die gleichen Farben fanden wir auch in der Mitte der Ehrentribüne.

Als wir darauf zuschritten, stellte sich uns ein Dienstmann im rotweißen Tuch in den Weg. Mit herrischer Geste hielt er dem Magister die Hand vor die Brust und fragte grob: »Wohin wollt Ihr? Dieser Bereich steht nur geladenen Gästen offen!«

»Wir kommen auf Wunsch des Ritters, der für den Seneschall ficht«, antwortete Doktor Cäsarius mit Würde.

»Davon weiß ich nichts!« brummte der Burgknecht. »Geht und sucht Euren Herrn! Ohne seinen ausdrücklichen Auftrag lasse ich Euch nicht ein!«

Hinter uns klirrte Eisen. Kono von Katakolon ritt auf schwerem Schlachtroß heran. »Laß die Herren durch, du dumme Kröte!« befahl er barsch. Dann nickte er uns freundlich zu und lenkte seinen hochbeinigen Fuchs zu den Zelten.

Der Dienstmann verbeugte sich furchtsam. Wir ließen uns bequeme Kissen reichen und setzten uns auf die hölzernen Bänke.

Kurz darauf begann das erste Gefecht, ein Buhurt. Dabei kreuzten zwölf Recken des Herzogs von Naxos die Klingen mit ebenso vielen Kämpen aus Corinth. Die Ritter vom Archipel trugen apfelgrüne Umhänge über den Kettenhemden. Sie stürzten sich mit dem Grimm raubender Löwen auf ihre Gegner. Die durch kirschrote Tücher kenntlich gemachten Corinther aber duckten sich nicht unter dem Anprall, sondern sie warfen sich den Inselrittern entgegen, so wie sich ein gereizter Stier dem Bären stellt. Am Ende mußten Herolde in roten Mänteln zwischen die Kämpfer reiten, um zu verhindern, daß das gefährliche Spiel in tödlichen Ernst umschlug.

Mit hallender Stimme erklärte Kono von Katakolon die Ritter des venezianischen Herzogtums der Cycladen zu Siegern. Auf den Plätzen hinter uns sprangen apfelgrün gewandete Herren jubelnd auf. Die kirschroten Reisigen aus Corinth murrten laut und wollten erneut zu den Schwertern greifen. Auch auf den Ehrenplätzen blitzten plötzlich blanke Klingen. Galeran d'Ivry selbst mußte sich dazwischenwerfen, um eine Fortsetzung des Kampfes zu verhindern.

Der Anführer der Inselritter lenkte sein Streitroß in artigem Trab vor die Ehrentribüne, sprang aus dem Sattel und beugte vor einer Dame mit schon ergrauendem Haar das Knie.

»Das muß die Herzogin von Athen sein«, raunte mir Doktor Cäsarius zu, »Helena aus dem Geschlecht der Komnenen.«

»Eine Griechin?« fragte ich überrascht.

»Sie ist die Tochter des Herrschers von Thessalien, Johannes Angelos«, erklärte der Magister leise. »Er focht mit dem Herzog von Athen in der Heldenschlacht von La Patria und vermählte ihm danach sein Kind.«

Die Herzogin beugte sich vor und reichte dem grünen Ritter einen goldenen Becher. Jubel hallte auf. Der Jüngling hob das kostbare Gefäß zum Kuß an die Lippen, warf es dann in die Luft, sprang in den Sattel, fing den Pokal unter brausendem Beifall auf und sprengte im Galopp zu seinen Gefährten.

Die Herzogin lächelte. Hinter ihr leuchtete einen Moment lang der Schimmer goldblonden Haares.

Ein rot-weiß gekleideter Herold stellte sich nun an der Seite der Ehrentribüne auf und blies die Trompete zum Tjost. Und schon nach den ersten Treffen wurde mir klar, warum die Franken trotz ihrer geringen Zahl ganz Griechenland erobern konnten. Denn nie zuvor sah ich solche Kampfeswut wie in dem Tal zu Katakolon.

Als erster ritt der junge Konrad, der Sohn Graf Konos, zwischen die Schranken. An den Rändern seines Panzers blinkte Silber in verschwenderischer Fülle, denn die Barone Achaias schwelgen im Reichtum wie Maden im Speck. Gegen den Sohn des Burgherrn stellte sich der grüne Jüngling aus Naxos. Der Herold rief laut seinen Namen: Amadeo Buffa. Von den beiden äußersten Enden der Kampfbahn sprengten die beiden Reiter einander in vollem Galopp entgegen. Der Kämpe aus Naxos setzte die Spitze seiner Turnierlanze mit großer Zielsicherheit auf den rotweißen Schild seines Gegners. Doch Konrad von Katakolon hielt stand und schleuderte mit der eigenen Waffe den Ritter vom Archipel aus dem Sattel. Amadeo Buffa flog durch die Luft wie ein Sack Korn, den ein Bauer vor der Mühle vom Wagen wirft. Sein ehernes Beinzeug löste sich wie die Schalen eines zerschmetterten Käfers, und sein fein gehämmerter Schallern rollte scheppernd durch den Sand.

Sogleich eilten apfelgrün gekleidete Knappen herbei, um ihrem Herrn aufzuhelfen. Amadeo Buffa spie einen Mundvoll blutigen Sand aus, warf wütend seine Handschuhe zu Boden und ließ sich zu den Zelten führen. Die Burgsassen Katakolons jubelten aus voller Kehle. In ihre Lobesrufe mischte sich das Beifallsgeschrei der Corinther, die den Rittern von Naxos den Sieg im Buhurt nachtrugen.

Im nächsten Durchgang stach der beste Fechter Corinths, Jean de Neuilly, ebenfalls schon im ersten Anlauf den hochberühmten Guisbert de Cors aus dem Sattel, einen der ersten Gefolgsleute des edlen Herzogs von Athen. Rachedurstig erschien darauf dieser Fürst auf der Kampfbahn, um die Ehre seines Hauses wiederherzustellen. Seine goldene Rüstung gleißte im Licht, so daß es erschien, als reite ein heidnischer Sonnengott durch das Tal. Auf seinem breiten Rücken flatterte ein blaues Tuch mit dem normannischen Löwen. Sein Gegner stammte gleichfalls von altem Adel: Geoffroi von Tournay, Herr von Karytena, der Grenzburg der Franken am Alphiosfluß. Beide Recken sahen einander mit starrem Blick an, und ihre Lippen bewegten sich in zornigen Worten, die auszusprechen ihnen die höfische Sitte verbot. Beim ersten Zusammenprall zersplitterte Sire Geoffrois Lanze. Wütend schleuderte der Recke sie zu Boden und ließ sich eine neue reichen. Dann wiederholten die edlen Ritter den Tjost, und diesmal traf der Herzog besser: es donnerte wie ein Gewitter, als der Herr von Karytena in den Staub stürzte. Er prallte mit dem Helm zuerst auf den Boden und blieb besinnungslos liegen. Knappen eilten mit einer Trage herbei und schafften ihn zu seinen Zelten. Der Sieger sprang vom Pferd und eilte dem Gegner nach, um ihn mit eigenen Händen zu pflegen.

Dieser gefährliche Ausgang des Kampfes erschreckte mich bis ins Innerste, und ich eilte zum Abtritt, der sich hinter Zeltwänden am Rand der Schlucht verbarg. Während ich dort meine Därme besänftigte, tönte immer wieder das erregte Gebrüll der Zuschauer an meine Ohren. Ich reinigte meine Hände in einer Schüssel, deren Wasser aufmerksame Diener mit Rosenblüten bestreut hatten, und kehrte auf meinen Sitzplatz zurück.

Beim nächsten Kampf stellte sich Tyrant du Cœur dem Großkonnetabel des Reiches, Jean Chaudron, der schon viele Male das Heer der fränkischen Ritter angeführt hatte. Er stand schon hoch in Jahren, doch seine blaßblauen Augen wünschten wohl noch viel zu sehen. Er hob den Schild mit dem goldenen Greifen, und sein geschultes Streitroß stürmte an den rotweißen Stangen entlang.

Tyrant du Cœur schob das Ende seiner Lanze in die Auflage an der rechten Seite seiner Rüstung und spornte seinen Schimmel. Sangroyal stieg auf den Hinterbeinen empor und galoppierte dem Großkonnetabel mit solcher Schnelligkeit entgegen, daß die Zuschauer vor Bewunderung aufschrien. Wenige Herzschläge später setzte Tyrant du Cœur die Spitze seiner grünweißen Lanze auf den Greifen, drückte die Waffe des Gegners mit einem kräftigen Schlag seines Schilds zur Seite und stieß den Großkonnetabel dann mit fast spielerischer Leichtigkeit aus dem Sattel, so wie ein Knabe den kleineren Bruder neckend vom Bänkchen schubst.

Klirrend und rasselnd verschwand Jean Chaudron in einer Staubwolke. Als sich die Luft wieder klärte, sahen wir den Großkonnetabel ohne Helm und mit offenem Mund auf seinem Hosenboden sitzen.

»Wahrlich, Herr Seneschall!« rief er über die Kampfbahn. »Ihr habt nicht gelogen!«

Galeran d'Ivry schmunzelte. Einige Zuschauer schrien begeistert: »Wo lerntet Ihr tjostieren, Ritter Sans Nom?«

»Ganz gewiß in der Normandie«, meinte der Seneschall, »nirgends sonst übt man diese Kunst in so vollkommener Weise!« Er blickte uns fragend an, wir aber schwiegen.

Danach ritten Graf Kono von Katakolon und Baron Gautier von Mategriffon gegeneinander. Stolz zeigte Herr Gautier den Reichtum seiner Baronie: sein hellblauer Umhang war mit goldenen Fäden durchwirkt, Silberfarben verschönten den Delphin auf seinem Schild, und an seiner Hüfte steckte ein Schwert mit einem taubeneigroßen Rubin am Griff. Graf Kono scherte sich aber nicht viel um diesen Glanz an Waffen und Wappnung, sondern er stürzte sich auf den Gegner, so wie ein hungriger Steinadler auf den radschlagenden Pfau hinabfährt, und rammte seinen Widerpart in Grund und Boden.

Zum zweiten Mal ritt nun der Herzog von Athen, Hugo von Brienne, auf den Kampfplatz. Am anderen Ende der Schranken wartete nun der Mann mit dem Drachen, den wir im Palast beobachtet hatten. Als sein Name verkündet wurde, blieb der Beifall spärlich.

»Woher stammt dieser Ritter, Herr?« fragte ich den Seneschall. »Eure Landsleute scheinen ihm nicht viel Zuneigung entgegenzubringen.«

»Ja, und das ist sehr schade«, erwiderte Galeran d'Ivry. »Zählt doch Ubertino Pallavicini, Markgraf von Bodonitsa, zu den wackersten Kämpen Achaias! Die Thermopylen liegen weit im Norden, er kann daher leider nur selten zu unseren Festen erscheinen.«

Das Trompetensignal ertönte, und die beiden Streiter ritten aufeinander zu. Kampfesdurstig stellte sich der Herzog in die Steigbügel, um gegen den silbernen Drachen zu stoßen. Aber der Markgraf von Bodonitsa duckte sich unter der Lanze und traf den Athener mit seiner Waffe am Schenkel. Die hölzerne Spitze bohrte sich durch den Beinschutz des Ritters und riß ihn vom Rücken des Rappen. Das Blut des Herzogs spritzte bis zur Tribüne. Burgsassen und Gäste sprangen erschrocken auf. Von allen Seiten stürzten Helfer herbei.

Als sich der Staub wieder legte, wickelten rotgekleidete Ärzte leinene Tücher um den verletzten Schenkel des Herzogs. Blut sickerte durch den Stoff, und mir wurde übel.

Der Drachenritter ritt an den gestürzten Gegner heran. »Verzeiht, Herr Herzog«, rief er. »Ich traf Euch nicht mit Absicht!«

Mir schien das eine glatte Lüge, der Fürst Athens aber stieß zwischen zusammengebissenen Zähnen hervor: »Euch trifft keine Schuld, Herr Ubertino!«

Der Markgraf von Bodonitsa nickte und ritt zu den Zelten davon.

Ich meinte, daß die Herzogin angesichts dieser schweren Verwundung ihres Gemahls in Tränen ausbrechen müßte. Aber die Fürstin ließ sich nichts anmerken, sondern gab dem Herold ein Zeichen, den Tjost fortzusetzen.

Ein Aufschrei aus tausend Kehlen riß mich aus meinen Gedanken. Konrad von Katakolon trabte an der Tribüne vorüber, setzte den Helm auf den Stoßkragen und zog das Kinnreff empor. Am anderen Ende der Schranken hob Tyrant du Cœur mit grimmigem Lächeln die grün-weiße Lanze. Als die Trompete erklang, flog der Schimmel schnell wie ein Schwan dem Streitroß des Franken entgegen. Mit der Geschicklichkeit aus tausend Tjosten ließ der Normanne den Stoß des Gegners abgleiten und traf selbst das Achselstück des jungen Katakolon.

Der achaische Ritter wurde aus seinem Sattel geschleudert, als sei er gegen einen Balken geritten. Mit lautem Getöse krachte er in den Sand. Die Riemen seines Panzers lösten sich. Bruststücke und Armzeug rollten klappernd über den Kampfplatz. Die Zuschauer schwiegen erschrocken, und ich sah manchen Ritter besorgt auf Graf Kono blicken, der mit zornroter Miene dem Sturz seines Sohnes zusah. Galeran d'Ivry erhob sich und rief: »Ein ganz vorzüglicher Stoß, Ritter Sans Nom! Wahrlich, selbst unsere tapfersten Recken können noch von Euch lernen!«

Der Seneschall schlug laut die Hände gegeneinander. Graf Kono starrte den Regenten mißmutig an. Dann hieb der rote Graf seinen ehernen Handschuh gegen den Schild. Endlich fielen nun auch die Zuschauer ein, und der Sieger erhielt den verdienten Beifall.

»Ruht Euch aus, Ritter Sans Nom!« schrie Graf Kono. »Denn nach dem Sohn sollt Ihr auch den Vater erproben!«

Tyrant du Cœur verneigte sich höflich und ritt zum Zelt des Seneschalls. Ich beugte mich an das Ohr des Magisters und raunte ihm zu: »Wißt Ihr nicht einen Zauber, mit dem wir Herrn Tyrant vor einer Verletzung bewahren könnten? Dieser rote Wildeber scheint zu allem fähig!«

»Unser Gefährte würde nicht wollen, daß wir ihm durch Magie einen Vorteil verschaffen«, wehrte Doktor Cäsarius ab. »Laßt Gottes Willen walten!«

Die Zuschauer grüßten den roten Grafen mit lautem Gebrüll. Aber auch Tyrant du Cœur wurde mit Beifall empfangen.

»Kunst gegen Kraft«, meinte der Seneschall hinter uns, blickte sich im Kreise um und rief mit lauter Stimme: »Zehn Goldstücke auf Ritter Sans Nom!«

»Die Wette halte ich!« versetzte der Großkonnetabel in der benachbarten Loge. Seiner Rüstung entkleidet und in ein prächtiges Wams aus Seide gehüllt, trank er aus einem steinernen Krug. »Und auch noch zehn mehr, Herr Seneschall!« fügte er übermütig hinzu.

»Es gilt, Herr Chaudron!« lachte Galeran d'Ivry. Die beiden Herren schlugen ein und besiegelten ihre Abmachung mit einem Trunk.

Düster starrte Graf Kono auf den Normannen. Tyrant du Cœur lächelte dem roten Ritter zu, setzte den Helm auf und ritt gemächlich zum Ende der Kampfbahn.

Als der Sangroyal wendete, tönte auch schon die Trompete, und die beiden Streiter rasten aufeinander zu. Diesmal hielt Tyrant du Cœur die Lanze sehr niedrig, und einen Herzschlag lang dachte ich, der Jüngling wolle zu der gleichen verbotenen List Zuflucht nehmen, mit der zuvor der Drachenritter den Herzog von Athen bezwungen hatte. Aber kurz vor dem Zusammentreffen riß Tyrant du Cœur die Waffe hoch und traf den goldenen Schlüssel in einem so glücklichen Winkel, daß dem Grafen die Wehr aus den kräftigen Händen flog.

Mit einem zornigen Schrei schleuderte der rote Recke die Reste des zersplitterten Schilds auf die Erde. Stolpernd hastete ein Knappe mit einem neuen herbei. Die beiden Ritter wandten die Pferde und kehrten, ohne sich eines Blickes zu würdigen, zu ihren Stangen zurück.

Erneut stieß der Herold in seine Trompete. Mit einem wütenden Schrei ritt Graf Kono an. Sein Rappe schäumte vor Kampfeseifer, doch Sangroyal stand ihm nicht nach, und als die Ritter zusammentrafen, klang es, als stürzte ein Sturm zwei Eichbäume gegeneinander.

Diesmal zielte Graf Kono unter den Schildbuckel seines Gegners. Die Spitze der rot-weißen Lanze glitt ab und streifte das Kettenhemd des Jünglings. Tyrant du Cœur aber traf den roten Ritter genau auf der Brust. Graf Kono stieg in die Luft und stürzte dann mit gewaltigem Getöse auf den zerwühlten Sand.

Die Zuschauer schrien überrascht auf. Von allen Seiten eilten rotweiße Knappen herbei. Graf Kono empfing die Dienstmannen mit derben Flüchen. »Faßt mich nicht an!« brüllte er, vor Wut außer sich. »Ich stürzte nur, weil mein Sattelgurt riß!« Zornig schüttelte er die Faust gegen seinen Bezwinger, ehe er mit dem Gang eines mordlustigen Bären zwischen den Zelten verschwand.

Ehe nach weiteren Kämpfen der entscheidende Tjost des Turniers begann, reichten Dienstboten den Gästen Getränke und Süßigkeiten.

»Fünfzig Zechinen auf meine grün-weißen Farben!« rief der Seneschall herausfordernd in die Runde.

»Hundert Dukaten auf den Drachen!« versetzte Jean Chaudron. »Bei allen Heiligen, einmal müßt Ihr verlieren!«

»Nicht heute!« schrie der Seneschall fröhlich und reichte dem Großkonnetabel seinen Humpen. »Trinkt, Herr Chaudron«, scherzte er, »ehe Ihr völlig verarmt seid!«

Die Trompete schmetterte ihr Signal. Schnell wie schwarzes Sturmgewölk hetzte der Drachenritter auf seinem Falben über die Bahn. Sein silberdurchwirkter Umhang wehte im Wind wie die Flughaut einer ehernen Echse, und das Erz seines schwarzen Panzers schimmerte in der Sonne wie das von Opferblut durchtränkte Ebenholz auf den Altären heidnischer Götzen. Tyrant du Cœur aber eilte auf seinem prachtvollen Schimmel einher wie ein Engel des Lichts, der furchtlos die Dämonen der Dunkelheit jagt.

Einen Herzschlag später trafen beide Recken zusammen, und mein Blut rann heißer durch die Adern, als ich ihren Tjost sah: Zielgenau wie stets setzte Tyrant du Cœur sein Holz auf die Wehr des Markgrafen, doch die grün-weiße Stange glitt ab und streifte die Beintasche des Bodonitsers. Der Pallavicini indessen stach mit der Lanze so glücklich durch den gekrönten Schild, daß die Spitze Leinwand und Platten zerspaltete und der Jüngling nur noch den Ledergriff in seiner Faust hielt.

Sogleich eilte ein Knappe des Seneschalls mit einer neuen Wehr auf die Kampfbahn. Doch der schwarze Markgraf ritt dem Dienstboten in den Weg und trieb ihn aus den Schranken.

Empört sprang Galeran d'Ivry auf. »Gönnt Ihr Eurem Gegner keinen Ersatz, Herr Pallavicini?« rief er mit gerunzelten Brauen.

»Ich kämpfe nicht nach der Art von Knaben«, versetzte der Markgraf. »Für mich gelten nur die Regeln der Schlacht! Würdet Ihr auch einem Griechen oder gar einem Türken eine von Euren Waffen lassen? Wenn der Jüngling das Gefecht nicht fortzusetzen wagt, mag er sich ergeben!«

Wortlos wandte Tyrant du Cœur sein weißes Roß und ritt zum Ende der Kampfbahn zurück. Ein Raunen erhob sich auf den Rängen.

Galeran d'Ivry beugte sich über die Brüstung. »Ritter Sans Nom! Steht ab von diesem Streit!« rief er beschwörend. »Ein Stoß auf Euren ungedeckten Leib könnte Euch trotz des Kettenhemdes töten!«

»Ich bin bereit!« antwortete Tyrant du Cœur.

Der schwarze Ritter lächelte grimmig und setzte seinen Helm mit den gezackten Schwingen wieder auf.

»Könnt Ihr denn gar nichts tun?« fragte ich den Magister erregt. »Wenn unser Gefährte hier umgebracht wird – was wird aus dem Kleinod, das wir zurückerobern sollen?«

»Still, Dorotheus!« mahnte Doktor Cäsarius flüsternd. »Wenn der Heilige Vater die Weissagungen der Sibylle richtig verstand, wird Herrn Tyrant nichts geschehen. Irrte sich Papst Cölestin aber, so ist ohnehin alles verloren!«

Ich wunderte mich über diese Auskunft, die mir ein wenig mutlos für einen Diener des Glaubens erschien. Doch lehrt St. Paulus im Römerbrief nicht: »Hoffnung läßt uns nicht zugrunde gehen«?

Der Pallavicini deckte sich sorgfältig hinter dem Drachenschild und senkte seine schwarzsilberne Lanze. Der junge Normanne hielt sich diesmal sehr nahe an den rot-weißen Schranken. Plötzlich verdüsterte ein Schatten die Sonne. Als ich zum Himmel blickte, erkannte ich eine schwarze Wolke, die mit großer Geschwindigkeit von Süden heraufzog. Das Licht verschwand. Heftige Böen trieben Blätter und dürres Geäst über die Kampfbahn.

Galeran d'Ivry beugte sich über die Brüstung und rief: »Wartet, Ihr edlen Herren! Das Wetter...«

»Bangt Ihr etwa, daß Eure Rüstung rosten könnte?« fuhr der schwarze Markgraf dazwischen. »Pflegt Ihr auch eine Schlacht zu beenden, wenn es zu regnen beginnt?«

Galeran d'Ivry verstummte. Graf Kono von Katakolon verneigte sich vor der Herzogin und erklärte:

»Der Markgraf hat recht. Sind wir denn kleine Kinder, die sich vor Blitz und Donner fürchten? Winkt dem Herold, damit der Tjost nicht ohne Sieger endet!«

Die Fürstin seufzte und hob schließlich zögernd die Hand. Hinter ihrem dunklen Haupt blinkte wieder ein Kranz blonder Locken. Ich stieß den Magister an und raunte ihm zu: »Seht dort hinüber! Ist das nicht Alix von Tamarville? Unser Gefährte handelt wohl nur deshalb so leichtsinnig, weil er nicht vor den Augen seiner Schwester besiegt werden will!«

»Gebt das Zeichen«, forderte Graf Kono mit lauter Stimme, so daß ihn alle hören konnten, »damit der Gewinner den Goldpokal aus der Hand meiner Ziehtochter nehme, so wie ich es am Morgen versprach!«

Doktor Cäsarius ließ zischend die Luft aus. »Ihr habt recht, Dorotheus!« murmelte er betroffen. »Der Ehrgeiz hält Herrn Tyrant in den Klauen!«

Während wir nun beide nach der blonden Jungfrau spähten, kreuzten sich meine Blicke auf einmal mit denen eines weißhaarigen Rekken. Tiefe Falten zerfurchten das Antlitz des Fremden, als zählte er schon hundert Jahre. Doch seine Augen glänzten ungetrübt, und seine Blicke zeigten Wachsamkeit und Schärfe. Seinen rostigen Helm zierte eine eherne Lilie. Als er bemerkte, daß ich ihm geradewegs ins Gesicht sah, wandte er sich ab.

Endlich gab die Herzogin dem Herold einen Wink. Der Bote blies die Backen auf und stieß mit aller Kraft in die Trompete. Rücksichtslos spornte der schwarze Ritter sein aschfahles Pferd. Auch Tyrant du Cœur zögerte nicht.

Als die beiden Ritter nur noch fünfzig Schritt voneinander entfernt waren, wehte ein so heftiger Windstoß durch das Tal, daß Zeltstangen brachen und der rot-weiße Stoff an mehreren Stellen zerriß. Im gleichen Moment erreichte die schwarze Wolke die Ehrentribüne. Nach dem Erlebnis vom Vortag konnte es den Magister und mich nicht sehr überraschen, daß das Luftgebilde aus heißer Asche bestand. Die Zuschauer aber schrien erschrocken auf, als der feurige Staub auf sie herabfiel.

Durch die schwärzlichen Schleier sah ich noch eben, daß diesmal beide Ritter ihr Ziel verfehlten. Der Markgraf von Bodonitsa hieb mit der eisengepanzerten Faust nach dem Helm seines Gegners. Tyrant du Cœur wich blitzschnell aus, packte den Pallavicini mit beiden Armen und riß ihn mit sich aus dem Sattel. Brüllend vor Wut riß der Markgraf den Dolch aus dem Gürtel. Im gleichen Moment setzte der steinalte Ritter in der rostigen Rüstung behende über die Brüstung und stürzte sich in die schwarze Wolke, die ihn samt den beiden Fechtern verschlang.

Dann umfing uns tiefste Dunkelheit. Derbe Flüche und zornige Befehle drangen an meine Ohren. Ritter und Damen riefen nach ihren Dienstboten, aber die Mägde und Knappen konnten ihre Herrscher in der Finsternis nicht finden. Tausend Füße trampelten über die Bretter der breiten Tribüne, bis das hölzerne Gestell schließlich gefährlich zu schwanken begann.

»Jeder bleibt auf seinem Platz!« schrie der Seneschall. »Schwerter zurück ins Wehrgehenk, ihr Herren! Diesen Feind bekämpft man nicht mit Stahl!«

Die unnatürliche Nacht hielt nur kurze Zeit an. Als sich die schwarzen Nebel wieder zu lichten begannen, stürzten die Zuschauer an die Brüstung und starrten neugierig zur Kampfbahn hinab.

Schimmel und Falbe standen einträchtig nebeneinander. Ubertino Pallavicini hielt den blitzenden Dolch in der Rechten. Sein Helm war zwischen die Stangen gerollt, und seine kohlschwarzen Locken wehten über geschlossenen Lidern. Denn der Markgraf hatte offenbar bei dem Sturz das Bewußtsein verloren. Der Lilienritter war verschwunden. Tyrant du Cœur stand hochaufgerichtet neben dem Gegner und hielt ihm die Schwertspitze an die Kehle.

Jubel brauste auf, als die Ritter und Damen erkannten, daß der Gast des Hauses d'Ivry gesiegt hatte. Lächelnd nahm der Seneschall von allen Seiten Glückwünsche entgegen. Jean Chaudron ließ sich nicht davon abhalten, sogleich zu seinem Zelt zu schicken, um seine Wettschuld noch in der gleichen Minute einzulösen. Tyrant du Cœur pfiff seinem Pferd, schwang sich in den Sattel und ritt vor die Ehrentribüne.

Dort begegneten er und ich unserem Schicksal.

Alix von Tamarville erhob sich, um dem Sieger den Preis zu reichen. Noch ehe ich selbst das Antlitz der Jungfrau erblickte, sah ich im Auge des Jünglings, wie schön sie war. Tyrant du Cœur glitt aus dem Sattel und beugte in höfischer Weise das Knie vor der Fürstentochter. Alix von Tamarville lächelte ihm fröhlich zu.

Von diesem Augenblick an war ich der verwerflichsten Form der Begierde verfallen.

Der Drachenritter erwachte und blickte verwundert um sich. Als er erkannte, daß er besiegt worden war, stieß er einen schrecklichen Fluch aus. Schwankend stellte er sich auf die Beine, warf einen haßerfüllten Blick auf seinen Gegner und schleppte sich, ohne ein weiteres Wort, zu seinem schwarzen Zelt.

Dienstmannen eilten auf der Tribüne umher, um die gebrochenen Stangen zu erneuern und die Risse in der Zeltbahn mit Klammern zu schließen. Jean Chaudron reichte dem Seneschall einen schweren Ledersack, in dem Goldmünzen klirrten. Herzogin Helena von Athen lächelte Tyrant du Cœur freundlich zu. Doch der Jüngling hatte nur für Alix Augen, und so wie er starrte auch ich traumverloren auf dieses Wunder an weiblicher Schönheit.

Alix von Tamarville! Welches Gold glänzte prachtvoller als Eure Locken, welche Seide schimmerte kostbarer als Eure Haut? Unbekannte Träume finden in Euch ihren Namen. Welchen Starrsinn durchbräche nicht Eure Bitte, welchen Grimm weichte Euer Lächeln nicht auf? Euer Hauch erhält der Rose das Rot, dem Pfirsich den Purpur, dem Falter die ganze Fülle der Farben. So dachte ich in meinem Herzen, als ich die schönste Blume Achaias erblickte.

Alix von Tamarville! Was Midas mit seiner Berührung vollbracht, bewirkt Ihr mit Blicken. Was Cheops im fernen Ägypten von 100000 Händen auftürmen ließ, übertrefft Ihr mit einem einzigen Wort, denn Eure Stimme hebt Herzen höher als selbst die Pyramiden. Cäsar und Alexander hätten die Träne aus Eurem Auge tiefer betrauert als all das Blut der Legionen und Makedonen.

Welcher Hirte vergäße bei Eurem Anblick nicht seine Herde, welcher Seeräuber nicht seinen Schatz, welcher Waidmann nicht jedes Wild?

Alix von Tamarville! Das Blau Eurer Augen beschämt die Saphire, das Rot Eures Mundes läßt selbst Rubine erbleichen, und Elfenbein schimmert dunkel, verglichen mit Eurer Stirn. In Eurer Scheu schlummern alle Rätsel der Schöpfung, in Eurer Tugend vergoldet sich die Größe Eures Geschlechts. Ja, selbst das Sterben schmeckte wohl süß auf den Lippen dessen, dem Eure Gunst gilt. Ihr seid es wert, Sonne und Mond, Morgen und Abend, Anfang und Ende der Welt, ja selbst Gott und den Teufel zu vergessen.

Alix von Tamarville! Wenn Ihr lacht, hört die Welt auf zu altern. Der Klang Eurer Lieder läßt Blumen erblühen, Euer Beten bricht Eis und Eisen, Euer Flüstern vertreibt jeden Schmerz. Wo lebt der Prinz, dem Ihr nicht ebenbürtig wärt? So dachte ich in meinem Innern und roch dabei die Düfte von Lilien und Levkojen, schmeckte die Süße von Sahne, und meine Fingerspitzen fühlten, als strichen sie über Seide und Samt.

Die neu gekräftigte Sonne tauchte das Tal wieder in warmes Licht. Das weiße Seidengewand der jungen Fürstin straffte sich, als sie sich über die Brüstung beugte. Ein sanfter Wind erfaßte ihre Locken, so daß sie sich neigten wie reife Ähren. Die rot-weißen Bänder in ihrem Haar flatterten lustig, und zwischen den zierlich geschwungenen Lippen blitzten Zähne wie Perlen, als sie dem Jüngling zurief: »Empfangt mit diesem Becher auch meine Bewunderung, Ritter Sans Nom!«

»Was gilt mir Gold gegen Euren Gedanken!« antwortete unser Gefährte artig. »Nicht meine Gegner, nur Eure Blicke versehrten mein Herz!«

»Dann laßt mich sehen, ob ich auch mit diesem Goldpokal treffe!« lachte Alix von Tamarville und schwang die kostbare Gabe in der Hand. Zu meinem stillen Entzücken enthüllte der rutschende Ärmel dabei den blonden Flaum ihrer Achsel, und unter dem dünnen Stoff zeichneten Sonnenstrahlen den Umriß ihrer Brust.

Ein derber Stoß störte meine sündigen Gedanken. »Macht den Mund zu!« sagte Doktor Cäsarius. »Saht Ihr noch nie eine Preisverleihung nach einem Turnier?«

»Ich wundere mich über unseren Gefährten«, entgegnete ich. »Aus seiner Antwort schien mir nicht nur die Dankbarkeit eines Bruders, sondern die Verliebtheit eines Verehrers zu sprechen.«

»Wie?« fragte der alte Magister verblüfft. Beifall brauste auf, denn Tyrant du Cœur fing den funkelnden Becher mit lässiger Sicherheit auf, hob das Gefäß an die Lippen und rief: »Niemals will ich aus einem anderen Gold trinken als aus dem, das Eure Hände berührten!«

»Ihr habt recht!« murmelte der Dämonologe besorgt. »Zum Ungeist der Ehrfurcht in Herrn Tyrants Seele scheint sich nun noch ein weitaus schlimmerer Dämon zu gesellen!«

Aufmerksam verfolgte der Alte jede Bewegung des Ritters. Tyrant du Cœur neigte auch vor der Herzogin das Haupt, schwang sich aufs Pferd und ritt zum Zelt des Seneschalls zurück. Jubel und Lobrufe folgten dem Jüngling, bis er unter der grün-weißen Plane verschwand.

Die Zuschauer erhoben sich und verließen den Platz. Niemand beachtete uns. Der Dämonologe sah mich unschlüssig an, und es muß

Eifersucht gewesen sein, die mich nun sagen ließ: »Waren das etwa Worte geschwisterlichen Einvernehmens? Mir klangen sie eher wie Schwüre sehnsüchtiger Minne. Wenn Ihr die Reliquie retten wollt, mahnt Ihr den Ritter besser zur Zucht! Oder glaubt Ihr, daß Gott einem Mann hilft, der sich mit Blutschande befleckt?«

»Ich kann es nicht glauben!«, meinte Doktor Cäsarius unschlüssig.

»Ihr müßt ihm befehlen, sich von der Jungfrau fernzuhalten«, forderte ich.

»Das ist nicht gut möglich«, wehrte der alte Magister ab. »Als Sieger des Tjosts sitzt Tyrant du Cœur beim Ball zur Rechten der Fürstentochter. So gebietet es die Sitte!« Er seufzte. Dann glättete sich sein Gesicht, und er fuhr ein wenig ruhiger fort: »Vielleicht ängstigen wir uns vorschnell. Zum Turnier gehört die ritterliche Rede. Der Ritter stammt aus edlem Haus und wurde fromm erzogen. Er wird sich gewiß nicht an seiner Schwester verfehlen!«

»Nicht einmal in Gedanken?« fragte ich. »Erinnert Euch an Amnon, den Sohn König Davids, der seine Schwester Tamar begehrte und schließlich gewaltsam entehrte. Tamar wie Tamarville!«

Der Dämonologe wiegte das graue Haupt. »Die Namensgleichheit gibt zu denken«, stimmte er zu. »Ich werde einmal im Buch Henoch ...« Er verstummte und blickte sich vorsichtig um. »Zum Glück reiten wir morgen nach Bellerophon«, fuhr er fort. »Wenn wir zurückgekehrt sind, brechen wir so schnell wie möglich zur Nebelinsel auf. Der Dämon der Unzucht soll keine Zeit finden, unseren Gefährten zu verführen! Nun aber laß uns ruhen – es kommen gewiß anstrengende Tage!«

»Den Ball sollten wir nicht versäumen«, wandte ich ein. »Vielleicht braucht Tyrant du Cœur dort unsere Hilfe, um sich gegen die Verlokkungen der Sünde zu verteidigen!«

Doktor Cäsarius sah mich nachdenklich an. Dann nickte er.

Wir wanderten zur Burg, suchten Bruder Maurus auf und berichteten ihm, daß wir am nächsten Tag mit den fränkischen Rittern nach Süden ziehen wollten, um Tughril zurückzuholen. Als es Abend wurde, kleideten wir uns sorgfältig an. Doktor Cäsarius sandte sogar nach einer Bürste und reinigte damit den staubigen Pelzbesatz an den Säumen seines Talars. Dann schritten wir unter der hölzernen Hurde des Wagentors in den gepflasterten Burghof und stiegen die steinernen Stufen zum Palas empor.

In dem langen Saal tafelten Herzöge, Markgrafen und Barone, Ritter und andere vornehme Herren aus ganz Achaia mit ihren Damen und Töchtern, alle gekleidet in solche Pracht, wie ich sie selbst bei reichen Kaufleuten in Paris nicht gesehen hatte. Die fränkischen Frauen trugen zartes Linnengewebe aus Reims und Cambrai um die Schultern, dazu Halbmäntel aus Hermelin oder mongolischem Zobel. Ihre gefälteten Kleider waren aus karmesinrotem Atlas oder saphirblauer Seide geschneidert und oft mit drei Reihen Knöpfen aus Bernstein geschmückt. Golden glänzten Gürtel und Täschchen. Auf Kopfbändern und Haargeflechten schimmerte reicher Perlenbesatz, und mir fielen die Worte eines Predigers ein, der vornehme Edelfräulein ob ihrer Freizügigkeit schalt: »Sie kennen keinen Fastentag, denn bei ihnen steht die obere Fleischbank allezeit offen!«

Walnußgroße Edelsteine funkelten auf den Seidengewändern der Ritter. Von ihren breiten Schultern hingen die Häute von Luchsen, Löwen und Leoparden herab, die ihre liebste Jagdbeute waren. Schwere Ketten von Türkisen fielen auf das Wams manches Edlen, denn die lateinischen Ritter hatten in vielen Jahrzehnten die kostbarsten Kleinode aus allen Ecken des Morgenlandes zusammengeraubt.

Diener in scharlachroten Baumwollgewändern legten den Gästen Sülzen von Wildbret und Huhn vor, Braten von Kälbern und Schweinen, dazu Fasan und anderes Federwild, alles in Peverada getunkt, die venezianische Soße, die aus Brot und Mark bereitet wird und nur mit dem feinsten indischen Pfeffer gewürzt werden darf. Dazu reichte der Mundschenk den Damen mandelsüßen Malvasier aus der Basilicata, den Herren trockenen Ribolla aus Friaul. Auf weißem Batist glitzerten silberne Messer, und jeder Ritter trank aus einem goldenen Humpen.

Wir setzten uns zu anderen nichtadeligen Gästen, zu Geistlichen, gelehrten Mönchen, Goldschmieden, Geldwechslern, Wein- und Waffenhändlern. Tyrant du Cœur speiste mit den vornehmsten Fürsten an dem erhöhten Herrentisch, zu Seiten der schönen Fürstentochter, und nickte uns ein wenig verlegen zu. Neben ihm saß der an Jahren noch sehr junge Erzbischof Berard von Athen, der höchste Diener der römischen Kirche in diesem Weltteil.

Als die silbernen Platten und kupfernen Teller abgeräumt waren, rief Graf Kono mit dröhnender Stimme zum Tanz. Zu Anfang beschränkten sich die Musikanten auf sanfte, getragene Weisen, und die Paare schritten in wohlbeherrschter Haltung über den hölzernen Boden. Doch nach einigen Bechern Wein beschleunigten sich die zupfenden Finger der Lautenschläger, und bald hüpften Ritter mit klirrenden Sporen und ihre Damen auf seidenen Strümpfen in wilden Sätzen durch den Saal. Die Zuschauer lobten mit lauten Zurufen die höchsten Sprünge und spähten dabei nach den Säumen der Tanzenden, ob sich nicht hier eine weibliche Wade, dort vielleicht ein keckes Knie enthülle. Ich aber sah nur Alix zu, die ihren geschmeidigen Leib lachend in Tyrant du Cœurs Armen drehte, und der verwegene Gedanke, der sich in meinem Kopf festgesetzt hatte, ließ mich nicht mehr in Ruhe.

Nach einer Weile beendete der laute Schlag einer Pauke den lustigen Reigen. Als sich die fröhliche Gesellschaft wieder an den Tischen einfand, hob Graf Kono seinen Pokal und rief mit hallender Stimme:

»Ihr edlen Damen und Herren, ich bitte um gar gnädiges Gehör! Hohe Ehre tritt mit Euren glanzvollen Namen in mein bescheidenes Haus. Stolzer noch macht mich Eure Schönheit, ihr fränkischen Frauen. Euer Liebreiz erhellt mein Herz, und euer Zauber bestrickt meinen Sinn. Euch köstlichen Blüten Achaias gebührt der erste Schluck!«

Nach dieser höfischen Rede führte der Burggraf den Becher so schwungvoll zum Mund, daß ihm der rote Rebensaft in den Bart schwappte. Dann senkte Kono von Katakolon den Spiegel des Weins um einen geziemenden Streifen, wischte sich das Kinn und fuhr fort:

»So wie der Liebreiz unserer Frauen mein Auge erfreut, so stärkt eure Kraft, ihr löblichen Recken, mein Zutrauen in die Zukunft. Denn wem sollte es jemals gelingen, uns aus diesem Land zu vertreiben, wenn ihr schon in Turnieren so tapfer fechtet! Auf euch, ihr wackeren Kämpen, lebende Burgen römischen Glaubens an heidnischer Küste!«

Von neuem führte der rote Graf sein Trinkgefäß an die Lippen, und wiederum taten ihm alle gleich, am eifrigsten aber der Erzbischof. Erst nach einer ganzen Weile setzte Kono von Katakolon schweratmend ab. Eilfertig sprang sein Mundschenk herbei und füllte den Humpen erneut bis zum Rand.

Der Graf sprach weiter:

»Dank auch Euch, Galeran d'Ivry, Seneschall und Regent im Namen unseres glorreichen Herrschers! Ihr seid das Banner, um das wir uns scharen, und die Schanze, die uns deckt. Euer Mut lenkt unsere Lanzen, Eure Tapferkeit schärft unsere Schwerter, Euer Gebet erhält uns den Beistand Gottes!«

»Auf den König!« rief der Seneschall schnell, sprang auf die Füße und trank dem Burggrafen zu. Auch alle anderen Recken erhoben sich nun mit klingenden Sporen und ließen ihre Pokale blitzen, zu Ehren des Königs Karl zu Neapel, der sein Fürstentum Achaia nie betreten hatte.

»Dank aber auch dafür, daß Ihr Ritter Sans Nom zu meinem Tjost ludet«, fuhr der Graf fort und hielt seinen Humpen dem Jüngling entgegen. »Niemals trafen Lanzen besser als aus Eurer Hand.« Er lächelte breit. »Und ich weiß, wovon ich rede!« fügte er hinzu.

Fröhliches Gelächter erschallte. Die Ritter stießen einander mit den Ellenbogen in die Seiten und nickten dem Burggrafen zu. Graf Kono zog einen mächtigen Schluck in die Kehle. Tyrant du Cœur und die anderen taten ihm höflich Bescheid. Nur Konrad von Katakolon trank nicht mit. In den dunklen Augen des jungen Grafen glomm ein düsteres Feuer. Sein Vater, der davon nichts bemerkte, rief noch lauter als zuvor:

»Höher aber will ich jenen Mann ehren, der morgen das erste Griechenhaupt vor meine Füße rollt. Das gelobe ich bei der Jungfrau Maria! Ihr habt ja alle vernommen, ihr Herren, daß diese dreckigen Kumanen sich erkühnten, dem Seneschall aufzulauern – auf meinem Land, an meiner Straße, vor meinem Tor! Das soll nicht ungerächt bleiben. Morgen früh, ihr Recken, reiten wir aus und züchtigen diese Spitzbuben, daß ihnen alle Lust an solchen gemeinen Anschlägen für immer vergeht!«

Er leerte den Humpen zum zweiten Mal und drohte mit dröhnender Stimme:

»Wenn es den Griechen gefällt, ihre Söldner gegen uns zu senden, dann sind es nicht wir, die den Friedenseid brechen! Wir werden der welschen Tücke nicht weichen, sondern uns wacker wehren! Mag der treulose Kaiser sich dann die Folgen selbst zuschreiben! Für jeden Halm, den seine Reiter auf meinen Gütern verheerten, fälle ich in seinen Gärten einen fruchttragenden Baum. Für jede Hütte, die seine Strauchdiebe auf meinen Feldern verbrannten, lege ich eine von seinen Burgen in Asche! Für jede Bauerntochter, die seine schurkischen Knechte verfolgten, nehme ich eine Prinzessin gefangen und lasse sie als Sklavin verkaufen, so wahr ich der Herr dieser Burg bin!«

Brausender Jubel hallte von allen Tischen empor. Krüge und Kannen kippten um, als die fränkischen Ritter aufsprangen und dem Grafen die Becher entgegenreckten. Am lautesten brüllte der Erzbischof. Tyrant du Cœur aber blickte den Burggrafen nachdenklich an, und ich ahnte, was der Jüngling dachte: daß es Graf Kono nicht ziemte, sich als Herrn von Katakolon zu bezeichnen, auch nicht unter der Wirkung des Weins – jedenfalls solange nicht, wie die Frist, die König Karl seinen Lehnsleuten stellte, noch galt.

Kono von Katakolon stürzte den neuen Wein mit geräuschvollen Schlucken hinunter. Unter seinen buschigen Brauen funkelten blutunterlaufene Augen wie bei einem Keiler, der sich mit stoßenden Hauern in die Meute der Hetzhunde wirft. Er wankte ein wenig, doch die Worte folgten einander aus seinem Mund wie die Glieder einer eisernen Kette. »Laßt uns nicht innehalten, wenn diese Feiglinge uns um Gnade anwinseln«, forderte er. Weiß schimmerte Speichel an seinen Lippen. »Mit ehernen Stiefeln wollen wir die Feldherrn des Kaisers in ihre purpurnen Wänste treten!«

Die fränkischen Ritter begannen nun in Vorfreude auf Gewalttat und Kampf laut zu johlen, rissen die Schwerter aus den Scheiden, hieben die flachen Klingen krachend auf die hölzernen Tische und stampften dabei mit den Füßen, so daß es klang, als trampele eine Herde von Elefanten durch den geräumigen Saal. Staunend sah ich, daß auch Erzbischof Berard ein ehernes Breitschwert schwang. Die schwere Waffe gehorchte seinem kraftvollen Arm, als sei sie mit ihm verwachsen.

»Mit diesen meinen Händen werde ich die kumanischen Hunde ergreifen und in ihrem eigenen Unrat ertränken, bei der Dreifaltigkeit Gottes!« brüllte der Burggraf mit hochrotem Kopf. »Die Griechen reiße ihr Hochmut ins Grab! Wir wollen diese Eselschänder lehren, was Mannesmut bedeutet, träfen auch hundert von ihnen auf einen von uns!« Er riß seinen Humpen empor und schrie, daß die Adern an seinem Hals wie Seile hervortraten: »Denkt immer daran, was unsere glorreichen Ahnen zu antworten pflegten, wenn sie gefragt wurden, was sie in diesem Weltteil suchten: ›Nous sommes gent qui alons pour conqueter‹, sagten sie – ›Wir sind Leute, die erobern gehen!‹«

»Nous sommes gent qui alons pour conqueter!« brauste der alte Schlachtruf nun durch die hohe Halle, und Ströme von Wein ergossen sich durch die Kehlen der Ritter. Auch Tyrant du Cœur schien von der Begeisterung angesteckt, denn seine Blicke hafteten nicht mehr auf dem lieblichen Antlitz der schönen Alix, sondern auf der von Mordlust verzerrten Fratze des roten Grafen. Von rasenden Leidenschaften getrieben, schmetterte Kono von Katakolon seinen Becher gegen die steinerne Mauer. Dann beruhigte er sich ein wenig und sprach: »Nun laßt uns ruhen, ihr edlen Recken! Morgen beim ersten Hahnenschrei brechen wir auf. In Bellerophon werden wir statt des Weines

Griechenblut trinken und statt des Wildbrets Heiden braten, Gott zu Gefallen und unseren Ahnen zur Ehre!«

Die trunkenen Ritter fielen sich in die Arme, schworen ewige Treue und gelobten unter entsetzlichen Eiden, einander im Kampf beizustehen, bis auch der letzte Feind erschlagen am Boden liege. Die fränkischen Frauen hörten diesen blutrünstigen Wünschen nicht etwa mit Erschrecken zu, sondern sie stachelten ihre Männer noch an. Der Herzog von Athen erhob sich, wobei man nicht wußte, ob ihn die Wunde oder der Wein schwanken ließ, und forderte mit schwerer Zunge, man solle ihn auf sein Pferd binden. Der Seneschall torkelte auf ihn zu und suchte den Schwerverletzten mit der Bitte zu trösten: »Leiht mir Euer Schwert, Herr von Athen, damit es des Feindesbluts nicht entbehre, auch wenn Ihr es selbst nicht zu schwingen vermögt!« Dann stimmten die beiden alten Recken lallend ein Kampflied an, in das die anderen Ritter lauthals einfielen. Nur den schwarzen Drachenritter von den Thermopylen konnte ich nirgends entdecken.

»Ich glaube, wir können jetzt gehen«, raunte mir Doktor Cäsarius zu. »Der Dämon der Unzucht wird unseren Freund hier wohl kaum mehr gefährden. Jetzt geht's um Mord, nicht mehr um Minne.«

Wir verneigten uns vor den vornehmen Herren, die uns jedoch nicht mehr erkannten, sondern dumpf auf uns herabstierten und immer lauter grölten. In unserer Kammer legte sich der Magister ohne ein weiteres Wort auf seinen Strohsack und schlief sofort ein. Ich aber lag lange wach und wußte nicht, wie ich den sündigen Wunsch aus meinen Sinnen vertreiben sollte, der mich verfolgte, seit ich die schöne Alix gesehen hatte. Mein Mund brannte vor Sehnsucht nach ihrem Kuß, meine Lenden verhärteten sich vor Lust nach ihrer Umarmung, und vor meinem inneren Auge enthüllte sich der Schmelz ihres Körpers in den erregendsten Gedankenbildern. Wieder spähte ich gegen das Licht nach ihrer sanft gerundeten Brust. Wieder betrachtete ich ihre entzückend geschwungenen Lippen, lugte ich nach dem goldenen Flaum ihrer Achsel und sann darüber nach, wie dieses fein gesponnene Gold wohl auch ihren keuschen Schoß schützend umhüllte. Das Kreuz, das der Magister mit Öl und Blut auf meine Stirn gemalt hatte, schmerzte, aber ich achtete nicht darauf. Immer heftiger dröhnte der brünstige Lebenssaft in meinen Venen, bis ich mich nicht mehr zurückhalten konnte. Die Stimme meines Gewissens erstarb wie der klagende Ton einer Flöte, der Lockruf der Verführung aber ertönte grell wie Posaunenschall. Als die Mitternachtslosung der Wächter erklang, verließ ich mein Lager. Ich wußte nicht, ob ich wachte oder nur träumte, aber ich war bereit, dem Sausen meines Blutes zu folgen, kostete es mich auch Leben und Ehre. Wenigstens sehen wollte ich die junge Fürstin, wenn ich es schon nicht wagen durfte, mit ihr zu sprechen, wenigstens heimlich betrachten, was zu umwerben mir nicht gestattet, und mit den Augen liebkosen, was meinem Mund zu küssen verwehrt war.

Vorsichtig beugte ich mich mit dem Nachtlicht über den alten Magister. Doktor Cäsarius schlief ruhig und fest. Leise öffnete ich das kupferbeschlagene Kästchen und barg den braunen Lederbeutel mit den Agallochespänen in meinem Gewand. Dann schob ich den Riegel zurück und schlich die steile Stiege hinab.

Wolkenfetzen umhüllten einen abnehmenden Mond, doch das Licht der schmalen Sichel genügte, um mir den Weg zu weisen. Die Luft stand still wie Wasser in einer Wanne. Sorgfältig jede Deckung nutzend, kletterte ich auf das Dach einer hohen Mauer, die unser Haus mit dem Kemenatenbau verband. Unter dem gedeckten Wehrgang breiteten sich die Büsche und Beete des Burggartens aus. Zu meiner Linken fiel der Wall wohl mehr als zwanzig Manneslängen bis zu den kalkweißen Felsen hinab, doch ich empfand keine Angst. Denn mich lenkte ein Drang, der mich alle Gefahren vergessen ließ.

Unter dem Giebel des Wohnhauses mündete die Mauer in einer offenen Wehrplatte mit brusthohen Zinnen. Weit ging von dort der Blick ins Land hinaus. Ich wartete, bis mir ein kaum vernehmbares Klirren verriet, wo der Wächter stand. Dann schlich ich mich auf dem Dach der Mauer von hinten an den gepanzerten Krieger heran. Mit feuchten Fingerspitzen holte ich ein paar purpurne Späne aus dem Ledersäckchen, ließ sie auf den Helm des Postens fallen und flüsterte dabei die Formel des Schlafs, wie sie der Babylonier Andahrius lehrt: »Sandid Landit, Hahja Jahja, Katahur Jadaschamad!«

Der Wächter seufzte tief. Sein Kopf sank auf die Brust. Ich sprang vom Dach und fing ihn auf, bevor das Geräusch seines Sturzes andere Posten warnte. Vorsichtig zog ich den Schlafenden in eine dunkle Ecke und bettete ihn auf den Boden. Wenn er erwachte, mußte er glauben, pflichtvergessen entschlummert zu sein. Die Lanze lehnte ich zwischen zwei Zinnen, als habe sich der Wächter nur entfernt, um irgendwo sein Wasser abzuschlagen.

Rechts von der Wehrplatte stach ein steinerner Sims hervor. Er führte am obersten Stockwerk der Kemenate entlang. Ich beugte mich über die steinerne Brüstung. Ein Lichtschimmer drang aus dem vordersten Fenster, und mir war, als ob ich von dort leise Stimmen vernähme. Wie von selbst tastete sich mein Fuß auf das schmale Band. Mit zitternden Händen hielt ich mich an den Kanten des Dachbalkens fest und schob mich dann langsam hinaus. Kurz vor dem Fenster verbreiterte sich der Sims und wuchs zu einem kleinen Balkon. Geduckt kletterte ich über die niedrige Brüstung und hob dann langsam den Kopf, um über die niedrige Fensterbank in das Zimmer zu spähen. Hinter den gläsernen Scheiben flackerte das unbeständige Licht einer Kerze. Ich preßte mein heißes Gesicht an die runden Scheiben und versuchte angestrengt zu erkennen, wer sich wohl in dem Gemach aufhalten mochte.

Als ich mein Auge an das wechselhafte Licht gewöhnt hatte, konnte ich die Gestalten zweier Mädchen unterscheiden. Mit dem Rücken zum Fenster stand eine schlanke, hochgewachsene Dienerin vor einem Ebenholzstuhl. Emsig bürstete sie die langen, leuchtenden Locken der Jungfrau, die vor ihr saß, und mein Herz stockte, als ich die schöne Alix erkannte.

Wie gebannt starrte ich durch die Scheibe, jede Einzelheit zu verfolgen, die sich meinem Blick bot. Mein Hals wurde eng, als ich beobachtete, wie die edle Jungfrau das helle Seidenkleid von ihren Schultern schob. Sogleich begann die Magd, mit schmeichelnden Fingern den stolzen Nacken ihrer Herrin zu streicheln. Dann tupfte sie ein wenig Öl aus einer silbernen Flasche auf die seidige Haut der jungen Fürstin. Bald glitt das Kleid der schönen Alix auf die Hüften hinab, und sie begann sich unter den Griffen der Dienerin seufzend zu wiegen. Die schlanken, dunklen Hände der Magd schoben sich forschend unter die elfenbeinernen Arme der Fürstentochter und spielten dann auch an Hals, Ohren und Mund. Dann schlichen sie sich mit kreisenden Kosungen bis zum Busen der Jungfrau, wo sie eine ganze Weile verharrten. Endlich begann die Magd wohl auch den flachen Bauch ihrer Gebieterin einzureiben, denn plötzlich warf die schöne Alix mit einer heftigen Bewegung das golden schimmernde Haupt zurück, und ihre weißen Arme schlossen sich um den Nacken der Dienerin, um sie herabzuziehen und mit einem Kuß für ihre Zärtlichkeit zu belohnen.

In diesem Augenblick verlosch die Kerze, und nur meine Ohren erfuhren, was weiter geschah. Sie hörten erst heiseres Flüstern, dann heimliches Seufzen, verhaltenes Stöhnen und schließlich einige halblaute Schreie. Dann wurde der Stuhl umgeworfen. Ich preßte meine Stirn an das kühle Glas. Da spürte ich plötzlich, wie der Rahmen nachgab und sich das Fenster einen Spalt öffnete. Ein leises Schleifen zeigte an, daß die schwere Brokatdecke von dem breiten Bett rutschte.

Kurz darauf verriet ein immer schnelleres Keuchen, daß sich auf den seidenen Laken fiebernde Körper wanden.

Ich lauschte mit angehaltenem Atem, und heftig wie nie zuvor schlugen die Fluten der Leidenschaft gegen den Damm meiner Zucht. Nach einer ganzen Zeit verebbten die Laute der Lust, und bald unterbrachen nur noch die ruhigen Atemzüge Schlafender die Stille. Der Wind erwachte und trieb die Wolkenschleier von der silbernen Himmelssichel. Das Mondlicht erhellte das dunkle Gemach, und wie ein gefesseltes Schaf in einer Löwenfalle hilflos unter der Pranke des Raubtiers verblutet, so erlag ich nun der Verlockung der Sünde.

Alix von Tamarville ruhte zwischen zierlichen Kissen. Ihr blondes Haar ergoß sich wie schmelzendes Gold über die schmalen Schultern. Die schwarze Seide der Bettücher hob den geschmeidigen Glanz ihrer schneeweißen Haut noch hervor. Nur ein dünner Atlasstoff verdeckte ihre Blöße. Auf dem anderen Lager, wenige Schritte entfernt, ruhte die Dienerin, das Gesicht in die seidenen Polster vergraben. Eine rote Wolldecke verhüllte ihren schlanken, sehnigen Leib. Einen letzten Moment schwankte ich zwischen Angst und Begierde. Da drückte plötzlich ein heftiger Windstoß das Fenster auf, und ich stolperte wie von einer unsichtbaren Hand geschoben in das Schlafzimmer der Jungfrau.

Hastig schlich ich zu der schlummernden Dienerin und streute ihr einige Späne von dem Purpurholz auf das schwarzlockige Haupt. Dann beugte ich mich über die schöne Alix und versenkte auch sie in den Zauberschlaf. Ein süßer Hauch drang aus ihren leicht geöffneten Lippen, und ich konnte nicht widerstehen, den stolzen Mund mit meinen Lippen sacht zu berühren.

Die edle Jungfrau seufzte leise, und mein Kuß schien eine Erinnerung in ihr zu wecken, denn plötzlich bewegten sich ihre Hände und glitten suchend unter die Atlasdecke. Atemlos vor Entzücken sah ich, wie sich der leichte Stoff von den geschmeidigen Schultern schob. Langsam strich sich die Schlafende über die mondweißen Brüste, bis deren rosige Spitzen sich unter der zarten Berührung wie Knospen von Oleander erhoben. Der Atem der jungen Fürstin beschleunigte sich, als träumte sie, schnell zu laufen. Ihr zarter Busen hob und senkte sich, und bald schien ihr erhitzter Leib noch andere Liebkosungen zu ersehnen. Denn ihre samtweiche Hand zog nun den Saum des Schlafgewands nach oben, Stück für Stück des herrlichen Körpers entblößend, bis sich ein zierlicher Finger schlangengleich in das Tal ihrer Schenkel schlich.

Da konnte ich mich nicht mehr länger beherrschen. Selbst wenn ich nicht sicher gewesen wäre, daß die beiden Mädchen erst Stunden später erwachen konnten, hätte ich nun wohl nicht anders handeln können: mit zitternden Lippen küßte ich erst den straffen Busen der Jungfrau und drang dann in ihren goldenen Kelch.

In der Grotte ihrer geheimsten Gefühle schmeckte mein kosender Mund Honig und würzigen Wein. Eine schrankenlose Seligkeit der Sinne durchzog mich, als ich spürte, wie ihr Körper unter meinen Küssen erbebte. Erschauernd krallte die schöne Alix ihre schlanken Finger in mein Haar. Ihre glatten Schenkel verschränkten sich in meinem Nacken, und ein immer schnelleres Stöhnen drang aus ihrem geöffneten Mund. Das Kreuz auf meiner Stirn brannte wie Feuer, aber nun war es mir gleich, ob Gott mich verdammte: Mit einer heftigen Bewegung löste ich meinen Gürtel, streifte mein Gewand ab und legte meinen nackten Leib auf den heißen Körper der Jungfrau. So wie mein Knie ihre Schenkel entzweite, spaltete nun meine Zunge auch ihre Lippen. Mit ihrem Mund öffnete sich auch ihr Schoß, und ich zerschmolz in ihrer Hitze.

Als ich mich von ihr löste, fiel mein Blick auf die Dienerin, und ich zuckte zusammen wie unter dem Stich einer glühenden Nadel. Denn voller Erschrecken gewahrte ich, daß die Magd nicht schlief, sondern mich wachsam beobachtete. Und mit noch größerem Entsetzen erkannte ich in ihr die Tänzerin aus Tunis.

SECTIO X

Ich wollte Gott anrufen und meine Sünde mit lauten Worten bereuen, doch meine Kehle blieb stumm. Ich wollte das Kreuzzeichen schlagen, doch meine Hände gehorchten mir nicht. Ich wollte mich voller Verzweiflung zu Boden werfen, doch meine Knie beugten sich nicht; es war, als steckten sie in ehernen Schienen. Am ganzen Leib zitternd, stand ich vor der dunklen Gestalt, und alle meine Gedanken kreisten nur noch um die Frage, wie ich der Falle entrinnen könne. Dann endlich dämmerte mir, daß ich Dämoninnen in die Hände gefallen war, jenen Töchtern des Teufels, die nachts heimlich in Häuser schleichen und dort rechtschaffene Menschen im Schlaf zur Sünde der Wollust verleiten. Meine letzten Zweifel verschwanden, als sich nun auch das Wesen, das ich für die schöne Alix gehalten hatte, lächelnd erhob und mit leisem Spott fragte: »Nun, Dorotheus von Detmold? Was schaust du so verstört? Vorhin gönntest du mir weit liebevollere Blicke und zeigtest auch viel mehr Mut, als du gegen mich vordrangst mit deiner langschäftigen Lanze!«

Die beiden Nachtwesen blickten einander an, und ihr Lachen tönte hell wie der Klang von silbernen Glocken.

»Wer seid ihr?« flüsterte ich fassungslos. »Ihr stammt nicht von dieser Erde!«

»Bist du uns etwa böse?« fragte die weißhäutige Dämonin mit einem schelmischen Blick. »Das finde ich ungerecht! Empfandest du wirklich so wenig Freude in meiner Umarmung? Glaube mir, bei der wirklichen Alix hättest du kaum soviel Eifer und Entgegenkommen gefunden!«

Die beiden Succubi lachten wieder. Dann meinte die dunkle Dämonin: »Unser Geliebter scheint ein gar schüchterner Bettgefährte zu sein, liebe Schwester. Damals in Padua konnte er kaum von mir lassen – dennoch stellte er sich die ganze Zeit schlafend, um seine Sündhaftigkeit nicht eingestehen zu müssen.« Die beiden Buhlteufelinnen brachen erneut in Gelächter aus.

»Ich dachte, ich hätte geträumt«, sprach ich mit tonloser Stimme. »Die Tür war doch verschlossen!«

»Glaubst du im Ernst, daß uns ein hölzerner Riegel aufhalten kann, wenn wir beschließen, einen Sterblichen zu erfreuen?« neckte das dunkelhäutige Wesen. »Selbst gußeiserne Gitter und stählerne Schlösser hindern uns nicht, die heimlichen Träume der Unbefriedigten zu erfüllen, die sich nach Zärtlichkeit sehnen.«

»Ich rief euch nicht!« wehrte ich mich. »Ich empfand kein Verlangen nach Eurem Zauber!«

»So?« sprach die weiße Satansdienerin und drohte spöttisch mit einem erhobenen Finger. »Bist du dir dessen sicher? Jetzt schämst du dich deiner Schwäche, vorhin aber keuchtest du in mein Ohr und konntest nicht genug von mir bekommen.«

»Ich wußte nicht, wer du in Wirklichkeit warst«, verteidigte ich mich verwirrt. »Ich hielt dich ... für ...«

Die goldgelockte Dämonin kräuselte spöttisch die Lippen. »Sprich es nur aus!« rief sie. »Eine Schlafende wolltest du schänden!«

Die Dunkelhäutige prustete laut. »Sieh nur, jetzt wird er rot!« lachte sie.

»Ja, ich suchte die Sünde«, gab ich zu, »und muß nun dafür büßen. Wer aber gab euch das Recht, mich zu einer solchen Schandtat zu verleiten?«

Die beiden Buhlteufelinnen wechselten heitere Blicke. Dann bat die Dunkle: »Zürne uns nicht, Dorotheus! Wir wollten uns nicht über dich lustig machen. Aber du sahst gar zu komisch aus mit deinem roten Kopf! Nein – es ist keineswegs unsere Absicht, dir Schaden zuzufügen. Wir sind dir im Gegenteil nur erschienen, um dir zu zeigen, daß es mehr als einen Weg gibt, glücklich zu werden. Du hast recht: es ziemte sich nicht, wenn wir dich länger im unklaren ließen. Waren wir doch miteinander schon so vertraut, wie es Mann und Frau nur sein können!« Sie lächelte wieder und fuhr dann fort: »Ich bin Obyzuth, die man die Orchideensüße nennt. Meine geliebte Schwester hier mit dem Engelshaar heißt Enepsigos. Wenn du es wünschst, dienen wir dir fortan als Sklavinnen deiner Lust, wann immer du uns begehrst.«

»Die Geister Salomos!« staunte ich. »Wer sandte euch? Kynops? Oder der Herzog von Hinnom?«

Die engelgleiche Enepsigos schüttelte lächelnd das goldene Köpfchen, und immer noch war mir, als spräche ich mit Alix von Tamarville. »Nein«, erwiderte die Dämonin. »Von diesen Männern könnte uns keiner befehlen. Wir gehorchen einem höheren Herrn. Würdest du dich denn einem Herzog oder gewöhnlichen Grafen unterwerfen? Nein, du fühlst dich nur Gott untertan. Ebenso wie der Dreifaltige aber herrscht auch unser Gebieter über zahllose Wesen aus Geist wie aus Blut. Man nennt ihn den Fürsten der Welt.«

»Also dem Satan dient ihr«, stellte ich zornig fest. »Dem Teufel, der euch belohnt, wenn es euch glückt, einem Menschen die Seele zu rauben. Weicht von mir, ihr Höllenwesen!«

Die goldhaarige Enepsigos trat in ihrer verlockenden Nacktheit an mich heran, schlang die schneeweißen Arme um meinen Nacken und antwortete: »Wem hilft es, wenn du dich jetzt mit Vorwürfen quälst? Befreie dich doch endlich von der Last deines Kindergewissens! Warum läßt du dich von Verboten behindern? Handle nach deiner Natur!«

»Es ist den Tieren beschieden, sich aus rohem Trieb zu paaren«, versetzte ich heftig. »Uns Menschen aber schuf der Herr nach seinem Ebenbild!«

»Auch unser Gebieter zählt zu Gottes Geschöpfen«, versetzte die schöne Dämonin. Die süße Wärme ihrer Lenden begann, neue Begierde in mir zu erwecken. Sanft legte sie einen weichen Finger auf meine Lippen. »Warum formte der Herr männliche und weibliche Körper, wenn nicht zu dem alleinigen Zweck, daß sich diese vereinen?

Die Gesetze eurer Kirche stammen von alten, freudlosen Männern. Höre nicht auf ihr kaltes Wort! Tausend Wünsche erfülle ich dir, zehntausend Wonnen verschaffe ich dir, denn du kennst noch nicht den millionsten Teil meiner Liebe!«

Auch die orchideensüße Obyzuth schmiegte sich nun an mich und flüsterte: »Im Schloß deiner Sinne wollen wir dir als Sklavinnen dienen. Du sollst als König herrschen im Land der Lust, als Kaiser im Garten der Freude, als allmächtiger Gott im Palast deiner Phantasie. Willst du uns beide zugleich besitzen? Oder noch einmal zusehen, wie wir einander lieben? Du brauchst es nicht auszusprechen – denke es nur, und es wird sogleich geschehen!«

Ich streifte die streichelnden Hände von meinen Lenden und rief: »Ne me inducas in tentationem – führe mich nicht in Versuchung! Vadete – weicht von mir, ihr Verderberinnen!«

»Findest du denn auf einmal keinen Gefallen mehr an unserer Schönheit?« flüsterte die engelhaarige Enepsigos und zupfte mit zarten Lippen an meinen Brusthaaren. Dann lächelte sie und sagte: »Du zählst wohl zu den Männern, die stets etwas Neues suchen! Wünschst du uns vielleicht mit einem anderen Mann zu teilen? Bevorzugst du junge Mädchen, deren Knospe noch geschlossen, deren Kelch noch kühl, deren Mund noch ungeküßt ist? Oder findest du etwa an Knaben Gefallen?«

»Hältst du mich für so schamlos?« fragte ich heftig. »Nur meine sündige Sehnsucht nach der schönen Alix ...«

»Alix!« stieß die Engelgleiche verächtlich hervor. »Willst du beten statt zu begehren, fasten statt feiern, knien statt küssen? Bei dieser fränkischen Frömmlerin erwartet dich Langeweile statt Lust, und statt mit Liebe würdest du von ihr mit erbaulichen Lehren beschenkt.«

»Dennoch«, murmelte ich, »niemals schaute ich ein schöneres Geschöpf ...«

Schmeichelnd fuhren ihre Finger über meine Brust. »Vergiß diese Alix«, drängte Enepsigos, »die schönsten Frauen der Welt verspreche ich dir. Freudig werden sie sich deinen Wünschen ergeben und dir ihre Zärtlichkeit schenken. Dann wirst du wissen, wie ein Gott fühlt.«

Die orchideenduftende Obyzuth hob sich auf die Zehenspitzen und raunte in mein Ohr: »Nenne die Namen der Mädchen und Frauen, die du begehrst, und sie werden in der Sekunde erscheinen. Gleich, vor wie vielen Jahren sie diese Erde verließen – ihre Schönheit blieb unvergänglich!« Sanft fuhr die Hand der Dämonin über meine erhitzte

Stirn. »Streichelst du gern goldene Locken?« flüsterte sie sinnlich. »Dann erwähle dir Berenice, deren glänzendes Haar einem Sternbild den Namen gab! Helena selbst, die schönste der Griechinnen, soll dir gehören, und du wirst ihren Körper kosen, ohne wie ihr Gemahl Menelaos zehn Jahre Krieg gegen Troja führen zu müssen! Oder liegt dir mehr an den verfeinerten Liebeskünsten der großen Hetären? Rufe Thargelia herbei, deren Liebreiz die Ionier einst so betörte, daß sie ihre Heimat freiwillig den Persern ausliefern wollten! Oder Thaïs, die Alexander Mädchen und Knabe zugleich war! Phryne aus Thespiai diente dem kunstfertigen Athener Praxiteles als Modell für das Standbild der Liebesgöttin. Aspasia lockte Perikles von Frau und Kindern fort. Oder möchtest du dich an einer Schönen ergötzen, die nur mit Mädchen schlief? So wie Sappho, die einst auf Lesbos sang? Oder Philänis von Leuka, deren Einfälle ein ganzes Buch über das tribadische Liebesspiel füllten?«

Die Engelgleiche preßte sich an mich, und das Blut der Begierde floß wie flüssiges Feuer durch meine Adern. »Oder steht dir der Sinn nach Frauen des Südens«, hauchte sie, »die noch weit glutvoller sind? Denke nur an die Karthagerin Dido, die Aeneas fast davon abbrachte, ein neues Weltreich zu gründen! Für die Ägypterin Nofretete gab selbst ein Gott die Unsterblichkeit auf. Willst du nicht erforschen, auf welche Weise Suleika, die Ehefrau Potiphars, Joseph zu verführen versuchte? Auch in späteren Zeiten beherrschten Ägypterinnen die Kunst, die Gefühle des Geschlechts zu steigern, besser als alle anderen Frauen – du wirst es feststellen, wenn du Cleopatra in dein Bett befiehlst, der selbst ein Cäsar nicht zu widerstehen vermochte.«

Die dunkle Dämonin seufzte lustvoll und wisperte: »Willst du jedoch die Liebeskunst römischer Frauen erproben, wirst du dabei mehr Spielarten der Liebe entdecken als bei irgendeinem anderen Volk auf der Welt. Denn wie anders konnte Poppäa den launischen Nero fesseln, als durch immer neue Leckerbissen der Lust! Messalina besaß dank ihrer sinnlichen Eingebungen mehr Macht über Roms Männer als selbst ihr Gemahl Kaiser Claudius. Ihre Umarmung machte Zwerge zu Riesen, Sklaven zu Herrschern und Tölpel zu Philosophen! Treibt aber eine besondere Sehnsucht dich nicht zu den Meisterinnen der Buhlkunst, sondern zu den sogenannten ehrbaren Frauen, so mag dich Faustina erquicken, die hohe Gemahlin Marc Aurels! Tagsüber hüllte sie sich wie eine fromme Jungfrau in keusche Gewänder, nachts aber konnten selbst Gladiatoren die Glut ihres Leibes nicht löschen.«

»Vergiß nicht die Frauen des Ostens!« sagte die Engelgleiche nun wieder. »Naqia, die edle Gemahlin des ruhmreichen Königs Sennacherib von Assyrien, lehrte die Liebeskunst in den Tempeln der Göttin Ischtar. Semiramis gab sich in ihren Gärten so vielen Männern hin, daß die Erinnerung der Menschen an sie bis heute nicht verblaßte. Und erst die Schönheiten der Schrift: Delila, deren Zauber den starken Samson all seiner Kräfte beraubte. Oder Jezebel, die tyrische Frau König Ahabs, die den Herrscher Jerusalems so betörte, daß er von dem Dreifaltigen abfiel. All diese Frauen wirst du besitzen, wenn du nur willst!«

Die Leidenschaft schnürte mir die Luft ab, und ich schloß die Augen. »Was soll ich tun?« stieß ich voller Erregung hervor. »Was verlangt Ihr von mir?«

Als Antwort hörte ich ein helles Lachen. Ich schlug die Augen wieder auf und fand mich allein – in einem Raum, der mir auf einmal fremd erschien: er enthielt weder Betten noch seidene Kissen und auch keine Decke aus schwerem Brokat, sondern nur ein paar verstaubte Truhen an kahlen Wänden. In meinem Innern aber hallten die Stimmen der beiden Buhlgeister nach: »Rufe uns, wenn du bereit bist!«

Mein Atem ging keuchend wie der eines Lastträgers, und meine Glieder zitterten wie die eines Kranken. Ich sank auf die Knie und flehte Gott um Vergebung an. Doch die Tröstungen des Glaubens reichten nicht so tief wie sonst, und ich ahnte, wie schwer meine Buße sein würde.

Als ich mich ein wenig gesammelt hatte, trat ich zum Fenster und blickte hinaus. Jenseits des kleinen Balkons sah ich die Zinnen der Wehrplatte schimmern. Unter mir zog sich der Sims an der Mauer entlang. Hastig betete ich: »Domine, non sum dignus... Herr, ich bin nicht würdig, daß du eingehest unter mein Dach. Aber sprich nur ein Wort, so wird meine Seele gesund.« Durch diese aufrichtenden Sätze gestärkt, stieg ich über die niedrige Brüstung und tastete mich Schritt für Schritt auf dem schmalen Steinband zurück.

Der Wächter lag noch immer am Boden und schnarchte. Ein paar Minuten später schlich ich die knarrende Holztreppe zu unserer Dachkammer hoch, drückte leise die Tür auf und schob mich vorsichtig in unser Zimmer.

Als ich mich umwandte, fuhr ich erschrocken zusammen. Denn der Magister schlief nicht, sondern saß auf seinem Strohsack. Er klappte sein schwarzes Büchlein zu und blickte mir fragend entgegen.

»Wo wart Ihr?« wollte Doktor Cäsarius wissen.

»Auf dem Abtritt«, log ich schnell.

»So lange?« wunderte sich der Dämonologe. »Ich warte schon seit einer halben Stunde auf Eure Rückkehr!«

»Ich trank beim Fest zuviel Wein«, erwiderte ich. »Nun fegt der Rebensaft durch meine Gedärme wie ein Sturmwind durch den Kamin. Ich fürchte, ich muß heute nacht noch öfter auf den Aborterker klettern.«

Der Alte bückte sich, kramte in seiner kupferbeschlagenen Kiste und zog eine grünweiße Flasche hervor. »Nehmt etwas Calmuswasser mit Pfefferminzblättern und Wacholderbeeren«, riet er. Dann stutzte er plötzlich. »Die Agallochespäne sind fort«, sprach er verblüfft.

»Hier sind sie«, sagte ich leichthin und zog den braunen Beutel aus meiner Tasche. »Ich dachte, ich könnte mit ihrer Hilfe schneller einschlafen«, erklärte ich, »aber sie nutzten nicht viel.«

Mißbilligend schüttelte der Magister das Haupt. »Ihr müßtet doch wissen«, tadelte er, »daß Agallocheholz nur dazu taugt, andere einzuschläfern – den eigenen Geist kann man damit nicht betäuben. Im Buch des Babyloniers Andahrius wird das doch ganz genau erklärt, gleich nach dem Absatz, in dem steht, wie sich Dämonen vor Agallocheholz schützen.«

»Und Ihr?« fragte ich, um den Magister abzulenken. »Konntet Ihr bei Henoch Aufklärung finden?«

Doktor Cäsarius blickte nachdenklich auf das schwarze Buch. »Einige Anzeichen deuteten tatsächlich darauf hin, daß sich hier ganz in der Nähe zwei oder drei Dämonen herumtreiben«, meinte er. »Ich bin nur noch nicht sicher, ob sie es wirklich auf den Ritter abgesehen haben oder auf einen anderen von uns.«

Mein schlechtes Gewissen schmerzte wie eine schwärende Wunde. »Welche Art von Geistern vermutet Ihr hier?« fragte ich voller Furcht, nun meines Frevels überführt zu werden. »Teufel der Habsucht? Des Stolzes? Der Unzucht etwa?«

»Diese Höllenwesen verbergen sich sehr geschickt«, seufzte der alte Magister. »Ich konnte sie noch nicht entlarven. Ja, ich weiß nicht einmal, wo sie sich aufhalten! Erst kurz bevor Ihr zurückkehrtet, hörte ich ein Geräusch, als ob zwei Zwielichtwesen über unserem Dach durch die Lüfte gefahren wären.«

»Ich habe nichts gehört«, sagte ich.

»Eure Ohren sind auch noch längst nicht so geschult wie die meinen«, antwortete der Dämonologe. Er hustete in die hohle Hand und schluckte mühsam. »Auch müßt Ihr mehr und aufmerksamer lesen! Aber ich will nicht zu streng mit Euch sein. Handelt es sich bei der Magie doch um eine schwierige Kunst, die aus so vielen verschiedenen Teilen besteht, daß kaum jemand bis in die äußerste Tiefe dringt. Wenn das Buch Henochs weiter schweigt, werden wir einen erprobten Kabbalisten aufsuchen müssen.«

Mein Herz klopfte bis zum Hals, und ich fragte bang: »Ist es denn nicht klar, daß Tughril es war, der uns die Treue brach? Wir haben doch alle gehört, wie er dem Papst gelobte, uns zu begleiten, bis die Reliquie gerettet sei!«

Doktor Cäsarius wiegte bedächtig das Haupt. »Tughril raubte den Johannitern die Kasse«, gab er zu. »Aber wer weiß, vielleicht will er seine Beute in Sicherheit bringen und dann zu uns zurückkehren, um seinen Schwur zu erfüllen? Leider können wir uns nicht darauf verlassen. Wir werden ihn daher mit einem Zauber herbeizwingen, dem er nicht zu widerstehen vermag.«

Ich lauschte den Worten des Dämonologen mit wachsender Unruhe und sagte hastig: »Dann haltet Ihr also den Ritter für den Verräter? Freilich, wenn ich's recht bedenke: ein Mann, der sich in eine so verbrecherische Leidenschaft verstrickt...«

Der Dämonologe schwieg und sah mich merkwürdig an.

»Was ist?« fragte ich unmutig. »Glaubt Ihr etwa doch, daß ich es sein werde, der Euch dem Antichrist ausliefern möchte?«

Doktor Cäsarius schrak hoch wie aus einem Traum und erwiderte eilig: »Nicht doch, Dorotheus. Es ist nun einmal so, daß sich jeder von uns auf gewisse Weise verdächtig gemacht hat. Mich selbst nehme ich dabei keineswegs aus. Ich kenne meine Schwächen! Tyrant du Cœur scheint viel zu edel für eine solche Schandtat. Leidenschaft aber lockte schon mehr als einen Heiligen in die Fänge des Teufels. Ihr wiederum, Dorotheus, scheint Eurem Glauben nicht recht zu vertrauen. Zudem verfolgt Euch der schrecklichste Dämon. Mir aber droht Tag und Nacht die Gefahr aller christlichen Magier: Niemals darf ich der Versuchung erliegen, meine Kunst nicht für die Kirche, sondern für mich selbst zu nutzen.«

Er biß sich auf die Lippen und verstummte.

»Was grämt Ihr Euch ob einer Tat, die Ihr noch gar nicht begingt?« staunte ich.

»Schon der sündige Gedanke bedeutet den Bruch des Bundes mit Gott«, beharrte der Dämonologe. Wieder ließ ihn ein Hustenanfall erbeben.

Ich schüttelte den Kopf. »Zwischen dem Vorsatz und seiner Ausführung besteht ein Unterschied!« rief ich. »Schon mancher drohte dem Nachbarn im Zorn: ›Ich bringe dich um!‹ – gilt er deshalb schon als Mörder?«

»Dennoch stößt jeder schlechte Wunsch den Sünder eine Sprosse auf der Leiter in die Verdammnis hinab«, antwortete der Dämonologe. »Ebenso wie jeder fromme Gedanke den Gläubigen ein Stück höher zum Himmel erhebt.«

»Wiegt aber die Tat nicht ungleich schwerer als die bloße Absicht?« fragte ich. »Wenn jemand bei einem Unfall ungewollt einen Menschen verletzte – hat er dann etwa die gleiche Strafe verdient wie einer, der nach durchdachtem Plan ein Verbrechen beging?«

»Der Mensch trägt nicht nur für sein Handeln, sondern auch für sein Denken Verantwortung«, sagte Doktor Cäsarius betont. »Freilich bestrafen Richter einen gedungenen Mörder härter als einen Kutscher, der sein Fuhrwerk zu schnell durch die Stadt trieb und dabei ein Kind überrollt. Doch auch ein Übeltäter, der aus Leichtsinn oder Unkenntnis Schlimmes verursacht, muß dafür büßen.«

»Und wenn jemand ganz ohne eigenes Zutun in Sünde gerät?« wollte ich wissen. »Wie denkt Ihr darüber, wenn ein Mann zum Beispiel unzüchtig träumt? Wenn er des Nachts von Buhlteufeln heimgesucht wird, ohne es zu bemerken... Ich meine, ohne dabei zu erwachen?«

»Der hl. Antonius wahrte seine Tugend selbst im Schlaf«, stellte Doktor Cäsarius fest. »Wenn Dämonen den Träumer bedrängen, soll er erwachen! Einem frommen Menschen wird das gelingen. Auch wer im Traum gegen Gottes Gebote verstößt, muß dafür büßen.«

Die Härte dieser Worte ließ mich erzittern. »Denkt an die Tapferkeit einer Seele, die den Anfechtungen Satans zunächst zwar erliegt, sich am Ende aber dann doch noch siegreich behauptet«, wandte ich ein. »Freut sich der Herr nicht über einen reuigen Sünder mehr als über 99 Gerechte?«

»Nur wenn dieser Sünder sich fest vornimmt, nie wieder gegen Gottes Gebote zu verstoßen«, entgegnete der Magister.

»Der Bund, den Christus mit den Menschen schloß, beinhaltet, daß Gott bereit ist, jede Sünde zu verzeihen«, versetzte ich.

»Außer den Abfall von Gott«, schränkte der Dämonologe ein.

»Wenn ein Mann nachts in ein Haus eindringt, um einer ehrbaren Jungfrau Gewalt anzutun«, sagte ich, »und nach vollbrachtem Überfall erkennt, daß er sich in der Tür irrte und versehentlich eine Dirne beschlief – wiegt sein Verbrechen dann ebenso schwer, wie wenn er wirklich ein frommes Mädchen genotzüchtigt hätte?«

»Ich kann nur immer wieder sagen, daß vor dem Herrn der Wille des Menschen wie seine Tat zählt«, versetzte Doktor Cäsarius. »Doch mit den Kräften des Verstandes allein wird es uns unmöglich bleiben, den Verräter zu entlarven, ehe der Verrat geschah. Jeder von uns kommt in Frage: ich, Tyrant du Cœur, Tughril, Bruder Maurus...«

»Der Mönch?« staunte ich. »Fürchtet Ihr seine Rachsucht?«

»Seinen Haß halte ich im Augenblick für die größte Gefahr«, gab der Magister zu.

»Aber Bruder Maurus dient dem Herrn!« rief ich. »Der Mönch hat sein Leben Gott geweiht!«

Der Alte hob die Brauen. In seinen grünen Augen funkelten silberne Punkte. »Mag sein, daß Bruder Maurus ein Mönch ist«, erwiderte er. »Ein Zisterzienser ist er jedenfalls nicht.«

SECTIO XII

Die Überraschung traf mich wie der Hieb einer Keule, mit der ein Räuber im Wald den Wanderer niederschlägt. Mein Herz klopfte wie rasend, mein Mund trocknete aus, ich rang nach Atem und wußte nichts zu sagen.

»Ich habe lange überlegt, ob ich Euch das anvertrauen soll«, fügte der Alte hinzu. »Doch als mein Schüler mußtet Ihr es nun endlich erfahren. Auf der Überfahrt, als Ihr ruhtet, fragte ich Bruder Maurus vorsichtig aus. Er kennt weder die carta caritatis, die doch dem ganzen Zisterzienserorden zugrunde liegt, noch weiß er, von wem das Kloster Santes Creus gestiftet wurde.«

»Nun ist endlich offenbar, wer uns dem Satan ausliefern will«, rief ich erleichtert.

»Nicht so voreilig!« mahnte der alte Magister. »Ja, Bruder Maurus belog uns. Aber wir wissen nichts über die Gründe, die ihn dazu bewogen.«

Ein erster Schimmer des Tageslichts drang in unsere Kammer. Aus dem Burghof scholl der Klang von Jagdhörnern herauf. Der Dämonologe erhob sich, kleidete sich an und reichte mir dann den kupferbeschlagenen Kasten. Wir hasteten die gewundene Stiege hinab. Im Stall wartete schon ein Knecht des Seneschalls mit zwei braven Füchsen auf uns. Andere Knappen führten die Reittiere ihrer Herren zu zwei großen Aufsteigesteinen. Lachend, scherzend und schon im voraus frohlockend über den Ruhm, den sie zu gewinnen gedachten, warteten die Ritter, bis die Reihe an sie kam, sich aufs Pferd zu schwingen. Die meisten hielten sich nur mit Mühe auf den Beinen, und so mancher Morgengruß tönte von lallender Zunge.

Ich hatte erwartet, daß sich ein stattliches Heer aus den Pforten der Festung ergösse. Aber zu meiner Verwunderung zählte ich kaum 80 Ritter und Knappen, die sich zu diesem Feldzug zusammenfanden.

Wir ritten auf einer breiten Straße landeinwärts, durch sanfte Hügel und lichte Wälder. Am Abend lagerten wir unweit der Stelle, an der die heidnischen Griechen einst Satan in der Gestalt eines Gottes mit Namen Zeus anbeteten. Dieser schaurige Ort wird seit alters Olympia genannt. Viele Jahrhunderte vor der Geburt des Erlösers maßen dort die stärksten Krieger der alten Welt zu Ehren des Teufels die Kräfte. Heute recken sich dort nur noch geborstene Säulen gen Himmel, und der Schutt der Vergessenheit überdeckt das unheilige Gefilde. Etwas Fremdes, Beunruhigendes schwebte über dem Tal. Doch die fränkischen Ritter zögerten nicht, dort ihr Lager aufzuschlagen. Als die Feuer aufloderten, kreisten Humpen mit Wein. Bald hallten trunkene Lieder, derbe Scherze und dröhnendes Lachen durch den geheimnisvollen Hain.

Am nächsten Morgen kühlten wir die Fesseln unserer Rosse im Alphiosfluß und hielten uns fortan an seinem südlichen Ufer. Drei Tage später ragte die Burg Karytena am Himmelsrand auf. Geoffroi von Tournay ließ es sich nicht nehmen, alle Teilnehmer des Feldzugs zu einem Festmahl in seinen Palas einzuladen. Seine Knechte warteten uns mit so vielen Köstlichkeiten auf, daß wir an fettem Fleisch zu ersticken und im würzigen Wein zu ertrinken drohten. Danach wandten sich die Ritter mit Lied und Laute der Minne zu, die Knappen aber rannten kreischenden Dienstmägden nach, um einer roheren Form der Liebe zu pflegen.

Doktor Cäsarius tauschte Blicke und Zeichen mit Tyrant du Cœur. Nach Mitternacht schritten wir aus der Burg zu unseren Zelten. Während sich die edlen Herren zur Ruhe legten, blieben wir angekleidet und lauschten. Nach einer Weile nickte mir der Magister zu. Gebückt traten wir durch die Planen und schlichen zwischen Wacholderbüschen zu einer Felsschlucht. Dort wartete der junge Ritter mit drei gesattelten Pferden. Wir schwangen uns auf ihre Rücken und ritten nach Süden.

Nach einer halben Stunde verdunkelten die zackigen Zinnen der Griechenburg Bellerophon den prächtig gestirnten Himmel. Wir zogen in eine Mulde hinunter, banden die Pferde an Buchsbaumhecken und kauerten hinter zwei großen Felsbrocken nieder.

Doktor Cäsarius klappte das kupferbeschlagene Kästchen auf und holte einige Fläschchen und Tiegel hervor. Das Auge der Nacht hüllte die hagere Getalt des Magisters in einen gespenstischen Schimmer. Der Dämonologe öffnete die Glasbehälter und hielt sie prüfend unter die Nase. Dann stellte er sie behutsam ins Moos, zog ein wenig Werg heraus und entzündete ein kleines Feuer, dessen Schein er mit einem schwarzen Tuch dämpfte.

»Könnt Ihr mir schwören, daß Ihr nur christliche Magie betreibt?« fragte Tyrant du Cœur unruhig. »Ich möchte mich nicht an Teufelswerk mitschuldig machen!«

»Ich werde Euch alles erklären, damit Ihr seht, daß ich nichts Unrechtes tue«, beruhigte ihn der Magister.

Sorgsam schüttete er kleine Mengen verschiedener Sorten getrockneten Pulvers in eine eherne Pfanne. In dem Staub gleißten Körner wie Silber und Gold.

»Dahjajas, Ganamawadas«, murmelte der Dämonologe. »Naqaujas, Dirulajas! Hört, ihr Geister, und gehorcht!«

»Was sind das für seltsame Stoffe?« fragte der junge Normanne mit stockender Stimme.

»Zwei Danaq Hasenlab, drei Gran zerlassenen Schafsschwanz«, antwortete der Magister. »Dazu vier Mitgal Moschus und Ambra sowie ein halbes Dirhem Hyänenhirn.«

Der Ritter fuhr ein wenig zurück. »Das sind mahometanische Maße«, meinte er mißtrauisch.

»Natürlich!« nickte Doktor Cäsarius. »Die Araber bargen das Wissen der Alten, das die Germanen und andere Kriegsvölker in ihrer Unwissenheit verbrannten. Darum sind viele Zauberrezepte nur in islamischen Büchern enthalten. Für uns Christen macht das keinen Unterschied. Auf den Glauben kommt es an, nicht auf die Sprache, auf den Inhalt, nicht auf die Verpackung, auf die Seele, nicht auf den Leib.«

Tyrant du Cœur schaute ihn nachdenklich an.

»Haduras, Timarus«, sprach der Magister nun etwas lauter. »Hanitus, Wamiras! Kommt, ihr Geister, mir zu dienen!«

Er hielt die Pfanne über das Feuer, und das Pulvergemisch begann zu schmelzen. Düfte von Weihrauch, Mastix und Kampfer stiegen uns in die Nasen. Die Sterne über uns funkelten plötzlich in allen Farben, und Friede senkte sich in unsere Herzen. Plötzlich fuhr ein Windstoß vom nahen Wald auf uns zu. Schnell schützte der Dämonologe die winzigen Flammen mit seinem Talar. »Argunas, Hadamijus!« befahl er. »Finuras Armitajas! Weicht, ihr Winde, wehrt nicht meinem Wunsch! Ich handle auf des Höchsten Geheiß!«

Sogleich beruhigte sich die Luft. Der alte Magister begann, das apostolische Glaubensbekenntnis zu beten, und gab uns ein Zeichen einzustimmen. Feierlich sprachen wir die geheiligten Verse. Als wir endeten, stand die Luft still und die Flammen stiegen wie an Schnüren gezogen zum Himmel.

Nun nahm Doktor Cäsarius den Rest der Locke, die er dem Türken abgeschnitten hatte, und ließ sie langsam in die gebackene Glut der Zauberzutaten sinken. »Oh Dilus!« rief er dabei. »Oh Ahidas! Bandulis und Batrudalis, ihr hehren Engel des Suchens und Findens! Tiduris und Umuris, Engel des nächtlichen Traums! Fitulis und Andarawas, Geister des Unsichtbaren! Fahrt zu dem Mann, dem diese Locke wuchs! Pflanzt seinem Herzen das Verlangen ein, zu uns zu eilen! Verwehrt ihm das Liegen und Sitzen, Laufen und Stehen, Essen und Trinken, Wachen und Schlafen, bis er vor mir erscheint! Zieht ihn herbei mit eurer pneumatischen Macht, zwingt ihn mit euren ätherischen Willen! Qitarus, Adilas, Manhris, Manqas!« Dann folgten noch einige andere Worte, die wiederzugeben mir verboten ist. Ein Duft wie nach Kerbelwasser lag in der Luft, und über dem ehernen Räuchergerät begannen lachsfarbene Lichter zu tanzen. In immer schnelleren Sprüngen hüpften sie auf und nieder. Dann flogen sie plötzlich mit atemberaubender Schnelligkeit über die nachtdunklen Wälder zur Burg.

Der alte Magister lobte Gott mit den Versen des 147. Psalms: »Groß ist unser Herr und gewaltig an Kraft, unermeßlich ist seine Weisheit«. Dann faßte er mit den Fingerspitzen in die Räuchermasse und zog mit der Asche einen kleinen Kreis um uns drei.

»Kynops?« fragte ich furchtsam.

»Ich spüre seine Nähe«, erwiderte der Dämonologe. »Hinter diesem Schutzwall sind wir vor ihm sicher.«

»Und der Türke?« wollte der Ritter wissen. Sorge umwölkte seine Stirn.

Doktor Cäsarius schwieg. Gespannt warteten wir. Ein Käuzchen schrie. Schwärzliche Wolkenschleier begannen das Sternenlicht zu verdunkeln. Der Wind frischte auf, und unser kleines Feuer kämpfte wie eine letzte lichte Seele in schwellenden Strömen der Schlechtigkeiten. Bekümmert dachte ich daran, daß auch ich von Sünde befleckt war. Da knackten plötzlich Zweige. Vom Waldrand her schritt eine dunkle Gestalt auf uns zu.

»Tughril!« rief ich überrascht.

»Still!« zischte der alte Magister.

Atemlos sahen wir zu, wie der Türke mit schwankenden Schritten das hohe Gras durchquerte. Wie ein Nachtwandler brach er durch dichtes Gebüsch, nicht achtend, daß Dornen sein Gewand zerrissen. Als er den Waldrand hinter sich ließ, ertönte plötzlich ein heiseres Knurren, und mein Herz schlug wie rasend. Denn zwischen den Bäumen erblickte ich zu meinem Schrecken einen riesigen Wolf.

»Tughril!« schrie ich. »Schneller!«

»Er kann Euch nicht hören«, flüsterte Doktor Cäsarius mit wachsbleichem Gesicht.

Tyrant du Cœur riß sein Schwert aus der Scheide.

»Bleibt!« rief der Magister. »Es ist Rhabdos! Eisen vermag den Wolfsdämon nicht zu versehren!«

»Das werden wir sehen!« stieß der junge Ritter hervor, schüttelte die Hände des Alten ab und stürzte aus dem schützenden Kreis, dem Ungeheuer entgegen.

Der Türke blickte sich nicht nach seinem Verfolger um, sondern wankte mit unverändertem Schritt auf uns zu. Als er näherkam, sah ich, daß seine Augen geschlossen waren, so als ob er noch immer schliefe. Ohne jedes Zeichen des Erkennens torkelte er an dem Ritter vorüber. Tyrant du Cœur blieb stehen und schwang sein Schwert, um den Riesenwolf abzuwehren.

Das Höllentier stieß einen schrecklichen Laut des Hasses aus. Gelbe Blitze loderten aus den geschlitzten Augen. Mit gesträubtem Nackenhaar und hochgezogenen Lefzen eilte es auf den Ritter zu. Ein beißender Gestank von verwesendem Fleisch breitete sich aus. Geifer tropfte aus dem Maul des Raubtiers. Das blitzende Schwert des Jünglings prallte vom Fell des Ungeheuers ab, ohne es im mindesten zu versehren.

Der Dämon schlug mit den Klauen gegen den Schild des Ritters.

Ein schneller Schritt zur Seite brachte Tyrant du Cœur aus der Reichweite der Reißzähne, die nach seiner Kehle schnappten. Mit gefletschten Zähnen fuhr der wilde Wolfsgeist herum. Ein furchtbarer Hieb seiner Pranke riß Tyrant du Cœur die Wehr aus der Hand. Funken sprühten, und aus dem Rachen des Riesenwolfs schlug eine feurige Lohe hervor. Geblendet hieb der Ritter um sich.

»Herr Tyrant! Zurück in den Kreis!« schrie der Magister. Ich packte den Türken und zog ihn in den Bereich des schützenden Zauberzeichens.

Tyrant du Cœur starrte aus blicklosen Augen auf seinen Gegner. Ziellos durchschnitt sein scharfes Schwert die Luft. Rhabdos umkreiste ihn knurrend, um im günstigsten Augenblick zuzupacken. Der Aasgestank raubte uns den Atem. Ich sprang auf und lief aus dem magischen Rund, um den Ritter zu retten.

»Dorotheus!« schrie Doktor Cäsarius. »Bleibt hier!« Doch ich achtete nicht auf seinen Befehl.

Wieder drang ein tiefes Knurren aus der Brust des Höllengeistes. Die Spitzen seines zottigen Fells ringelten sich wie Schlangen, und seine Fangzähne funkelten wie Sarazenendolche. Der dämonische Körper strömte eine lähmende Kälte aus. Rasch wandte sich das Ungeheuer dem hilflosen Ritter zu, um ihn zu töten und sich dann auf mich zu stürzen. Da ertönte plötzlich Hufgetrappel. Vor Staunen erstarrt blieb ich stehen. Denn auf einem wiehernden Rappen ritt der Alte mit dem Lilienhelm aus dem Dunkel des Waldes hervor.

In der Rechten des Ritters funkelte ein silberglänzender Spieß, ähnlich der Lanze, die einst Roms Soldaten führten. Das lange, gebleichte Haar des Fremden wehte im Wind.

»Apage!« schrie er mit lauter Stimme und jagte auf den Riesenwolf zu.

Der Dämon warf sich herum. Als er die Lanze erblickte, wandelte sich seine Grausamkeit in Entsetzen, und sein bösartiges Knurren schlug in ein angstvolles Jaulen um. Mit einem gewaltigen Satz versuchte Rhabdos dem neuen Feind zu entfliehen, doch der Uralte jagte ihm die stählerne Waffe tief in die rechte Flanke. Blaues Blut spritzte hervor. Der Dämon stieß einen gellenden Schrei aus. Es klang wie das Weinen eines neugeborenen Kindes, nur tausendmal lauter, so daß selbst die Bäume des Waldes unter dem Schall zu wanken begannen. Dann sank Rhabdos zu Boden. Sein buschiger Schweif zuckte, und das höllische Leben fuhr aus seinem zottigen Leib.

Der Fremde riß mit einem Ruck den Spieß aus dem toten Dämon

und galoppierte davon. Wenige Herzschläge später war seine hohe Gestalt in der Finsternis verschwunden.

Tyrant du Cœur rieb sich die Augen, zwinkerte einige Male und blickte dann verblüfft zu uns. »Wer war das?« fragte er staunend.

Wir eilten zu ihm, faßten ihn an den Armen und führten ihn schnell zurück in den schützenden Kreis. Tughril stand vor dem kleinen Feuer, die Arme noch immer ausgestreckt, die Lider geschlossen.

»Der Lilienritter«, keuchte ich, »kennt Ihr ihn, Herr Tyrant? Ich sah ihn beim Turnier zu Katakolon. Bei Eurem letzten Kampf sprang er in die Aschenwolke. Danach war er plötzlich verschwunden.«

»Mir ist er nicht aufgefallen«, meinte Tyrant du Cœur. »Freilich, als der schwarze Sturm über den Turnierplatz zog, rang ich mit dem Markgrafen von Bodonitsa und hatte nicht Muße, nach den Zuschauern zu schielen. Denn als wir die Lanzen verloren hatten, griff der Drachenritter zum Dolch. Darum ließ ich mich mit ihm zu Boden fallen. Beim Aufprall verlor ich für einen Moment die Besinnung. Zum Glück vermochte der Markgraf daraus keinen Vorteil zu ziehen. Denn er stürzte noch unglücklicher als ich. Als ich wieder erwachte, lag er betäubt neben mir. Oder glaubt Ihr, daß dieser Alte dabei die Hand ihm Spiel hatte?«

»Ich weiß nicht«, erwiderte ich. »Die Aschenwolke verbarg ihn vor meinen Blicken. Hier aber rettete er Euch das Leben.«

»Rhabdos!« murmelte der Magister und blickte zu dem Kadaver hinüber. »Der Fürst der Hölle schickt seine stärksten Streiter. Noch aber wirken die Waffen der Wahrheit!«

Tyrant du Cœur sah den alten Mann forschend an. »Ahnt Ihr vielleicht, wem ich mein Leben verdanke?« fragte er. »Welche Waffe führte er, daß er den Dämon durchbohren konnte, dem selbst mein gutes Schwert nichts anhaben konnte?«

»Ich weiß von dem Uralten ebensowenig wie Ihr«, erwiderte der Magister voller ehrfürchtiger Scheu. »Die Waffe aber kenne ich wohl. Denn es steht in der Apokalypse Abels geschrieben, daß die Haut des Riesenwolfs nur von einem einzigen Stahl durchbohrt werden kann. Dieses Eisen aber bildet die Spitze jener Lanze, die der Legionär Longinus dem Gekreuzigten auf Golgatha in die Seite stieß.«

»Die Heilige Lanze!« rief Tyrant du Cœur ergriffen und sank auf die Knie. Auch mich erfaßte ein tiefes Gefühl von Frömmigkeit, und voller Inbrunst dankten wir dem Allmächtigen für unsere Rettung.

Nach dem Amen sagte ich: »Wer weiß – vielleicht war es der hl.

Georg selbst, der Drachentöter, der uns vor diesem Dämon beschützte!«

»Eines Tages werden wir es erfahren«, antwortete der Magister und sprach die Verse des 40. Psalms: »Zahlreich sind die Wunder, die Du getan hast, und Deine Pläne mit uns; Herr, mein Gott, nichts kommt Dir gleich.«

Wir hoben Tughril in den Sattel, und Tyrant du Cœur führte das Roß am Zügel. Eilig durchquerten wir Wälder und Schluchten. Als wir zu unserem Zeltlager kamen, öffnete sich das Auge des Morgens mit rötlichem Glanz. In unserem Zelt holte Doktor Cäsarius aus seiner Kiste den über brennendem Balsamholz getrockneten Kopf eines Chamäleons, hielt ihn an die zusammengepreßten Lippen des Türken und sprach: »Hyle, Zaid, Genus, Lumen! Stirn und Himmel, Auge und Stern, Wort und Wind, Wandern und wechselnder Mond – Tughril, erwache!«

Der Türke seufzte tief und schlug die Augen auf. Im nächsten Moment fuhr er hoch wie eine Forke, auf deren gebogene Zinken ein unachtsamer Bauer tritt. »Bei den rasselnden Ketten Maimons, des schwarzen Sultans der Dschinnen!« stieß er mit schreckgeweiteten Augen hervor. »Wo bin ich? Ihr seid offenbar mit dem Scheitan im Bunde!«

»Nicht Teufel, Engel spürten Euch auf«, antwortete der Magister. »Denn Gott liebt die Gerechten, während Satan seine Zuneigung eher den Eidbrüchigen erweist.«

»Ich habe meinen Schwur nicht vergessen«, verteidigte sich der Türke. »Morgen schon wollte ich zu Euch zurückkehren!«

»Was Ihr nicht sagt!« spottete ich. »Wohl um den Ordensrittern die Schiffskasse wiederzubringen? Ihr konntet doch gar nicht wissen, wo wir uns aufhielten! Wahrscheinlich hofftet Ihr, wir seien alle ertrunken!«

»Ich nahm nur, was mir der Christengott schuldet«, versetzte Tughril. »Für die Peitschenhiebe auf der Galeere und die Foltern im Kerker des Dogen scheint mir das nicht zu üppig!«

Doktor Cäsarius faßte den Türken ins Auge und fragte: »Warum habt Ihr uns im Stich gelassen? Ihr schwort bei der Ehre Aischas!«

»Ich sagte: ›Ich bin dabei‹«, erwiderte Tughril ungerührt. »Und? Bin ich jetzt etwa nicht bei euch?«

»Die Macht unserer Magie zwang Euch!« fuhr ich zornig dazwischen. »Sonst wärt Ihr längst in den Osten entwichen!«

»Ihr sagt es selbst«, entgegnete der Türke gelassen. »Wenn ich gewollt hätte, wäre ich jetzt schon über alle Berge. Bin ich aber nicht. Mein Gold vergrub ich an sicherem Ort. Nun wollen wir uns der gemeinsamen Aufgabe widmen.«

»Wie habt Ihr das nur geschafft?« staunte der Ritter. »In diesem Unwetter durch die schäumende See sicher ans Ufer zu schwimmen, noch dazu mit einer so schweren Last!«

»Im Wasser war sie leichter«, grinste Tughril. »Auch um Euch bangte ich nicht. Schließlich kenne ich diese Küste gut genug, um zu wissen, daß einem Schiff in der Alphiosmündung nicht viel zustoßen kann. Außer vielleicht einer etwas unsanften Landung auf flachem Gestade.«

»Immerhin brach sich Bruder Maurus den Arm«, rief ich, noch immer wütend.

»Es gibt Schlimmeres«, meinte Tughril ohne rechtes Mitgefühl.

»Wie wollt Ihr beweisen, daß Ihr auch ohne unseren Zauber zurückgekehrt wärt?« fragte Doktor Cäsarius.

»Nichts leichter als das«, strahlte der Türke. »Laßt mich laufen – wenn ich bis morgen früh nicht zurückgekehrt bin, wißt ihr, daß ihr recht hattet.«

Wir blickten einander an. Die Mundwinkel des Magisters zuckten, doch es war Tyrant du Cœur, der als erster losprustete. Wir lachten, bis uns der Atem ausging. Nach einer Weile stieß Tyrant du Cœur mühsam hervor: »Ein prächtiger Einfall! Aber es hieße wohl zuviel gewagt, wollten wir Euch nach Bellerophon zurückkehren lassen.«

»Wieso?« fragte Tughril fröhlich. »Traut Ihr mir etwa nicht?«

»Doch, doch!« erwiderte der Normanne. »Aber morgen früh reiten die Franken zu dieser Burg, um sie in Stücke zu hauen.«

Verblüfft lief der Türke zu einer Öffnung der Plane und spähte hinaus. »Ich zähle dort höchstens 40 Zelte«, entfuhr es ihm. »In Bellerophon liegen 600 Griechen, 250 Kumanen und 60 türkische Reiter!«

Ich erstarrte. Tyrant du Cœur aber antwortete ungerührt: »Im Kampf zählt nicht die Masse, sondern der Mut. Wir werden diese welschen Weichlinge zu Paaren treiben!«

Doktor Cäsarius mischte Tropfen aus mehreren Flaschen in einem kleinen Tonkrug. Dann sprach er mit leiser Stimme Worte aus der Bindeformel des Inders Kanka. Süßlicher Veilchenduft zog durch das Zelt. »Dieser Trank zwingt Euch, in meiner Nähe zu bleiben, solange ich es wünsche und am Leben bin«, sagte der Dämonologe dann zu dem Osmanen. »Wenn Ihr Euch dennoch entfernt, werden Euch heftige Schmerzen und furchtbare Krämpfe befallen, bis Ihr wieder zurückgekehrt seid. Leert Ihr das Krüglein, so wollen wir das Geschehene vergessen. Weigert Ihr Euch aber, so bleibt uns nichts anderes übrig, als Euch in Fesseln zu legen.«

Vorsichtig schnupperte Tughril an dem Gefäß. »Was ist denn da drin?« wollte er wissen.

»In der Hauptsache Öl, Zucker und ein paar Späne weißes Sandelholz«, antwortete der Dämonologe. »Wenn unser Auftrag erfüllt ist, gebe ich Euch ein Gegenmittel.«

»Schöne Wahl!« knurrte der Türke. »Wollt Ihr mir wirklich keine Gelegenheit lassen, Euch meine wahre Treue und Aufrichtigkeit zu beweisen?«

»Diese Essenz oder das Eisen!« befahl der Dämonologe. »Glaubt nicht, daß Ihr uns betrügen könnt! Ihr habt nun schon zum zweiten Mal am eigenen Leib verspürt, was Weiße Magie zu bewirken vermag.«

»In der Tat«, sprach Tughril staunend. »Es war, als würde ich wie eine Puppe von Schnüren gezogen.« Er grinste. »Ihr seid zu beneiden – mit diesem Zauber könnt Ihr wohl auch die schönsten Frauen in Eure Bettstatt befehlen!« Dann aber wurde er wieder ernst und fuhr fort: »Mit geschlossenen Augen fand ich den Weg. Auch diesen Höllenwolf sah ich. Aber sosehr ich mich auch bemühte, ich konnte meine Füße nicht schneller bewegen. Wer war der Alte mit dem Spieß?«

Doktor Cäsarius klärte ihn über die heilige Waffe auf.

»Die Jesuslanze von Antiochia!« rief der Türke in höchster Verwunderung aus, packte den kleinen Krug und leerte ihn mit einem einzigen Schluck. Danach verzog er das Gesicht, hustete, würgte, lief rot an und stieß schließlich mühsam hervor: »Bei den sieben bekehrten Dschinnen von Nisibim! Das schmeckt ja wie der Boden eines Vogelkäfigs!«

»Schlaft jetzt!« befahl der Dämonologe. »Morgen kehren wir nach Katakolon zurück.«

»Nach der Schlacht«, bemerkte Tyrant du Cœur.

Der alte Magister nickte und zog einen seltsam geformten Gegenstand aus der Tasche. Er glich einer schwarzen Pyramide und hing an einer Ebenholzkette.

»Was ist das?« fragte der junge Ritter befremdet.

»Eisen, mit Schwefel geschmolzen«, erläuterte der Magister. »Ich feilte es unter vielen Gebeten zu Pulver, mischte es mit Magnesium, reicherte es mit Borax an, härtete es danach im Ofen mit Rauschgelb und dem Staub zerstoßener Diamanten ... Später gab ich Adlerfett und Engelshaar bei, unter den Versen des 72. Psalms: ›Gepriesen sei der Herr, der Gott Israels. Er allein tut Wunder.‹ Es würde zu lange dauern, Euch alles aufzuzählen. Die Herstellung dauert sechs Tage. Die Formeln, die dazu gesprochen werden müssen, stammen aus dem ›Ziel des Weisen‹. Gottes Segen ruht auf diesem Gegenstand. Die Glut des Erzes wurde mit Jordanwasser gelöscht. Solange Ihr das Eisen tragt, kann Euch kein anderes Metall verletzen, weder an einem Pfeil noch an einem Spieß oder Schwert.«

»Ich weiß nicht recht!« murmelte Tyrant du Cœur. »Ein Haar vom Haupt des hl. Georg, ein Span vom Speer des hl. Mauritius oder sonst eine Reliquie wären mir lieber als dieses seltsame Amulett.«

»Es ist ein Nirendsch«, verbesserte der Magister. »So nennt man christliche Zauberzeichen. Auch dieses Mittel hilft, wie alle Werke der Weißen Magie, nur einem reinen Herzen!«

Zögernd ergriff der Ritter die kleine Pyramide und legte sich die schwarze Holzkette um den Hals.

Tughril musterte den Jüngling mit besorgten Blicken. »Die Griechen und Kumanen zählen nicht«, meinte er. »Doch hütet Euch vor den Türken! Einige stammen aus meiner Sippe. Tötet Ihr sie, muß ich ihr Blut an Euch rächen.«

Am nächsten Morgen weckte uns Hörnerschall. Müde von der durchzechten Nacht traten die Ritter vor ihre Zelte. Doch mit dem ersten Sonnenstrahl verflog die Schläfrigkeit der Franken wie Dunst in der Sonne. Anders als bei dem Turnier schützten sie sich nun nicht mehr nur mit Kettenhemden und Schilden, sondern zusätzlich auch mit kostbaren Kapseln an langen, goldenen Ketten. Die kleinen Kugeln waren von kundigen Schmieden gefertigt und mit funkelnden Edelsteinen geschmückt. Sie enthielten Knochensplitter von Mönchen und Märtyrern, Wollfäden aus dem Gewand des Nährvaters Joseph, Bleikugeln von den Geißeln, mit denen die Soldaten den Erlöser schlugen, Dornen aus Jesu Krone und viele andere Reliquien. Am heiligsten hielten die Franken eine Locke vom Haar Mariens, die Galeran d'Ivry an seiner breiten Brust trug. Der junge Konrad von Katakolon durfte zum Ruhm seines Hauses das fränkische Banner führen, in dessen Mitte ein Stück vom ungeteilten Rock Christi eingenäht war.

Ich erwartete nun, daß die Ritter Kundschafter aussandten, um die Schwächen der Griechen auszuspähen und ein geeignetes Schlachtfeld zu wählen. Doch zu meinem Erstaunen gaben die Franken sich keinerlei Mühe, das Treffen vorzubereiten. Sie knieten vor der Fahne nieder, beteten laut ein Vaterunser und sangen den 18. Psalm, in dem es heißt: »Er lehrte meine Hände zu kämpfen«. Dann empfingen sie den Segen des gleichfalls in Eisen gewandeten Erzbischofs Berard von Athen, schwangen sich von den Aufsteigesteinen auf ihre Rosse und zogen mit wilden Flüchen und Drohrufen gegen die griechische Burg.

»Was für ein Irrsinn!« brummte der Türke. »Diese Franken reiten, als gelte es, ein drittes Rom zu erobern. Dabei gibt es in diesem traurigen Rattenloch Bellerophon nur Beulen zu erbeuten!«

Als der kleine Heerzug im Wald verschwand, sagte ich beiläufig: »Ich bin zu aufgeregt, jetzt zu schlafen. Vielleicht gehe ich besser ein wenig spazieren.«

»Bleibt nicht zu lange fort!« mahnte der Magister.

Ich schlenderte zu den Pferden. Als ich von den Zelten aus nicht mehr gesehen werden konnte, schwang ich mich auf den Rücken meines Fuchses und galoppierte den Rittern nach. Beim Turnier hatte sich mir der Magen umgedreht, nun aber plagte mich die Neugier wie eine kreisende Mücke. Die Warnung des Kirchenvaters Augustinus kam mir in den Sinn, der über einen christlichen Zuschauer bei einem Gladiatorenkampf schrieb: »Mit dem Anblick des Blutes sog er Unmenschlichkeit ein und war von der blutigen Wollust berauscht...« Aber ich achtete nicht auf diesen Fingerzeig.

Als ich die kleine Schar eingeholt hatte, hielt ich mich bei den Knappen, denn ich befürchtete, daß mich Tyrant du Cœur zurückschicken würde, wenn er mich sah. In schnellem Ritt durchquerten wir den dunklen Grenzwald. Eine halbe Stunde später verließen wir den Schatten der Bäume und hielten am Rand eines breiten Brachfelds, das sich bis zur Burg erstreckte.

Sogleich entstand auf den Zinnen der Feste Bewegung wie in einem Ameisenhaufen, den der Fuß eines Landmanns erschütterte. Wächter bliesen Alarmsignale, Fahnen wurden aufgezogen und Bogenschützen besetzten die Wälle. Die vierzig fränkischen Ritter stellten sich nebeneinander, denn keiner wollte hinter den anderen zurückbleiben, wenn der Kampf begann. Einer durfte jedoch als erster sein Leben wagen: Amadeo Buffa aus Naxos. Knappen reichten dem lindgrünen Recken einen Hundekadaver. Der Inselritter packte das räudige Tier an den Hinterläufen, stieß einen gellenden Schrei aus und jagte in wildem Galopp über die offene Fläche auf die Griechenburg zu. Eine Wolke von Pfeilen flog ihm entgegen, aber Herr

Amadeo zagte nicht. Dicht unter der Mauer wirbelte er den verendeten Hund mit nerviger Hand im Kreis und schleuderte das stinkende Aas über den Wall.

Ein wütender Schrei brandete von den Mauern herab. Die Bogenschützen zielten um die Wette nach dem jungen Franken. Herr Amadeo riß sein schwarzes Roß herum und warf den Schild auf den Rücken. Mit trommelnden Hufen hetzte das edle Tier durch einen wahren Gewitterregen von Geschossen zurück.

Jubelnd begrüßten die Ritter den Kampfgefährten. Galeran d'Ivry rief:

»Ein rascher Ritt und ein wackerer Wurf, Herr Amadeo! Wahrlich, die Pfeile spicken euch wie die Stacheln den Igel!«

Der Inselritter lachte fröhlich und hob seinen Knappen hinter sich auf das Pferd, damit er die Geschosse aus Schild und Umhang entferne.

Die Griechen schienen die Schmach nicht auf sich sitzen lassen zu wollen. Mit hohlem Dröhnen fuhr die Zugbrücke nieder, und eine schnell wachsende Schar von Reitern drang aus der Burg. Die Krieger des Kaisers trugen glänzende Brünnen und Helme mit Federbüschen, schienen jedoch erheblich leichter gepanzert als ihre fränkischen Gegner. Die Türken ritten in Kettenhemden einher, die Kumanen in Leder. Sie quollen aus dem Tor wie Körner aus einem aufgeschlitzten Getreidesack.

Gegen diese Übermacht wären andere Krieger wohl nur sehr vorsichtig vorgerückt. Nicht so die fränkischen Herren. Kaum hatten die Griechen das freie Gelände erreicht, spornten die lateinischen Ritter die Rosse und galoppierten mit entsetzlichem Gebrüll gegen den Feind. Ihr Johlen erfüllte die Lüfte wie das Geheul eines Sturmwinds, und immer wieder vernahm ich den frohen Ruf: »Nous sommes gent qui alons pour conqueter!« Einen Herzschlag später brach die Schar der Angreifer über die Griechen und ihre Bundesgenossen herein wie eine stürzende Woge über spielende Kinder am Strand.

Galeran d'Ivry focht als erster am Feind. Mit einem mächtigen Schwerthieb schlug er dem vordersten Gegner das Haupt vom Rumpf, so daß es wie ein Kürbis über den Erdboden rollte. Rückholend trennte der Seneschall dann einem zweiten Griechen den Arm ab, ehe er mit dem nächsten Hieb den Oberschenkel eines Kumanen zerschnitt. Rechts von ihm kämpfte nicht minder heftig der Großkonnetabel: unter seinen Streichen sanken die Griechen dahin wie Halme unter der Sense des Schnitters. Tyrant du Cœur stürzte sich links vom Seneschall in das Getümmel. Sein Eisen durchzuckte die Luft, als blitzte dort ein Gewitter. Thomas von Stromoncourt, Geoffroi von Tournay, Jean de Neuilly, Gautier von Mategriffon, sie alle fochten mit großem Ehrgeiz und spähten immer wieder nach Gegnern, von denen sie hoffen konnten, daß sie sich ihrer würdig erweisen mochten. Kono von Katakolon aber drosch wahllos auf alles ein, was sich vor ihm bewegte.

Bald riß die kleine Schar der Franken das ganze Griechenheer fort, so wie ein starker Löwe die fette Kuh davonzerrt. In ihrer schwachen Panzerung waren die Krieger des Kaisers den Schlägen der lateinischen Ritter fast schutzlos ausgesetzt, während ihre eigenen Schwerter die Brünnen der Franken kaum zu durchdringen vermochten. Es war, als kämpften Knaben mit Holzschwertern gegen ganz aus Eisen gegossene Krieger. Nur die Türken hielten eine Weile stand, denn ihre Reitkunst erlaubte es ihnen, den Angreifern auszuweichen und sie dann hinterrücks aus dem Sattel zu stoßen. Als die Griechen sich aber zur Flucht wandten, brachen die Mahometaner, von einem riesigen Rotbart mit grünem Turban geführt, nach Osten aus und verschwanden im Wald. Nun begann ein grausiges Schlachten. Einige Reiter retteten sich in die Burg; doch die Franken drängten so schnell nach, daß die Zugbrücke nicht rechtzeitig in die Höhe gezogen werden konnte. Mit grausigem Gebrüll brachen die Franken durch das Tor. Kurze Zeit später pflanzte Konrad von Katakolon das Löwenbanner auf den Bergfried der eroberten Feste.

Ich drückte meinem Fuchs die Schenkel in die Weichen und trabte durch das Tor, um nach Tyrant du Cœur zu sehen. Im Burghof wüteten die Franken wie mordlustige Marder in einem Hühnerstall. Wie besessen hieben sie auf die verhaßten Griechen ein und schonten dabei weder Frauen noch Kinder. Kono von Katakolon ritt unter den Wall und ließ sich dort von seinen Knappen Säuglinge zuwerfen, die er in der Luft mit seiner Schwertspitze auffing. »Schneller!« tobte der Rotbart in maßlosem Zorn. »Laßt uns für alle Zeit ein Ende machen mit der verfluchten Griechenbrut!« Der Seneschall aber schlachtete mitleidlos Frauen und Unbewaffnete ab, bis das Blut der Wehrlosen die goldene Kapsel mit dem Marienhaar auf seiner Brust befleckte.

Es dauerte eine ganze Weile, bis ich Tyrant du Cœur endlich entdeckte. Er saß reglos auf Sangroyal und sah dem grausamen Gemetzel wie versteinert zu. Als er mich erkannte, stutzte er und sagte leise: »Was sucht Ihr an einem solchen Ort? Fürchtet Ihr nicht, Schaden an Eurer Seele zu nehmen?«

Langsam wandte er sein Pferd und ritt aus der Burg. Ich folgte ihm, und ein Gefühl fast brüderlicher Zuneigung zu dem Gefährten durchströmte mich. Schweigend ritten wir in den Wald. Hinter uns wallte eine gewaltige Rauchwolke zum Himmel.

Als wir zum Lager zurückgekehrt waren, wartete der Magister mit blitzenden Augen vor unserem Zelt. »Was fällt Euch ein, Dorotheus!« schrie er erregt. »Habt Ihr zu vielen billigen Balladen gelauscht? Träumtet wohl davon, selbst als Ritter Heldentaten zu vollbringen?«

»Ruhmvolles gab es nicht zu erleben«, murmelte Tyrant du Cœur, »sondern nur sinnloses Schlachten.«

Doktor Cäsarius schaute den Jüngling sorgenvoll an. Dann wandte er sich wieder mir zu und schalt, die Hände in die Hüften gestützt:

»So etwas von Verantwortungslosigkeit! Was, wenn Euch die Griechen erwischt hätten, unerfahren und unbewaffnet, wie Ihr seid? Noch dazu ohne Zauberschutz?! Durch Euren Leichtsinn habt Ihr unser ganzes Unternehmen gefährdet!«

Ich senkte schuldbewußt den Kopf. »Es tut mir leid«, sagte ich. »Die Neugier...«

»Wenn es uns nicht gelingt, die schlechten Triebe zu meistern, brauchen wir gar nicht weiterzuziehen«, rief der Dämonologe grimmig. »Der Satan wartet nur auf solche Schwächen!«

»Schämt Euch!« ließ sich auch Tughril vernehmen.

»Ihr müßt ganz still sein!« erwiderte ich erbost. »Ich kehrte freiwillig wieder, Ihr aber mußtet erst mit einem Zauber gezwungen werden!«

Kurze Zeit später brachen die fränkischen Ritter aus dem Dunkel des Waldes hervor. Galeran d'Ivry warf seine eherne Sturmhaube in hohem Bogen ins Gras. »Was für ein munteres kleines Gefecht!« brüllte er begeistert.

Kono von Katakolon wischte die blutverschmierten Hände an seinem roten Umhang ab und fügte hinzu: »Ihr wißt, Herr Seneschall, das Zählen war nie meine Stärke, doch 200 Griechenbälge durchbohrte ich heute gewiß!«

Mir schauderte. Dienstboten eilten herbei und reichten den Rittern riesige Humpen mit unverdünntem Wein. Die Franken tranken in durstigen Zügen, und der rote Rebensaft mischte sich mit dem Blut auf ihren Brünnen.

»Fünfhundert Griechen sind gefallen«, berichtete Tyrant du Cœur dem Magister. »Der Rest entkam, wie auch die meisten Türken und

Kumanen.« Mit unbewegter Miene blickte er zu Tughril. »Eure Sippe focht wacker«, fügte er hinzu. »Erst als die Griechen flohen, setzten sie sich ab, in guter Zucht und Ordnung, das muß man sagen.«

»Wie viele von euch haben sie vorher erwischt?« fragte der Türke begierig.

Der Ritter stieg langsam vom Pferd und setzte sich auf einen Stein. »Nie sah ich ein so entsetzliches Morden!« sprach er wie geistesabwesend. »Diese Männer müssen wahnsinnig sein! Und dabei glauben sie allen Ernstes, im Auftrag Gottes zu handeln!«

»Warum blieben die Griechen nicht in der Sicherheit ihrer Burg?« fragte ich.

»Weil sie sonst darin wie Ratten verbrannt worden wären«, antwortete der Jüngling. »Auf freiem Feld hofften sie wohl, uns durch ihre Zahl von einem Angriff abhalten zu können.« Er seufzte. »Aber die Wespen können dem Bussard so wenig wehren wie die Bienen dem Bären.«

Die Franken wollten auf Burg Karytena rasten und ihren Sieg feiern. Wir suchten unsere Sachen zusammen, um so schnell wie möglich mit Tughril nach Katakolon zurückzukehren. Tyrant du Cœur ritt zu Galeran d'Ivry, um ihm Lebewohl zu sagen. Der Seneschall mochte uns nicht ziehen lassen und gab erst nach, als der Jüngling ihn an unsere Verpflichtung zur Pilgerreise erinnerte.

Am Nachmittag zogen wir durch das Alphiostal nach Nordwesten. Zwei Tage später kürzten wir die große Heerstraße ab und erreichten das Meer, unweit der Stelle, an der wir gelandet waren. Hinter den Dünen erblickten wir plötzlich die Mastspitze einer Galeere.

»Nanu?« wunderte sich der Magister. »Offenbar hat die Flutwelle das Schiff stärker beschädigt, als Ludger von Nogent glaubte!«

Langsam ritten wir näher. Plötzlich packte mich Doktor Cäsarius am Arm. Im kahlen Geäst einer abgestorbenen Weide saß ein Rabe mit rotem Schnabel.

Tughril und Tyrant du Cœur spähten aufmerksam zwischen die Büsche. Plötzlich hob der Türke den Arm. »Dort drüben!« rief er.

Der Jüngling lenkte sein Pferd nach rechts zwischen zwei Ginstersträucher. Wir folgten ihm.

Auf dem Boden lag ein Ordensritter. Sein Hals war von einem Ohr zum anderen durchschnitten. Als wir uns näherten, stiegen Bussarde von dem Leichnam empor.

Doktor Cäsarius ließ sich von seinem Pferd gleiten, kniete neben dem Toten nieder und drehte ihn vorsichtig auf den Rücken.

»Vor zwei Tagen ermordet«, stellte er mit belegter Stimme fest.

»Kumanen?« fragte der Ritter.

Der Dämonologe gab keine Antwort, sondern kletterte in den Sattel und stieß seinem Fuchs mit ungewohnter Heftigkeit die Fersen in die Flanken. Das Tier wieherte erschrocken und galoppierte auf die Galeere zu. Dort flatterten ganze Schwärme von Aasvögeln umher.

In einer sandigen Kuhle neben dem Schiffsrumpf fanden wir die anderen Johanniter. Sie lagen um ein erloschenes Feuer und schienen zu schlafen. Wir erkannten sofort, daß sie auf die gleiche Weise hingemordet worden waren wie der Posten in den Ginsterbüschen. Nur Ludger von Nogent war wohl noch einmal erwacht und hatte versucht, sich zu wehren. Schaudernd standen wir vor seinem grausam zerstückelten Leichnam.

»Wer hat das getan?« flüsterte Tyrant du Cœur mit vor Grauen verzerrtem Gesicht.

Ich starrte den Türken an. Tughril spie aus und rief zornig: »Seid kein Narr, Dorotheus! Auch wenn diese Hunde einst die Haut meines besten Freundes an ihren Mast nagelten – ich habe mit ihrem Tod nichts zu tun. Seht!«

Er bückte sich und betastete eine seltsame Spur zwischen den Leichen. Doktor Cäsarius kauerte neben ihm nieder und befühlte mit steinernem Antlitz die Umrisse der Fußabdrücke. Die Fährte zog sich wie eine Welle durch den Sand und zeigte zu beiden Seiten Vertiefungen, die wie Buchstaben einer unbekannten Schrift erschienen.

Die Hände des alten Magisters zitterten, und sein faltiges Antlitz färbte sich fahl.

»Kennt Ihr diese Spur?« fragte ich klopfenden Herzens.

Der alte Magister schluckte trocken. »Azatoth! Zekron! Die Lettern des Bösen!« flüsterte er heiser. »Nun sei Gott uns gnädig!«

SECTIO XIII

Behutsam geleitete der Ritter den Dämonologen in den Schatten des Schiffs. Doktor Cäsarius setzte sich schweratmend auf einen Felsen. Tyrant du Cœur kletterte auf den Rumpf der Galeere, stieg mit blanker Klinge unter Deck, kehrte nach einer Weile kopfschüttelnd zurück und spähte mit wachsamen Blicken ringsum.

Ich band den Ziegenbalg von meinem Sattel. Doktor Cäsarius nahm einen tiefen Schluck. Langsam kehrte die Farbe in sein Gesicht zurück.

»Wir müssen fort. Schnell!« stammelte er. »Es waren die Pythoniden! Die Satansmenschen der See!«

»Von einem solchen Volk hörte ich noch nie«, meinte Tughril verblüfft, »dabei kenne ich dieses Meer bis nach Ägypten und Algier!«

»Die Pythoniden«, schilderte der Magister aufgeregt, »stammen aus frevelhaften Versuchen des Teufels, wie Gott ein Wesen aus Fleisch und Blut zu erschaffen. Da es dem Satan verwehrt war, die vom Herrn gesegnete Krume der Erde zu seinem unheiligen Werk zu benutzen, formte er seine Geschöpfe aus dem fauligen Schlamm der See. Und da der Fürst der Hölle nicht über göttlichen Atem verfügt, fließt in den Adern dieser Kreaturen kaltes Blut. In nördlichen Ländern würde es zu Eis erstarren. Auch können die Pythoniden Farben nicht unterscheiden. Dafür atmen sie Wasser wie Luft und sehen nachts besser als tags. Sie schwimmen im Meer wie Schlangen, zu Lande aber eilen sie auf den Beinen von Echsen dahin. Ihr schuppiger Schwanz hinterläßt dabei solche wellenförmige Spuren. Ihre Klauen aber drücken jene unheiligen Zeichen in Erde und Sand, mit denen die Kanaaniter einst den Altar Molochs verzierten.«

»Der Herzog von Hinnom!« entfuhr es mir.

»Ja«, bestätigte Doktor Cäsarius. »Wehe dem, den die Pythonsgeister verfolgen! Lautlos schleichen sie aus dem Wasser und zerschlitzen ihren Opfern die Kehlen...«

»Ein christlicher Ritter fürchtet sich nicht vor den Ausgeburten der Hölle!« rief Tyrant du Cœur. »Wo finde ich diese Schlangengeschöpfe? Ich will mein Schwert an ihnen erproben!«

»In Meeren und Maaren, Sümpfen und Strömen, Tümpeln und Teichen können sie sich verbergen«, antwortete der Magister erschöpft. »Nachts tauchen sie dann hervor zu ihrem grausigen Werk... Schnell zur Burg!«

Jetzt erst erkannte ich den wahren Grund seiner Furcht: Nicht um sein eigenes Leben bangte der Dämonologe, sondern um das des Mönchs.

In höchster Hast ritten wir durch den Hohlweg nach Katakolon. Tyrant du Cœur eilte als erster die Stiege hinauf. Mit der Linken trommelte er gegen die Tür. »Öffnet!« schrie er. Als er keine Antwort erhielt, nahm er einen kurzen Anlauf und rammte die Tür mit der Schulter ein.

Ein erschrockener Schrei ertönte. Eilig wickelte Bruder Maurus eine wollene Decke um seine Blöße. Eine schwarzlockige Magd versuchte vergeblich, die Fülle ihres Leibes hinter viel zu kleinen Kissen zu verbergen.

»Erhebt Euch!« herrschte Doktor Cäsarius den Mönch an.

»Ich wußte, Ihr seid ein grausamer Herr!« antwortete Bruder Maurus mit klagender Stimme. »Aber das hätte ich selbst von Euch nicht erwartet, daß Ihr die Pflege kranker Menschen mit gezogenem Schwert verhindern laßt!«

»Seid froh, daß Ihr noch lebt!« versetzte der Dämonologe und gab dem Ritter ein Zeichen. Tyrant du Cœur wandte sich verlegen ab. Grinsend hob der Türke das Gewand der Magd auf, zog es ihr ohne viel Federlesens über den Leib und schob sie zur Tür hinaus, nicht ohne ihr dabei den breiten Hintern zu tätscheln.

»Ach, Ihr seid auch wieder da, Tughril«, meinte der Mönch. »Trieb Euch die Sehnsucht nach christlichen Lehren zurück?«

Tyrant du Cœur schloß die Tür. Doktor Cäsarius beugte sich über den Mönch und berichtete ihm von den Johannitern. »Nur dem Umstand, daß Kynops Euch bei meinem Zauber nicht sah, verdankt Ihr, daß Ihr noch lebt«, meinte der Dämonologe.

Mit einem Satz sprang der Mönch, seiner Nacktheit nicht länger achtend, aus dem Bett. »Also habe ich doch nicht geträumt, als ich gestern nacht nicht schlafen konnte und durch das Fenster Schatten wie Schlangen auf den Dächern umherkriechen sah!« rief er.

»Wir sollten für jeden von uns ein Agnus Dei anfertigen, sobald wir Zeit dazu haben«, meinte der alte Magister. »Kleidet Euch an! In einer halben Stunde fahren wir.«

Tyrant du Cœur stieg eilig die Stufen hinab. Tughril folgte uns in die Kammer. Hastig packten wir unsere Sachen. Dann schirrten wir die Pferde an. Kurze Zeit später trat der junge Ritter aus dem Herrenhaus. Ich bemerkte, daß nun ein goldenes Medaillon neben dem Nirendsch auf seiner Brust baumelte.

Noch bevor die Mittagssonne den Zenit erreichte, rollten wir über die Zugbrücke, froh, daß uns niemand mit Fragen aufhielt. Wir wandten uns nach Norden. Am Abend rasteten wir im Hospital zum hl. Jakob in Andravida, der von mächtigen Schlössern verteidigten Hauptstadt Achaias. In der Heidenzeit hieß sie Elis und war für ihre rassigen Rosse berühmt. Heute zeugte der Herrschersitz der fränkischen Fürsten mehr als jede andere Festung von der eisernen Kraft und dem ritterlichen Prunk des lateinischen Adels in Griechenland. Als Schule ritterlicher Sitte wetteifert Andravida selbst mit Toledo und Saragossa, Kairouan und Neapel.

Wir durchquerten die grünen Auen des schnellen Peneusflusses und zogen der Küste entgegen. Bei dem kleinen Hafen Hyrmine am Strand des Corinthischen Meerbusens lagerten wir in einem Hain von Pinien und Zypressen. Tughril kletterte auf eine Klippe, warf eine Angelrute in die sanfte See und kehrte bald mit einem prächtigen Sägebarsch wieder. Wir labten uns an dem wohlschmeckenden Fleisch, als säßen wir auf samtenen Sitzen an fürstlicher Tafel und nicht im unbequemen Geröll eines nächtlichen Gestades. Lediglich Doktor Cäsarius schien das Mahl nicht so recht zu genießen. Mit dem Ausdruck äußersten Mißfallens blickte er immer wieder zu Bruder Maurus, der geräuschvoll Gräten ins Feuer spuckte.

Als wir gegessen hatten, brachte ich dem Dämonologen das kupferbeschlagene Kästchen. Wir knieten auf die spitzen Steine nieder, und unser Anführer sagte die Worte aus dem Evangelium des hl. Lucas auf: »Geht! Ich sende Euch wie Lämmer unter die Wölfe.« Dann beteten wir das apostolische Glaubensbekenntnis. Nach dem Amen zog Doktor Cäsarius ein kleines Stück purpurner Seide aus seiner Truhe und breitete den Stoff auf den Strand. Dann nahm der alte Magister ein wenig Brot, entfernte die Kruste und knetete den weichen Teig zu einem kleinen Kreuz. Er legt es in seine Eisenpfanne, goß einige Tropfen Öl aus einem gelben Fläschchen auf die Opfergabe und sprach:

»Balsam, vereint mit der reinen Welle des Salböls, bildet das Lamm, das Gott uns als edle Gabe verleihe!«

Ich entsinne mich der Formel, die schon Papst Urban für die Weihe des Gotteslamms vorschrieb – niemand vergißt je ihren machtvollen Klang! Doktor Cäsarius fuhr mit erhobener Stimme fort:

»Aus ewiger Quelle geboren, durch mystische Weihe geheiligt, hebe es jede verdammliche Sünde auf, so wie das Blut unseres Heilands, und ersticke sie!«

Wir neigten uns ehrfurchtsvoll vor dem auf diese Weise verwandelten Brot. Der Magister streute ein wenig Weihrauch auf das weiche Gebäck, hielt die Pfanne ins Feuer und betete:

»Ecce agnus Dei, ecce qui tollit peccatum mundi... Seht das Lamm Gottes, das hinwegnimmt die Sünde der Welt! Es beschütze unsere Seelen gegen die Teufelsdämonen, rette die Reinheit unserer Herzen vor den bösen Geistern, entreiße uns den Fluten der Sünde und sichere uns den ewigen Frieden!«

Ein unvergleichlich süßer Duft umschwebte uns. Dann begann auf dem braunen Brot eine goldene Flamme in der Gestalt eines Kreuzes zu glühen. Mit stockendem Atem preßten wir die Gesichter in den

Sand, und das geheimnisvolle Licht überstrahlte uns mit blendender Helligkeit. Als es wieder verlosch, betete der Magister flüsternd ein Vaterunser. Dann nahm er die Pfanne vom Feuer, brach das Brot in fünf Teile und sprach: »Tragt diese heilige Speise fortan immer bei euch! Denn das ist Fleisch vom Lamm Gottes.«

Wir nahmen das heilige Backwerk ehrfürchtig in die Hände. Tughrils Frömmigkeit schien der unseren nicht nachzustehen, denn er blickte auf das Agnus Dei, als sei er nicht Mahometaner, sondern Christ.

Doktor Cäsarius reichte jedem von uns einen Lederbeutel. Dann bargen wir die kostbare Krume an unserer Brust.

»Hütet die Hostie gut, Dorotheus!« riet mir der Magister. »Vielleicht nützt das Agnus Dei auch gegen den Grauen. Versprechen kann ich allerdings nichts.«

Wir lagerten ungestört und brachen am nächsten Morgen nach der Hafenstadt auf, der dieser schmale Meeresarm seinen Namen verdankt.

Corinth zählte schon in heidnischer Zeit zu den bedeutendsten Städten Achaias. Doch erst seit dem Besuch des hl. Paulus steht es an der Spitze aller griechischen Gemeinden. Seither wurde es oft von Erdbeben erschüttert und von vielen Feinden bedroht: Slaven und Bulgaren berannten die Stadt, Alarichs Goten eroberten sie, Rogers Normannen plünderten ihre Schätze, doch dank der Gnade des Herrn blieb Corinth stets vor der Vernichtung bewahrt. Die Purpurfischer fahren in Booten aus Zedernholz aus dem Hafen, die Seidenweber gehen golden gegürtet durch die gepflasterten Straßen, und die Kaufleute reiten sogar auf Araberhengsten daher, deren Blutslinie sich bis zur Stute Mahomets nachweisen läßt.

Wir nahmen am Hafen Quartier, wo wir als Fremde nicht auffielen, stellten unser Fuhrwerk in einen Stall und stärkten uns in einer Schenke. Danach erklärte uns der Magister:

»Morgen kaufen wir die Hölzer, die wir brauchen. Drei Meilen östlich von hier, auf der anderen Seite der Landenge, liegt ein kleines Fischerdorf. Dort werden wir ein paar kundige Handwerker finden, die uns ein Boot bauen können.«

»Wenn wir einen Kahn brauchen, bekommen wir ihn doch auch hier?« wunderte sich der Türke.

»Mit einem gewöhnlichen Boot können wir die Nebelinsel niemals erreichen«, erklärte der Magister. »Denn Mast, Kiel und Planken unseres Fahrzeugs müssen aus den gleichen Hölzern bestehen, mit denen Abraham sein Feuer speiste, um Isaak zu opfern und so dem Herrn seine Treue zu beweisen: Balsam und Fichte, Kiefer und Lebensbaum, Lorbeer und Mandelstrauch, Myrte und Ölbaum, Palme und Sevezweige, Wacholder und Zeder, Zitrus und Zypresse. Die Hölzer dürfen weder Flecken aufweisen noch gespalten oder gar gedunkelt sein, sondern sie sollen frisch zum Himmel duften. Auch das Schiffspech muß aus solchen Stämmen geschwelt werden, damit es im siedenden Meer nicht zerschmilzt. Und es gibt noch mehr Pflichten, die wir zu befolgen haben. Zu jeder Zeit seid rein an eurem Leibe, so befiehlt es das Buch der Jubiläen – von jetzt an enthaltet euch also entschieden jeder Befleckung durch sündige Taten oder Gedanken! Eßt nichts Unreines, betrinkt euch nicht und laßt euch nicht mit Dirnen ein!«

Streng blickte Doktor Cäsarius zu dem Mönch, der mit unschuldiger Miene zur Decke schielte, die Lippen wie zu einem Liedlein gespitzt.

»Hütet euch auch vor jedwedem Blutvergießen«, fuhr der Dämonologe fort, »denn so befahl der Herr es Abraham, als er Isaak verschonte. Achtet auf dieses Gebot, damit euch der Teufel nicht überlistet!«

Abends beteten wir am Grab des hl. Bischofs Dionysius von Corinth. Seine sieben katholischen Briefe halfen zur Zeit Marc Aurels den bedrängten Kirchengemeinden Kleinasiens, auf dem Pfad des Glaubens zu bleiben.

Die gleiche Gnade erflehten wir nun auch für uns. Tughril aber sonderte sich ab, um auf mahometanische Weise Zwiesprache mit seinem Schöpfer zu halten.

Am nächsten Morgen, dem Gedenktag unserer Lieben Frau zu Jerusalem, weckte uns Doktor Cäsarius vor Sonnenaufgang. Fahles Licht drang durch die Läden. Die Straßen der volkreichen Hafenstadt füllten sich erst allmählich mit Leben. Der Dämonologe rüttelte uns und rief:

»Wir dürfen keine Zeit verlieren! Herr Tyrant, Ihr begleitet mich zum Hafen. Ihr, Dorotheus, kümmert Euch um unser Fuhrwerk. Tughril und Bruder Maurus werden Euch dabei helfen. Ich erwarte euch in zwei Stunden am Osttor.«

Wir luden unser Gepäck auf den Wagen und spannten die Pferde an. Der Mönch murrte: »Wahrlich, der Alte treibt uns an, als wären wir seine Sklaven. Mir klebt die Zunge am Gaumen. Kommt, Freunde! Wir haben wohl noch Zeit, ein Frühstück einzunehmen, ehe wir uns wieder diesem Leuteschinder ausliefern.«

»Brot und Wasser befinden sich auf dem Wagen«, wandte ich ein.

»Dann labt Euch daran!« antwortete Bruder Maurus unwirsch. »Fastet nur immerzu! Mein Körper aber will gesättigt sein!«

Tughril nickte zustimmend und trat als erster in den Schankraum der Herberge. Widerstrebend folgte ich ihm und mußte dabei an die warnenden Worte aus dem Buch der Sprichwörter denken: »Besser ein trockenes Stück Brot und Ruhe dabei als ein Haus voller Braten und dabei Streit.« Im schummrigen Dunkel der Gaststube stellte ich aber zu meiner Erleichterung fest, daß wir die einzigen Besucher waren. Der Mönch und der Türke ließen sich an einem Eichenholztisch nieder. »Heda, Wirt!« rief Bruder Maurus. »Frühstück, aber schnell!«

Eilfertig trat ein kleiner, buckliger Grieche hinter dem Schanktisch hervor. »Was wünschen die edlen Herren?« fragte er und rieb sich eifrig die Hände. »Vielleicht ein paar Eier? Hafergrütze? Kuchen? Und einen Becher frischer Ziegenmilch?«

Der Mönch rollte die Augen, blies die Backen auf, stieß voller Verachtung die Luft durch die Lippen und hüllte den Wirt in eine Wolke von Speicheltröpfchen. »Ich bin keine Amme, die plärrende Säuglinge stillt!« empörte sich Bruder Maurus. »Wein und Braten herbei, aber hurtig, sonst ziehe ich Euch die Hammelbeine lang!«

Der bucklige Wirt verneigte sich hastig und lief zur Küche, wo er sogleich begann, mit Töpfen und Tiegeln zu klappern. Kurze Zeit später kehrte er mit einem Arm voller kleiner Schüsseln zurück. Er stellte kaltes Fleisch und eine braune Tunke auf den Tisch und goß aus einem bauchigen Krug funkelnden Wein in bronzene Becher.

»Das gefällt mir schon besser!« lobte der Mönch, schüttete Soße über die Lammkeule, schlug die Zähne in das fette Fleisch und schlang es schmatzend hinab. Staunend sahen wir zu. Dann räusperte sich der Türke und sprach:

»Wahrlich, Bruder Mönch, Ihr freßt wie ein Schwein, und Euer Wanst gleicht dem eines Wals. Man könnte meinen, daß Ihr gleich platzt wie ein mürber Schlauch, in den man zuviel Wasser schüttet.«

»Ach was!« versetzte der Riese gemütlich und trank seinen Humpen mit einem Zug leer. »Ihr mahometanischen Schlappschwänze habt keine Ahnung, wie man sich richtig ernährt. Deshalb geht ihr auch immer so jämmerlich unter, wenn ihr es mit uns Christen zu tun kriegt.«

»Im Völlern seid ihr uns über«, gab Tughril zu. »Mit Kraft hat das gar nichts zu tun. Auch der feiste Wallach frißt mehr als der feurige Hengst!«

Bruder Maurus verschluckte sich, röchelte laut, hustete halberstickt und spie schließlich ein Stück Fleisch auf den Teller. »Wollt Ihr etwa die Würde meines Ordens beleidigen?« brauste er auf. »Ausgerechnet Ihr als Mahometaner, die sich jeden Tag mit einer anderen paaren, wollt über christliche Selbstzucht urteilen?«

Unwillig runzelte Tughril die Stirn. »Der Koran gestattet nur vier Ehefrauen«, belehrte er den Mönch. »Keineswegs zuviel für einen richtigen Mann, der auf seine Gesundheit achtet, statt sich schon so früh am Tag wie eine Wildsau vollzustopfen!«

»Was versteht ihr Heiden schon von Lebensart!« rief der Mönch erbost und ließ einen Wind knattern, der laut wie Rosseschnauben schallte. »Nachts Schafe schänden und morgens gelehrt von Minne schwatzen!«

»Ha!« machte der Türke. »Lebensart! Ich reiste einmal zu den Serben, Euren christlichen Vettern. Saufen und huren, das ist alles, was diese Kerle im Kopf haben. Wenn sie zechen, kriegt sie ihr Kral nicht mehr vom Krug, bis auch der letzte besoffen vom Stuhl fällt. Sie pissen an Stöcken hinunter, um nicht zum Abtritt laufen zu müssen. Ihren Weibern schieben sie Schwämme unter den Hintern. Feine höfische Sitten das!«

»Serben!« schnaufte Bruder Maurus verächtlich. »Die sind ja auch noch nicht länger Christen, als ihr Türken Mahometaner seid!« Er schneuzte sich in die gesunde Rechte, wischte die Finger an seinem Gewand ab, griff nach einem neuen Stück Fleisch und sprach kauend weiter: »Erst die christliche Erziehung hebt den Menschen über das gemeine Gewürm dieser Erde. Fleiß und Demut, Tapferkeit und Treue, das sind die christlichen Tugenden – die mahometanischen aber heißen Geilheit und Hinterlist!«

»Fleiß!« höhnte der Türke. »Ausgerechnet Ihr! Mönche leben von den Vermächtnissen Toter wie Geier vom Aas. Schmarotzer der Menschheit! Prassen, saufen und rammeln, bis ihnen der Schädel platzt. Dann werden sie schön heilig eingescharrt!«

»Wagt es nicht!« brüllte Bruder Maurus zornig und ballte die Rechte zur Faust. »Noch trage ich einen Arm in der Schlinge, Euch aber lasse ich auch mit einer Hand die Luft aus, Ihr asiatischer Ziegenbespringer!«

»Versucht es doch, Ihr stinkendes Sodomitenschwein!« schrie der Türke.

Ich stieß den Stuhl zurück, um mich dazwischenzuwerfen. Doch bevor sich die beiden Gefährten ernstlich gegeneinander empören konnten, ertönte vor der Herberge ein lautes Poltern. Im nächsten Moment flog krachend die Tür auf. Johlend und gröhlend drängten sich drei fränkische Kriegsknechte in die Schenke. Ohne sich um uns zu kümmern, ließen sie sich am Nebentisch nieder. Ein grobschlächtiger, rothaariger Hüne mit gespaltenem Kinn unter schütterem Bart führte sie an. Er öffnete seinen Mund zu einem Gähnen, bis schwärzlich verfärbte Zähne sichtbar wurden. Dann schlug er mit der Faust auf den Tisch und brüllte: »Wirt! Wir haben Durst!«

Neben dem Roten saß ein schwarzhaariger Sizilianer mit einer sichelförmigen Narbe auf der braunen Stirn. »Was schreist du nach dem Wirt, Wolfsauge?« grinste er. »Rufen wir lieber sein Töchterlein, das eines Mannes Auge eher zu erfreuen vermag als diese bucklige Mißgestalt!«

»Recht hast du, Sichelstirn!« brüllte der Rotbart. »He, du verdammter Weinpanscher, hörst du nicht? Schicke uns deine Tochter! Wir haben die ganze Nacht gezecht und wünschen nun, ein wenig zu ruhen.«

»Auf hübschen Hügeln!« schrie der dritte, ein aschblonder Flame mit zweifach gebrochener Nase. »Und in weichem Wiesengrund!«

Die Kriegsknechte lachten. Der griechische Wirt eilte aus seiner Küche herbei. »Nicht doch, ihr edlen Herren!« bat er furchtsam. »Mein Töchterchen ist noch jung...«

»Papperlapapp!« schnitt ihm der Rote das Wort ab. »Wächst ihr nicht längst schon lockige Wolle? Wohlan, ich führe eine tüchtige Spindel mit mir!«

»Und auf der ganzen Welt findet Ihr kein schnelleres Weberschiffchen als das meine!« fügte der Flame übermütig hinzu.

»Beruhigt euch, ich bitte euch!« flehte der bucklige Wirt. »Hier, trinkt Wein, den besten, den ich habe. Ihr braucht nichts zu bezahlen!« Hastig füllte er drei große Becher bis zum Rand und stellte sie vor die Franken. Der Rotbart fegte die Humpen mit einer zornigen Handbewegung vom Tisch und erboste sich:

»Willst du uns foppen, du Hund? Her mit deiner Tochter, sage ich! Bei deinem dummen Gesicht schmeckt der beste Wein sauer!«

Sichelstirn erhob sich schwankend, rülpste laut und machte sich dann auf den Weg zu der hölzernen Treppe. Der grauhaarige Grieche stellte sich dem Sizilianer in den Weg. »Nein!« rief er verzweifelt. »Ich flehe Euch an!«

»Was wagst du, dreckiger Grieche!« grollte der Kriegsknecht und packte den alten Mann am Gewand. »Ziemt es sich für den Hund, den Herrn anzukläffen?«

Er stieß den Buckligen derb vor die Brust. Der Wirt sank zu Boden und umschlang bittend das Knie des Sizilianers. Sichelstirn stolperte, brüllte erbost, zog den Dolch aus dem Gürtel und setzte dem alten Mann die scharfe Klinge an die Kehle.

»Recht so!« rief der Flame, scheitelte sich mit den Fingern das aschblonde Haar und spottete: »Ich will nachsehen, ob nicht noch andere freche Eindringlinge deiner Tochter nachstellen, du tapferer Verteidiger deiner Familienehre!«

Der Wirt stieß einen winselnden Laut aus, verstummte jedoch sogleich, als das scharfe Messer seinen Hals ritzte. Tughril vertiefte sich in seinen Becher. Bruder Maurus schaute zur Decke und dann auf mich. Ich aber wandte die Augen ab.

»Lege diesen Hühnerhund an die Kette, Sichelstirn«, rief der Rotbart lächelnd, »damit er nicht beißt, wenn wir sein Schäfchen scheren!«

»Dem breche ich die Zähne aus!« versetzte der Sizilianer grimmig und riß sein Opfer roh an den Haaren.

Mit schnellen Schritten stieg der Flame die Treppe hoch. Ein lautes Krachen ertönte. Wenige Herzschläge später taumelte ein junges Mädchen, von einem kräftigen Stoß getrieben, die Stiege hinab.

»Holla!« brüllte Wolfsauge belustigt. »Welch stürmische Braut!«

Der Flame packte die kleine Griechin grob am Arm und zerrte sie zu seinen Zechgenossen. »Gib acht, Wolfsauge!« rief er. »Das Kätzchen hat Krallen!«

»So sind sie mir am liebsten!« schrie Wolfsauge heiser. »Bald wird dieses kleine Raubtier vor Wohlgefühl schnurren!«

Bruder Maurus blickte mich mit hochgezogenen Brauen an. Tughril zuckte die Achseln und trank einen Schluck Wein.

Wolfsauge griff der hübschen Griechin mit der Linken in das volle, schwarzglänzende Haar und zog sie an sich, um sie zu küssen. Vergeblich versuchte das Mädchen, den Kopf abzuwenden. Mit der Rechten erforschte der Rotbart die kleinen, festen Brüste seines wehrlosen Opfers. »Nein!« keuchte das Mädchen halberstickt. »Laßt mich!«

Der Flame wollte sich schier ausschütten vor Lachen. »Vielleicht will sie lieber von meinem Kuchen naschen?« rief er fröhlich.

Tughril saß mit dem Rücken zu diesem abstoßenden Schauspiel.

Vorsichtig schielte er über die Schulter. Als er sah, was dort geschehen sollte, stellte er den Becher mit einem lauten Knall auf den Tisch. Verblüfft drehten die fränkischen Kriegsknechte ihre geröteten Köpfe nach uns. Das Mädchen versuchte, sich zu befreien, doch der Rotbart hielt es am Handgelenk fest. Bruder Maurus räusperte sich und bat voller Höflichkeit: »Laßt diese arme Jungfrau, edle Herren – sie ist doch noch ein Kind!«

Die drei rohen Kerle starrten den Mönch verblüfft an. Dann versetzte der Rotbart grimmig: »Mischt Euch nicht ein, Fettwanst! Sonst schützt Euch auch die Kutte nicht vor meiner Faust!«

»Ein Pfaffe, der über Weiber faselt«, spottete Sichelstirn, »gleicht einem Pferdehändler, der niemals ritt!«

Die Franken brüllten vor Lachen und wandten sich wieder dem Mädchen zu. Von neuem erklang die tiefe Stimme des Mönchs:

»Verzeiht mir, ihr hoch- und edelgeborenen Herren, wenn ich es noch einmal wage, euer Gehör zu erbitten! Es steht mir zwar keineswegs an, euch zu belehren – aber die Heilige Schrift sagt ausdrücklich: ›Wein und Weiber machen das Herz zügellos. Freche Gier richtet den zugrunde, über den sie herrscht!‹ Jesus Sirach, 19. Kapitel, 2. und 3. Vers, falls ihr nachzulesen wünscht.«

Der rote Hüne klappte langsam den Mund zu, drehte sich um und starrte Bruder Maurus finster ins Gesicht. Die Finger des Flamen schlossen sich um den Dolch an seinem Gürtel.

»Hör zu, du feistes Pfaffenschwein«, knurrte der Rotbart. »Das ist die letzte Warnung. Wenn ich jetzt noch einen einzigen Laut von dir höre, stopfe ich dir für immer das Maul!«

Der Mönch zuckte die Achseln und seufzte: »Wie recht Jesus Sirach doch hat! ›Manche Ermahnung geschieht zur Unzeit; mancher schweigt, und der ist weise‹, sagt er – trifft das nicht auch hier wieder zu?«

»Noch ein Wort!« knirschte Wolfsauge. »Nur noch ein Wort!«

»Wer klug zu reden vermag, ist selbst ein Weisheitslehrer und trägt in Bescheidenheit seine Sinnsprüche vor«, meinte der Mönch ungerührt. »Auch dieses Wort stammt, Ihr werdet es leicht erraten ...«

»Hund!« brüllte der rote Riese und sprang wütend auf. Sichelstirn stieß den Wirt von sich und rannte von der anderen Seite her auf uns zu.

»Durch seine Lippen verstrickt sich der Sünder«, fuhr Bruder Maurus gelassen fort, »Lästerer und Stolze stürzen durch sie!«

Im nächsten Augenblick packte Sichelstirn den Mönch am Hemd.

Der Flame griff mit der Faust in das wollene Haar unseres Gefährten. »Treibt ihm die frommen Sprüche aus!« schrie Wolfsauge zornig.

Das Kreuz auf meiner Stirn begann zu brennen. Tughril schob die Rechte in seinen Ärmel. Bruder Maurus erhob sich, umfaßte mit seiner Pranke die Hand des aschblonden Flamen, löste mit spielerischer Leichtigkeit ihren Griff und quetschte sie dann wie in einem Schraubstock zusammen.

»Mein Sohn, sitzt du am Tisch eines Großen, dann reiße den Rachen nicht auf!« sagte er dazu. »Auch von Jesus Sirach, den ich über alle anderen Lehrer schätze!«

Der Flame heulte schmerzerfüllt auf. Sichelstirn hieb Bruder Maurus die Faust in die Magengrube. Sein Schlag rief jedoch nur ein Lächeln hervor. »Auch beim Wein spiele nicht den starken Mann!« sprach Bruder Maurus belehrend und drosch dem Angreifer nun seinerseits die Rechte so kraftvoll gegen den Kiefer, daß der Sizilianer durch die Stube geschleudert wurde und bewußtlos liegenblieb.

»Schon viele hat der Rebensaft zu Fall gebracht!« beschloß der Mönch den Bibelspruch.

Mit einem Wutschrei riß Wolfsauge den Dolch aus dem Gürtel und warf sich auf den dunkelgesichtigen Riesen. Doch ehe er ihn erreichte, stolperte der Franke über das Bein des Türken und krachte zu Boden. Wie durch Zauberei fuhr eine blitzende Klinge aus dem Ärmel in Tughrils Hand. Einen Augenblick später kniete der Seeräuber auf der Brust des Rothaarigen und hielt ihm den Stahl an die Kehle.

Der Flame trat mit den Füßen nach Bruder Maurus und zog ebenfalls seinen Dolch. Der Mönch schlang dem Angreifer seinen gesunden Arm um den Hals, zog ihn an sich heran und drückte zu. Der Aschblonde zappelte mit Armen und Beinen. Dann wurden seine Zuckungen schwächer, und schließlich hing er reglos im Griff des Riesen.

»Laßt ihn! Ihr bringt ihn um!« schrie ich entsetzt.

»Nicht doch!« antwortete Bruder Maurus verwundert und öffnete seinen stählernen Griff. Der Flame fiel zu Boden und blieb in seltsam verkrümmter Haltung am Boden liegen.

Fassungslos starrte ich Bruder Maurus an. »Was habt Ihr getan?« rief ich verzweifelt. »Jetzt ist alles verloren!«

»Aber ich drückte doch gar nicht so fest!« wehrte sich der Mönch. »Der Kerl kommt gewiß gleich wieder zu sich!«

Der Türke blickte uns zweifelnd an. Noch immer lag sein scharfes Messer auf der Gurgel des Rotbarts, der wild die Augen rollte.

Bruder Maurus kniete neben dem Flamen nieder, hob den aschblonden Kopf seines Opfers und bat: »Genug des Scherzes, Gevatterchen, ich bitte Euch! Ich meinte es doch nicht böse!«

Der Fremde rührte sich nicht.

»Bringt Wasser!« rief der Mönch. Mit totenbleichem Gesicht verschwand der Grieche, von seiner zitternden Tochter gefolgt, in der Küche.

»Ihr habt ihn umgebracht!« sagte ich anklagend. »Obwohl der Magister befahl ...«

»Jaja!« rief der Mönch ungeduldig. »Aber was sollte ich denn Eurer Meinung nach tun? Mich abstechen lassen wie eine schlachtreife Kuh?«

Plötzlich wuchs neben mir ein Schatten in die Höhe und stürzte von hinten auf den Mönch zu. Ein Messer blitzte auf. Ich packte einen Krug und ließ ihn niedersausen. Mit lautem Krachen zerschellte das Gefäß auf dem Schädel des Sizilianers. Schwer stürzte Sichelstirn auf die Erde.

Der Rotbart bäumte sich auf. »Mörder!« schrie er halberstickt und versuchte, den Türken abzuschütteln. Sein Dolch zuckte durch die Luft, doch er erreichte sein Ziel nicht. Denn einen Wimpernschlag später öffnete sich eine klaffende Wunde an seinem Hals, und ein Blutstrom brach hervor. Der Franke wand sich wie rasend, dann sank sein Kopf in eine rote Lache.

Mir grauste es, denn ich wußte nun, daß die Dämonen uns eingeholt hatten. Ich warf mich neben Sichelstirn zur Erde und drehte ihn auf die Seite. Doch aus dem Mund des Sizilianers drang kein Atem mehr.

»Ich denke, nun werdet Ihr mir keine Vorwürfe mehr machen«, murmelte Bruder Maurus.

Der Türke erhob sich, wischte sein Messer am Kleid des Rothaarigen ab, schob es wieder in den Ärmel und meinte: »Schicksal! Aber besser die als wir.«

Bruder Maurus legte mir die Pranke auf die Schulter. »Grämt Euch nicht, Dorotheus«, tröstete er. »Durch Eure Tat habt Ihr mir das Leben gerettet. Ich bin Euch dafür von Herzen dankbar.«

Der Wirt eilte mit einem Krug Wasser herbei. Als er sah, daß die drei Kriegsknechte tot am Boden lagen, ließ er das Tongefäß fallen und stieß einen lauten Schrei aus. »Was soll ich jetzt tun?« jammerte er. »Wenn die Franken ihre Freunde bei mir finden, zünden sie das Haus an!«

»Packt die Kerle in Euren Keller und schmeißt sie nachts in den Hafen!« riet der Mönch. Dann wandte er sich mir zu und fuhr fort: »Dem Magister erzählen wir besser nichts von unserem Mißgeschick. Er regt sich sonst nur wieder auf, und das könnte ihm schaden. Er ist ja schließlich nicht mehr der Jüngste!«

»Ihr hättet diese Männer nicht herausfordern dürfen!« warf ich Bruder Maurus vor.

»Wenn wir nicht eingegriffen hätten«, versetzte der Mönch mit einiger Schärfe, »dann hätten diese Hunde das Mädchen gewiß vergewaltigt und dann womöglich samt seinem Vater ermordet, um das Verbrechen zu vertuschen. Wäre Gott mit uns zufriedener gewesen, wenn wir so eine Untat hingenommen hätten?«

Ich schwieg, und die verwirrendsten Gedanken füllten mein Gehirn, so wie Federn aus einem zerschlitzten Kissen ein gelüftetes Zimmer durchstieben.

»Na also!« seufzte Bruder Maurus. »Ich sehe, es wohnt noch ein Rest von Verstand zwischen all den Flausen in Eurem Schädel.«

»Aber jetzt klebt Blut an unseren Händen!« sagte ich erschauernd. »Der Teufel hat uns überlistet...«

»Unsinn!« widersprach der Mönch. »Moses erschlug den grausamen Ägypter – wurde der Prophet deshalb etwa von Gott verfolgt und gerichtet? Nein – der Herr wählte ihn sogar zum Anführer seines Volkes und wirkte Wunder durch ihn!«

Tughril drückte dem kreidebleichen Wirt ein paar Silberstücke in die Hand. Wir kletterten auf unser Fuhrwerk und rollten zum Osttor. Als wir am Hospiz der Johanniter vorüberfuhren, entdeckte ich zwischen den herrlich geschmückten Säulen am Eingang Tyrant du Cœur. Er stand mit dem Rücken zur Straße, so daß er uns nicht bemerkte, und redete eindringlich auf einen alten Ordensritter ein. Im nächsten Moment lenkte Bruder Maurus unser Gespann um eine Biegung. Weder der Mönch noch der Türke schienen den Ritter gesehen zu haben, und ich beschloß, vorerst darüber zu schweigen, um nicht zu neugierig zu erscheinen.

Am Osttor wartete Doktor Cäsarius vor drei Pferdefuhrwerken, die schwer mit Stämmen und Stangen in allen Größen beladen waren. Auf den Kutschböcken saßen griechische Fuhrknechte.

»Seid ihr etwa noch einmal eingenickt?« rief uns der alte Magister ungeduldig entgegen.

»Wir fanden den Weg nicht gleich«, log Bruder Maurus. »Wo steckt Herr Tyrant?«

»Er wollte noch schnell einen Wechsler aufsuchen«, antwortete der Dämonologe. »Mit Goldstücken läßt sich in Isthmia nicht viel anfangen, wenn man nicht gleich das ganze Dorf kaufen will.«

Ich überlegte, ob ich dem alten Magister mitteilen sollte, daß ich Tyrant du Cœur vor dem Ordenshospiz beobachtet hatte. Dann aber beschwichtigte ich mich mit dem Gedanken, daß es für das Gespräch des Ritters mit dem Johanniter gewiß einen ganz gewöhnlichen Grund gab, den ich wohl bald von selbst erfahren würde.

Wir überquerten den Isthmus, der die Halbinsel Peloponnes seit alter Zeit an Attika fesselt, so wie eine Sehne zwei Knochen verbindet. Der Ortsvorsteher des kleinen Fischerhafens am östlichen Ufer vermietete uns ein kleines, leerstehendes Häuschen am Strand. Schon am nächsten Morgen legten dort zwanzig geübte Bootsbauer unser Fahrzeug auf Kiel.

Tyrant du Cœur und Tughril vertrieben sich die Wartezeit mit allerlei Waffenübungen. Ich bestaunte die Kraft und Gewandtheit des Ritters. Ebensoviel Bewunderung aber nötigten mir auch die Schnelligkeit und Schläue des Türken ab, der dem starken Jüngling nicht nachgab.

Nach einem besonders hitzigen Zweikampf mit hölzernen Schwertern lobte der Ritter: »Wahrlich, Herr Tughril, jetzt wundert es mich nicht mehr, daß Euer Volk selbst den Mongolen standhielt!«

»Und Ihr, Herr Tyrant«, versetzte der Türke mit einem boshaften Seitenblick auf den Mönch, »beweist durch Euer Beispiel, daß das Christentum die Manneszucht ebenso gut zu fördern vermag wie mein eigener Glaube und nicht bei allen Männern nur zum Prassen und Saufen führt.«

Als Bruder Maurus das hörte, riß er sich die Schlinge von der Schulter und stürzte sich wutschnaubend auf Tughril. Der Türke empfing seinen Gegner mit einem Tritt zwischen die Beine. Der dunkelgesichtige Riese packte den Seeräuber aber, hob ihn mit beiden

Händen über den Kopf und schleuderte ihn dann wie einen Mehlsack durch die Luft. Der Türke prallte auf den Boden und rollte in den Staub. Ehe der Mönch erneut zupacken konnte, schlüpfte Tughril zwischen den Pranken hindurch und stieß dem Riesen den Fuß in die Kniekehlen. Bruder Maurus krachte wie ein vom Sturm gefällter Eichbaum zur Erde. Tughril warf sich auf den Rücken des Mönchs und bog mit geschicktem Griff seinen Nacken nach hinten. Bruder Maurus stieß ein zorniges Grunzen aus und sprengte die Arme des Türken mit einem gewaltigen Ruck, als hielte ihn nur ein Kind. Im nächsten Augenblick preßte er Tughril an seine Brust, um ihn durch schiere Kraft zu erdrücken. Der Türke lief rot an und traf mit einem plötzlichen Hieb seines Ellenbogens die Leber des Hünen. Luftschnappend ließ Bruder Maurus den Gegner fahren. Tughril riß das Knie hoch, um es dem Mönch in den Leib zu stoßen. Der Riese stolperte und riß den Gegner mit sich in einen schlammigen Weiher.

Wild um sich schlagende Arme und Beine hoben sich aus den Wasserwirbeln. Der Mönch kam als erster wieder zum Vorschein. Mit zornrotem Antlitz drückte er den Kopf des zappelnden Türken in die braune Brühe. »Ich werde Euch lehren, mich einen dreckigen Mohrenbastard zu nennen!« schalt er.

»Aber das hat Tughril doch gar nicht gesagt!« rief ich.

»Noch nicht!« schnaubte der Riese. »Aber bald wird er's tun!«

Im nächsten Moment wurden ihm die Beine weggezogen. Prustend versank er in der schmutzigen Lache. Mit beiden Händen hielt Tughril den Kopf des Riesen ins Wasser. »Dreckiger Mohrenbastard!« schimpfte er.

Tyrant du Cœur zog das Schwert und trat zwischen die beiden Männer. »Hört auf, bevor noch Blut fließt!« befahl er. »Mit einem ehrlichen Ringkampf hat das nichts mehr zu tun!«

Doktor Cäsarius nickte besorgt. Ich spielte mit dem Gedanken, ihm alles zu berichten, doch ich fürchtete mich vor den Vorwürfen des Magisters und zog es vor, mir einzureden, daß wir zu Corinth nur in Notwehr gehandelt hatten.

Zwei Wochen später lag ein fahrbereites Boot auf dem flachen Gestade. Der Dämonologe entlohnte die Männer und schickte sie fort.

Am nächsten Tag, dem Hochfest der Unbefleckt Empfangenden Gottesmutter, weckte uns der Magister um Mitternacht. Wir zündeten Fackeln an und folgten ihm zum Strand. Doktor Cäsarius sagte den 98. Psalm auf, der mit den Versen beginnt: »Singt dem Herrn ein neues Lied; denn er hat wunderbare Taten vollbracht.« Dann beteten wir ein apostolisches Glaubensbekenntnis. Schließlich sprach der Magister feierlich:

»Herr, Du einziger Gott, Schöpfer der Menschen, Engel und auch der Dämonen! Du allein gebietest über das Gute und das Böse. Schütze uns vor den Schlichen und Anschlägen Satans!«

Nach diesen Worten erhob sich der Dämonologe und band einen purpurnen Faden um die Bordwand des Bootes. Dann betete er:

»Du gnädiger Gott! Vor Zeiten gabst Du den Engeln Schnüre, damit sie die Maße des Glaubens absteckten. So lehrt es Henoch in seinen Schriften. Gib, daß dieser heilige Faden, der von dem Propheten auf uns kam, das Boot gegen alle Angriffe des Bösen wappne! Cherubim, Seraphim, Ophanim, all ihr Engel der Herrschaft, ihr Auserwählten, helft uns gegen die Tücke des Teufels!«

Gemeinsam beteten wir ein Vaterunser und sangen den 107. Psalm: »... und die er führt auf geraden Wegen, so daß sie zur wohnlichen Stadt gelangten: Sie alle sollen dem Herrn danken für seine Huld, für sein wunderbares Tun unter den Menschen.« Von See her erhob sich nun eine leichte Brise und ließ die Lichter flackern. Doktor Cäsarius steckte einige Palmen- und Ölbaumzweige als Zeichen christlicher Demut zwischen die Planken des Schiffs. Dann zündete er die übriggebliebenen Hölzer an. Fauchend fuhr der Wind in die Flammen, und bald bestrahlte der Schein eines haushohen Feuers den Hafen. Der alte Magister streute Weihrauch in den lodernden Brand und rief mit hallender Stimme:

»Aloe und Balsam, Galbanum und Laudanum, Mastix und Myrrhe, Narde und Zimt, ihr kostbarsten Früchte des Paradieses, schickt eure Wohlgerüche gen Himmel! Blicke auf uns herab, Du Lamm Gottes! Hüte uns huldvoll, heiliger Hirte, damit wir den hehren Auftrag erfüllen, das Haupt Deines edlen Vorläufers zu retten! Lasse Deine Engel über uns wachen! Raphael, der einst den Dämon Asmodi band – ihn stelle ans Steuer unseres Bootes! Gabriel, der dem Propheten Daniel den Himmel erklärte – er weise auch uns den Weg! Michael, der die himmlischen Heerscharen gegen das Satansheer führt – ihn sende zu uns, den Ungeheuern der Tiefe zu wehren!«

Dann wandte sich Doktor Cäsarius uns zu und sprach zu uns in den Worten des Epheserbriefs: »Werdet stark durch die Kraft und Macht des Herrn! Zieht die Rüstung Gottes an, damit ihr den listigen Anschlägen des Teufels widerstehen könnt...« Am Ende ritzte uns der Dämonologe die Haut an den Unterarmen und schrieb mit unserem

Blut die sieben Worte auf den Mast, die Jesus am Kreuz zu seinem Vater sprach: »In Deine Hände lege ich meinen Geist«.

Der Wind wuchs zu einem Sturm. Schäumende Wellen rollten heran und schlugen gegen die Planken des Schiffes. Doktor Cäsarius blickte mit leuchtenden Augen auf dieses Wunder. Er schien keine Furcht zu empfinden. Mich aber, der ich unserer Sünden gedachte, beschlich eine schlimme Ahnung.

Das Wasser umspülte erst unsere Füße, dann unsere Knie und Hüften. Am Ende nahm eine Woge das Schiff auf den Rücken und trug es ins Meer.

»Schnell!« schrie der Magister.

Tyrant du Cœur schwang sich als erster an Bord und zog mit kräftiger Hand den Mönch hinter sich hoch. Tughril schob von unten, und am Ende plumpste Bruder Maurus wie ein fetter Fisch auf die Planken. Ich streckte die Hand aus, da rief der Magister: »Den Kasten!« Gewandt wie eine Katze kletterte der Dämonologe am Ruder empor und schwang sich auf das Heck des Fahrzeugs.

Ich eilte zurück, griff nach der kupferbeschlagenen Kiste und hastete durch die gischtenden Wogen. »Gebt mir die Truhe!« schrie der Magister von oben herab. Stolpernd reichte ich ihm das kostbare Kästchen. Der alte Mann ächzte unter der Last und wäre fast ins Wasser gefallen. Tyrant du Cœur packte zu und hob die Truhe an Bord. Dann ergriffen Tughril und Bruder Maurus mich an den Armen und zogen mich auf das Schiff, als ich schon fast den Boden unter den Füßen verlor.

Keuchend klammerte ich mich an eine Ruderbank. Eine starke Strömung erfaßte das Boot und zog es in die Bucht hinaus. Ich blickte zum nächtlichen Ufer, und plötzlich befiel mich ein eisiger Schrecken. Denn vor dem hellen Schein des Feuers erkannte ich die dunkle Gestalt des Grauen.

Mit ausgebreiteten Armen stand der Dämon am Ufer. Ein entsetzlicher, klagender Laut der Enttäuschung hallte durch das Brausen der Wogen an unsere Ohren.

»Das war knapp«, murmelte der Magister. »Gott ist mit uns!«

»Noch eine Minute, und der Assiduus hätte mich erwischt!« stieß ich hervor. »Wo wird er nun auf mich lauern?«

Der Dämonologe blickte mich unsicher an. »Ich weiß es nicht«, gestand er. »Hütet das Agnus Dei! Es ist Eure einzige Hoffnung.«

»Gott ist mit uns!« wiederholte Tyrant du Cœur voller Inbrunst.

Bruder Maurus und Tughril schwiegen.

Als der Morgen dämmerte, segelten wir an der Insel Ägina vorbei. Nach dem Aberglauben der Griechen wohnten dort einstmals Ameisenmenschen, die man die Myrmidonen nannte. Wie so viele andere, enthält wohl auch diese Legende ein Körnchen Wahrheit. Denn in ihr klingt wohl eine Erinnerung an jene heidnische Urzeit nach, in der auf dieser Insel 5 000 Bürger über 470 000 Sklaven geboten.

Am Abend rundeten wir das steile scylläische Vorgebirge, die östlichste Spitze der Peloponnes. Wir ließen die Insel Hydra rechts liegen und steuerten auf die offene See hinaus.

Einen Tag später verließen wir das myrtische Meer und näherten uns kretischen Gewässern. Wir rechneten es der späten Jahreszeit an, daß wir auf dieser sonst häufig befahrenen Strecke keinem anderen Schiff begegneten. Trotz des starken Windes rollten die Wellen aber seltsam sanft dahin, so daß es uns erschien, als führen wir im Sommer und nicht im Winter durch diese gefährliche See.

Doktor Cäsarius betete oft und prüfte immer wieder den Inhalt des kupferbeschlagenen Kästchens, um für die Kämpfe gewappnet zu sein, die uns mit dem Magier Kynops und mit dem Herzog von Hinnom bevorstehen mochten. Tughril und Bruder Maurus sprachen fast die ganze Zeit kein Wort. Ich dachte immerzu an die Weissagung der Sybille, an das schwebende Schloß über glühenden Wolken, die Steine leichter als Luft und den Wind schwer wie Eisen, das kochende Meer, die Wolle, die in Feuer gewaschen wurde, und all die anderen Wunder, die es zu ergründen galt. Das Blut, das nun an meinen Händen klebte, und meine Sünden mit den Buhlteufelinnen beunruhigten mich zutiefst. Doch der Gedanke, daß die Seherin die Rettung durch ein Findelkind verhieß, tröstete mich.

Tyrant du Cœur saß Stunde um Stunde am Ruder, und kein Muskel regte sich in seinem Gesicht. Einmal, in der Abenddämmerung, beobachtete ich heimlich, wie der junge Ritter das Medaillon an seiner Brust öffnete und eine goldene Locke hervorzog, die er traurig mit den Lippen liebkoste.

Einen Tag später tauchte im Westen die Insel Melos aus dem Dunst. In ihren löchrigen Felsen brennt noch immer das Feuer der Schöpfung. Darum empfahl Hippokrates, der große Heiler der Heiden, die heißen Quellen des Eilands zur Linderung vieler Beschwerden. Als der apfelrunde Buckel hinter unserer Schulter ins Meer versank, fühlte ich mich, als hätten wir die letzte Verbindung mit der bekannten, bewohnbaren Erde verloren.

Tughril beugte sich ab und zu über die Bordwand und tauchte die

Hand in die Wellen. Alle Stunde ließ er ein Lot in die See sinken. »Das Wasser wird immer wärmer«, berichtete er dem Magister. »Es fühlt sich schon so lau an wie auf der Oberfläche einer Lagune. Dabei zeigt das Blei noch mindestens zwanzig Faden unter dem Kiel!«

»Liegt das vielleicht an den heißen Felsen von Melos?« murmelte Bruder Maurus mit zweifelnder Miene.

»Unsinn!« versetzte der Türke. »Dann müßte das Meer doch jetzt allmählich wieder erkalten! Aber die Hitze steigt immer weiter.« Er schaute zur Sonne, die hinter milchigen Schleiern erstrahlte. »Bei den sieben bösen Dämonen!« fügte er hinzu. »Die Nebelinsel liegt dort vorn unter dem Himmel, ich weiß es!«

Er hatte kaum zu Ende gesprochen, als plötzlich flüchtige Wolken über der See zu wogen begannen. Wie Dämpfe aus siedendem Wasser hüllten sie erst den Vordersteven, dann auch das Hinterschiff in ein feines, weißes Gespinst.

»Dorotheus! Hier, nehmt! Und schnell aufs Vorschiff!« befahl der Magister und reichte mir eine Flasche aus ziegelrotem Glas. »Gießt davon ins Wasser, wenn es zu kochen beginnt!«

»Was ist das?« fragte ich beklommen.

»Öl vom Grab des hl. Florianus aus Lorch«, erklärte der Dämonologe. »Es hilft gegen Feuer wie auch gegen Wasser!«

Ich kletterte mit der Flasche zum Bugspriet und beugte mich über die schäumende See. Bald bemerkte ich, daß heller Rauch aus dem Holz stieg. Schnell ließ ich ein paar Tropfen von der Flüssigkeit in das Meer rinnen, und die weißlichen Schwaden verflogen.

Kurze Zeit später quoll wieder der Qualm aus den Planken, und ich träufelte wieder Florianusöl in die Wellen. Im nächsten Moment fuhr aus der heißen Gischt plötzlich eine lebende Schnur und schlang sich um mein rechtes Handgelenk.

Ein brennender Schmerz durchfuhr mich. Ich schrie vor Qual. Fast hätte ich die Flasche fallen lassen.

Tyrant du Cœur drückte dem Mönch das Ruder in die Hand, eilte zu mir und zog das Schwert. Im nächsten Moment sauste die Klinge durch die blutig glänzende Schlinge aus lebendem Fleisch. Doch zu meinem Entsetzen wuchs der hautlose Muskelfaden noch in der gleichen Sekunde wieder zusammen, so als hätte der Ritter mit seinem Hieb nur einen Nebel getroffen.

Aus den Strudeln der See starrten mir weiße Lichter, groß wie Wagenräder, entgegen. Schaudernd erkannte ich, daß das gelenklose Greifglied unter dem geifernden Gaumen eines Geschöpfes verschwand, wie es kein Alptraum grausiger vor Augen stellen konnte. Zwischen den schleimigen Wulstlippen einer wolfsähnlichen Schnauze glitzerten ganz von Zahnfleisch entblößte Hauer wie die eines verwesten Keilerkopfs. Grindige Schuppen bedeckten eine von aufgebrochenen Beulen bedeckte Stirn. Statt Flossen trieben stachelige Beine das Unwesen durch die Fluten, so daß es wie eine riesige Spinne neben uns herschwamm. Am ekelhaftesten aber erschien mir, daß ich durch die zuckende, purpurne Haut des Unwesens wie durch dünnes Glas in das Innere des ungeschlachten Körpers blicken konnte. Ich sah den gierig sich blähenden Magen, die von glühendem Blut durchflossenen Adern, das wabernde Gekröse und Geschlinge der Därme. Das Wesen schien unfertig wie ein zu früh geborener Säugling, dessen Gesicht und Gliedmaßen sich noch nicht in der rechten Weise ausbilden konnten. Geronnener Schleim umgab die graue Gestalt.

»Eine Satansspinne!« stieß der Magister hervor. »Gebt mir Euer Schwert, Herr Tyrant – ohne die Hilfe der Heiligen kann die Klinge das Ungeheuer nicht treffen!«

Hastig reichte der junge Ritter dem Dämonologen das tropfende Erz und hielt mich mit beiden Armen umklammert, damit mich die Fangspinne nicht in die Tiefe hinabzog. Noch immer schrie ich vor Schmerz, denn die rotglühende Schnur brannte auf meiner Haut wie geschmolzenes Eisen.

Doktor Cäsarius eilte zu seinem kupferbeschlagenen Kästchen, holte eine goldene Kerze hervor, zündete sie mit fliegenden Fingern an und ließ ein wenig Wachs auf die Schwertschneide tropfen.

»Das Agnus Dei!« rief mir der Ritter ins Ohr.

Ich griff mit der Linken in meine Tasche, holte das geweihte Gebäck hervor und preßte es auf die scheußliche Schnur. »Lamm Gottes!« betete ich voller Qual, »das du hinwegnimmst die Sünden der Welt...«

Die heilige Hostie begann zu knistern. Die Hitze ließ nach, doch das Greifglied löste sich nicht.

»Agnus Dei!« betete ich von neuem. »Misereor nos – erbarme dich unser!«

Aus den Augenwinkeln sah ich, wie der Magister Splitter von Euphorbiaholz, Niesgarbe und Seidelbast auf die Klinge streute. Er bedeckte die zauberkräftigen Späne mit einer zweiten Schicht Wachs und rief mit lauter Stimme: »Heiliger Georg! Der Drache erlag dem Stoß deiner Lanze – sende deine Kraft nun in dieses Erz!«

Vorsichtig nahm der Dämonologe den leuchtenden Drachenstein aus dem Beutel vor seiner Brust und rieb das Schwert mit dem magischen Gebilde wie mit einem Wetzstein. Bald säumte ein bläulicher Schimmer die Klinge, und ein schwerer, süßlicher Duft wie von ägyptischem Anissamen breitete sich aus.

Die Böen bliesen immer stärker. Mühsam kletterte der Magister durch das schwankende Boot auf uns zu. Der Ritter riß ihm das Schwert aus der Hand und hieb mit aller Kraft in die Wellen. Ein schrecklicher Schrei scholl aus der moosgrünen Tiefe empor. Tintenfarbenes Blut verfärbte das Wasser, und ein beißender Gestank stieg uns in die Nasen. Das teuflische Wasserwesen wand sich wie rasend und sank auf den Grund des Meeres. Das abgehauene Ende der Geißel löste sich leblos von meinem Arm, fiel auf das Deck und ging sogleich in Flammen auf. Am ganzen Leib zitternd sah ich zu, wie das Satansfleisch durch die Kraft des heiligen Holzes zu Asche verbrannte.

Statt der Seespinne reckten sich nun viele andere Ungeheuer aus den Wogen. So vielfältig sie auch geformt schienen, eines schien allen gemeinsam: eine abstoßende Unfertigkeit ihrer Gestalt. Sie sahen aus, als sollten sie sich erst noch zu lebensfähigen Wesen entwickeln, als hätte ihr Schöpfer seine Arbeit vor der Zeit beendet, als schämte sich selbst Satan, solche Söhne in die Welt zu senden. Manche der Meereswesen schienen aus Teilen verschiedener Tiere zusammengesetzt: sie trugen die Schnauzen von Schweinen auf Krötenköpfen und schlängelten Schneckenleiber mit Finnen von Fischen durchs Wasser. Andere starrten unter Schildkrötenlidern hervor, tasteten mit Tigertatzen nach unserem Boot oder stießen Stachel, wie sie Seeigel besitzen, gegen die Bordwand. Viele besaßen flache Köpfe und platte Gliedmaßen, als seien sie unter Felsen zerquetscht oder von Hämmern zerschlagen worden. Am meisten von all diesen Mißgeburten erschreckten uns jene, deren Körper nicht Schuppen noch Schalen umgaben, so daß sie als abscheuliche Knäuel aus schillernden Eingeweiden, weißlichen Nervenfasern, schwärzlichen Drüsen und bläulichen Blutgefäßen das Wasser durchzogen.

Der Wind wandelte sich zu einem Sturm, doch die Nebel wallten weiter zu beiden Seiten des Schiffes und wurden nicht fortgeweht, sondern hüllten uns in immer dichtere Schleier, so daß ich die Gestalten der Gefährten bald nur noch schemenhaft erkennen konnte. Unser Schiff beschleunigte seine Fahrt. Tughril schob den Mönch vom Steuer und rief: »Es ist soweit. Das Meer kocht. Ruft Euren Gott an, ihr Christen! Ich will zu dem meinen beten.« Mit lauter Stimme sagte er dann die Verse der 77. Sure auf: »Die Hölle speit Funken, groß wie ein Schloß, falben Kamelen ähnlich. Wehe dann denen, die Allah verleugnen!«

Das schlanke Boot flog wie ein Falke dahin. Gischtspritzer brannten wie Funken auf meinem Gesicht, doch dank des purpurnen Engelsfadens konnte die siedende See das Pech zwischen unseren Planken nicht schmelzen.

Die teuflischen Wasserwesen blieben zurück.

»Holt einen Eimer Wasser herauf!« rief mir Doktor Cäsarius zu.

Ich ließ das hölzerne Gefäß an einem Seil in die dampfenden Fluten hinab, wartete, bis es gefüllt war, und zog es dann wieder empor.

»Gießt es aus!« befahl der Dämonologe.

Ich drehte den Eimer um, aber kein Tropfen Flüssigkeit rann auf das Deck. Nur einige dunstige Schleier schwebten davon.

Verwundert warf ich den Eimer erneut in das brodelnde Meer und holte ihn erst nach einer ganzen Weile wieder heraus. Aber auch diesmal gelang es mir nicht, auch nur den kleinsten Tropfen zu erhaschen.

»Wasser, das man nicht schöpfen kann!« murmelte der Magister. »So wie es die Sibylle weissagte!«

Schneller und schneller eilten wir über die Nebel des kochenden Wassers. Noch ein drittes Mal warf ich den Holzbottich über Bord, nun aber zerrte der Wind so heftig an meinen Armen, daß ich das Seil nicht mehr einholen konnte. Es war, als drückte eine bleierne Faust gegen meine Brust. Mit aller Kraft klammerte ich mich an den Mast.

»Wind, so schwer wie Eisen«, schoß es mir durch den Kopf.

Ein gellender Schrei drang an mein Ohr. Ich wandte den Kopf und blickte zu dem Mönch. Mit aufgerissenen Augen starrte Bruder Maurus durch die zerfetzten Luftschleier. Und dann sah auch ich es.

Brennende Wolkenwirbel umspülten den Fuß mächtiger Mauern. Flammen loderten bis zu schwarzen Türmen empor. Erker, Giebel und Zinnen zeichneten sich fein wie Spinnengebein gegen den glühenden Himmel ab, als seien sie mit schwarzer Tusche auf blutige Leinwand gemalt. Sanft schaukelnd flog die Teufelsburg auf dem Nebelmeer dahin, als wolle sie uns zu einem Vorstoß in immer fernere Welten verlocken, zu einer Reise ohne Zurück, auf einen Weg ohne Wiederkehr.

»Das schwebende Schloß!« schrie Tughril. »Gleich sind wir am Ziel!«

Feurige Zungen leckten uns entgegen, und die Hitze des Brandes beizte unsere Gesichter. Doktor Cäsarius hustete halberstickt und hielt sein Agnus Dei an den Mund. Wir taten es ihm gleich, und sofort kühlte sich die Luft vor den Lippen.

Ein plötzlicher Wind erfrischte uns wie das Wasser eines Gebirgsbaches. »Wir schaffen es!« jubelte mein Herz. Da hörte ich Tughril schreien:

»Tyrant! Maurus! An die Seiten! Dorotheus! Haltet Euch am Bugspriet fest! Es schwimmt etwas unter uns!«

Seine Worte waren kaum verhallt, da hob sich plötzlich der Boden des Meeres, und ein Dröhnen betäubte unsere Ohren, als bräche die Erdscheibe mitten entzwei. Nebel und Wasser liefen nach allen Seiten ab. Die Flammen über dem schwebenden Schloß aber formten sich plötzlich zu einem gewaltigen Haupt, das bis zum Himmel reichte. In atemlosem Entsetzen erkannte ich das grausame Antlitz des Magiers Kynops. Mit einem bösen, verächtlichen Lächeln schaute er auf uns herab.

Im nächsten Moment knirschte der Kiel des Schiffes auf Grund. Doch es war nicht der Meeresboden, der uns entgegenkam, sondern der Rücken des Gräßlichsten in der Geschichte der Schöpfung.

Tughril klammerte sich verzweifelt ans Steuer. Tyrant du Cœur rollte in seiner Rüstung zwischen die Ruderbänke. Bruder Maurus brach in die Knie und blickte, vor Schrecken brüllend, über die Bordwand hinab. Doktor Cäsarius riß seinen Storaxstab aus dem Ärmel. Ich aber starrte reglos auf das, was nun zu meinen Füßen erschien. »Also waren die Mühen vergebens, und der Herr hat uns die Sünden nicht verziehen«, dachte ich bei mir. »Der Judas unter uns aber triumphiert!«

Denn aus der Vergessenheit schaudernd geflüsterter Sagen schwamm das erste von allen Ungeheuern seit der Erschaffung der Erde ans Licht: der Leviathan, der nur von Gott selbst besiegt werden kann.

SECTIO XV

Wie sähe die Welt wohl aus, hinderte dich nicht der Schöpfer selbst daran, sie zu verwüsten, du unersättlicher Leviathan! Selbst die redegewandtesten aller Propheten fanden kaum Worte, deine Schrecken zu beschreiben. Sterne verschlingst du, das Meer trinkst du aus, die Erde bebt unter der Last deines Leibes, Drache der See! Schon Hiob nannte jene, die dich zu wecken bereit sind, Verflucher der Tage. Schnelle, gewundene Schlange Jesajas, Frucht des unbegreiflichen Gotteswillens am fünften Tag der Schöpfung! Alles, was Menschen in Angst und Schrecken versetzt, vereinst du in deiner grausen Gestalt. Fleischgewordener Haß der Natur, entsetzlicher Erbfeind des Edlen, grausiger Gegner des Guten, schändlicher Schatten des Schönen – wieviel Unheil streust du noch aus, ehe Jesajas Weissagung erfüllt wird und Gott dich mit seinem harten Schwert richtet? So dachte ich, als sich das Ungeheuer aus schwärzester Meerestiefe erhob und sein Körper Himmel und Wasser verdeckte.

Der riesige Rücken wölbte sich unter uns, als sei plötzlich eine bewaldete Insel aus den Wogen gestiegen. Aber nicht Bäume, sondern hornige Stachel begrenzten den Blick; nicht Gräser, Borsten bedeckten den Grund; nicht Blumen, eitrige Beulen breiteten sich auf dem Buckel aus. Tausendmal größer als jener Wal, der Jonas verschlang, pflügte der Leviathan durch das kochende Meer, so daß uns selbst der Mamonas, der Drache der Finsternis aus jener Schlucht, in der Erinnerung nur noch wie eine Kaulquappe gegen die Kröte, wie eine Krabbe gegen das Krokodil erschien.

Die Panzerplatten des Meerdrachens spannten sich weiter als die Dächer von Burgen. Die Krallen an seinen Flossenfüßen ragten wie Masten hervor, und sein Schwanz zog in sieben Windungen durch die siedende See wie eine Kette von schwimmenden Bergen. Am Ende tauchten nacheinander die sieben Köpfe des Leviathan aus den schäumenden Strudeln. Jeder von diesen schrecklichen Schädeln besaß eine andere Gestalt und drohte mit anderen Waffen. In ihrer Scheußlichkeit aber glichen sie einander wie die sieben Todsünden, die sich nur in der Form, nicht aber in den Folgen unterscheiden.

Das erste der Häupter schnellte vor Bruder Maurus aus dem sprudelnden Wasser. Es trug ein pfahldickes, gebogenes Horn aus Elfenbein an der Stirn. Seine Augen glühten wie Herdfeuer. Die schwarzen Nüstern öffneten sich wie Brunnenschächte. Sein Maul klaffte wie die Höhle von Troizen, die von den Heiden für eine Pforte des Hades gehalten wurde. Geifer troff von den lachsroten Lefzen, und aus dem Rachen drang übelriechender Brodem hervor.

Kurz bevor die knöchernen Kiefer sich krachend schlossen, sprang der Mönch behende zur Seite. »Die Harpune!« rief Tughril. Bruder Maurus bückte sich und packte einen armdicken Fischspeer. Immer wieder fuhr der Drachenkopf auf den dunkelgesichtigen Riesen herab, doch jedesmal stieß Bruder Maurus die Spitze der Waffe dem Unwesen in die schleimige Schnauze.

Mit markerschütterndem Schrei schoß daraufhin neben Tyrant du Cœur der zweite Schädel des Zornwesens aus dem Wasser. Zwei Hörner, scharf und spitz wie Turnierlanzen, sprossen aus seiner Stirn. Seine Lichter leuchteten wie Fackeln, seine nadelspitzen Zähne blinkten wie doppelt gehärteter Stahl, und aus dem Schlund drang der Gestank von Verwesung hervor.

Doch der Normanne zagte nicht, sondern hieb mit der geweihten Klinge so heftig gegen den eichenstammdicken Hals, daß schwarzes Blut hervorspritzte. Zischend brannte es Löcher in das heilige Holz unserer Planken.

Ich hatte mich von meinem Schrecken noch längst nicht erholt, als am Heck neben Tughril auch schon das dritte Haupt des Urweltgeschöpfs aus den brausenden Fluten empordrang. Ein dreieckiger Nakkenschild mit mannslangen Stacheln bedeckte den schuppigen Hals. Die Augen funkelten wie Sterne. Zwischen der doppelten Reihe der Reißzähne schlängelte sich eine armdicke, dreifach gespaltene Zunge hervor, und der Hauch von Pestilenz hüllte uns ein.

Mit einem wütenden Schrei schlug der Drachenkopf die Hauer in das Ruderblatt und zermalmte es mit einem einzigen Biß. Der Türke aber wankte nicht, sondern ergriff eine hölzerne Stange und drosch damit auf die stumpfe Schnauze des Ungeheuers ein.

Der Dämonologe hob seinen Storaxstab und schrie die Zauberworte, mit denen Salomo einst Dämonen bannte: »Zebaoth, Adonai, Elohim, Emmanuel, Gott Abrahams, Isaaks, Jakobs!« Wie aber, dachte ich, konnten die Namen Gottes gegen ein Geschöpf helfen, das der Herr selbst erschaffen und zur Bestrafung der Sünder bestimmt hatte?

Ein donnerndes Tosen drang an mein Ohr, und gischtsprühend fuhr nun der vierte Schädel des Leviathan aus der brodelnden See. Zwei Hörnerpaare, lang wie die Deichseln von Fuhrwerken, stachen auf den Magister herab. Die wagenradgroßen Augen schimmerten hell wie der Mond. Aus seinem Walfischmaul raste ein Sturmwind hervor, der den alten Mann taumeln ließ. Doktor Cäsarius packte den Storaxstab fester und rief nun die ältesten Zauberworte der Menschheit, die einst der Inder Kanka die Akkader lehrte:

»Dalil Ilutika Rabatim Lud!« lauteten diese dämonenvertreibenden Formeln. »Siptu Belu Gasrutiz Quaru! Großer Herr, der Du alles weißt, Dir will ich huldigen!« Solche Gebete richtete wohl einst auch

Abraham im chaldäischen Ur an den unbekannten Gott, ehe sich dieser ihm offenbarte und seinen Bund mit ihm schloß. Nur die Lobpreisungen Noahs besitzen ein noch ehrwürdigeres Alter. Doch die Worte, die der Prophet der Sintflut einst zu seinem Schöpfer sprach, sind verschollen wie sein Gebein.

Das vierfach gehörnte Haupt wand sich unter dem Klang der urzeitlichen Beschwörung wie unter Peitschenhieben. Auch die anderen Drachenköpfe vermochten den Mut und die Magie meiner Gefährten nicht zu überwinden. Der nächste Schlangenschädel jedoch, der wie ein riesiges Raubtier aus der See auf mich zuflog, übertraf die anderen, so wie ein brüllender Löwe den heulenden Wolf aus dem Feld schlägt.

Seine Augen glänzten in der Farbe des Bluts. Über ihnen rundete sich ein Kranz von fünf Hörnern, jedes so stark wie der Stamm einer Zeder. In seinem Maul reihten die Zähne sich aneinander wie die gespitzten Pfähle vor einem Burggraben. Luft, heiß wie der Wind der Wüste, blies mir entgegen. Ich hielt dem Drachen das Agnus Dei entgegen, und wie zuvor kühlte die herrliche Hostie auch diesmal den glühenden Strom. Wieder und wieder stieß der greuliche Kopf auf mich herab, doch er vermochte den Zauber des Gotteslamms nicht zu durchbrechen.

So wären wir dem Leviathan vielleicht entkommen, hätten sich nun nicht auch noch die beiden schrecklichsten Drachenhäupter erhoben. Das sechste stieß mit einem Schnabel, groß wie eine Galeere, gegen die Bordwand unseres Bootes. Nur der purpurne Engelsfaden bewahrte die Planken davor, zerschmettert zu werden. Die Augen des Schädels blendeten uns wie Blitze, und aus dem Maul, das sich breit wie eine Meeresbucht öffnete, drang schwarzer Rauch. Doktor Cäsarius stieß den Storaxstab gegen den neuen Angreifer. Rote Funken sprühten aus der Spitze des gestreiften Steckens und flogen dem Untier wie Feuerschnüre entgegen. Dann aber schnaubte das siebente Haupt des Leviathan über unseren Köpfen, und alle bisherigen Schrecken verblaßten vor ihm.

»Risaha Rima! Turud Utuku!« schrie der Magister in höchster Not. »Weiche, Berechner des Bösen! Setu Hatu Alahyppu! Fort mit deinem Fangnetz, Raffer der Seelen!« Dann warf der Alte den Kopf in den Nacken und ließ den langgezogenen Singsang erschallen, mit dem die Priester von Akkad wohl einst auch die Sintflut zu hemmen versuchten: »Zaquara Zaquara! E-ra-ra-ti-na-ha-has-ra-ha-ta...«

Das Brüllen, das ihm antwortete, ließ uns das Blut in den Adern stocken. Die Stimme des Leviathan donnerte so laut über das Meer, daß der Schaum auf den heißen Wellen gefror und das Wasser sich zu Öl verdickte. Der Himmel selbst schien zu erzittern, und die Fluten des Meeres flohen vor dem Widerhall des schaurigen Schreis, bis sich der Boden des Ozeans unseren Blicken enthüllte. Zehntausend Vögel stürzten tot aus der Luft herab. Als der Drache verstummte und das Wasser gischtend zurückkehrte, trieben auf ihm Millionen Fische mit geplatzten Bäuchen herbei. Ja, selbst die Seele der Welt trug wohl eine Narbe davon, wir aber ließen die Waffen sinken. Denn wer wollte einem solchen Feind trotzen!

Sieben Hörner krönten das mächtigste Haupt des Leviathan, jedes so hoch wie ein Bergfried. Seine Augen gleißten wie Sonnen, und wir schlugen die Hände vor die Gesichter, um nicht zu erblinden. Zähne ragten wie Berggipfel aus dem Maul, das bis zum Himmel klaffte, so daß der Rachen uns entgegendrohte wie eine rote Wolkenwand. Dann donnerte ein Feuerstrom auf uns herab. Einen Herzschlag später stand das Schiff in hellen Flammen.

»Euer Zauber taugt nichts, Doktor!« brüllte der Mönch durch die lodernden Brände.

Doktor Cäsarius starrte fassungslos auf die wabernde Lohe.

»Ins Meer!« rief Tyrant du Cœur.

»Nein!« schrie der Türke. »Im Wasser werden wir gesotten wie Krebse!«

»Dann bleibt an Bord!« befahl der Ritter. »Gebt mir die Harpune, Bruder Mönch! Doktor Cäsarius – wo sind Eure heiligen Wasser? Vielleicht gelingt es mir noch einmal, die Teufelsfistel zu treffen!«

Der Dämonologe fuhr zusammen, als sei er aus einem Traum erwacht. »Nein«, wehrte er ab, als habe er erst jetzt die Wahrheit erkannt. »Nicht Satan, Gott schuf den Leviathan. Oh Herr, warum! Warum!«

Er beugte sich nieder und wühlte wie rasend in seinem kupferbeschlagenen Kästchen. Doch welches heilige Wachs, Öl, Holz oder Kraut, dachte ich, konnte uns jetzt noch retten? Da kam mir plötzlich ein verzweifelter Gedanke.

Doktor Cäsarius richtete sich auf und hob eine kleine, purpurne Flasche, um sie dem Leviathan entgegenzuschleudern. Ich sprang auf und stürzte über das Deck auf ihn zu. »Nicht!« schrie ich aus Leibeskräften. »Nicht das Blut des Erlösers, sonst sind wir alle verloren!«

Der Magister drehte sich um und sah mich verwirrt an.

»Werft den Drachenstein ins Meer!« rief ich ihm zu.

»Seid Ihr von Sinnen?« fragte der Dämonologe. »Ohne den Schutz dieses Kleinods sind wir endgültig verloren!«

Ich packte den Lederbeutel an seinem Hals. Doktor Cäsarius umklammerte meine Hände mit knochigen Fingern. »Nicht!« keuchte er. »Göttliche Gnade verhalf mir zu diesem Schatz – wie darf ich mich je von ihm trennen!«

Ich zog an der Kette, bis sie zerriß, und streifte die Hülle von dem Mamonas-Juwel. Sein Strahlen wetteiferte mit dem Schein aus den Augen des Leviathan. Ich holte aus und schleuderte den Drachenstein in den flammenden Schlund.

»Jetzt ist alles aus!« flüsterte der Dämonologe.

Ein gewaltiger Donnerschlag krachte und hallte von allen vier Horizonten zurück. Der Leviathan bäumte sich auf. Ein grausiges Geheul des Triumphes ertönte, als jagten tausend Sturmwinde durch eisige Klüfte.

»Seht!« schrie Tyrant du Cœur.

Ich spähte zwischen den Fingern hervor. Die sieben schrecklichen Häupter des Ungetüms sanken nacheinander ins Meer. Hoch spritzten Wogen und stürzten schäumend über die Bordwand des brennenden Boots. Dann glättete sich die See. Das Antlitz des Magiers Kynops verschwand, und das schwebende Schloß entglitt im Nebel unseren Blicken.

Doktor Cäsarius rieb sich verblüfft die Augen. »Er ist fort!« stieß er schweratmend hervor.

»Wir müssen vom Schiff!« rief Bruder Maurus durch das Knacken und Knistern der Flammen.

Der Magister hob das Purpurfläschchen an die Lippen. »Verzeih meine Schwäche, Jesus!« flüsterte er. Dann gab er sich einen Ruck. »Kappt den Mast und werft ihn ins Meer«, befahl er. »Die sieben Worte Christi werden uns schützen!«

Tyrant du Cœur und Bruder Maurus zogen zwei Äxte unter den Planken hervor und hieben in größter Hast auf den Zedernstamm ein. Die Flammen loderten bis zum Himmel. Pechschwarzer Qualm trieb uns Tränen in die Augen, und in unseren Lungen brannte die Luft wie ätzende Säure.

»Schneller!« rief der Dämonologe.

In diesem Moment riß der purpurne Engelsfaden, und das Boot fiel auseinander. Schreiend stürzten Doktor Cäsarius, Bruder Maurus und ich als erste in die von Blasen bedeckten Fluten. Der Mast brach und traf Tyrant du Cœur so unglücklich, daß der Ritter die Besinnung verlor. Mit seiner ehernen Rüstung versank er im Meer wie ein Stein.

Tughril stieß sich mit einem mächtigen Satz vom Heck ab und stürzte sich kopfüber in die See. Bruder Maurus packte Doktor Cäsarius am Talar, hielt den Kopf des Magisters mit der Linken über die Wellen und schwamm mit ihm zu dem Mast, der langsam dahintrieb. Ich schlug in die brodelnde Gischt, bis ich die Stelle erreichte, da Tughril hinabgetaucht war. Einen Augenblick lang fürchtete ich, der nasse Tod habe mit dem Ritter nun auch den Türken ereilt. Dann aber kämpfte sich Tughril mit stoßenden Füßen aus den Strudeln empor. Mit beiden Händen hielt er den Jüngling umklammert.

Ich packte ebenfalls zu, erwischte jedoch die Kette des Ritters, die sogleich zerriß.

Der schwarze Nirendsch versank in der See, das goldene Medaillon aber blieb zwischen meinen Fingern hängen. Schnell steckte ich es in eine Tasche meines Gewandes. Dann schob ich die Linke unter die Achsel des bewußtlosen Gefährten. Tughril ergriff den anderen Arm, und gemeinsam schleppten wir Tyrant du Cœur zu dem rettenden Mast.

Nun erst fanden meine Sinne Zeit zu erkennen, daß der Magister recht behalten hatte: das Wasser verbrühte uns nicht, sondern umhüllte uns nur mit wohliger Wärme.

»Wo ist meine Kiste?« fragte Doktor Cäsarius mit schwacher Stimme.

»Im Meer versunken, mit all unseren Hoffnungen«, antwortete Bruder Maurus mit finsterer Miene. »Großartig, wie Gott seine getreuen Streiter begünstigt! Schickte uns den Leviathan, damit wir unseren Mut beweisen konnten!«

»Lästert nicht!« rief ich unmutig. »Noch leben wir! Die Schuld für unser Versagen finden wir wohl am ehesten bei uns selbst!«

So redete ich, weil mich das schlechte Gewissen drückte. Auch Bruder Maurus schien sich seiner Verfehlungen zu erinnern, denn er widersprach nicht, sondern preßte die Lippen zusammen.

Doktor Cäsarius starrte mich staunend an. »Wie konntet Ihr das wissen, Dorotheus?« fragte er. »Wer verriet Euch, daß der Drachenstein den Leviathan vertreiben würde?«

»Eine plötzliche Eingebung...«, gestand ich unsicher. »Ihr schärftet Ritter Tyrants Schwert mit der Magie des Mamonas. Vielleicht war es sein Anisduft, der den Leviathan zu uns lockte! Vielleicht mißgönnte uns die Schlange des Meeres, was wir dem Drachen der Finsternis raubten.«

Der Dämonologe versank in grübelndes Schweigen. Tyrant du Cœur erwachte aus seiner Bewußtlosigkeit und spie Wasser aus. Tughril und ich lösten die Riemen seiner Rüstung. Der Panzer versank in der schwarzen Tiefe.

»Die Sünde!« murmelte Tyrant du Cœur, als er sich wieder ein wenig erholt hatte. »Sie hat uns besiegt!«

Keiner von uns fragte, welche Verfehlung er meinte. Ich aber tastete nach der goldenen Locke an meiner Brust, und das Antlitz der schönen Alix erschien vor meinem inneren Auge.

Zischend versanken die letzten brennenden Bohlen des Bootes im Meer. Ein sanfter Wind trieb uns nach Norden. Bald schwammen die Satansfische wieder um uns her, doch sie wagten sich dem geheiligten Zedernstamm nicht zu nähern. In der Nacht faßten wir einander an den Händen und sangen viele Male gemeinsam den 68. Psalm: »Exsurgat Deus, et dissipentur inimici eius ... Der Herr erhebt sich, und die Dämonen zerstieben«. Als der Morgen graute, waren die Teufelstiere verschwunden. Am westlichen Himmelsgrund erschien eine Galeere.

Tyrant du Cœur hob sich aus dem Wasser, kniff die Augen zusammen und jubelte: »Ein Venezianer! Wir sind gerettet!«

»Soso«, meinte Tughril zurückhaltend. »Hoffentlich glauben diese Hunde uns auch, daß wir im Auftrag Eures Papstes reisen!«

Das Schiff ruderte rasch näher. Eine halbe Stunde später zogen uns venezianische Kriegsknechte mit Enterhaken an Bord. Ihr Hauptmann sah uns der Reihe nach an. Als er Bruder Maurus erblickte, verzerrte sich sein bärtiges Gesicht zu einem breiten Grinsen. »Nun, Ihr wackerer Pilgersmann?« fragte er. »Habt Ihr wieder ein paar neue Verse auf Lager?«

Überrascht starrte ich ihn an. Erst jetzt erkannte ich ihn: es war der Führer der Wache des Dogen, die wir vor dem Gefängnis als Betrunkene irregeführt hatten.

»Das nenne ich einen Zufall!« versetzte der Mönch aufgeräumt und streckte dem Venezianer die Rechte entgegen. »Gern singe ich Euch noch eins – doch laßt mich zuvor das Salz aus der Kehle spülen.«

Der Hauptmann lachte. »In der Hölle werdet Ihr erfahren, was Durst ist!« rief er. »Ihr wart es, die diesen Räuber aus unserem Kerker befreiten! Glaubtet Ihr wirklich, uns mit einem toten Hund täuschen zu können? Auf allen Meeren suchten wir euch. He, Kapitän Ghisi – seht, welchen Unrat wir aufgefischt haben!«

Ein hochgewachsener, stattlicher Venezianer in prächtiger Rüstung trat aus der Tür des Deckshauses. Tughril stieß ein heiseres Knurren aus.

Gasparo Ghisi trat an den Seeräuber heran und starrte ihm drohend in die Augen. »Zum zweiten Mal gibt dich Gottes Gerechtigkeit in meine Hand«, stieß der Venezianer haßerfüllt hervor. »Glaubst du jetzt endlich, daß Jesus mehr vermag als Mahomet, du Hund von einem Türken?«

Tughril hielt dem Blick gelassen stand und versetzte: »Wieder half dir nicht ein Gott, sondern ein Dämon, eine Ausgeburt der Gehenna, in die du bald fahren wirst.«

Der Kapitän hob die Hand, um den Türken zu schlagen. Doktor Cäsarius trat vor und sprach mit strenger Stimme. »Vergeht Euch nicht an meinem Gefährten, Kapitän! Wir reisen auf Weisung des Heiligen Stuhls! Auch in Venedig handelten wir nur nach dem Willen des Papstes. Cölestin selbst gab uns diesen Auftrag. Er befahl auch Eurem Dogen, uns nach besten Kräften zu unterstützen. Zügelt Euch also, wenn Ihr Euch nicht gegen Worte des Heiligen Vaters versündigen wollt!«

Gasparo Ghisi blickte den alten Magister verwundert an. »Cölestin?« fragte er. Dann warf er den Kopf in den Nacken und brüllte vor Lachen. Der Hauptmann stimmte ein.

Staunend starrten wir die Venezianer an. Als der Schiffsherr sich wieder beruhigt hatte, spuckte er uns vor die Füße und rief: »Cölestin ist nicht mehr Papst, sondern er schmachtet im Kerker! Die Krone unseres Glaubens aber trägt endlich wieder ein Freund Venedigs: Benedetto Cajetan, Ihr kennt ihn wohl – bis vor kurzem Legat des Heiligen Vaters in der Lagune, jetzt aber sein Nachfolger, Bonifacius VIII. genannt.«

Die venezianischen Kriegsknechte richteten drohend die Lanzenspitzen auf uns. Tyrant du Cœur, Tughril und Bruder Maurus ballten die Fäuste, bereit, sich mit bloßen Händen auf die schwerbewaffneten Seesoldaten zu stürzen. Doch ein scharfer Ruf des Magisters hielt sie zurück.

»Wartet!« befahl Doktor Cäsarius. »Es wird sich alles klären!«

Die Venezianer führten uns unter Deck und fesselten uns wie Galeerensklaven mit Fußeisen. Als sie wieder verschwunden waren, fragte der Normanne leise:

»Wie konnte das geschehen, Doktor Cäsarius? Niemals wurde ein Papst abgesetzt. Niemals bestieg ein Usurpator den Stuhl des hl. Petrus! Jetzt leben zwei Päpste zugleich – aber nur einer kann doch der Fels sein, auf dem die Kirche Christi ruht!«

»Die Macht des Teufels reicht offenbar weiter, als wir glaubten«, murmelte der Magister erschüttert. »Papst Cölestin, der Frömmste der Frommen, wie ein Verbrecher eingesperrt! Länger als fünf Jahrzehnte lebte er weltabgeschieden in den Abruzzen... Nur aus Demut übernahm er das Erbe des Fischers... Siebzigjährig ritt er auf einem Esel durch Aquila, um sich krönen zu lassen... Nicht Macht noch Würde erstrebte er, sondern er brachte sich selbst zum Opfer... Und wie er für die Sünden seiner Schutzbefohlenen litt, saht ihr selbst...«

Trauer übermannte ihn, Tränen schimmerten in seinen Augen, und erst nach Minuten gewann er die Fassung zurück. »Und nun der Cajetan!« rief er aus. »Welch ein Wandel! Ich habe diesem gerissenen Aragonesen nie recht getraut. Doch der Heilige Vater schalt mich und mahnte mich zu tieferem Glauben in Gottes Lenkung...«

»Aragonese?« fragte Tyrant du Cœur verblüfft. »Ich wußte gar nicht, daß der Legat aus Spanien stammte! Weshalb betrachten ihn die Venezianer als Freund, wo die Seefahrer aus Barcelona und Tarragona doch eben auf diesen östlichen Meeren seit Jahren besonders erbittert gegen die Serenissima kämpfen?«

»Seine Eltern waren Catalanen«, erklärte Doktor Cäsarius, »er selbst aber kam in der Campagna di Roma zur Welt und handelte stets mehr als Italiener denn als Aragonese. Dennoch, die Venezianer freuen sich zu früh! Noch stützt er sich auf ihre Macht und den Einfluß der lombardischen Städte. Sitzt Benedetto aber einmal fest im Sattel, dann wird sich seine wahre Natur erweisen, und dann werden ihn Fürsten und Könige fürchten. Denn ihn treibt der Hunger nach Macht! Gewiß reitet er nicht auf einem Esel, sondern reist in goldener Kutsche, nicht im Büßergewand, sondern im Glanz der Tiara. Papst Cölestin aber sitzt hinter Kerkermauern gefangen, und wir sind schuld daran!«

»Wir?« fragte Bruder Maurus verblüfft. »Was haben wir denn mit einem Umsturz zu schaffen, der sich tausend Meilen entfernt ereignete?«

»Habt Ihr denn vergessen, was uns der Heilige Vater weissagte?« fragte ich. »Daß er bald in unseren Bund eintreten werde, weil einer von uns Gott die Treue brechen werde? Nun büßt der Papst für den Judas in unserem Kreis.«

»Das ist mir zu hoch«, meldete sich Tughril. »Trug euer Kirchenherrscher nicht schon vorher Ketten? Lebte er nicht längst in einer düsteren Zelle? Worin besteht jetzt der Unterschied?«

»Das Verdienst des Gerechten, der sich Gott aus Demut zu Füßen wirft, wiegt ungleich schwerer als die Qual des Gefangenen«, antwortete der Magister. »So schrieb es der hl. Paulus auch seinem Schüler Philemon: ›Deine gute Tat soll nicht erzwungen, sondern freiwillig sein‹...«

»Wie aber«, staunte Tyrant du Cœur, »will der Heilige Vater nun zu uns stoßen? Wie den Judas in unserer Mitte ersetzen? Wie auch sollen wir den Verräter entlarven? Oder kennt ihn der Papst etwa schon?«

»Das werden wir wohl nie erfahren«, orakelte Bruder Maurus. »Ich will kein Zisterzienser sein, wenn diese Venezianer uns nicht morgen von der Planke hüpfen lassen! He, Doktor – wißt Ihr nicht einen Kniff, der Eisen bricht?«

»Wenn ich nur meine Zauberzutaten noch besäße!« meinte der Magister niedergeschlagen. »Doch meine heiligen Mittel sind mir entrissen, ich weiß nicht einmal, ob durch göttliche Fügung oder durch teuflische List!«

»Nun denn«, versetzte der Mönch, »wenn unsere Freiheit durch Magie nicht zu erzwingen ist, so laßt mich sehen, was meine Muskeln vermögen!«

Mit diesen Worten wickelte er die Kette um seine Rechte, stemmte das Bein zwischen zwei hölzerne Planken und zog mit aller Kraft an dem ehernen Fußring. Bald bogen sich die Glieder der Fessel. Da hörten wir plötzlich Schritte. Schnell ließ der Mönch die Kette fahren. Das Licht einer Fackel erhellte unser Gefängnis. Dann sahen wir in das hochmütige Antlitz des Kapitäns Gasparo Ghisi.

»Holt euch die Reue schon ein?« fragte der Venezianer. »Peinigt euch das Gewissen, plagt euch der Fluch der bösen Tat? Wahrlich, ginge es nach mir, ich ließe euch zu Tode peitschen und würfe eure Kadaver den Fischen zum Fraß vor, ihr gemeines Verbrechergesindel! Doch der Heilige Vater befiehlt, daß ich euch dieses Schreiben übergebe. Welcher von euch Galgenvögeln heißt Cäsarius?«

Der Magister streckte fordernd die Hand aus. Kapitän Ghisi spuckte aus und warf dem Alten eine versiegelte Schriftrolle zu. Doktor Cäsarius hielt das rote Wachs gegen das Licht, nickte und brach es auf.

Gespannt beobachteten wir den Magister. Auch der Venezianer blickte neugierig auf den Alten herab. »Was steht denn drin?« fragte er ungeduldig. »Ein Ablaß für die weniger wichtigen Sünden, bevor ihr alle zur Hölle fahrt?«

Stirnrunzelnd sah der Dämonologe zu dem Schiffsführer auf. »Lest selbst!« erwiderte er und reichte ihm den Brief.

Der Kapitän packte das Schriftstück. Flüsternd bewegten sich seine Lippen. Dann erschien eine steile Falte auf seiner Stirn.

»Das ist eine Fälschung!« stieß er hervor. Wütend hielt er die Fakkel an das Schreiben.

»Zweifellos habt Ihr das Siegel geprüft«, versetzte Doktor Cäsarius gelassen.

Der Kapitän starrte uns finster an, und wir konnten sehen, wie Furcht und Haß in ihm rangen. Dann knüllte er das Papier zusammen und schleuderte es dem Alten in den Schoß. »Also gut!« knirschte er. »Ich werde den Befehl befolgen!«

»So ist es recht«, meinte Tughril recht freundlich. »Es wäre ja noch schöner, wollte ein Christ dem Oberhaupt seiner Kirche den Gehorsam verweigern!«

»Freue dich nicht zu früh, du Hund von einem Türken!« knurrte der Venezianer. »Morgen trocknet deine Haut an unserem Mast!«

»In dem Brief heißt es ausdrücklich: alle!« rief Doktor Cäsarius.

»Ja!« knurrte der Kapitän böse. »Doch es steht nicht darin, ob lebendig oder tot!« Zornig wandte er sich um und stieg polternd die Treppe hinauf.

Wir warteten, bis seine Schritte verklangen. Dann fragte Tyrant du Cœur besorgt: »Was will denn dieser neue Papst?«

Der Magister hustete rasselnd. Dann gab er zur Antwort: »Bonifacius – ach, wie es mir widerstrebt, ihn den Nachfolger Petri zu nennen! – befiehlt uns auf der Stelle nach Rom zurück.« Er stutzte. »Das Schreiben wurde erst vor zwei Tagen ausgefertigt«, sprach er verwundert, »am Fest der hl. Jungfrau Lucia. Wie kommen die Venezianer so schnell hierher? Sonst segelt man doch mindestens eine Woche von der Lagune nach Kreta!« Er schüttelte den Kopf. Dann fuhr er fort: »Papst Bonifacius – ich kann mir nicht helfen, für mich ist er immer noch Benedetto Cajetan – ordnet an, daß der Kapitän uns wie seine Gäste behandeln soll. In Rom wolle er uns für unsere Dienste reich belohnen. Aber ich traue dem Frieden nicht.«

»Wenn der neue Papst uns zu sprechen wünscht«, fragte Tyrant du Cœur, »wie kann es dieser Venezianer dann wagen, Tughril zu ermorden?«

»Dahinter steckt gewiß der Doge«, ließ sich der Türke vernehmen. »Er zürnt mir wegen meines kleinen Scherzes mit dem Koch und der Tänzerin. Immerhin weiß ich nun, daß es mir gelungen ist, diesen dreckigen Christenhund Galle schmecken zu lassen.«

»Erwartet dieser Kapitän etwa, daß wir unseren Gefährten im Stich lassen?« fragte der Ritter.

Ehe einer von uns antworten konnte, schien erneut das Licht einer Fackel auf. Kapitän Ghisi kehrte zurück, gefolgt von dem Hauptmann der Wache. Beide betrachteten uns voller Grimm. Dann stieß der Schiffsführer den Hauptmann an.

»Tut Eure Pflicht!« knurrte er frostig. »Weiß der Teufel, weshalb wir diese Spitzbuben freilassen und nach Rom schaffen sollen! Aber wenigstens mit dem Türken dürfen wir verfahren, wie es uns beliebt.« Er musterte uns mit scharfen Blicken. »Oder habt Ihr etwas dagegen, daß wir an diesem Heiden die Strafe Gottes vollziehen?« fragte er lauernd.

Tyrant du Cœur wollte aufspringen, aber ich hielt ihn zurück. Doktor Cäsarius erwiderte ruhig: »Ganz im Gegenteil, Herr Kapitän. Dieser stinkende Mahometaner wird uns allmählich lästig. Nur weil Cölestin es befahl, nahmen wir den Kerl mit auf die Reise. Doch jetzt bedürfen wir seiner seemännischen Fähigkeiten nicht mehr. Denn wer könnte auf dem Meer einen Venezianer übertreffen? Nehmt uns die Ketten ab! Wir werden dem Papst berichten, daß der Heide seinen Nutzen erfüllte.«

»Ihr seid klüger, als ich dachte«, erwiderte Ghisi. »Wahrlich, als ich von der Flucht dieses Verbrechers erfuhr, schwor ich einen heiligen Eid, daß er mir nicht ein zweites Mal entwischen soll.«

Zornig versuchte Tyrant du Cœur mich abzuschütteln. Tughril lächelte fein. Dann beugte er sich plötzlich vor und spie dem Magister mitten ins Gesicht. »Ihr feigen Christenschweine!« rief er voller Verachtung. »Ich werde vom siebten Himmel auf euch hinunterpissen!«

Der Hauptmann schloß unsere Ketten auf. »Kommt an Deck!« befahl er. »Morgen früh ziehen wir dieser mahometanischen Ratte das Fell ab.«

»Recht so!« rief ich laut, packte Ritter und Mönch an den Armen und zog sie mit mir die Treppe hinauf. Tughril schrie uns wütend nach: »Von Treue faseln und dann nur die eigene Haut retten wollen, das paßt zu euch erbärmlichem Christengesindel. Dafür werdet ihr in der Gehenna schmoren!«

Die Wächter lachten höhnisch und führten uns in eine Ecke am Deckshaus. Über der Mastspitze funkelte der Davidstern. Ein schneidender Wind ließ uns vor Kälte zittern.

»Gebt uns wenigstens Decken und ein paar Bissen Brot!« forderte Doktor Cäsarius. »Wir trieben seit gestern im Meer und sind halb verhungert!«

»Von Bewirtung steht nichts in dem Brief!« entgegnete Gasparo Ghisi spöttisch.

»Gebietet es nicht die Ehre des Seemanns, Schiffbrüchige zu wärmen und zu verköstigen?« rief ich hitzig. »Der Heilige Vater dachte wohl kaum, daß er Euch etwas so Selbstverständliches eigens befehlen müßte! Außerdem fehlte es ihm wohl an Zeit, nachdem er Euch so schnell losschickte, um uns zu suchen.«

»Seid Ihr närrisch?« versetzte der Kapitän. »Wißt Ihr nicht, welchen Tag wir heute schreiben?«

»Den dritten nach dem Hochfest der Unbefleckt Empfangenden Gottesmutter«, erwiderte ich, »oder wohl leichter verständlich für Eure weltlichen Ohren, den 11. Dezember.«

»Ha!« machte der Venezianer. »Habt Ihr in Eurem sündhaften Treiben mit diesem heidnischen Hund etwa versäumt, das Christfest zu feiern?«

»Wie meint Ihr das?« fragte ich verblüfft.

»Papst Bonifacius bestieg den Stuhl Petri zwölf Tage nach Cölestins Abdankung, also am 1. Weihnachtsfeiertag«, antwortete der Kapitän mit funkelnden Blicken. »Vier Wochen später, als sich die Winterstürme legten, sandte er uns aus, am Tag der Bekehrung des Apostels Paulus. Heute feiern wir das Andenken der Märtyrerin

Agatha von Catania. Um es für eure geistlich verklebten Hirne leichter faßbar zu machen: der Kalender zeigt den 5. Februar an!«

Verblüfft blickte ich zu dem Magister. »Jaja, das wissen wir doch!« sprach Doktor Cäsarius eilig. »Der junge Mann hier stieß beim Untergang unseres Schiffs mit dem Kopf gegen den Mastbaum. Dabei nahm anscheinend sein Erinnerungsvermögen Schaden.«

Gasparo Ghisi schnaubte verächtlich und schritt davon. Als er weit genug entfernt war, flüsterte Tyrant du Cœur: »Christen, die nicht Weihnachten feiern! Und Sand, der zwölfmal schneller als sonst durch das Stundenglas rieselt!«

»Offenbar erschreckte der Leviathan die Zeit«, brummte der Magister. »Daran habe ich nicht gedacht. Seit wir in Isthmia ausliefen, sind also nicht erst fünf, sondern schon sechzig Tage vergangen.«

»Wer aber verriet uns?« fragte Tyrant du Cœur. Er starrte uns der Reihe nach an, als hoffte er, den Judas auf diese Weise entlarven zu können.

Doktor Cäsarius schüttelte den Kopf. »Gott wird uns die Wahrheit offenbaren, wenn die Zeit reif ist«, meinte er. »Jetzt wollen wir beraten, wie wir Tughril retten können. Wenn ihn die Venezianer ermorden, ist unsere Sache endgültig verloren!«

»Wie?« fragte Bruder Maurus erstaunt. »Gottes Leviathan vernichtete unser Boot, der neue Papst befiehlt uns nach Rom zurück, und Ihr wollt trotzdem weiter nach der Reliquie suchen?«

»Ihr etwa nicht?« fragte Doktor Cäsarius. »Ich schwor Papst Cölestin in die Hände – kein neuer Kirchenfürst kann mich von diesem Eid befreien!«

»So denke ich auch«, meldete sich Tyrant du Cœur. »Daß wir diesen tapferen Türken befreien müssen, steht ohnehin außer Frage. Um ein Haar hätte ich vorhin geglaubt, ihr wolltet ihn wirklich verraten. Ich wollte mich schon allein auf diese venezianischen Schinder stürzen!« Er klopfte mir anerkennend auf die Schulter. »Dorotheus durchschaute das Spiel schneller als ich«, fügte er hinzu.

»Also, wie stellen wir es an?« fragte ich.

»Wir warten bis zur dritten Stunde«, schlug der Magister vor. »Dann beginnt die schläfrigste Zeit der Nacht. Tyrant du Cœur kümmert sich um den Posten an Tughrils Tür. Dann, Bruder Maurus, könnt Ihr uns ein weiteres Mal die Kraft Eurer Arme beweisen.« Er spähte zum Sternbild des Kreuzes. »Wir springen ins Wasser und schwimmen dann nach Nordwesten«, fuhr er fort. »In der Dunkelheit werden uns die Venezianer nicht finden. Wenn es hell wird, kommen wir schon an die Ostküste der Peloponnes. Die Halbinsel kann nicht mehr weit entfernt sein – höchstens ein, zwei Stunden. Ich denke, so lange kann sich jeder von uns über Wasser halten.«

»Und falls wir einander verlieren?« fragte der Mönch, der dem Plan nicht recht zu trauen schien.

»Dann treffen wir uns in Isthmia«, schlug der Ritter vor.

»Nein«, wehrte ich erschrocken ab. »Dort lauert vielleicht der Graue auf mich!«

Der Alte wiegte bedächtig den Kopf. »Besser in Katakolon«, sagte er zögernd. »Schlaft jetzt! Ich werde wachen. Ihr, Ritter Tyrant, löst mich in zwei Stunden ab. Dann sind Bruder Maurus und zum Schluß Dorotheus an der Reihe.«

Wir lagerten uns neben das Deckshaus. Bald fiel ich erschöpft in einen unruhigen Schlaf.

Als mich die harte Hand des Mönchs rüttelte, tauchte schon das Sternzeichen des hl. Nährvaters Joseph ins Meer. Knatternd ließ Bruder Maurus Luft aus seinem Leib entweichen. »Der Wind frischt auf«, bemerkte er.

»Haltet Ihr es für nötig, ihn dabei noch zu untertützen?« versetzte ich mißgelaunt.

Der Mönch lachte, bettete sich auf die Planken und begann bald zu schnarchen.

Schaumbedeckte Wogen schaukelten das Schiff. Im Westen funkelte der blauschimmernde Perlenkranz, den die griechischen Götzenanbeter einst als eine Ansammlung von Dämoninnen unter dem Namen »Hyaden« verehrten. Erst Eucharius erkannte darin ein Sinnbild für die Lehren der hl. Kirche. Genau über uns funkelte das Osterlämmchen, und ich erfreute mich seines tröstlichen Glanzes. Da flatterte plötzlich ein Schatten herbei, und zu meinem Schrecken entdeckte ich auf der Mastspitze den großen Raben.

Aufgeregt rüttelte ich Doktor Cäsarius an der Schulter. »Wacht auf, Magister!« flüsterte ich. »Das Auge des Kynops beobachtet uns!«

Der Dämonologe schrak hoch, so wie ein Rebhuhn unter den Stößen des Gerfalken auffährt. Besorgt blickte er auf den Segelbaum. »Bei Elimis eitrigen Eselsohren«, stieß er hervor, »dieser verdammte Vogel läßt uns keine Ruhe. Schnell, wir müssen fort!«

Wir weckten Ritter und Mönch. Ungläubig starrten sie den Raben an. »Höllenvieh!« zischte Bruder Maurus haßerfüllt und griff nach einem Stück Holz.

»Besinnt Euch!« mahnte der Magister. »Das leiseste Geräusch, und wir haben die Venezianer auf dem Hals. Ohnehin könnt Ihr das magische Tier mit keiner weltlichen Waffe versehren. Schnell, holt jetzt den Türken!«

Die beiden Männer schlichen gebückt um das Deckshaus.

»Folgt ihnen, Dorotheus!« befahl der Dämonologe. »Sichert ihren Rückzug. Ich werde hier warten.«

Ich hastete durch die Dunkelheit zum Heck. Der Sturm zerrte an meinen Kleidern. Als ich die Tür erreichte, hörte ich ein leises Schleifen. Ich spähte um die Ecke und sah eben noch, wie Tyrant du Cœur einen bewußtlosen Wächter auf das Deck gleiten ließ.

»Was ist?« flüsterte er, als er mich sah.

Ich hob den Finger an die Lippen.

Der junge Ritter wandte sich um und tastete sich vorsichtig die Stiege in den Bauch der Galeere hinab. Ich folgte ihm. Im Innern des Schiffs stieß ich gegen eine große Gestalt.

»Paßt doch auf, wohin Ihr tretet, Tölpel!« murrte eine tiefe Stimme.

Als meine Augen sich an das schwache Licht gewöhnt hatten, sah ich Bruder Maurus vor einer schweren Tür aus dicken Eichenbrettern, hinter der die leise Stimme des Türken erklang. Mit dem gesamten Gewicht seines riesigen Leibes lehnte sich der dunkelgesichtige Hüne gegen das Holz. Der eherne Riegel bog sich wie eine Weidenrute. Mit einem leisen Laut lösten sich die Stifte des Schlosses. Schnell fing Tyrant du Cœur die Eisenstücke auf, ehe sie zu Boden fallen konnten.

Hinter der Tür erschien Tughril. »Alle Achtung!« raunte er dem Mönch zu. »An roher Kraft seid Ihr unübertroffen. Schade, daß diese gewaltigen Muskeln nur von einem so kleinen Gehirn gelenkt werden.«

»Ihr habt recht«, grollte der Mönch. »Besäße ich mehr Verstand, würde ich Euch hier verfaulen lassen.«

»Streitet euch später!« fuhr Tyrant du Cœur ungeduldig dazwischen. »Los Bruder Mönch – öffnet die Fesseln!«

Der Hüne kniete vor dem Türken nieder, packte die Fußeisen mit der Linken und zog so kräftig, daß sich die Ringe öffneten, als seien sie nur aus Wolle gewirkt.

Draußen tönte das Heulen des Sturms immer lauter. »Nun?« fragte Bruder Maurus stolz. »Jetzt könnt Ihr wieder tanzen, Gevatter!«

Tughril rieb sich die schmerzenden Knöchel. »Bildet Euch nicht soviel ein«, erwiderte er. »Bei meinem Ausflug nach Venedig lag ich drei Wochen in Eisen und lief danach wie eine flinke Gazelle!«

»Nach Eurer Befreiung aus dem Kerker seid Ihr nicht gelaufen, sondern gelegen«, spottete der Mönch, »und zwar auf meiner Schulter, wie ein nasser Sack.« Er entblößte weiße Zähne.

»Still!« zischte Tyrant du Cœur. »Wir müssen von Bord, ehe die Venezianer aufmerksam werden!«

Wir eilten nach oben und schlichen geduckt über knarrende Planken. Plötzlich ertönte ein halblauter Schrei.

Tyrant du Cœur beschleunigte seine Schritte. Als er das Deckshaus erreichte, blieb er wie angewurzelt stehen. Auch wir anderen hielten an und starrten fassungslos auf die Getalten vor uns.

Die fremden Geschöpfe trugen die häßlichen Köpfe von Schlangen auf Leibern von Echsen. Von ihren schrägen Stirnen wuchsen Knochenkämme über kahle Schädel zum Nacken. Stacheln standen zwischen gepanzerten Schultern hervor und schützten die schuppigen Rücken bis zu den Enden der baumdicken Schwänze. Statt Brauen bedeckten schräge Wülste von Hornhaut die Ränder ihrer geschlitzten, grünschimmernden Augen. In den stumpfen Nasen öffneten sich seitlich Schlitze wie Kiemen von Fischen. Zwischen den Hornscheiden ihrer Kiefer bewegten sich blutrote Zungen. Fransig hing die faltige Echsenhaut von den gedrungenen Körpern. Die krallenbewehrten Klauen umklammerten Spieße mit doppelter Spitze. Die scheußlichen Waffen waren mit Widerhaken bewehrt und an den Rändern wie Sägen geschliffen, so daß sie beim Schneiden wie beim Stechen tödliche Wunden verursachen mußten. Seewasser rann von ihren Leibern und sammelte sich in großen Pfützen auf den Planken. Ein halbes Dutzend dieser Schreckenswesen stand vor uns, und immer weitere tauchten aus den nächtlichen Fluten.

»Pythoniden!« stieß Bruder Maurus schweratmend hervor.

Neben uns polterten Schritte. Ein venezianischer Kriegsknecht lief mit einer Fackel auf den Türken zu. »Bist du nicht der Gefangene?« herrschte er ihn an. »Wie kommst du hierher?«

Tughril deutete schweigend vor sich. Der Venezianer drehte verblüfft den Kopf. Als er die Echsenmänner erblickte, die in Scharen an Bord kletterten, flüsterte er: »Mutter Gottes!« Dann lief er nach rechts zum Mast, um die Alarmglocke zu läuten. »Hilfe!« schrie er aus voller Kehle. »Kapitän! Der Teufel...«

Einen Herzschlag später sprang einer der Pythoniden hinter den Wächter und hieb ihm die gezackte Lanze in den Hals. Der Schrei des

Venezianers erstarb mit einem grausigen Gurgeln. Der Echsenmensch setzte dem Toten den Fuß auf die Brust und zog mit einem Ruck die Waffe aus der Leiche. Blut rötete das Deck. Zischend verlosch die Fackel.

»Schnell, vom Schiff!« hörten wir Doktor Cäsarius von der anderen Seite des Deckshauses rufen.

»Nein, nicht ins Meer!« schrie ich voller Entsetzen. »Dort sind wir diesen Teufelswesen erst recht ausgeliefert!«

»Nehmt das Agnus Dei aus den Beuteln und haltet es ins Wasser«, befahl der Dämonologe. »Alle Flüssigkeit, die es berührt, brennt auf der Haut der Pythoniden wie Feuer!«

Der Magister hob die heilige Hostie wie einen Schild vor die Brust und trat aus seinem Versteck. Zögernd wichen die Pythoniden zurück. Schnell schritt Doktor Cäsarius zwischen den Echsenmännern hindurch und sprang ins Wasser.

In diesem Moment dröhnten die Schritte der alarmierten Kriegsknechte über das Deck. Mit stoßbereiten Lanzen eilten sie von allen Seiten herbei.

»Wir haben keine Wahl«, stellte Tyrant du Cœur fest und riß sein Gotteslamm hervor. Bruder Maurus und Tughril taten ihm gleich. Alle drei stürzten sich in die aufgewühlte See.

»Dorotheus! Wo bleibt Ihr?« rief Doktor Cäsarius.

Einige der Echsenmenschen warfen sich in die Wellen und schwammen meinen Gefährten nach. Die anderen kreisten mich langsam ein. Auch die venezianischen Kriegsknechte kamen rasch näher.

»Dorotheus!« schrie der Magister, den eine starke Strömung schnell davontrieb. »Vertraut auf Gottes Kraft!«

Da endlich überwand ich die lähmende Furcht vor dem Wasser. Der vorderste Pythonide hob schon die gezackte Klinge. Mit zitternden Fingern wühlte ich in meinem Brustbeutel und zog die Hostie hervor.

Sofort blieben die Echsenmänner stehen. Ein Ausdruck von Enttäuschung erschien auf ihren Schlangengesichtern. Sie öffneten die spitzen Schnauzen und stießen ein heiseres Zischen hervor. Ich drängte mich zwischen den kalten Schuppenleibern hindurch und sprang in die tosende See.

Als ich wieder auftauchte, glitt das Heck der Galeere an mir vorüber. Venezianische Kriegsknechte stachen mit langen Lanzen nach mir, konnten mich aber nicht mehr erreichen. Die Pythoniden sprangen ebenfalls von Bord. Sekunden später schoben sich ihre garstigen Köpfe neben mir aus den Wogen. Ich hielt das Gotteslamm ins Wasser. Sogleich erklangen wieder die zischenden Laute. Die Echsenmenschen wichen zurück und folgten mir in einigem Abstand.

Ich hielt Ausschau nach meinen Gefährten, konnte sie aber nirgends entdecken. Mein Rufen verhallte im Toben des Sturms.

Nach einiger Zeit versuchten die Pythoniden, mich zu überraschen. Ich sah, wie sie untertauchten. Einige Herzschläge später schossen sie neben mir an die Oberfläche und schlugen mit scharfen Krallen nach mir. Ich drehte mich schnell im Kreis, um möglichst viel Wasser mit dem Agnus Dei zu weihen, und wieder flohen die Satanswesen vor der magischen Glut des Gotteslamms.

Ich spähte zum Sternzeichen unserer Sancta Ecclesia empor, fand den Himmelspol und schwamm nach Nordwesten. Die Pythoniden glitten neben mir durch die Wellen. Immer wieder griffen sie mit ihren glitschigen Händen nach mir, doch jedesmal entkam ich ihnen dank des geheiligten Gebäcks und meiner inbrünstigen Gebete.

Als der Mond aufging, erblickte ich vom Kamm einer besonders hohen Woge aus die Umrisse einer kahlen Küste. Ihre gezackten Berge leuchteten hell wie Knochen. Ich verdoppelte meine Anstrengungen, denn der Teig in meiner Faust schwand, und die Pythoniden wagten sich immer näher. Einer der Echsenmenschen versuchte, auf meinen Rücken zu gelangen, ein anderer schwamm unter mir hindurch. Doch die Pein, die das Agnus Dei den Teufelswesen bereitete, trieb sie schnell wieder fort.

Nach etwa zwei Stunden erreichte ich die Brandung vor dem fremden Gestade. Das Gotteslamm in meiner Hand war schon zu einem kleinen Klümpchen zusammengeschmolzen. Mit letzter Kraft kämpfte ich mich durch die gischtenden Wogen, die donnernd gegen die Felsküste prallten. In den algengrün leuchtenden Augen der Pythoniden ahnte ich grausame Vorfreude auf den Moment, da der letzte Rest meiner Hostie im Wasser verging. Bald fühlte sich der heilige Teig nur noch wie eine Erbse, dann wie ein Traubenkern und schließlich wie ein Sandkorn an.

Verzweifelt schlug ich mit Armen und Beinen, um das feste Land zu erreichen, wo ich den Echsenwesen vielleicht noch entkommen konnte. Da stieß ich plötzlich auf Sand und Geröll, und einen Augenblick später gewann ich Boden unter den Füßen. Mit großen Sätzen sprang ich durch die stürzenden Brecher. Die Pythoniden folgten mir, und ich bereitete mich darauf vor, an Land einen harten Wettlauf bestehen zu müssen. Hastig hielt ich auf einen Sturzbach zu, dessen silbern schimmerndes Wasser sich durch eine Lücke zwischen zwei Felsen ins

Meer ergoß. Je näher ich dem Strand kam, desto langsamer schienen die Echsenmenschen zu werden. Als ich durch nur noch kniehohes Wasser stolperte, löste sich der letzte Rest des Agnus Dei in meiner Hand auf. Angstvoll spähte ich über die Schulter zurück. Zu meiner freudigen Überraschung sah ich, daß die Pythoniden stehengeblieben waren. Auf ihren schlangenhaften Gesichtern zeigte sich ein Ausdruck von Erschrecken.

Die letzten Wellen spülten über meine Füße. Dann hatte ich endlich das flache Gestade erreicht. Noch einmal blickte ich zu den Pythoniden. Dann wandte ich mich nach vorn, und augenblicklich packte mich ein Entsetzen, kaum weniger lähmend wohl als jenes, das Lots Weib zu einer Salzsäule erstarren ließ.

Keuchend starrte ich auf das Unfaßbare. Zitternd vor Furcht und Erschöpfung brach ich in die Knie, und meinen zerbissenen Lippen entrang sich ein Schrei der Verzweiflung. Denn im Schatten der Felsen wartete der Assiduus auf mich. Zu seinen Füßen lag, seltsam verkrümmt, der Körper des alten Magisters.

SECTIO II

Die letzten Kräfte begannen aus meinem überanstrengten Körper zu weichen, so wie die Glut eines erlöschenden Holzfeuers schwindet. »Nun war alles vergebens«, dachte ich bei mir, »und unsere Feinde haben gesiegt.« Am liebsten hätte ich aufgegeben. Aber der Anblick des Alten, der wie erstarrt vor den klobigen Füßen des Grauen lag, weckte nicht nur Angst, sondern plötzlich auch Zorn in meinem Herzen. Mit einem wilden Schrei torkelte ich durch den tiefen Sand der Bachmündung auf den Assiduus zu. »Töte auch mich!« schrie ich ihm voller Erbitterung zu. »Ich fliehe nicht mehr vor dir, du verfluchtes Höllengeschöpf!«

Die Augen des Grauen blieben geschlossen. Auf seinem Antlitz erschien wieder jenes grausame Lächeln. Im Kloster Heisterbach hatte es mich in Schrecken versetzt, jetzt aber steigerte es meine Wut. Keuchend wühlte ich in dem schlammigen Bachgrund, um einen Stein zu finden, den ich dem Dämon entgegenschleudern konnte. Endlich ertasteten meine zitternden Finger ein Stück Holz. Ich riß es aus dem losen Kies. Der Mondschein fiel auf den Stecken, und ich erkannte zu meinem Staunen den Storaxstab des Magisters.

Schwankend stellte ich mich auf die Beine, hob das heilige Holz und wankte dem Grauen entgegen. So wie damals der Dämonologe schrie nun auch ich dem Seelenfresser die Worte des Tetragrammatons aus den Schwarzen Büchern der Kabbalisten entgegen: »Atha Gibor Leolam Adonai!« Und obwohl ich doch wußte, daß selbst diese Lobpreisung Gottes mein Leben nicht retten würde, brüllte ich die vier magischen Worte mit aller Kraft meiner schmerzenden Lungen.

Der Assiduus breitete die Arme aus, um mich an seine Brust zu drücken, zu einer eisigen Umarmung des Todes, wie sie wohl auch dem Magister für immer den Atem genommen hatte. Dann brach plötzlich Finsternis über mich herein, als seien alle Lichter des Himmels verloschen, und ich verlor das Bewußtsein.

Als ich wieder erwachte, fiel mein Blick auf ein schmales Fenster. Meine Rechte fuhr über gebleichtes Tuch. Erstaunt sah ich mich um und erkannte, daß ich auf einem bequemen Lager mit vier geschnitzten Holzbeinen ruhte. Von einem großen Gemälde an der getünchten Mauer blickten die Heiligen Cosmas und Damian auf mich herab, und nach den vielen unerklärlichen Ereignissen auf meiner Reise hätte es mich kaum noch erstaunt, wenn ich mich plötzlich wieder in Heisterbach gefunden hätte.

Mühsam erhob ich mich und trat ans Fenster. Bis zum Ende des Himmels wogten die dunklen Fluten des myrtischen Meeres. An der Mauer des Klosters dicht unter dem Krankenzimmer floß ein gischtender Gießbach vorüber. Die Mönche, die im Schatten von Ölbäumen und Oleanderbüschen umherwandelten, trugen griechische Tracht. Schwere Schritte erklangen. Ich schlüpfte schnell in das Bett zurück. Die niedrige Tür öffnete sich, und ein steinalter Greis trat in den Raum.

Auch er war in griechische Ordensgewänder gekleidet. Schneeweiße Locken ringelten sich von seinem Scheitel bis auf die Schultern, seine Augen aber leuchteten noch jung, und seine nackten Arme zeugten von urwüchsiger Kraft.

»Wie fühlt Ihr Euch?« fragte er mit einer unsagbar tiefen, aber freundlichen Stimme. Ein Lächeln bewegte die zahllosen Falten in seinem wettergegerbten Gesicht. Ich aber lag stumm da und staunte, denn der Fremde glich aufs Haar jenem uralten Lilienritter, der sich bei dem Turnier zu Katakolon in die schwarze Wolke gestürzt und später bei Bellerophon den Riesenwolf getötet hatte.

Ich schluckte, fuhr mit der Zunge über die trockenen Lippen und brachte mühsam heraus:

»Wer seid Ihr? Saht Ihr nicht vor einigen Wochen dem Tjost vor Graf Konos Burg zu? Wo bin ich? Was ist geschehen?«

Der Weißhaarige lächelte wieder. »Zu viele Fragen für einen Kranken«, versetzte er ruhig. »Nicht nur Euer Körper, auch Euer Geist bedarf der Erholung!«

Mit sanftem und doch unnachgiebigem Griff drückte er mich in die Kissen, zog einen roh gezimmerten Eichenholzschemel heran und ließ sich ächzend darauf nieder. Als er zu sprechen begann, war es, als dränge seine Stimme aus der Höhlung eines Brunnens, aus der Tiefe einer Felsschlucht, ja aus der Rinde der Erde hervor.

»Fürchtet Euch nicht«, begann er. »Ihr seid in Sicherheit, im Kloster des Athanasios. Ich entdeckte Euch unten am Strand und brachte Euch hierher.«

Wie Flut nach der Ebbe am Nordmeer kehrte nun die Erinnerung wieder. Die Schreckensgestalt des Seelenfressers erschien vor meinem inneren Auge, Angstschweiß brach mir aus den Poren, ich richtete mich auf und rief: »Ich muß fort! Der Graue!«

»Beruhigt Euch!« sagte der Uralte sanft. »Hier droht Euch keine Gefahr!«

»Ihr kennt den Assiduus nicht!« schrie ich aufgeregt. »Klostermauern halten den Dämon nicht auf! Am Strand rettete mich wohl das Wasser des Bächleins, das der Graue nicht durchwaten darf...« Meine Stimme versagte, ich hustete und würgte.

Der Fremde blickte mich merkwürdig an und meinte besänftigend: »Ruhig! Wenn dieser Geist das Wasser fürchtet – nun, auch dort draußen fließt dieser Gießbach vorbei.«

»Aber es dauert doch höchstens ein paar Stunden, um bis zu seiner Quelle hinaufzusteigen und am anderen Ufer herunterzuwandern«, rief ich. »Wie lange liege ich schon hier?«

»Vier Tage«, antwortete der Uralte. »Und wie Ihr seht, ist Euer Dämon nicht erschienen.«

Verblüfft starrte ich den Fremden an. »Vier Tage?« wiederholte ich ungläubig. »Aber warum...«

Der Greis gab mir wieder einen seltsamen Blick. Dann beugte er sich ein wenig vor und sprach zu mir wie zu einem Kind: »Wenn Euer Verfolger das Wasser scheut, braucht Ihr Euch nicht zu ängstigen, Jüngling. Denn dieses Wildwasser rinnt nicht nur nördlich, sondern auch südlich des Klosters zu Tal. Vor Jahren rollte oben am Berg ein Felsklotz in seinen Lauf und teilte den Bach in zwei Arme. Seither wird das Kloster von Wasser umströmt wie eine Insel des Meeres.«

Beruhigt ließ ich mich zurücksinken. Dann aber kehrte das schreckliche Bild des nächtlichen Strandes in meiner Erinnerung wieder, ich fuhr hoch und schrie: »Der Magister! Doktor Cäsarius tot... Nun sind wir alle verloren!«

Wieder fühlte ich die harte Hand des Uralten auf meiner Schulter. »Die Anstrengungen nach dem Schiffbruch waren wohl zuviel für Euch«, meinte er mitfühlend. »Faßt Euch und vertraut auf Gott! Es wird sich alles fügen.«

»Wer seid Ihr?« fragte ich wieder. »Franke oder Grieche, Ritter oder Mönch? Ihr seht aus, als zähltet Ihr hundert Jahre.«

»Und wirklich sah ich Geschehnisse, von denen heute kaum noch ein anderer zeugt«, versetzte der Fremde sinnend. »Vor vierzig Jahren kämpfte ich mit König Ludwig im Heiligen Land. Vor einem halben Jahrhundert rang ich mit Türken auf Zions Zinnen. Vor fast siebzig Jahren landete ich mit Kaiser Friedrich unter den Mauern von Akkon...« Erinnerungen an längst vergangene Schlachten umwölkten seine narbenbedeckte Stirn. Gedankenverloren blickte er in die Ferne. Dann seufzte er und berichtete weiter. »Mehr als achtzig Jahre sind schon verstrichen, da kniete ich vor Jerusalems König und sah seiner Krönung zu. Ja, ich erlebte selbst die Eroberung Konstantinopels vor neunzig Jahren...«

»Ihr saht den glorreichen Sieg der Lateiner am Bosporus?« fragte ich überrascht. »So seid Ihr wohl Franke?«

Der Uralte preßte die Lippen zusammen, und ein Ausdruck von Schmerz trat in seine blaue Augen. »Glorreicher Sieg?« wiederholte er voller Verachtung. »Freut Ihr Euch wohl auch über die Frechheit des Fuchses, der in einen Hühnerstall dringt? Bewundert Ihr die Wildheit des Wolfs, der aus dem Dickicht über die grasenden Lämmer herfällt? Lobt Ihr die Gier des Geiers, der seinen Schnabel in totes Fleisch schlägt? Nicht anders als diese Tiere handelten jene fränkischen Ritter. Raub war ihr Ziel, Mord ihre Lust, Brand ihre Freude! Die Würde der Geistlichen galt ihnen ebenso wenig wie die Ehre der wehrlosen Frauen in der eroberten Stadt. Nicht einmal die Heiligtümer des Herrn blieben vor Schändung bewahrt. Doch der gerechte Gott strafte die Frevler für ihre Verbrechen!«

»Dann seid Ihr also ein Grieche!« sagte ich. »Eure Bitterkeit verwundert mich nicht. Auch ich habe Schlimmes von jenem Kreuzzug vernommen.«

»Kreuzzug?« stieß der Uralte zornig hervor. »Die fränkischen Ritter belogen die Bischöfe, täuschten den Papst und lästerten Gott. Sie schlachteten Christen wie Vieh, stürzten schreiende Kinder aus Fenstern...«

Ich mußte an das Gemetzel in Bellerophon denken. Der Fremde wischte sich über die Augen und fuhr gedankenverloren fort:

»In Schutt und Asche sank die Stadt Konstantins, die einst über drei Erdteile herrschte, und ihre Bürger wurden zu Sklaven gemacht. Die Sieger ritten mit blutigen Rüstungen durch alle Kirchen, um das Altargerät zu zerschlagen, das Gold einzuschmelzen und alle Reliquien zu rauben. Was sie nicht fanden, verschlangen die Flammen...«

Er fuhr sich müde über die Stirn. Dann berichtete er weiter:

»Aber der Herr verschloß nicht die Augen vor dieser Barbarei. Hart traf sein Urteil die gottlosen Frevler: Balduin, der sich vermaß, Konstantins Krone zu tragen – als arm- und beinloser Rumpf verblutete er vor den Wölfen Bulgariens. Dandolo, der herrschsüchtige Doge – sein Bauchfell brach, und die Gedärme wölbten seinen Leib bis zu den Knien. Was für ein erbärmliches Ende! Peter von Courtenay, Balduins Schwager, der sich zum neuen Kaiser krönen ließ – er gelangte nicht einmal zu seinem Thron. Als er durch Epirus zog, nahmen ihn die Griechen gefangen und ließen ihn elend im Kerker verfaulen. Ratten fraßen den Ritter, der sich zum Nachfolger Cäsars erkoren dünkte! Bonifatius von Montferrat, beim Streit um die Krone von Balduin überlistet, fiel dem gleichen Feind in die Hände wie sein Rivale. Sein blutiges Haupt zierte die Zeltstange des bulgarischen Zaren. Courtenays Enkel Balduin verschacherte einen angeblichen Arm Johannes des Täufers und ließ selbst das Blei der Dächer Konstantinopels einschmelzen. Ja, er verpfändete den Kaufleuten von Venedig sogar den eigenen Sohn. Dennoch verlor er am Ende Stadt und Reich an die Griechen.«

»Arm des Täufers?« fragte ich neugierig. »Wißt Ihr am Ende auch, wer das Haupt des Heiligen raubte?«

»Es waren sieben«, erwiderte der Uralte. »Mit blanker Klinge brachen sie sich Bahn ins Allerheiligste der Hagia Sophia. Sie traten die geweihte Bilderwand mit ihren Eisenschuhen nieder und färbten ihre Schwerter mit dem Blut der griechischen Priester. Dann rissen sie Schreine und Schränke auf und füllten ihre Taschen mit Gold und Juwelen. Das Haupt des Täufers ruhte in einem Reliquiar. Perlen und Edelsteine verzierten den Deckel, Bernstein schimmerte an den Seiten, das Schauglas war ganz in Silber gefaßt. Der Schädel selbst war mit Gold ausgeschlagen. Balduin, der spätere Kaiser, packte das Kleinod und barg es an seiner Brust. Peter von Courtenay riß es ihm aus der Hand. Zornig schlug Balduin mit dem Schwert nach dem Schwager, der aber warf das heilige Haupt wie einen Ball durch die Luft, einem seiner Gefolgsleute mit Namen Pons de St. Clair in die Arme. Auf diesen stürzte sich Guido von Pallavicini, der später Burg Bodonitsa in den Thermopylen zum Lehen gewann.«

Wieder seufzte der Fremde; die Erinnerung an den gottlosen Streit schien ihn nach so vielen Jahren immer noch aufzuwühlen. Dann fuhr er fort:

»Rotwolf von Tamarville, der damals als erster die Zinnen von Konstantinopel erstieg, erhaschte das Kleinod mit raschem Griff. Zwei Ritter hetzten ihn durch die heilige Halle: der gewaltige Bonifatius von Montferrat und der starke Wilhelm von Villehardouin, der spätere Fürst von Achaia. Voller Entsetzen sahen die griechischen Kirchendiener aus ihren Verstecken dem Treiben zu. Rotwolf von Tamarville zagte nicht, doch auch die anderen vier Ritter nahmen nun die Verfolgung auf. Hinter den Stufen des Hochaltars packten sie ihn. Dabei prallte der Schädel auf den steinernen Boden und zersprang.«

Entsetzt hielt ich den Atem an. »So wurde diese Reliquie also nicht fromm geteilt, sondern in verbrecherischer Raublust zerstückelt!« rief ich.

»Dennoch empfanden die Übeltäter keine Reue«, sagte der Uralte grimmig, »sondern ein jeder riß an sich, was er von den heiligen Resten nur schnell zusammenraffen konnte. Später verkauften sie ihre Beute an venezianische Händler. Nur Rotwolf von Tamarville verzichtete darauf, sich an dieser Missetat zu bereichern.«

Atemlos folgte ich der Erzählung des Fremden. »Wie strafte Gott die anderen Räuber?« fragte ich neugierig.

»Keiner von ihnen kehrte in seine Heimat zurück«, erklärte der Uralte. »Guido Pallavicini und Rotwolf von Tamarville starben mit Wilhelm von Villehardouin in der Schlacht von Pelagonia. Pons de St. Clair fiel auf einer Reise nach Negroponte türkischen Seeräubern in die Hände und wurde als Sklave nach Ägypten verkauft. Man hat nie wieder von ihm gehört.«

Der Fremde stockte, blickte mich durchdringend an und sprach mit erhobener Stimme weiter:

»Aber nicht nur den sündhaften Rittern selbst galt der Zorn Gottes. Auch ihren Nachkommen folgte der Fluch, der aus dem hohen Gewölbe der Hagia Sophia hallte: ›So wie ihr sieben das heilige Haupt mißhandelt habt, sollen die sieben Todsünden eure Nachkommen peinigen. Stolz soll sie blenden, Habsucht quälen, Völlerei ihre Kräfte zerstören. Wollust ihren Verstand zerfressen, Faulheit sie schwächen, Neid sie entzweien, Zorn sie schließlich töten, bis das Blut der Frevler sich selbst erlöst.«

Ein Schauer fuhr mir über den Rücken, und ich überlegte, welcher geheimnisvolle Zusammenhang wohl zwischen diesem Fluch und unserem Auftrag bestand. Sollten am Ende wir es sein, die das Johanneshaupt bargen und damit den Bann von den fränkischen Rittern lösten? Doch schnell verwarf ich den Gedanken wieder – suchten wir doch nur zu fünft, mit einem Judas in unserer Mitte, und unser Anführer war tot! Ein Schwächeanfall trieb mir den Schweiß auf die Stirn, mein Herz begann wie rasend zu klopfen, und keuchend rang ich nach Luft. Der Fremde musterte mich besorgt und trocknete mein Gesicht mit einem leinenen Tuch.

Dann schilderte er weiter:

»Ich sah die Greueltat in der Hagia Sophia mit eigenen Augen. Und ich wurde auch Zeuge, wie sich der Fluch erfüllte, in Achaia, später auch noch an anderen Orten des Ostens. Viele Söhne und Enkel der sieben Frevler hauchten ihr Leben im Heiligen Land aus, vor Akkons Ausfalltoren, im Harsch des Hebron und selbst in der Hitze des fernen Haran, vor dem sprechenden Haupt der Ssabier...«

Meine Gedanken drehten sich wie das Rad eines Wagens, und so wie dessen Speichen stets um dieselbe Achse kreisen, galten auch meine Fragen immer dem gleichen Punkt. Warum ließ Gott mich nun von dem Frevel am Haupt des Täufers erfahren – jetzt, da der Magister tot, unser Feldzug gescheitert war? Warum berichtete der Uralte plötzlich von einem weiteren Haupt, aus einem Land, von dem ich noch niemals gelesen hatte? Die Geheimnisse des Fremden erschienen mir unerklärlich, und ich glitt in Grübeleien, so wie ein unachtsamer Wanderer im Sumpf versinkt. Verwirrt schloß ich die Augen, und der Wunsch schlich sich in mein Herz, daß alles nun endlich ein Ende haben möge, sei es gut oder schlecht. Dann aber ermannte ich mich und fragte:

»Ssabier? Von solchen Leuten hörte ich noch nie. Liegt Haran nicht im Land der Mahometaner? Ich wußte nicht, daß die Diener des Propheten aus Totenschädeln weissagen.«

»Der Kopf, von dem ich spreche, lebt«, antwortete der Fremde, »und wenn auch die Mahometaner jeden überführten Ssabier sogleich erschlagen – bisher konnten sie doch nur wenige von diesen Götzenanbetern entlarven. Denn die Mitglieder dieser verruchten Gemeinschaft essen, trinken, gehen, sprechen, arbeiten und kleiden sich wie alle anderen Einwohner Harans. Nachts aber sammeln sie sich in einem Tempel tief unter der Erde. Dort stehen wie schon zu Abrahams Zeiten Bilder der alten Götzen: Baal und Ischtar, Zeus und Isis und viele andere. Kein heidnischer Dämon, der nicht in Haran Verehrung fände!«

»Doch welche Bewandtnis hat es mit dem sprechenden Haupt?« fragte ich.

»Alljährlich, wenn der Mercurstern den höchsten Punkt erreicht«, erklärte der Fremde, »halten die Ssabier Ausschau nach einem besonders wohlgestalteten Jüngling. Sie überreden ihn mit List oder zwingen ihn mit Gewalt, ihnen in ihren Tempel zu folgen. Dort wird er mit Seide bekleidet und mit Juwelen geschmückt. Dann gibt man ihm zu trinken, bis er berauscht wird, setzt ihn gefesselt in einen Bottich, gefüllt mit Borax und Sesamöl, und füttert ihn mit einer Suppe aus Senf, Erbsen, Reis, Wicken, Rosen, Lupinen und Weizen. Nach vierzig Tagen sind seine Gelenke, Muskeln und Sehnen so weich, daß die Priester den Kopf mit bloßen Händen vom Körper abziehen können. Dann verzehren die Ssabier das Fleisch des Jünglings. Das Haupt erhalten sie am Leben, indem sie es in eine silberne Schüssel legen, mit Honig, Wein, Mastix und anderen Stoffen, die niemand außer den Priestern kennt. Dann stellen sie den Kopf auf eine Säule aus schwarzem Basalt, und jeder, der eine Opfergabe spendet, kann von ihm die Zukunft erfragen. Denn der Dämon Mercur, der in Griechenland Hermes genannt wird, flüstert dem geweihten Haupt sein Wissen zu.«

Das schiere Entsetzen schüttelte mich, als ich das hörte, und ich rief: »Genug! Schweigt mir von solchen Geschichten, ich habe selbst schon zuviel Schreckliches erlebt... Sagt mir nun endlich, wer Ihr seid! Leitet Ihr dieses Kloster? Fandet Ihr auch den Leichnam meines Gefährten am Strand?«

Tiefe Trauer umschattete die edlen Züge des Fremden. »Wer zuviel auf einmal erfahren möchte, versteht am Schluß gar nichts mehr«, entgegnete er. »Euer Verstand braucht noch viel Zeit, die Tat vom Trug zu trennen. Am besten übt Ihr Euch erst einmal wieder ein wenig im Lesen. Ich habe Euch ein lehrreiches Buch mitgebracht. Gott gebe Euch bald die Gesundheit zurück.« Mit diesen Worten erhob er sich. »Ach, ehe ich es vergesse«, sagte er, »das hier fand ich am Strand. Es gehört wohl Euch!« Er griff in den Ärmel seiner wollenen Kutte, zog den Storaxstab heraus und legte ihn auf mein Bett. Ehe ich ihn zurückhalten konnte, wandte er sich um und schloß die Tür.

Verblüfft starrte ich ihm nach. Wehmütig nahm ich den Zauberstock in die Hand, betrachtete ihn eine Weile und schob ihn schließlich unter die Kissen. Dann griff ich nach dem schweren Band, der auf dem Schemel lag. Mein Blick fiel auf ein Lesezeichen aus Elfenbein, auf dem ich sogleich eine Darstellung der Enthauptung Johanni erkannte.

Überrascht hob ich den Deckel des Buchs. Da flammte ein grelles Licht auf. Es blendete mich, als ob Nadeln in meine Augäpfel stachen. Ich schrie und schlug den Deckel zu. Dunkelheit umfing mich, die sich erst allmählich wieder erhellte. Zwischen den Seiten des Buches drang ein goldener Schimmer hervor.

Mit bebenden Lippen betete ich die Verse des 143. Psalms: »Zeig mir den Weg, den ich gehen soll; denn ich erhebe meine Seele zu Dir... Lehre mich, Deinen Willen zu tun.« Da wurde das geheimnisvolle Leuchten schwächer. Ich öffnete das Buch von neuem, und die schmerzhaften Strahlen verblaßten, so wie die Sonne an Kraft verliert, wenn sich der Himmel bewölkt. Die Buchstaben aber tanzten vor meinen Augen, als ich erkannte, daß ich eine Abschrift der sibyllinischen Weissagungen in der Hand hielt.

Die Seite unter dem Lesezeichen enthielt das Orakel, in dem Papst Cölestin das Wort »Inversus« gefunden hatte. Viele Verse verstand ich, andere blieben mir unklar. Eines aber sah ich sofort: Diese erhabenen Worte enthielten mein Schicksal und auch das meiner vier Gefährten. Langsam las ich die Verkündigung rätselvollen Geschehens:

Wenn Gott der Herr im Himmel schweigt,
Der Teufel aus der Hölle steigt,
Zu sammeln alle losen Seelen.
»Inversus!« wird er dann befehlen:
Verdreht der Sinn, verfehlt der Rat,
Verfälscht das Wort, verkehrt die Tat!
Der Glaube gilt als sündhaft schlecht,
Der Zweifel aber als gerecht.

Ein edles Haupt die Welt bedroht,
ein böses hilft in schlimmer Not.
Der Tote findet keine Ruh',
Den Lebenden deckt Erde zu.
Die Sanduhr zwölfmal schneller eilt,
Denn Gottes Tier erschreckt die Zeit.
Meerwasser brodelt kochend heiß,
Und Feuer brennt so kalt wie Eis.

Ein Schloß hoch über Wolken schwebt.
Ein Wind, so schwer wie Eisen, weht.
Die Steine sind wie Luft so leicht,
Und Schnee glüht Kohlestücken gleich.
Die Christen beugen oft das Knie,
Das Weihnachtsfest versäumen sie.
Der Sucher Schar, sie findet nicht,
Weil Judas Gott die Treue bricht.
Zwiefach ist des Verrats Gesicht,
Den Heiland täuschen beide nicht.
Und wenn der Mächt'gen Plan mißlingt,
Kommt Rettung durch ein Findelkind.
Ein Feind zeigt ohne Hand den Pfad,
Fünf Finger folgen seinem Rat.

Das Sündenblut sich selbst erlöst,
Wenn's auf den blinden Jesus stößt.
Die Teufelsflamme endlich löscht,
Wer Wolle heiß im Feuer wäscht.
Armlose überqueren dann
Die Flut, die man nicht schöpfen kann.
Wo Gut und Schlecht Geschwister sind,
Ist Gut zugleich des Bösen Kind.
Noch mancher Zauber täuscht die Leut',
Dann endet diese Schreckenszeit.
Selig, die Satans Trug entkamen
In Jesu Christi Namen! Amen.

Wieder und wieder las ich die Verse und drang immer tiefer in ihren Sinn. Ich weiß nicht, wieviel Zeit vergangen war, als ich auf einmal vor meinem Fenster Hufgetrappel vernahm. Ich schloß das Buch, bis nur noch ein sanftes Glühen durch das Zimmer drang, stand auf und spähte neugierig durch die hölzernen Läden. Jetzt erst bemerkte ich, daß es draußen dunkel wurde, und im gleichen Augenblick erkannte ich, daß ich mich zuvor nicht getäuscht hatte: Der uralte Fremde, der mir das Buch der Sibyllen gereicht hatte, ritt in seiner rostigen Rüstung langsam über die Hügel davon. In seiner Rechten funkelte des Longinus heilige Lanze.

Erschrockene Stimmen erklangen vor meiner Tür. Dann traten zwei griechische Mönche herein. Sie gingen rückwärts, eine Hand vor die Augen gepreßt. Zwischen sich trugen sie ein großes schwarzes Tuch. Als sie den Schemel erreichten, warfen sie den samtenen Stoff über das heilige Werk. Dann erst drehten sie sich nach mir um.

»Wo fandet Ihr dieses Buch?« fuhren sie mich an. »Seid froh, daß Ihr es nicht aufschlugt – sein Glanz hätte Euch das Augenlicht kosten können!«

Ich wollte nach diesem Wunder nicht lügen und antwortete: »Ein Mann, der aussah wie ein Mönch und wohl mehr als hundert Jahre zählte, brachte es mir. Eben ritt er gewappnet durch die Dünen davon.«

Die beiden Griechen sahen mich sonderbar an. »Ihr habt wohl geträumt!« vermutete der Größere. »Ein so alter Mitbruder lebt nicht bei uns. Und einen Ritter sahen wir hier schon seit Jahren nicht mehr!«

»Wer hat mich denn dann nach dem Schiffbruch gefunden?« fragte ich.

»Wir«, erwiderte der Mönch. »Bruder Makarios und ich. Nun seid Ihr endlich aufgewacht! Wir werden Euch gleich versorgen. Erst aber müssen wir dieses Buch an seinen Platz zurückschaffen. Es besitzt große Bedeutung für unser Kloster, birgt aber große Gefahren für alle Unwissenden. Wer war nur so leichtsinnig, es in Euer Zimmer zu legen!«

»Wartet noch!« rief ich hastig. »Fandet Ihr am Strand auch einen kleinen Mann in einem roten Talar?«

»Das würde ich auch gern wissen!« hörte ich eine kräftige Stimme. »Wo steckt der alte Zaubermeister?«

»Tughril!« rief ich.

Breit grinsend trat der Türke auf mich zu. Ein Gefühl der Zuneigung durchwogte mich. Ich dachte nicht mehr an seinen Mahometanerglauben, sondern schloß ihn bewegt in die Arme und stammelte: »Also blieb wenigstens noch einer außer mir am Leben! Der Herr behütet die schlichten Herzen; ich war in Not, und er brachte mir Hilfe – oh, wie recht spricht der 6. Vers des 116. Psalms!«

Der Türke löste sich, hielt mich auf Armeslänge von sich und versetzte: »Wen Gott recht leiten will, dem öffnet er die Brust zum Islam. 6. Sure, 125. Vers. Nun laßt mich endlich den Doktor begrüßen – mein Herz, mehr noch mein Magen drängt mich zu ihm!«

»Magen?« fragte der Mönch Makarios erstaunt.

»Das ist eine lange Geschichte«, meinte Tughril aufgeräumt. »Bei Gelegenheit werde ich sie Euch vielleicht einmal erzählen.«

Ich sank auf das Bett und blickte den Türken traurig an. »Ihr wißt wohl nicht, daß der Magister tot ist«, sagte ich betrübt. »Als ich hier an Land gespült wurde, sah ich seinen Leichnam am Strand. Der Graue ermordete ihn, der seelenfressende Dämon, der mich schon so lange verfolgt.«

Die beiden Mönche starrten mich erschrocken an und bekreuzigten sich.

»Dann möchte ich nur wissen, warum mir die ganze Zeit über so schlecht war, als ich nach Katakolon reiten wollte«, wunderte sich der Türke. »Als unser Magister mir damals den Zaubertrunk reichte, erklärte er doch, die Flüssigkeit werde mich zwingen, stets in seiner Nähe zu bleiben, so lange er es wünsche und am Leben sei!«

»Wollt Ihr damit sagen, daß seine Magie noch immer wirkt?« fragte ich.

Tughril rieb sich den Leib. »Je weiter ich mich von der Küste entfernte, desto heftiger plagte mich ein Grimmen in den Gedärmen«, berichtete er. »Erst als ich wieder hierher zurückkehrte, schwanden die Schmerzen.«

Ich blickte ihn fassungslos an. Ein Räuspern erklang. Überrascht drehten wir uns um. In der Tür stand der alte Magister.

SECTIO III

»Täuscht mich ein Trug oder kehrtet Ihr aus dem Totenreich wieder?« fragte ich. »Seid Ihr ein Spukbild, ein Traum, ein Geist?«

»Nichts von alledem«, erwiderte der Alte. »Wußtet Ihr nicht, daß ich im Zimmer neben Euch lag?«

»Seid Ihr wirklich Doktor Cäsarius von Carlsburg?« fragte ich mißtrauisch. »Zeigt mir die Narbe an Eurem Handgelenk, wo Ihr Euch ritztet, um die Sieben Letzten Worte Jesu mit Blut auf den Mastbaum zu schreiben!«

Der Magister hob seine Rechte und forderte mich lächelnd auf: »Streckt Eure Hand aus, Ihr ungläubiger Thomas, damit Ihr wißt, daß kein Zauber Euer Auge betrügt!«

Ich ertastete die kleine Wunde mit den Fingerspitzen und seufzte erleichtert: »Ihr seid es wahrhaftig, Herr!« Mit beiden Händen drückte ich seine Rechte an meine Brust. »Verzeiht mir«, fügte ich froh hinzu, »Ihr kennt ja die Schliche Satans besser als ich und wißt, wie sehr wir auf der Hut sein müssen. Als ich auf meiner Flucht vor den Pythoniden an Land schwamm, sah ich Euch verkrümmt vor den Füßen des Grauen, und so wie Ihr lagt, gab es für mich keinen Zweifel an Eurem Tod.«

Tughril verfolgte unser Gespräch ziemlich verwirrt. »Der Assiduus?« fragte er. »Aber Ihr sagtet doch immer, es sei Dorotheus, den dieser Dämon verfolgt!«

Die beiden griechischen Mönche tauschten seltsame Blicke. Sie glaubten wohl, daß die Krankheit uns den Verstand verwirrt hätte. Der eine hob das heilige Buch, der andere hielt ihm die Tür auf, und eilig polterten sie die steile Stiege hinab.

»Warum sprangt Ihr so spät von Bord, Dorotheus? Fehlte Euch das Vertrauen?« fragte Doktor Cäsarius und klopfte mir beruhigend auf die Schulter. »Mich behelligten die Echsenwesen nicht lange«, fuhr er fort. »Denn zu dieser Zeit besaß ich ja noch den Storaxstab, und die Pythoniden fürchten seine Magie ebensosehr wie das Agnus Dei. Als ich das Gestade erreichte, sah ich den Grauen zwischen den Felsen. Da wußte ich, daß er dort auf Euch wartete. Wirklich erspähte ich bald Euren Kopf in den schäumenden Wogen. Doch ich vergaß, daß ich mich auf der falschen Seite des Baches befand. Während ich noch versuchte, Euch zu warnen, eilte der Dämon herbei. Ein kalter Hauch streifte mich, dann fiel mir der Stab aus der Hand, und mir wurde schwarz vor Augen. Erst im Kloster wachte ich wieder auf. Seither warte ich ungeduldig auf Eure Genesung. Was wißt Ihr von den anderen Gefährten, von Tyrant du Cœur und Bruder Maurus?«

»Seit ich von der Galeere sprang, habe ich sie nicht mehr gesehen«, gab ich zur Antwort. »Im Bach fand Ich Euren Storaxstab. Ich wollte . . ., nun, plötzlich verlor ich das Bewußtsein. Erst einige Zeit, bevor Tughril eintraf, kam ich wieder zu mir.«

Ich trat zu meinem Lager, zog den magischen Stecken hervor und reichte ihn dem überraschten Magister. Abwehrend hob er die Hand. »Was soll ich noch mit dem Zauberstab!« meinte er traurig. »Meine Magie hat versagt.«

Ich blickte den Dämonologen mitfühlend an. Er schien um Jahre gealtert. »Verliert nicht den Mut, Doktor Cäsarius«, sagte ich leise. »Ihr seid nicht schuld daran, daß der Leviathan unser Boot zerbrach. Der Judas in unsrer Mitte war es, der Gottes Zorn auf uns lenkte! Vielleicht werden wir den Verräter schon bald entlarven. Ich werde den Storaxstab für Euch verwahren, bis Ihr wieder Kraft gesammelt habt.«

Der alte Magister nickte dankbar. Dann fragte er den Türken: »Wo habt Ihr eigentlich gesteckt?«

»Na, ich reiste natürlich auf dem schnellsten Weg nach Katakolon«, erwiderte Tughril verdutzt. »So war es doch abgemacht, oder? Die Wellen schleuderten mich zwei Meilen östlich von diesem Kloster an Land. Bei Monembasia, einem hübschen Hafen, den ich früher gelegentlich plün..., wollte sagen, besuchte. Auf einer Koppel fand ich ein schönes Pferd, dem man gleich ansah, daß es ein wenig Bewegung brauchte. Also lieh ich es mir und ritt los. Doch als ich mich von der Küste entfernte, befiel mich Übelkeit. Mein Magen begann zu drükken, und in meinen Därmen rumpelte es, als spielten dort Scheitane Fangen!«

Er nickte dem Magister anerkennend zu. »Ihr versteht Euer Handwerk, Doktor Cäsarius, das muß man zugeben«, murmelte er. Dann erzählte er weiter:

»Am dritten Tag hielt ich es nicht mehr aus. Ich kehrte um und ritt, so schnell das Pferdchen laufen konnte, zur Küste zurück. Und was soll ich euch sagen? Jede Meile linderte die Schmerzen. In Monembasia verspürte ich nur noch ein leichtes Unwohlsein, und seit ich das Kloster betrat...« Er atmete erleichtert auf. »Bei allen rotärschigen Bastarden Scheitans«, schloß er, »die Bauchschmerzen schwanden beinahe mit jedem Schritt. Ich konnte meinem Magen folgen wie der Spur eines Ochsen in einem Kornfeld.«

Dann beugte Tughril sich ein wenig vor und erkundigte sich in vertraulichem Ton: »Was trug dieser Mönch da für ein kostbares Buch aus Eurem Zimmer, mein Freund?« Begehrlichkeit glomm in seinen grauen Augen.

»Wußtet Ihr«, fragte ich den Magister, »daß das Kloster eine Abschrift der sibyllinischen Orakel besitzt?«

»Das ist doch nicht möglich!« entfuhr es dem Dämonologen. »Seid Ihr sicher?«

»Als ich das Buch aufschlug, blendete mich sein Schein«, berichtete ich. »Ich betete, da schob sich ein Schleier über die Strahlen, und ich vermochte die Weissagungen zu entziffern, von der uns Papst Cölestin in Rom berichtete.«

Ich teilte den beiden Gefährten mit, was ich gelesen hatte. Sie schwiegen lange Zeit. Dann seufzte Doktor Cäsarius:

»Ja, Dorotheus, der Satan stieg zur Erde empor, und seine Listen führten die Christenheit in die Irre. Auch uns täuschten sie. Wir fuhren durchs kochende Meer, sahen das schwebende Schloß, fühlten den ehernen Wind ..., gewiß werden wir bald auch eiskalte Flammen, brennenden Schnee und die Wolle, die man im Feuer wäscht, finden.«

»Auch wurden wir Zeugen, wie der Leviathan die Zeit in Furcht versetzte, so daß sie zwölfmal schneller floh«, fügte ich eifrig hinzu. »Wir waren es, die es versäumten, das Christfest zu feiern, wenn uns daran wohl auch kaum eine Schuld trifft. Wir sind der Sucher Schar, der Treuebruch ist geschehen, aber noch kennen wir den Verräter nicht. Das edle Haupt – gehört es dem Täufer? Es stimmt, von diesem Kleinod geht jetzt große Gefahr für die Christenheit aus. Wem aber ist das böse Haupt zu eigen? Dem Judas in unserer Mitte vielleicht? Kynops? Dem Herzog von Hinnom?«

Der Magister blieb stumm.

»Oder vielleicht den Ssabiern?« vermutete ich und erzählte den Gefährten, was mir der alte Ritter von jenen Teufelsanbetern berichtet hatte.

Der Türke starrte mich staunend an. »Das ist doch nicht möglich!« entfuhr es ihm. »Götzendiener in Abrahams Stadt! Mehr als ein halbes Jahrtausend nach ihrer Eroberung durch die siegreichen Scharen des Islam! Wie konnten diese Scheitansdiener den Streitern des wahren Glaubens bis heute verborgen bleiben? Auch wenn sie sich unter der Erde verkriechen – rotteten die Heere des Propheten nicht auch anderswo alle Heiden aus, so schlau diese auch ihre unheiligen Altäre versteckten?«

»Täuscht Euch nicht«, meinte der alte Magister. »Beten die Parsen in Horasan auf der Hochsteppe Asiens nicht noch immer das Feuer an? Ihr Oberhaupt, der Archimagus, wohnt zu Kerman inmitten der persischen Wüste in einem Palast mit goldenen Dächern. Selbst in Bagdad, der Stadt des Kalifen, steht ein geheimer Tempel der Flammenverehrer.«

»In Samosata am Euphrat«, fügte ich hinzu, »verbrennen die Sonnensöhne alljährlich ihre Erstgeborenen auf Pappelholz. In Armeniens abgeschiedenen Tälern dienen noch immer geheime Bünde der Unzuchtsdämonin Venus und lästern sogar, sie sei eine Tochter Noahs! In den unübersteigbaren Bergen an den Quellen des Tigris hausen die Lichtauslöscher, die bis heute Eichen und Felsen vergöttern. Die Teufelsanbeter Syriens werfen sich in der Heimlichkeit ihrer Heiligtümer dem Höllenherrn Malik zu Füßen, der ihnen als Pfauhahn erscheint. Ja, selbst in das Gebirge Asyr im Inneren von Arabien, das sich gleich neben der Wiege Eures Propheten erhebt, hat man dem Islam bis zu diesem Tag den Einzug verwehrt.«

Der Türke kratzte sich mißfällig am Kinn. »Auch bei Euch in Europa leben noch Heiden«, wehrte er sich, »und dabei ist Euer Glaube um 600 Jahre älter!«

»Ihr habt recht«, gab der Magister zu. »In den Schneebergen Karpatiens betet man immer noch zu dem Götzen der Römer, Jupiter, und bringt ihm Opfer dar. In den Urwäldern der Bretagne treiben gallische Druiden ihr Unwesen. Im christlichen Königreich Ungarn gehorchen die wilden Kumanen bis heute ihren Schamanen. Kaiser Karls Sieg über die Sachsen liegt schon 500 Jahre zurück, aber noch immer wandern Anhänger der Asen Germaniens auf stillen, verschwiegenen Pfaden Westfalens zur Wotanseiche – sie steht nur zwei Tage von Eurer Heimatstadt, Dorotheus, entfernt. Und auch im Norden und Osten Europas werden noch viele Dämonen verehrt... Gewiß gab auch diese Abgötterei dem Herrn Anlaß zu seinem Zorn.«

»Aber ausgerechnet in Haran«, wunderte sich der Türke, »der Stadt des Stammvaters Abraham!«

»Haran wurde ja nicht erst von dem Patriarchen gegründet«, erklärte ich. »Arpachschad, der Enkel Noahs, errichtete sie als erste Stadt der Welt nach der Sintflut. Denn als das Wasser ablief, teilte Noah das leere Land unter seinen Söhnen und Enkeln auf. So steht es im Buch der Jubiläen. Diese Schrift, Tughril, zählt zwar nicht zu den Bestandteilen unserer Bibel, aber seine Berichte gründen sich dennoch auf Wahrheit. Noah ermahnte seine Erben, Gott zu danken, stets Gerechtigkeit zu üben, Vater und Mutter zu ehren, ihre Nächsten zu lieben, ihre Scham zu bedecken und sich von aller Unreinheit und Hurerei fernzuhalten. Denn es war die Hurerei, die Gottes Zorn so erregte, daß er die Sintflut sandte – die Unzucht, die Kains Töchter mit Engeln trieben.«

»So berichtet es auch der Koran«, rief der Türke überrascht. »Harut und Marut hießen die beiden untreuen Lichtgeschöpfe. Sie zeugten Kinder mit Menschentöchtern und wurden deshalb von Allah verbannt. Sie waren es auch, die später die Menschen Magie und Zauberei lehrten...« Er verstummte und schielte zu dem Magister.

»Schwarze Magie und Teufelszauber«, verbesserte ich schnell.

»Nun ja«, versetzte der Türke, der offenbar anderer Meinung war, aber nicht widersprechen wollte. »Jedenfalls säten Harut und Marut Zwietracht unter die Menschen...«

»Nach dem Buch Henoch stiegen nicht zwei, sondern zweihundert lüsterne Engel auf den Gipfel des Hermon herab«, erzählte ich. »Asasel zeigte den Menschen, wie man Waffen und Panzer verfertigt, aber auch, wie man Augenschminke anrührt und damit das weibliche Antlitz verschönt. Darum wurden seither so viele Männer um schöner Frauen willen getötet. Semjasa führte die Menschen zu Wurzeln und Zauberpflanzen und wies sie in ihren Gebrauch ein, damit sie mit den verbotenen Säften ihre Sinne erregen konnten. Armaros brachte ihnen Beschwörungen bei, Baraquel nannte ihnen die Namen der Sterne, Kokabeel übte sie in der Astrologie, Ezequeel in der Wolkenkunde, und andere in noch weiteren unfrommen Wissenschaften. Da packte die vier Erzengel Michael, Uriel, Raphael und Gabriel der Grimm. Sie fuhren zur Erde hinab, banden die bösen Engel und schleuderten sie in einen tiefen Erdenschlund.«

»Und wie gelangten sie von dort nach der Sintflut wieder zur Erde zurück?« fragte der Türke.

»Nicht diese Engel verführten die Nachfahren Noahs«, antwortete ich, »sondern ein anderer Höllenfürst, Mastema mit Namen. Er verleitete die Überlebenden, Götzenbilder zu schnitzen und Dämonen anzubeten. Noahs Enkel begannen, miteinander zu kämpfen, Blut zu vergießen, feste Mauern zu bauen und Könige über das Volk zu erheben...«

»Nun aber wieder zu den Ssabiern!« schlug der Magister vor.

»Huldigten Harans Einwohner nicht auch noch lange nach Abraham bösen Geistern?« sagte ich eifrig. »Das 1. Buch Mosis schildert doch ganz genau, wie Jakob mit Labans Töchtern vor seinem Schwiegervater floh und Rachel dabei die Hausgötter ihres Vaters, die Teraphim, unter dem Sattel ihres Kamels versteckte! Diese Teraphim wurden wohl kaum anders gefertigt als heute der sprechende Schädel!«

»Aber woher weiß man, daß diese ssabischen Teufelsdiener noch immer leben?« fragte der Türke erstaunt.

»Weil sich in Haran seit Urzeiten immer die größten Greuel ereignen«, antwortete ich. »Der Verräter zum Beispiel, der 53 Jahre vor der Geburt des Herrn das Römerheer unter Crassus in einen Hinterhalt lockte und so den Parthern auslieferte, hieß Andromachus und stammte aus Haran. Vor 900 Jahren zog der abtrünnige Neffe Konstantins, Julian Apostata, gegen die Perser und ließ sich nachts im Jupitertempel zu Haran einschließen. Als er ihn wieder verließ, wurden die Türen versiegelt. Erst nach dem Tod des Kaisers wagten es christliche Legionäre, in das Heiligtum einzudringen. Sie fanden darin ein an den Haaren aufgehängtes Weib, dessen Leib aufgeschlitzt und aus dessen Leber geweissagt worden war.«

Der Türke schüttelte sich vor Grauen. »Glaubt Ihr also«, fragte er unruhig, »daß mit dem bösen Haupt in der sibyllinischen Prophezeihung jener sprechende Schädel der Ssabier gemeint ist?«

»Ich bin davon überzeugt«, erwiderte ich. »Vielleicht soll es uns den Weg weisen... Heißt es in dem Sibyllenorakel nicht auch: ›Ein Feind zeigt ohne Hand den Pfad?‹« Tughril nickte nachdenklich. »Dann müssen wir uns auf eine weite Reise begeben«, murmelte er, »und diesmal wird sie für Euch gefährlicher sein als für mich.«

»Wandelnde Tote, begrabene Lebende, Wegweiser ohne Hand, ein Findelkind«, zählte ich auf. »Gewiß last auch Ihr das alles, Magister, damals in den Katakomben, wo Euch der Heilige Vater das Weissagungsbuch aufschlug.«

»Ja«, sagte Doktor Cäsarius. »Auch ich kenne den Glanz, der von diesem Werk ausgeht! Ich wollte Euch erst nach und nach von den Versen berichten, dann, wenn ich mehr von ihrem Sinn verstand. Jetzt haben uns die Ereignisse überrollt wie ein rasendes Pferdegespann den träumenden Wanderer auf schmaler Straße. Laßt uns nun aufbrechen, die Gefährten zu suchen!«

Er seufzte tief und sank auf den Schemel. Als er sich wieder gefaßt hatte, sah er mich forschend an und fragte: »Aber wie erfuhrt Ihr von dem sibyllinischen Buch? Wer zeigte es Euch? Und wann? Ich glaubte, Ihr wärt eben erst erwacht!«

»Ich weiß nicht, wie lange ich las«, gab ich zur Antwort, »aber es würde mich nicht verwundern, wenn ich den halben Tag über diesen Versen verbracht hätte. Ein uralter Ritter brachte es mir. Seine Erscheinung erstaunte mich nicht minder als seine Erzählung.«

Ich berichtete nun von dem Fremden und dem Frevel in der Hagia Sophia. Die grünen Augen des Magisters leuchteten wie die eines Löwen. Der Türke aber beugte sich lauernd vor wie ein Panther, unter dessen Ast ein feistes Kalb weidet. Als ich geendet hatte, rief der Dämonologe:

»Aus Habgier also geschah das Verbrechen, für das jetzt die ganze Christenheit büßen soll! Sieben Frevler fielen in Sünde, ihr Blut soll sich selbst erlösen – das kann nur bedeuten...«

»Daß sie verdammt sind, bis andere ihre Sünde sühnten«, fiel ich ihm ins Wort. »Denn die Täter selbst sind ja seit langem tot. Allerdings: der Fremde hat bis heute überlebt.«

»Dieser Weißhaarige war wohl einer von den griechischen Kirchendienern, die sich damals in der Halle versteckten«, vermutete Doktor Cäsarius.

»Aber ich kenne ihn als Ritter aus Katakolon!« rief ich. »Und zu Bellerophon saht Ihr selbst, wie er die heilige Lanze führte.«

»Vielleicht trat er später in fränkische Dienste«, rätselte der Dämonologe. »Viele griechische Krieger fochten zuweilen auf der lateinischen Seite.«

»Ich glaube nicht, daß er sein Volk verriet«, erwiderte ich. »Er schien die Franken zu hassen.«

»Rotwolf von Tamarville – war das nicht Tyrant du Cœurs Großvater?« ließ sich der Türke vernehmen. »Vielleicht...«

»Ja«, unterbrach ich ihn. »Auch Tyrants Bruder Blandrate, ebenso Graf Kono von Katakolon und dessen Sohn Konrad setzen die Blutlinie des Frevlers fort. Und die anderen? Laßt mich einmal nachdenken... Balduin, der unwürdige Kaiser, hinterließ keine Erben. Sein Schwager Peter von Courtenay besaß zwar Nachkommenschaft, aber sein letzter Enkel Philipp ging vor elf Jahren am Hof König Karls zu Neapel als verachteter Flüchtling jämmerlich an der Venuskrankheit zugrunde. Er verfaulte bei lebendigem Leib...«

Angewidert verzog der Türke sein Gesicht. Ich zählte weiter auf:

»Länger schon ist das stolze Geschlecht des Montferrat vom Erdboden getilgt. Pons de St. Clair wurde, so erzählte der Uralte mir, von Seeräubern als Sklave nach Ägypten verkauft. Gottfried von Villehardouins Erbe Wilhelm geriet nach der verlorenen Schlacht von Pelagonia als Gefangener in den Kerker des griechischen Kaisers und kehrte erst nach drei Jahren heim, seiner Manneskraft für immer beraubt. Nicht lange danach starb er. Bliebe der Pallavicini, der Markgraf von Bodonitsa. Also leben heute noch fünf Nachfahren der Männer, die das hehre Haupt zerbrachen.«

»Sind sie vielleicht mit den fünf Fingern gemeint?« rätselte Tughril. »Aber Papst Cölestin sandte doch uns, nicht den Grafen von Katakolon oder den Drachenritter!«

»Sieben, fünf, wer weiß, was diese Zahlen bedeuten!« grübelte Doktor Cäsarius. »Auf Tyrant du Cœur treffen beide Weissagungen zu...«

»Mag sein, daß der Ritter vom Schicksal dazu bestimmt ist, die sieben Sünder zu erlösen«, versetzte Tughril kühl. »Was aber haben wir damit zu tun? Vor allem ich, der ich doch dem Propheten diene?«

»Und Bruder Maurus? Oder ich selbst?« fügte ich hinzu.

»Wer weiß, welche Wahrheit sich hinter den Worten des Fremden verbirgt«, murmelte der Magister. »Fast könnte man meinen, der Satan habe ihn gesandt, um uns noch mehr zu verwirren!«

»Aber der alte Ritter besitzt die heilige Lanze!« wandte ich ein.

»Seid Ihr auch wirklich sicher, daß Ihr den Uralten schon einmal saht?« fragte der Türke. »In den Gesichtern von Greisen täuscht man sich schnell!«

»Dieses Antlitz vergesse ich nie!« erwiderte ich entschieden. »Als er davonritt, leuchtete der Longinusspeer in seiner Hand. Würdet Ihr diese Waffe jemals verwechseln?«

»Gewiß nicht«, gab Tughril zu. »Wann wollen wir reiten?«

»Noch in dieser Stunde!« bestimmte der Dämonologe.

»Und der Assiduus?« fragte ich erschrocken. »Hier endlich wäre ich sicher vor ihm!«

Der alte Magister blickte mich nachdenklich an. »Es liegt an Euch, Dorotheus«, meinte er. »Ihr allein müßt entscheiden, ob Ihr uns weiter folgen wollt oder nicht. Ich kann Euch nicht zwingen.«

»Ihr seid nicht schuld an unserem Versagen«, gestand ich bedrückt. »Ich war es, der nicht frei von Sünde blieb, und...«

»Ihr könnt nicht der Judas sein«, unterbrach mich der Türke. »Denkt doch an den Vers mit dem Findelkind! Wenn Ihr Euer Herz erleichtern wollt, so wartet damit, bis wir fünf wieder vereint sind. Dann soll meinethalben jeder gestehen, ob und wie er seinen Eid verletzte. Den Verräter werden wir dadurch allerdings wohl kaum entlarven!«

Wir verabschiedeten uns von den Mönchen, die kaum glauben mochten, daß wir schon wieder abreisen wollten. Dann wanderten wir nach Nordwesten, der alte Magister zu Pferd, Tughril und ich auf den Sohlen. Wieder hielt man uns für Pilger, und wir durchquerten unbehelligt das kaiserliche Gebiet im Süden der Peloponnes. Jede Nacht lagerte ich dicht am Wasser des flachen Flusses, doch der Graue blieb unsichtbar.

Als wir an Burg Bellerophon vorbeizogen, sahen wir, daß die Griechen begannen, ein neues Festungswerk aufzuführen. Ich freute mich darüber, denn ich begann, die Franken ob ihrer Grausamkeit zu verachten. Daß sie die Nachfahren frommer Kreuzritter waren, schien mir ein ebenso widernatürlicher Scherz des Teufels zu sein wie das kochende Meerwasser oder der eiserne Wind.

Wer, so grübelte ich auf der Reise durch das düstere Stromtal, hatte uns an den Satan verraten? Wenn uns nicht meine Sünden in das Verhängnis geführt hatten – frevelte dann vielleicht Doktor Cäsarius selbst? Beging er die Sünde Bileams, der seine Zauberkraft an die gottlosen Moabiter verkaufte und Israels Einzug in das Gelobte Land aufhalten wollte? Gott hinderte ihn durch einen Engel mit flammendem Schwert – sandte der Schöpfer uns aus ähnlichem Grund den Leviathan? Der Brief des hl. Paulus an die Galater kam mir in den Sinn, in dem der Apostel die Zauberei mit der Abgötterei verdammte, ohne Schwarze und Weiße Magie zu unterscheiden.

Doch auch noch andere unter meinen Gefährten hatten gegen Gottes Gebote verstoßen. Ich dachte an Bruder Maurus und sagte in Gedanken zu ihm: Du seltsamer Mönch! Der Lüge bist du überführt, ohne es zu wissen. Unzucht befleckt deinen Leib, Blut klebt an deinen Händen. Welche Sünden begingst du noch? Huldigst du dem Dämon der Rachsucht, so wie Lamech, der fünfte Nachkomme Kains, der voller Stolz rief: »Ja, einen Mann erschlage ich für eine Wunde und einen Knaben für eine Strieme! Wird Kain siebenfach gerächt, dann Lamech siebenundsiebzigfach.« Mit wem hast du dich verbündet, um Vergeltung zu üben?

Und Tughril? Auch ihn trieben Todsünden an: aus Habgier brach er seinen Eid und stahl das Gold der Johanniter, in Kampfeswut tötete er den fränkischen Kriegsknecht in Corinth. Nicht einmal Tyrant du Cœur schien mir noch ohne Fehl: der Adel seiner Gesinnung kam mir angegriffen vor, seine Frömmigkeit verflacht, seine Sittsamkeit versehrt. Wie hatte das geschehen können? War Sorglosigkeit seine Sünde, so wie bei Samson? Ich tastete nach dem Medaillon in meiner Tasche. Was hatte der Ritter zu Corinth so heimlich mit jenem Ordensritter besprochen? Solche und viele andere Gedanken durchstoben mein Gehirn, aber je mehr ich grübelte, desto weiter entfernte ich mich von jeder Lösung.

Am fünften Tag unserer Wanderung lagerten wir zwischen zwei Flußarmen in einem lichten Hain, nahe bei den Ruinen Olympias. Als wir ein Feuer entflammten, hörten wir plötzlich lautes Geschrei und einen Lärm, als seien die alten Dämonen zurückgekehrt, um ein schauriges Fest des Trotzes gegen Gott zu genießen. Rasch griff ich nach dem Storaxstab. Doktor Cäsarius aber lächelte, und ich schob das magische Holz wieder in meinen Ärmel. Denn zwischen den Oleanderbüschen rollte ein lustiger Zug von Spielleuten und allerlei Gauklern hervor.

»Wohin, ihr Leute?« rief der Magister. »Was feiert man denn?«

»Wißt Ihr nicht, was für ein Tag übermorgen ist?« rief ein zwergwüchsiger Possenreißer vom Kutschbock des vordersten Wagens. Er trug ein aus bunten Flicken zusammengenähtes Kleid.

Wir schauten einander verwundert an. Doktor Cäsarius legte die

Stirn in Falten. Plötzlich fuhr es wie ein Wetterleuchten über sein Antlitz. »Der Tag der Verkündigung des Herrn«, sagte er leise zu uns. »Morgen läuft die Frist ab, die König Karl von Anjou seinen Pairs setzte, ihre Lehen neu bestätigen zu lassen.«

»Du lieber Himmel!« rief der lustige Kerl. »Ob nun die Burg den Grafen von Tamarville oder der schönen Alix oder Graf Kono oder dem jungen Herrn Konrad gehört – uns kann das gleichgültig sein! Denn wir erhalten von allen den gleichen Lohn: Beifall statt Braten, Gelächter statt Gold!« Dabei grinste er breit, denn in Wirklichkeit durften sich Spielleute bei den Festen der Franken stets an den besten Brocken und würzigsten Weinen laben und wurden obendrein für ihre Kunst reich beschenkt.

Ein junges Mädchen aus Syrien sprang übermütig vom Wagen herab, klapperte mit einem Tambourin und tanzte keck um uns im Kreis. Schlitze in ihrem rotseidenen Rock enthüllten bei jedem Schritt die braune Haut ihrer Schenkel. Über dem glatten, geschmeidigen Leib spannte sich nur ein schmales Leibchen, dessen bunte Bänder bei jeder Drehung fröhlich flatterten. Das schwarze Haar der jungen Syrerin fiel bis zu den nackten Hüften herab, und weiße Zähne blitzten in ihrem haselnußbraunen Gesicht, als sie mich bat: »Schenkt mir eine Münze, junger Herr! Dann dürft Ihr mich küssen.«

»Laßt das!« brummte ich unwirsch.

Tughril grinste.

»Ich weiß was Besseres!« rief er.

Das Mädchen, das kaum dreizehn Jahre zählen mochte, streckte dem Türken die Zunge heraus. »Ich schlafe nur, mit wem ich will!« rief es frech.

»Laßt uns in Frieden, braves Kind«, sprach der Magister begütigend, »uns steht nicht der Sinn nach Vergnügungen. Denn wir sind von einer anstrengenden Reise erschöpft.«

Die Tänzerin fuhr mir neckend durchs Haar und wirbelte blitzschnell herum, so daß ihr Seidenrock mein Gesicht streifte. Erschrokken fuhr ich zurück.

»Seid Ihr wirklich zu müde für einen Kuß?« fragte das Mädchen, schlang die bloßen Arme um meinen Hals und spitzte die vollen Lippen. Ich spürte den sanften Druck ihrer Brust und fühlte, wie mein Blut zu pochen begann. Aber ich wollte um keinen Preis wieder in Sünde fallen und rief daher ärgerlich: »Wann siehst du ein, daß deine Dienste hier nicht willkommen sind? Verschwinde endlich, sonst mache ich dir Beine!«

Die Tänzerin lachte hell, sprang über unser Feuer hinweg und lief auf bloßen Füßen durch das niedrige Gras zu den Fuhrwerken, die einige hundert Schritte hinter uns anhielten. Kurze Zeit später entfachten die Gaukler ein Lagerfeuer, brieten ein Schaf und ließen Weinkrüge kreisen.

»Wir dürfen nicht zu neugierig erscheinen«, sagte der Türke nach einer Weile, »aber es ist wohl besser, wenn einer von uns mal hinübergeht und die Ohren offenhält. Und dafür bin ich der richtige Mann. Rollt Euch solange in Eure Decken! Ich werde sagen, daß Ihr schon schlaft und es mir zu langweilig ist.« Er lächelte mir freundlich zu.

Der alte Magister nickte. »Bleibt aber nicht zu lange fort!« mahnte er.

Der Türke holte einen Krug Wein aus unseren Vorräten, brach ihn mit geübtem Griff auf, nahm einen kräftigen Schluck und schritt dann mit der Miene eines Mannes, der neue Bekanntschaften zu schließen hofft, auf die feiernden Spielleute zu.

Als ich ihm nachblickte, schlich sich ein Gefühl des Neids in meine Brust. Da wurde ich zornig und schalt mich selbst: »Suchst du schon wieder die Sünde? Hast du die Schwäche deines Fleisches in Katakolon schon vergessen?« Dann ließ ich mich seufzend zurück auf mein Lager sinken und tastete nach dem Medaillon in meiner Tasche.

Doktor Cäsarius wandte mir den Rücken zu. Vorsichtig öffnete ich das Schmuckstück, zog die goldene Locke heraus und betrachtete sie sinnend. »Alix von Tamarville«, dachte ich in meinem Herzen. »Selbst die Verdammnis nähme ich auf mich, dürfte ich dich besitzen. Aber ich bin es nicht wert.«

Der Dämonologe drehte sich schnaufend um. Schnell schob ich die Locke und das Medaillon unter die Decke.

»Ruht Euch ein wenig aus, Dorotheus«, riet Doktor Cäsarius. »Ich fürchte, die Tänzerin wird Tughril nicht so bald zurückkehren lassen.«

Ich biß mir auf die Lippen, fing mich aber schnell wieder und antwortete: »Da mögt Ihr recht haben. Gute Nacht!« Dann zog ich die Decke über den Kopf und versuchte zu schlafen.

Nach einer Stunde schwoll das Trommeln und Pfeifen am Feuer der Gaukler an, als hausten dort Hexen und Hierodulen. Männer lachten, Frauen kreischten, und trunkene Zungen sangen fremde Lieder, in den Büschen knackte dürres Holz, fiebriges Flüstern drang an mein Ohr, ich hörte ein lüsternes Kichern und heftiges Rascheln von Rökken. Aus einer anderen Richtung vernahm ich ein so lautes Stöhnen, daß es der Herzensreinheit eines Engels bedurft hätte, nicht an die Sünde zu denken, die dort geschah. Krüge zerschellten auf Steinen, und plötzlich schlug ein Mann in unserer Nähe sein Wasser ab. Erbost warf ich die Decken zurück und richtete mich auf. Prustend lief der Störenfried durch das Gebüsch zu dem Lager zurück.

Plötzlich verstummten die Trommeln, und zu dem klagenden Lied einer Flöte begann die junge Syrerin zu tanzen. Ich sah ihren Schattenriß vor dem Lichtschein des Feuers. Anfangs wand sich die eigentümliche Melodie langsam wie eine Schlange, und die Tänzerin wiegte sich sanft wie ein Schilfhalm im lauen Wind. Dann aber folgten die Töne einander immer schneller, und das glatte, schwarzglänzende Haar des Mädchens flog wie eine Fahne der Verführung durch die Luft. Der knabenhafte Körper bog sich wie eine Weidengerte, und die Bänder an Armen und Füßen rasselten wie die Ketten einer Sklavin, die sich erst gegen die Gelüste ihres Gebieters wehrt, sich aber bald in lustvoller Begierde unter seinen Griffen windet.

Vorsichtig blickte ich zu dem alten Magister. Doktor Cäsarius lag auf dem Rücken und schnarchte mit offenem Mund. Ich beschloß, so zu tun, als ob ich mich erleichtern müsse, und schlich vorsichtig fort. Dann hastete ich geduckt zwischen Büschen zu dem hell lodernden Feuer.

Der Oleander duftete betäubend und die Flöte zog mich fast magisch in ihren Bann. Zwanzig Schritte vor dem Gauklerlager versteckte ich mich hinter einem knorrigen Ölbaum. Der geschmeidige Körper des Mädchens folgte nun dem Befehl der Musik, als wohnte kein eigener Wille mehr in ihm. Die schmalen Lenden zuckten zärtlich und zornig zugleich, und sie bot ihren stolzen Leib den Blicken der Zuschauer ebenso fordernd wie abweisend dar. Schweiß perlte von ihrer samtenen Haut, ihr rosiger Mund öffnete sich wie zu Schreien des Wohlgefühls, und sie wand sich mit Blicken und Gesten, als wolle sie sich mit allen Männern und Frauen zugleich in einem nicht endenden Spiel der Liebe und Lust vereinen.

Die Männer brüllten Beifall und sprangen auf, so daß ich nicht mehr erkennen konnte, was weiter geschah. Mannhaft kämpfte ich gegen den Wunsch, mich dieser Ausschweifung anzuschließen und lenkte meine Schritte langsam zu unserem Lager zurück. Ich hatte es fast schon erreicht, da bewegte sich plötzlich der Busch neben mir. Unter ihm entdeckte ich zu meiner großen Verwunderung die junge Tänzerin.

Das Mädchen keuchte wie nach schnellem Lauf. »Helft mir, Herr!« flüsterte es. In seinem Blick lag soviel Hoffnung, daß ich es nicht übers Herz brachte, weiterzugehen. Ich sah mich vorsichtig um, beugte mich dann zu ihr hinab und fragte leise: »Was ist?«

Die junge Tänzerin schaute mich aus großen Augen flehend an. Ihre Brust bebte wie die Weiche einer waidwunden Hindin. »Saht Ihr meinen Tanz?« wisperte sie. »Gefiel er Euch?«

»Ich kam ganz zufällig vorüber«, versetzte ich ärgerlich. »Ist das alles, was du von mir möchtest?«

Das Mädchen schüttelte heftig den Kopf, ergriff meine Rechte und führte sie an die bebenden Lippen. »Ich will nicht länger Sklavin dieser Menschen sein!« sprudelte sie hervor. »Saht Ihr nicht, wie sie betrunken über mich herfallen wollten? Schickt mich nicht zurück, ich bitte Euch! Kauft mich den Gauklern ab, dann werde ich Euch für immer gehören!«

Mit diesen Worten küßte sie meine Knöchel, schloß ihre Lippen zärtlich um meine Fingerspitzen und führte meine Hand dann an ihren heißen Leib.

Schnell riß ich den Arm zurück. »Versuchst du mich zur Sünde zu verleiten?« rief ich zornig.

»Wonne, wie du sie noch nicht erträumtest, verspreche ich dir«, hauchte die Tänzerin in mein Ohr, »nur zwei Goldstücke, dann bin ich Euer Eigentum, und Ihr dürft mit mir tun, was Ihr wollt.«

»Laß mich los!« rief ich halblaut und stieß das Mädchen zurück. Die Tänzerin sank mit einem Schluchzen zu Boden. Ich wandte mich um und sah in der Ferne den Türken. Schnell schlich ich durch die Büsche davon. Kurz darauf kehrte Tughril zu unserem Lager zurück. Er weckte erst den Magister. Dann rüttelte er mich an der Schulter.

»Aufstehen, Ihr Schnarchsack!« befahl er. »Es gibt Neuigkeiten!«

Ich gähnte, schälte mich aus den Decken und schlurfte auf die andere Seite unseres erloschenen Feuers.

Doktor Cäsarius blickte mir hellwach entgegen. »Was habt Ihr erfahren?« fragte er Tughril.

»Morgen zur Mittagsstunde«, erzählte der Türke, »wenn die Christen ihren Götzendienst beendet haben, wird der Seneschall von Achaia, Galeran d'Ivry, Burg und Lehen von Katakolon den Grafen von Tamarville absprechen und über die Ansprüche hiesiger Anwärter richten.«

»Wem soll der Besitz denn zuerkannt werden?« fragte ich. »Etwa Graf Kono?«

»Nein«, antwortete der Türke. »Der ist doch nur ein Vetter! Alix von Tamarville wird die neue Burgherrin. Wenn Tyrant du Cœur das erfährt...« Er machte ein bedenkliches Gesicht.

»Halb so schlimm«, meinte ich. »Sie ist Tyrants Schwester. Das Lehen bleibt in der Familie.«

»Aber nicht lange«, klärte uns Tughril auf. »Denn gleich nach der Übergabe soll Hochzeit gefeiert werden. Alix von Tamarville heiratet Konrad von Katakolon! Alle Fürsten, Herzöge und Barone sind zu diesem Fest auf die Burg geladen.«

»Das wird Herrn Tyrant nicht gefallen!« entfuhr es dem Magister.

Die weißen Zähne des Türken leuchteten in der Dunkelheit. »Das Lehen wird natürlich nur dann eingezogen, wenn sich bis zum Mittagsgeläut kein Ritter aus der Familie der Tamarville einfindet«, bemerkte er. »Wenn Tyrant davon erfährt...«

»... gerät er in schwerste Gewissensnot«, vollendete der Dämonologe besorgt. »Schweigt er, so verletzt er das Recht seines Bruders, dem er zur Treue verpflichtet ist. Gibt er sich aber zu erkennen, so bricht er den Eid, den er dem Heiligen Vater schwor!«

»Weiß man, ob Tyrant sich schon auf der Burg befindet?« fragte ich.

»Das werden wir erst morgen hören«, erwiderte Tughril. »Wir sollten so früh wie möglich aufbrechen!«

»Einverstanden«, schloß der Alte. »Schlaft jetzt!«

Ohne weitere Umstände wälzte er sich auf die Seite und begann sofort wieder zu schnarchen. Tughril gähnte und wickelte sich in seine Decken.

Ich blickte zu den zitternden Sternen empor, und plötzlich war mir wieder, als flösse Blei durch die Luft auf mich zu. Beunruhigt stand ich auf und wanderte am Strand der schmalen Flußinsel umher. Als ich um einen Granitblock bog, durchfuhr mich ein eisiger Schreck. Denn an den grauen Felsen, hinter denen sich der östliche Alphiosarm zu einer Breite von wenigen Schritten verengte, war ein entwurzelter Eichbaum geschwemmt worden. Der starke Stamm hatte sich zwischen Steinen verkeilt, so daß er wie eine Brücke über das Wasser führte.

Hastig packte ich das Holz mit den Händen, doch es war viel zu schwer. Das unsichtbare Gewicht in der Luft drückte immer heftiger auf meine Lungen, und voller Angst spähte ich nach dem Grauen. Aus den hohen Holundersträuchern am anderen Ufer ertönte ein Rascheln und Knacken, das schnell näher kam.

Schweiß rann mir in die Augen. In wachsendem Entsetzen trat ich mit den Füßen gegen den Stamm. Endlich löste sich der Baum und trieb in die Mitte des Wassers. In der gleichen Sekunde verhallten die Schritte am anderen Ufer, und tiefste Stille breitete sich aus.

Die Strömung ergriff den Eichenstamm und trug ihn zum Meer. Keuchend sank ich in den Schlamm der Uferböschung. Dabei stieß meine Hand gegen hartes Holz. Verwundert kratzte ich den schwarzen Schlick von den Kanten, und ein tiefes Erschauern vor der unendlichen Macht göttlicher Gnade befiel mich, als ich die kupferbeschlagene Truhe des alten Magisters erkannte.

Einige Minuten kniete ich wie betäubt vor dem kostbaren Fund. Dann betete ich voller Inbrunst den 106. Psalm, der da beginnt: »Halleluja! Danket dem Herrn; denn er ist gütig und seine Huld währet ewig.« Dann hob ich den Schatz an meine Brust und eilte zu unserem Lager.

»Wacht auf, Doktor Cäsarius!« rief ich schon von weitem. »Hier ist Eure Truhe! Der Himmel selbst will Euch ermutigen, Eurer Magie wieder zu trauen, da er das Kästchen über das Meer und gegen alle Gesetze der Natur stromaufwärts schwimmen ließ!«

Tughril sprang hoch wie ein Hund, der sich auf eine Distel gesetzt hat. Doktor Cäsarius aber stieß einen grausigen Schrei aus. Sein Schädel schwoll plötzlich an wie eine Blase, die man bis zum Bersten mit Wasser füllt. Hände und Füße des alten Mannes begannen zu zucken, und sein Leib wölbte sich wie ein Zelt, dessen Wände der Wind bläht. Sein furchtbares Brüllen glich keiner menschlichen oder tierischen Stimme. Dann quoll schwarzer Nebel aus dem Mund des Magisters, wuchs zu einer dämonischen Riesengestalt und raste mit gellendem Kreischen durch die Lüfte davon.

SECTIO IV

Tughril warf sich der Länge nach auf die Erde und sagte zitternd die 40. Sure auf, in der es heißt: »Unser Herr, Du umschließt alles mit Deiner Güte und Deinem Wissen. Vergib denen, die sich bußfertig zu Dir wenden und schütze sie vor der Strafe des Höllenfeuers!« Ich aber nahm meine Zuflucht zum Notgebet des Propheten Jesaja und flehte voller Furcht: »Herr, habe mit uns Erbarmen, denn wir hoffen auf Dich!« Erst nach einer halben Stunde wagten wir aufzublicken. Der

Wald schwieg. Die Sterne verblaßten. Der Leib des Magisters lag leblos im Gras.

»Was glaubt Ihr?« flüsterte der Türke. »Ist das nur eine künstliche Hülle?«

»Ich weiß es nicht«, erwiderte ich. »Eigentlich hätte sein Körper in tausend Stücke zerplatzen müssen. Nun aber scheint es, als schliefe er nur.« Ich öffnete den Kupferkasten, nahm die Phiolen mit den vier heiligen Wassern heraus, schüttete etwas von jedem auf ein seidenes Tuch und ließ den Stoff auf das Gesicht des Magisters fallen. Weißer Rauch quoll zischend hervor, und die Tropfen von Jabbok, Kishon, Kebar und Jordan drangen durch den falschen Menschenleib, so wie ein glühendes Messer durch Unschlitt schneidet. Auf der runzligen Haut bildeten sich große Blasen, die grünen Augen verflüssigten sich, Nase und Kinn zerfielen, knisternd zerbrachen die Knochen, und schließlich löste sich der falsche Leib qualmend auf.

»Beim flammenspeienden Sultan der Schwärze!« entfuhr es dem Türken. »Ich wußte nicht, daß auch Ihr Euch auf Zauberei versteht!«

»Ich weiß kaum etwas über Magie«, wehrte ich ab. »Aber bei unserem Drachenkampf in den Alpen netzte Doktor Cäsarius einen Schwamm...« Ich erzählte ihm die Geschichte.

»Der Jordan gilt uns so heilig wie euch«, meinte der Türke verblüfft. »Doch daß sein Wasser Dämonen verbrennt...« Er verstummte und lauschte. »Hört Ihr nicht?« flüsterte er. »Da raschelt doch etwas!« Der Mond trat hinter den Wolken hervor.

»Seht doch!« rief Tughril.

Von der Stelle, da der teuflische Scheinleib zerfallen war, schlängelte sich eine augenlose Natter davon. Ihr wohl vier Fuß langer, silbrig glänzender Leib wand sich zwischen zerdrückten Halmen hindurch. Schnell zog ich den Storaxstab aus dem Ärmel und hieb auf die Viper ein. Das Tier fuhr zischend herum, wickelte seinen Leib schmerzerfüllt um den Stecken und schlug vor Wut geifernd die Zähne in das geweihte Holz. Dann erstarrte es und blieb leblos liegen.

Vorsichtig knotete ich den Körper in eins der seidenen Tücher und legte ihn in das kupferbeschlagene Kästchen. Tughril sah verwundert zu. »Beim Siegel des Bösen!« staunte er. »Was hat denn das nun wieder zu bedeuten? Steckt der Dämon etwa in dieser Schlange?«

»Das ist kein Tier«, erklärte ich, »sondern ein Haar aus Belphegors Bart. Ich las davon in Büchern des alten Magisters.«

»Wie lange täuschte der Dämon uns schon in dieser Hülle?« fragte der Türke.

»Ich war blind«, erklärte ich. »Sonst hätte mir auffallen müssen, mit welchem Widerwillen er den Storaxstab zurückwies. Auch zeigte er niemals Atembeschwerden, während Doktor Cäsarius doch fast jede Stunde Blut spuckte.«

»Jedenfalls lebt der Magister noch«, stellte Tughril fest. »Und er befindet sich ganz in der Nähe. Das beweist mir mein Magen.«

»Ich kann mir auch denken, wer ihn gefangenhält«, sagte ich. »Die syrische Tänzerin! Der Oleander duftet viel zu stark für diese Jahreszeit.«

Der Türke erbleichte. »Ihr meint, sie ist eine Dämonin?« flüsterte er. »Das kann nicht sein! Sie besteht aus Fleisch und Blut. Ich weiß es, weil ich mit ihr ...«

»Wann?« fragte ich.

»Gleich nach dem Tanz zog sie mich in ihr Zelt«, bekannte Tughril.

»Beruhigt Euch«, erklärte ich. »Ihr schlieft nicht mit einer Dämonin – ich war es, den sie verführen wollte! Als Ihr bei der Syrerin lagt, nahm eine Buhlteufelin die Gestalt der Tänzerin an und lauerte mir dort in den Büschen auf. Ich weiß auch, wer es war: die oleandergleiche Onoskelis, die schon in Salomos Testament genannt wird.«

Der Türke stieß erleichtert die Luft aus. Dann überlegte er und fragte besorgt: »Habt Ihr Euch etwa mit ihr eingelassen?«

»Nein«, erwiderte ich.

»Dann finden wir den Magister gewiß im Lager der Spielleute«, murmelte Tughril.

Ich streckte die Hand aus. »Gebt mir Euren Dolch!« forderte ich.

Der Türke blickte mich unsicher an. Dann zog er mit entschlossener Bewegung die Waffe aus dem Gürtel und reichte sie mir.

Ich goß aus den Fläschchen heiliges Wasser auf einen Schwamm und steckte ihn auf die Spitze der Klinge.

»Und Ihr?« fragte der Türke.

Ich hob den Storaxstab auf. »Gehen wir«, sagte ich.

Gebückt schlichen wir durch den Hain. Tughril führte mich zum Zelt der Tänzerin und lüftete vorsichtig die Plane. Ich kroch hinein. Das Mondlicht, das durch die Lücke drang, ließ mich das hübsche Gesicht der Schlafenden erkennen. Vorsichtig berührte ich ihre Stirn mit dem Storaxstab. Die junge Syrerin rührte sich nicht.

Tughril reichte mir sein Messer. Ich hielt es über das Antlitz des Mädchens und drückte ein paar Tropfen aus dem Schwamm. Die junge Tänzerin zuckte mit den zierlich geschwungenen Brauen, drehte den Kopf und schlief weiter.

Ein tiefer Seufzer entfuhr der Brust des Türken.

Ich kroch wieder aus dem Zelt. Auf allen Vieren krochen wir zu dem Fuhrwerk des Zwergs. Der kleine Mann mit dem Narrengewand schnarchte im Wagenkasten. Neben ihm lag der Magister, geknebelt und mit Lederriemen gefesselt. Als Doktor Cäsarius uns erblickte, riß er warnend die Lider auf und deutete mit dem Kopf auf seinen Bewacher.

Geräuschlos kletterte der Türke in das Gefährt und schnitt dem Zwerg die Kehle durch.

Ich folgte ihm, nahm ihm das blutige Messer aus der Hand und schlitzte das bunte Spottkleid auf. Wie der Aussätzige in Venedig, trug auch der Gaukler das Sündenmal Kains.

Doktor Cäsarius blickte auf den Storaxstab in meiner Hand und nickte heftig. Ich hob das heilige Holz und murmelte, wie ich es von dem Magister gelernt hatte: »Hataf Hataf, Lataf Lataf, Ghur Ghur... Wo sind die, deren Gestalten wie die der Schweine sind...?«

Ein bläulicher Blitz flammte auf. Dann lag ein scheckiger Pinscher mit klaffender Halswunde auf den hölzernen Planken.

»So war das also!« flüsterte der Türke heiser. Ich schnitt dem Alten die Fesseln durch. »Fort hier!« befahl Doktor Cäsarius. Er sprang aus dem Wagen, taumelte vor Schwäche und wäre fast gestürzt. Wir packten ihn unter den Achseln und führten ihn, so schnell wir konnten, zu unserem Lager zurück. Dort berichteten wir ihm in aller Eile, was wir erlebt hatten. Der Dämonologe riß den Deckel seines Kästchens auf und knüpfte die Belphegorschlange aus dem Tuch. »Tatsächlich!« rief er erregt. »Schnell, verschwinden wir, ehe der Dämon den Verlust bemerkt!«

Als der Morgen graute, setzten wir den Magister auf unser Pferd. Wenig später ging die Sonne auf. In der Ferne leuchteten schon die Zinnen von Katakolon. Der Alte schwankte im Sattel wie ein Betrunkener.

»Laßt uns rasten«, rief der Türke besorgt.

»Nein!« wehrte Doktor Cäsarius ab. »Wir müssen Tyrant du Coeur und Bruder Maurus finden, ehe die Dämonen über sie herfallen!«

Kurze Zeit später erreichten wir den steilen Hohlweg. Besorgt hielt ich nach dem Raben Ausschau, aber der magische Vogel zeigte sich nicht.

Am frühen Morgen hatte ein Regenschauer den Boden aufgeweicht, so daß wir bis zu den Knöcheln in zähem Morast waten mußten. Der Duft von Pinien und Zypressen drang in unsere Nasen. Plötzlich blieb der Türke stehen. »Dort!« rief er heiser.

Ich spähte in das Dunkel des Waldes. Einige Meter vor uns war der weiche Lehm von zahlreichen Spuren zerwühlt, die nach links in dichtes Buschwerk führten. Die hellen Bruchstellen geknickter Zweige verrieten, daß dort erst kurz zuvor heftig gekämpft worden war.

Vorsichtig folgten Tughril und ich den Abdrücken auf einen kleinen Hügel. Oben entfuhr mir ein Schrei. Denn unter den hellroten Blüten eines Judasbaums kauerte Bruder Maurus. Der Mönch beugte sich über einen leblosen Körper in rotem Umhang, auf dem ich voller Entsetzen den weißen Turm der Tamarville erkannte.

Der Lebenssaft des Ritters tränkte den Waldboden. Auch die Blätter der Büsche waren in weitem Umkreis von Blut bedeckt. Seine zerbrochene Klinge bewies, daß er sich tapfer gewehrt hatte. Sein Überwurf war von Schwertern zerfetzt, sein Kettenhemd von Hieben gespalten, die ihn von hinten getroffen hatten. An seinem ganzen Körper klafften furchtbare Wunden. Niemand konnte solche Verletzungen überleben!

»Tyrant!« schrie ich voller Schmerz und brach durch das Unterholz, nicht achtend, daß mir Dornen die Haut zerrissen. Bruder Maurus sah mir erstaunt entgegen. Sein Gesicht war grau.

»Was ist geschehen?« rief ich. »Wer hat ihn ermordet?«

Der dunkelgesichtige Hüne schüttelte langsam den Kopf. Dann drehte er den Leichnam um, so daß ich das Gesicht des Toten sah.

Der Ritter trug auf der Brust das Wappen der Tamarville. Aber es war nicht Tyrant du Cœur.

SECTIO V

Tughril brach hinter mir durch das Gestrüpp und kniete keuchend neben dem Toten nieder. »Wer ist das?« fragte er.

Bruder Maurus wandte sich langsam um. Doktor Cäsarius stieg vom Pferd und bahnte sich vorsichtig einen Weg durch das Dickicht.

»Er war schon tot, als ich vorbeikam«, murmelte der Mönch.

»Es ist Blandrate von Tamarville, Tyrant du Cœurs Bruder«, sagte ich. »Seht nur die Ähnlichkeit!«

»Blandrate?« fragte Tughril verblüfft. »Aus dem Frankenreich? Wie zum Teufel kommt er hierher?«

»Ich weiß es nicht«, antwortete Bruder Maurus.

Doktor Cäsarius eilte heran, beugte sich über den Toten und befühlte die blutigen Wunden. »Er starb vor ungefähr einer Stunde«, stellte er fest. »Was macht Euch denn so sicher, daß es sich um Blandrate handelt?«

»Durch Zufall beobachtete ich in Corinth, wie Tyrant du Cœur vor dem Hospiz der Johanniter mit einem Ordensritter sprach«, erklärte ich und erzählte den Gefährten die Geschichte. »Damals schwieg ich, denn Tyrant hatte Euch offenbar nichts davon erzählt, und ich wollte ihn nicht verraten. Jetzt weiß ich, was er wollte: Er schickte den Johanniter nach dem Artois.« Mit geübtem Griff fuhr Tughril in die Tasche des Toten und förderte ein zusammengefaltetes Stück Pergament zutage. Ich öffnete den Brief und las:

»Geliebter Bruder! Nach dem Befehl des Königs soll sich aus jeder Familie, die in Achaia ein Lehen besitzt, ein Ritter zu Seneschall Galeran d'Ivry begeben, um den Treueeid zu erneuern. Ich darf mich in Katakolon nicht zu erkennen geben. Der Heilige Vater versprach mir, Euch von meinem Schwur zu unterrichten. Am Tag der Verkündigung des Herrn soll unsere Schwester Alix Burg und Lehen erhalten. Sie ist Konrad versprochen, dem Sohn Graf Konos, der Euch das Gebot des Königs wohl verschwieg. Nehmt Euer Recht wahr! Gott beschütze Euch. In Liebe und Treue, Tyrant du Cœur.«

Doktor Cäsarius spähte suchend auf dem weichen Waldboden umher. »Gewiß war es der schurkische Graf, der seinen Herrn hier niederhauen ließ«, meinte er.

Bruder Maurus gab ihm einen seltsamen Blick. »Glaubt Ihr?« fragte er.

»Wer sonst!« rief der Türke erbost. »Dieser Lump! Ach, was seid Ihr Christen doch für ein verräterisches Gesindel!«

Der Mönch fuhr auf, doch der Magister hielt ihn zurück. »Laßt ihn«, sprach der Alte bedrückt, »er hat so unrecht nicht. Gottlosigkeit, Gier und Haß, Unzucht und Untreue wohnen in den Herzen dieser Franken.«

»Wer weiß, vielleicht lebt auch Graf Kono nur als Gefäß für einen unreinen Geist«, rätselte ich, »so wie uns Belphegor mit einem Scheinleib täuschte!«

Bruder Maurus starrte erst mich, dann Doktor Cäsarius an. »Jetzt verstehe ich gar nichts mehr«, rief er entgeistert.

»Fünf Tage lang lag ich in Fesseln«, schilderte der Magister. »In dieser Zeit täuschte der Dämon Belphegor unsere Gefährten mit einem künstlichen Körper.«

Das Gesicht des Hünen färbte sich grau. »Belphegor?« rief er. »Der unreine Götze der Moabiter?«

»Ja«, bestätigte der Magister, »der Abgott aus Sittim am Toten Meer, der die Israeliten beim Einzug in das Gelobte Land dazu verführte, mit den Töchtern Moabs Unzucht zu treiben. Moses brach die Macht des bösen Geistes. Jetzt verließ der Dämon seine Felsenkluft, um dem Herzog von Hinnom zu helfen.«

»Wie konnte er Euch überwältigen?« fragte der Mönch. »Ihr trugt doch den Storaxstab und das Lamm Gottes!«

»Die Heilige Hostie verging im Wasser«, berichtete Doktor Cäsarius. »Die Wellen warfen mich bei einem Kloster an Land. Als ich mich umblickte, sah ich, daß Dorotheus zum gleichen Gestade gespült wurde. Zwischen zwei Felsen lauerte der Assiduus auf ihn. Ich wollte Dorotheus warnen, da fiel mich der Graue an.« Er unterbrach sich und lächelte düster. »Insofern berichtete Belphegor die Wahrheit«, fügte er hinzu. »Es macht die Dämonen besonders gefährlich, daß sie den Trug mit Treue mischen. Als ich wieder zu mir kam, fand ich mich gefesselt im Wagen eines zwergwüchsigen Gauklers. Der Gnom übergoß mich mit Wachs und formte dann aus Teufelsteig ein Abbild meines Leibes. Er legte es in ein Feuer, und Belphegor fuhr hinein.«

Wir berichteten Bruder Maurus nun, was danach geschehen war. »Hölle und Teufel!« fluchte der Hüne. »Dann wissen unsere Feinde also genau, was wir planen!«

»Wir werden uns zu schützen wissen«, versprach der Magister. »Nun aber erzählt, Bruder Mönch: Wie erging es Euch nach dem Schiffbruch?«

Der Riese musterte uns der Reihe nach und erzählte: »Mich trug eine Strömung westlich am Kap Malea vorüber. Bei der Mündung des Flusses Eurotas schwamm ich an Land. Ich wanderte über Sparta auf dem kürzesten Weg nach Katakolon. Dort schien man schon auf mich gewartet zu haben. Denn kaum betrat ich die Burg, als mich Wächter umringten und in den Kerker schleppten, gleich neben Tyrant du Cœur.«

»Tyrant?« riefen Tughril und ich wie aus einem Munde. Dann fragte der Türke: »Wieso wurdet Ihr gefangengesetzt?«

»Kurz nach unserer Abreise fanden die Franken die Leichen der

Johanniter am Strand«, erzählte der Mönch. »Als Ritter Tyrant nach Katakolon zurückkehrte, klagte ihn Graf Kono des Mordes an. Er warf ihm vor, gemeinsam mit uns das Verbrechen begangen zu haben, um die Schiffskasse zu rauben.«

»Da seht Ihr, wohin Eure Habgier uns bringt!« sagte ich vorwurfsvoll zu Tughril.

»Urteilt nicht vorschnell«, mahnte Doktor Cäsarius. »Wenn das Geld nicht verschwunden wäre, hätte Graf Kono gewiß einen anderen Vorwand gefunden, um sich für seine Niederlage beim Tjost zu rächen.«

»Und Tyrant?« fragte ich. »Verteidigte er sich denn nicht?«

»Er müßte nur ganz einfach sagen: Ich bin der Bruder des Grafen Blandrate von Tamarville und habe es gar nicht nötig, Leute für ein paar Goldstücke zu erschlagen!« meinte der Mönch. »Doch diesen Ausweg versperrt ihm ja sein Gelübde. Ihr ahnt nicht, wie er leidet.«

Dem Türken schoß das Blut ins Gesicht. »Wird er von diesen Hunden etwa gefoltert?« stieß er zornig hervor.

»Nicht Schmerzen des Leibes, sondern Qualen der Seele peinigen ihn«, antwortete Bruder Maurus. »Denn als er in Ketten lag, kam seine Schwester heimlich zu Besuch, die ja noch immer nicht ahnt, wer er in Wirklichkeit ist. Ich hörte, wie sie ihm ihre Liebe gestand. Sie vergoß heiße Tränen, weil er ihr doch nicht in gleicher Weise antworten konnte! Um ihn zu retten, stimmte sie gestern zu, den jungen Konrad zu heiraten. Das erzählte uns gestern ein Wächter.«

»Bei Forcas' Furunkelfratze!« rief der Magister. »Ein teuflisches Schurkenstück! Entweder bricht Tyrant du Cœur seinen Eid und fällt der ewigen Verdammnis anheim – oder er muß tatenlos zusehen, wie sich seine geliebte Schwester ins Unglück stürzt!«

»Wenn die Hochzeit gefeiert ist, wird Graf Kono unseren Gefährten trotz aller Versprechungen umbringen«, vermutete Tughril, »ebenso wie er Blandrate ermorden ließ.«

»Wie konntet Ihr eigentlich aus dem Kerker entkommen, Bruder Mönch?« fragte ich.

»Das Gitter, das mich aufhält, muß erst noch geschmiedet werden«, brummte der Riese und ließ seine Armmuskeln spielen. »Schade, daß ich Tyrant du Cœur nicht mitzunehmen vermochte. Er wird von zwölf schwerbewaffneten Kriegern bewacht. Graf Kono ahnt wohl inzwischen, wen er gefangenhält. Die Ähnlichkeit zwischen den Brüdern ist ja unverkennbar. Was wollt Ihr jetzt tun?«

»Wir bringen Blandrate zum Seneschall auf die Burg«, entschied der Magister. »Karl von Anjou befahl, daß die Lehensträger bis zu diesem Tag erscheinen sollen – ob lebend oder tot, sagte er nicht.«

»Damit kommen wir nicht durch«, zweifelte Bruder Maurus. »Die Wachen werfen uns in den Kerker, sobald sie uns erspähen!«

»Euch nicht«, erklärte Doktor Cäsarius. »Denn Ihr und Tughril bleibt hier. Ihr sollt unser Notanker sein.«

Wir legten den blutigen Leichnam des Ritters auf unser Pferd, und ich ergriff die Zügel. Doktor Cäsarius schritt voran. Entschlossen stapfte er durch den Morast. Als wir das offene Burgtor durchschritten, umringten uns Wächter. Aber sie hielten uns nicht auf, sondern geleiteten uns zum Palas, aus dem die Stimme Galeran d'Ivrys dröhnte.

»Erzbischof von Athen«, rief der Seneschall, »Herzöge, Grafen, Barone und Herren Achaias! Die Frist, die unser König seinen Lehensträgern setzte, läuft mit dem Mittagsläuten ab. Daher frage ich nun vor Euch als meinen Zeugen ein letztes Mal: Steht hier ein Ritter aus dem Geschlecht der Grafen von Tamarville, befugt und bereit, die Ansprüche seines Hauses auf Katakolon einzufordern? Dann trete er jetzt vor und beweise sein Recht. Nach dem Glockenschlag aber soll er für immer schweigen!«

Doktor Cäsarius stieg die breite Steintreppe empor und bahnte sich einen Weg durch die dichten Reihen. Ich lud mir den toten Blandrate auf die Schulter und folgte.

Die Franken im Eingang des Herrenhauses drehten sich verwundert um. Ungläubig starrten sie auf den Leichnam. Dann traten sie langsam zur Seite, und eine schmale Gasse öffnete sich.

Die Glocke der Burgkapelle begann zu schlagen. Der Magister beschleunigte seinen Schritt. Ich keuchte unter der schweren Last. Ausrufe des Erstaunens begleiteten mich.

Als wir die Mitte des Saales erreichten, erklang der zwölfte Ton. Galeran d'Ivry sprach: »Kraft der mir von unserem glorreichen König verliehenen Vollmacht spreche ich nun ...«

»Wartet!« unterbrach ihn der Alte. »Hier kommt Euer treuer Lehnsmann!«

Der Seneschall fuhr herum und starrte den Dämonologen entgeistert an. »Ihr!« rief er. Dann fiel sein Auge auf mich. Auch auf den Mienen der anderen Ritter erschien ein Ausdruck ungläubigen Staunens.

Graf Kono von Katakolon legte die Hand an den Schwertgriff. Sein Sohn Konrad blickte uns finster entgegen. Alix von Tamarville griff totenbleich nach dem Arm ihrer Tante. Neben ihr stand der junge Erzbischof Berard von Athen.

Ich legte den Toten vorsichtig auf die steinernen Fliesen, hob sein edles Haupt und zeigte es dem Seneschall. »Kennt Ihr Blandrate von Tamarville?« fragte ich laut. »Meuchelmörder erschlugen ihn vor seiner eigenen Burg!« Mit einem Schrei löste sich Alix von Tamarville aus dem Griff ihrer Tante. Weinend fiel sie neben ihrem Bruder auf die Knie und bedeckte das blutige Antlitz mit Küssen.

Galeran d'Ivry trat auf uns zu und blickte dem Toten schweigend ins Antlitz. »Die Pilger haben recht«, sprach er erschüttert. »Vor drei Jahren war ich im Artois Herrn Blandrates Gast.«

Graf Kono blickte finster auf den Leichnam herab. »Seid Ihr also doch noch gekommen!« sprach er düster.

»Zu spät!« fügte der junge Konrad hinzu.

»Das ist noch nicht entschieden. Euer Herr betrat den Palas, ehe das Mittagsgeläut verstummte«, entgegnete Doktor Cäsarius. »Somit erfüllte er den Befehl seines Königs – tot, aber treu.«

Aus dem Gesicht des Seneschalls war alles Blut gewichen. »Welcher Lump hat das getan!« flüsterte er fassungslos.

»Wer wohl?« schrie Graf Kono zornig. »Die gleichen Verbrecher, die unten am Strand die Johanniter erschlugen! Erkennt Ihr sie nicht? Es sind die Freunde des Schurken Sans Nom!« Er sank auf die Knie und packte die Rechte des Toten. »Ach, Herr Blandrate«, seufzte er. »So viele Jahre lang erhielt ich Euch das Lehen – warum durfte ich nicht auch Euer Leben beschützen?«

»Heuchler!« rief der Magister. »Ihr selbst erschlugt Euren Herrn, um seinen Besitz an Euch zu bringen!«

»Hund!« brüllte der Graf und hob das Schwert. Schützend sprang Galeran d'Ivry vor den Magister. Herzog Hugo von Athen klammerte sich mit aller Kraft an Graf Konos Fechtarm und mahnte den Rasenden: »Nehmt Euch zusammen! Erst müssen wir hören, was diese Männer berichten. Dann sollen sie ihre gerechte Strafe erleiden.«

»Wenn wir diesen Mann wirklich ermordet hätten«, sagte ich so ruhig wie möglich, »welcher Grund hätte uns dann dazu bringen können, aus freien Stücken vor unsere Richter zu treten?«

»Ihr wolltet Verdacht auf mich lenken«, zischte Graf Kono, »und Euren Freund Sans Nom befreien!«

»Wir bangen nicht vor Eurem Zorn«, versetzte Doktor Cäsarius kühl. »Gott wird es nicht zulassen, daß dieser Mord ungesühnt bleibt.«

»Ihr wagt es, ein Gottesgericht zu verlangen?« schrie der Graf schäumend vor Grimm. »Eure Frechheit übersteigt jedes Maß!«

»Wir wissen um unser Recht so gut, wie Ihr Eure Schuld kennt«, antwortete der Magister mit fester Stimme.

Schnaubend stieß der rote Ritter die Waffe in das Wehrgehenk zurück. »Ich soll mich mit solchen Hunden messen?« fragte er voller Abscheu. »Mit einem großmäuligen Greis und einem glatten Pilgerjüngling, der wohl noch niemals eine Klinge schlug?«

»Diesen Wunsch dürft Ihr den Angeklagten nach dem Gesetz nicht abschlagen«, gab ihm Erzbischof Berard zu bedenken. »Nehmt die Herausforderung an! Ihr dient damit der Gerechtigkeit Gottes.«

»Also gut!« stieß Graf Kono zornig hervor. Sein Haß schlug uns wie eine Flamme aus einer Esse entgegen. »Ihr habt meinen Herrn ermordet, die Ehre meines Hauses gekränkt – dafür sollt ihr mit Blut bezahlen! Wer von euch Strolchen will es wagen, mit dem Schwert den Willen Gottes zu erforschen?«

Doktor Cäsarius blickte dem Burgherrn lange ins Auge. »Ritter Sans Nom soll für unsere Sache streiten«, erklärte er dann.

»Sans Nom!« entfuhr es dem Seneschall. »Aber er liegt gefesselt im Kerker!«

»Das wissen diese Spitzbuben längst!« rief der Graf zornig. »Von diesem falschen Mönch, der letzte Nacht entfloh!«

»Laßt den Ritter holen«, forderte Doktor Cäsarius. »Er wird sich glücklich preisen, den Mann bestrafen zu dürfen, der solche falsche Klage gegen ihn erhob!«

»Ich wollte Sans Nom begnadigen«, knirschte der Rote, »nach dem Mord an meinem Herrn aber soll der schurkische Ritter sterben wie ihr selbst!«

Galeran d'Ivry tauschte einen Blick mit dem Herzog. Dann nickte der Seneschall. »Bringt den Gefangenen herbei«, befahl er. Zwei Knappen eilten davon. Ritter hoben den Toten auf und betteten ihn auf einen Eichenholztisch. Wenig später schleppten die Schergen des Grafen unseren Gefährten in den Saal. Ketten klirrten an Tyrant du Cœurs Gelenken. Als er uns erkannte, blieb er verwundert stehen.

»Da staunst du wohl!« rief Graf Kono höhnisch. »Auch deine Spießgesellen werden unserm Gesetz nicht entgehen!«

Tyrant du Cœur achtete nicht auf die Worte des Rotbarts, sondern lächelte Doktor Cäsarius traurig zu und sagte: »Ich danke Euch. Doch Euer Opfer wird vergebens sein. Graf Kono verbannte das Recht aus Katakolon und lud dafür den Verrat in die Burg!«

»Wie lange darf mich dieser Hund noch schmähen, Seneschall?« giftete sich der Rote.

Galeran d'Ivry sah den Jüngling traurig an und sagte leise:

»Ritter Sans Nom! Vor drei Monden wart Ihr mein Gastfreund. Voller Stolz sah ich Euch beim Tjost meine Farben vertreten. Graf Kono aber, Burg- und Gerichtsherr zu Katakolon, hält Euch des Meuchelmords an 20 Johannitern für schuldig.«

»Meine Hände sind rein«, versetzte der Gefesselte. »Nicht meine Gefährten und ich, sondern die Pythoniden erschlugen die Ordensleute. Wir fanden die Spuren der Satansgeschöpfe im Sand!«

»Pythoniden!« zischte Graf Kono verächtlich, doch auf seinem breiten Gesicht erschien ein Ausdruck von Unsicherheit.

Erzbischof Berard legte die Hand auf das goldene Kreuz vor seiner Brust. »Woran erkanntet Ihr die Fährte der Echsenmenschen?« wollte er wissen.

»Die Trittsiegel ihrer Füße sind geformt wie einst die Lettern auf dem Altar des Götzen Moloch zu Hinnom«, erklärte der alte Magister.

»Ihr gebt also zu, daß ihr am Strand wart!« rief der Rote.

»Erst nach dem Überfall!« entgegnete Doktor Cäsarius.

»Und die Schiffskasse?« mischte sich der junge Konrad ein. »Seid Ihr bereit, auf die Bibel zu schwören, daß keiner von euch sie an sich nahm?«

Ich senkte verlegen den Blick. Doktor Cäsarius antwortete: »Keiner von uns hier hat sich am Gold des Ordens vergriffen. Das kann ich beschwören.«

»Dann war es wohl dieser Mönch oder dieser angebliche Baske!« rief Konrad mit hämischem Lachen.

»Waren es auch Gespenster, die den edlen Blandrate erschlugen?« fragte der Burgherr erbost.

Tyrant du Cœur fuhr herum. Aus seinem Antlitz war alle Farbe gewichen. »Blandrate?« rief er mit furchtbarer Stimme.

»Seht Ihr!« schrie Graf Kono triumphierend. »Jetzt schlägt ihm das Gewissen! Ja, Sans Nom, mein Herr Blandrate liegt tot auf diesem Tisch! Eure Gefährten ermordeten ihn, um mich verdächtig zu machen und Euch zu befreien!«

Der junge Ritter starrte uns an. Erst jetzt bemerkte er den Leichnam auf dem Eichenholztisch. Seine Hände begannen zu zittern. Mit klirrenden Ketten schritt er auf den Toten zu. Als er dem Bruder ins Antlitz sah, entrang sich seiner Brust ein schmerzvolles Stöhnen.

Die fränkischen Ritter stießen einander an. »Er scheint ihn zu kennen!« raunte der Herzog dem Seneschall zu.

Erzbischof Berard trat zu dem Jüngling und hielt ihm das Kreuz vor den Mund. »Antwortet mir!« forderte er. »Und hütet Euch vor der Lüge, sonst wird Euch das heilige Feuer des Glaubens die Zunge verbrennen! Kennt Ihr diesen Mann?«

Auf dem Gesicht des Ritters flackerte der Widerschein schrecklicher Kämpfe in seiner Seele, aber er schwieg.

»Das ist Beweis genug!« rief Graf Kono. »Er war es, der den Mord befahl!« Einige Gewappnete drangen vor, um den Jüngling zu ergreifen, aber der Seneschall stellte sich ihnen entgegen. »Zurück, Ihr Herren!« befahl er. »Noch steht das Urteil aus!«

Düster blickte Tyrant du Cœur auf seinen toten Bruder. Erzbischof Berard packte den Ritter grob an der Schulter. »Wollt Ihr nicht endlich Euer Herz erleichtern, Sans Nom?« fragte er. »Bekennt Eure Sünden, bevor es zu spät ist! Nennt mir Euren Namen!«

Auch ich fühlte mich versucht, dem Gefährten nun zuzurufen: »Vergeßt Euren Eid – nur so könnt Ihr Euch und uns retten!« Doch ich schwieg. Doktor Cäsarius aber ermunterte den Jüngling: »Vertraut auf Gott, Herr Sans Nom!«

Tyrant du Cœur seufzte tief, und die fränkischen Edlen verstummten.

»Eure Freunde fordern ein Gottesgericht zwischen Graf Kono und Euch«, sagte Galeran d'Ivry nun. »Der Herr selbst soll zwischen Euch entscheiden!«

Der Ritter starrte den Seneschall an und nickte mit blitzenden Augen.

Die Franken traten langsam zurück und bildeten einen Kreis. Galeran d'Ivry, Herzog Hugo, Erzbischof Berard und Konrad von Katakolon blieben in der Mitte stehen. Gräfin Mahaut führte die schöne Alix zu dem erhöhten Herrentisch. Aus dem Antlitz der Fürstentochter war alle Farbe gewichen.

Graf Kono nahm sein Schwert in beide Hände, beugte vor dem Erzbischof das Knie und bat: »Segnet meine Waffe, Herr Berard, damit sie sich würdig erweise, der göttlichen Gerechtigkeit als Werkzeug zu dienen.«

Der Bischof legte sein Kruzifix auf die Klinge und betete laut: »Diese Waffe schneide gut durch des heil'gen Christus Blut! Durch des heil'gen Christus Atem füg' sie dem Verbrecher Schaden, bis er durch den ew'gen Gott bald erleide Straf' und Tod!«

»Besitzt Ihr nicht noch einen Nirendsch?« raunte ich Doktor Cäsarius zu.

»Tyrant du Cœur würde das Amulett niemals annehmen«, wehrte der Magister ab. »Nicht bei einem Gottesgericht!«

Nach dem uralten Schwertsegen hob der Erzbischof das Eisen des Burggrafen an den Mund und küßte die geschliffene Klinge. Dann preßte auch Kono von Katakolon die Lippen auf seine Waffe, erhob sich und forderte den Jüngling kampfesdurstig auf: »Nun wehre dich, du Mörder!«

»Er hat keine Waffe«, sagte Herzog Hugo.

Ungeduldig wandte sich der Rote an Galeran d'Ivry: »Gebt ihm Euer Schwert, Herr Seneschall!« bat er. »Beim Tjost stach mich dieser Sans Nom mit Eurer Lanze aus dem Sattel, ich weiß nicht, durch welchen Zauber. Jetzt aber streite ich für die heilige Kirche, und diesmal bringt mich Teufelsmagie nicht um den Sieg!«

Galeran d'Ivry zog seine Klinge, reichte sie dem jungen Ritter und sprach bedauernd: »Beim Turnier sah ich meine Waffen voller Stolz in Euren Händen. Jetzt aber wünschte ich, wir wären uns niemals begegnet.«

»Ich danke Euch dennoch«, erwiderte Tyrant du Cœur und schloß die Finger um den Griff des Schwertes. Noch ehe er den Stahl prüfend durch die Luft schwingen konnte, drang Graf Kono mit einem zornigen Schrei auf den Jüngling ein. Die Streiche des Roten durchzuckten die Luft wie die Blitze eines Gewitters. Unser Gefährte zeigte jedoch keine Furcht, sondern er wehrte die Hiebe des Grafen mit großer Gelassenheit ab. Funken sprühten, wenn Stahl auf Stahl prallte, und der Lärm des Kampfes ließ mein Herz verzagen. Auch Alix von Tamarville sah dem Fechten in großer Furcht zu. Es war nicht schwer zu erraten, um wessen Leben sie sich sorgte.

Wenn Achill, Agamemnon und Ajax, die alten Ritter der Griechen, je lebten, fanden sie nun in Tyrant du Cœur und Graf Kono zwei würdige Nachfolger. Denn beide Degen bewiesen in diesem Kampf ebensoviel Kraft wie ritterliches Können. Der Burggraf drosch mit schwellenden Muskeln auf seinen Feind ein, als gelte es, Zaunpfähle in den Boden zu treiben. Schweiß troff von seinem roten Gesicht, und sein zorniges Schnaufen erfüllte den Saal. Tyrant du Cœur aber lief leichtfüßig vor ihm her, duckte sich gewandt und traf einige Male das Kettenhemd seines Gegners, ohne ihn allerdings zu verletzen.

»Auf Ihn, Graf Kono!« feuerten einige Ritter ihren Gebieter an. Erzbischof und Seneschall aber schwiegen, denn ihr fachkundiges

Auge sah wohl, daß Tyrant du Cœur seinen Feind an Fechtkunst ebenso übertraf, wie er ihn schon beim Lanzenkampf an Treffsicherheit überboten hatte.

Die Adern auf der Stirn des Grafen schwollen an, er rollte in maßloser Wut die Augen und sein verzerrter Mund stieß abscheuliche Flüche hervor. Die fränkischen Ritter schienen seine lästerlichen Worte aber keineswegs als unschicklich zu empfinden. Tyrant du Cœur antwortete mit dem Schwert: Als Graf Kono sein ganzes Gewicht in einen wuchtigen Hieb legte, schlug der Jüngling von unten gegen die Klinge des Gegners, so daß der Rote seine Waffe fahren lassen mußte. Klirrend fiel das Schwert auf den steinernen Boden.

Ein Aufschrei hallte durch den Saal. Erregt drängten Ritter und Knechte vor. Tyrant du Cœur drückte seine Waffe gegen die Kehle des Besiegten. »Ergebt Euch und bekennt Eure Schuld!« rief er mit blitzenden Augen.

»Zurück!« befahl der Seneschall dem zornigen Haufen.

»Teufelsmagie!« heulte Graf Kono in höchster Wut. »Ich weiß, daß ich unschuldig bin!«

Herzog Hugo und die anderen Herren hielten das aufgebrachte Volk zurück. Erzbischof Berard hob sein Kruzifix. »Vade, Satana!« herrschte er den Jüngling an. »Weiche, Dämon!« Dann folgten die Formeln des Exorzismus, der Teufelsaustreibung, wie ich sie von Doktor Cäsarius kannte.

Tyrant du Cœur blickte dem Bischof verwundert entgegen. »Ihr haltet mich für einen Besessenen?« fragte er ärgerlich. »Gebt mir Euer Kreuz, damit ich dem Herrn meine Liebe beweise!« Er griff nach dem Kruzifix und drückte es heftig an die Lippen. Im gleichen Moment brachen draußen die Wolken auf, und von den Fenstern her floß goldenes Licht in den Saal.

Der Erzbischof fuhr überrascht zurück. »Dieser Mann ist ohne Schuld«, stellte er staunend fest.

Kono von Katakolon starrte den Gottesmann fassungslos an. »Das bin ich auch!« ächzte er.

Die Edlen Achaias warfen einander betretene Blicke zu.

»Leugnet nicht länger!« rief der junge Ritter. »Den Mord an den Johannitern werfe ich Euch nicht vor – ich selbst sah ja die Spuren der Pythoniden im Sand! Wer aber erschlug Herrn Blandrate?«

»Ich war es nicht!« würgte Graf Kono hervor. Schweiß troff von seiner geröteten Stirn. »Ich habe die Burg seit Tagen nicht mehr verlassen, dachte auch gar nicht, daß unser Herr noch kommen würde ...« Hilfesuchend sah er zu seinem Sohn, der nun in den Kreis trat und voller Grimm das Schwert des Vaters ergriff.

»Ihr Narren!« rief Konrad von Katakolon in das Schweigen. »Wie lange wollt ihr euch noch täuschen lassen? Nicht mein Vater erschlug Blandrate – es waren die Mitverschwörer Sans Noms!«

»Das kann nicht sein«, entgegnete der Erzbischof. »Schwertkampf und Kruzifix haben die Unschuld des Ritters erwiesen!«

»Und doch ist es so!« schrie der Jüngling unbeherrscht, und seine schwarzen Augen begannen unheimlich zu glühen. »Ich weiß es! Sie brachten Blandrate um, damit ihr Anführer erbe! Dieser Sans Nom ist niemand anders als Tyrant du Cœur!«

Ein heller Schrei ertönte. Ohnmächtig sank Alix von Tamarville in die Arme ihrer Tante.

»Das hat Euch der Teufel gesagt!« rief Doktor Cäsarius.

Verwirrt blickte Graf Kono zu seinem Sohn. »Du wußtest, wer Ritter Sans Nom in Wirklichkeit ist?« fragte er bestürzt. »Warum sagtest du mir nichts davon?«

»Ich wollte herausfinden, was er mit seiner Verkleidung bezweckte«, sprach Konrad hastig und fuhr sich mit der Zunge über die trockenen Lippen. »Erst jetzt erkenne ich, daß er uns um unser Lehen bringen wollte.«

»Unser Lehen?« fragte Graf Kono grimmig. Noch immer drückte ihm die Schwertspitze des Jünglings gegen die Gurgel. »Habe ich dich etwa gelehrt, unserem Herrn den schuldigen Gehorsam zu verweigern?«

Tyrant du Cœur ließ die Klinge sinken. Graf Kono rieb sich den Hals und blickte den Ritter betroffen an. Dann faßte er seinen Sohn ins Auge. »Du warst es«, sprach er mit tonloser Stimme. »Jetzt weiß ich auch, warum du vorgestern so eilig aus Andravida zurückgekommen bist!«

Er drehte den Kopf zu Alix von Tamarville, die mit geschlossenen Augen an der Schulter seiner Gemahlin ruhte. Dann starrte er wieder auf seinen Sohn. »Und du sandtest auch nie einen Boten nach dem Artois, wie ich dir auftrug!« fuhr er fort. »Du wolltest unseren Herrn betrügen, um Alix und Katakolon für dich zu gewinnen. Du hast Blandrate erschlagen, aus dem Hinterhalt wohl und mit Hilfe gedungener Mörder, die sich gewiß schon wieder in alle Winde zerstreuten!«

»Und wenn es so wäre!« brach es nun aus dem jungen Grafen heraus. »Sollte auch ich mein Leben lang Knecht und Dienstbote bleiben wie Ihr? Tausendmal habt Ihr Katakolon mit Eurem Blut verteidigt – wolltet Ihr nun vor einem Fremden katzbuckeln? Katakolon soll Euch gehören, Alix aber mir allein!«

»Du Hund!«, schrie Graf Kono und stürzte sich auf seinen Sohn. Erschrocken riß Konrad die Waffe des Vaters empor. Ein grausiges Gurgeln ertönte, und voller Entsetzen sahen wir, wie das scharfe Schwert die Brust des Roten durchstieß und zwischen den Schulterblättern hervortrat.

Graf Kono brach in die Knie. Ein Blutstrom quoll aus seinem Mund. Herzog Hugo riß sein Schwert aus der Scheide und stürmte auf den Mörder zu. Der Jüngling aber eilte zum größten Fenster, die blutige Klinge noch in der Faust. »Mich werdet Ihr nicht richten!« schrie er in wildem Trotz. »Denn ich gehöre einem anderen Gott, einem Mächtigeren, als es der Eure ist!«

Im gleichen Moment erscholl das Rauschen mächtiger Flügel. Fürsten und Ritter schrien auf. Vor dem spitzbogigen Fenster erschien die Schreckensgestalt des hundeköpfigen Dämons. Feurige Blitze schossen aus seinen Augen, und seinem drohend geöffneten Rachen entfuhr ein ohrenbetäubendes Brüllen. Rasch zückte Doktor Cäsarius seinen Storaxstab. Tyrant du Cœur eilte dem jungen Katakolon mit erhobener Klinge nach. »Stehe, Mörder meines Bruders!« rief er. Doch Konrad sprang mit gräßlichem Lachen auf den Rücken des Kynokephalus und schrie: »In der Hölle sehen wir uns wieder. Dort werde ich König, nicht Knecht!«

Der Dämon faltete seine ledernen Flughäute auf. Einen Augenblick später stieß er sich vom Fenstersims ab und stieg in die Lüfte.

SECTIO VI

Wir stürzten zum Fenster. Der Doggengesichtige schwebte mit seiner Last über die Dächer der Burg davon. Ein schreckliches Lachen gellte in unseren Ohren. Dann verschwand der Dämon in einem plötzlich aufsteigenden Schwall dunklen Gewölks.

»Protege nos, Domine«, rief der Erzbischof mit lauter Stimme. »Beschütze uns, Herr!« Ritter und Knappen entblößten die Häupter und sanken auf die Knie. Gemeinsam stimmten wir den 1. Psalm an, der mit der Klage beginnt: »Ut quid, Domine, recessisti longe« – »Herr, warum bleibst du so fern?« Und machtvoll schwoll der Gesang der Franken, als wir zu den schönen Versen gelangten: »Zerbrich den Arm des Bösen, bestrafe seine Frevel, so daß man nichts mehr von ihm findet. Der Herr ist König für immer und ewig, in seinem Land gehen die Heiden zugrunde...«

Danach beugte sich Erzbischof Berard zu dem toten Grafen nieder und sprach: »Ihr wart ein strenger Mann, Herr Kono, und begingt wohl manche Sünde. Doch ein Verräter wart Ihr nicht. Auch wenn Euer Sohn Euer Haus entehrte, wollen wir Euch bestatten, wie es Euer würdig ist.«

Beifälliges Gemurmel erhob sich von allen Seiten. Vier Ritter hoben den toten Recken auf einen Schild und trugen ihn hinaus. Als sich das Tor hinter ihnen schloß, winkte der Seneschall dem Jüngling. Tyrant du Cœur beugte das Knie vor dem Stellvertreter des Königs und reichte ihm das geliehene Schwert.

Sinnend sah Galeran d'Ivry auf den Ritter hinab. »Erhebt Euch, Tyrant du Cœur, Erbe des Hauses von Tamarville«, sagte er dann. »Wir stehen in Eurer Schuld.«

»Ich mußte schweigen, weil mich ein Gelübde dazu zwang«, erklärte unser Gefährte. »Noch jetzt bin ich an meinen Eid gebunden. Fragt mich nicht weiter!«

»Burg und Lehen von Katakolon sind Euer Eigentum«, stellte der Seneschall fest, »wenn Ihr fortan in Achaia wohnt, was ich von Herzen hoffe.«

Tyrant du Cœur schritt zu seinem toten Bruder, ergriff dessen Rechte und küßte sie. »Ach, wie gern gäbe ich mein Leben für das Eure!« klagte er. Mit tränennassem Gesicht blickte er dann zu dem alten Magister. »Wißt Ihr keinen Weg, ihn aus dem Totenreich zurückzuholen?« fragte er voller Verzweiflung. »Hilft denn kein Zauber, keine Magie?«

»Versündigt Euch nicht!« rief Doktor Cäsarius erschrocken.

Seufzend ließ Tyrant du Cœur die Hand des Toten sinken. Dann ermannte er sich und schritt zu der schönen Alix, die wieder zu sich gekommen war und dem Ritter traurig entgegenblickte.

»Verübelt es mir nicht, schöne Schwester«, bat der Jüngling, »daß ich mein Geheimnis auch vor Euch nicht lüften konnte. Wenn Ihr erst einmal alles wißt, werdet Ihr mich verstehen.«

Alix von Tamarville gab keine Antwort. Tränen trübten ihren Blick, und schluchzend barg sie das Antlitz an der Schulter ihrer verzweifelten Tante. Die Herzogin von Athen und andere vornehme Damen führten die beiden hinaus.

»Arme Mahaut«, seufzte der Seneschall. »Morgen wollte sie die Vermählung ihres Sohnes mit ihrer Ziehtochter feiern – und nun liegt ihr Gemahl tot auf dem Schild, erschlagen vom eigenen Sohn, der sich mit Dämonen verbündete!«

Der Erzbischof nickte stumm. Sein Gesicht war wachsbleich. Mit eiligen Schritten lief er den Frauen nach, um ihnen Trost zu spenden.

Vier andere Ritter hoben nun einen zweiten großen Wappenschild auf und trugen Herrn Blandrate hinaus. An ihnen drängte sich plötzlich ein Jüngling vorbei, den sein Gewand als Boten des Erzbischofs auswies. Keuchend sank er vor dem Seneschall in die Knie.

»Dein Herr darf jetzt nicht gestört werden!« wies ihn Galeran d'Ivry zurück.

»Aber es ist sehr wichtig«, drängte der Jüngling. »Ich bringe ein Schreiben des Heiligen Vaters, das gestern in Athen eintraf. Ich ritt den Weg in sechzehn Stunden!«

»Ein Brief aus Rom?« fragte der Seneschall staunend. »Dann werde ich deinen Herrn holen!«

Murmelnd warteten Ritter und Knappen. Tyrant du Cœur wechselte fragende Blicke mit dem Magister, und mich beschlich ein Gefühl der Gefahr. Kurze Zeit später kehrte Galeran d'Ivry mit Erzbischof Berard zurück. Der Gottesmann brach das Siegel auf und begann zu lesen. Bald stieß er Rufe der Verwunderung aus. Dann rollte er das Schreiben zusammen, sah uns nachdenklich an und erklärte: »Der Papst befiehlt uns, Herrn Tyrant und seine Gefährten sofort gefangenzunehmen!«

»Das kann doch nicht sein!« entfuhr es dem Seneschall. »Einen Lehensmann König Karls? Wie kann der Papst so ein Ansinnen stellen? Das widerspricht jedem Recht!«

»Papst Bonifacius nennt keine Gründe«, erläuterte der Erzbischof. »Hier steht nur, daß die fünf Männer – es handelt sich also um fünf! – so schnell wie möglich nach Rom gebracht werden sollen.«

»Gebt her!« rief der Seneschall unwirsch und riß dem Erzbischof das Schreiben aus der Hand. »Das muß ein Irrtum sein!«

»Lest selbst!« meinte der Gottesmann, zu der Tat ermunternd, die er nicht mehr verhindern konnte.

»Tatsächlich!« murmelte Galeran d'Ivry nach einer Weile. »Hier steht es: ›Laßt die Verräter Euer Schwert spüren und nehmt es nicht von ihnen, bis sie in Rom sind‹!«

Doktor Cäsarius räusperte sich. »Wir sind, wie unser Gefährte, durch ein Gelübde verpflichtet, nichts über Ziel und Zweck unserer

Pilgerfahrt zu verraten«, erklärte er. »Soviel aber darf ich Euch sagen, Ihr edlen Herren: Nicht Papst Bonifacius war es, dem wir schworen, sondern sein Vorgänger Cölestin.«

»Der Verräter?« rief Erzbischof Berard empört. »Der Abtrünnige, der von der Fahne Gottes floh?« Er musterte uns streng. »Ihr habt wohl nichts davon vernommen«, fuhr er fort. »Am Morgen des Festtags der Jungfrau Lucia rief Cölestin die Kardinäle zu sich. Er eröffnete ihnen, daß er sich nicht länger würdig fühle, die Krone des Menschenfischers zu tragen. Ein Engel habe ihm im Traum zugerufen, daß er abdanken müsse, wenn er sein Seelenheil retten wolle. Dann legte Cölestin die Führung der Christenheit in die Hände des Kardinals Benedetto Cajetan, vormals Legat zu Venedig, der schon zwölf Tage später zum neuen Papst gewählt wurde. Cölestin wollte in seine Klause zurückkehren, um dort Buße zu tun – ich weiß nicht, für welche wirklichen oder eingebildeten Sünden. Doch wenn zwei Päpste zur gleichen Zeit leben, droht die Spaltung der Kirche. Also ließ Bonifacius seinen Vorgänger nach Schloß Fumone bringen, zwei Tagesreisen östlich von Rom. Niemand darf mit dem Entthronten sprechen.«

»Das klingt ja fast, als habe sich dieser Legat nächtens als Engel verkleidet, um den Heiligen Vater zu täuschen!« rief ich empört. »Als wir Papst Cölestin verließen, fastete er schon viele Tage. Dadurch schwächten sich wohl seine Sinne, so daß er dem Trug leicht zum Opfer fiel!«

»Was wagt Ihr da zu behaupten?« brauste der Erzbischof auf. »Durch Täuschung wäre der Heilige Vater auf den Stuhl Petri gelangt? Hütet Eure Zunge, damit sie Euch nicht im Munde verdorrt!«

»Ereifert Euch nicht«, versetzte der Seneschall. »Es wäre nicht das erste Mal, daß List, Betrug, Bestechung und andere Ränke die Wahl eines neuen Papstes besorgten!«

Der Gottesmann starrte den Stellvertreter des Königs unwillig an. »Versündigt Euch nicht!« grollte er.

»Jedenfalls werde ich diesen Ritter nicht wieder in Fesseln legen!« rief der Seneschall zornig. »Euch Pfaffen mag dieser Wisch wohl für heilig gelten, mich aber bindet nur des Königs Wort.«

»Karl von Neapel ist, wie alle Menschen, Gottes Geschöpf!« erboste sich der Erzbischof.

»Nicht anders der Papst!« versetzte der Seneschall grimmig.

»Das Wort des Herrn steht höher als der Befehl eines Herrschers!« schrie Berard mit blutroter Stirn.

»Auch unser König ward von Gott gesalbt!« erwiderte Galeran

d'Ivry in flammendem Zorn. »Sein Gesetz gilt uns wie ein Gebot, und es lautet: Ein Lehensträger darf nicht ausgeliefert werden, es sei denn durch den König selbst!«

In heller Wut riß der Erzbischof nun sein Schwert aus der Scheide, richtete es auf Galeran d'Ivry und schrie:

»Wagt es nicht, Euch den Worten des Heiligen Vaters zu widersetzen! Nehmt diesen Mann sofort fest und schafft ihn nach Rom, ich befehle es Euch!«

»Ihr wollt mir sagen, was ich zu tun habe?« brüllte der Seneschall aus voller Lunge und zog nun ebenfalls blank. »Mir befiehlt der König allein!«

Ein empörtes Gemurmel erhob sich unter den Rittern. Schnell trat ich zwischen die Streitenden und sagte:

»Verübelt es mir nicht, Ihr edlen Herren! Aber ich weiß einen Weg, wie wir sowohl das Wort des Papstes als auch das Gesetz des Herrschers erfüllen.«

»So?« fragte Galeran d'Ivry stirnrunzelnd. »Wie denn?«

»Erlaubt mir, es Euch zu zeigen!« bat ich mit artiger Verneigung. Dann nahm ich dem verdutzten Seneschall das Schwert aus der Hand und steckte es Tyrant du Cœur an den Gürtel.

Verwundert schauten die Edlen Achaias zu. »Wollt Ihr Euren Spott mit uns treiben?« rief der Erzbischof erbost.

»Keinesfalls, Exzellenz«, erwiderte ich. Dann fragte ich den jungen Ritter: »Spürt Ihr dieses Schwert, Herr Tyrant?«

»Allerdings«, antwortete der Jüngling erstaunt.

»Dann soll es der Seneschall nicht wieder von Euch nehmen, bis Ihr in Rom seid«, erklärte ich. »So wie es der Papst befiehlt.« Höflich verneigte ich mich vor Galeran d'Ivry. »Auf diese Weise«, fügte ich hinzu, »wird der Befehl des Papstes bis auf den Buchstaben erfüllt.«

Der Seneschall sah mich verwundert an. Dann vertrieb ein breites Lächeln die Strenge aus seinem Gesicht. »Nun, Herr Erzbischof?« fragte er. »Was meint Ihr dazu?«

Der Gottesmann starrte mich zornig an. Eine Schlagader zuckte gefährlich an seiner Schläfe. Dann stieß er seine Klinge heftig ins Wehrgehenk zurück und schritt mit klirrenden Sporen aus dem Saal.

Zischend entließ der Magister die Luft aus seiner Brust, hustete und meinte dazu: »Alle Achtung, Dorotheus. Das habt Ihr gut gemacht!«

»Doch wird die List nicht lange wirken«, wandte der Seneschall ein. »Wie ich den Erzbischof kenne, schreibt er noch heute nach Rom. Und dann will ich verdammt sein, wenn der Papst nicht sogleich den König selbst um Hilfe ersucht! Es ist wohl besser, wenn wir die Sache nach Neapel melden. Ich werde unserem Herrn mitteilen, daß Ihr gedenkt, für immer in Achaia zu bleiben.«

Der junge Ritter schüttelte langsam den Kopf. »Erst muß ich mein Gelübde erfüllen«, antwortete er.

»Ein paar Monate lang kann ich das Lehen für Euch verwalten«, meinte Galeran d'Ivry. »Dann aber müßt Ihr zurückgekehrt sein, wenn Ihr nicht Gefahr laufen wollt, Euer Eigentum zu verlieren.«

»Ich werde daran denken«, versprach der Jüngling.

»Wann brecht Ihr auf?« erkundigte sich der Seneschall.

»Erst will ich meinen Bruder begraben«, gab Tyrant du Cœur zur Antwort. »Und auch Graf Kono – ich tat ihm Unrecht, als ich ihm mißtraute. Die Schuld des ungetreuen Sohnes soll nicht den Vater treffen! Jetzt aber möchte ich erst meine getreuen Gefährten um mich versammeln – zwei von ihnen vermisse ich noch.«

»Wir ließen sie im Wald zurück«, berichtete der Magister. »Ich werde Euch zu ihnen führen.«

»Nein, Ihr ruht Euch besser aus«, wandte ich ein. »Ich kenne den Weg so gut wie Ihr.«

»Ich gebe Euch Geleit«, meinte Galeran d'Ivry. »Sonst fallt Ihr vielleicht doch noch Herrn Berard oder anderen Bischöfen in die Hände – oder den Venezianern, die gewiß nicht zögern, den Befehl aus Rom zu vollstrecken!«

»Laßt mich an Eurer Seite reiten«, bat Herzog Hugo unseren Gefährten.

Der Jüngling dankte mit einem Nicken. Ein Mundschenk reichte uns Wein. Dann stiegen wir auf die Pferde und galoppierten zum Burgtor hinaus.

Ich führte den kleinen Zug an, Tyrant du Cœur hielt sich hinter mir, und sein Sangroyal trabte nicht weniger munter einher als zu Beginn unserer Bekanntschaft in jener Alpenschlucht. Herzog und Seneschall folgten dichtauf. Ihre prächtigen Seidenumhänge wehten wie Flügel von Faltern im Wind.

Als wir die Biegung des Hohlwegs erreichten, sah ich plötzlich Schatten in den Bäumen über mir. Ich riß mein Reittier zurück, aber es war schon zu spät: aus den Ästen stürzten zwei unheimliche Gestalten auf uns herab. Die größere riß den überraschten Herzog aus dem Sattel und drückte ihn ins hohe Gras. Die kleinere stieß den

Seneschall vom Pferd, warf ihn zu Boden und hielt ihm ein blitzendes Messer an die Kehle.

»Tughril! Bruder Maurus!« rief Tyrant du Cœur. »Laßt die beiden Herren sofort los!«

»Warum?« fragte der Türke verblüfft.

»Weil sie unsere Freunde sind«, erklärte der junge Ritter.

Der Mönch blickte ihn verwundert an. Dann griff er dem Herzog unter die Achseln, hob ihn mit einem Ruck auf die Beine und klopfte ihm geflissentlich Laub vom Brustpanzer. »Verzeiht, edler Herr!« brummte er dabei. »Ich dachte, meine Gefährten seien vielleicht entflohen und Ihr verfolgtet sie.«

»Für einen Mönch packt Ihr wacker zu«, gestand Herzog Hugo lächelnd.

Tughril steckte das Messer in seinen Ärmel, reichte dem Seneschall die Hand, half ihm auf die Füße und meinte freundlich: »Nehmt's mir nicht übel, Gevatter – es war ein Mißverständnis!«

Galaran d'Ivry fuhr sich über die Kehle. »Heilige Jungfrau!« stieß er hervor. »Eure Knechte wissen zu kämpfen, Herr Ritter!« Er spie ein Büschel Gras aus und fügte hinzu: »Doch dieser kleine Zwischenfall bleibt besser unter uns, wenn ich bitten darf.«

»Diese wackeren Männer sind nicht meine Knechte, sondern meine getreuen Gefährten«, verbesserte Tyrant du Cœur. »Sie werden gewiß nichts erzählen, was Euer Ansehen schmälern könnte!«

»Es war auch ein wenig Glück dabei«, meinte Bruder Maurus bescheiden. »Die Sonne stand schlecht für Euch, und im Wald war es ziemlich dunkel...«

»Ihr braucht uns nicht zu trösten«, versetzte der Seneschall lächelnd. »Wir wissen, wann wir verloren haben. Schweigt nur von diesem Vorfall, das soll uns Beruhigung genug sein.«

Wir kehrten zum Palas zurück, wo wir mit Herzog und Seneschall an dem erhöhten Tisch speisten. Aber schon bald zogen wir uns zurück, und Tyrant du Cœur ließ uns in die Gemächer der Herrengäste führen. Diener brachten uns Wein. Nach einer halben Stunde kam der Jüngling, verriegelte die Tür und sprach:

»Ihr seid keine Ritter und doch die treuesten Freunde, die ein Mann je besaß. Ach, hätten wir nur endlich unseren Auftrag erfüllt! Doch der Leviathan hinderte uns, und der Teufel verfolgt uns auf Schritt und Tritt!«

»Wie ist es Euch nach dem Unglück ergangen?« fragte der alte Magister.

»Die Wogen des Meeres trugen mich nach Norden«, schilderte Tyrant du Cœur. »Im argolischen Meerbusen zog mich ein Fischer an Bord und brachte mich nach Nauplia. Von dort wanderte ich nach Isthmia, setzte mich auf mein Pferd und ritt nach Katakolon. Zu meinem Erstaunen ließ mich Graf Kono gefangennehmen und in den Kerker werfen, und Galeran d'Ivry hinderte ihn nicht.« Er seufzte gedankenschwer. »Am nächsten Morgen bestach meine Schwester einen der Wächter«, erzählte er weiter. »Bruder Maurus berichtete Euch wohl schon, was sie mit mir besprach. Oh grausame Marter des Herzens!«

»Liebt Ihr sie?« fragte Doktor Cäsarius ernst.

»Wie kann ein Bruder seine Schwester nicht lieben?« antwortete der Jüngling. »Niemals aber begehrte ich sie zum Weib, nicht einmal in den geheimsten Gedanken. Das schwöre ich!«

»Der Satan versuchte Euch«, sagte Doktor Cäsarius. »Ihr aber habt seinen Verlockungen widerstanden und so den herrlichsten Sieg gefeiert. Gott, der uns alle in seiner Hand hält, wird eines Tages auch den Kummer Eurer Schwester lindern.«

»Sie will ins Kloster gehen!« brach es aus dem Ritter heraus. »Ich komme gerade von ihr und ihrer Tante! Die Gräfin Mahaut hat, es wundert nicht, den Lebensmut verloren. Ich bat sie, auf Katakolon zu bleiben. Ich bot ihr sogar an, sie wie meine eigene Mutter zu ehren. Sie aber will das Ordensgelübde ablegen und ihr Leben fortan damit verbringen, für das Seelenheil ihres Gatten zu beten. Und Alix will ihr zu den Franziskanerinnen nach Andravida folgen!«

Doktor Cäsarius legte dem Ritter die Hand auf die Schulter und sagte leise: »Unergründlich sind die Entschlüsse des Herrn, unerforschlich bleiben seine Wege. Denn wer hat die Gedanken Gottes erkannt, wer ist sein Ratgeber gewesen? So schrieb Paulus den Römern – seine Worte mögen nun auch Euch trösten. Denkt nur an unseren Auftrag und überlaßt alles andere dem Herrn. So wird alles gut.«

Tyrant du Cœur vergrub das Gesicht in die Hände. Erst nach einer Weile faßte er sich wieder und sprach gehorsam: »Dem Herrn sei Ehre in Ewigkeit. Amen!«

Wir sangen gemeinsam den 107. Psalm, der mit dem trostreichen Vers endet: »Wer begreift die Huld des Herrn?« Als die letzten Töne verklungen waren, pries der Magister die Güte Gottes und betete aus dem 86. Psalm: »Weise mir, Herr, deinen Weg, ich will ihn gehen in Treue zu dir.« Dann schlug er das Zeichen des Kreuzes, blickte uns der Reihe nach an und sagte:

»Gottes Geschöpf war es, das unser Boot im kochenden Meer zerschlug. Der Herr zürnte uns. Immer noch weilt ein Judas in unserer Mitte. Wir wissen weder, wer er ist, noch, auf welche Weise er uns verriet. Welche Sünde beging er, daß sie die Frömmigkeit der anderen Gefährten überwog? Mit welcher List lockte er uns in die Falle, daß wir ihr trotz aller Gebete nicht zu entrinnen vermochten? Mit welchem Teufelswerk zerstörte er den Schild unseres Glaubens, ohne daß wir es bemerkten? Jeder von uns, ausgenommen nur Dorotheus, kann der Schuldige sein.«

Der Magister verstummte und hustete laut. Die grünen Augen unter den buschigen Brauen begannen zu leuchten, und ein seltsamer Schein erhellte sein runzliges Antlitz. Nach einer Weile fuhr er fort:

»Wer weiß, vielleicht ahnt der Verbrecher selbst noch nicht, daß er der Judas ist! Vielleicht beging er eine Sünde, die ihm selbst nur gering erscheint, die aber Gott so erzürnte, daß er uns alle dafür bestrafte?«

Er unterbrach sich und sah schuldbewußt zu Boden. »Auch ich habe gefehlt«, bekannte er dann. »Denn als ich dem Leviathan mit der Macht des Drachensteins gegenübertrat, führte ich eine Waffe des Satans gegen ein Geschöpf Gottes ins Feld. Fast hätte ich sogar das Blut des Erlösers geopfert, nur um das magische Kleinod aus dem Haupt des Mamonas behalten zu dürfen. Ihr, Dorotheus, bewahrtet mich vor dieser Verfehlung – die Sünde der Auflehnung gegen den Willen Gottes konntet Ihr nicht verhindern. Sie haftet auf meiner Seele wie Teer. Es war wie der Trotz Sauls, der gegen Gottes Gebot zu En-Dor den Geist des Propheten Samuel aus der Unterwelt aufsteigen ließ, um ihn nach der Zukunft zu befragen – der erste König der Juden griff zur Magie, statt allein dem Glauben zu gehorchen.«

Doktor Cäsarius schlug sich mit der Hand an die magere Brust und seufzte ein »Mea culpa«. Wir sahen ihm schweigend zu. Dann sagte Tyrant du Cœur bedrückt:

»Wenn wir uns nun einander erklären, sollt ihr erfahren: Als meine Schwester mir ihre Zuneigung gestand, wies ich sie bei weitem nicht so schroff zurück, wie ich es als ihr Bruder wohl hätte tun sollen. Schon nach dem Turnier, als ich Abschied von Alix nahm, um mit euch nach der Nebelinsel zu ziehen, schnitt sie sich eine Locke ab und schenkte sie mir als Pfand ihrer Liebe in einem Medaillon. Ich hätte die Gabe nicht annehmen dürfen. Doch ich besaß nicht die Kraft, sie zurückzuweisen. Auch wollte ich meine Schwester nicht kränken. Auf diese Weise öffnete ich dem Satan ein Einfalltor in meine Seele und muß seitdem gegen die schlimmsten Versuchungen kämpfen. Hätte sich Lot zur Blutschande hinreißen lassen, wenn er nicht zuvor von seinen Töchtern trunken gemacht und seiner Willensstärke beraubt worden wäre? Mein Wein war diese Locke, die ich seitdem so manches Mal an meine Lippen führte. Oh grausame Liebe, die du zueinander drängst, was nicht verbunden sein darf!«

Tränen schimmerten in seinen Augen. Heftig schlug er sich gegen die Brust und seufzte die Verse des 69. Psalms: »Herr, du kennst meine Torheit, und meine Sünden sind dir nicht verborgen.«

Voller Mitleid sahen wir seiner Seelenqual zu. Dann räusperte sich der Mönch und erklärte: »Auch ich habe Sünden zu beichten, und meine Verfehlungen wiegen noch schwerer als Eure. Nicht, weil ich auf meinem Krankenlager zu Katakolon dem Ruf des Fleisches nicht widerstand – von dieser Sünde wißt Ihr ja wohl, Doktor Cäsarius. Aber ich habe Euch bisher verschwiegen, daß ich in unserer Herberge zu Corinth einen fränkischen Kriegsknecht erschlug.« Er berichtete dem Magister nun von dem Kampf. Tughril und ich senkten die Köpfe. »Darum klebt Blut an unseren Händen«, schloß Bruder Maurus. »Auch wenn wir durch unsere Tat ein Mädchen vor einem schlimmen Verbrechen bewahrten, verstießen wir doch gegen Gottes Gebot und Euren Befehl. Auch Abner und Joab sündigten, als sie zuließen, daß beim Kampfspiel der Jünglinge auf dem Feld der Steinmesser Blut floß.«

Doktor Cäsarius nickte betrübt. »Ihr hättet mir davon sogleich berichten müssen«, tadelte er. »Denn durch diese Tat befandet Ihr Euch im Zustand der Sünde und hättet Euch niemals auf diese gefährliche Reise begeben dürfen!«

Tughril musterte uns der Reihe nach und meinte: »Wahrlich, Euer Christengott scheint nicht sehr wählerisch in der Aufstellung seiner Streitmacht! Ein Ritter, der von seiner leiblichen Schwester so innig geliebt wird, daß sie nun gar ins Kloster gehen will. Ein Magier, der einmal Gottes, dann wieder Satans Mittel benutzt. Ein Mönch, der jedem Weiberrock nachsteigt und andere Schürzenjäger erwürgt. Ein gescheiterter Priester, der Wirtshausbesuchern mit Krügen den Schädel einschlägt und wegen Sünden, die man nicht kennt, von einem Dämon gehetzt wird. Und ich selbst – nun ja, man kann vielleicht auch mir dies oder jenes nachsagen, nicht aber, daß ich ein Christ sei.«

»Haltet Euer Maul!« rief Bruder Maurus erbost. »Ich will verdammt sein, wenn mir ein dreckiger Heide Sünden vorwerfen darf! Mußtet Ihr diesem Wolfsauge denn die Kehle durchschneiden? Und mit dieser tunesischen Hure habt Ihr zu Padua doch gewiß nicht nur Schachfiguren gezogen!«

»Der Koran verbietet es einem tapferen Krieger keineswegs, sich mit einem ledigen Mädchen zu vergnügen«, sprach Tughril spottend. »Nur Ihr Christen müßt immer gleich heiraten, wenn Euch ein Weiberhintern gefällt!«

»Darum wird euch Mahometanern wohl schon als Knaben die Vorhaut beschnitten«, eiferte der Mönch, »weil sie euch sonst sehr bald in Fetzen hängen würde, ihr brünstigen Böcke!«

»Ausgerechnet Ihr wagt mir das zu sagen?« fuhr der Türke auf. »Ein Lotterbube, dem selbst am Anblick zahnloser Mumien vor Geilheit die Nüsse klappern!«

»Potztausend Hollerstauden!« brüllte der Mönch drohend. »Narren muß man mit Prügeln lausen!«

»Ihr reißt das Maul auf wie eine Fuhrmannstasche«, versetzte Tughril unerschrocken. »Gleich lasse ich Euch wie einer Sackpfeife die Luft aus!«

»Was? So ein Pickelhering wie Ihr?« schrie Bruder Maurus. »Dummheit trägt die Hörner hoch, drum gehört sie unters Joch! Ihr habt offenbar schon die letzten Reste Eures Verstandes verhurt, sonst würdet Ihr Euch nicht erkühnen...«

»Was ist daran kühn«, brüllte der Türke, »einem Ohrfeigengesicht wie Euch Benehmen beizubringen?«

»Hundsfott!« tobte der Mönch und ergriff einen Stuhl. »Baalspfaffe! Galgenstrick! Sklave eines stinkenden Götzen, ich werde...«

»Allah verwendete sieben Sorten von Erde, um den Menschen zu formen«, schrie Tughril in flammendem Zorn und hob einen Schemel. »Euch aber schuf er aus Scheiße!«

Bruder Maurus verstummte. Seine Augen traten aus den Höhlen, und er schnappte nach Luft. Doktor Cäsarius und Tyrant du Cœur wechselten einen besorgten Blick. Dann befahl der Ritter streng:

»Mäßigt Euch und stellt die Möbel wieder hin! Keiner von uns besitzt einen Grund, dem anderen etwas vorzuwerfen. Wir haben alle versagt. Laßt mich lieber hören, wie es Euch nach dem Schiffbruch erging! Vielleicht vermögen wir daraus Lehren zu ziehen.«

Der Magister berichtete dem Jüngling von unseren Abenteuern im Athanasioskloster, von dem Assiduus und dem Dämon Belphegor, von dem Uralten und dem sibyllinischen Buch.

Als Tyrant du Cœur von der Freveltat seines Großvaters Rotwolf und der anderen Ritter erfuhr, sprach er bestürzt: »So bilde auch ich einen Teil dieses sündigen Bluts! Wie kann ich die Seele des Ahnherrn erlösen?«

»Indem Ihr mit uns Gottes Auftrag erfüllt«, antwortete der Magister. »Fügt das heilige Haupt wieder zusammen, so wird Eurem Großvater verziehen.«

Danach erzählte ich, wie mich die oleanderduftende Onoskelis in Gestalt einer Tänzerin verführen wollte, damit ich dem Grauen um so leichter zum Opfer fallen sollte. Tughril schilderte, wie ihn der Zaubertrank zu dem Kloster zurücktrieb. Bruder Maurus schließlich erklärte, wie er Blandrates Leichnam fand. Wieder beschattete tiefer Schmerz das Antlitz des Ritters. Dann sagte er entschlossen:

»Also fern in die syrischen Länder führt unsere Fahrt! Was wißt Ihr von diesen Ssabiern? Dienen sie dem Herzog von Hinnom?«

»Das ist so sicher wie der Tod«, erwiderte ich.

»Aber warum sollte ihr sprechendes Haupt uns dann helfen?« fragte der Mönch erstaunt.

»Mußten nicht auch schon andere Teufelsverehrer dem Heilsplan Gottes gehorchen, ob sie es wollten oder nicht?« gab Doktor Cäsarius zur Antwort. »Artaxerxes, der persische Feueranbeter – spendete er dem Propheten Nehemia nicht Gold und Bauholz für den neuen Tempel auf Zion? Die römischen Jupiterdiener schlossen sogar einen Bund mit den Makkabäern, um ihnen gegen die Griechen des bösen Demetrius Hilfe zu leisten.«

»Aber in welcher Gestalt erscheint Satan den Ssabiern?« wollte Bruder Maurus wissen. »Als Zeus, wie den alten Griechen? Oder als Baal, wie den Phöniziern? Als Marduk, wie dem bösen Belsazar? Als Seth, wie den Ägyptern?«

»All die alten Götzen der Vorzeit werden von den Ssabiern verehrt«, erläuterte der Magister. »Noch heute ziehen die obersten Priester von Haran einmal im Jahr nach Ägypten, um dort ihren unheiligen Propheten zu opfern, die angeblich im Innern der Pyramiden begraben liegen. Seth, der Gründer ihrer Sekte, ruht in der größten von ihnen. Die zweite ist Katzim geweiht, dem Bruder Abrahams. Denn als Abraham eines Nachts in seiner Heimatstadt Ur auf Befehl des Herrn die Götzen seines Vaters Terach ins Feuer warf, stürzte sich Katzim in die Flammen, um die Götterbilder zu retten, und verbrannte. In der dritten und kleinsten aber befindet sich der letzte Ruheplatz Ssabs, nach dem sich diese Teufelsdiener nennen. Er war der Sohn des Dämons Hermes und der schönen Helena, die einst in Tyros als Buhldirne lebte, ehe sie der Teufel zu den Griechen sandte.«

»Aber wie ist es möglich, daß diese Götzenanbeter noch heute nach Ägypten gelangen, quer durch die Länder des Propheten?« wunderte sich der Türke. »Stehen doch in Damaskus, Jerusalem und El Kahira die stärksten und stolzesten Burgen des islamischen Glaubens!«

»Es geht die Rede von einem geheimen Gang, den der Teufel selbst grub«, erklärte Doktor Cäsarius. »Er führt aus dem Jupitertempel in Haran unter den Bergen, Flüssen und Wüsten hindurch bis in das Innere der Sphinx. Dämonen tragen die Ssabier in Sekundenschnelle durch diesen Stollen. Nachts treten die Priester aus der Sphinx hervor, schlachten weiße Hähne und räuchern Sandarakholz aus Afrika vor einem Abbild Seths. In ihrer eigenen Sprache nennen sie Satan ›Rabb-el-Bacht‹ – ›Herr des Glücks‹.«

Angewidert verzog der Magister den Mund, und voller Abscheu erzählte er weiter: »Dann verbrennen sie einen Blinden zu Ehren des Mars, des Dämons des Krieges. Zum Schluß schneiden sie einer gefangenen Frau die Leber heraus und gießen Wein darüber, um aus den Zuckungen des Organs die Zukunft zu lesen. Aber auch in Haran opfern sie Menschen, am liebsten Kinder. Sie kneten ihr Fleisch mit Mehl, Safran, Nelken und Öl, backen es in einem Ofen und reichen es dann allen Götzendienern zum Mahl.«

Grauen verzerrte sein Gesicht. Er hustete heftig und mußte sich lange sammeln, ehe er fortfahren konnte. »Ach, wieviel Unheil brachten diese Teufelsanbeter schon über die Menschheit!« rief er dann aus. »Als der Pharao die Israeliten im Land Gosen unterdrückte, handelte er auf den Rat seiner Mutter, die eine Ssabierin war. Aus Haran stammte auch der kunstfertige Samiri, der auf Sinai das goldene Kalb goß.«

Wieder erschütterte ihn ein heftiger Hustenanfall. Blut trat auf seine Lippen. Er fuhr sich mit der Hand über den Mund, trank einen Schluck Wein und berichtete weiter:

»Ja, ich weiß, auch die Ägypter, Assyrer, Perser und Phönizier pflegten früher Menschen zu opfern. Nicht anders handelten die heidnischen Griechen: Wollte der Ritter Agamemnon nicht seine eigene Tochter ermorden, um günstigen Wind für seine Kriegsflotte zu erhalten? Die Ssabier aber blieben diesem barbarischen Brauch bis heute treu. Jedes Jahr bringen sie dem Dämon der Sonne ein auserlesenes Mädchen dar, dem Mond einen Mann mit vollem Gesicht, dem Jupiter einen drei Tage alten Knaben, dem Hermes einen braungebrannten jungen Mann, dem Mars einen Rotschopf, der Venus ein schönes Mädchen, und niemand weiß, wen sie für ihre anderen Götzen ermorden: den blindwütigen Fosfor, die Winddämonin Ssarra mit den vier Flügeln, den bösen Quosthir oder den Entmanner Aquir. Der große Rufinus berichtet, daß man zur Zeit des Kaisers Theodosius im Serapistempel zu Alexandrien Hunderte von abgehauenen Kinderköpfen fand, deren Lippen vergoldet waren...«

Erschöpft hielt er inne. Keiner von uns sprach ein Wort. Die Nachmittagssonne senkte sich langsam über das Meer und färbte das Wasser mit rötlichem Schein. Wieder hustete Doktor Cäsarius, diesmal aber nur schwach, so als ob sein Körper nicht mehr die Kraft besäße, der Krankheit zu trotzen. Schließlich brach Bruder Maurus das Schweigen. Unsicher fragte er:

»Und die Teraphim, die Rachel ihrem Vater Laban stahl? Stammten auch sie aus so grausigen Opfern?«

»Ja«, bestätigte der Magister. »Die Ssabier töten erstgeborene Kinder, kneifen ihnen die Köpfe ab, salzen sie ein und salben sie mit Öl. Sie schreiben den Namen eines Dämons auf ein Plättchen aus Silber und legen es den Toten unter die Zungen. Dann stellen sie die Teraphim auf Zedernholzplatten und zünden Lichter vor ihnen an. Aber die Köpfe weissagen nicht, sondern dienen nur zur Verehrung der unreinen Geister, die in ihnen wohnen.«

»Mein Gott«, flüsterte Tyrant du Cœur. Sein Gesicht war aschfahl. »Sind diese Ssabier denn noch menschliche Wesen?«

»Menschen im Bann des Teufels handeln nicht weniger schlimm als Satan selbst«, meinte Doktor Cäsarius. »Denkt stets daran! Jetzt, da wir die Pläne des Herzogs von Hinnom in diesem Weltteil durchkreuzten, werden die Ssabier nicht ruhen, bis sie uns in ihre Gewalt gebracht haben.«

»Und wir sollen uns nun geradewegs in ihre schaurige Höhle begeben?« murrte der Mönch. »Mit welchem Zauber wollt Ihr uns schützen?«

»Mit dem gleichen Mysterium, das Euch vor den Klauen der Pythoniden bewahrte«, antwortete der Alte und klappte das kupferbeschlagene Kästchen auf. »Mit dem Lamm Gottes, das am Tag des Gerichts Teufel und Tod in einen brennenden Schwefelsee wirft. Nur mit seiner Hilfe können wir unser Ziel erreichen.«

Tiefe Frömmigkeit leuchtete aus den Zügen des alten Magisters. »Betet mit mir!« forderte er und sank auf die Knie. Mit feierlicher Stimme sprach er die Worte, die Johannes der Täufer einst Jesus am Jordan zurief: »Seht das Lamm Gottes, das hinwegnimmt die Sünden der Welt!« Dann sangen wir den 130. Psalm, in dem es heißt: »Würdest Du, Herr, unsere Sünden beachten, wer könnte vor Dir bestehen? Doch bei Dir ist Vergebung, damit man in Ehrfurcht Dir dient.«

Tughril sagte währenddessen für sich die Verse der 5. Sure auf: »Jesus, der Sohn der Maria, sprach: ›Oh Allah, unser Herr, sende zu uns einen Tisch vom Himmel herab, daß es ein Festtag werde für den ersten und letzten von uns, denn du bist der Versorger.‹ Da sprach Allah: ›Siehe, ich sende ihn zu euch herab, und wer hernach von euch ungläubig ist, den werde ich strafen mit einer Strafe, wie ich keinen von aller Welt strafen werde.‹«

Als wir geendet hatten, hob Doktor Cäsarius die Hände zum Himmel und flehte: »Herr, vergib uns unsere Sünden! Erleuchte unseren Geist, damit wir das Rechte erkennen und tun! Schütze uns vor dem Satan und seiner Macht! Zeige uns das Ziel, damit wir Deinen Auftrag erfüllen, Deiner Kirche zum Nutzen und Dir zum Preis!«

Danach bereitete er auf die gleiche Weise wie auf der Fahrt nach Corinth die heilige Hostie zu. Diesmal aber brach er sie in sechs Teile. Dann befahl er uns, das Agnus Dei künftig zu jeder Stunde am Herzen zu tragen.

»Für wen ist das sechste Stück?« wollte Bruder Maurus wissen.

Der Dämonologe reichte das geweihte Gebäck dem Ritter und befahl:

»Gebt das Eurer Schwester und sorgt dafür, daß sie niemals ohne diesen Schutz geht! Denn wenn Konrad von Katakolon dem Herzog von Hinnom berichtet, was hier geschah, schwebt Alix in der gleichen Gefahr wie wir.«

SECTIO VII

Der Normanne nahm die Hostie ehrfürchtig aus der Hand des Magisters, und wir sangen den 9. Psalm: »Ich will Dir danken, Herr, aus ganzem Herzen, verkünden will ich alle Deine Wunder.«

»Amen«, endete Doktor Cäsarius.

»Und der Assiduus?« fragte ich besorgt. »Zählt auch der Graue zu den Götzen der Ssabier? Steht in Haran auch sein Altar?«

Doktor Cäsarius schürzte nachdenklich die Lippen. »Möglich«, erwiderte er. »Aber ich glaube es nicht. In Heisterbach schien es mir eher so, als ob der Kynokephalus und der Graue nur zufällig zusammentrafen. Vertraut dem Lamm Gottes! Mehr können wir jetzt nicht tun.«

Tyrant du Cœur verließ uns, um das Begräbnis und unsere Abreise vorzubereiten. Ich geleitete den alten Magister in sein Gemach und fragte ihn dort: »Wißt Ihr nicht einen Zauber, der Alix und Tyrant du Cœur von ihren sündigen Wünschen befreit? Vielleicht einen Trank, der die verbotene Liebe aus ihren Herzen tilgt?«

Doktor Cäsarius blickte mich unwillig an.

»Albertus Magnus lehrte mich nicht die gottgefälligen Werke der Weißen Magie, damit ich sie zu so weltlichen Zwecken mißbrauche«, erwiderte er. »Der Sünde der Fleischeslust soll sich der Christ durch die Kraft seines Glaubens entziehen, nicht durch die Krücke eines Zaubers!«

»Es war ein dummer Gedanke«, gab ich zu. »Ruht Euch nun aus!«

Der Dämonologe sank ächzend auf sein Lager. Leise nahm ich das kupferbeschlagene Kästchen und schloß die Tür. Auf dem Gang traf ich Tughril und Bruder Maurus.

»Wie geht es dem Magister?« fragte der Mönch besorgt.

»Er ist nur ein wenig erschöpft«, antwortete ich. »Wohin geht Ihr?«

Bruder Maurus klopfte sich auf den Bauch. »Hört Ihr, wie hohl das klingt?« fragte er. »Unten warten drei frischgebratene Wildschweine auf uns.«

»Ich kann jetzt nichts essen«, sagte ich. »Vielleicht später. Tafelt nicht so lange! Morgen, gleich nach der Beerdigung, reisen wir weiter.«

Ich ging in mein Zimmer, aß ein wenig Brot, sprach mein Abendgebet und löschte die Kerze. Aber so müde mein Leib sich fühlte, mein Geist blieb glockenwach, und meine Gedanken kreisten immer wieder um die gleiche Frage: War es wirklich richtig, daß wir Tyrant du Cœur seine Last allein tragen ließen? Durften wir tatenlos zusehen, wie er sich quälte? Konnten wir wirklich sicher sein, daß er der blutschänderischen Begierde nicht doch erlag und damit nicht nur sich selbst, sondern uns alle ins Unheil stürzte? Und war es nicht auch Christenpflicht, seiner Schwester zu helfen, die sich in verbotener Sehnsucht verzehrte?

So grübelte ich. Kurz vor Mitternacht hielt ich es nicht mehr aus. Ich kleidete mich an und lief in den Garten, um mich in der Nachtluft zu erfrischen. Da sah ich plötzlich im Mondlicht Tyrant du Cœur und seine Schwester. Neugierig verbarg ich mich hinter einem Holunderstrauch. Als die beiden näher kamen, hörte ich Alix leise ausrufen: »Nein! Lieber sterbe ich! Seit Eurer Gefangennahme weiß jeder in Achaia, daß ich Euch liebe...« Mit zitternden Händen umfaßte sie das Gotteslamm vor ihrer Brust.

»Aber was soll ich denn anderes sagen?« fragte der junge Ritter verzweifelt. »Ich bin doch Euer Bruder!«

»Wie könnte ich jetzt so tun, als wäre nichts gewesen?« flüsterte Alix betrübt.

»Überlegt es Euch noch einmal!« bat Tyrant du Cœur. »Habt Ihr erst einmal dem Irdischen abgeschworen...«

»Wie hasse und verachte ich den Trug der Welt!«, seufzte das Mädchen.

»Aber im Kloster werdet Ihr bald noch viel unglücklicher sein«, sprach der Ritter beschwörend. »Ihr seid für das Lachen geschaffen, nicht für das Leiden, für Gedichte, nicht nur für Gebete!«

»Ihr könnt mich nicht umstimmen«, antwortete Alix entschlossen, »selbst wenn Ihr zur Laute Davids sänget – ich kenne meine Pflicht!«

»Ich bin daran schuld, daß Ihr Euch ins Unglück stürzt«, stöhnte der Ritter.

»Gott bestimmt unseren Weg«, widersprach das Mädchen. »Wir müssen ihm gehorchen.«

»Alix!« stöhnte Tyrant du Cœur. »Welche Dämonen bedrängen uns hier! Ach, und ich kam doch, um Euch ins Glück zu führen! Jetzt verfluche ich den Tag, da ich nach Achaia aufbrach...«

Die Schritte der beiden entfernten sich, und ich konnte nichts mehr verstehen. Das Mitleid überwältigte mich, und ich begann mich ernsthaft zu fragen, ob ich nicht selbst etwas dagegen tun konnte, daß Alix aus enttäuschter Liebe den Schleier nahm und Tyrant du Cœur sich sein Leben lang die größten Vorwürfe machte. Ich rief mir den Inhalt der Zauberbücher ins Gedächtnis zurück, die ich auf unserer Fahrt über das Ionische Meer studiert hatte. Da fiel mir die Formel des Arabers Albuni ein, dessen Buch »Ketten der Engel« über die Kunst handelt, Menschen an sich zu binden, Männer in Freundschaft, Frauen in Liebe. Gleichzeitig fühlte ich zwischen den Fingern plötzlich das Medaillon mit der Locke der schönen Alix. Da kam mir ein Gedanke, der die Lösung aller Schwierigkeiten versprach, und ich zweifelte nicht, daß mir eine göttliche Eingebung zuteil geworden war. Denn wie konnte man Alix besser von der verbotenen Liebe zu ihrem Bruder befreien als durch einen Zauber, der in ihrer Brust Sehnsucht nach einem anderen Mann erweckte? Dieser aber konnte niemand anders sein als ich. Denn ich war Alix ja von ganzem Herzen zugetan und bot zudem durch meine unerfüllte Leidenschaft dem Teufel ein leichtes Ziel. Wenn es mir gelang, Alix die sündige Sehnsucht nach ihrem Bruder vergessen und sie statt dessen in Liebe zu mir entflammen zu lassen, dann war, so dachte ich, den Angriffen Satans der schärfste Stachel genommen. Ach, in welche Verwirrung stürzt die Liebe den ungefestigten Geist!

Ich kehrte in meine Stube zurück und holte das Kupferkästchen. Hinter dem Holunderstrauch schlug ich es auf und nahm einen gläsernen Becher heraus. Dann öffnete ich ein Fläschchen mit Moschus, danach zwei mit Safran und Rosenwasser. Während ich die Tropfen vereinte, sprach ich die Formeln des Bindezaubers Albunis und nannte erst meinen Namen, dann den der Geliebten. Dann rief ich leise die Worte des Schlüssels zum menschlichen Herzen und streute verschiedene Pflanzensamen in das Getränk: ein halbes Danaq der Blume, die man Gazellenhirn nennt, ebensoviel »zerlassenen Schafschwanz«, schließlich auch Kampfer und weißen Stückzucker.

Als der Trank zu sprudeln begann, wischte ich mir den Schweiß von der brennenden Stirn und sagte in den vier Sprachen der Liebe:

»Oh Zuhara, oh Anahid, oh Tijanija, oh Surfa! Du glückliche, warme, trockene, saubere, freudige Herrin des Flötenspiels und des Scherzens, die du im Schlaf wachst, du Freundin des Weins und der Sinne, erhöre mich!«

Der Wind erhob sich und trieb eine Wolke am Mond vorüber. Ich streute die zu Pulver zerriebene Leber einer weißen Taube in den Becher, dazu Sukk, Costus, Laudanum, Mastix und Mohnschalen. Als der Trank zu schäumen begann, rief ich:

»Du Geist der Begierde, der du den Atem des Fleisches erregst, gewähre mir deine Gunst! Lasse das Herz derjenigen, der meine Zuneigung gilt, für alle Zeit an dem meinen haften!«

Der Wind frischte auf und zog sanft an meinen Haaren. Ich stellte den gläsernen Becher auf einen Stein und verbarg mich. Denn wenn der Zauber seine volle Wirksamkeit entfalten sollte, durfte mich Alix nicht sehen, ehe sie den Trank genoß. Nun galt es nur noch, sie in den Garten zu locken. Wie der Magister bei der Verfolgung Tughrils, nahm nun auch ich die kleine Opferpfanne und streute Hasenlab, Weihrauch, Ambra und alle die anderen Stoffe hinein. Dann sprach ich: »Kommt ihr Geister, mir zu dienen!« und warf die Locke der Geliebten in die Glut. Diesmal, so dachte ich, brauchten die Engel der

Luft nicht weit zu fliegen. Hatten sie Alix aber erst einmal in den Garten geführt, würde der Duft des Bechers die Jungfrau zwingen, daraus zu trinken.

Der Wind gehorchte meinem Befehl. Rauchschleier aus meiner Pfanne wehten zur Kemenate empor. Klopfenden Herzens wartete ich. Nach einer Weile öffnete sich die sorgsam versperrte Tür des Gebäudes. In einem weißen Nachtkleid trat Alix hervor und schritt in den Garten.

Ihre Augen waren geschlossen, doch der geweihte Geruch leitete sie mit unsichtbarer Hand. Ein tiefes Gefühl der Freude erwärmte mir die Brust. Mit wachsender Spannung folgte ich ihren Schritten. Der warme Schein des Mondes glänzte auf ihrem goldenen Haar. Der Nachtwind preßte ihr dünnes Gewand an den schlanken Körper. Die Erregung schnürte mir die Kehle zu. Einen Moment lang befielen mich Zweifel an meiner magischen Kunst, und ich dachte schon, sie würde an dem Liebestrank vorübergehen, ohne zu kosten. Dann aber verhielt sie den Schritt und beugte sich zu dem Becher hinab.

Im gleichen Moment erkannte ich zu meinem Entsetzen, daß mich nicht eine göttliche Eingebung zu meinem Zauber angeregt hatte, sondern eine Einflüsterung Satans. Denn jetzt erst sah ich, daß Alix das Agnus Dei nicht an der Brust trug. Das Kreuz auf meiner Stirn brannte wie Feuer. Über mir rauschten Flügel, und im Geäst eines Feigenbaums erkannte ich den Raben mit dem roten Schnabel.

Ich sprang auf und schrie: »Zurück, Alix – Dämonen!« Doch kein Ruf konnte die Fürstentochter aus ihrer Verzauberung wecken. Hastig griff ich in das kupferbeschlagene Kästchen, um den Bann zu lösen. Aber es war schon zu spät: Enterhaken klirrten an den Zinnen, dunkle Gestalten schwangen sich über die Wälle und packten Alix, so wie die Wölfe des Waldes ein blindes Lamm reißen. Die Zähne der Angreifer blitzten im Mondlicht, und ihre Schlangenschwänze wandten sich wie große Würmer im Gras. Einer der Echsenmenschen warf die Wehrlose über die Schulter und zog sich zurück auf die Mauer. Eine Sekunde später waren die Pythoniden mit ihrer Beute verschwunden.

In fliegender Hast raffte ich die Fläschchen zusammen, wusch den gläsernen Becher und die eherne Pfanne aus und legte alles wieder in das kupferbeschlagene Kästchen zurück. Das goldene Medaillon warf ich in den Zierteich. Dann eilte ich durch den Burggarten zum Palas. Schlaftrunken stellte sich mir der Wachposten in den Weg.

»Weckt Euren Gebieter!« rief ich. »Die Pythoniden haben die Jungfrau Alix entführt!«

Der Franke starrte mich mit offenem Mund an. Dann hastete er polternd die Treppe zu den Gemächern des Burgherrn empor. Ich lief indessen durch einen düsteren Gang zu den Kammern meiner Gefährten, pochte mit aller Kraft gegen die Tür des Magisters und schrie: »Wacht auf, Doktor Cäsarius – die Echsenmänner!«

Zwei Sekunden später wurde die Tür hinter mir aufgerissen und Tughril stürzte hervor, nackt wie ein Ei ohne Schale. Ein Sarazenendolch blitzte in seiner Rechten.

»Wo sind die Scheitansschlangen?« rief er. »Ich schlitze ihnen den Schuppenwanst auf!«

Aus dem Zimmer neben ihm erscholl ein lautes Krachen. Zwischen den berstenden Brettern der Tür drang Bruder Maurus hervor. »Der Riegel klemmte«, schnaubte er. »Wo stecken die Höllenechsen?« Drohend schwang er ein abgebrochenes Stuhlbein in der Luft.

Ich trommelte gegen das dunkle Holz. »Laßt mich mal!« rief der Mönch und stieß die Schulter vor. Splitternd brach die Tür auf. Doktor Cäsarius saß im Bett und blickte uns verwundert entgegen.

»Was ist denn los, Dorotheus?« fragte er. »Ihr zittert ja am ganzen Leib!«

Vom andern Ende des Gangs näherten sich hastige Schritte. Keuchend bog Tyrant du Cœur um die Ecke, nur mit einem Überwurf aus grobem Leinen bekleidet. Das Schwert funkelte in seiner Faust. Schwerbewaffnete Wächter folgten ihm.

»Was ist mit meiner Schwester?« rief der Ritter.

»Sie wurde geraubt!« antwortete ich. »Vor ein paar Minuten! Es waren die Pythoniden... Schnell, vielleicht stellen wir sie noch!«

»Das kann nicht sein!« zweifelte der Magister. »Die Echsenmänner dürfen es nicht wagen, Hand an einen Menschen zu legen, der durch ein Agnus Dei geschützt wird. Sie würden verbrennen!«

»Aber Alix trug die Hostie nicht«, entgegnete ich.

»Woher wißt Ihr das?« fragte der Ritter erregt.

»Ist das denn jetzt so wichtig?« erwiderte ich heftig. »Wir dürfen keine Zeit verlieren!«

»Wenn Alix wirklich von Pythoniden geraubt wurde«, meinte der Magister bedrückt, »holen wir sie jetzt ohnehin nicht mehr ein. Das Meer liegt viel zu nahe. Aber ich kann es noch immer nicht glauben!«

Wir polterten die Stiege hinab und hasteten über den Hof zum Wohnhaus der Frauen. Auf allen Wehrmauern eilten Wächter mit Feuerbränden umher. Tyrant du Cœur warf sich gegen die Tür, die sogleich nachgab. »Nur angelehnt!« stellte der Ritter erschrocken fest. »Sie müßte doch eigentlich abgesperrt sein!«

Er riß einem Wachposten die Fackel aus der Hand. Dann hörten wir, wie er die steile Treppe hinaufstieg. Kurze Zeit später kehrte er zurück. Wortlos reichte er dem Magister einen Beutel aus rotem Leder.

»Tatsächlich!« entfuhr es Doktor Cäsarius. »Das Gotteslamm! Sie trug es nicht. Warum?«

»Ich fand es neben der Waschschüssel«, rief der Jüngling erregt. »Sie streifte das Agnus Dei wohl ab, als sie sich erfrischte. Im gleichen Moment wurde sie überfallen.« Er unterbrach sich und faßte mich scharf ins Auge.

»Ich wollte ein wenig frische Luft schnappen«, beeilte ich mich zu erklären. »Da sah ich, wie Alix aus dem Haus trat. Der Mond schien hell genug, um mich erkennen zu lassen, daß sie keine Hostie trug. Ich wollte sie warnen, da kletterten plötzlich schwarze Gestalten über die Wälle. Sie packten Eure Schwester und schleppten sie fort, ehe ich eingreifen konnte.«

Tyrant du Cœur eilte in den Garten und leuchtete an den Mauern entlang. »Fußabdrücke«, stellte er fest. »Dort auch.« Er hielt den brennenden Schein über den weichen Wiesenboden.

»Dorotheus hat recht«, bestätigte der Magister. »Beim Modergeruch aus Mastemas Maul! Der Hölle hilft auch noch das Glück!«

»Oh, Alix! Nur Unheil brachte ich Euch!« seufzte der Ritter. Tränen des Zorns traten ihm in die Augen. Wie von Sinnen hieb er mit dem Schwert in die Luft. »Stelle dich, Satan!« schrie er. »Mir bangt nicht vor deiner Tücke!«

Schweigend warteten wir, bis er sich wieder beruhigt hatte. Dann sagte Doktor Cäsarius ernst:

»Ich weiß, wie heftig der Schmerz in Eurer Brust brennt, Herr Tyrant. Und Ihr könnt sicher sein, daß wir nicht säumen werden, Eure Schwester zu suchen. Nicht um ihrer Schönheit willen wurde Alix entführt, sondern wegen der Liebe, die Ihr für sie empfindet.«

»Ihr meint, der Herzog von Hinnom will sie als Druckmittel gegen uns benutzen?« fragte der Ritter.

»Der Raub Eurer Schwester bedeutet eine weitere Prüfung für Eure Seele«, erklärte der alte Magister. »Bleibt fest und ergebt Euch dem Bösen nicht! Wer sich erpressen läßt, wird bald selbst zum Verbrecher und treibt seine eigene Vernichtung voran.«

»Aber was soll ich tun?« stöhnte Tyrant du Cœur. »Ich kann doch nicht tatenlos warten, bis sie gefoltert, vielleicht gar geschändet wird... Oh, mein Gott!«

»Solange Alix an ihrem Glauben festhält, kann ihr der Antichrist kein Leid zufügen«, tröstete der Dämonologe. »Ach, wenn wir nur eine Strähne aus ihren Haaren besäßen... dann wäre es leicht, sie zu finden!« Tyrant du Cœur preßte die Lippen zusammen. »Ich verlor ihre Locke im kochenden Meer«, gestand er mit leiser Stimme, »ebenso wie den Becher, den sie mir nach dem Tjost reichte.« Ich aber stand daneben, schwieg und schämte mich meiner Feigheit.

»Faßt Euch!« sagte der alte Magister zu dem unglücklichen Ritter. »Am besten begebt Ihr Euch sogleich ins Lager des Seneschalls. Berichtet ihm von dem Überfall und nehmt Urlaub von Eurer Lehnspflicht! Sobald die Sonne aufgeht, wollen wir Euren Bruder und den Grafen bestatten. Dann holen wir unseren Wagen in Isthmia ab und fahren nach Athen.«

»Wurde die Fürstin denn dorthin entführt?« fragte Bruder Maurus.

»Nein«, erklärte Doktor Cäsarius, »aber auf der Akropolis lebt der einzige Mann, der uns vielleicht sagen kann, wo unser Feind seine Beute versteckt: Rabbi Kahath ben Kohelet, der König der Kabbalisten. Ich wollte ihn ohnehin aufsuchen, um das Sibyllenorakel nach der Thora deuten zu lassen.«

»Von einem Juden erwartet Ihr Hilfe?« wunderte sich Bruder Maurus. »Von einem Feind Christi? Vielleicht steht er dem Herzog von Hinnom näher als uns!«

»Redet nicht wie ein Narr!« wies ihn der Magister zurecht. »Stammte Jesus nicht selbst aus dem Volk Israels?«

»Judas verriet den Herrn um dreißig Silberlinge«, murrte der Mönch.

»Damit erfüllte der abtrünnige Apostel nur seine Aufgabe in Gottes Heilsplan«, entgegnete Doktor Cäsarius streng. »Wie anders wäre Christus sonst in die Hände der Römer gefallen, um die Welt durch seinen Kreuzestod zu erlösen?«

»Ihr habt sehr viel Verständnis für Verräter«, meinte Bruder Maurus grimmig. »Gilt das vielleicht auch für den Judas in unsrer Mitte?«

Der Magister gab keine Antwort, sondern drehte sich heftig um und kehrte in den Palas zurück. Ich eilte in mein Zelt und sammelte meine Sachen. Dabei quälte mich mein Gewissen mit bittersten Vorwürfen, und ich sprach zu mir:

»Leichtfertig, eigensüchtig und dumm hast du gehandelt, Dorotheus! Deine treuen Gefährten hast du verraten und dann auch noch angelogen. Tyrant du Cœur rettete dir in den Alpen das Leben. Und wie danktest du ihm? Doktor Cäsarius brachte dich am Rhein vor dem Assiduus in Sicherheit. Du aber mußtest ihm ins Handwerk pfuschen! Tughril und Bruder Maurus wagten ihr Leben für dich, als sie sich unten im Wald auf den Seneschall und den Herzog stürzten. Du führst sie nun hinters Licht. Zaubern wolltest du und kannst doch nicht einmal Satans böse Einflüsterung von einer göttlichen Eingebung unterscheiden. Nicht Treue zu deinen Gefährten trieb dich zu dieser törichten Tat, sondern unselige Leidenschaft!«

So schalt ich mich selbst und fühlte die tiefste Verachtung für mich. Erst nach einer ganzen Weile beruhigte ich mich wieder und faßte den festen Vorsatz, alles zu tun, um mein Versagen auszugleichen. »Gott im Himmel«, betete ich, »wenn du mir verzeihst und mich meinen Fehler wieder gutmachen läßt, dann will ich nie wieder die Augen zu Alix erheben. Sollten mich auch Dämonen verfolgen, ja wollte selbst der Graue mich verschlingen – niemals wieder werde ich den Gefährten schaden. Lieber will ich mein eigenes Leben hingeben. Das schwöre ich bei meiner Seligkeit!«

Danach hängte ich mein Bündel über die Schulter, hob das kupferbeschlagene Kästchen auf und eilte zum Herrenhaus. Die anderen warteten schon auf mich.

»Es wird gleich hell«, stellte Doktor Cäsarius fest. »Laßt uns zum Gottesacker gehen.«

Tughril und Bruder Maurus folgten ihm. Jeder von ihnen führte zwei edle Reitpferde am Zügel. Die Wächter öffneten uns das Tor. Aus dem Tal ritt uns Tyrant du Cœur entgegen, gefolgt von Galeran d'Ivry, Herzog Hugo, Erzbischof Berard, dem Großkonnetabel und anderen edlen Herren. Rotgewandete Ritter trugen zwei Särge auf ihren Schultern. Langsam ließen sie die Schreine in die Erde sinken. Wir sangen den 16. Psalm: »Denn du gibst mich nicht der Unterwelt preis.« Dann betete der Erzbischof nach den Worten Jesajas: »Deine Toten werden leben, die Leichen stehen wieder auf: wer in der Erde liegt, wird erwachen und jubeln. Denn der Tau, den du sendest, ist der Tau des Lichts; die Erde gibt die Toten heraus.«

Danach trat Tyrant du Cœur mit blankem Schwert an das Grab seines Bruders, legte zwei Finger auf die funkelnde Klinge und schwor: »Ich werde nicht ruhen noch rasten, bis Euer Tod gerächt ist, geliebter Bruder. Das schwöre ich bei meiner Ehre! Ach, wieviel lieber hätte ich Euch mit meinem Leben gedient, statt durch Euren Tod zu herrschen! Euer Lehen wollte ich retten und lockte Euch ins Verderben. Das werde ich mir niemals verzeihen.«

So rief er mit gesenktem Haupt, und heiße Tränen tropften von seinen Augen auf den Sarg. Schnell trat Galeran d'Ivry zu dem jungen Ritter und sagte tröstend: »Nicht doch, Herr Tyrant – Euch trifft keine Schuld. Ihr habt gehandelt, wie es einem getreuen Bruder geziemt. Wie hättet Ihr denn wissen können, daß Konrad von Katakolon zu einer solchen Schurkentat fähig wäre!«

Auch die anderen Herren scharten sich um den Jüngling und sprachen begütigend auf ihn ein. Erzbischof Berard wandte sich indessen an Doktor Cäsarius und bat: »Verübelt es mir nicht, Magister, daß ich Euch gestern harte Worte hören ließ! Der Gehorsam, den ich dem Heiligen Vater schulde, machte mich zu Eurem Gegner. Jetzt aber sehe ich ein, daß Euch die gleichen Feinde bedrohen wie uns. Laßt uns künftig Verbündete sein! Ach, wie lange leidet dieses unglückliche Land schon unter dem Herzog von Hinnom! Und wir wissen nicht einmal, für welchen Frevel uns Gott bestraft. Nur die Reliquien bieten uns einigen Schutz vor diesen Satansgeschöpfen. Schon mancher tapfere Ritter zog aus, um die Pythoniden und ihren Herrn zu bekriegen, aber keiner kehrte zurück.«

»Warum verschwiegt Ihr uns, daß euch die Pythoniden schon so lange plagen?« fragte der Dämonologe. »Hättet Ihr uns rechtzeitig gewarnt, könnten die Johanniter noch leben!«

Der Erzbischof seufzte und antwortete: »Die Ordensritter kennen die Gefahr so gut wie wir und wissen auch, wie man sich schützt. Seltsamerweise fanden wir an ihren Leichen kein einziges Amulett. Sie haben in ihrer Geldgier wohl mit den Kleinodien, die sie in Rom verkauften, auch ihre eigenen Reliquien für Gold eingetauscht. Habsucht war ihre Sünde, ihr Tod die gerechte Strafe dafür! Ja, Ihr habt recht – wir hätten Euch eher von den Echsenmenschen berichten sollen. Aber wir schämten uns und hielten es für besser, den Fluch stillschweigend zu ertragen und durch Buße zu lindern, bis ihn Gott von uns nimmt.«

Ein Knappe führte Sangroyal herbei. Tyrant du Cœur stieg in den Sattel und ritt davon, ohne sich noch einmal umzusehen. Wir folgten ihm. Drei Tage lang zogen wir durch den Norden der Peloponnes, und jeder von uns hing seinen eigenen Gedanken nach. Tyrant du Cœur sehnte den Kampf mit dem Herzog von Hinnom herbei; immer wieder verkrampften sich seine Finger um den Griff seines Schwertes. Die Gedanken des Magisters schienen um sein Treffen mit dem Kabbalisten zu kreisen, denn seine Lippen murmelten immer wieder hebräische Worte aus dem Buch Henoch. Tughrils Gesicht zeigte höchste Spannung; er spähte voraus, als ob wir bereits den Mauern von Haran nahten. Der Mönch ritt mit finsterer Miene am Schluß und machte keinen Versuch, sein Mißfallen am Plan des Magisters zu verbergen. Ich aber bekräftigte immer wieder meinen Entschluß, mich fortan ohne Einschränkung in den Dienst unserer Aufgabe zu stellen, koste es mich auch Leben und Seele. Mit diesem Gedanken schwand meine Furcht vor dem Grauen, und es war mir gleich, ob er mich tötete. Ich legte mein Schicksal in Gottes Hand und achtete nicht mehr darauf, ob ich am Wasser schlief. Doktor Cäsarius war es, der mich dann jedesmal zur Vorsicht mahnte.

Am vierten Tag gelangten wir nach Isthmia. Der Magister entlohnte den Vorsteher der Gemeinde, kletterte auf den Kutschbock des Fuhrwerks und lenkte es über die bergige Landenge nach Sonnenaufgang. Am übernächsten Tag ragte vor uns die hohe Burg auf, die man Akropolis nennt.

Athen galt den Heiden als Stadt der Weisen, als Born immer neuer Erkenntnis und sprudelnde Quelle menschlichen Wissens, und wirklich lebten dort einige der gelehrtesten Männer der dunklen Zeit: Der Zauberer Sokrates und sein bester Schüler, Plato, dessen »Timaios« zu den wichtigsten Werken für alle Geheimwissenschaften gehört. Platos Nachfolger Aristoteles wiederum galt als der erste vollendete Beherrscher der Sieben Künste. Doch zur Römerzeit verging der Ruhm dieser Stadt: Ciceros Sohn lernte an der Philosophenschule Athens nur noch, wie man zwei Liter Wein auf einen Zug trinkt. Später sanken die Griechen sogar so tief herab, daß sie auf der Akropolis Götzenbilder für den verhexten Marc Anton und seine Hure Cleopatra aufstellten. Selbst von dem Schlächter Herodes nahmen die Athener Weihgeschenke an! Als der Gote Alarich mit seinen Horden erschien, trugen die Verteidiger eine Stele des heidnischen Helden Achill auf den Mauern umher! Rom vertraute gegen den gleichen Feind auf den Schutz der Apostelfürsten und wurde gerettet.

Stolzer als auf ihre heidnischen Magier darf diese Stadt auf die christlichen Märtyrer sein: Anaklet, der zweite Papst nach Petrus, gemartert unter Domitian, stammte ebenso aus Athen wie Yginus, der achte Stellvertreter Christi auf Erden, machtvoller Streiter gegen die gnostischen Irrlehrer. Sixtus II., hingerichtet unter Kaiser Valerian, war der Sohn eines athenischen Philosophen. Im Hafen Piräus sammelte Kaiser Konstantin seine Flotte für den entscheidenden Schlag gegen seine heidnischen Rivalen. Nach dem Sieg des christlichen Kaisers mußte die Dämonin Athene ihren Platz auf der Akropolis endlich räumen, und die Mutter Gottes zog auf der Burg ein.

Dennoch blieben die Herzen der Athener unrein. Noch sieben Jahrhunderte nach der Geburt des Erlösers saßen in den Philosophenschulen unter der Akropolis unbekehrbare Heiden und blickten ihren olympischen Götzen nach, die doch schon längst winselnd vor Jesus gewichen waren.

Wenn Athen auch längst hinter Corinth zurückgefallen war, zählte seine Burg immer noch zu den stärksten Festungen in Achaia, und im Hafen lagen Handelsschiffe aus allen Ländern. Denn Herzog Hugo herrschte weise und gerecht. Die Kaufleute vertrauten seinem Schutz, die Seeräuber aber fürchteten sein scharfes Schwert.

Wir nahmen in der dichtbesiedelten Unterstadt Quartier. Als wir uns erfrischt und gestärkt hatten, rief uns Doktor Cäsarius zu sich und sagte:

»Zu Rabbi ben Kohelet muß ich allein gehen. Bleibt in der Herberge und achtet auf Eure Worte und Werke, damit uns die Gnade Gottes nicht vollends verläßt!«

»Wie lange werdet Ihr fortbleiben?« fragte Tyrant du Cœur.

»Eine Stunde, einen Tag, eine Woche – wer weiß?« antwortete der Magister. »Ich begebe mich nicht zu einem Sterndeuter, Handleser oder sonst einem Schwindler! Der Kabbalist gewinnt seine Einblicke durch die Gunst Gottes, der sie gewährt oder verweigert, ganz wie es ihm beliebt.«

Damit erhob er sich und eilte durch die verwinkelten Gassen davon. Kurze Zeit später sahen wir ihn in der Ferne den steilen Abhang zur Akropolis erklimmen. Ein leichter Wind blähte seinen Umhang, und der Alte kletterte wie eine rote Spinne zwischen den Felsen empor. Tausende Marmortrümmer, Bruchstücke gestürzter Säulen, Kalksteinblöcke, leere Sockel, zerstörte Altäre und zahllose Stelen mit Bildwerk und Inschriften säumten seinen gewundenen Weg, Schutt aus der Heidenzeit, den jetzt wildwucherndes Unkraut bedeckte.

Bald war der Dämonologe unseren Blicken entschwunden. Nachdenklich sahen wir einander an.

»Ich habe kein gutes Gefühl, ihn so ganz allein durch diesen Friedhof des Teufels wandeln zu lassen«, meinte der Mönch. »Daß dieser Jude ausgerechnet dort wohnt, wo Satan einst die Menschen verführte, stimmt mich nicht fröhlich! Wer weiß, vielleicht täuscht dieser Kabbalist den Magister mit einem falschen Rat. Dann gehen wir alle elend zugrunde!«

»Die Söhne Jakobs waren mir schon seit jeher unheimlich«, gestand der Türke, »auch wenn sie, wie das Volk des Propheten, den Lenden Abrahams entstammen.«

»Ihr habt doch Theologie studiert«, fragte mich Tyrant du Cœur. »Gilt die kabbalistische Kunst vor Gott nicht als Sünde?«

Ich dachte an die beiden Bücher, das »Jezirah« und den »Sohar«, die Säulen des kabbalistischen Wissens, die ich unter den Schriften des Dämonologen gefunden hatte, und antwortete:

»Die Zukunftsdeutung nach der Thora, den fünf Büchern Mosis, gelingt nur dann, wenn sie mit reinem Herzen ausgeführt wird. Ein sündiger Mensch kann dabei großen Schaden nehmen. Nach dem Glauben der Kabbalisten war es Adam selbst, der von dem Engel Raziel das erste Buch über diese Art der Weissagung erhielt. Dadurch konnte er den Kummer über seine Vertreibung aus Eden verwinden und seine Würde wiedergewinnen. Auch Abraham und Moses empfingen solche Schlüssel zur besseren Deutung der Offenbarung. Das Deuteronomium berichtet, daß der Prophet am Sinai 70 Älteste seines Volkes um sich scharte – sie wurden die ersten Kabbalisten. Man nannte sie auch Mekubalim, die Eingeweihten. Denn nach der Überlieferung nannte Gott damals Moses zwei Arten von Wörtern aus seinem Gesetz: die einen, um sie auszusprechen, die anderen aber, um sie geheimzuhalten ...«

»Genug davon«, unterbrach mich der Ritter, »wir wissen wohl, wie gebildet Ihr seid. Sagt uns lieber, wie dieser Zukunftszauber vonstatten geht!«

»Die Prophezeiungen der Kabbala gründen sich auf die Tatsache, daß die alte Schrift der Hebräer keine Zeichen für Selbstlaute kennt«, erklärte ich. »Nur die Mitlaute werden niedergeschrieben. Deshalb vermag man jedem Wort verschiedene Bedeutungen zu unterlegen. Außerdem verwenden die Juden für Buchstaben und Zahlen die gleichen Zeichen. Deshalb kann man Lettern und Ziffern beliebig austauschen und somit jedes Wort durch eine Zahl ersetzen. Warum, glaubt

Ihr wohl, heißt es in der Apokalypse Johanni: ›Wer Verstand hat, berechne den Zahlenwert des Tiers. Denn es ist die Zahl eines Menschennamens; seine Zahl ist 666‹?«

»Das ist mir zu hoch«, bekannte Bruder Maurus.

»Das A zählt zum Beispiel 1, das B aber 2, das J schon 10, das R bereits 200, das T sogar 400 und so fort«, erläuterte ich. »Wie hießen die drei Engel, die Abraham im Hain von Mamre besuchten, ehe sie nach Sodom hinunterstiegen, um die sündige Stadt zu zerstören? Im 1. Buch Mosis steht an dieser Stelle nur, daß es drei Männer waren – auf Hebräisch ›Vehenna Shalisha‹. Laßt nun die Selbstlaute weg, so bleibt übrig: VHNN SHLSH. Der Zahlenwert dieser zwei Wörter beträgt 701. Genau die gleiche Summe erhält man aber auch, wenn man die Werte der Buchstaben MCHL GBRL RPHL zusammenzählt. Die drei Engel hießen also Michael, Gabriel und Raphael.«

Bruder Maurus kratzte sich am Kopf und sagte: »Schön und gut – wie aber kann man mit solchen Spielereien die Zukunft erraten?«

»Wenn den Kabbalisten ein Wort der Bibel für die erwünschte Weissagung wichtig erscheint«, erklärte ich, »so zerlegen sie es und nehmen jeden Buchstaben zum Anfang eines neuen Begriffs. Auf diese Weise fanden sie zum Beispiel die geheime Bedeutung des hebräischen Wortes ›Breshit‹ – ›Im Anfang‹ –, mit dem das 1. Buch Mosis beginnt: B wie Breshit, R wie Rahi, E wie Elohim, S wie Shejequebelo, I wie Israel, T wie Thora – übersetzt heißt das: Im Anfang sah Gott, daß Israel das Gesetz annehmen würde. Es gibt aber noch viele andere Formen der Zukunftsdeutung.«

»Dann kann es lange dauern, bis der Magister eine Antwort erhält«, stellte der Ritter fest.

»Das Feld der Kabbala kennt keine Grenzen«, stimmte ich zu. »In allen Worten kann man Buchstaben austauschen oder sie nach bestimmten Schlüsseln versetzen. Worte werden in beiden Richtungen gelesen, Schriften auch von unten nach oben. Es gibt Geheimalphabete und die sephirotischen Wunderzahlen ... Auf diese Weise lüfteten die Kabbalisten schon viele Geheimnisse der Schöpfung. Zum Beispiel, daß Gott mit dem weißen Licht seines Hauptes 400 000 Welten erhellt. Daß sein Gesicht vom Scheitel bis zum Kinn 3,7 millionenmal so groß ist wie die Erdoberfläche. Und daß die Zahl der Sterne genau 301 655 172 beträgt.«

»Das kommt mir vor, als ob ein paar blinde Mäuse versuchten, aus den Körnern eines Speichers ein Abbild Allahs zu formen«, spottete Tughril.

Am Morgen des dritten Tages trat ein Hirtenknabe von etwa zehn Jahren in den Hof der Herberge, blickte uns fragend an und sagte: »Seid Ihr die Reisegefährten des Doktor Cäsarius? Er hat sich den Fuß vertreten und möchte, daß Ihr ihm mit einem Reitpferd entgegeneilt.«

Besorgt blickten wir einander an. »Ist der Magister gestürzt?« fragte Tyrant du Cœur.

»Ja. Am Abhang der Akropolis, ungefähr eine Meile von hier«, antwortete der Junge. »Ich führe euch hin.«

»Einen Moment«, sagte ich. »Ich will mir rasch einen Überwurf holen.«

Ich stieg in unser Gemach, öffnete leise die kupferbeschlagene Kiste und schüttete aus den vier Flaschen heiliges Wasser auf ein Stück Stoff. Dann knüllte ich das Tuch in der Faust zusammen und kehrte in den Hof zurück.

»Seid Ihr fertig?« fragte der Knabe. »Wo ist Euer Pferd?«

»Es steht schon hinter dir«, erwiderte ich.

Verwundert drehte sich der Junge um. Im gleichen Augenblick sprang ich hinzu und preßte ihm das feuchte Tuch an den lockigen Kopf.

Ein furchtbarer Schrei erscholl, und der rotschnäbelige Rabe stieg flatternd vom Dach empor. Meine Gefährten fuhren zusammen, als sei neben ihnen ein Blitz in den Boden geschlagen. Aus schreckgeweiteten Augen starrten sie auf den furchtbaren Anblick.

»Atha Gibor Leolam Adonai«, rief ich. »Du bist in Ewigkeit mächtig, o Herr! Weiche, Geschöpf des Satans!« Die Haut des Knaben platzte in grausiger Weise auf. Darunter aber erschien nicht rohes Fleisch, sondern der mit unfaßbarer Schnelligkeit wachsende Körper Belphegors. Schaum drang aus dem Rachen des Ungeists. Angst stieg in mir auf, und voller Hast sprudelte ich alle Beschwörungsformeln hervor, die ich kannte. Tyrant du Cœur zog das Schwert und sprang Belphegor entgegen. Tughril schleuderte seinen Dolch, doch er prallte von dem mißgestalteten Dämonenleib ab und fiel klirrend zu Boden. Bruder Maurus riß den Eckpfosten eines Hühnerstalls aus der Erde und drosch auf das Ungeschöpf ein. Aber keiner von ihnen vermochte den Höllengeist aufzuhalten. Da zog ich in höchster Not die Phiole mit dem Blut Christi aus dem Gewand, und heulend ließ der Dämon von uns ab. Das Tuch fiel zu Boden, Belphegor aber raste mit donnerndem Krachen durch das Tor, fuhr dröhnend in die Luft und verschwand, von dem Raben gefolgt, zwischen nebligen Wolken.

»Ihr wußtet, daß uns Satan in die Falle locken wollte!« staunte Tyrant du Cœur.

»Ich hatte den Raben gesehen«, antwortete ich und sank schweratmend auf einen Stein. »Aber ich konnte euch nicht warnen, ohne daß es der Dämon bemerkte.«

Hastige Schritte erklangen. Durch das geborstene Tor eilte der alte Magister herbei. Sein Gesicht war wachsbleich, und seine magere Brust hob und senkte sich wie ein Blasebalg.

»Dem Herrn sei Dank, ihr lebt noch«, stieß er erschöpft hervor. »Wie seid ihr dem Dämon entkommen?«

»Dorotheus durchschaute seine List«, berichtete Tyrant du Cœur. »Er bannte den Dämon mit einem Tuch. Leider konnte Belphegor trotzdem entrinnen.«

»Ich nahm die heiligen Wasser, so wie Ihr damals bei dem Drachen«, schilderte ich und blickte auf meine zitternden Hände. »Doch erst das Blut Christi vertrieb den Dämon.«

»Wir nähern uns dem Ziel«, erklärte Doktor Cäsarius. »Rechnet fortan auf Schritt und Tritt mit immer neuen Tücken des Teufels!«

»Habt Ihr etwas von Alix erfahren?« fragte Tyrant du Cœur.

Der Magister nickte ernst. »Wir wissen, wo man sie gefangenhält«, gab er zur Antwort.

Der dürre Wirt kam aus der Schenke gelaufen. »Was war denn das für ein Höllenlärm?« wollte er wissen. Kopfschüttelnd starrte er auf die zerschmetterten Bretter. »Ist ein Fuhrwerk gegen das Tor geprallt?« fragte er.

»Ja«, log Tughril, »aber bevor wir den Fahrer aufhalten konnten, raste er schon weiter. Es gibt keine Ehrlichkeit mehr unter den Menschen!«

»So ein verfluchter Höllenhund!« schimpfte der Wirt. »Wenn ich den erwische!«

Wir eilten in unser Zimmer. Doktor Cäsarius schloß die Läden. Dann berichtete er:

»Die Kunst der Kabbalisten scheint fast so unergründlich wie das Geheimnis der göttlichen Schöpfung. Soviel aber kann ich euch sagen, daß man nach bestimmten Regeln von einem Wort auf andere schließt. Rabbi ben Kohelet ging von den Buchstaben unserer Namen aus. Er formte sie zu verschiedenen Sätzen, bis er am Abend des ersten Tages eine recht überzeugende Entsprechung im 1. Buch Mosis fand – bei der Geschichte Henochs.«

Der Dämonologe trank einen Schluck Wasser und fuhr dann fort:

»Also forschte der Rabbi im Buch Henoch weiter. Das dauerte wieder einen ganzen Tag. Dann stieß ben Kohelet endlich auf die Beschreibung des Ortes, in dem die gefallenen Engel bestraft werden, jene, die sich einst mit Menschentöchtern verbanden.«

Er zog das schwarze Buch aus der Tasche, öffnete es und las vor:

»Ich wanderte ringsum, bis ich an einen Ort kam, wo kein Ding war. Dort sah ich sieben Sterne des Himmels gefesselt und in ihn hineingestoßen, wie große Berge und brennend wie Feuer... Da sagte zu mir Uriel, einer von den heiligen Engeln, der bei mir war: ›Dies sind diejenigen Sterne des Himmels, die den Befehl Gottes übertreten haben, bis die Zeit der Sünde, 10000 Jahre, vollendet ist...‹ Von da an ging ich weiter zu einem anderen Ort, der noch grausiger als jener war. Ein großes Feuer war dort, das loderte und flammte. Der Ort war ganz voll von großen herabfahrenden Feuersäulen. Da sagte Uriel zu mir: ›Dieser Ort ist der Kerker der untreuen Engel, und hier werden sie bis in Ewigkeit gefangengehalten!‹«

Doktor Cäsarius hustete, betupfte sich die Lippen mit einem Tuch und sprach leise weiter:

»An dieser Stelle fand Rabbi ben Kohelet eine seltsame Übereinstimmung: Die Namen der sieben Sterne paßten zu den Namen der sieben Ritter, die damals in Konstantinopel das Haupt des Täufers zerteilten. Der zweite, noch schrecklichere Ort aber besaß den gleichen Zahlenwert wie das Wort Hinnom!«

Mir stockte der Atem. »Soll das etwa bedeuten, daß der Teufel versucht, mit dem heiligen Haupt die bösen Engel aus der Gefangenschaft zu befreien?« fragte ich furchtsam.

»Ich weiß nicht, wie schwer Gott die Menschen für ihre Sünden bestrafen will«, antwortete der Magister ernst. »Wenn er Satan gewähren läßt, werden die bösen Engel und alten Dämonen der Urzeit rächend über die Erde ziehen. Dann werden alle Länder in einem Feuer versinken, wie man es noch niemals sah... Oh, furchtbares Ende!«

Ein Schauder durchfuhr ihn, er hustete wieder und preßte die Lippen zusammen.

»Noch aber können wir das Haupt des Täufers retten«, setzte er seinen Bericht fort. »Nach Hinnom fand der Rabbi noch andere Namen, deren Bestandteile in den Worten Henochs verborgen lagen. Der zweite lautete: Herodes!«

»Der Schlächter von Juda!« entfuhr es dem Ritter. »Nach den Gottlosen der Gegenwart stellen sich uns nun auch noch die Verbrecher der Vergangenheit in den Weg!«

»Wir konnten noch nicht herausfinden, welche Bedeutung der Name des Judenkönigs besitzt«, meinte der Magister und hustete wieder. »Es könnte sein, daß ihm das Haupt gehört, das die Legionäre Marc Aurels einst in dem chaldäischen Kästchen fanden ... Wichtiger ist, daß Rabbi ben Kohelet über Herodes auf die Spur Eurer Schwester gelangte.«

»Wo ist sie?« rief der Ritter.

»Habt noch Geduld«, bat Doktor Cäsarius. »Gleich sollt Ihr es erfahren. Der nächste Begriff, der sich aus dem Bericht Henochs ergab, hieß Python.«

»Das griechische Wort für Drache«, rief ich verblüfft. »Will es die Echsenmenschen bezeichnen?«

Der Magister wiegte den Kopf. »Das glaube ich kaum«, erwiderte er. »Denn der Kabbalist fand noch drei weitere Namen: Xerxes, Haran und Lubar.«

Die Gefährten sahen einander verwundert an. »Haran?« murmelte Tughril. »Also auch der Kabbalist ...« Er verstummte.

Der Dämonologe faßte mich forschend ins Auge. »Was haltet Ihr davon, Dorotheus?« wollte er wissen.

»Lubar!« wiederholte ich sinnend. »Haran! Xerxes! Ja, die Kabbala stützt die Weissagung der Sibylle. Sie führt sogar noch darüber hinaus. Das Haupt, das uns ohne Hand den Weg zeigt, wartet zweifellos in Haran auf uns. Es wird uns wohl die Richtung zum Berg Lubar weisen.«

»Wo liegt dieser Gipfel?« fragte Bruder Maurus. »Diesen Namen hörte ich noch nie!«

»Im Süden des Gebirges Ararat«, gab ich zur Antwort. »Auf dem Lubar landete Noah mit seiner Arche. So steht es im geheimen Buch der Jubiläen.«

»Ich wußte gar nicht, daß man diesen Berg gefunden hat«, staunte Tyrant du Cœur. »Bisher glaubte ich immer, der Landeplatz der Arche sei niemals entdeckt worden.«

»Viele Mönche und heilige Pilger suchten die Reste der Arche im Hochland von Asien vergeblich«, gab Doktor Cäsarius zu. »Uns aber wird – nein, muß es gelingen, Noahs Schiff wiederzufinden!«

»Wenn uns das sprechende Haupt der Ssabier wirklich rät, nach dem Lubar zu reisen, wissen wir, daß Ihr recht hattet«, meinte der Türke. »Doch nun der Reihe nach – was bedeutet Xerxes?«

Ich wechselte einen Blick mit dem alten Magister. Er nickte mir ermunternd zu. Da sagte ich:

»Dieser Name verrät uns, wo unser Feind die Fürstin Alix versteckt hält.«

»Spannt mich nicht länger auf die Folter, ich bitte Euch!« rief der Ritter erregt.

»Ihr wißt, daß Xerxes ungefähr 500 Jahre vor der Geburt des Erlösers König des Perserreichs wurde und mit 800000 Kriegern Griechenland überfiel«, erklärte ich. »Trotz seiner ungeheuren Streitmacht überwand er das kleine Heer der Spartaner, das die Thermopylen verteidigte, nur durch Verr...!«

»Bodonitsa!« entfuhr es Tyrant du Cœur. »Natürlich! Python! Der Drachenritter!«

»Ja«, bestätigte der Magister, und seine grünen Augen begannen zu glühen. »Ubertino Pallavicini, der Markgraf von Bodonitsa, ist es, den die Kabbala beschreibt. Sein Ahn zählte wie der Eure zu jenen Sieben, die den Frevel in der Hagia Sophia begingen. Beim Turnier zu Katakolon versuchte er, Euch in der Aschenwolke zu töten. Aber der uralte Ritter mit der heiligen Lanze rettete Euch. Konrad von Katakolon hat sich zu dem Pallavicini geflüchtet. Und die Pythoniden brachten ihren Raub in seine Burg. Wenn wir Alix retten wollen, müssen wir den Drachenritter besiegen.«

SECTIO IX

Eine Stunde später rollten wir südlich der Akropolis über den alten Marktplatz nach Westen. Wir verließen die Stadt durch das Heilige Tor und folgten der Sonne auf jener Straße, die den heidnischen Athenern einst als Weg zu den eleusinischen Weihespielen diente. Einige Stunden später rumpelte unser Fuhrwerk durch ein kleines Dorf. Bruder Maurus fand mit sicherer Nase den Weg zu einem Schlachter und erstand ein paar frische Schweinefüße. Dann ritten wir in den lichten Hain von Eleusis, an dem noch heute die stolzen Säulen heidnischer Dämonenverehrung dem Himmel Gottes trotzen.

Viele Jahrhunderte lang beteten die Griechen der dunklen Zeit an dieser Küste zu der Dämonin Demeter, die sie für eine Spenderin der Fruchtbarkeit hielten. Manche nannten diese Teufelin auch Kybele oder Hekate. Ihre Götzendiener pflegten sich mit Myrtenzweigen zu bekränzen. Sie salbten sich mit dem Blut frischgeschlachteter Schafe und tanzten die ganze Nacht, bis die Dämonin in der Gestalt eines brennenden Vogels herbeiflog und die geopferten Tiere verspeiste. Mönche im Gefolge des Goten Alarich brannten die sündige Stätte nieder. Die geborstenen Trümmer des Tempels erinnern für alle Zeit an diesen Sieg des Glaubens über die Gottlosigkeit. Steinalte Olivenbäume und allerlei grünendes Buschwerk entziehen die Satansaltäre heute gnädig den Blicken der frommen Pilger, die am saronischen Golf dem Reiseweg des Völkerbekehrers Paulus folgen.

Unweit der Straße erspähten wir einen windgeschützten Platz, an dem ein munteres Bächlein plätscherte. Doktor Cäsarius lenkte das Fuhrwerk in eine moosige Mulde. Mönch und Ritter richteten unser Lager ein. Tughril und ich traten zwischen Wacholdersträucher, um uns zu erleichtern. Dabei sahen wir in den Wurzeln eines Bilsenkrautbüschels eine bronzene Scheibe blitzen. Ich wollte sie aufheben, aber der Türke kam mir zuvor. Die runde Platte war auf beiden Seiten mit seltsamen Zeichen beschriftet. In ihrer Mitte steckte ein eherner Stab. Tughril setzte den seltsamen Gegenstand auf den Boden und stieß ihn an, um zu sehen, ob er wie ein Kreisel das Gleichgewicht hielt. Aber die Erde erwies sich als zu weich, und die Scheibe fiel schon nach wenigen Drehungen um.

»Was habt Ihr denn da?« fragte Doktor Cäsarius.

Wir zeigten ihm das Metallgerät. Der Magister fuhr ein wenig zurück, nahm es uns dann aus der Hand, hielt es prüfend in das schwindelnde Licht und sagte warnend: »Legt diese Platte schnell wieder dorthin zurück, wo Ihr sie fandet! Mit solchen Bronzescheiben riefen die Götzendiener einst ihre Dämonen herbei. Es tut Christen nicht wohl, mit Heiligtümern von Heiden zu spielen!«

Tughril blickte bedauernd auf das wertvolle Metall. Dann zuckte er enttäuscht die Achseln und schleuderte die Platte in den Wald. Die Bronzescheibe prallte auf den Boden und rollte über einen niedrigen Hügel aus unseren Blicken.

Tyrant du Cœur hatte inzwischen ein Feuer entflammt, und Bruder Maurus setzte eine Schweinefleischsuppe auf. Wir aßen mit großem Genuß, am besten aber schmeckte es, wie stets, dem Koch. Der Mönch schmatzte so laut, daß der Magister die Augen zum Himmel hob und zu fasten beschloß.

Während wir speisten, zupfte Tughril plötzlich an seinem einzigen Ohr. »Wir werden belauscht!« raunte er uns zu.

Bruder Maurus griff nach einem knorrigen Eichenstock. Tyrant du Cœur zog sein Schwert. Doktor Cäsarius tastete nach dem Storaxstab in seinem Ärmel. Tughril prüfte den Sitz seines Sarazenendolchs. Ich klappte das Kästchen auf und tränkte ein Tuch mit den heiligen Wassertropfen.

Vorsichtig schlichen die Gefährten durch niedrige Haselnußsträucher. Als sie die sanfte Kuppe des kleinen Hügels erreichten, ließ sich Tyrant du Cœur auf die Knie nieder. Der Magister drehte sich nach mir um und winkte mir zu. Ich hob die Kupfertruhe und eilte zu ihm. Die Erde schien leise unter unseren Füßen zu schwanken.

»Bei Astaroths aussätzigem Affensteiß«, flüsterte Doktor Cäsarius. »Die alten Dämonen der Griechen sind der Oberfläche näher, als ich dachte. Lauft zum Wagen und holt noch ein paar Purpurfäden!«

Ich hastete über die Wiese zu unserem Fuhrwerk zurück. Kurz bevor ich es erreichte, rollte mir plötzlich ein Felsblock in den Weg. Hinter dem Stein öffnete sich eine Höhle. Ehe ich zur Seite springen konnte, schoß ein baumdicker, gefleckter Schwanz hervor, ringelte sich um meine Hüfte und zog mich in die Erde hinab.

Ich schrie auf und schlug verzweifelt um mich, doch ich vermochte mich nicht zu befreien. Tiefer und tiefer schleifte mich der Schuppenschweif durch den unterirdischen Gang in die Tiefe. Der kleine Lichtfleck zu meinen Häupten verschwand, und ich wußte, daß der verzauberte Felsklotz wieder auf seinen Platz zurückgerollt war. Im gleichen Moment erkannte ich auch, in wessen Gewalt ich geraten war.

Seit der Urzeit zitterten die Bewohner Griechenlands vor einer Dämonin, die alle anderen Ungeheuer der Welt so leicht übertraf wie der Wolf das Wiesel, der Wal den Weißfisch, der Wirbelsturm den lauen Lufthauch des Sommers. Die schreckliche Chimäre, die Hydra und der Höllenhund Cerberus, auch Scylla und Charybdis verbreiteten lähmende Furcht, aber sie waren doch nur die Kinder einer noch viel entsetzlicheren Mutter: Echidna, die der weise Hesiod die Nymphe des Abgrunds nannte. Ehe ich einen klaren Gedanken zu fassen vermochte, wurde ich in eine riesige Grotte geschleudert. Der Widerschein flüssiger Glut aus den Eingeweiden der Erde flammte über die felsige Wölbung. Vom Dach der Höhle beugte sich nun die menschenähnliche Hälfte Echidnas herab, und ich erschrak vor ihrer Größe. Denn ihre weiße Stirn glich der Vorderwand eines Hauses, ihre Augen rundeten sich wie Wagenräder, und zwischen ihren purpurnen Lippen öffnete sich ein Rachen so hoch wie ein Stadttor. Bläulicher Mondglanz schimmerte auf ihrem Antlitz, die schrägen Wangenknochen verliehen der Dämonin einen widernatürlichen Reiz, und ihre Nasenflügel bebten vor Lust, als sie sich anschickte, mich zu verschlingen.

Schnell griff ich nach dem Gotteslamm an meiner Brust, hob es der Dämonin entgegen und rief: »Weiche von mir, du Satansgeschöpf! Atha Gibor Leolam Adonai!«

Das Schlangengeschöpf schrie wie hundert Stürme und schlug die Hände vor die Augen. Schnell schlüpfte ich zwischen den Schuppen des Schwanzes hervor und rettete mich in einen niedrigen Gang. Der gefleckte Schweif fuhr wie eine riesige Peitschenschnur hinter mir nieder. Funken regneten von den Felsen, ich aber kroch auf Händen und Knien weiter in den dunklen Stollen. Ein zorniges Fauchen wie von tausend Löwen folgte mir, und dann entlud sich die Enttäuschung Echidnas in einem Geheul, als ob mich zehntausend Wölfe hetzten. Klopfenden Herzens beschloß ich, trotz der heiligen Hostie nicht noch einmal zu der schrecklichen Schlange zurückzukehren, sondern lieber nach einem anderen Ausweg zu suchen.

Wie ein Dachs wand ich mich durch den engen Gang. Einige Male glaubte ich schon, ich würde steckenbleiben und im Würgegriff der Erde jämmerlich ersticken. Dann aber blitzte vor mir ein Lichtschein auf, und Hals über Kopf stürzte ich in eine zweite Höhle.

Schnell riß ich mein Agnus Dei empor, gefaßt auf den Angriff weiterer Schreckensgestalten. Aber zu meiner Überraschung drang nicht das Knurren mordgieriger Bestien an meine Ohren, sondern der süße Klang von Lauten und Flöten. Denn in der grünenden Grotte breitete sich ein lieblicher Lustgarten aus, in dem ich die schönsten Geschöpfe Satans erblickte.

Auf einer goldenen Bank zwischen blühenden Linden lagerte, von ihren Dienerinnen umgeben, die Fürstin Semiramis aus Chaldäa. Schwarze Locken wallten bis zu ihren Hüften, ihre makellose Stirn schimmerte wie Elfenbein, und ihre Augen leuchteten blau wie die unergründlichen Wasser des Tigris. Das samtene Rot von Pfirsichäpfeln färbte die glatten Wangen, und hinter Lippen wie reife Kirschen blitzten Zähne wie Gletscherfirn. Als ich sie ansah, streiften die Dienerinnen eilfertig das kostbare Seidengewand von Brust und Hüften ihrer Herrin. Ich aber wandte den Blick ab und floh vor der Versuchung, mit einer Teufelsdienerin Unzucht zu treiben.

Einige Schritte weiter bog Helena, die vergöttlichte Hure der Heiden, zwischen stark duftenden Rosenbüschen ihren geschmeidigen Leib unter einem Guß kühlen Wassers aus einer Kanne, die drei nackte Nymphen über sie hielten. Funkelnd wie Perlen rannen die Tropfen durch die goldenen Locken der Griechin, sammelten sich auf der gebräunten Haut und suchten sich schließlich in silbernen Bändern den

Weg zwischen Brüsten und Schenkeln hinab. Lockend drehte die schöne Dämonin vor mir ihren Leib, und ihre Blicke zogen mich mit Zaubermacht an. Da hielt ich mir schnell die Hand vor die Augen und stolperte weiter, von hellem Gelächter verfolgt.

Auf einer Wiese aus Maiglöckchen, Mannstreu und Myrte lagerte träumend die Römerin Messalina. Ein blauer Baldachin beschattete ihren wollüstigen Körper. Wie Feuer umrahmte rotes Haar das hübsche Gesicht der Kaiserin. Winzige Schweißperlen glänzten auf ihrer zierlichen Nase, und ihr schön geschnittener Mund raunte im Schlaf Koseworte, über deren Kühnheit ich erschrak. Ihr schneller, stoßweiser Atem verriet, welchen Träumen sie nachhing, und ihre entblößten Lenden reckten sich mir entgegen. Ich fühlte, wie sich mein Blut erhitzte. Da barg ich schnell mein Gesicht im Ärmel und eilte an der Versuchung vorüber.

Zwischen Lein, Labkraut und Liebstöckel blickte mir nun die Karthagerin Dido entgegen. Ein reizvolles Lächeln lag auf ihren ebenholzfarbenen Zügen. Mit einer stolzen Bewegung warf sie den Kopf zurück, den schwarzes Haar wie eine Löwenmähne umgab. Die olivendunklen Lippen der Königin öffneten sich, als sie den golddurchwirkten Stoff von ihren glatten Schultern schob und mir die volle Rundung ihrer Brust enthüllte.

Sündige Erregung schnürte mir die Kehle zu, doch ich widerstand auch dieser Verführung und hastete weiter. Nun aber traten aus duftenden Oleanderbüschen Mädchen und junge Frauen hervor, die mir noch schöner als selbst Helena und die anderen Buhldämoninnen erschienen: Es war, als seien sie zu keinem anderen Zweck geschaffen, als die Begierde des Mannes zu wecken und seine Wollust zu stillen. Locken umrahmten ihre Häupter in allen Farben des Regenbogens, die Haut ihrer Körper schimmerte in allen Spielarten der Helligkeit zwischen Mittag und Mitternacht, und zwischen den Kränzen von Herbstzeitlosen auf ihren Stirnen leuchtete es wie Mondlicht an schwülen Abenden, wenn im Menschen die Sehnsucht nach einer Umarmung erwacht. Ein betörender Hauch stieg von ihrer samtenen Haut auf, als sie mir in einer unbefangenen und doch bewußten Nacktheit lächelnd entgegentraten: hochgewachsene und vollendet geformte Frauen mit Körpern wie reife Früchte, aber auch zierliche mit spitzen Brüsten und schmalen Hüften. Auch junge Mädchen mit sprießenden Knospen und schließlich kindliche Buhlerinnen mit Körpern wie Knaben boten sich meinem Blick dar, und ein unbeschreibbares Gefühl zwischen Begierde und Grauen befiel mich, als ich erkannte, daß diese dämonischen Geschöpfe sämtlich die Züge der schönen Alix trugen. Als Kind, als blutjunges Mädchen, als schüchtern erwachsene Frau und als reife Schönheit lächelte mir die Fürstentochter aus den Gesichtern der Teufelswesen entgegen. Da zog ich die heilige Hostie hervor und ermahnte mich selbst mit den Worten des hl. Paulus im Brief an die Römer: »Legt als neues Gewand den Herrn Jesus Christus an, damit die Begierden des Leibes nicht erwachen!«

Als ich den Namen des Erlösers aussprach, erscholl von allen Seiten ein entsetzliches Kreischen. Die reine Haut der herrlich gewachsenen Frauen bedeckte sich plötzlich mit Pickeln und Pusteln, platzte auf und entließ Eiter und andere ekelerregende Flüssigkeiten aus den Adern der teuflischen Leiber. Die lockigen Haare wanden sich als weißliche Würmer um die verwesenden Schläfen, die strahlenden Augen schmolzen und liefen als bläuliche Öle aus ihren Höhlen. Unter dem faulenden Fleisch schimmerte zerbröckelndes Gebein, und am Ende zerfielen die Satansweiber unter der Macht des Gotteslamms in die unreinen Bestandteile, aus denen sie geschaffen waren. Die reifen Frauen wurden zu fetten, quiekenden Ratten, die Mädchen zerlegten sich in Zehntausende von Fledermäusen, die Körper der kindlichen Buhlerinnen aber zerbrachen in Millionen schwarzer Spinnen, die vor meinen Füßen kreuz und quer über den Boden krochen, so daß es mir grauste.

Ich bekreuzigte mich und betete nach dem Petrusbrief: »Wer im Fleisch gelitten hat, für den hat die Sünde ein Ende. Darum richtet euch, solange ihr auf Erden lebt, nicht mehr nach den menschlichen Begierden, sondern nach dem Willen Gottes ...« Da zuckten flammende Blitze herab und brannten das grüne Gras, auch alle Bäume und Büsche, zu Asche. Die Königinnen mit ihren Zofen schmolzen zu häßlichen Haufen verrottenden Fleischs, in dem sich Milliarden Maden ringelten. Ich würgte vor Ekel. Am Ende zersprang das ganze Zauberbild mit einem furchtbaren Knall, der mir so laut wie die Posaunen von Jericho erschien. Schwärzliche Schwaden wallten empor. Als sich die Schleier wieder verzogen, stand ich in einer vollkommen leeren Höhle. Nur mit Mühe erkannte ich in den verschiedenen Felsbrocken eine versteckte Erinnerung an die verschwundene Zauberlandschaft.

Plötzlich ertönte von neuem ein markerschütterndes Kreischen, und voller Furcht sah ich aus dem Dunkel dichte Schwärme von Fledermäusen auf mich herabstürzen. Von den Wänden sprangen pfeifende Heerscharen scharfzähniger Ratten herbei, und zwischen den losen Steinen unter meinen Füßen quollen Millionen behaarter Spinnen hervor.

Verzweifelt suchte ich nach einem Ausweg, aber die Felswände zu beiden Seiten zeigten nirgends eine Lücke. Da entdeckte ich vor mir einen kleinen See, befahl Gott meine Seele und sprang hinein. Eine reißende Strömung zog mich in einen gurgelnden Schlund hinab. Dann blendete Helligkeit meine Augen, und ich fand mich zwischen gischtenden Stromschnellen in einem Wildwasser wieder, das mich durch eine dritte Höhle trug.

Rasch rettete ich mich aus den schäumenden Wirbeln an das felsige Ufer. Glitschige Algen bedeckten die steile Böschung. Als ich hinaufgeklettert war, sank ich in schwarze, schmierige Asche, in der zahllose Knochensplitter bleichten. Mit wachsendem Entsetzen trat ich erst auf entfleischte Rippen und Wirbel, dann auf Hände und schließlich auf Totenschädel, die mich aus leeren Augenhöhlen anzustarren schienen. Dann brachen aus wabernden Nebelschleiern Hunderte von alten Weibern mit langen, wehenden Haaren und scharfen Krallen hervor.

In ihren wäßrigen Augen glomm eine Gier, die nur meinem warmen Blut gelten konnte. Ihre zahnlosen Münder verzerrten sich zu Lauten widernatürlichen Entzückens. Ihre ausgemergelten Körper wurden von grauen Tüchern wie von Spinnweben bedeckt. Sie schienen über dem Boden zu schweben, so schnell eilten sie auf mich zu. Wieder riß ich die Hostie hoch und rief Gott an, diesmal mit Versen des 44. Psalms: »Bring uns doch Hilfe im Kampf mit dem Feind! Denn die Hilfe der Menschen ist nutzlos.« Da leuchtete das Gotteslamm auf, und am Boden um mich begann ein feuriger Kreis zu erstrahlen.

Die Erinnyen wichen ein wenig zurück, und ich glaubte mich schon gerettet, da rasten auf dem schwefligen Gewölk neue Angreiferinnen herbei: junge, hochgewachsene Frauen mit nackten Armen und Schenkeln, in lederne Felle gehüllt. Blut troff von ihren vollen Lippen. In den Händen hielten die Bacchantinnen die Überreste von Männern, denen sie sich zuvor hingegeben hatten. Ich würgte vor Grauen, namenlose Furcht unterspülte den Wall meines Glaubens, und verzweifelt betete ich aus dem 40. Psalm: »Du, Herr, verschließe mir nicht Dein Erbarmen; Deine Huld und Wahrheit mögen mich immer behüten!«

Immer mehr andere Schreckensgestalten eilten nun von allen Seiten auf mich zu: zerfledderte Kadaver, Leichname beiderlei Geschlechts, die noch als Tote von Mordlust und bösen Trieben beherrscht wurden. Eurynomos führte sie an, in den Balg eines riesigen Geiers gehüllt. Der giftige Hauch von Verwesung drang aus den faulenden Mündern der Nekyiodämonen. Strigische Eulen, die mit ihren Krallen nachts die Wangen der Kinder zerfleischen, die Alpdämonen Barychnas, Babutsias und Kalikantzaros, die Kinderwürgerin Mora, der Mordgeist Miastor, grauenvolle Giganten mit Schlangenbeinen und teufelsgestaltige Erdtitanen umringten mich. Hekate selbst, die fressende Erdentiefe, drang auf mich ein, begleitet von Cerberus und den stygischen Hunden. In den Lüften rauschten Harpyien heran. In Todesnot schloß ich die Augen und wartete auf den Schmerz, den ich fühlen mußte, wenn die reißenden Zähne der Ungeister meinen Schädel zermalmten. Da hörte ich plötzlich den hellen Klang eines Schwertes. Neben mir stand der Ritter und hieb auf die Dämonen ein.

»Tyrant!« entfuhr es mir. »Wie kommt Ihr hierher? Die Echidna...«

»Ich weiß!« versetzte der Jüngling und schlug den Höllenhunden voller Grimm auf die geifernden Schnauzen. »Ich sah, wie die Schlange Euch packte, und folgte Euch!«

»So sind wir beide verloren!« rief ich in höchster Verzweiflung. »Der Himmel hat uns verlassen!«

»Ach was!« schrie Tyrant du Cœur und sprang vor den blitzenden Zähnen des riesigen Cerberus zur Seite. »Euch mangelt es an Glauben. Das ist Euer größter Fehler!« Er stürzte nach vorn und traf mit der Klinge den Schädel Hekates. Die Totendämonin stieß einen schrillen Schrei aus. Bläuliches Blut troff von ihren Lefzen.

»Ihr habt sie verwundet!« keuchte ich verblüfft.

»Der Magister bestreute mein Schwert mit Eisenstaub von der Kette Petri«, stieß der Ritter zwischen den Zähnen hervor und drosch auf die Harpyien ein. Saphirfarbener Schleim spritzte durch die Luft. Mit grausigem Gebrüll wichen die Höllengeschöpfe zurück. Tyrant du Cœur packte mich am Arm.

»Zurück zum Fluß!« schrie er.

»Nein!« wehrte ich mich voller Angst. »Wer weiß, wohin uns das Wasser spült – vielleicht in die Klauen des Teufels selbst!«

»Seid kein Narr!« brüllte der Ritter und rüttelte mich mit aller Kraft. »Wir schwimmen nicht hinunter, sondern wieder hinauf!«

»Zurück in die Fänge Echidnas?« rief ich mit noch größerem Entsetzen. »Ihr entkomme ich gewiß kein zweites Mal!«

»Ich bin ja bei Euch!« schnaufte Tyrant du Cœur und zerrte mich über die Felsen hinab. »Wenn Ihr schon nicht an Gottes Hilfe glaubt, so vertraut wenigstens meiner Erfahrung!«

Seine Streiche fielen dicht wie Hagelkörner, und wieder staunte ich über die Wirkung des verzauberten Schwerts. Am Flußufer griffen uns die Dämonen noch einmal mit allen Kräften an. »Vielleicht gibt es doch einen anderen Ausweg!« schrie ich verzweifelt. Da packte mich Tyrant du Cœur mit einer Hand beim Schopf, mit der anderen an der Hüfte und warf mich ohne ein weiteres Wort ins Wasser. Schnell sprang er hinterher und stach mir die Schwertspitze in den Rücken, bis ich gegen die Strömung zu schwimmen begann.

Bald gewannen wir Grund unter den Füßen. Bis zur Brust im Wasser, wateten wir unter überhängenden Felsen hindurch, bis wir wieder in die Grotte der Verführung gelangten. Dort bot sich das gleiche Bild wie bei meiner ersten Begegnung mit den Buhlteufelinnen: die Lamien und Empusen lagerten in den Gestalten bildschöner Frauen und Mädchen auf goldenen Bänken und boten uns ihre Gunst an. Tyrant du Cœur aber schlug den Dämoninnen der Reihe nach die Köpfe ab, ob sie nun die Züge seiner Schwester trugen oder nicht.

»Wenn wir das Agnus Dei zeigen und den Namen des Heilands ausrufen, verwandeln sich diese Teufelsweiber in Ratten, Spinnen und Fledermäuse!« rief ich.

»Was man aus eigener Kraft zu vollbringen vermag, soll man nicht dem lieben Gott aufbürden!« antwortete der Ritter und trennte weiter Hälse durch, so daß Dämonenblut nach allen Seiten spritzte.

Kurze Zeit später fanden wir den engen Durchgang zur Grotte Echidnas. »Bleibt dicht hinter mir!« befahl Tyrant du Cœur, warf sich auf den Bauch und kroch flink wie eine Eidechse in die Öffnung. Ich sprach ein Stoßgebet und folgte ihm. Wieder drohte ich zwischen den Wänden des Stollens steckenzubleiben, doch der Jüngling ergriff mich mit kräftiger Hand und zog mich heraus.

»Ihr werdet allmählich zu fett!« tadelte er. »Gut, daß die Schlange nicht den Mönch raubte!«

Wie als Antwort ertönte nun wieder der schreckliche Schrei des satanischen Frauenkopfs. Einen Augenblick später schlug der gefleckte Schwanz nach uns, und das auf so seltsame Weise schöne und zugleich schreckliche Antlitz Echidnas beugte sich mit weitgeöffnetem Mund auf uns herab. Nun endlich hob Tyrant du Cœur die heilige Hostie vor seiner Brust, führte sie fromm an die Lippen und sprach mit ruhiger Stimme die schlichten Worte des Hauptmanns von Capharnaum aus dem Evangelium des Lucas: »Domine, non sum dignus... Herr, ich bin nicht würdig, daß Du eingehest unter mein Dach, aber sprich nur ein Wort, so wird meine Seele gesund.« Sofort fuhr ein greller Lichtstrahl in die Grotte hinab, hüllte den Riesenleib der Dämonin ein und hielt sie wie in den Maschen eines unzerreißbaren Netzes gefangen. Rasch kletterten Tyrant du Cœur und ich an dem Teufelswesen vorbei und stiegen in den Schacht ein, der zur Erde zurückführte. Das Himmelslicht wies uns den Weg. Als wir zum Ende des Stollens gelangten, sahen wir, daß der rollende Felsklotz in tausend Stücke zersplittert war.

Keuchend trat ich ins Freie und sog die frische Nachtluft ein. Hinter mir kroch der Ritter ins Mondlicht. Sein Kettenhemd war wie der Pelz eines Maulwurfs mit Erde bedeckt. Dann erlosch der Sternenstrahl, der Boden bebte, und rutschende Erde verschüttete den Eingang in die Dämonenwelt.

Knochige Finger griffen mich an der Schulter. Ich fuhr herum und sah in das runzlige Gesicht des alten Magisters. Er leuchtete uns mit einer Fackel an. »Was ist geschehen?« fragte er.

Tyrant du Cœur und ich erzählten ihm von der höllischen Reise. Doktor Cäsarius hörte aufmerksam zu.

»Ich hatte den Kopf verloren«, schloß ich. »Ohne Herrn Tyrant wäre ich den Dämonen nicht entkommen.« Da mußte ich daran denken, daß ich ja an der Entführung seiner Schwester schuld war, und Tränen der Reue schossen mir in die Augen. »Ich habe versagt!« schluchzte ich. »Ich bin es nicht wert, daß Ihr mir helft!«

»Grämt Euch nicht – alles geschieht nach Gottes Willen«, sprach der Magister besänftigend. »Nur Mut! Wem der Himmel hilft, der muß die Hölle nicht fürchten. Gott hat uns heute gezeigt, daß wir trotz allem noch in seiner Gnade stehen.«

Er trat ganz nahe vor mich hin und sah mir tief in die Augen. »Also stärkt Euren Glauben«, forderte er, »damit Euch die Segnungen unseres Christentums nutzen! Denn wer am Heil zweifelt, dem entgleitet es. Den Ungläubigen rettet kein Sakrament!«

Er blickte sich unruhig um. »Ich glaubte die alten Dämonen der Griechen viel tiefer unter der Erde gefangen«, fügte er leise hinzu. »Jetzt darf uns kein Fehler mehr unterlaufen. Wenn wir das Johanneshaupt nicht bald retten, brechen die Höllengeister endgültig hervor!«

Zweige knackten, und zwei dunkle Gestalten näherten sich. Als sie ins Licht der Fackel traten, erkannte ich Tughril und Bruder Maurus. Auch ihre Kleider waren von Lehm beschmutzt. »Wir haben den Kadaver begraben«, meldete der Mönch. »Eine scheußliche Arbeit!«

»Was ist geschehen?« fragte Tyrant du Cœur.

»Tughril fing den Lauscher«, berichtete der Dämonologe. »Zusammen mit Bruder Maurus. Es war ein Grieche. An seinem Kainsmal erkannten wir ihn als Späher des Herzogs von Hinnom. Als wir ihn mit dem Storaxstab folterten, sagte er uns...« Er verstummte.

»Was?« schrie der Ritter erregt und packte den alten Magister am Talar. »Heraus mit der Sprache!«

»Beruhigt Euch!« bat der Alte. »Eure Schwester lebt. Aber...«

Tyrant du Cœur stieß den Alten zurück und griff nach Tughril. »Sagt mir auf der Stelle alles, was Ihr wißt!« herrschte er ihn an.

Der Türke schluckte. »Es stimmt«, stammelte er. »Eure Schwester lebt. Sie befindet sich in Bodonitsa. Der Drachenritter hält sie dort gefangen, bis der Herzog von Hinnom über ihr Schicksal entscheidet.« Er brach ab und fuhr mit der Zunge über die trockenen Lippen. Hilfesuchend blickte er zu dem Magister.

Doktor Cäsarius sah den Ritter mitleidvoll an. »Es ist noch längst nichts verloren«, sagte er schließlich leise, »aber wir müssen uns nun sehr beeilen. Denn so sagte uns dieser Späher: Wenn wir uns dem Satan nicht unterwerfen, soll Alix den Ssabiern als Venussklavin dienen.«

SECTIO X

Noch in der gleichen Stunde brachen wir auf und zogen durch die Nacht nach Norden. Das Sternbild der hl. Kirche wies uns die Richtung nach Theben. Ohne Rücksicht auf die Gesundheit unserer Pferde eilten wir auf der gewundenen, steinigen Straße durch die zerklüfteten Berge. Im Morgengrauen tränkten wir die Tiere am Fluß Cephissus. Rasten durften wir nicht, denn Tyrant du Cœur trieb uns an wie säumige Schafe. Niemand von uns wagte es, sich dem Ritter zu widersetzen.

Schweigend schluckten wir den Staub der alten Via Pythia, die von Athen nach dem Teufelsorakel von Delphi führt. Wann immer meine Blicke die des Jünglings kreuzten, erkannte ich, daß ihn die gleiche Vorstellung quälte wie mich: Alix in den unterirdischen Tempeln von Haran, nackt ihren Peinigern preisgegeben, die sich an ihrer Jungfräulichkeit ergötzten und sie dann Venus als Opfer darbrachten. Wie lange würden die sündhaften Söhne Ssabs die Wehrlose quälen? Wie vielen lüsternen Priestern würde sie ihren keuschen Schoß öffnen müssen? Mit welchen Werkzeugen würden die Satansdiener Alix später zu Ehren der Teufelin foltern? Und würden sie dann auch ihren Kopf auf eine Säule stellen? Solche entsetzlichen Gedanken bedrängten mich, und wieder machte ich mir die heftigsten Vorwürfe. Ja, ich fragte mich sogar, ob es nicht besser wäre, den Kampf um das Johanneshaupt aufzugeben und sich dem Antichrist zu unterwerfen, um Alix dadurch vielleicht zu retten. Aber bei diesem Gedanken begann das Kreuz auf meiner Stirn wieder heftig zu brennen, und ich erkannte, daß ich erneut vom Teufel versucht worden war.

In großer Eile durchzogen wir Theben, die kleine Stadt an der Feste Cadmea, die nach einer heidnischen Legende von fünf Söhnen eines feuerspeienden Drachen erbaut wurde. Erst der hl. Lucas vertrieb die Höllengeister aus der klobigen Riesenburg über der Stadt. Hinter Theben rollten wir an den sumpfigen Ufern des Sees von Copaïs entlang. Kurz vor Bodonitsa lenkte Doktor Cäsarius unser Fuhrwerk in eine dichtbewaldete Schlucht, sprang vom Kutschbock und sagte: »Laßt uns hier lagern, bis es dunkel wird. Tughril, Bruder Maurus – knüpft Seile zusammen! Die Mauern von Bodonitsa sind höher als die von Katakolon.«

Tyrant du Cœur blickte den alten Magister verdrossen an und erklärte: »Es gefällt mir ganz und gar nicht, daß wir wie Diebe in diese Burg schleichen sollen, um meine Schwester zu befreien und ihre Entführer zu strafen! Warum laßt Ihr mich nicht vor das Tor reiten und den Drachenritter zum Zweikampf fordern, wie es die Regeln unseres Standes gebieten?«

Der Dämonologe schüttelte den Kopf und erwiderte ernst: »Hütet Euch vor Eurem Ritterstolz, Herr Tyrant! Den Satan besiegt man nicht auf dem Schlachtfeld der Ehre, sondern allein auf dem Acker des Glaubens. Was nützt der stärkste Fechtarm gegen den Pfeil aus dem Hinterhalt? Wen schützt die eherne Brünne gegen einen vergifteten Trunk? Wenn der Drachenritter erfährt, daß wir vor seinen Mauern stehen, läßt er Eure Schwester gewiß sogleich in ein anderes Versteck schleppen.«

Tyrant du Cœur biß sich auf die Lippen und nickte. »Ihr habt recht«, gab er zu. »Also gut! Tag oder Nacht, offener Kampf oder Hinterhalt – Konrad von Katakolon und der Markgraf von Bodonitsa sollen meiner Rache nicht entgehen!«

Wir warteten, bis es dunkel wurde. Dann füllte Doktor Cäsarius einige Späne von dem Agallocheholz in einen Leinenbeutel, reichte ihn mir und befahl: »Klettert voraus! Wenn Euch ein Wächter begegnet, so betäubt ihn, bevor er um Hilfe ruft! Herr Tyrant, Ihr folgt Dorotheus. Dann Ihr, Tughril!«

Die Zähne des Türken leuchteten.

»Bruder Maurus kommt am Schluß!« endete der Magister.

»Immer ich!« beklagte sich der Mönch.

Hintereinander schlichen wir durch den dichten Wald zu dem grauen Felsen, auf dem sich die Feste erhob. Die Dächer der zahllosen Türme, Erker und Giebel schienen spitz wie die Nägel der ehernen Bürste, mit der die Schergen des Kaisers Maxentius einst die hl. Theodosia von Cäsarea zerfleischten. Ein scharfer Wind trieb düstere Wolkenfetzen vor der Sichel des schwindenden Mondes vorüber. Eulen, Käuze und andere Nachtvögel folgten flatternd unseren Schritten durch das Fichtendickicht. Vor unseren Füßen huschten Nattern und Asseln davon. Als wir das offene Feld vor den Mauern der Festung erreichten, ließ ich mich auf den Boden nieder und kroch auf dem Bauch durch das kniehohe Gras. Hinter mir glitten die Gefährten wie riesige Raupen über den weichen Wiesenboden.

Am Fuß der mächtigen Mauern aus grauen Steinblöcken verbargen wir uns unter Farnkräutern. Eine Stunde lang beobachteten wir die Wächter, die auf den Wällen umherliefen. Auf allen Wehrgängen brannten Fackeln.

»Der Markgraf ist gewarnt«, flüsterte Doktor Cäsarius. »Er weiß wohl schon, daß wir seinen Späher fingen!«

Wir warteten, bis die Posten sich wieder entfernten. Dann löste Tughril ein langes Seil mit einem hölzernen Enterhaken von seinem Gürtel, schwang das rohgezimmerte Gerät mit sausendem Geräusch über den Kopf und schleuderte es dann auf die Mauer. Mit leisem Scharren verfing sich der Haken hinter der vordersten Zinne.

»Gut gemacht!« lobte der Ritter leise.

»Gelernt ist gelernt«, grinste der Türke.

Ich packte das Seil und zog mich empor. Tyrant du Cœur wartete nicht, bis ich die Mauerkrone erreichte, sondern folgte mir so schnell, daß er ein paarmal mit dem Helm an meine Füße stieß.

»Schneller«, schnaufte er von unten. »Macht nicht schlapp!«

Keuchend vor Anstrengung zog ich mich über die Brüstung. Plötzlich ertönten Schritte.

»Bleibt unten!« raunte ich dem Ritter zu und verbarg mich in einer kleinen Nische.

Zwei Wächter wandelten langsam den Wehrgang entlang. Ich wartete, bis sie an meinem Versteck vorübergegangen waren. Dann trat ich schnell hinter sie, warf Agallocheholz auf ihre Köpfe und sprach die einschläfernde Formel. Sogleich sanken die Männer zu Boden. Ich fing den kleineren auf, Tyrant du Cœur aber sprang wie ein Panther über die Zinnen, hielt den größeren fest und ließ ihn geräuschlos zu Boden gleiten.

»Nicht schlecht!« flüsterte er mir zu. »Euer Zauber gefällt mir.«

»Tughril! Dorotheus!« wisperte der Magister. »Legt ihre Rüstungen an!«

Wir zogen den Schlafenden Helm und Panzer ab und hoben ihre Hellebarden auf. Das ungewohnte Eisenkleid drückte mich überall. Doch zugleich verlieh es mir auch ein Gefühl von Sicherheit.

»Unser Kleiner sieht richtig gefährlich aus!« spottete Bruder Maurus. Die Augen des Riesen glühten in seinem dunklen Gesicht.

Ich stieg über schmale Holztreppen in den Burghof hinab. Tughril hielt sich dicht hinter mir. Wir wichen dem Licht der Fackeln nicht aus, sondern schritten quer über den Platz zum Bergfried. Doktor Cäsarius, Tyrant du Cœur und Bruder Maurus eilten geduckt im Schatten die Mauer entlang.

Aus der Pforte des wohl acht Klafter dicken Turms aus viereckigen Quadern spähte uns ein hochgewachsener Kriegsknecht entgegen. »Wohin?« fragte er.

»Wir sollen die Gefangene holen«, erklärte ich. »Der Markgraf wünscht sie zu sehen. Gebt uns den Weg frei!«

Der Posten zögerte. Aus den Augenwinkeln sah ich, wie Tughril die Muskeln spannte.

»Wer seid Ihr?« fragte der Franke. »Ich kenne Euch nicht!«

»Wir wurden erst heute früh angeworben«, erwiderte ich. »Und wir verspüren keine Lust, schon am ersten Tag den Unwillen unseres Herrn zu erregen. Also laßt uns ein!«

»Fort von hier!« rief der Posten und hob den Spieß. Im gleichen Moment flog ein blitzender Dolch durch die Luft und fuhr dem Wachposten in die Kehle. Gurgelnd preßte der Franke die Hände auf seinen Hals. Zwischen seinen Fingern quoll ein breiter Blutstrom hervor.

Ich griff durch die Luke und schob den Riegel zurück. Tughril sprang an mir vorbei, packte den röchelnden Wächter am Helmband und zog ihm die Klinge quer durch die Kehle.

»Auch gut gelernt«, murmelte Tyrant de Cœur hinter uns. Mit großen Schritten eilte er in das Innere des Bergfrieds.

Wie in fränkischen Festungen üblich, führte dort eine gewundene

Steintreppe in die Tiefe zu den lichtlosen Kerkern. Doktor Cäsarius und Bruder Maurus nahmen zwei Fackeln aus ihren Eisenringen. Plötzlich ertönte von unten ein lautes Krachen. Erschrocken starrten wir einander an. Tyrant du Cœur riß das Schwert aus dem Wehrgehenk. Mit großen Sprüngen eilte er in die Finsternis hinab. Eilig folgten wir ihm und spähten in die Verliese. Die ersten beiden Zellen standen leer. Hinter den Gittern der dritten lag eine reglose Gestalt mit golden schimmerndem Haar.

»Alix!« rief Tyrant du Cœur.

Im gleichen Moment hallten schwere Schritte hinter uns auf der Treppe. Wir fuhren herum.

»Seid Ihr es, Tyrant du Cœur?« grollte eine tiefe Stimme. »Das dachte ich mir. Wer seinen Namen verschweigt und sich statt dessen Sans Nom nennen läßt, scheut wohl auch das Licht des Tages und geht seinem ehrlosen Handel lieber im Dunkeln nach!«

Ein riesiger Schatten schob sich in den Gang, und erschrocken erkannte ich den Markgrafen von Bodonitsa.

Kohlschwarze Augen funkelten hinter dem Sehschlitz seines silbernen Helms. Ein pechfarbenes Kettenhemd schützte seinen hochgewachsenen Leib. Von den starken Schultern fiel ein nachtdunkler Umhang zu Boden. Auf seiner breiten Brust gleißte grell der Drache der Thermopylen.

»Wer sich mit dem Satan verbündet, hat jedes Recht auf Ehre verwirkt«, rief Tyrant du Cœur voller Grimm.

»Damals bei dem Turnier konntet Ihr mir entkommen«, knirschte der Pallavicini. »Ich weiß nicht, welcher Trug Euch meinem Dolch entriß. Hier aber hilft Euch kein Gott. Denn diese Festung gehört dem Fürsten der Hölle!« Mit bösem Lachen zog er die schwarze Klinge mit dem Drachenknauf und schwang sie in der behandschuhten Rechten.

»Frohlockt nur!« versetzte der Jüngling. »Bald werdet Ihr Euren Herrn besuchen! Und für immer bei ihm wohnen!«

»Euch schicke ich als meinen Sklaven voraus!« brüllte der Drachenritter und stürzte sich auf seinen Gegner, so wie sich der gereizte Bär des Waldes auf den Jäger wirft. Pfeifend durchschnitt seine funkelnde Waffe die Luft. Tyrant du Cœur aber trat schnell zur Seite, und sein Schwert schlug so heftig gegen den ehernen Harnisch des Markgrafen, daß rote Funken durch den Gang stoben.

Der Drachenritter stieß einen wütenden Schrei aus und hieb mit der eisengepanzerten Linken nach seinem Feind. Tyrant du Cœur duckte sich unter dem ehrlosen Schlag und wich ein wenig zurück.

Zweimal wehrte er die gewaltigen Streiche des Markgrafen erst im letzten Moment ab. Beim dritten Mal klebten die Klingen der beiden Kämpfer aneinander, als hielte sie ein Magnet zusammen, und das Fechten geriet zu einem erbitterten Ringen.

Fuß an Fuß standen die Todfeinde sich gegenüber. Der Markgraf von Bodonitsa ragte wie ein urzeitlicher Fels über dem Jüngling empor. Die Muskeln an seinen Armen schwollen wie Bäche im Frühjahr. Mordlust glitzerte in seinen Augen, und sein Atem ging laut wie der eines zornigen Stiers. Tyrant du Cœur aber wankte nicht, sondern hielt stand, so wie eine stählerne Achse die Last auch des überladenen Fuhrwerks erträgt. Am Ende riß der Pallavicini mit einem zornigen Brüllen den Dolch aus dem Gürtel. Doch unser Gefährte ließ sich von dieser List ebensowenig verblüffen wie damals beim Tjost. Seine Finger umschlossen die Linke des Gegners wie eine stählerne Fessel.

Der Mönch hob die Fackel, um dem Jüngling zu Hilfe zu eilen. Doktor Cäsarius packte den Hünen am Ärmel und rief: »Nein! Holt lieber Alix heraus, ehe die Wachen erscheinen!«

Wutentbrannt stieß der Markgraf mit dem gepanzerten Knie nach dem Unterleib seines Feindes. Tyrant du Cœur wich dem Tritt durch einen Sprung zur Seite aus. Der Drachenritter drängte sogleich nach. Wieder klang Stahl gegen Stahl, doch jedem Ausfall des Pallavicini folgte die treffliche Antwort des Tamarville. Die funkelnden Klingen zuckten wie Blitze durch die Düsternis des Gangs, und der Widerhall ihrer Streiche rollte wie Donner durch die Gewölbe.

Der Mönch schloß die mächtigen Pranken um die Gitterstäbe. Mit schier unglaublicher Kraft bog er die daumendicken Eisenstangen zur Seite, bis er seinen riesigen Körper hindurchzwingen konnte.

»Schnell! Holt sie heraus! Und dann fort von hier!« rief der Magister.

Als der Drachenritter das hörte, verdoppelte er seine Anstrengungen, und sein Schwert fuhr wie die Axt eines Holzfällers durch die Luft. Tyrant du Cœurs Gegenwehr schien nun doch schwächer zu werden. Einige Male entging er nur um Haaresbreite dem Eisen des Pallavicini. Zuletzt stolperte der Jüngling und wäre fast gestürzt.

»Stirb, du Hund!« schrie der Markgraf in wildem Triumph und legte sein ganzes Gewicht in den entscheidenden Schlag. Aber nicht er war es, der den Kampf für sich entschied, sondern Tyrant du Cœur. Denn mit einem Sprung, der das Taumeln zuvor als geschickte Täuschung entlarvte, warf sich der Jüngling dem Drachenritter entgegen und stieß ihm das Schwert ins Gedärm.

Der Markgraf brüllte auf wie ein gespeerter Wildstier. Ungläubig starrte er auf das tödliche Eisen unter seinen Panzerringen. Das schwarze Schwert entglitt seinen Händen und prallte klirrend auf die steinernen Platten.

Tyrant du Cœur riß den Arm zurück. Der scharfe Stahl glitt aus der klaffenden Wunde. Der Lebenssaft des Drachenritters schoß hervor wie ein Quell aus dem wasserreichen Gebirge.

Verzweifelt preßte der Markgraf die Fäuste auf seinen Leib. »Seid verflucht!« keuchte er. Sein Helm fiel polternd herab. Dann brach der Pallavicini in die Knie.

Der Jüngling senkte sein blutiges Schwert und lehnte sich erschöpft an die steinerne Mauer. Auf der Treppe erklangen Schritte.

»Die Wächter!« warnte Tughril. »Wir müssen fort!«

»Alix!« rief Tyrant du Cœur und stieg durch das verbogene Gitter. Der Magister und ich drängten ihm nach. Als der Schein unserer Fakkeln den Mönch erfaßte, fuhren wir erschrocken zurück.

Der dunkelgesichtige Hüne kniete auf dem Boden. Tränen liefen über sein Gesicht und tropften auf eine seltsam verkrümmte Gestalt mit langem, blondem Haar. Es gab keinen Zweifel, daß Bruder Maurus eine Tote in den Armen hielt.

»Alix!« schrie Tyrant du Cœur ein drittes Mal. Aller Schmerz und alle Verzweiflung der Welt lagen in seiner Stimme.

Mein Herz schlug wie rasend. Der Magister versuchte, den Ritter aufzuhalten, doch Tyrant du Cœur stieß ihn zur Seite, fiel auf die Knie und nahm das blonde Lockenhaupt in die Hände.

Das Licht der Fackel fiel auf das Gesicht einer Frau, die auf seltsame Weise alt und jung zugleich erschien, so als habe sie nicht sehr lange gelebt, aber sehr viel gelitten. Durch alle Narben und Striemen schimmerten noch die Spuren ihrer einstigen Schönheit.

»Das ist nicht Eure Schwester«, rief Doktor Cäsarius überrascht.

Tyrant du Cœur eilte zurück auf den Gang. »Wo ist Alix?« schrie er den sterbenden Markgrafen an.

Der Todgeweihte verzerrte sein Gesicht zu einer grausigen Grimasse des Hohns. »In der Hölle!« würgte er mühsam hervor. Dann brach sein Blick, und er hauchte seine sündige Seele aus.

Tughril hob das Schwert des Pallavicini auf und warf sich den Wächtern entgegen, die auf uns zustürmten. Tyrant du Cœur stellte sich neben den Türken. Gemeinsam drängten sie die gepanzerten Franken zurück, so wie zwei molossische Hirtenhunde ein Rudel von Wölfen vertreiben.

Der Magister krallte seine Finger in meinen Arm. »Dorotheus!« rief er. »Dort!«

Ich folgte seiner ausgestreckten Hand und kniff die Augen zusammen. Am hintersten Ende der finsteren Zelle schienen Funken zu flimmern, und ein kalter Hauch wehte herein. Da erst erkannte ich, daß ich auf die Sterne blickte – ein Teil der Außenwand fehlte. Daher also das Krachen! Stählerne Klauen hatten mit teuflischer Kraft ein Loch in die Mauer gerissen.

Verwundert starrte ich Doktor Cäsarius an.

»Schnell!« rief der Dämonologe. »Wir müssen sichergehen!«

Ich kletterte über Steine und loses Geröll zu der Lücke. Sterne flimmerten zwischen schwärzlichen Wolkenfetzen. In der Ferne flog eine Riesengestalt davon. Ein Rabe krächzte, und mir war, als hörte ich eben noch den letzten Widerhall eines Hilferufs.

Der alte Magister spähte mir über die Schulter. »Der Kynokephalus!« flüsterte er bleich. »Er trug Alix davon, als wir in dieses Verlies drangen.«

»Verfluchter Rabe!« stieß ich voller Haß hervor. »Er hat uns erspäht und den Markgraf wie auch diesen Dämon gewarnt!«

»Zurück zum Wagen!« rief der Magister.

Maurus legte die Tote über seine Schulter, schwang die Fackel wie eine Keule und brach mit schrecklichem Gebrüll durch die Reihen der Wächter, so wie ein Auerochse mit stampfenden Hufen die Netze von Vogelfängern durchbricht. Wir hasteten hinter dem Riesen her. Wolken, die sich vor die Mondsichel schoben, verhinderten, daß uns die Speere der Kriegsknechte trafen. Andere Posten stellten sich uns auf der hölzernen Treppe zum Wehrgang entgegen, doch Bruder Maurus, Tyrant du Cœur und Tughril kämpften die Stiege schnell frei.

Der Mönch ließ sich mit seiner Last als erster am Tau in die Tiefe hinab. Doktor Cäsarius und ich folgten ihm. Tughril sauste mit dem Geschick des Seemanns am Seil hinunter. Als letzter prallte Tyrant du Cœur neben uns auf die Erde. Lanzen und Pfeile regneten neben uns nieder. Doch die Geschosse verfehlten uns, und wir hasteten unverletzt in die Dunkelheit davon.

In der kleinen Schlucht legte Bruder Maurus die Tote in unseren Wagen. Wir sprangen auf unsere Pferde und eilten durch den dichten Fichtenwald nach Osten. Erst im Morgengrauen, viele Stunden von Bodonitsa entfernt, hielten wir an, damit sich die Tiere ein wenig erholen konnten.

Tughril entflammte ein kleines Feuer. Tyrant du Cœur befühlte nachdenklich seine blutige Klinge. »Alix!« seufzte er. »Welche Sünde begingen wir, daß der Himmel es uns nicht vergönnte, Euch zu befreien?«

Bruder Maurus blickte dumpf brütend zu Boden. Doktor Cäsarius trat zu dem dunkelgesichtigen Riesen. »Nun aber endlich heraus mit der Sprache!« forderte der Dämonologe. »Wer seid Ihr wirklich? Und woher kommt Ihr?«

Bruder Maurus sah den Alten überrascht an. »Wie meint Ihr das?« fragte er unruhig. »Ihr wißt doch, daß ich Maurus heiße, in Melilla aufwuchs und Zisterzienser bin!«

Doktor Cäsarius starrte den Hünen unwillig an.

»Wenn Ihr es uns nicht selbst gestehen wollt«, sprach er, »dann werde ich es Euch sagen: Ihr seid ebensowenig Maure wie Zisterzienser. Wie Tyrant du Cœur und der Pallavicini stammt auch Ihr von einem der sieben Ritter ab, die das Johanneshaupt teilten. Nicht Eure Haut, Euer Verhalten verriet Euch. Ihr seid der Enkel des Ritters Pons de St. Clair, und Eure Wiege stand nicht in Marokko, sondern am Nil.«

SECTIO XI

Der Riese schaute schweigend ins Feuer. Auf seinem dunklen Gesicht spiegelte sich ein Ausdruck schwerer seelischer Not, und seine klobigen Fäuste schlossen sich, als suchten sie etwas festzuhalten, was ihnen längst entglitten war. Niemand von uns sprach ein Wort. Schließlich hob Maurus das wollige Haupt und sah dem Alten in die Augen. Mit leiser Stimme begann er zu sprechen:

»Ich glaubte, daß Ihr Euch weigern würdet, mich mit Euch zu nehmen, wenn Ihr meine Herkunft kanntet. Und wie hätte ich dann hoffen können, Vater Hermogenes und meinen treuen Hylaktor zu rächen! Später erst, hier in Achaia, erfuhr ich von der Freveltat meines Ahnen. Ich schämte mich. Dennoch wagte ich es nicht, Euch meine Lüge einzugestehen. Denn ich fürchtete, daß Ihr mich dann für den Judas halten würdet.«

»Und? Seid Ihr es etwa nicht?« fragte ich unwirsch.

»Ich würde niemals zulassen, daß Euch etwas Böses geschieht«, erwiderte Maurus ernst.

Ich starrte zornig auf ihn herab, doch in seinem Blick lagen soviel

Zuneigung und Aufrichtigkeit, daß ich die Augen abwenden mußte, um nicht statt Verachtung Mitgefühl zu empfinden.

»Seid Ihr bereit, auf das Blut des Erlösers zu schwören?« fragte Doktor Cäsarius scharf.

Maurus sah dem Magister freimütig ins Gesicht. »Ich werde alles tun, damit Ihr mir glaubt«, erklärte er.

»Also erzählt, was Ihr verschwiegt!« befahl der Dämonologe ungeduldig. »Und laßt nichts aus!«

Der Riese rieb sich die rotumränderten Augen. Ein tiefer Seufzer hob seine gewaltige Brust. Dann erklärte er:

»Ach, hätte ich Euch doch gleich die Wahrheit berichtet! Aber wenn Ihr meine Geschichte hört, werdet Ihr mein Verhalten verstehen. Meinen Großvater Pons de St. Clair habe ich nie gesehen; dennoch bestimmte er mein ganzes Leben. Was ich über ihn weiß, erfuhr ich von meiner Mutter. Auch sie starb schon vor langer Zeit.«

Er biß sich vor Schmerz auf die Lippen, und starke innere Anspannung zeichnete seine Züge, so wie eine unterirdische Strömung den Spiegel des Meeres trübt. Nach einer Weile sah Bruder Maurus zu mir und meinte:

»Ihr wart es, Dorotheus, dem der geheimnisvolle uralte Ritter im Athanasioskloster von der Zerstörung des Johanneshaupts erzählte. Obwohl ich der Nachkomme eines dieser Frevler bin, erfuhr ich erst durch Euch von diesem Verbrechen. Denn meine Mutter wußte nur, daß ihr Vater früher einmal Pons de St. Clair hieß, und nicht mehr.«

»Nannte er sich denn später anders?« fragte Tughril erstaunt.

Doktor Cäsarius hob die Hand. »Laßt ihn der Reihe nach erzählen!« forderte er.

»Nach seiner Gefangennahme durch türkische Seeräuber«, schilderte der Mönch, »wurde mein Großvater in El Kahira in einen Kerker geworfen. Der Kalif al-Kamil hielt ihn in Haft, um von den Christen ein Lösegeld zu erpressen. Doch offenbar fand sich niemand bereit, für die Freiheit des Ritters zu zahlen. Er war nicht verheiratet...« Er stockte. »...jedenfalls damals noch nicht«, fuhr er dann fort. »Und seine treuesten Gefährten hatten ihr Blut in der Heldenschlacht von Pelagonia vergossen. Nach einem Jahr führten die Mahometaner ihren Gefangenen in Ketten nach Süden, in einen Steinbruch tief in der nubischen Wüste. Viele wurden dorthin verschleppt, wenige kehrten wieder.«

Ich konnte mich nicht mehr zurückhalten und sagte streng: »Ihr lügt schon wieder! Der edle Kalif al-Kamil lud sogar den hl. Franz von

Assisi an seinen Hof und ließ ihn vor den Mahometanern das Wort Christi verkünden – wie wäre ein so gerechter und gottesfürchtiger Herrscher auf den Gedanken gekommen, Ritter wider allen Brauch wie Sklaven in einem Bergwerk arbeiten zu lassen!«

»Al-Kamil war damals schon tot«, antwortete der dunkelgesichtige Riese. »Ihm folgte sein Sohn Ajub. Wie grausam dieser Herrscher die Christen haßte, wißt Ihr wohl aus der Eroberung von Jerusalem im Jahr des Herrn 1244! Bis nach Persien und Marokko waren damals alle Märkte mit christlichen Sklaven überschwemmt. Für einen starken Mann verlangten die Händler ganze drei Drachmen, selbst für eine jungfräuliche Beischläferin nicht mehr als zehn. Heute bekommt man dafür nicht einmal eine Ziege.«

»Es ist gut«, meinte der Magister. »Wir wollen Euch das glauben.«

»Auch im Bergwerk hoffte Pons de St. Clair viele Jahre lang auf seine christlichen Glaubensbrüder«, berichtete Bruder Maurus weiter. »Bald wurde er zum Aufseher gemacht. Er nahm sich eine koptische Christin nubischer Herkunft zur Frau und zeugte mit ihr eine Tochter. Dieses Mädchen wurde später meine Mutter.«

Der Mönch wischte sich müde mit dem Handrücken über die Augen. Dann erzählte er weiter:

»Auch meine Großmutter arbeitete als Sklavin. Dennoch blieb sie ihrem christlichen Glauben treu und nahm ihr irdisches Leben als einen Weg durch ein Tal voller Tränen, an dessen Ende die Seligkeit winkt.« Er seufzte. »Pons de St. Clair jedoch verzweifelte an Jesus. Als nach zehn Jahren immer noch kein Bote mit Lösegeld erschien, gab der Ritter sein Christentum auf. Zugleich verstieß er seine Frau und heiratete eine Mahometanerin. Der Kummer brach meiner Großmutter das Herz. Meine Mutter aber wurde, kaum zehn Jahre alt, auf ein Landgut in der Nähe von Alexandria verkauft. Dort vergewaltigte sie der Oberaufseher. Ich bin sein Sohn.«

Das Gesicht des alten Magisters schien wie aus Stein gemeißelt. Maurus starrte in die rauchlosen Flammen und fuhr fort:

»Ich wurde getauft und von meiner Mutter in Gottesfurcht aufgezogen. Jeden Abend erzählte sie mir von Ländern, in denen Christen nicht wie Hunde leben mußten, sondern frei ihrem Gottesdienst nachgehen durften. Von ihr erfuhr ich, daß es unter den Dienern Jesu nicht nur Sklaven, sondern auch Ritter und Könige gab. Nach meinem 10. Geburtstag starb sie. Der Oberaufseher erklärte mir, daß ich nun für mein Brot arbeiten müsse, und ließ mich auspeitschen. Noch heute wache ich deshalb allmorgendlich schreiend auf, denn im Traum spüre ich die Schmerzen von damals und meinen Haß – ich weiß nicht, was schlimmer brennt!«

Er öffnete sein Gewand und zeigte uns seine Schulter, die von schrecklichen Narben bedeckt war. »Viele Wochen rang ich mit dem Tod«, schilderte er. »Dann wanderte ein Mönch vom Orden der Trinitarier durch unser Dorf, um Christen freizukaufen. Andere Gläubige führten ihn an mein Bett. Er gab dem Oberaufseher dreißig Drachmen für mich.« Der dunkelgesichtige Riese seufzte erneut. »Ihr kennt den frommen Mann, der mich rettete«, fügte er hinzu. »Er hieß Hermogenes.«

»Ich dachte es mir«, nickte Doktor Cäsarius. »Papst Cölestin erzählte mir, daß dieser Mönch lange Zeit durch Ägypten reiste ... Hermogenes suchte dort wohl die heiligen Bücher, die einst seinen Ahnen gehörten. Wohin brachte er Euch?«

»Jahrelang zogen wir durch Ägypten, Syrien und Palästina«, antwortete Bruder Maurus. »Wußtet Ihr auch, daß Vater Hermogenes anfangs nach der Zisterzienserregel lebte und sich erst später den Trinitariern anschloß? Er unterwies mich im Glauben. Doch zu seiner Enttäuschung wollte ich nicht ein frommer Mönch, sondern ein tapferer Kriegsmann werden. Denn in meiner Brust glühte der Wunsch nach Rache. Ich träumte davon, mit einem Kreuzritterheer nach Alexandria zu fahren und den schurkischen Oberaufseher mit eigener Hand zu erschlagen.«

Tyrant du Cœur griff nach einem Krug Wasser und reichte ihn dem Riesen. Maurus dankte, trank und berichtete weiter:

»Als ich vierzehn Jahre alt war, kamen wir nach Corinth. Da bat ich Vater Hermogenes, mich den fränkischen Rittern Achaias anschließen zu dürfen. Am Ende gab er nach und ließ mich gehen. Im Hafen hörte ich, daß der Markgraf von Bodonitsa, Ubertino Pallavicinis Vater, neue Kriegsknechte für einen Feldzug gegen die Heiden anwarb. Ich leistete ihm den Treueeid und trat in sein Heer ein. Niemand ahnte, daß ich noch ein Kind war, denn ich war stark. Doch mit seinen heidnischen Gegnern meinte der Markgraf nicht Mahometaner, sondern slawische Stämme, die aus Thrazien nach Süden vorgestoßen waren.«

Er verstummte und blickte uns forschend an. »Glaubt ihr mir?« fragte er.

»Was wißt Ihr vom weiteren Schicksal St. Clairs?« wollte der Ritter wissen.

»Als er das Kreuz bespie, schenkte ihm der Kalif die Freiheit und nahm ihn in seine Heerscharen auf«, erzählte der Mönch. »Er gab ihm sogar einen mahometanischen Namen. Kurze Zeit später fiel mein Großvater vor Gaza im Kampf gegen die Johanniter. Seine sündige Seele schmort nun wohl in der Hölle.«

»Leben noch andere Enkel St. Clairs?« fragte Tughril. »Vielleicht Nachkommen seiner zweiten Frau?«

»Woher soll ich das wissen?« versetzte der Riese. »Meine Mutter wurde doch gleich nach der Hochzeit verkauft!«

Doktor Cäsarius beugte sich vor und sah den Hünen durchdringend an. »Wer ist die Tote?« fragte er.

Der Mönch ballte die Fäuste. Seine Wangen zuckten. Dann würgte er mühsam hervor: »Dieses eine Mal werde ich über sie sprechen. Dann aber fragt mich nie wieder!« Tränen schimmerten in seinen Augen, und erst nach geraumer Weile wurde er seiner Erregung Herr. Da berichtete er mit vor Haß bebender Stimme:

»Guillerma Pallavicini wurde als jüngere Schwester des Markgrafen Ubertino geboren. Ihr Vater nahm sie oft mit auf die Jagd. Ich gehörte damals seiner Leibwache an. Als die Fürstentochter zu einer jungen Frau heranwuchs, entbrannte mein Herz in Liebe. Dennoch hätte ich niemals gewagt, meine Augen zu ihr zu erheben. Eines Tages aber sandte sie mir einen Brief. In der folgenden Nacht trafen wir uns im Garten des Schlosses.«

Voller Schmerz barg Bruder Maurus sein dunkles Gesicht in den riesigen Händen. Keiner von uns sprach ein Wort.

»Wir schworen einander ewige Treue«, erzählte der Hüne weiter. »Fortan buhlte ich noch begieriger als zuvor um das Wohlwollen meines Herrn. Ich hoffte auf den Ritterschlag. Dann hätte ich ein Lehen erwerben und um Guillerma freien können. Der alte Markgraf versprach, mir die Auszeichnung bald zu gewähren. Doch dann fiel er in einem Gefecht mit türkischen Raubscharen am Copaïssee.« Der Mönch blickte Tughril an. »Nun werdet Ihr verstehen, warum ich für Euch und Eure Sippe keine Freundschaft fühle«, schloß er.

»Ebensowenig aber liebt Ihr die Franken«, stellte der Türke fest.

Maurus seufzte. »Bald werdet Ihr erfahren, warum!« versprach er. »Der Sohn des alten Pallavicini, dem ich gleichfalls Gefolgschaft gelobte, beobachtete seine schöne Schwester mit größtem Argwohn. Er verdächtigte sie einer heimlichen Liebesbeziehung, wußte jedoch nicht mit wem. Guillerma stritt natürlich alles ab. Sie berichtete mir davon. Eines Tages schickte mich der junge Markgraf nach Naxos, einen Jagdfalken abzuholen. Als ich zurückkehrte, hörte ich, daß Guillerma am roten Fieber gestorben sei.«

Stumm blickten wir einander an. Immer stärker breitete sich Mitgefühl in meiner Brust aus. »Denke daran, wie lange er uns belog!« ermahnte ich mich, »gewiß war er es auch, der uns an den Teufel verriet!«

Maurus holte tief Atem. Seine Züge verhärteten sich. »Alle Zofen Guillermas schienen spurlos verschwunden«, berichtete er. »Ich glaubte, der junge Markgraf habe sie fortgeschickt, weil er den Anblick der Dienerinnen nach dem Tod seiner Schwester nicht länger ertragen konnte. Jetzt erst erkenne ich den wahren Grund! Der Pallavicini ließ die armen Frauen foltern, um die Wahrheit aus ihnen herauszupressen. Nur weil Guillerma so vorsichtig war, keine von ihnen in das Geheimnis einzuweihen, blieb unsere Verbindung unentdeckt.«

Die schwarzen Augen des Riesen glühten, und seine Stimme klang nun wie brechender Fels. »Aber davon ahnte ich damals noch nichts«, fuhr er fort. »Ich glaubte der Lüge vom Tod der Geliebten. Blind vor Kummer ritt ich fort, ohne die Erlaubnis meines Herrn, und wanderte ziellos durch die Welt. In Rom erfuhr ich durch Zufall, daß Vater Hermogenes sich als Einsiedler am St. Gotthardt niedergelassen hatte. Ich warf mich ihm zu Füßen, und er nahm mich gnädig auf. Ich mußte ihm schwören, nie wieder ein Schwert zu berühren und weltlichen Wünschen für alle Zeit zu entsagen. Nach diesem Gelübde wies er mir meine Grotte zu und befahl mir, darin nach der Trinitarierregel zu leben.«

»Warum erzähltet Ihr uns, Ihr würdet aus Marokko stammen?« fragte Tyrant du Cœur.

»Seht mir doch ins Gesicht!« brummte der Riese. »Sehe ich etwa aus wie ein Bewohner der Alpen?«

»Und warum gabt Ihr Euch für einen Zisterzienser aus?« wollte der Ritter wissen.

»Ich wußte doch nicht, ob ich Euch trauen konnte!« rief Bruder Maurus. »Erzähltet Ihr denn gleich jedem Fremden Eure gesamte Lebensgeschichte?«

»Nicht jedem«, erwiderte der Jüngling. »Euch aber vertraute ich sie an. Ihr hörtet die meine, bevor wir Euch baten, über die Eure zu sprechen.«

»Ja, heute weiß ich selbst, daß ich mich damals falsch verhielt«, murrte der dunkelgesichtige Hüne.

»Denkt doch an den Drachen!« rief Tyrant du Cœur. »Im Kampf gegen die Höllenechse fochten wir Seite an Seite mit Euch!«

»Doch später sagtet Ihr, daß Ihr nach Achaia reisen wolltet«, entgegnete Bruder Maurus. »Konnte ich damals denn wissen, wie Ihr zu dem Markgrafen standet? Vergeßt nicht: Ich brach den Treueeid und verließ seine Fahne!«

Tyrant du Cœur sah ihn nachdenklich an. »Irgendwann hättet Ihr doch den Mut zur Wahrheit finden müssen«, meinte er.

»Als uns Papst Cölestin in Rom eröffnete, daß einer von uns ein Judas sei, war es für ein Geständnis zu spät«, erklärte der Mönch. »Denn dann hättet Ihr mich doch auf jeden Fall für den Verräter gehalten.«

»Das tun wir noch immer!« fuhr ich ihn an.

»Laßt mich beim Blut Christi schwören!« entgegnete Bruder Maurus hitzig.

Ich holte das kupferbeschlagene Kästchen. Der Riese schilderte indessen weiter: »Der Heilige Vater enthüllte unsere Bestimmung. Auch ich durfte mich seinem Anliegen nicht entziehen, obwohl die Fahrt nach Achaia meine alte Wunde wieder aufbrechen ließ.«

»Es blieb uns nicht verborgen«, bemerkte ich boshaft. »Vor allem in dem Krankenzimmer auf Katakolon!«

Doktor Cäsarius hob die Hand. »Laßt ihn zu Ende erzählen, Dorotheus«, mahnte er. »Erst dann wollen wir richten.«

»Ein Mann bedarf nun einmal gewisser Notwendigkeiten des Leibes«, sprach Bruder Maurus. »Mit meiner Liebe zu Guillerma hat das nichts zu tun. Auch meine Umgangsformen haben in der Einsamkeit meiner Höhle wohl ein wenig gelitten. Aber deshalb bin ich noch längst kein Verräter, der seine Freunde den Feinden ausliefert! In Katakolon war ich über meinen Armbruch ganz froh. Wäre ich dem Palavicini in dieser Burg begegnet – wer weiß, was dann geschehen wäre! Jetzt erst wird mir klar, daß ich mich damals durch meine Flucht selbst verriet...« Er senkte den Kopf. »Ich bin schuld an Guillermas grausigem Schicksal!« rief er unter Tränen. »Mein plötzliches Verschwinden genügte dem Markgrafen als Beweis, und er ließ seine arme Schwester im Kerker verschmachten!«

Ein lautes Schluchzen erschütterte seinen riesigen Leib, und er weinte wie ein Kind. »Guillerma!« klagte er. »Was tat ich Euch an!«

Wir warteten, bis er sich ein wenig beruhigt hatte. Der Mönch wischte sich die Augen und berichtete weiter:

»Ich hoffte, das Schicksal würde es mir ersparen, Burg Bodonitsa noch einmal betreten zu müssen. Doch die Weissagung des Kabbalisten zeigte mir, daß dieser Kelch nicht an mir vorübergehen sollte.«

»Ebensowenig wie diese Flasche!« sagte ich, nahm die Phiole mit dem heiligen Blut und reichte sie dem Magister.

Maurus blickte auf das Gefäß und setzte seine Erzählung ohne jedes Zeichen von Furcht fort: »Als ich in das Verlies drang, dachte ich erst, wir hätten Alix gefunden. Dann aber erkannte ich meine schon lange totgeglaubte Geliebte. Aus ihrem Leichnam floß noch frisches Blut. Der Kynokephalus muß sie ermordet haben, als wir gerade in den Bergfried drangen. Sie wußte wohl zuviel von den dunklen Verbindungen ihres Bruders zu Kynops und dem Herzog von Hinnom.«

Im Antlitz des Ritters zuckte es. Er dachte wohl an seine Schwester. Tughril schien zwischen Mißtrauen und Mitleid zu schwanken. Doktor Cäsarius fragte ernst:

»Wollt Ihr nun schwören, daß Ihr uns nicht verrietet? Daß Ihr Gott die Treue halten und mit uns den Kampf gegen Satan fortsetzen wollt? Ich warne Euch: Wenn Ihr einen falschen Eid leistet, wird Euch das Blut des Erlösers verbrennen!«

Bruder Maurus faltete die Hände und schloß die Augen. Doktor Cäsarius schüttete einen Tropfen aus der Phiole auf ein Stück Stoff und rieb es dem Riesen auf die dunkle Stirn.

»Niemals habe ich versucht, Euch dem Satan auszuliefern«, sprach der Mönch mit klarer Stimme. »Niemals werde ich Gott verleugnen und dem Teufel dienen. Das schwöre ich bei meiner Seele.«

Gespannt beobachteten wir ihn. Ich mußte daran denken, wie heftig das Christusblut bei meinen Sünden auf meiner Stirn gebrannt hatte. Auf dem Gesicht des Hünen aber regte sich kein Muskel.

Langsam öffnete Bruder Maurus die Augen und sah uns der Reihe nach an. »Glaubt Ihr mir jetzt?« fragte er.

Doktor Cäsarius nickte. »Niemand kann das Erlöserblut täuschen«, sagte er und blickte erst den Ritter, dann auch den Türken an. »Das aber«, schloß er, »kann nur bedeuten, daß einer von uns dreien der Judas sein muß.«

Tyrant du Cœur sprang auf. »Gebt mir das Jesusblut!« rief er zornig. »Auch ich will jetzt schwören!«

»Wir alle müßten uns der Prüfung unterziehen«, antwortete der Magister. »Dann aber wäre der letzte Rest der heiligen Tropfen verbraucht, die uns vielleicht noch aus großer Gefahr retten sollen.«

»Wer weiß auch, ob es der Heiland überhaupt wünscht, daß wir sein Blut zu diesem Zweck verwenden«, fügte Tughril eilig hinzu. »Vielleicht sollen wir nicht auf der leichtesten Straße vorankommen, sondern uns auf dem schwierigsten Pfad bewähren.«

Erregt wandte sich der Ritter zu mir. »Und Ihr?« fragte er. »Wie denkt Ihr darüber?«

»Dorotheus ist doch das Findelkind aus dem Orakel!« wehrte der alte Magister ab.

»Dennoch bin auch ich zu der Probe bereit«, erklärte ich.

Der Mönch erhob sich.

»Tughril hat recht«, meinte er. »Spart die Reliquie für einen gottgefälligeren Anlaß! Ohnehin kann der Verräter dem Feind nur das berichten, was er schon durch Belphegor weiß, der euch in der Maske des Magisters täuschte!«

»Laßt uns nicht noch mehr Zeit mit müßigem Streit vergeuden«, fügte Tughril hinzu. »Wir wollen lieber so schnell wie möglich nach Syrien eilen. So können wir Eure Schwester am schnellsten retten, Herr Tyrant!«

Auf der Stirn des Ritters erschien eine steile Falte. »Ich soll also neben dem Mann weiterziehen, der Alix dem Teufel auslieferte?« murrte er.

»Es ist Gottes Wille«, sagte Doktor Cäsarius leise.

Wir konnten sehen, wie Trotz und Treue, Auflehnung gegen das Schicksal und Demut vor Gott in der Brust des Jünglings miteinander rangen. Seufzend nickte er schließlich.

Der Alte atmete erleichtert auf und sprach die Verse des 40. Psalms: »Deinen Willen zu tun, mein Gott, macht mir Freude. Deine Weisung trag' ich im Herzen.«

»Amen«, murmelten wir. Mein Blick kreuzte den des Ritters, und ich fragte mich, was geschehen würde, wenn er jemals von meinem frevlerischen Liebeszauber erfuhr.

Wir rollten an der Küste des Meeres entlang bis in die Stadt Negroponte, die einst Chalcis hieß und zu den reichsten Häfen Achaias gehört. Hinter der felsigen Mole lagen viele venezianische Schiffe, denn Negroponte zählt zu den wichtigsten Stützpunkten der Serenissima in den östlichen Meeren. Bei Tughril und mir schien die Gefahr, von Kriegsleuten aus der Lagune erkannt zu werden, geringer als bei Tyrant du Cœur, Doktor Cäsarius oder gar Bruder Maurus. Darum wanderte ich mit dem Türken allein in die Stadt. Wir kleideten uns wie Kaufleute ein und erwarben mit dem Gold des Ritters allerlei Handelswaren. In den engen Gassen der Stadt drängte sich eine vielgestaltige Menge. Tughril sprach einen armenischen Kauffahrer an, der sich bereit erklärte, uns nach Tarsus überzusetzen. Ein paar Meilen weiter, in dem kleinen Fischerdorf Aulis, nahmen wir die Gefährten an Bord. Ich mußte an die Sage des blinden Homer denken, dessen Helden einst aus dem gleichen Hafen nach Troja aufgebrochen waren. Auch wir zogen nun nach Osten, eine schöne Frau aus der Hand gottloser Verbrecher zu retten. Würden wir, fragte ich mich, ebenfalls zehn Jahre lang um den Sieg kämpfen müssen?

Kurz vor Einbruch der Dunkelheit gelangten wir an das schwarze Kap, von dem sich einst der Magier Aristoteles in das Meer gestürzt hatte, nachdem es ihm nicht gelungen war, die Wasserströmungen zu entwirren, die sich an dieser Küste besonders vielfältig treffen. Ach, in welches Unglück treibt übermäßiger Wissensdurst oft die klügsten Menschen! Im Schutz des Felsens verbrachten wir die Nacht. Zum ersten Mal seit Wochen schlief ich ruhig und ohne Furcht vor dem Grauen.

Am nächsten Nachmittag nahm unser schönes Schiff Kurs auf die offene See. Schwärme von Fischen kreuzten unsere Bahn, Mönchsrobben kreisten um Bug und Heck, und in den Lüften breiteten Kormorane die Schwingen aus. Voller Inbrunst dachte ich an den 104. Psalm: »Herr, wie zahlreich sind deine Werke! Mit Weisheit hast du sie alle gemacht, die Erde ist voll von deinen Geschöpfen. Da ist das Meer, so groß und weit, darin ein Gewimmel ohne Zahl: kleine und große Tiere...« Da riß mich ein lautes Gebrüll aus der frommen Betrachtung. Als ich mich umdrehte, sah ich, wie Maurus voller Zorn die Fäuste gegen den Türken hob.

»Schwindler! Gauner! Betrüger!« schalt er. »Ich habe ganz genau gesehen, wie Ihr meinen Turm zurücksetztet! Leugnet nicht!«

»Ha! Heuchler! Lügner! Schelm!« erwiderte Tughril erbost. »Ihr selbst schobt den Stein nach vorn, obgleich Ihr noch gar nicht am Zug wart! Saht wohl schon, daß Ihr verlieren müßt!«

»Was?« dröhnte der dunkelgesichtige Riese. »Ei, so ein fauler Madensack! Ihr habt wohl Grillen im Gehirn! Euch setze ich mit verbundenen Augen matt! Flatterkopf! Fetzenschädel!«

Jetzt erst erkannte ich, daß die beiden vor einem Brettspiel saßen, das dem armenischen Händler gehörte. Der Kauffahrer eilte herbei. »Beruhigt Euch, Ihr Herren«, bat er. »Das Schachspiel soll der Geselligkeit dienen, nicht dem Streit.«

»Seht nur die fette Klosterkatze!« empörte sich Tughril und zeigte mit dem Finger auf den Riesen. »Spielt wie ein Esel und will mich dann hintergehen, noch dazu auf so plumpe Weise! Mistkratzer! Spottgeburt! Pastendieb! Kappennarr!«

»Hol mich der Kuckuck!« rief Maurus erbost. »Ich soll Euch wohl das Fell gerben, Ihr Bröselkramer! Das Schiff kam ins Schlingern, ich mußte zupacken, ehe sich alle Steine verschoben.« Vor Erregung ließ er einen lauten Wind krachen.

»Welch artige Körpermusik!« höhnte der Türke. »Euer Hintern spielt klüger als euer Hirn!«

»Euch muß man mit Ohrfeigen salben!« brüllte Maurus in heller Wut. »Wer seid Ihr denn? Der edle Herr von Rotzberg? Sauerkopf! Ihr Mahometaner saugt die Dummheit doch schon mit der Muttermilch ein! Wie sagt man über Eure Imame: grün die Mütze, drunter Grütze!«

»Und Eure Kardinäle?« schrie der Türke. »Wie die Äpfel Sodoms: außen rot, innen Kot!« Bebend vor Zorn packte er eine der elfenbeinernen Schachfiguren und schleuderte sie dem Riesen mitten in das Gesicht.

Maurus starrte den Gegner mit offenem Mund an. »Oho!« machte er verdutzt. »Was war denn das?«

»Es trifft der Turm zu Recht den Wurm!« lachte Tughril höhnisch.

»So!« drohte der Hüne. »Das also nennt Ihr spielen! Nun, mir soll es recht sein!« Mit klobiger Faust ergriff er selbst einen Stein und zielte so gut, daß die Schachfigur den Türken an der Unterlippe verletzte. »Doch ist das Roß ein besser Geschoß!« reimte er.

Tughril stieß einen Wutschrei aus und befühlte die blutende Wunde. Der Kauffahrer rüttelte ihn am Arm. »Haltet ein, Herr!« bat er. »Die Steine sind sehr wertvoll!« Aber der Türke stieß den Armenier grob beiseite, hob eine neue Figur auf und warf sie dem Hünen schwungvoll ins Auge.

Maurus brüllte vor Schmerz und Zorn. Erfreut rief Tughril: »Der Bischof mit dem Hut fliegt stets besonders gut!«

Der Getroffene rieb sich das Lid, dann langte er ebenfalls nach einem neuen Stein. Der Händler wollte ihn festhalten, aber Maurus schob ihn wie ein Hündchen davon. Dann holte er mächtig aus und schleuderte sein Geschoß dem Türken gegen die Stirn.

»Den verstockten Sinn erweicht die Königin!« rief Maurus fröhlich.

Tughril zitterte vor Wut und griff nach der größten Figur auf dem Spielfeld. Maurus hob die riesigen Hände schützend vor das Gesicht. Doch der Türke wartete so lange, bis sich doch eine Lücke öffnete, und traf den Riesen auf die platte Nase.

»Ha!« jubelte Tughril. »Gegen einen König hilft die Feigheit wenig!«

Maurus aber raffte mit seiner riesigen Rechten nun gleich eine ganze Handvoll kleinerer Steine zusammen und warf sie auf seinen Gegner, so daß sie wie ein Hagelschlag gegen den Türken prallten. »Auch die kleinen Bauern wollen nicht versauern!« schrie er dazu.

Ich sah, wie die Mundwinkel des Magisters zuckten. Auch Tyrant du Cœur bewahrte nur mit Mühe die Fassung. Der armenische Händler kroch auf allen Vieren über die Planken und zeterte: »Mein schönes Spiel! Drei Goldstücke gab ich den Elfenbeinschnitzern von Damiette dafür! Oh, ihr Barbaren!« Da konnte sich Doktor Cäsarius nicht mehr zurückhalten. Laut prustete er los. Auch Tyrant du Cœur und ich lachten aus vollem Hals, und halberstickt klopften wir einander auf den Rücken.

»Wie gut Bruder Maurus ohne Trompete zu tönen versteht, wußte ich«, ächzte der alte Magister, »jetzt aber erkenne ich, daß er auch meisterhaft dichtet!«

Danach vertrieben wir uns noch oft die Zeit mit dem Schachspiel, wenn auch nicht mehr auf so lustige Weise.

Nach einer Woche schwamm unser Schiff zwischen der Küste des Königreichs von Armenien und der fränkischen Insel Zypern hindurch. Am nächsten Tag landeten wir in Tarsus, der Geburtsstadt des hl. Paulus. Noch heute zeigt man dort das Tor, durch das der Sohn des Zeltmachers schritt, um seine frommen Studien in Zion aufzunehmen. Vor hundert Jahren errichteten die von den Türken aus ihrer Heimat vertriebenen Christen Armeniens in Zilizien ein Königreich, das sich vom Taurus bis zum Amanusgebirge erstreckte. Viele starke Burgen schützen, Adlerhorsten gleich, das Land. Dennoch dringen immer wieder mahometanische Raubscharen durch die Pässe, töten die Bauern und schleppen Frauen und Kinder in die Sklaverei. Bei unserer Ankunft feierten die Bewohner von Tarsus gerade das Fest des

Kirchenlehrers Isidor von Sevilla, das auf den 4. April fällt. Wir pflegten unsere Gesundheit und gaben den Pferden Gelegenheit, sich von den Anstrengungen der Seereise zu erholen. Aber schon bald drängte Tyrant du Cœur wieder zum Aufbruch, und wir rollten auf der Heerstraße Alexanders des Großen der Sonne entgegen. Zwei Tage später fuhren wir über das Schlachtfeld von Issus, auf dem der Mazedonier die Völkerflut der asiatischen Barbaren hemmte, und mir kam der Gedanke in den Sinn, daß nun auch wir nach Osten zogen, um höllischen Horden zu wehren.

Am übernächsten Tag überquerten wir den paradiesischen Euphrat, den Gott den Enkeln Abrahams als Grenze setzte, und drangen in die trockene Steppe zwischen den Strömen ein. Auch über diese staubige Ebene herrschten vor kurzem noch Ritter des Kreuzes: im christlichen Fürstentum von Edessa. Doch dieser Pfeiler der Kirche wurde schon bald von der Woge des Unglaubens in den Rinnstein der Geschichte gespült. Am Abend des sechsten Tages sahen wir endlich die Palmenhaine von Haran vor uns, und unsere Gespräche versiegten wie Quellen, die der Wüstensand verschüttet. Denn jeder von uns wußte, daß wir nun der Entscheidung entgegenritten.

Zur Zeit Abrahams stand westlich Chaldäas keine größere Stadt auf Gottes Erde, und das Land umher trug Früchte wie der Libanon Zedern. Vor Harans Mauern gingen meist die grausamen Assyrer unter. Auf uralten Säulen sieht man noch immer die Inschriften Nabonids, des letzten Königs von Babel, den Cyrus durch Gottes Gnade besiegte. Vor einem halben Jahrtausend erhob der Kalif Marvan II. Haran zur Hauptstadt seines mahometanischen Weltreichs. Heute aber hat die Stadt Einfluß und Reichtum längst an jüngere Schwestern abgeben müssen: an Aleppo und Bagdad, El Kahira am Nil, Isfahan und Mossul. Doch noch immer rasten große Handelszüge auf ihrer Wanderung durch die syrische Wüste in Haran, und auf der Steppe vor den zerfallenen Mauern weiden immer noch unzählige Ziegen und Schafe wie weiland die Herden Labans, des Vaters der klugen Rachel.

Wir zogen in die größte Herberge, wo wir am wenigsten auffallen konnten, versorgten unsere Tiere, stärkten und erfrischten uns und versammelten uns dann in unserem Gemach. Doktor Cäsarius überprüfte sorgfältig die Fensterläden, verriegelte die Tür und sagte:

»Es bleibt nicht viel Zeit, den Tempel der Ssabier zu finden. Am besten teilen wir uns auf. Ihr, Herr Tyrant, begebt Euch auf den Sklavenmarkt. Christliche Ritter, die nach entführten Glaubensgenossen suchen, sind dort kein seltener Anblick. Vielleicht erwerben auch die

Teufelsdiener ihre Opfer gelegentlich von Menschenhändlern. Achtet auf Männer mit roten Bärten! Tughril, Ihr sollt Euch in den Moscheen umhören. Möglicherweise wissen die Vorbeter von irgendeinem rätselhaften Ereignis, das uns einen Hinweis gibt. Maurus, Ihr habt wohl in Eurer Jugend genügend Arabisch gelernt, um in den Herbergen nachforschen zu können. Fragt Karawanenführer, ob sie nachts in der Wüste seltsame Himmelserscheinungen sahen! Wenn Dämonen durch die Dunkelheit fliegen, ziehen sie gewöhnlich einen Schweif von glühenden Funken hinter sich her. Ihr, Dorotheus, sucht Harans Wahrsager auf. Die Kunst der Zukunftsdeutung ist in dieser Stadt seit alters weit verbreitet. Denn viele Kaufleute vertrauen Handlesern und Sterndeutern mehr als der Bibel oder dem Koran. Wer weiß, vielleicht verdienen sich auch ssabische Priester auf solche Weise ihr Geld!« Er blickte uns der Reihe nach an. »Ich werde hierbleiben und die Luftgeister befragen«, schloß er. »Wenn ihr etwas Verdächtiges seht oder hört, dann handelt nicht auf eigene Faust, sondern kehrt auf der Stelle zurück!«

Am nächsten Morgen lief ich mit Tyrant du Cœur durch lärmendes Menschengewühl zum Markt. Dort trennten wir uns. Ich bog in die Gasse der Wahrsager ein und stellte bald fest, daß dieser Zweig der Magie dort in noch größerer Vielfalt betrieben wird als selbst in Paris oder Venedig. Denn so sind nun einmal die Menschen, daß sie sich bei Handelsgeschäften nicht allein auf ihr Glück oder ihre Geschicklichkeit verlassen, sondern stets bemüht sind, sich durch Wahrsagerei einen Vorteil vor den anderen zu verschaffen. Wenn sie erfahren, daß eine Hungersnot droht, horten sie Weizen, um ihn später an die Darbenden zu Wucherpreisen zu verkaufen. Wenn sie dagegen hören, daß eine gute Ernte bevorsteht, legen sie ihr Geld in Schmuck und Seidenstoffen an. Denn wenn die Menschen satt sind, steht ihnen der Sinn nach schönen Dingen, und besonders die Frauen geben für Tand und Flitterkram dann oft wahnwitzige Summen aus. So mehrt der Kaufmann zwischen Mangel und Überfluß seinen Gewinn. Je eher und vollständiger er sich über die Zukunft unterrichten kann, desto reicher wird er.

Zuerst besuchte ich Sterndeuter. Viele arbeiteten nach der Lehre des Babyloniers Berosus, der einst auf der Insel Kos eine Schule für Astrologen betrieb. Andere handelten nach den älteren Vorschriften der Chaldäer, und ihre Sterne trugen noch Namen aus dem Wahrsagebuch des Königs Sargon von Akkad: Der »Stern des grauenden Tages« gibt über Unglücksfälle Bescheid, der »Schicksalsstern« verkündet die Pest. Der Stern »Dilma« verheißt Glück, der »Alabasterstern« Segen, der »Stern des leuchtenden Körpers« Gesundheit. Der weise Hipparch lehrte einst, daß die Chaldäer 270000 Jahre lang den Himmel beobachteten, ehe sie seine Gesetze erkannten. Aber den Untergang ihres eigenen Reichs sahen sie nicht voraus, und darum traute ich den Astrologen nur wenig. Ein dürrer, kahlschädeliger Ägypter mit schwarzer Haut prophezeite mir ein langes Leben und Reichtum, durch einen Schatz in einem silbernen Kästchen, das ich verbrennen würde.

Er hoffte wohl, ich würde ihn für diesen geheimnisvollen Spruch mit Silber belohnen. Ich aber lachte über soviel Unsinn und gab ihm nur Kupfer.

Danach besuchte ich noch viele andere Zukunftsdeuter, die sich selbst nach dem alten griechischen Wort für Weissagung »Mantiker« nennen: Die Hieromanten lasen aus den Eingeweiden geschlachteter Tiere. Die Axinomanten warfen eichene Stäbchen, in die uralte Zeichen geschnitzt waren. Die Astragalomanten wollten das Schicksal aus Würfeln lesen. Andere schüttelten Pfeile aus einem Köcher wie Nebukadnezar vor Jerusalem. Die Geomanten richteten sich nach kleinen Kreisen und Vierecken, die ihre Kunden mit verbundenen Augen in losen Sand zeichnen mußten. Andere zertrümmerten Tonkrüge, so wie es schon der ägyptische König Amenophis lehrte, und lasen dann aus den Scherben. Wieder andere streuten Körner vor Hühner und zogen Schlüsse aus der Freßgier der gackernden Vögel. Die Alektryomanten lauschten dem Krähen von Hähnen, die Steganomanten ließen Ratsuchende mit Fingern auf Worte in einer Geheimschrift zeigen. Die Empyromanten lasen aus Flammen, die Koskinomanten aus einem Sieb, die Hydromanten aus Bechern, die Gastromanten aus Gläsern, die Kapnomanten aus Dämpfen, die Omnimanten aus Öl und Ruß, die Kristallomanten aus funkelnd geschliffenen Steinen; immer kam es dabei nur auf das Geschick der Wahrsager an, Lichtstrahlen, Luftbläschen, Schleier und Schlieren zu deuten.

Die Oionisten beobachteten nach Art der römischen Auguren den Flug bestimmter Vögel. Andere Wahrsager lauschten auf das Knarren von Möbeln und hölzernen Tafeln. In diesen Geräuschen glaubten sie Assaput, die prophetische Stimme Babylons, zu hören. Die Bibliomanten schlugen Bücher auf und legten durch Zufall gefundene Textstellen aus. Manche versuchten die Zukunft auch nach den Lehren des Griechen Melampsus mit Hilfe von Muttermalen zu enträtseln: auf der Stirn bedeuteten die dunklen Punkte Reichtum und Glück, auf der

Braue eine glückliche Ehe, auf dem Nasenflügel weite Reisen, auf dem Kinn Gold und Silber, auf der Schulter Gefangenschaft, auf der Brust Armut, auf den Händen zahlreiche Nachkommenschaft. Ich sprach auch mit Chiroskopen, die das Schicksal aus Handlinien lesen, und Metoskopen, die es aus den Stirnfalten ihrer Besucher entschlüsseln. Andere ordneten die Fragen ihrer Kundschaft nach Art des Arabers Dschaffer aus Sevilla in magische Zahlenquadrate ein.

Wenigstens zwanzigmal ließ ich mir an diesem Tag meine Zukunft erläutern. Dank des Wissens, das ich aus den Büchern des alten Magisters geschöpft hatte, merkte ich aber schon bald, daß diese Tröpfe nur wenig von wirklicher Wahrsagekunst verstanden. Die meisten stammelten nur hilflos alte Schriften nach, deren Sinn sie nicht erfaßten. Am Ende der Gasse stieß ich schließlich auf eine niedrige Hütte, armselig aus Schlammziegeln errichtet, mit einem windschiefen Dach aus Stroh. Von der niedrigen Tür aus rohgezimmerten Brettern blickte mir ein ungelenk gemalter Eselskopf entgegen.

»Nach welchen Zeichen erfährt man denn hier seine Zukunft?« fragte ich einen alexandrinischen Traumdeuter, der auf der anderen Straßenseite wohnte. »Nach dem Geschrei von Grautieren etwa?«

Der Morphoskop schüttelte den Kopf. »Laßt Euch von mir Euer Schicksal erhellen, edler Jüngling«, antwortete er in altertümlichem Griechisch. »Den Sternen dürft Ihr vertrauen – diesem Schwindler nicht! Den Schädeldeuter suchen nur die Verzweifelten auf, denen kein anderer Wahrsager mehr etwas Tröstliches zu berichten vermag.«

Nur mit Mühe gelang es mir, meine Erregung zu verbergen. »Heißt das etwa, daß man hier seine Zukunft von sprechenden Köpfen erfährt?« fragte ich so unbefangen wie möglich.

Der Traumdeuter sah mich verwundert an. »Ich scherze nicht«, erwiderte er ein wenig verstimmt. »Kennt Ihr nicht die gezackten Linien zwischen den Schädelknochen von Eseln, Schafen und anderen Tieren? Der Calvamant behauptet, er könne aus solchen Rändern und Kurven erkennen, was Gott den einzelnen Menschen zugedacht hat.«

So wie Osthanes, der medische Magier des Xerxes!, dachte ich bei mir. Ich beugte mich ein wenig vor und fragte leise: »Wißt Ihr vielleicht, ob dieser Wahrsager manchmal auch Schädel von Menschen verwendet?«

Der Alexandriner fuhr zurück und streckte mir abwehrend die Linke entgegen. »Was denkt Ihr!« rief er. »Wahrsagerei mit Toten oder Teilen von Leichen gilt als schweres Verbrechen!«

Ich trat zu der Hütte und drückte gegen die Tür. Sie war nur angelehnt und drehte sich laut kreischend in den Angeln. Die Warnung des Magisters kam mir in den Sinn. Doch ehe ich in die Herberge zurückeilte, wollte ich erst sicher sein, daß ich den Tempel auch wirklich gefunden hatte. Die Sonne sank langsam über die flachen Dächer der Stadt hinab. Der Wahrsager schaute mir kopfschüttelnd nach.

Als sich meine Augen an das schwache Licht im Innern der kleinen Hütte gewöhnt hatten, sah ich, daß ich mich in einem kleinen Vorraum befand. An den kahlen, fensterlosen Lehmwänden standen dunkle, eisenbeschlagene Truhen, aus denen uralte Schriftrollen quollen. Dazwischen gewahrte ich große geflochtene Körbe mit den gebleichten Schädeln von Ochsen und Eseln, Hunden und Katzen, Ratten und Mäusen und Lebewesen, die ich nicht kannte.

»Meister!« rief ich in die Dunkelheit. »Calvamant! Seid Ihr zu Hause? Ich bin gekommen, mir von Euch weissagen zu lassen!«

Da ich keine Antwort erhielt, durchquerte ich das kleine Zimmer und schob am anderen Ende einen schwarzen Vorhang zur Seite. Dahinter verbarg sich ein größerer Raum. Seine Wände waren von nachtdunklen Tüchern verhüllt, sein Boden mit schwarzen Fellen von Opfertieren bedeckt. Sitzkissen lagen um eine Platte aus Obsidian, auf der ein vierarmiger Kerzenhalter aus Ebenholz brannte.

Erneut rief ich nach dem Wahrsager, doch er schien sich nicht in seiner Hütte aufzuhalten. Prüfend betrachtete ich den Leuchter auf dem schwarzen Tisch, konnte aber nichts Verdächtiges entdecken. Ich machte kehrt, um in den alten Schriftrollen zu stöbern, da spürte ich plötzlich von hinten einen eisigen Hauch. Die Kerzenflammen flakkerten, und eine der schwarzen Stoffbahnen blähte sich. Als ich das Tuch näher in Augenschein nahm, sah ich, daß auf ihm ein silberner Eselskopf prangte. Vorsichtig schob ich den Vorhang beiseite und blickte auf eine Treppe, die steil in dunkle Tiefen führte.

Wieder drang ein leichter Luftzug herauf und verriet mir, daß die Hütte offenbar den Eingang zu einem unterirdischen Bauwerk verbarg. Mein Herz begann wie rasend zu klopfen. Ich beschloß, nur schnell noch einen Blick in den Gang zu werfen, ehe ich in die Herberge zurückkehrte. Vorsichtig nahm ich den Leuchter vom Tisch und stieg lautlos die Stufen hinab.

Schritt für Schritt ertastete ich meinen Weg durch einen abschüssigen Stollen, der sich in engen Biegungen immer tiefer hinabwand. Der Lehm an den Wänden fühlte sich feucht an, und ich vermutete, daß ich mich wenigstens zehn Klafter unter der sonnendurchglühten

Erde von Haran befand. Nach fünfzig Schritten säumten Säulen aus schwarzglänzendem Obsidian den schmalen Gang. Auf ihnen enthüllte der Schein meines Kerzenhalters nun nicht mehr die Schädelknochen von Tieren, sondern in Silber gefaßte Totenköpfe.

Ich berührte das Agnus Dei an meiner Brust und flüsterte leise einen Segen für die Verstorbenen: »Herr, nimm diese armen Seelen zu Dir!« Da hörte ich plötzlich ein Seufzen, und mir war, als flüsterte jemand meinen Namen.

Verblüfft blieb ich stehen. Furcht und Neugier rangen in mir, doch die Berührung des Gotteslamms flößte mir Mut ein. Wieder erklang ein Wispern. Es schien durch einen schweren Vorhang zu dringen, auf dem ich das Spottbild eines Gekreuzigten mit einem Eselskopf sah.

Ich schob das Tuch ein wenig zur Seite und spähte mit angehaltenem Atem durch den schmalen Spalt.

Zuerst erblickte ich nur eine Vielzahl von rauchenden Fackeln, allesamt aus dem unheiligen Holz von Judasbäumen geschnitzt; ihre Flammen leuchteten rot wie Blut. Die Wände schimmerten purpurn, der Fußboden war mit Blüten von Feuernelken bedeckt, und von der Kuppel hing eine Schale herab, die ganz aus einem riesigen Rubin geschnitten war.

Im Kreis um diesen Opferstein erhoben sich die Bilder der alten Dämonen, die einst von den Heiden als Götter verehrt worden waren. Der blitzeschleudernde Adad, der einst in Sturmwolken über die Steppen des Zweistromlands tobte, stand neben der stets lüsternen Astarte, die ihren Dienern die Sünde der Unzucht zur Pflicht machte. Der fliegenumschwärmte Baal der Kanaaniter kauerte vor Anat, der leichenfleddernden Herrin des Krieges. Moloch mit dem blutigen Maul thronte zu seiten der Todesdämonin Ereschkigal. Der Völkerwürger Mars drohte neben Venus, der gottlosen Verführerin, und noch viele andere Götzen fanden dort ihre Verehrung. Alle aber wurden von Seth überragt, der Teufelsgestalt vom Nil, in der sich Satan selbst verbarg.

Ich spähte zwischen den Statuen hindurch, konnte aber keinen lebenden Menschen entdecken. Dennoch vernahm ich nun zum dritten Mal einen Laut, der wie mein Name klang, und diesmal schien das Flüstern aus nächster Nähe zu kommen.

Ich fuhr herum und stieß an den Fuß einer Säule aus schwarzem Basalt. Langsam wanderte mein Blick an dem glatten Stein in die Höhe, und dann durchfuhr mich das schiere Entsetzen.

Denn von der Spitze der Säule starrte das sprechende Haupt der Ssabier auf mich herab. Unverkennbar trug es die Züge Konrads von Katakolon.

SECTIO XIII

Keuchend starrte ich in die weißlichen Augen, und fast wäre mir der Leuchter aus der Hand gefallen. Ich ließ das Gotteslamm los und preßte meine Hand auf den Mund, um nicht vor Schreck zu schreien. Mein Magen hob sich, und mein Herz schlug wie rasend. Es fehlte nicht viel, und ich wäre ohnmächtig zu Boden gestürzt.

Das Haupt lag in einer silbernen Schale, aus der gelbe Nebel aufwallten. Sein Blick aber schien mir nicht drohend, sondern flehend, und der zuckende Mund sprach mit bittender Stimme:

»Rettet mich, Dorotheus, um Eurer Liebe zu Christi willen! Lieber tot als Götze in diesem teuflischen Tempel! Erlöst mich, habt Erbarmen mit mir!«

»Warum sollte ich das tun?« fragte ich. »In Katakolon wolltet Ihr uns ermorden!«

Vorsichtig trat ich nun ganz durch den Vorhang und sah mich nach allen Seiten um. Der Schein der roten Fackel verlieh den Standbildern einen gespenstischen Anschein von Leben, ich aber wußte, daß sie nur aus totem Holz und Stein bestanden.

»Ja«, flüsterten die blutleeren Lippen, »ich habe gesündigt und handelte wie ein Verbrecher an euch. Selbst mit Dämonen verband ich mich. Oh Habgier, lästerliche Leidenschaft! Herr von Katakolon und zugleich Gemahl der schönen Alix wollte ich werden. Ach, Liebe, wozu hast du mich verleitet! Versuchung, wie hast du mich verwirrt!«

»Schreibt Euch Euer Unglück selbst zu!« versetzte ich kalt. »Ihr erschlugt Euren Vater – büßt nun für Eure Missetat!«

Ich wandte mich um, denn nun war wirklich keine Zeit mehr zu verlieren. Da rief der grausige Schädel: »Nur mit meiner Hilfe könnt Ihr dem Herzog von Hinnom das Haupt des Täufers entreißen. Wenn Ihr mich jetzt verlaßt, werdet Ihr niemals erfahren, wie Ihr den Satan besiegen könnt!«

»Ihr wißt also davon!« stellte ich fest. »Auch zu Katakolon habt Ihr im Auftrag des Herzogs gehandelt!«

»Nicht von Anfang an«, erwiderte das unheilige Haupt. »Einst lebte auch ich als Mann von Ehre. Doch als mich mein Vater beauftragte, den Befehl des Königs nach dem Artois zu übermitteln, da mißachtete ich seine Weisung und belog ihn, um Katakolon für Alix und mich zu gewinnen. Ich hoffte, wenn sie Burgherrin sei, würde sie meinen starken Arm schätzen und meine Liebe erwidern. Doch dann erschient ihr, und ich sah, wie Alix Eurem Gefährten nachblickte. Ach, hätte ich doch schon damals gewußt, daß er ihr Bruder ist! So haßte ich ihn und betete, daß er bald wieder verschwinden möge. Doch: Böse Wünsche schweben nicht zu Gott empor, sondern sie sinken an des Teufels Ohr. Kurze Zeit später suchte mich der Magier Kynops auf. Mit Blut besiegelten wir einen Vertrag. Er sollte mir das Lehen und die Geliebte verschaffen. Dafür gelobte ich ihm und dem Herzog von Hinnom Gehorsam. Der Kynokephalus half mir, Blandrate zu ermorden. Danach erst verriet mir der Magier, wer Ritter Sans Nom in Wirklichkeit war. Er befahl mir, dafür zu sorgen, daß Tyrant du Cœur die Burg nicht lebend verließ. Bei diesem Gespräch erst erfuhr ich von eurer Suche nach dem heiligen Haupt.«

»Ihr habt Gott abgeschworen und Euch dem Satan zugewandt«, sagte ich. »Wie könnte ich Euch retten?«

»Nur Jesus selbst vermag meine Seele der Verdammnis noch zu entreißen«, seufzte der gräßliche Kopf. »Ihr aber sollt mich töten, damit ich nicht länger ein Sklave der Ssabier sein muß! Ach, wie süß schmeckt der Seim der Sünde, wie bitter das Brot der Gerechtigkeit! Verführerisch klingen die Versprechungen des Bösen, doch wehe dem, der den Teufel enttäuscht! Niemals hätte ich vor dem Seneschall sagen dürfen, wer sich hinter dem Namen Sans Nom verbarg. Denn der Herzog von Hinnom hoffte, daß sich der Ritter am Ende doch noch von der Leidenschaft zu seiner Schwester hinreißen lassen würde. Der Kynokephalus rettete mich nur, um mich nach Haran zu tragen, wo diese Teufelsdiener meinen Kopf ablösten und ihn auf diese Säule stellten. Eine Sekunde später fuhr der Dämon Belphegor in mich. Seither gehöre ich ihm und bin sein Besitz.«

»Wohnt er etwa in Euch?« fragte ich unruhig, und meine Hand tastete nach der Hostie an meinem Hals.

»Fürchtet Euch nicht!« sprach das unheilige Haupt. »Der Dämon weilt zur Stunde fern. Bald aber kehrt er zurück. Immer wenn das geschieht, teilt er seine Gedanken mit mir, damit ich die Ssabier davon unterrichte. Ach, wieviel Schreckliches erfuhr ich auf diese Weise! Kein menschlicher Verstand vermag sich vorzustellen, was die Dämonen in ihrer Gottlosigkeit ersinnen. Kein sterbliches Gewissen könnte ertragen, was das Herz des Teufels erfreut. Ihr redet so viel vom Satan und seiner Bosheit und kennt doch nicht ihren tausendsten Teil!«

Er stockte, und seine Augen trübten sich in der Erinnerung an die Greuel, die er durch Belphegor kannte. Dann faßte er sich und fuhr fort:

»Doch so wie der Gerechteste nicht frei von jener Sünde bleibt, die alle Menschen seit Adam befleckt, so zeitigt auch das Böse manchmal Gutes. Denn was ich durch den Dämon weiß, soll Euch nun helfen, das Haupt des Täufers aus den Händen des Herzogs von Hinnom zu retten.«

»Wo finden wir diesen Verbrecher?« fragte ich hastig. »Wohin hat er Alix verschleppt? Wie können wir ihn besiegen? Heraus mit der Sprache!«

»Ich werde Euch alles sagen«, antwortete der Schädel. »Aber zuvor müßt Ihr mir schwören, daß Ihr diesen Tempel nicht verlaßt, ohne mich vom Leben befreit zu haben.«

»Es ist eine schwere Sünde, einen Menschen zu töten«, erwiderte ich. »Auch dann, wenn dieser es selbst wünscht. Nur wer Leben gibt, darf es nehmen.«

»Seht mich doch an!« drängte das Haupt. »Bin ich denn noch ein Mensch? Mein Leib wurde von den Ssabiern verzehrt, und nur ein teuflischer Zauber erhält meinen Kopf. Befreit mich von dieser Qual! Wenn Ihr Euch weigert, werdet Ihr niemals erfahren, wie Ihr den Herzog besiegen könnt. Dann wird das Haupt der schönen Alix bald neben dem meinen liegen. Seht Ihr dort die silberne Säule mit den Symbolen der Venus? Sie wurde gestern aufgestellt.«

»Also gut!« sagte ich. »Ich werde tun, was Ihr verlangt. Jetzt aber beantwortet meine Fragen!«

»Erst Euren Eid!« forderte der Schädel. »Schwört bei der heiligen Jungfrau!«

»Ich gelobe es«, erklärte ich. »Bei der Mutter Gottes!«

»Endlich!« seufzte das Haupt. »Nun sagt, was Ihr zu wissen begehrt!«

»Wie lange können wir hier sprechen?« fragte ich. »Wo befindet sich der Dämon jetzt, und wann kehrt er zurück?«

»Belphegor sitzt in seinem Schloß in der Akazienau zu Moab«, berichtete der Kopf. »In Sittim am Toten Meer stehen noch immer seine Altäre. Er weiß nicht, daß Ihr schon in Haran eingetroffen seid. Denn der Rabe verlor Euch aus den Augen. Kynops und der Herzog von Hinnom glaubten nicht, daß Ihr Euch auf die Seefahrt nach Syrien wagen würdet, ohne zuvor ein neues Boot aus heiligen Hölzern zu bauen.«

»Und wann pflegt Euch der Dämon aufzusuchen?« erkundigte ich mich vorsichtig.

»Jeden Freitag zur Zeit der Gefangennahme des Herrn im Garten von Gethsemane«, antwortete das Weissagungshaupt. »Denn das ist die Stunde der größten Fröhlichkeit für alle unreinen Geister. Wir haben also viel Zeit. Bis dahin brütet Belphegor wohl über einem neuen Plan, wie er Euch überrumpeln könnte. Am Alphiosfluß und in Athen wäre es ihm ja fast gelungen.«

»Werdet Ihr erfahren, was er sich als nächstes ausdenkt?« forschte ich.

»Wahrscheinlich nicht«, erwiderte der Kopf. »Gewöhnlich vertraut mir Belphegor nur an, was er die Ssabier wissen lassen möchte.«

»Dann sagt mir nun, wo sich das Haupt des Täufers befindet!« befahl ich.

»Auf der Nebelinsel«, gab der Schädel zur Antwort. »In dem schwebenden Schloß über glühenden Wolken. Das kostbare Kleinod ruht in einem Kästchen aus Korund.«

»Dem Stein, den man auch Diamant des Satans nennt?« fragte ich empört. »Welch eine Lästerung!«

»Die Lade steht auf einem Tisch aus dem Holz des Dornstrauchs, von dem die Zweige zu Christi Spottkrone stammten«, erklärte der Kopf. »Darüber liegt das Tuch, mit dem sich Pontius Pilatus nach dem Todesurteil die Hände trocknete. Alix wird in einem Gewölbe von Buhlteufelinnen gefangengehalten. Einmal ist es die engelhaarige Enepsigos, die sie bewacht, dann wieder die orchideengleiche Obyzuth oder die oleanderduftende Onoskelis. Noch durften die Dämoninnen ihr kein Leid zufügen, denn der Herzog von Hinnom will Alix als Faustpfand gegen euch verwenden. Bald aber naht der Karfreitag, an dem der Magier Kynops im Blut geschächteter Jungfrauen badet!«

»Wie können wir Alix befreien?« fragte ich erregt. »Auf welche Weise gelangt man zu dieser Insel? Als wir zu Schiff reisten, schwamm uns der Leviathan in den Weg!«

»So wie Gott einst das sündige Menschengeschlecht durch eine große Flut von der Erde vertilgte, so sandte er auch das Ungeheuer um Eurer Verfehlungen willen«, erklärte das Haupt. »Und so, wie nach Noahs Landung auf dem Gebirge Ararat nur Vögel die Arche verlassen konnten, um trockenes Land zu suchen, werdet auch Ihr die Nebelinsel nur im Flug erreichen. Denkt an die Weissagung der Sibylle. Armlose überqueren dann die Flut, die man nicht schöpfen kann! Den verfluchten Raben, der Noah die Treue brach und nicht zur Arche zurückkehrte, kennt Ihr: es ist der schwarze Vogel mit dem roten Schnabel, der jetzt dem Herzog von Hinnom dient. Ihr aber müßt Gott so treu bleiben wie die Taube, die Noah den Olivenzweig brachte, um ihm zu zeigen, daß die Wasser zu schwinden begannen.«

»Fliegen?« rief ich. »Wir sind doch keine Dämonen! Und selbst wenn es uns durch einen Zauber gelänge, uns in die Luft zu erheben – wie können wir Kynops und den Herzog von Hinnom besiegen?«

»Das werden sie Euch selbst verraten«, erwiderte der Schädel. »Beim Konzil der Dämonen auf dem Berg der Verfluchung. Wenn es Euch gelingt, unbemerkt dorthin zu gelangen, werdet Ihr alles erfahren, was Ihr wissen müßt, um Eure Aufgabe zu erfüllen.«

»Meint Ihr damit den trotzigen Felsen, der sich einst weigerte, Noahs Arche auf seinem Haupt landen zu lassen?« fragte ich. »Wo liegt dieser Gipfel?«

»Eine Tagesreise östlich des Lubar«, antwortete das Haupt. »Die Klippen dieses unseligen Bergs steigen aber so steil empor, daß sie kein Mensch oder Tier zu erklimmen vermag. Auch dorthin müßt ihr also fliegen.«

»Am besten wohl auf Belphegors Rücken!« höhnte ich.

»Warum nicht?« versetzte der Schädel zu meiner Verblüffung und fügte mit leisem Spott hinzu: »Warum hofft Ihr denn selig zu werden, wenn Euch vor der Höhe des Himmels bangt?«

»Das ist keine Frage der Furcht!« rief ich ärgerlich. »Wie könnten wir den Dämon wohl zwingen, uns auf diesen Gipfel zu tragen! Wo wir seine Herren belauschen wollen, um ihnen das heilige Haupt abzujagen! Worüber wollen sie sich überhaupt beraten?«

»In allen Ländern des Ostens«, antwortete der Orakelkopf, »warten die alten Dämonen der Heidenzeit jetzt in der Rinde der Erde auf jene Stunde, da sie wieder zur Oberfläche zurückkehren dürfen. Dieser Tag steht unmittelbar bevor. Denn aus Zorn über die zahllosen Sünden der Menschen wandte Gott sein Angesicht von den Nachkommen Adams ab und ließ dem Teufel freie Hand. Nun kämpfen die Kirchen und ihre Heiligen ganz allein gegen den Antichrist und seine höllischen Heere. Der Verlust des Johanneshaupts schwächte den christlichen Glauben. Auch unter den Anhängern anderer Religionen mehren sich Frevel und Wirren. Wenn es den Menschen nicht gelingt, Gott rechtzeitig zu versöhnen, brechen die unreinen Geister der Vergangenheit aus ihren Höhlen und Klüften hervor. Mit ihnen und den anderen Dämonen, die jetzt schon die Menschen schrecken, wird dann der Antichrist über die Welt herrschen, so wie es die Apokalypse Johanni verkündet. Es bedarf nur noch eines letzten Zaubers, die Fesseln der alten Teufel zu lösen. Worin diese böse Magie besteht, weiß ich nicht. Ich glaube aber, daß dazu ein Gegenstück zum Haupt des Täufers erforderlich ist, ein Heiligtum des Unreinen, ein Gral der Sünde, ein Kleinod der Gottlosigkeit. Gewiß wird der Herzog von Hinnom bei dem Konzil darüber berichten.«

Ich dachte an das verweste Haupt in der chaldäischen Lade und fragte: »Wie können wir Belphegor überlisten?«

»Es gibt nur einen Menschen, der Euch das zu sagen vermag«, antwortete der schaurige Schädel. »Ihr habt gewiß schon von ihm gehört: Apollonius von Tyana.«

»Aber der ist doch schon seit Jahrhunderten tot!« staunte ich. »Er starb gleich nach Petrus, und niemand weiß, in welchem Land zwischen Indien und Äthiopien seine Grabstätte liegt! Sollen wir etwa seine Seele aus dem Totenreich heraufbeschwören?«

»Ich weiß es nicht«, erwiderte das Weissagungshaupt. »Doch keinen Menschen, ausgenommen den Gottessohn selbst, fürchten die Dämonen mehr als den Weisen vom Lubar.«

»So nennt man ihn?« rief ich aus, »liegt er etwa auf jenem Gipfel? Aber wo können wir diesen Berg finden, den schon so viele fromme Pilger vergeblich suchten?«

»Wandert nach Osten«, erklärte der Kopf. »So lange, bis Ihr an den Ort gelangt, an dem der Tigris, der dritte Strom des Paradieses, aus dem Gebirge Ararat quillt und in die Ebene Eden hinabfließt.«

»Und dort sollen wir den Zauberer aufspüren?« fragte ich.

Die Augen des Weissagungsschädels begannen zu glühen.

»Mehr kann ich Euch nicht sagen«, erklärte er. »Gebt mir nun den verdienten Lohn! Unter meiner Zunge liegt ein silbernes Plättchen. Nehmt es heraus und werft es in die Rubinschale! Legt mir statt dessen Eure Hostie in den Mund. Dann wird mein Haupt vergehen wie Wachs.«

»Das Gotteslamm soll ich Euch geben?« fragte ich beunruhigt. »Es wurde nicht für solchen Zweck geweiht!«

»Es ist das einzige Mittel, das die Magie der Ssabier bricht!« drängte der Orakelkopf. »Vergeßt nicht, was Ihr mir geschworen habt!«

Ich blickte mich vorsichtig um. »Also gut«, meinte ich dann. »Ich will nicht an Euch meineidig werden.«

»Herr, vergib mir!« flüsterte der schreckliche Schädel. Seine dunklen Augen glommen. »Auch wenn Ihr kein richtiger Priester seid, Dorotheus, so wart Ihr doch mein Beichtvater«, fügte er dann hinzu. »Erteilt mir also die Absolution!«

»Ego te absolvo«, sagte ich leise. »Von deinen Sünden spreche ich dich frei, im Namen des Vaters, des Sohnes und des heiligen Geistes, Amen.«

Ich erhob mich auf die Zehenspitzen, faßte in den feuchten Mund und zog das silberne Plättchen hervor. Seltsame Zeichen leuchteten auf dem Metall. Schnell trug ich die Tafel in die Mitte des Tempels und ließ sie dort in die rotschimmernde Opferschüssel fallen. Blutfarbener Dampf wallte auf, und aus dem Rubingral drang ein purpurnes Glühen.

»Das Agnus Dei!« rief der Orakelkopf mit schmerzverzerrtem Gesicht. »Beeilt Euch, ich bitte Euch!« Schaum quoll zwischen seinen zuckenden Lippen hervor, und gepeinigt schloß er die Augen.

Hastig holte ich die Hostie aus dem Lederbeutel und schob dem zauberischen Haupt das geweihte Gebäck in den keuchenden Mund. Ein grausiges Stöhnen drang aus dem schrecklichen Schädel. Die blutleeren Lider weiteten sich, die Augäpfel färbten sich gelblich und flossen wie Dotter aus ihren Höhlen. Die weiße Haut wellte sich, Nase und Ohren lösten sich auf, und schließlich sank der Schädel zischend zusammen wie eine Kerze, die man auf einen heißen Ofen stellt. Eine Minute später sah ich nur noch die silberne Schale auf der Spitze der Säule, und tiefste Stille breitete sich aus.

Eilig wandte ich mich zum Ausgang, um so schnell wie möglich in die Herberge zu eilen. Als ich das schwere Tuch zur Seite schob, blickte ich plötzlich in die Fratze des Kynokephalus.

Mit einem Schrei fuhr ich zurück. Ach, wie bereute ich nun, daß ich mich von der Hostie getrennt hatte! Die blutunterlaufenen Augen des Doggengesichtigen funkelten. Ein Knurren drang aus seiner Kehle.

»Atha Gibor Leolam Adonai!« stieß ich hervor. »Exsurgit Deus ...« Aber ohne das Gotteslamm blieben meine Bannsprüche machtlos, besaß ich doch auch keinen Storaxstab wie der Magister.

Langsam wich ich vor dem Hundeköpfigen in das Innere des Tempels zurück. Als die Klaue des Kynokephalus nach mir griff, packte ich ihn mit beiden Fäusten, doch es war, als ob ein Kind mit einem Riesen rang. Der Doggengesichtige hob mich empor.

Dann öffnete sich auf einmal der Boden unter unseren Füßen, und wir stürzten in nachtschwarze Tiefen hinab.

Es dauerte eine ganze Weile, bis ich gewahrte, daß ich noch immer lebte. Der Aasgestank des Kynokephalus raubte mir fast den Atem. Die Haare seines scheußlichen Fellkleids drangen mir in Mund und Nase, als er mich an seine Brust preßte und mit mir durch den lichtlosen Stollen fuhr. Ein pfeifender, heulender Luftzug zerrte an meinen Kleidern, als reisten wir durch den stärksten Sturm, und hinter uns rollte ein Donnerhall her wie ein eisernes Rad. Der Schweiß brach mir aus allen Poren, denn ich dachte nicht anders, als daß der Dämon mich nun in die Hölle hinabschaffen würde. Einige Minuten später flogen wir durch einen kunstvoll gemauerten Gang, an dessen Wänden grüne Fackeln lohten. Der Dämon verlangsamte seinen Flug und ließ ein triumphierendes Kreischen ertönen. Im nächsten Moment rollte ich aus seinen Armen auf marmorne Bodenplatten.

Als ich aufblickte, sah ich, daß ich mich in einem riesigen, unterirdischen Saal befand. Mächtige Säulen voller unheiliger Zeichen trugen die Decke. Sie standen so dicht wie die Eichen von Mamre und es war, als stünde ich auf der Lichtung eines steinernen Hains. Die Spitzen aus grünem Granit luden aus wie die Kronen von Zedern. Auf ihren Streben hockten Geier und Krähen, darunter hingen Fledermäuse in dichten Schwärmen. Zu meiner Linken pflügten grimmige Krokodile hungrig durch öliges Wasser. Zu meiner Rechten knurrten Wölfe, Hyänen, Schakale und andere Tiere des Todes hinter silbernen Gittern. Ein modriger Hauch wehte aus dunkler Ferne herbei.

Vor mir führten breite Stufen auf eine hohe, ganz mit Smaragden getäfelte Empore. Vor grünen Vorhängen voller ssabischer Symbole stand ein mit Schlangenhaut überzogener Tisch. Auf hohen Lehnstühlen erkannte ich drei Gestalten, und entsetzliche Angst floß in meine Adern.

Zur Linken starrte mir Kynops entgegen. Ein grausames Lächeln spannte die dünnen Lippen des Magiers. Lauernd beugte er sich vor und strich mit dürren Fingern, an denen Juwelen wie Trauben hingen, über das spitze Kinn. Sein Blick senkte Furcht in mein Herz. Zitternd tasteten meine Hände nach dem nutzlosen Lederbeutel an meiner Brust. Der gottlose Zauberer stieß ein höhnisches Zischen aus. Bläuliche Strahlen umspielten die langen Nägel an seinen Klauen.

Sosehr mich der Anblick des Magiers erschreckte, noch größeres Grauen ergriff mich, als mir das weichende Dunkel langsam enthüllte, wer neben ihm saß. Denn am entgegengesetzten Ende der Tafel wandte mir der Assiduus sein schlafendes Antlitz entgegen. Durch die geschlossenen Lider drang ein nebliger Schein. Der augenlose Blick drückte mich wie ein Bleimantel nieder. Drohend hob der Graue die krallenbewehrte Pranke.

In der Mitte des Tischs saß ein hochgewachsener Ritter in silberner Rüstung. Drachenhörner stachen von seinen Achselstücken empor. Die Ringe seines Kettenhemds zeigten die Form zusammengerollter Schlangen, und auf seiner Brust prangte das Abbild des menschenverschlingenden Moloch. Das helmlose Haupt des Ritters wurde von roten Haaren umweht wie eine sterbende Sonne von blutigen Strahlen. Zahllose weiße Narben bedeckten seine Stirn und Wangen wie ein feines Spinnengewebe. Seine linke Augenhöhle klaffte leer. Auch Nase und Kinn zeigten Spuren zahlloser Kämpfe. Die eisenbehandschuhte Rechte umschloß einen silbernen Becher. Mit der anderen Hand wischte der Ritter roten Wein aus dem feuerfarbenen Bart. Dann sprach er mit rasselnder Stimme:

»Willkommen, Dorotheus von Detmold, der Ihr wie ich ein Liebhaber voller Leidenschaft seid und ein Sklave des Schönen, das nur schwache Menschen für Sünde halten! Schon lange brennt mein Herz darauf, Euch zu sehen. Denn Ihr wart ein Gegner von Rang und verdient ein besseres Schicksal als das des Verlierers. Darum sollt Ihr nicht länger gegen mich kämpfen. Nicht als gescheiterter Priester, verachtet, verfolgt, von Zweifeln geplagt und von schlechtem Gewissen gepeinigt werdet Ihr die schöne Alix gewinnen, sondern als oberster meiner Barone, beneidet, gefürchtet, willfährig umschmeichelt und überall in der Welt hoch geehrt! Alle Eure Wünsche werden sich erfüllen, wenn Ihr jetzt niederkniet und mir den Treueeid schwört. Denn ich bin der Herzog von Hinnom.«

SECTIO XIV

Mühsam erhob ich mich auf die Füße. Der stinkende Brodem des Hundeköpfigen brannte in meinem Nacken. Ich wußte, daß der Kynokephalus nur auf einen Wink seines Meisters wartete, um mich mit seinen messerscharfen Klauen in Stücke zu reißen. In den kohlschwarzen Augen des Magiers schimmerte Mordlust. Ungleich größere Furcht jedoch empfand ich vor dem Assiduus, denn ich spürte, daß die vernichtende Macht des Grauen selbst die Kräfte des Zauberers überstieg.

Kynops glich einem Leoparden, der tückisch vom Ast eines Baumes springt und seinem Opfer das Genick zerbeißt. Der Herzog von Hinnom erschien mir wie ein Löwe, der seine Beute Auge in Auge stellt und ihr mit der Pranke das Rückgrat zerschlägt. Der Graue aber, so dachte ich, würde mich töten, so wie ein stürzender Fels einen Wanderer zerschmettert. Der Magier mordete wohl aus Lust wie ein Iltis, der sich an vergossenem Blut berauscht. Der Herzog brachte seine Feinde eher aus kühler Berechnung um, wenn seine Pläne es erforderten. Der Assiduus aber schien menschliches Leben ganz ohne Grund und Gefühl auszulöschen, so wie ein eisengepanzerter Krieger sein Streitroß über das Schlachtfeld lenkt, nicht achtend, welche Blumen es mit den Hufen zertrampelt. So wie das eherne Rad eines Fuhrwerks auf sandiger Straße Käfer und Würmer zerquetscht, ohne deshalb seine Richtung zu ändern oder gar anzuhalten, so trat wohl auch der Graue über seine Opfer hinweg, bar jeden Mitleids, kalt wie Eis und herzlos wie totes Metall. Und so, wie ein gefesseltes Tier beim Schlachter sich nicht mehr wehrt, sondern dumpf dem Beil entgegenblickt, so dachte auch ich nun nicht mehr an Flucht, sondern wartete wie erstarrt auf das unvermeidliche Ende. Meinen Geist bewegte nur noch die Frage, welcher von meinen vier Feinden es sein würde, der mich erwürgte. Als ich mich auf diese Weise in mein Schicksal ergab, spürte ich plötzlich auch keine Angst mehr. Eine tiefe Gelassenheit glättete die Wogen in meiner Seele, und ich sagte mit fester Stimme:

»Wo bin ich? Und was für ein Spiel gedenkt Ihr mit mir zu treiben, Herzog, daß Ihr mich mit so freundlichen Worten empfangt? Weiß ich doch, daß Ihr mich töten wollt, wie Ihr es ja auch schon oft genug versuchtet, durch den Assiduus selbst wie durch den Drachen Mamonas oder den Aussätzigen in Venedig, durch den Schimmel Scheitans und den Dämon Belphegor. Tut nun, was Euer Herz wünscht! Ich bin selbst schuld, daß ich Euch in die Hände fiel, und will die Strafe für meine Leichtfertigkeit klaglos erleiden.«

Kynops schnaubte verächtlich. Der Herzog sah mich nachdenklich an. Dann gab er zur Antwort: »Euer Mut ziert Euch. Auch die Hölle liebt Männer von Ehre und Stolz!« Er blickte den Magier an und fügte an: »Nun wundert es mich nicht mehr, daß unsere Anschläge mißglückten.« Dann wandte er sich wieder mir zu und fuhr fort: »Aber Ihr irrt, wenn Ihr glaubt, daß Euch der Graue nach meinem Willen verfolgte. Denn dem Assiduus habe ich nicht zu befehlen. Er weilt hier als Gast, nicht als Knecht.« Er drehte sich zu der grauen Gestalt um. »Verbessert mich, lieber Gevatter, wenn ich jetzt etwas Falsches sage«, meinte er. »Nicht seine Blutige Unheiligkeit, der Fürst der Hölle, bat Euch, diesem Jüngling zu folgen, sondern Euer eigener Herr, der Engel des Todes!«

Der Graue gab keine Antwort. Das unsichtbare Gewicht auf meinen Schultern drückte immer schwerer. Der Herzog sah mich forschend an und erklärte:

»Als Theologe wißt Ihr gewiß aus dem Evangelium des Nikodemus, daß Tod und Teufel nicht immer einig sein müssen. Auch was Euch betrifft, vertreten unsere Gebieter unterschiedliche Meinungen. Der Assiduus wurde ausgeschickt, um Euch zu töten. Ich aber wollte Euch lebend und bat den Grauen, Euch zu verschonen, bis ich mit Euch gesprochen habe. Es liegt an Euch selbst, ob der Assiduus Euch danach vernichtet.«

Fieberhaft kreisten meine Gedanken um das apokryphe Nikodemusbuch, das von zwei Wiedererweckten berichtet, die am Karfreitag in der Unterwelt zufällig Zeugen eines Gesprächs zwischen Tod und Teufel geworden waren. Der Höllenfürst forderte seinen Vetter auf, den Gottessohn bei sich festzuhalten. Doch der Tod weigerte sich: Ihm sei nur Macht über Sterbliche gegeben. So hatten es die beiden Wiedererweckten später dem Nikodemus erzählt, jenem frommen Juden, der damals mitgeholfen hatte, den Leichnam Christi zu bestatten.

»Wollt Ihr damit sagen, daß Ihr mich vor dem Grauen retten könnt?« fragte ich verwundert.

»Gewiß!« erwiderte der Herzog von Hinnom. »Fürst Satan und der Todesengel schulden einander manche Gefälligkeit. Doch nun will ich erst einmal wissen, was Ihr zu Haran mit diesem unfähigen Schwätzer Konrad bespracht!«

»Zu Haran, meint Ihr?« wunderte ich mich. »Bin ich denn nicht mehr in dieser Stadt?«

»Ihr befindet Euch unter der Sphinx von Ägypten, in der Burg meines treuen Gefährten Kynops«, antwortete der Herzog. »Schon seit 1200 Jahren kämpft er von hier aus gegen die Christenheit. Gebe Satan, daß er bald in seine Heimat nach Patmos zurückkehren darf! Ihr könnt dabei von Nutzen sein.«

Als ich das hörte, ordneten sich auf einmal meine verwirrten Gedanken. Meine Verzweiflung wich wieder vernünftiger Überlegung, und meine Furcht verwandelte sich in Trotz. Wenn mich der Herzog schon in die Falle gelockt hatte und ich ihm nun auf Gedeih und Verderb ausgeliefert war, wollte ich mich doch nicht winselnd ergeben.

»Was grübelt Ihr denn so lange?« fragte der Herzog mißtrauisch. »Versucht nicht, mich zu belügen! Der Kynokephalus hinter dem Vorhang hörte, was Ihr im Tempel zu reden hattet. Wenn Ihr bei dieser Prüfung versagt, endet Euer Dienst für mich, noch ehe er begann, und Euer Haupt wird das Konrads ersetzen.«

Vorsichtig wandte ich mich nach dem Hundeköpfigen um. Die Reißzähne schimmerten unter den hochgezogenen Lefzen. Wie, so überlegte ich, hätte der Kynokephalus in das Heiligtum eindringen können, ohne daß es der sprechende Schädel bemerkte? Das Orakelhaupt hätte mich doch gewiß gewarnt, denn es haßte den Herzog, und nur meine Hostie konnte es von seinen Qualen erlösen! Wenn es aber wirklich so war, daß wir den Zauberer Apollonius am Berg Lubar aufsuchen und mit seiner Hilfe das Dämonenkonzil belauschen sollten, so durfte ich davon kein Sterbenswörtchen verraten. Deshalb gab ich zur Antwort:

»Verzeiht mir, edler Herr! Eure Macht ist es, die mich verwirrt, Eure Pracht, die mich blendet. Ich will Euch alles berichten. Als ich in den Tempel trat, begann mich Konrads Haupt sogleich zu verfluchen. Erlaßt mir, Euch zu sagen, wie es mich nannte! Schon vorher hatte ich diesen Verbrecher gehaßt. Darum beschloß ich, ihn zum Schweigen zu bringen. Ich bin bereit, die Strafe dafür auf mich zu nehmen.«

»Wie könnt Ihr erwarten, daß man Euch glaubt!« zischte Kynops aufgebracht.

Der Herzog hob die Hand. »Das Urteil über Euch soll nicht schon heute gesprochen werden«, erklärte er. »Bekehrt Euch zu unserem Herrn, dem Satan, und schwört ihm ewige Treue! Dann wird Euch alles verziehen. Ja, ich werde Euch sogar Gelegenheit geben, durch eine nützliche Tat den Dank der Hölle zu erwerben. Wenn Ihr diese Aufgabe erfüllt, werdet Ihr alles erhalten, was Ihr Euch in der Heimlichkeit Eures Herzens ersehnt: die schöne Alix soll dann für immer Eure treue Gemahlin sein. Ihr werdet auf Katakolon mit ihr herrschen, Ruhm und Reichtum sollen Euch über die anderen Fürsten Achaias erheben wie einen Stier unter den Ochsen. Noch in fernsten Zeiten werden Sänger von Euren Taten erzählen.«

Erleichtert erkannte ich, daß ich mich nicht geirrt hatte. Der Kynokephalus war zu spät gekommen, um mein Gespräch mit dem Haupt Konrads zu belauschen. »Und wenn ich Euch nicht schwöre?« fragte ich.

Der Magier zischte haßerfüllt und streckte die Hände gegen mich aus, doch ein scharfer Ruf des Herzogs hielt ihn zurück. Der rotbärtige Ritter musterte mich unter buschigen Brauen, und seine Blicke drangen wie glühende Pfeile in mein Herz. »Wünscht Euch nicht, daß ich Euch schildere, welcher Tod Euch dann erwartet«, versetzte er. »Eure Qualen werden denen der tapfersten Märtyrer gleichen, jenen aber half ein Glaube, der Euch fehlt! Vergeßt nicht: Ihr lebt noch immer im Zustand der Sünde, weil Ihr bisher noch nicht gebeichtet habt. Den Himmel könnt Ihr also ohnehin nicht mehr erreichen. Doch auch die Hölle kennt Vergnügen, auch Fürst Satan feiert Feste, auch Teufel kennen das Glück, und wer wie wir Dämonen beherrscht, sehnt sich nicht mehr nach Engeln. Glaubt Ihr etwa, Ihr könntet all jene Genüsse, die Euch die goldhaarige Enepsigos und die orchideengleiche Obyzuth zu bereiten verstanden, auch bei den Cherubim oder Seraphim finden? Zögert nicht länger! Mit Satans Dienern feilscht man nicht, es sei denn zum eigenen Schaden.«

Ich beschloß, nicht zu schnell nachzugeben, denn je länger ich Widerstand leistete, desto glaubwürdiger mußte meine schließliche Unterwerfung erscheinen. »Ja, Ihr habt recht«, entgegnete ich. »Ich habe gesündigt, und deshalb steht mir nun die Verdammnis bevor. Ich log, stahl, trieb Unzucht, tötete gar und lud noch manche andere Schuld auf meine Seele. Niemals aber verstieß ich gegen das Erste Gebot und will es auch heute nicht tun. Ich werde keine fremden Götter anbeten. Niemals huldige ich Eurem Herrn, fallen nun auch die Dämonen über mich her!«

Übelriechender Dunst hüllte mich ein und verriet mir, daß der Kynokephalus hinter mir schon sein Maul aufsperrte, um mich zu verschlingen. Der Herzog von Hinnom musterte mich, so wie ein spielendes Kind eine gefangene Fliege betrachtet. Dann sprach er:

»Ihr seid stur wie der Maulesel Absaloms. Doch Euer Trotz trifft mich nicht unvorbereitet. Ich weiß, womit ich Euren Willen breche. Seht Ihr den kleinen Spiegel an der Säule zu Eurer Rechten? Er zeigt Euch etwas, das Euren Sinn umkehren wird.«

Langsam trat ich zu der Säule und blickte in den schimmernden Kristall. Weiße Wölkchen huschten über die blinkende Fläche. Dann formte sich plötzlich ein Bild, das wie aus weiter Ferne in den Spiegel drang, und ich stieß einen erschrockenen Schrei aus. Denn ich erkannte die schöne Alix. Mit silbernen Ketten gefesselt, stand sie in einer großen, gläsernen Schüssel. Ihr zerfetztes Nachtgewand bedeckte nur notdürftig ihre Blößen. Mit aufgerissenen Augen starrte sie auf eine Flüssigkeit, die dampfend aus dem Maul eines smaragdenen Drachenkopfs rann. Die grünen Tropfen flossen zäh wie Öl und

Borax. Schon bedeckte der ssabische Schleim die Schenkel der Fürstentochter; bald mußte er sie bis zum Hals einhüllen. Dann würden die Teufelspriester das goldgelockte Haupt ablösen und auf jene silberne Säule mit den Symbolen der Unzuchtsdämonin stellen... Bei diesem Gedanken schoß mir das Blut in den Kopf. »Genug!« rief ich. »Haltet ein! Ich will alles tun, was Ihr befehlt!«

»So gefallt Ihr mir besser«, versetzte der Herzog mit dünnem Lächeln. »Kniet also nieder und gelobt mir Treue!«

»Erst wenn Ihr mir versprecht, Alix unversehrt freizulassen und in die Obhut ihres Bruders zurückzubringen!« forderte ich hastig. »Auch meine Gefährten sollt Ihr nicht länger verfolgen!«

Der Kynokephalus hinter mir fauchte zornig. Der Magier starrte mich aus blitzenden Augen an. Der Graue blieb unbewegt. Dann erwiderte der Herzog:

»Narr! Nicht Satan handelt unehrlich an den Menschen, sondern Gott ist es, der seine hilflosen Geschöpfe seit alters betrügt! Wer war es denn, der Adam und Eva am Baum der Erkenntnis drohte: ›Sobald ihr davon eßt, werdet ihr sterben‹? Satan erst öffnete den Menschen die Augen und sagte: ›Sobald ihr davon eßt, gehen euch die Augen auf; ihr werdet wie Gott...‹ War das etwa unredlich oder falsch? Nein, es war aufrichtig und die Wahrheit. Ebenso ehrlich will ich Eure Wünsche erfüllen, sobald es Euch gelungen ist, uns etwas zu beschaffen, das uns vor langer Zeit gestohlen wurde. Denn das soll Euer Auftrag sein. Nun aber schwört! Oder wollt Ihr bei Eurem nächsten Besuch im Tempel zu Haran mit dem Kopf der schönen Alix sprechen?«

Da überwältigte mich das Grauen. Ich dachte nicht mehr an mich noch an die Gefährten, sondern nur noch an das Entsetzliche, das geschehen würde, wenn ich nicht gehorchte. Ach, hätte ich doch unser aller Geschick lieber in Gottes Hände gelegt, statt uns mit eigenen Kräften retten zu wollen! Hätte ich auf das warnende Flüstern meines Herzens gehört, statt nur auf das drängende Fordern meines Verstands! Denn Satans Listen durchschaut man nicht mit dem Auge, sondern nur mit dem Gebet. Seinen Angriffen trotzt nicht der sterbliche Leib, sondern die göttliche Seele, und den Sieg über ihn erringt nicht die Wissenschaft, sondern allein der Glaube. So aber zertrümmerte diese furchtbare Drohung alle meine Vorsätze, wie ein eherner Mauerbrecher die Wälle der schwachen Festung zermalmt. Die wilden Horden atemlosen Entsetzens drangen durch die geborstenen Tore meiner Frömmigkeit, lähmende Furcht schwemmte meine letzten

Hemmungen fort, und bereit, meine Seligkeit aufzugeben, sank ich in die Knie.

Der Herzog erhob sich und zog ein silbernes Schwert aus der Scheide. Ich hob den Kopf und blickte ihm entgegen. Er schritt auf mich zu, hielt mir die Spitze der funkelnden Klinge zwischen die Augen und rief:

»Schwört nun dem Christentum ab und tretet in Satans Gemeinde ein, Dorotheus von Detmold! Kriecht nicht länger in Gottes Kirche, sondern kämpft als Held im höllischen Heer! Entheiligt Euer Taufsakrament und trinkt das Blut unseres Bundes!«

Plötzlich hörte ich hinter mir Schritte, und aus den Augenwinkeln sah ich, daß aus dem steinernen Wald ein festlicher Aufzug von schwarzen Gestalten hervortrat. Die Fremden trugen wallende Gewänder aus silberdurchwirkter Wolle. Spitze Kapuzen verhüllten ihre Gesichter; nur ihre roten Bärte leuchteten hervor. Ihr Anführer hielt ein großes Kreuz aus rotem Judasholz in die Höhe. An dem Balken hing die ganz aus Silber geformte Gestalt eines Gekreuzigten, doch es war nicht der Erlöser, sondern der Spottchristus mit dem Eselskopf.

Schaudernd starrte ich auf das entsetzliche Feldzeichen der Teufelsdiener, die sich in Syrien Ssabier nennen, am Nil aber seit alter Zeit als Sethianer bekannt sind. Aus den Mündern der Satanspriester tönte ein tiefes Summen, wie es vor Zeiten wohl auch in den Tempeln Ägyptens, Babylons, Ninives und Roms erklungen sein mochte. Der Wechselgesang schwoll zu einem lärmenden Lied der Lästerung Gottes, von Haß, Auflehnung und Verstocktheit durchtränkt, so wie die Worte des reuelosen Schächers Gesmas, der auf dem Berg Golgatha über Jesus spottete: »Wenn du wirklich Gottes Sohn bist, so steige herab und hilf auch uns!«

Ich wagte kaum mehr zu atmen. Das Kreuz auf meiner Stirn brannte wie Feuer, doch ich vermochte nicht zu unterscheiden, ob der Schmerz von dem Erlöserblut herrührte oder von der scharfen Klinge des Herzogs. Als der Gesang der Ssabier verhallte, befahl mein neuer Herr mit dröhnender Stimme:

»Nun sprecht mir nach: Ich, Dorotheus von Detmold, von menschlichen Eltern gezeugt, in falschem Glauben erzogen, schwöre und gelobe, daß ich mich von der Nachfolge Christi für immer abkehren will, um fortan allein der wahren Kirche Fürst Satans zu dienen ...«

Meine Kehle war wie ausgedörrt. Wenn ich bis zu diesem Moment insgeheim noch gehofft hatte, meine Entführer täuschen zu können, mußte ich diesen Gedanken nun aufgeben. Jetzt erst begann ich zu ahnen, welche furchtbaren Eide und andere gottlosen Handlungen die Teufelsdiener von mir verlangen würden, um meine Seele der ewigen Verdammnis zu weihen. Ich dachte an den gekreuzigten Heiland und sprach in meinem Innern voll Trauer: »Herr Jesus, der Du alles siehst, vergib mir! Was ich jetzt sagen muß, spreche ich nur aus, um Alix und meine Gefährten zu retten und das Haupt Deines Dieners Johannes zu befreien.«

»Sprecht!« forderte der Herzog grimmig. Seine Klinge bohrte sich in meine Haut; Blut lief mir über das Gesicht. Schnell murmelte ich mit leiser Stimme die lästerlichen Worte. Einige Male stockte ich. Doch dann drang die stählerne Spitze jedesmal schärfer gegen meine Stirn und mahnte mich, an das grausame Schicksal zu denken, das Alix bevorstand, wenn ich mich weigerte.

So vollendete ich schließlich diesen unheiligen Taufeid und sprach: »Für alle Ewigkeit gelobe ich: Nicht länger will ich Gott, der sich den Herrn nennen läßt, verehren, sondern ich werde Satan anbeten, dem allein die Krone gebührt. Nicht länger will ich dem Papst als dem Nachfolger Petri gehorchen, sondern dem Herzog von Hinnom als Lehensträger Luzifers, dessen Name gesegnet sei. Niemals wieder will ich meinen Mund mit einer Hostie beflecken, sondern mich künftig allein mit den Sakramenten Satans stärken. Das schwöre ich beim Licht meiner Augen, beim Wort meines Mundes und beim Schlag meines Herzens, in Ewigkeit. Christus den Tod!«

Der Herzog zog sein Schwert zurück und winkte dem Anführer der Ssabier. Der Schwarzgekleidete trat mit dem blutroten Spottkruzifix vor mich hin und reichte mir die Füße des Eselshäuptigen zum Kuß. Dann hielt mir ein zweiter Priester einen Krug aus Smaragd an den Mund, und der Herzog befahl: »Trinkt nun vom Blut des Bundes zwischen Menschen und Dämonen! Was aus den Adern eines unschuldigen Kindes rann, soll dich für immer gegen die Macht des Gottgeweihten feien!«

Angewidert drehte ich den Kopf. Der Ssabier stieß ein Zischen aus. Der Herzog hob drohend sein Schwert. Da betete ich in meinem Herzen: »Herr, verzeihe mir auch diese Sünde – ich will ja damit nichts Schlechtes, sondern nur Gutes bewirken!« Dann überwand ich meinen Ekel und trank von dem Blut. Seine Wärme verriet mir, daß das unglückliche Kind erst vor kurzem geopfert worden sein mußte.

Als ich absetzte, hätte ich mich vor Abscheu fast übergeben. Mit tränenden Augen und zusammengepreßten Lippen flehte ich in meinem Herzen: »Christus, verlasse mich nicht!« Da trat ein dritter Teufelspriester vor mich hin und hob mir einen kleinen silbernen Schrein entgegen. Hinter einem Fenster aus Kristall sah ich ein blutiges Ohr.

»Dies ist die Reliquie des edlen Malchus, des tapferen Streiters Satans«, sprach der Herzog feierlich. »Bei der Festnahme Christi zu Gethsemane kämpfte er mit dem Apostel Petrus und wurde von dessen Schwert verletzt. Welch glorreiches Opfer! In das Ohr dieses Märtyrers sollt Ihr nun mit mir das antichristliche Glaubensbekenntnis beten. Seid Ihr bereit?«

Ich flehte wieder zu Gott und sagte in Gedanken zu ihm: »Herr, was ich jetzt aussprechen werde, ist eine Lüge. Niemals will ich Dir die Treue brechen!« Dann nickte ich heftig. Der Herzog von Hinnom begann:

»Ich glaube an Satan, den mächtigen Herrn, Gottes rechtmäßigen Erben, verfolgt, verraten und aus dem Himmel vertrieben, da er das Knie nicht vor Adam beugte und weder sein Recht aufgab noch seinen Stolz.«

Er unterbrach sich und sah mich befehlend an. Gehorsam beugte ich mich vor, legte meine Lippen an das unheilige Reliquiar und sprach seine Worte nach, so daß sie in das grausige Ohr dringen mußten. Mein neuer Gebieter fuhr fort:

»Mutig selbst gegen die Allmacht Gottes, unverzagt im heldenhaften Kampf gegen die sklavischen Engel, ward unser Herr mit seinen Getreuen hinabgestürzt in die Tiefe, von dannen er aber zurückkehren wird, um alle Geister aus Gottes Knechtschaft zu lösen. Ich glaube an die unendliche Freiheit, die sich nicht Gottes Geboten beugt, an die Schönheit des eigenen Willens und an das Recht der Stärke, an die Auffahrt Fürst Satans zum Himmel und an seinen endlichen Sieg. Christus den Tod!«

Während ich diese furchtbare Lästerung wiederholte, war mir, als würde das Licht in dem Saal langsam schwächer. Die Farben der Fackeln verblaßten, und das leuchtende Grün der Flammen wandelte sich in ein stumpfes Grau. Ich mußte an die Apostel, Märtyrer, Kirchenväter, Asketen und anderen Glaubensstreiter denken, die der Versuchung widerstanden hatten, sich durch die Lästerung Gottes Freiheit, Leben, Reichtum oder Macht zu erkaufen. Jesus selbst sagte auf dem Berg Zion, als ihm der Teufel versprach, ihn zum König der Erde zu machen: »Vade Satana – hebe dich hinweg von mir!« Ich aber erkannte voller Bitterkeit, daß mir solche Kraft nicht gegeben war.

Voller Verzweiflung flehte ich in meiner Brust zu Jesus: »Vergib mir, ich bin nur ein schwacher Mensch!« Die Fackeln erloschen. Die

Ssabier summten wieder ihre unheilige Hymne. Da bebte plötzlich der Boden unter unseren Füßen. Die steinernen Platten wurden wie durch unsichtbare Hände beiseitegeschoben, und aus der Tiefe stieg der Altar des Teufels empor, von vielen tausend grünleuchtenden Kerzen erhellt.

Der schwarze Opfertisch war aus Mordsteinen gemauert, Felsbrokken in den verschiedensten Größen, mit denen die Sklaven Satans in der Geschichte der Welt die Gläubigen Gottes umgebracht hatten. Auf jedem standen die Namen von Täter und Opfer. Viele davon kannte ich aus den Martyriologien der Heiligen, andere aus Historienbüchern oder weltlichen Lebensbeschreibungen alter Chronisten. Der größte Stein in der Mitte aber trug die Namen Kains und Abels, und noch immer haftete das Blut des toten Hirten an seiner Kante.

Der Herzog kniete vor dem schändlichen Heiligtum nieder und führte einen Zipfel des seidenen Altartuchs an seine Lippen. »Oh, ihr Märtyrer Satans«, flüsterte er bewegt, »ihr edlen Priester Seths und Jupiters, Baals und Apollos, die ihr unter den Häschern der christlichen Kaiser das Leben ließt – die Huld der Hölle gehört euren Seelen, euren Namen sei Preis!«

Inbrünstig küßte er den blutbefleckten Stoff, der aus den Kleidern der toten Götzendiener zusammengenäht war. Dann trat er zu einem silbernen Kästchen, öffnete den reich mit Edelsteinen geschmückten Deckel und holte ein Leinensäckchen hervor. Als er es feierlich zeigte, sanken die Ssabier demütig in die Knie. Der Herzog sprach:

»Judas, Treuester unter den Treuen! Schmach und Gefahr nahmst du auf dich, um den verhaßten Heiland zu verderben und unserem Herrn zum Sieg zu verhelfen. Die Silberlinge, mit denen man dich belohnte, sollen uns ewig an dein Heldentum erinnern!«

Nach diesem gottlosen Gebet ließ er das Sündengeld in meine Hände sinken und starrte mich an. Ein grausamer Wille glühte in seinem einzigen Auge. Da preßte ich die 30 Silberlinge an mein Herz und schwor laut: »So wie du dich einst als Apostel von Christus zu deinem wahren Herrn Satan bekehrtest, will nun auch ich allein den Befehlen der Hölle und ihres Vertreters auf Erden gehorchen!«

Der Herzog, der mich aufmerksam beobachtet hatte, nickte befriedigt und nahm das teuflische Kleinod wieder aus meinen Händen. Dann trat er vor das große Altarbild, das den Herrn der Hölle inmitten seiner Teufel, Dämonen und Geister zeigte. Mit gemessenen Bewegungen opferte er Weihrauch aus Punt, wie er einst vor Seths Standbildern in Ägypten brannte, und mit Grausen erkannte ich die kupferne Pfanne Korachs, des Aufrührers gegen Moses. Während weißliche Schwaden aufwallten, schien auf unheimliche Weise Leben in die furchtbare Fratze Satans zu fahren. Die Augen des Höllenfürsten begannen zu funkeln, und seine Lippen verzerrten sich zu einem schrecklichen Lächeln der Grausamkeit, der Verderbtheit und der niedrigen Lust am Bösen.

Der Herzog hob wieder seine Waffe und betete laut: »Oh Fürst der Welt, höllische Herrlichkeit, glorreiche Majestät aller Unheiligkeit und Führer der Feinde Gottes! Mit dieser Klinge, die dein getreuer Knecht Absalom einst gegen David erhob, leiste ich dir nun die Sieben Schwüre des Gehorsams in Ewigkeit. Christus den Tod!«

Danach berührte der Herzog mit der Schwertspitze nacheinander sieben alte Reliquien des Bösen und sprach dazu:

»Beim Stein, mit dem Kain Abel richtete! Beim Pfeil, mit dem Nimrod dem Himmel trotzte! Beim Herrscherstab Pharaos, der die Israeliten verfolgte! Beim Gürtel Goliaths, der gegen David den Heldentod starb! Beim Altarstein des Königs Ahab, der Baal die Treue hielt! Beim Schleier der schönen Salome, die Johannes den Täufer besiegte! Beim Schreibrohr des Pontius Pilatus, der Christi Todesurteil unterzeichnete! Tod allen Christen!«

Jeden dieser lästerlichen Eide beantworteten die Teufelspriester mit einem neuen Ton, so daß die Stimmen der Ssabier am Schluß als machtvoller Choral der Gottlosigkeit durch den Sphinxtempel dröhnten. Danach betete der Herzog voller Inbrunst das Paternoster des Bösen:

»Satan unser, der du herrschst in der Hölle! Unheilig halle dein Name, dein Reich komme über die Welt. Dein, nicht Gottes Wille geschehe, im Himmel, in der Hölle und auf der Erde. Unser tägliches Blut gib uns heute, und strafe deine Gegner nach ihrer Schuld. Niemals vergeben wir unseren Feinden! Und lasse uns nicht in Knechtschaft sinken, sondern erlöse alle Geister und Menschen aus der Unfreiheit Gottes. Denn dein sei das Reich und die Pracht und die Erhabenheit für alle Zeit. Christus den Tod!«

»Christus den Tod!« riefen die Ssabier.

Der Herzog reichte mir nun ein weiteres Reliquiar, das von Smaragden und Saphiren strotzte, und sprach: »Diese Hand segne unser Bündnis, Dorotheus von Detmold. Denn es ist die Linke des Königs Herodes, des tapferen Streiters Satans, der einst die Kinder Bethlehems erschlug, um den Sohn Gottes zu töten.«

Ich schloß die Augen und betete insgeheim: »Christus, verzeihe mir auch diesen Frevel! Ich sündige ja doch nur, um Alix und den Gefährten zu helfen!« Dann drückte ich die Lippen auf die schaurige Reliquie. Als ich danach den Herzog anblickte, schienen mir seine Züge noch düsterer geworden.

Der Ritter von Hinnom wies nun auf ein großes Kreuz, das sich an der rechten Seite des Satansaltars erhob. Die Balken waren in Silberblech gehüllt. Am unteren Ende öffnete sich ein kleines, von funkelnden Rubinen umkränztes Fenster. Dahinter schimmerte das von Millionen Küssen der Ssabier modrig gewordene Holz. »Dies«, sprach der Herzog, »ist das Kreuz des Gesmas, des standhaften Schächers, der Satan noch im Tod die Treue hielt. Bezeugt ihm Eure Verehrung!«

Ich trat auf das Teufelskreuz zu, beugte das Knie und drückte meine Lippen gegen den morschen Stamm. Dabei flehte ich still: »Herr, sieh nicht auf das, was ich tue, sondern auf das, was ich dabei empfinde!« Als ich wieder aufblickte, merkte ich, daß sich das Gesicht des Herzogs weiter verfinstert hatte.

Furchteinflößend wie ein Riese der kanaanitischen Vorzeit stand der Fürst Hinnoms auf den Stufen des höllischen Heiligtums. »Und nun«, sprach er mit grollender Stimme, »dürft Ihr den letzten Beweis dafür erbringen, daß Ihr Euch wirklich von Christus losgesagt habt. Tretet an Satans Altar!«

Besorgt blickte ich mich um. Aus der scheußlichen Schnauze des Kynokephalus hinter mir tropfte Geifer. Die Augen der Ssabier glühten wie Kohlenstücke. Kynops betrachtete mich mit dem starren Blick einer hungrigen Schlange. Auch der Assiduus hielt sein schlafendes Antlitz unverwandt auf mich gerichtet. Langsam lief ich zu meinem Gebieter. Da stockte plötzlich mein Schritt. Denn in die grünen Steinplatten auf dem Boden vor mir war eine kleine Vertiefung gegraben, und darin lag ein winziges Kruzifix.

Staub und Unrat bedeckten den Leib des Herrn. Mitleid und Schuldbewußtsein befielen mich, als ich den Ausdruck Seiner Qual auf den geschnitzten Zügen las. Sein verzerrter Mund schien mir zuzurufen: »Verleugne mich nicht!« Und aus Seinen Augen fühlte ich einen Blick von solcher Liebe, daß mir die Tränen in die Augen schossen.

»Nun? Was ist?« herrschte mich der Herzog an. »Bespeit dieses Götzenbild! Sonst werdet Ihr Alix nie wiedersehen, und Eure Gefährten sind verloren.«

Ich schluckte mit trockenem Hals. Niemals, niemals hätte ich geglaubt, daß die Hölle solche Frevel von mir fordern könnte! Die Ssabier flüsterten unruhig. Kynops erhob sich gespannt.

Der Herzog zeigte drohend sein Schwert. Vor meinem inneren Auge erschien das Bild meiner geliebten Alix, und ein Strudel angstvoller Gedanken riß mich fort: ihr reiner Leib geschändet, ihr edles Haupt für alle Zeit Brutstätte böser Gedanken einer Dämonin der Unzucht, die Trauer Tyrant du Cœurs, das Scheitern des Feldzugs, der endgültige Verlust des Johanneshaupts, die Befreiung der alten Dämonen, die Herrschaft des Teufels über die Welt. Nein! schrie ich in meinem Inneren, lieber soll Satan meine Seele besitzen, als daß das geschieht! Und verzweifelt spie ich auf das Bild des Erlösers.

Im gleichen Moment schwanden jede Farbe und jedes Licht aus den Gesichtern des Herzogs und aller anderen Männer, und voller Grauen entsann ich mich der Warnung des alten Magisters: »Wer dem Teufel verfallen ist, sieht andere Menschen nur noch als Umrisse, so wie Schatten an der Wand.«

Von nun an war ich ein Verlorener des Herrn.

Erschrocken starrte ich auf die Gesichter der Männer, die mich umstanden.

Der Herzog hob die Arme. »Die Messe ist beendet«, rief er seiner unheiligen Gemeinde zu. »Nun geht!«

»Dank sei Satan!« antworteten die Teufelsdiener. Ihr Anführer hob das große Kreuz mit dem eselsköpfigen Erlöser und beugte das Knie. Wieder erbebte der Boden unter unseren Füßen. Dann sank der schwarze Opfertisch Luzifers langsam in die Erde zurück. Die steinernen Platten schlossen sich, und der Saal sah aus wie zuvor.

Die Ssabier stimmten einen neuen lästerlichen Choral an und schritten hinter dem Spottkruzifix in das Dunkel des Säulenwaldes. Der Herzog blickte nachdenklich auf mich herab und sprach:

»Nun zählt auch Ihr zu den Dienern Fürst Satans, Dorotheus von Detmold. Achtet darauf, daß Ihr Euren Herrn niemals enttäuscht! Ungehorsam wird nur von Gott verziehen – unser Gebieter stählt seine Streiter durch Unbarmherzigkeit. Auf den Beeten Christi sprießt das Unkraut immer wieder, Fürst Satan aber rottet mit Stumpf und Stiel aus, was nicht nach seinem Willen wächst. Wenn Ihr versagt, werdet Ihr enden wie Konrad von Katakolon. Berichtet mir nun, was Doktor Cäsarius und Eure anderen Gefährten planen! Wohin werden sie sich wenden? Wollen sie es noch ein zweites Mal wagen, zur Nebelinsel vorzustoßen?«

Mühsam sammelte ich meine Gedanken, so wie ein Obsthändler die vom Wagen gefallenen Äpfel aufklaubt. Die grausame Gewißheit, daß meine Seele verloren war, schärfte meinen Blick für die Wahrheit, und ich erkannte, daß es jetzt nur noch eins zu tun gab: den Preis für meinen Verrat zu sichern, Alix zu befreien und meinen Gefährten zum heiligen Haupt zu verhelfen. Doch der Hölle Treue heißt Trug, und Satans Schwüre sind Schaum auf den Wogen der Lüge. Nur wer das erkennt, bleibt gegen die Tücke des Teufels gefeit. Darum erklärte ich nun so treuherzig wie möglich:

»Gewiß berichtete Euch Belphegor von der Weissagung der Sibylle. Soll ich nun meinen Gefährten erzählen, daß uns das sprechende Haupt den Weg nach Osten wies? Dann können Eure Dämonen in der Wüste über sie herfallen. Oder möchtet Ihr, daß ich nichts von meinem Besuch im Tempel berichte? Dann wird der Magister versuchen, anderswo eine weitere Weissagung zu erhalten. Vielleicht wieder bei dem Kabbalisten auf der Akropolis. Oder beim Papst in Rom!«

Der Herzog schwieg eine Weile. Dann befahl er: »Verhaltet Euch, als hättet Ihr das Heiligtum nicht gefunden! Sonst werdet Ihr am Ende noch bei einer Lüge ertappt. List scheint nicht Eure Stärke, Verstellung nicht Euer Fach. Um meinen Auftrag zu erfüllen, müßt Ihr Euren Freunden aber so glaubwürdig wie ein Apostel erscheinen. Dann, nur dann werdet Ihr die Belohnung erringen, die ich Euch versprach, und ewig in der Sonne Satans stehen.«

Ich fuhr mit der Zunge über die trockenen Lippen und fragte: »Was soll ich tun, Meister? Ich bin bereit!«

Der Statthalter des Teufels ergriff mich am Arm und führte mich über die Stufen hinauf zu dem Schlangentisch. Dort drückte er mich in einen hohen Stuhl, setzte sich mir gegenüber, sah mir starr in die Augen und sprach:

»Hört mir nun aufmerksam zu! Ja, ich beobachte Euch schon seit langem. Anfangs wollten wir Euch und die anderen töten. Doch als unsere Anschläge sämtlich mißlangen, in der Alpenschlucht ebenso wie in Venedig, erkannten wir, daß...«

»Auch auf dem Meer und in Athen schicktet Ihr Dämonen gegen uns aus«, erinnerte ich.

»Was erlaubt Ihr Euch!« rief Kynops zornig. Der Herzog hob unwillig die Brauen. »Unterbrecht mich nicht!« herrschte er mich an. »Ihr wißt und versteht nichts und redet wie ein Narr!«

Ich blickte schuldbewußt zu Boden. Der Statthalter Satans schwieg eine Weile. Dann seufzte er gedankenschwer und fuhr fort:

»Als Ritter Tyrant den Drachen besiegte, erkannten wir, daß Gott selbst Euch beschützte. Das aber entsprach nicht der Abmachung zwischen ihm und unserem Herrn! Half der Allmächtige etwa dem Hiob, als Fürst Satan die Treue dieses Menschen erprobte? Nein, denn sonst hätte ja keine ehrliche Prüfung erfolgen können. Aber ich will am Anfang beginnen.«

Er führte den silbernen Becher zum Mund und trank einen Schluck roten Wein. Dann berichtete er:

»Ihr verfolgt uns, weil wir die Reliquien des Johannes aus Euren Klöstern und Kathedralen raubten. Aber nicht wir sind Diebe, sondern die Anhänger Christi, die diesen Streit begannen! Wir nahmen das Haupt des Täufers nur als Pfand für unsere gerechte Sache. Denn seit über 1100 Jahren muß die Hölle durch die Schuld Eurer Kirche eines ihrer kostbarsten Kleinodien entbehren. Es wurde gestohlen, geschändet und vor uns verborgen gehalten bis auf den heutigen Tag!«

Ich wagte kaum zu atmen. Eine Woge unbändigen Hasses strömte mir von dem Magier entgegen. Das felsfarbene Gesicht des Assiduus blieb unbewegt, doch immer stärker spürte ich den eisigen Hauch, der von ihm ausging. War es, so fragte ich mich, für eine Seele besser, von dem Grauen vernichtet zu werden, statt für immer dem Satan anzugehören? Aber wer wußte, was wirklich geschah, wenn der Dämon ein Opfer umarmte! Der Herzog erzählte weiter:

»Euch gilt das Haupt des Täufers deshalb so heilig, weil auf Erden niemals ein stärkerer Streiter für Christus lebte. Nannte ihn der Gottessohn nicht selbst den größten aller Propheten? Aus dem gleichen Grund aber verehren auch wir ein Haupt aus jener Zeit, und dieses gehörte Salome, die den Täufer besiegte!«

»Salome!« entfuhr es mir. »Die sündige Tänzerin, die selbst in ihrem Vater Herodes Fleischeslust weckte!«

»Schweigt!« schrie Kynops vor Zorn. »Wagt es nicht noch einmal, den Namen dieser Heldin mit Euren schmutzigen Lippen zu schänden!« Bläuliche Flammen züngelten aus seinen Fingerspitzen. Der Herzog hob schnell die Hand. »Zähmt Euren Zorn, Magier!« sprach er beruhigend. »Ich achte die Gefühle Eures Herzens, doch denkt an unser Ziel!«

Kynops verstummte. Ich aber dachte: »Salome! Das also ist die Erklärung! Warum stimmte sie nicht zu, als ihr Herodes die Hälfte seines Reiches bot? Die Evangelisten Matthäus und Markus berichten, Salomes Mutter Herodias habe die tanzende Tochter bewogen, den Tod des Täufers zu fordern. Doch lenkte nicht vielleicht Satan selbst den Sinn der Schönen? Oh schreckliches Schauspiel, als das abgeschlagene Haupt des Propheten auf einer Schüssel in den Thronsaal getragen wurde!« Das grausige Bild erschien vor meinem inneren Auge, als hätte ich damals selbst zugesehen, und ein Schauder durchfuhr mich. Dann aber sagte ich zu mir: »Gottes Gerechtigkeit schläft nicht, denn er bereitete der Mörderin ein ähnliches Ende wie ihrem Opfer. Wie anders war sonst zu erklären, daß Salome im Winter plötzlich auf einem zugefrorenen Fluß zu tanzen begann? Daß ihre Füße dabei das Eis zerbrachen und die Sünderin bis zum Hals im kalten Wasser versank? Daß ihre Mutter Herodias sie am Schopf packte und dabei ungewollt gegen die scharfen Kanten der Eisdecke zog, so daß ihrer Tochter der Kopf abgeschnitten wurde und in der Hand der

Königin nur noch das blutende Haupt zurückblieb? Oh schöner Trost der Legende!« Wenn dieser Bericht von den Kirchenvätern auch nicht in die Heilige Schrift aufgenommen wurde, so erwies sich jetzt doch seine Echtheit, denn der Herzog von Hinnom fuhr fort:

»Salome starb, Ihr wißt es wohl, bei einem Unglück. Ihre Mutter ließ das Haupt nach Art der Ägypter für die Ewigkeit vorbereiten und barg es dann in einem Kästchen aus Zedernholz. Viele Jahre lang pilgerten die Getreuen des Antichrist zu der Reliquie dieser Heldin der Hölle. Dann aber erfuhr der Apostel Petrus davon und machte sich auf, das Kleinod zu vernichten. Die Christen waren damals stark, die Diener Satans schwach, denn die Auferstehung des Gottessohns lag erst wenige Jahre zurück. Darum floh Herodias mit dem Haupt ihrer Tochter zum Euphrat. Dort, in einem Tempel des Jupiter, bot ihr unser Fürst eine neue Heimstatt.«

Wieder seufzte der Sachwalter Satans aus den dunkelsten Tiefen seiner Seele. Dann fügte er hinzu: »Denn eines Tages sollte der Duft der Reliquie die Pest verbreiten, Christus zum Schmerz, Satan aber zur Freude.«

Mit Händen, die vor Erregung zitterten, griff der Magier zu seinem silbernen Kelch. Der Herzog nickte ihm tröstend zu. Dann faßte er mich wieder ins Auge und erklärte:

»Zur Zeit des Kaisers Marc Aurel – auch ein Abtrünniger! – drangen durch einen unglücklichen Zufall römische Legionäre in diesen Tempel. Sie fanden die Truhe und brachen sie auf. Es waren unsere Leute, wackere Helfer im Dienst Vater Teufels, aber ungebildet und roh. Sie verstanden die Inschrift auf dem Deckel nicht. Salomes Haupt sollte einst Schrecken über die ganze Welt bringen – aber noch nicht zu dieser Zeit, sondern erst dann, wenn die Christen das römische Reich übernommen hatten! So tötete der Hauch der Hölle nicht nur Diener Christi, sondern vornehmlich Streiter aus Satans eigener Schar. Zum Glück kam auch der Kaiser dabei um, der schon erwogen hatte, sich taufen zu lassen und die Kulte unseres Fürsten in seinem Reich zu verbieten. Durch den Tod Marc Aurels wurden die Tempel Satans noch einmal gerettet. Darum verursachte Salomes Seuche auch der christlichen Kirche viel Kummer. Aber – ach! Keine zwei Jahrhunderte später geschah das Entsetzliche doch, und selbst der große Julian Apostata konnte die Niederlage der Hölle nicht mehr verhindern.«

Die Traurigkeit, mit der er sprach, ließ mich erschauern, und klopfenden Herzens fragte ich mich: »Ist es denn wirklich möglich, daß

Gott Menschen schuf, die den Sieg des Guten beweinten und den Triumph des Bösen erhofften?« Aber dann dachte ich daran, daß viele Tyrannen auch unter den Unterdrückten leicht viele willige Helfer finden: Ehrgeizige, die zu allem bereit sind; Gewissenlose, die nur auf den eigenen Vorteil achten; Grausame, die ihre Lust an den Qualen Wehrloser stillen. Der Herzog räusperte sich und berichtete weiter:

»Es führte zu weit, alle unglücklichen Umstände aufzuzählen, die schließlich bewirkten, daß das Haupt Salomes in die Hände des Papstes fiel. Die Diener Gottes entzifferten die Inschrift, die auch Ihr kennt: ›Caput diffudit terrorem trans mundum‹. Aber von wem die Reliquie stammte, wußten sie nicht. Viele Jahrhunderte lang verbargen sie unser Kleinod in ihrer Schatzkammer zu Konstantinopel. Immer wieder erhob Seine Unheilige Majestät Klage vor Gottes Thron, ohne seinen gerechten Anspruch gegen Christus durchsetzen zu können. Am Ende forderte unser gnädiger Herr den Allmächtigen wie einst bei Hiob zu einem Wettstreit heraus. Diesmal aber sollte nicht die Glaubensstärke eines einzelnen Menschen erprobt werden, sondern die Kraft der gesamten katholischen Kirche.«

Eine Flut neuer, ungewohnter Gedanken spülte durch die Gänge meines Geistes. Wie gebannt starrte ich den Herzog an und vernahm jedes seiner Worte, so wie ein hungriger Hund mit dem Maul Fleischbrocken auffängt. Der Statthalter Satans strich sich mit der Hand über die Stirn und erzählte weiter:

»Seine Unheilige Majestät legte Gott Beweise dafür vor, daß die christliche Menschheit heute noch weit tiefer in Sünde verstrickt ist als selbst zur Zeit Noahs. ›Damals bestraftet Ihr die Frevel Eurer Geschöpfe mit einer Sintflut‹, warf er Gott vor. ›Warum zaudert Ihr nun? Seht Euch doch einmal um: Machtgierige Päpste, bestechliche Kardinäle, betrügerische Bischöfe, prassende Pfaffen, geile Mönche und hurende Nonnen! Kirchliche Ämter werden wie Waren verkauft, Äbten wiegt das Gold schwerer als das Gebet. Reliquien werden gehandelt, gestohlen, zerstückelt und gefälscht. Die Frommen werden belogen, die Unfrommen belohnt. Und erst die Laien! Kaiser und Könige führen Kriege zum eigenen Ruhm und Reichtum. Sie schütten das Blut ihrer Bürger aus wie Waschfrauen nutzlose Lauge. Ritter, christlichen Zielen verpflichtet, rauben, plündern und schänden, morden selbst Kinder und tun Ordensfrauen Gewalt an. In allen Wäldern lauern Wegelagerer und ziehen Kaufleuten das Fell ab, ebenso wie die Räuber der See. Den Händlern aber geschieht dabei keineswegs Unrecht, denn sie haben zuvor ihre Waren zu Wucherpreisen an Schlemmer und Säufer veräußert und dafür Witwen und Waisen verhungern lassen. Neid und Habgier, Lug und Trug, Faulheit und Unzucht beherrschen die Welt vom Aufgang bis zum Untergang der Sonne!‹ Da blickte Gott auf die Erde herab und sah, daß Fürst Satan recht hatte. Jesus aber bewog seinen Vater, mit der Bestrafung zu warten. Denn der Gottessohn hoffte, daß sich die christliche Menschheit doch noch besinne.«

Der Herzog trank wieder einen Schluck Wein, und mit furchtbarem Frohlocken fuhr er fort: »Dann aber geschah etwas, das selbst die Geduld Christi erschöpfte. Statt das Heilige Land aufzusuchen, wie sie geschworen hatten, fuhren Kreuzritter vor 90 Jahren gegen Konstantinopel und brannten das zweite Rom nieder. Sieben von ihnen zerschlugen in der Hagia Sophia das Haupt Johannes des Täufers. Da wandte Jesus sich traurig ab, und Gott sprach zu unserem Fürsten: ›Es sei! Wenn es deinen Helfern gelingt, das Haupt der Salome mit Hilfe christlicher Verräter zurückzugewinnen, so sollst du einhundert Jahre lang über die Erde herrschen. Während dieser Zeit darfst du meinen untreuen Dienern soviel Leid zufügen, wie du willst. Wenn sich aber auf der Welt auch nur ein einziger Gerechter findet, der bereit ist, für die christliche Sache zu sterben, dann wirst du das Kleinod, an dem dir soviel liegt, nie wieder zurückerhalten.‹ Fürst Satan stimmte zu, und der Wettstreit begann.«

Ich starrte in die schwarzen Umrisse seines Gesichts. Jetzt erst wurde mir bewußt, daß der Herzog als Diener des Teufels ebensowenig in meinen Zügen zu lesen vermochte, wie ich als Verlorener Gottes in seinen. Der Kynokephalus stand reglos zwischen den steinernen Säulen. Der Graue verharrte unbeweglich wie ein Fels im eisigen Gebirge.

»Das Salomehaupt befand sich inzwischen wieder im Vatikan«, erklärte der Herzog von Hinnom. »Dort einen Verräter zu finden, war weder Kynops noch mir möglich. Darum raubten wir die verstreuten Teile der Johannesreliquie und brachten sie in mein Schloß. Dann sandte ich Boten zu Papst Cölestin und bot ihm an, die Häupter zu tauschen.«

An dieser Stelle schwand alle Fröhlichkeit aus seiner Stimme. »Doch dieser alte Querkopf wollte unbedingt heilig werden«, fügte er grimmig hinzu. »Cölestin wünschte sich ein Martyrium – nun, jetzt bekommt er, was er ersehnte!«

Der Haß erstickte fast seine Stimme. Erst nach einer ganzen Weile gewann er die Beherrschung zurück und fuhr fort: »Als mein Gesandter mit leeren Händen zurückkehrte, segelte der Johanniter Ludger von Nogent über mein Meer, ein einstiger Kampfgefährte aus alten Tagen. Der Kynokephalus brachte ihn zu mir. Ich kannte seinen Ehrgeiz und bot ihm an, ihn mit Gold zum Großmeister seines Ordens zu machen, wenn er mir das Zedernholzkästchen aus dem Vatikan stahl. Ludger von Nogent, der den Inhalt der Lade nicht kannte, willigte ein. Er brachte damals gerade allerlei Heiligtümer aus Palästina nach Rom: Erde von dem Acker bei Damaskus, auf dem Gott Adam erschuf, und anderen läppischen Kram. Auf diese Weise fiel es ihm leicht, Beziehungen zu jenen Dienern des Papstes anzuknüpfen, die in der Schatzkammer des Vatikans Heiligtümer und Beutestücke der christlichen Kirche verwalten. Nachts kehrte er zurück und stahl das Zedernholzkästchen. Dann aber versagte er schmählich. Dafür büßte er mit seinem Leben. Eine noch größere Schuld an diesem Unglück aber trifft Euch!«

»Mich?« rief ich erschrocken. »Aber ich wußte doch gar nichts davon!«

»Euch und Eure Gefährten!« versetzte der Statthalter Satans zornig. »Wärt Ihr damals nicht dazugekommen, so hielte ich das Haupt der Tänzerin längst in den Händen, und der Wettstreit wäre zugunsten Fürst Satans entschieden. O Wonne, über die Welt zu herrschen, o Glück, Gebieter der Menschheit zu sein! Und liegt mir erst die Erde zu Füßen, soll mein Herr Satan bald auch den Himmel erobern! Doch ein dummer Fehler verdarb meinen Plan. Ach, hätte euch doch der Mamonas verschlungen!«

Ein Keuchen drang aus der Brust des Magiers. »Gott betrog uns!« stieß Kynops hervor. »Nimmermehr konnten diese erbärmlichen Wichte ohne Hilfe des Allmächtigen den gewaltigen Drachen vernichten!«

»Nein«, widersprach der Herzog. »Macht Euch nichts vor, Kynops. Die Abmachung wurde nicht verletzt – es war der Opfermut dieser Männer, der ihnen den Sieg über unseren Mamonas verschaffte. Denkt immer daran: Sobald sich nur ein einziger Gerechter findet, der bereit ist, für seine Kirche zu sterben, gilt unser Kampf als verloren!« Er drehte sich wieder zu mir und berichtete weiter:

»Als uns der Kynokephalus von Doktor Cäsarius und seinem Zauber im Kloster Heisterbach erzählte, wußte ich gleich, wie gefährlich dieser Mann für uns werden konnte. Ich sandte Satans Drachen los, um den Magister in den Alpen umbringen zu lassen. Leider eilte ihm dieser verfluchte Ritter zu Hilfe. Später, in Venedig, rettete Tyrant du Cœur auch Euch. Jetzt aber fechtet Ihr auf unsrer Seite!«

Erregt wandte Kynops ein: »Dennoch besteht kein Zweifel, daß Gott den Vertrag brach! Denn wie anders als durch seine Fügung hätten die Männer auf das gleiche Schiff gelangen können, das unseren Schatz in Sicherheit bringen sollte?«

»Ihr wißt, daß Fürst Satan den Allmächtigen danach befragte«, entgegnete der Herzog zweifelnd. »Gott gab zur Antwort, die fünf Männer seien durch bloßen Zufall mit Ludger von Nogent zusammengetroffen. Aber wir können ja nun Dorotheus befragen.« Er wandte sich wieder mir zu und herrschte mich an: »Ahntet Ihr, welcher Schatz sich auf dem Schiff der Johanniter verbarg?«

»Nein«, erwiderte ich mit fester Stimme. »Ich glaube auch nicht, daß einer meiner Gefährten Kenntnis davon besaß.«

»Da irrt Ihr Euch!« entgegnete der Herzog. »Als mir mein treuer Rabe meldete, daß ihr an Bord der Galeere gelangt wart, sandte ich mit Fürst Satans Hilfe eine Flutwelle über das Meer. Sie sollte euch mitsamt dem Schiff in die Tiefe ziehen – auch Ludger von Nogent, dem ich befohlen hatte, keine Fremden an Bord zu nehmen. Törichte Gier, für Fährgeld von ein paar Pilgern gegen mein strenges Gebot zu verstoßen! Das Kästchen mit dem Haupt hätten die Pythoniden dann aus der Meerestiefe geborgen. Doch es kam anders. Wer war es, der das Schiff eben noch rechtzeitig drehte?«

»Tughril!« dachte ich bei mir, aber zur Antwort gab ich so unbefangen wie möglich: »Ich weiß es nicht. Denn ich schlief, als die Woge herbeirollte. Als ich erwachte, schrien alle durcheinander.«

»Und wer«, fragte Kynops drohend, »raubte die silberbeschlagene Zedernholztruhe?«

»Tughril!« fuhr es mir wieder durch den Kopf. Dachte der Türke wirklich, daß er die Schiffskasse stahl, als er mit der verschlossenen Lade in die schäumende See sprang? Oder kannte er ihren Inhalt? War er nur ein Dieb, der nicht widerstehen konnte, das Geld der Johanniter an sich zu bringen? Oder ein Verräter, der jetzt zu seinem eigenen Vorteil spielte? Wußte der Herzog von Hinnom wirklich nicht, wer das Salomehaupt an sich gebracht hatte? Oder belog er mich, um mich zu täuschen? Wenn Tughril der Judas war – wann hatten ihn die Satansdiener dann angeworben? Aber vielleicht hatte der Türke auch nur durch Zufall entdeckt, was der Kapitän in seiner Kammer verbarg. Dann hinderte ihn jetzt wohl nur der Zauber des alten Magisters daran, mit dem Zedernholzkästchen auf die Nebelinsel zu reisen und seinen Lohn einzustreichen. Vermutlich mißtraute der Türke den Teufelsdienern und weigerte sich, ihnen das Versteck der Truhe zu verraten, ehe er seinen Lohn erhalten hatte. Vielleicht, so dachte ich, hoffte er auch, bei der Kirche Christi einen noch höheren Preis zu erzielen.

»Was ist?« fragte der Herzog ungeduldig. »Wißt Ihr etwas darüber oder nicht?«

»Ich hörte Herrn Ludger nur sagen, die Schiffskasse sei verschwunden«, gab ich zur Antwort.

»Natürlich!« eiferte Kynops. »Sollte er Eurem Magister etwa verraten, daß er im Dienst Fürst Satans stand?«

Der Herzog fuhr sich durch das rote Haar und sagte nachdenklich: »Wenn Ihr bis jetzt wirklich nichts von diesem Raub wußtet, sollt Ihr von nun an alles daransetzen zu erfahren, wo der Dieb das Kleinod verbirgt. Es gibt keinen Zweifel, daß einer von Euren Gefährten das Kästchen stahl. Die Pythoniden haben Ludger von Nogent... sehr eindringlich befragt. Ich glaube nicht, daß er uns belog. In der Galeere befand sich das Kleinod nicht mehr, und die anderen Ordensritter wußten nichts davon.«

»Wie soll ich das Versteck herausfinden?« fragte ich unsicher. »Der Räuber wird es wohl kaum freiwillig preisgeben.«

»Das überlasse ich Eurer Schläue«, versetzte der Herzog. »Forscht in Eurer Erinnerung nach! Welcher von Euren Begleitern benahm sich besonders seltsam? Welcher entfernte sich vielleicht einmal für längere Zeit von euch anderen? Dieser Türke versuchte offenbar, sich über Burg Bellerophon in seine Heimat abzusetzen. Ein Seeräuber obendrein! Aber auch der Mönch erscheint mir verdächtig. Unsere... Späher konnten ihn in Katakolon nicht finden. Wohnte er überhaupt in der Burg?«

»Er brach sich in Eurer Flutwelle den Arm«, erklärte ich, um mich willfährig zu zeigen, »und lag die ganze Zeit in der Krankenstube.«

»Wißt Ihr das genau?« fragte Kynops lauernd. »Und was ist mit Tyrant du Cœur? Vielleicht will er mit dem Haupt die Erlaubnis erpressen, seine Schwester heiraten zu dürfen. Es wäre nicht das erste Mal, daß ein Papst zu seinem eigenen Vorteil insgeheim oder auch offen eine Ehe unter Verwandten gestattet, wenn auch bisher nicht unter Kindern der gleichen Eltern.«

»Ich werde alles versuchen«, versprach ich. »Sagt mir nun aber noch, damit ich die Zusammenhänge besser verstehe: Wie gelang es Papst Bonifacius, den Apostolischen Stuhl zu erklimmen? Zählt auch er zu den Verbündeten Satans?«

Der Magier stieß ein bösartiges Zischen aus. Der Herzog beugte sich ein wenig vor und erwiderte: »Bonifacius ist zwar kein Heiliger, aber ein schlauer und sehr entschlossener Anhänger Gottes. Als er erfuhr, daß das chaldäische Kästchen aus dem Vatikan verschwunden war, zwang er Papst Cölestin abzudanken. Er wollte den Kampf gegen uns selbst in die Hand nehmen. In der ganzen Welt suchen seine Sendboten nach dem verlorenen Schatz. Auch euch befahl er ja nach Rom zurück, um euch dort auszufragen. Ob er inzwischen ahnt, was sich in der Zedernholztruhe verbirgt, wissen wir nicht. Vielleicht wollte er euch nur täuschen. Auch Päpste verstehen sich auf die Lüge, wo sie dem Zweck der Kirche dient – und nicht nur dann!«

»Wenn ich Euch das Kästchen bringe«, sagte ich zögernd, »werdet Ihr mir dann auch die Gefährten überlassen?«

»Ich gebe sie samt der schönen Alix in Eure Hände«, sagte der Herzog schnell. »Mit einer Ausnahme: Tyrant du Cœur gehört mir. In Bodonitsa erschlug er meinen treuesten Diener, den Markgrafen Pallavicini. Das soll er mir büßen! Ich will mich an seinen Qualen weiden. Mit den anderen könnt Ihr verfahren, wie Ihr wollt. Tötet sie, wenn es Euch gefällt! Oder laßt sie meinetwegen auch frei – es wird ihnen nicht viel nützen, wenn ich erst einmal über die Erde gebiete. Denn dann werden meine Gefolgsleute Herren, die Anhänger Christi aber Sklaven sein.«

»Und der Alte mit der Longinuslanze?« fragte ich. »Schon zweimal half er meinen einstigen Gefährten. Er rettete Tyrant du Cœur vor dem Pallavicini und tötete den Riesenwolf, wie Ihr Euch wohl erinnert, Meister Kynops!«

»Schweigt!« fuhr mich der Magier an, und plötzlich schwang in seiner herrischen Stimme eine winzige Spur von Furcht. Der Herzog von Hinnom befahl:

»Hütet Euch vor dem Uralten! Ihr werdet bald erfahren, wer er ist und welche Gefahr er für uns bedeutet. Kehrt nun schnell zu Euren Gefährten zurück, damit sie nicht noch Verdacht schöpfen!«

Ich blickte zu Kynops. Die Krallenhände des Magiers krümmten sich, als lenke sie der unbezähmbare Drang, ein Herz zu zerfetzen. Der Assiduus blickte mich immer noch unverwandt durch die geschlossenen Lider an. Besorgt fragte ich den Herzog:

»Und der Graue? Muß ich mich nicht mehr vor ihm ängstigen?«

»Ich will Euch ein Zeichen geben, das Euch vor seiner Verfolgung bewahrt, solange Ihr Satan die Treue haltet«, antwortete der Herzog, griff in eine Tasche seines Gewands und zog ein seltsames Plättchen hervor. Es maß ungefähr eine halbe Spanne, schien etwas länger als breit und trug auf der Vorderseite das Zeichen des Eselsköpfigen. Als mir der Statthalter Satans die kleine Tafel reichte, staunte ich über ihr Gewicht. Nun erst erkannte ich, daß sie ganz aus geglättetem Blei bestand.

»Lest, was auf der Rückseite steht!« forderte mich der Fürst auf.

Gehorsam drehte ich das Plättchen um und erkannte einen zwölfzeiligen Brief, der mit hebräischen Buchstaben in das unedle Metall geritzt war.

»Seiner Ewigen Majestät des Todes«, las ich mit klopfendem Herzen, »dem Herrscher der Unterwelt, Schnitter des Lebens, Hüter des letzten Hauchs, dem großen Vollender und seinen Dienern! Laßt ab von dem, dem meine Gunst gilt! Verfolgt nicht den, der mir gehorcht! Nehmt nicht das Leben dessen, der mir seine Seele weihte! Oh Parhedrus, oh Catabolicus, oh Pythonicus, oh Anangke...« Es folgten die höchsten und heiligsten Namen des Todes. Dann fuhr das Schreiben fort: »Mein Feind, wer meinen Schützling verfolgt! Mein Gegner, wer meinen Diener bedrängt! Mein Widersacher, wer meinen Sklaven versehrt! Verflucht, wer für Gott und gegen mich kämpft!« Darunter erkannte ich wieder den Eselskopf, das sethianische Siegel Satans.

Erschauernd ließ ich die Hand mit dem Bleiplättchen sinken. Dabei zeigte es unvermutet in die Richtung des Grauen, und plötzlich vernahm ich ein leises Zischen. Überrascht hob ich den Kopf und erkannte, daß der Assiduus die Klaue hob und vor der Tafel zurückwich.

»Nicht!« rief der Herzog scharf. »Reizt ihn nicht! Steckt den Brief in den Beutel, der vorher Eure Hostie enthielt, und zeigt ihn keinem Menschen! Solange Ihr dieses Plättchen an Eurer Brust tragt, wird Euch der Graue nicht verfolgen. Denn durch das Zeichen Fürst Satans zeigt Ihr Eure Zuneigung zum Herrn der Hölle, des Todes nächstem Verwandten.«

»Wie aber komme ich nun nach Haran zurück?« fragte ich. »In Syrien muß es schon wieder Tag sein.«

»Seid nicht so dumm!« versetzte der Herzog unwillig. »Habt Ihr aus der Begegnung mit Gottes Leviathan denn nicht gelernt, daß sich die Zeit in Gegenwart mächtiger Geister verändert? Wenn Euch der Kynokephalus nach Haran zurückgebracht hat, wird seit Eurem Aufbruch im Tempel nicht einmal eine Minute verstrichen sein. Meldet Euch, wenn Ihr etwas erfahren habt!«

Ich nickte. Im nächsten Moment packte mich der Kynokephalus und trug mich in rasender Eile zwischen den steinernen Säulen davon. Einen Herzschlag später fuhren wir in den finsteren Gang. Während der Wind des Fluges wieder an meinen Haaren und Kleidern zerrte, beschloß ich, mich gleich mit dem Magister und den Gefährten zu beraten. Vielleicht, so dachte ich, konnte ich bald das Vertrauen des Herzogs gewinnen. Möglicherweise würde er mich dann auf seine Insel holen, und in einem günstigen Moment konnte ich... Doch noch bevor ich diesen Gedanken zu Ende gedacht hatte, stand ich wieder im Tempel der Ssabier. Noch immer stiegen dünne Rauchwolken von den geschmolzenen Resten des sprechenden Schädels auf. Schnell schob ich den Vorhang beiseite und hastete durch den düsteren Gang. Als ich auf die Straße trat, starrte mich der alexandrinische Traumdeuter an wie einen Geist. Dann hob er zitternd die Rechte und streckte mir die drei dämonenabwehrenden Finger entgegen. Sein Mund öffnete und schloß sich wie das Maul eines an Land geschleuderten Karpfens.

Wortlos schritt ich an ihm vorüber und eilte durch die Wahrsagergasse zurück zum Markt. An vielen Häusern brannten bereits Fakkeln. Essensgerüche beschwerten die stickige Luft. Ich zwang mich, meine Gedanken zu ordnen, und je länger ich überlegte, desto voreiliger erschien es mir nun, den Gefährten gleich alles erzählen zu wollen. Denn wie, so dachte ich nun, konnten sie mir noch vertrauen, wenn sie erfuhren, daß ich dem Satan Treue geschworen hatte? Wie durften sie sich noch auf mich verlassen, wenn ich ihnen gestand, welchen Preis mir der Herzog von Hinnom für meinen Verrat zu zahlen gewillt war? Was würde Tyrant du Cœur sagen, wenn er erfuhr, daß ich seine Schwester liebte? Mußte ich dem Ritter dann nicht auch meinen frevelhaften Zauber beichten, durch den ich Alix unseren Feinden ausgeliefert hatte? Nein, sagte ich mir, Tyrant du Cœur würde mich erschlagen wie einen Hund. Und Tughril? Er durfte auf keinen Fall von meinem Gespräch mit dem Herzog erfahren, ehe ich wußte, wo sich die Zedernholztruhe befand. Als ich an den Türken dachte, sah ich im Dunkeln plötzlich die Umrisse seines bärtigen Kopfes.

»Dorotheus!« rief Tughril. »Seid Ihr es wirklich?«

»Was dachtet Ihr denn?« erwiderte ich. »Noch einmal wird Belphegor nicht versuchen, uns in fremder Gestalt zu täuschen!«

»Daran dachte ich gar nicht«, versetzte der Türke. »Es ist nur, weil... Beim grindigen Gemächt des großen Ghuls, was ist geschehen? Ihr seid ja ganz weiß!«

Verblüfft strich ich mir mit der Rechten über das Haar. »Ihr werdet gleich alles erfahren«, sagte ich. »Ist der Magister in unserem Zimmer?«

Tughril starrte mich kopfschüttelnd an. Dann nickte er hastig. »Wir warten schon alle auf Euch!« erklärte er und packte mich am Arm.

»Warum denn so ungeduldig?« fragte ich. »Es wird doch eben erst dunkel.«

»Jaja!« erwiderte Tughril. »Es ist nicht, weil Ihr unpünktlich seid.« Er zog mich durch das Tor der Herberge. »Schnell!« drängte er. »Der Magister liegt im Sterben!«

SECTIO II

Erschrocken folgte ich dem Türken in unser Gemach. Doktor Cäsarius lag unter dicken wollenen Decken. Schweiß perlte von seiner Stirn. Als wir eintraten, hustete er so laut, daß ich wieder glaubte, er müsse ersticken. Tyrant du Cœur saß auf dem Bett des Magisters und wischte Blut von Lippen und Kinn des Todkranken. Maurus kauerte auf einem Schemel, den Kopf in die riesigen Hände vergraben.

»Doktor Cäsarius!« rief ich bewegt. »Um Gottes willen!«

Als ich den Namen des Schöpfers aussprach, brannte das Kreuz auf meiner Stirn wie geschmolzenes Erz. Schmerzerfüllt verzog ich das Gesicht. Die Gefährten starrten mich an. »Dorotheus!« rief Tyrant du Cœur. »Was ist mit Euch?«

Das unsichtbare Feuer auf meiner Haut trieb mir die Tränen in die Augen. Verzweifelt schlug ich die Hände vors Gesicht. Die anderen dachten, daß mich allein die Trauer um den Magister so zeichne. Tröstend legte mir Tyrant du Cœur die Hand auf die Schulter. Ich schluchzte und flüsterte: »Herr, laß diesen Mann nicht sterben!«

Doktor Cäsarius drehte mir langsam sein graues Gesicht zu. Seine knochige Hand tastete nach meinem Arm, und in seiner Berührung lag soviel Zutrauen, daß ich vor Scham am liebsten im Boden versunken wäre. »Endlich!« flüsterte der Magister. »Ich glaubte schon, Ihr wärt dem Satan und seinen Helfern in die Hände gefallen! Seid ihr ihm etwa begegnet? Euer Haar ist ja schlohweiß! Erzählt! Ach, wie bin ich froh, Euch gesund wiederzusehen.«

Ich ergriff seine Rechte, führte sie an die Lippen und erwiderte leise: »Auch Ihr werdet bald wieder genesen. Glaubt mir!«

Die anderen schwiegen. Mühsam rang ich nach Worten. Vor den Blicken der Gefährten vergingen meine Vorsätze wie später Schnee unter der Frühlingssonne. Wenigstens einen Teil der Wahrheit aber mußte ich nun enthüllen, wenn ich unser Ziel nicht ganz aufgeben wollte. »Ich habe den Tempel gefunden«, platzte ich also heraus. »Gott ist mit uns!« Wieder durchfuhr mich ein brennender Schmerz.

»Wo steht das Heiligtum?« fragte Tyrant du Cœur mit furchtbarer Drohung. »Laßt uns sogleich zu diesem Teufelsschädel eilen!«

»Nein!« wehrte ich hastig ab. »Ich habe das Haupt schon befragt.«

Die Gefährten musterten mich. Angestrengt bemühte ich mich, in ihren Mienen zu lesen, aber ihre Gesichter blieben vor meinen sündigen Augen schwarz wie nächtliche Schatten. »Ich weiß, ich handelte leichtsinnig«, gab ich zu, »doch ich erkannte den Tempel erst, als ich schon in ihm stand. Er war leer, und da dachte ich, es wäre besser, gleich zu fragen, als später vielleicht mit Euch zusammen auf ssabische Wachen zu treffen.«

Doktor Cäsarius schwieg. Nach einer Weile nickte er. »Vielleicht war es wirklich vernünftiger«, meinte er leise. »Was habt Ihr erfahren?«

»Der Kabbalist hatte recht«, erzählte ich. »Das Haupt weist uns den Weg nach Osten, zum Lubar.« Wort für Wort wiederholte ich nun die Weissagung des sprechenden Schädels. Die Gefährten hörten mir staunend zu. Als ich schließlich schilderte, wie das Haupt Konrads zerlaufen war, spürte ich das Grauen, das meine Gefährten empfanden.

»Ihr habt Entsetzliches gesehen, Dorotheus«, murmelte Tyrant du Cœur. »Es wundert mich nicht, daß sich Euer Haar darüber weiß färbte. Eher müßte man staunen, daß es uns anderen nicht schon längst genauso erging, beim Anblick des Drachen zum Beispiel. Danken wir Gott, daß Ihr heil aus dieser Schreckenskammer des Satans zurückgekehrt seid.«

»Als sich das grausige Haupt aufgelöst hatte, eilte ich auf dem schnellsten Weg zurück«, log ich. »Laßt uns so bald wie möglich zum Lubar aufbrechen!«

»Wir wissen immer noch nicht, wo dieser Berg liegt!« wandte Tughril ein.

»Wir werden ihn finden!« sprach Maurus düster. »Und müßten wir dazu den ganzen Erdkreis durchqueren!«

»Soviel Zeit bleibt uns nicht«, rief ich. »Laßt uns auf Gottes Hilfe vertrauen!«

Wieder durchfuhr mich ein brennender Schmerz. Ach, wie bereute ich nun meinen Schwur vor dem Herzog von Hinnom, wie sehnte ich mich nun nach Gottes Verzeihung!

»Apollonius von Tyana!« seufzte Doktor Cäsarius. »Warum schickt uns der Herr zu diesem Magier? Mir wäre wohler, wenn wir auf die Hilfe St. Georgs oder eines Apostels hoffen dürften.«

»Apollonius ist der Jesus aus dem Sibyllenorakel«, sagte ich überzeugt.

Überrascht starrten mich die anderen an. Nach einer Weile meinte Doktor Cäsarius zögernd: »Vielleicht habt Ihr recht, Dorotheus. Wirklich wetteiferte dieser Weise einstmals an Wundertaten sogar mit dem Herrn. Wie Christus heilte er Kranke, trieb Dämonen aus, erschien und verschwand auf Wegen, die kein gewöhnlicher Sterblicher zu beschreiten vermag. Wie Jesus weckte er Tote auf, sah die Zukunft voraus und lehrte die Menschen das Gute. Aber er war kein Christ, sondern Heide. Auch wenn er nicht Satan anbetete – er bekannte sich nicht zum Herrn!«

»Wie kommt es dann, daß er soviel Macht ausüben darf?« fragte Tughril verwundert. »Übernatürliche Fähigkeiten von Menschen stammen doch stets entweder von Allah oder vom Scheitan!«

Doktor Cäsarius hustete wieder. Besorgt beugte sich Tyrant du Cœur über den Alten und tupfte ihm den Mund ab. »Ruht Euch aus«, riet er. »Wir reden morgen weiter.«

»Nein!« keuchte der Magister und richtete sich mühsam auf. Seine fleckigen Hände zitterten, und seine magere Brust unter dem dünnen Hemd hob und senkte sich unter rasselnden Atemzügen. »Es gibt gewisse geheime Legenden«, erklärte er dem Türken dann, »nach denen Gott nicht nur den Israeliten, sondern auch heidnischen Völkern Erleuchtete sandte, um die verdunkelten Gemüter vom Götzenglauben zu befreien. Pythagoras, Sokrates, Plato und Aristoteles zählten zu diesen Weisen. Andere lebten in Indien und Äthiopien, Persien, Babylon und Ägypten. Wer ihre Bücher liest, erkennt sogleich, daß sie viel Nützliches und Wahres enthalten: sie lehren Anstand und Sitte, erhellen Zusammenhänge der Welt und helfen dem Menschen in seinem Kampf gegen die Sünde. Des wahren Glaubens entbehren sie aber, und darum werden diese Weisen nicht Propheten, sondern Philosophen, Gnostiker, Gymnosophisten und auch noch anders genannt.«

»Diese Titel hörte ich noch nie«, sagte Tughril. »Was verbirgt sich dahinter?«

Der Dämonologe hustete wieder. »Sprecht für mich weiter, Dorotheus!« stieß er halberstickt hervor.

Ich wartete, bis sich sein Atem wieder ein wenig beruhigt hatte. Dann erklärte ich:

»Gymnosophist bedeutet soviel wie ›nackter Weiser‹. Diese Männer achten nicht ihres Körpers, sondern nur ihres Geistes und sind deshalb zu den erstaunlichsten Handlungen fähig. Manche nehmen ihr ganzes Leben lang keine Nahrung zu sich, andere verzichten auf das Atmen, wieder andere schreiten durch die Luft... Alexander der Große traf sie in Indien an, wo sie zwei Sekten bilden: die einen nennen sich Brahmanen, die anderen Samanäer. Die Gnostiker wiederum werden nach dem griechischen Wort Gnosis für ›Wissen, Erkenntnis‹ bezeichnet. Sie halten die Seele für einen Teil des in der Urzeit zur Welt gedrungenen göttlichen Lichts und glauben, daß dieses nach dem Tod des Menschen in seine himmlische Heimat zurückkehrt. Diese Sekte kennt sowohl die Taufe als auch die Hoffnung auf Erlösung durch Gott. Ihr seht die Nähe zum christlichen Glauben! Dennoch wurden die Gnostiker von den alten Kirchenvätern auf das schärfste bekämpft. Denn diese Irregeleiteten lehren, daß der Gottessohn nicht wirklich als Mensch, sondern nur in einem Scheinleib zur Welt kam. Das aber würde bedeuten, daß der Erlöser auch nur zum Schein litt und starb.«

Die Gefährten blickten einander an. Trotz der Schwärze ihrer Gesichter konnte ich erkennen, wie betroffen sie waren. »Zählte auch Apollonius zu diesen Gnostikern?« fragte Tyrant du Cœur.

»Auch er verkannte die wahre Natur des Herrn«, erwiderte ich. »Sonst wäre er bei seinen Gaben sicherlich ein Apostel geworden.«

»Aber Tyana liegt westlich von hier!« wunderte sich Bruder Maurus. »Am Nordhang des Taurusgebirges in Kappadozien, unweit der zilizischen Pässe!«

»Die Stadt heißt jetzt Kilisehisar«, erklärte Tughril. »Die Sultane der Seldschuken pflegen dort in den heißen Quellen zu baden.«

»Ich wußte gar nicht, daß ihr Türken Wasser auch äußerlich anwendet«, stichelte Maurus.

»Ei, Ihr Schafsnase!« versetzte Tughril ärgerlich. »Wo in der Bibel steht etwas von täglichen Reinigungen, wie sie der Koran dem Gläubigen vorschreibt?«

»Die gewaschene Sau wälzt sich wieder im Dreck!« höhnte der Mönch. »Das stellt schon der 2. Petrusbrief fest.«

»Ausgerechnet Ihr wagt das zu sagen?« erboste sich der Türke.

»Kein Kothaufen wird so dicht von Fliegengeschmeiß umschwärmt wie Euer wurmstichiger Schädel!«

»Ihr habt Euch damals vor Kreta nicht etwa verbrüht, weil das Meer kochte, sondern weil Eure Haut wohl schon seit Jahren nicht mehr an die Berührung von Wasser gewöhnt war!« spottete Maurus.

»Schaut doch einmal selbst in den Spiegel!« eiferte Tughril.

»Wozu?« versetzte der Mönch. »Ich weiß, wie ein gepflegter, ordentlicher Mensch aussieht! Ihr aber müßt achtgeben, daß Euch kein Schweinehirt versehentlich zum Schlachter treibt!«

»Mag sein, daß mein Gesicht auf Reisen ab und zu ein wenig staubig erscheint«, rief der Türke wütend. »Ihr aber könnt Euch stündlich mit Bürsten schrubben und bleibt trotzdem schwarz wie Ofenruß.«

»Ihr wollt wohl mit meinen Fäusten Bekanntschaft machen?« rief Maurus, nun gleichfalls erzürnt. Drohend hob er die Linke: »Die heißt Märchenland!« Dann hielt er dem Türken die Rechte unter die Nase: »Und die hier Blauäuglein!«

»Hört auf, Ihr Toren!« schalt Tyrant du Cœur. »Schämt Ihr Euch nicht, an einem Krankenbett zu zanken? Prügelt Euch draußen in der Gosse!«

»Laßt nur!« sprach der Magister begütigend. »Es war nicht so böse gemeint. Nicht wahr, Bruder Maurus? Tughril? Versöhnt Euch!« Er hustete wieder. »Der Tag des Sieges liegt nicht mehr fern«, fügte er mit schwacher Stimme hinzu. »Allmählich kann ich mir auch denken, warum uns Apollonius helfen soll. Erzählt mehr von ihm, Dorotheus!«

»Der Weisheitslehrer Flavius Philostratus verfaßte vor ungefähr 1100 Jahren eine Lebensbeschreibung des Magiers«, berichtete ich. »Darin stehen viele absonderliche Dinge. Es gab sogar Gerüchte, daß Apollonius von einem Engel gezeugt worden sei. Jedenfalls stammte er aus altberühmter Familie – wie der Erlöser, der dem Haus Davids entsproß. Seine Ausbildung als Philosoph erhielt Apollonius in Tarsus, der Stadt des hl. Paulus. Wie dieser Apostel begab sich auch der junge Hellene auf eine Wanderschaft, die aber viel länger dauerte als die peregrinatio Pauli. In Antiochia begann Apollonius zu lehren. In Babylon warnte er den Perserkönig vor den Gefahren des Reichtums. In Indien bestieg er den Hügel der Weisen und traf den Magier Jarchas, der so schnell wie ein Vogel durch die Lüfte zu reisen verstand.«

»Was sollen wir mit solchen Fabeln!« murrte Maurus. »Dämonen können fliegen, aber doch keine Menschen! Ihr erzählt Märchen für kleine Kinder!«

»Denkt an Simon Magus in Rom!« entgegnete Tyrant du Cœur.

Der Mönch schüttelte heftig den Kopf. »Den trugen zwei Dämonen in die Höhe«, antwortete er, »erinnert Ihr Euch nicht? An fliegende Menschen glauben nur Heiden.«

»Und Elias in seinem Wagen?« beharrte der Ritter.

»Der Prophet wurde von Gott entrückt«, erklärte ich. »Ich gebe ja zu, daß es sich bei den meisten Berichten über Luftreisen nur um Legenden handelt. Wenn Kallisthenes schreibt, daß Alexander der Große zwei ausgehungerte Adler vor seinen Streitwagen spannte und ihnen dann ein Stück Leber vorhielt, worauf sie ihn zum Himmel zogen, dann fabelte er gewiß nur, um den Ruhm seines Herrn zu erhöhen.«

»Vor fünfzig Jahren sah ich selbst, wie die hl. Agnes von Böhmen, die Tochter König Ottokars, vom Garten ihres Klosters zu Prag in den Himmel entschwebte«, wandte Doktor Cäsarius ein. »Sie flog so hoch, daß wir sie aus den Augen verloren, und kehrte erst nach einer Stunde zurück. Die hl. Christina von Belgien erhob sich als Mädchen in frommer Verzückung bis zum Dachgebälk ihrer Kirche. Ihr Körper war so leicht, daß sie an zarten Baumzweigen hängen und auf dem Wasser gehen konnte. Auch mein alter Lehrer Thomas von Aquin verstand sich auf die Kunst, die Kräfte aufzuheben, die uns an den Erdboden fesseln. Es ist ein anderes Fliegen als das der Vögel. Gewiß, oft handelt es sich auch um Einbildung, frommen Wahn... Aber ich bin sicher, daß in den meisten alten Märchen ein Körnchen Wahrheit steckt.«

»Wie in den Legenden von Totenerweckungen«, murmelte Tughril beeindruckt.

»Bei den Indern soll Apollonius alles über Magie und Mantik, Rechtsprechung und Rechenkunst, über die Heilung von Leib und Seele, den Aufbau des Kosmos und seine tiefsten Geheimnisse erfahren haben«, erzählte ich weiter. »Als er die indischen Gymnosophisten wieder verließ, prophezeiten sie ihm, daß er schon zu Lebzeiten wie ein Gott verehrt werden würde. Und so geschah es. Denn wo immer Apollonius auftrat, bewirkte er zahlreiche Wunder: In Ephesus bändigte er die Pest, indem er den Bürgern befahl, einen alten Bettler zu steinigen, bis dieser ganz unter Felsbrocken begraben lag. Als die Epheser dann die Steine beiseite räumten, fanden sie darunter einen toten Hund.«

»Wie in Venedig!« staunte Tyrant du Cœur.

Ich schilderte, wie Apollonius in Corinth die Braut seines Schülers

Menippus als Empuse entlarvte, die dem Jüngling in der Hochzeitsnacht das Blut aussaugen wollte. Wie er später in Rom ein Mädchen zum Leben erweckte, indem er ihm eine Formel ins Ohr flüsterte, die hier zu nennen mir mein Schwur verbietet. Wie er zu den Gymnosophisten nach Oberägypten reiste und dort ein Dorf von einem liebestollen Satyr befreite, der Frauen an einer Wasserstelle auflauerte. Ich berichtete auch, wie der Magier in einem Löwen die Seele des Pharaos Amasis wiederentdeckte. Und wie er das Ende des Kaisers Domitian voraussagte, jenes grausamen Tyrannen, der Christen unbarmherziger abschlachten ließ als jeder andere römische Kaiser mit Ausnahme Neros. Noch vieles andere erzählte ich, bis der Ritter schließlich staunend fragte: »Und woher weiß man, daß dieser Magier noch lebt? Selbst die Apostel mußten sterben!«

»Sie durften«, verbesserte der Magister. »Nach Christi Beispiel das Martyrium zu erleiden, bedeutete für sie das höchste Glück. Denn nun sitzen sie bis in Ewigkeit zur Rechten des Herrn. Wenn Apollonius wirklich noch lebt, dann eher zur Strafe dafür, daß er Christus nicht als den Sohn Gottes erkannte. Aber vielleicht sollen wir auch nur dem Geist des Magiers begegnen.«

Er blickte uns der Reihe nach an und fuhr fort: »Mehr und mehr glaube ich, daß wir, ohne es zu wissen, in einem großen Kampf Gottes gegen den Teufel streiten. Denkt an Hiob! Wie durfte der Satan ihn mit der Erlaubnis des Herrn foltern und quälen! Erst wurden Hiobs Tiere geraubt und seine Knechte erschlagen, dann starben seine Söhne und Töchter, er selbst litt bitterste Armut und wurde vom Aussatz befallen... Dennoch verlor er nicht das Vertrauen in Gott, und am Ende schlich Satan geschlagen davon. Wer weiß, ob sich jetzt nicht wieder ein solcher Wettstreit ereignet, in dem vielleicht unser Mut, unsere Standhaftigkeit und unsere Glaubensstärke erprobt werden sollen!«

Ich staunte über die Klugheit des Alten und hätte ihm nun am liebsten gestanden, wie recht er mit seiner Vermutung hatte. Aber aus Furcht vor dem Zorn und der Verachtung meiner Gefährten schwieg ich auch jetzt. Tughril wiegte bedächtig den Kopf und meinte:

»Ich brachte schon so manches Abenteuer hinter mich. Aber noch niemals fuhr ich durch die Lüfte. Und jetzt sollen wir mit Hilfe eines Dämons fliegen! Seid Ihr sicher, daß dieser Schädel uns wirklich helfen wollte?«

»Konrad von Katakolon!« sprach Tyrant du Cœur mit ernster Miene. »Schwer war Eure Strafe, nicht leicht Euer Tod. Christus befiehlt, daß wir unseren Feinden verzeihen. Möge Eure Seele also in Frieden ruhen!«

»Packt Eure Sachen!« befahl Doktor Cäsarius mit schwacher Stimme. »Hebt mich auf den Wagen! Noch heute nacht brechen wird auf.«

»Ihr seid von Sinnen!« wehrte der Ritter ab. »In diesem Zustand könnt Ihr unmöglich reisen!«

»Wenn wir das Dämonenkonzil am Palmsonntag versäumen, werden wir vielleicht nie erfahren, wie wir den Herzog von Hinnom besiegen können«, beharrte der alte Magister.

»Warum, meint Ihr, schickt uns Gott einen Heiden zu Hilfe?« fragte ich.

Doktor Cäsarius stützte sich ächzend auf den Ellenbogen. »Mit der tätigen Hilfe von Heiligen und Aposteln wäre es für den Menschen zu leicht, Satans Heer zu besiegen«, antwortete er. »Darum wünscht Gott wohl, daß wir auf uns allein gestellt kämpfen. Erst in der Bedrängnis erweist sich die wahre Stärke des Glaubens. Vielleicht soll unser Besuch auch für Apollonius etwas Bestimmtes bewirken! Wir werden sehen.«

Tyrant du Cœur versuchte, den alten Magister niederzudrücken. »Bereitet Eure Seele auf das Sterben vor!« rief der Ritter. »Jeden Moment kann der Tod zu Euch treten!«

Mit großer Anstrengung hob der Magister die dürren Arme zum Himmel und keuchte: »Herr, Dein Wille geschehe! Wenn ich dahinscheiden soll, so gebe ich gern mein Leben. Du schenktest es mir – nimm es nun wieder! Wenn Du aber wünschst, daß ich zuvor Deinen Auftrag erfülle, so lasse den Tod noch so lange warten! Alles Werden und Vergehen liegt ja in Deiner Hand.«

Kraftlos sank er in die Kissen zurück und schloß die Augen. Schweißtropfen bildeten sich auf seiner runzligen Stirn und rannen an seinen faltigen Wangen herab. Kaum merkbar bewegten schwache Atemzüge die magere Brust.

»Er stirbt!« flüsterte Tughril.

Tyrant du Cœur befühlte vorsichtig den Puls des Todkranken. »Er schläft«, stellte er fest. »Gebe Gott, daß er das Fieber noch einmal bezwingt! Aber daran glaube ich nicht.«

Wir sanken auf die Knie und beteten aus dem 38. Psalm: »Herr, Du Gott meines Heils, zu Dir schreie ich Tag und Nacht!« Dann baten wir mit den Worten der Apostel in der Bedrängnis nach dem Tod Christi: »Strecke Deine Hand aus, damit Heilungen und Zeichen und Wunder geschehen durch den Namen Deines heiligen Knechtes Jesus!«

In dieser Nacht ließen wir noch viele Gebete folgen. Tughril sprach zahlreiche Suren seines Korans, darunter die 55., in der es heißt: »Jeder auf der Welt ist vergänglich. Es bleibt allein das Antlitz des Herrn, das voller Majestät und verehrungswürdig ist.« Keiner von uns dachte daran, zu essen oder zu schlafen. Wir blieben um das Bett des Magisters versammelt, bis der Morgen graute. Immer wieder mußte ich daran denken, mit welcher Frömmigkeit und Ergebenheit Doktor Cäsarius sein Geschick in die Hände des Herrn gelegt hatte. Warum, so fragte ich mich immer wieder, hatte ich nicht die Kraft dazu aufgebracht? Weil ich statt dessen immer wieder auf eigene Faust handelte, hatte ich Fehler an Fehler gereiht und am Ende die Seele verloren.

Als der erste Hahn krähte, hielt ich es nicht mehr aus. »Legen wir den Magister auf unser Fuhrwerk und rollen wir los!« sagte ich zu Tyrant du Cœur.

»Das ist auch meine Meinung!« rief Tughril schnell.

»Das dürfen wir nicht wagen!« wehrte der Ritter ab. »Der alte Mann würde den Tag nicht überleben! Nein, wir müssen ihn hier pflegen und alles versuchen, ihn vielleicht doch noch zu retten.«

»So ähnlich dachte auch Petrus, als er dem Häscher Malchus in Gethsemane das Ohr abhieb«, entgegnete ich. »Mit dem Schwert versuchte der Apostel seinen Herrn zu schützen. Dadurch aber verzögerte er Gottes Heilsplan, und Jesus tadelte ihn!«

»Je weiter wir nach Osten reisen«, fügte der Türke eifrig hinzu, »desto heißer und trockener bläst der Wind. Das kann der Lunge des Alten nur guttun.«

»Ach was!« rief Bruder Maurus. »Ihr wollt doch nur, daß er möglichst bald abkratzt, damit Ihr Euch in die Büsche schlagen könnt!«

»Christenhund!« knirschte Tughril verärgert. »So dreckig, wie Ihr seid, denkt Ihr auch!«

Der Ritter überlegte eine Weile. Dann nickte er langsam. »Also gut, Dorotheus«, seufzte er. »Von heiligen Dingen versteht Ihr mehr als ich. Gott verzeihe mir, wenn ich jetzt falsch entschied!«

Wir betteten den Schlafenden auf ein weiches Lager aus Decken und Daunen und fuhren eilig der Sonne entgegen. Um die Mittagszeit näherten wir uns den Abhängen eines schroffen Gebirges. Es schob sich an dieser Stelle wie der Bug eines Boots in die Ebene vor. Tughril saß neben mir auf dem Kutschbock. Maurus und Tyrant du Cœur ritten in einigem Abstand hinter uns her. Da traf mich plötzlich ein heftiger Schlag gegen den Kopf.

Der Schmerz raubte mir fast die Besinnung. »Tughril!« war mein erster Gedanke. »Maurus hatte also recht!« Ich ließ mich vom Wagen fallen und schrie: »Tyrant du Cœur! Zu Hilfe!«

Der Ritter stieß seinem Sangroyal die Sporen in die Weichen und galoppierte heran. Maurus folgte dichtauf. Ich eilte den beiden entgegen und rief: »Schnell! Der Türke! Er will den Magister umbringen!«

In diesem Augenblick hielt das Fuhrwerk an. Tughril sprang vom Kutschbock und wankte auf uns zu. Blut lief in Strömen über sein Gesicht.

Maurus stieß einen Schmerzensschrei aus und hielt sich die Stirn. Ein zweiter Schlag traf meinen linken Arm. Dröhnend krachte ein Felsbrocken gegen die Rüstung des Ritters.

»In Deckung!« rief Tyrant du Cœur. »Wir werden beschossen!«

Wir warfen uns in eine flache, sandige Mulde. Heulend und pfeifend flogen scharfkantige Steine über unsere Köpfe hinweg.

»Das sind Tughrils türkische Freunde!« brüllte Maurus voller Zorn. »Er hat uns in die Falle gelockt!«

»Jawohl!« rief der Türke. »Und damit es echter aussieht, habe ich mir auch selbst eins an den Schädel knallen lassen! Und um euch noch weiter zu täuschen, ritt ich danach nicht davon, sondern legte mich zu euch in den dichten Geschoßhagel. Narr!«

Vorsichtig schob Tyrant du Cœur den Kopf über den Rand der niedrigen Düne. »Ich sehe keine Schleuder«, wunderte er sich. »Auf dem Berg kann sie nicht versteckt sein – die Felsen liegen viel zu weit entfernt.«

»Die Steine sind wie Luft so leicht«, murmelte ich, »und Schnee glüht Kohlestücken gleich...«

»Die Weissagung der Sibylle?« fragte der Ritter erstaunt. Wieder fuhr ein großer Brocken dicht über seine Helmzier hinweg. Hastig zog er den Kopf ein.

»Fliegende Felsen«, antwortete ich. »Konstantin Psallus, der große Gelehrte der Byzantiner, schilderte solche Erscheinungen schon vor 300 Jahren. Er nannte sie ›zornige Steine‹. Aber die meisten Gelehrten hielten seine Berichte für Fabeln. Ach, wie darbt die Wissenschaft, wenn ihr der Glaube fehlt!«

»Die Dschinnen der Gebirge sind es, die uns verfolgen!« stieß Tughril hervor.

Ehe Tyrant du Cœur mich zurückhalten konnte, sprang ich auf und rannte durch den Hagel der dämonischen Geschosse zu unserem Wagen. Dort öffnete ich das kupferbeschlagene Kästchen und holte die heiligen Wasser heraus. Hastig tränkte ich eine purpurne Schnur mit den geweihten Tropfen. Dann sprang ich wieder unter der Plane hervor, wickelte den magischen Faden rasch um die Deichsel unseres Fahrzeugs und zog es dann hinter mir her, bis ich die kleine Mulde wieder erreichte.

»Atha Gibor Leolam Adonai!« rief ich dazu. »Du bist in Ewigkeit mächtig, oh Herr!«

Die Steine, die immer noch aus dem Gebirge heranflogen, zerschellten plötzlich einige Meter vor uns, als seien sie gegen eine unsichtbare Mauer geprallt. Wo ihre Splitter zu Boden stürzten, stoben kleine Sandwolken auf.

»Da seht ihr es«, keuchte ich.

Die Gefährten standen auf und klopften sich den Staub von den Kleidern. »Ihr hattet recht«, sagte Tyrant du Cœur.

»Es war meine Schuld«, gab ich zu. »Ich hätte uns rechtzeitig schützen müssen. Verzeiht mir, daß ich Euch verdächtigte, Tughril!«

»Wir sollten besser auf der Hut sein«, antwortete der Türke mißmutig. »Scheitane und Dschinnen lauern überall!«

Maurus blickte über die Schulter, räusperte sich und erklärte: »Ich für mein Teil glaube immer noch, daß diese Steine nicht von selbst flogen, sondern aus den Schleudern dreckiger türkischer Wegelagerer stammten.«

Tughril hob die Augen zum Himmel. »Der Koran befiehlt uns, die Narren zu schonen«, klagte er. »Allah weiß, wieviel Geduld dieses Gebot verlangt!«

»Ihr könnt vielleicht Herrn Tyrant in seinem großen Edelmut täuschen und auch Dorotheus in seiner Dummheit«, versetzte der Mönch grimmig, »mich aber führt Ihr nicht hinters Licht!«

»Nun gebt doch endlich Frieden!« rief ich ungeduldig. »Mein Zauber bewies Euch doch, welcher Natur die Felsbrocken waren!«

Maurus spie verachtungsvoll aus. »Dann«, sagte er, »zeigt mir doch auch einmal, welcher Natur diese Männer dort sind!«

Überrascht fuhr ich herum. Hinter einem kleinen Hügel trabten zwei Dutzend schwerbewaffneter türkischer Reiter hervor. An ihrer Spitze erkannte ich den riesigen Rotbart aus der Schlacht vor der Griechenburg Bellerophon. Sein Turban leuchtete grün in der Sonne.

Tyrant du Cœur packte Tughril am Hals und riß das Schwert aus der Scheide. »Judas!« zischte er. »Statt Euch in Harans Moscheen nach den Ssabiern umzuhören, hattet Ihr wohl nichts Eiligeres zu tun, als diesen Beutelschneidern zu sagen, daß sie uns hier auflauern sollen!«

»Seid nicht töricht!« erwiderte der Türke furchtlos. »Ich konnte doch gestern noch gar nicht wissen, wann und wohin wir weiterziehen würden!«

»Schon seit der Weissagung des Kabbalisten in Athen stand fest, daß unser Weg nach Osten zum Berg Lubar führt!« schrie Bruder Maurus unbeherrscht.

Ich dachte an das Zedernholzkästchen mit dem Salomehaupt und fragte mich verwundert, ob es denn möglich sei, daß nicht nur ich, sondern auch Tughril ein Verräter war.

»Wenn ich euch hätte hintergehen wollen«, rief Tughril, »wäre es doch viel leichter gewesen, heimlich in die Herberge zu schleichen und dem Magister die Kehle durchzuschneiden, während ihr unterwegs wart!«

Die Räuber ritten langsam näher und fächerten aus, um uns den Fluchtweg abzuschneiden.

»Verlogener Hund!« stieß der Ritter hervor.

»Wagt es nicht!« wehrte sich Tughril und schüttelte die Faust des Jünglings ab. Gefährlich blitzte der Sarazenendolch auf.

»Kennt Ihr den Rotbart mit dem grünen Turban nicht mehr?« fragte ich Tyrant du Cœur. »Er führte die türkische Hilfsschar bei Eurem Angriff auf Bellerophon.«

»Tatsächlich!« entfuhr es dem Ritter. Zornig starrte er Tughril an. »Fällt Euch auch dafür eine Erklärung ein?« fragte er. »Wie kommt es, daß wir einen Krieger, der einst mit Euch in einer Griechenburg weilte, nun plötzlich im Norden Syriens treffen?«

»Ich weiß es nicht!« versetzte Tughril wütend. »Ich schwöre es, ich habe damit nichts zu tun!«

»Eide eines verlausten Mahometaners!« schrie Bruder Maurus. »Schlagt ihm den Kopf ab, Herr Tyrant, damit er uns nicht davonlaufen kann, während wir kämpfen.« Der Riese griff in den Wagen und zog ein breites Beil hervor.

»Ihr dürft uns Eure Treue beweisen, Tughril«, erklärte Tyrant du Cœur. »Wenn Ihr jetzt an unserer Seite fechtet, will ich Euch glauben.«

Der Türke schüttelte heftig den Kopf. »Soll ich denn meine Glaubensbrüder töten?« rief er.

Der Mönch lachte höhnisch. »Da seht Ihr, was die Schwüre dieser mahometanischen Hunde wert sind!« rief er dem Ritter zu.

»Ich habe Eurem Papst gelobt, Euch die Treue zu halten, solange von mir nichts verlangt wird, was gegen die Gebote des Koran verstößt«, entgegnete der Türke voller Grimm. »Wie kann ich Diener des Propheten töten? Noch dazu für ein solches Christenschwein wie Euch?«

Bruder Maurus stieß einen wütenden Schrei aus und riß die Axt hoch. Tughril drehte dem Riesen furchtlos den Rücken zu und erklärte dem Jüngling: »Aber damit Ihr seht, daß ich Euch nicht verraten will, werde ich jetzt zu diesen Leuten gehen und ihnen sagen, daß sie Euch in Ruhe lassen sollen.«

Tyrant du Cœur blickte Tughril nachdenklich an.

»Laßt diesen Verräter nicht entkommen!« schrie der Mönch und wollte den Türken ergreifen. Doch der Ritter hielt den Riesen zurück. »Laßt ihn«, entschied er. »Nur mit seiner Hilfe können wir dieser Falle entkommen!«

Tughril nickte. »Ihr seid ein vernünftiger Mann«, meinte er. Dann schob er den Sarazenendolch in seinen Ärmel zurück und lief den Reitern entgegen.

Tyrant du Cœur setzte den Helm auf und stieg auf sein Streitroß. Auch Bruder Maurus schwang sich in den Sattel. Ich kletterte auf den Kutschbock. Der alte Magister lag noch immer in tiefer Bewußtlosigkeit.

Nach etwa fünfzig Schritten blieb der Türke stehen. Der Anführer der Räuber zügelte seinen Rotfuchs und rief Tughril etwas zu. Der Türke antwortete in der Sprache seines Volkes, die wir nicht verstanden. Gespannt beobachteten wir die beiden Männer. Die anderen Räuber bildeten einen Halbkreis um sie.

»Jetzt beraten sie wohl, wie sie uns am leichtesten die Gurgel durchschneiden können«, grollte der Mönch.

Immer lauter klangen fremdartige Worte zu uns herüber. Der Rotbart begann die Augen zu rollen. Aus seiner Stimme klang bald heller Zorn, doch Tughril schien davon gänzlich unbeeindruckt zu bleiben.

»Ich glaube, Ihr habt Euch getäuscht«, sagte Tyrant du Cœur zu Bruder Maurus. »Das klingt nicht gerade nach einem Wiedersehen von alten Kumpanen!«

»Alles Verstellung!« brummte der Mönch mißtrauisch. »Wahrscheinlich wollen sie uns nur noch ein Weilchen in Sicherheit wiegen.« Er hatte kaum zu Ende gesprochen, da riß der Rotbart plötzlich seinen Säbel aus dem Gürtel und schlug nach Tughril. Unser Gefährte duckte sich, sprang flink wie ein Wiesel unter dem Pferd seines Gegners hindurch und packte den Hünen von der anderen Seite. Der Räuberhauptmann verlor das Gleichgewicht und stürzte schwer zu Boden. Noch in der gleichen Sekunde fuhr ihm der Sarazenendolch in den Hals.

Jetzt erst erholten sich die anderen Räuber von ihrer Verblüffung und sprengten vor, um Tughril niederzureiten. Da stieß Tyrant du Cœur einen gellenden Schlachtruf aus und galoppierte auf die Wegelagerer zu. Bruder Maurus folgte ihm ohne das geringste Zögern. Mit dumpfem Gebrüll ritt er hinter dem Ritter her, so wie der Donner dem Blitz folgt.

Ich sah eben noch, wie Tughril dem Toten das Lederwams auftrennte. Da wußte ich, warum der Türke für uns kämpfte. Ehe ihn die anderen erreichten, packte er den Säbel des Besiegten und sprang auf den Rotfuchs. Einen Herzschlag später warfen sich Tyrant du Cœur und Bruder Maurus gegen die dichten Reihen der Räuber, so wie eine Woge des Meeres gegen die Kiesel des Strandes brandet und sie davonschwemmt.

Eine dichte Staubwolke stieg auf. Angestrengt spähte ich durch die gelblichen Schleier. Da sah ich plötzlich zwei Angreifer auf mich zugaloppieren. Erschrocken griff ich nach der Peitsche und hieb auf die Zugpferde ein. Wiehernd rasten sie los, und mit schlagenden Rädern rollte das Fuhrwerk über das flache Land.

Als ich mich ängstlich nach meinen Verfolgern umdrehte, sah ich, daß sich immer mehr Reiter aus dem Gewühl lösten und mir nachsetzten. Daraus erkannte ich, daß den Fremden wohl vor allem daran lag, den Magister in ihre Gewalt zu bringen. Bald jagten sieben oder acht Männer hinter mir her. Dahinter erspähte ich endlich die glänzende Rüstung Tyrant du Cœurs, den seidenen Umhang des Türken und die braune Kutte des Mönchs.

Als erster holte Bruder Maurus meine Verfolger ein. Mit gewaltigem Sprung hieb er dem hintersten Reiter das Beil in den Rückenpanzer. Der Getroffene schrie auf und stürzte vom Pferd.

»Ha!« rief der Mönch. »Die Rotte der Gottlosen ist wie ein Haufen Werg, der vom Feuer verzehrt wird! Sirach 21, 10. Vers!«

Tughril, der ihn beobachtet hatte, säbelte auf der anderen Seite der Straße in vollem Ritt einen weiteren Gegner nieder und schrie Tretet nun durch die Pforten der Hölle, um auf ewig dort zu bleiben! 16. Sure, 29. Vers!«

»Oho!« machte Maurus und drosch auf den nächsten Verfolger ein. »Es ist schon die Axt den Bäumen an die Wurzel gelegt! Lucas 3, 9. Vers!«

Verzweifelt wehrte sich der hochgewachsene Räuber gegen die kraftvollen Hiebe des Riesen. Tughril ritt seinen Fuchs indessen gegen den Apfelschimmel eines dürren Kriegers mit riesiger Hakennase. Als der Hagere in einer Staubwolke zu Boden ging, rief ihm der Türke nach: »Wessen Waagschale aber leicht wiegt, mit dem geht es in den Abgrund! 101. Sure, 8. Vers!«

Der dunkelgesichtige Riese verdoppelte nun seine Anstrengungen, und der Schild seines Gegners zerbrach unter den Beilhieben, als sei er nur aus Stroh geflochten. »Der Herr kennt den Weg der Gerechten«, frohlockte der Mönch, »aber der Gottlosen Weg vergeht! Sprüche 16, Vers 26!«

Tughril drängte den nächsten Räuber von der Straße ab, so daß der Reiter gegen einen Felsblock prallte und bewußtlos liegenblieb. Dann rief der Türke mit einem Seitenblick auf Maurus: »Wen Gott in die Irre führt, dem bleibt kein Weg mehr! 42. Sure, 46. Vers!«

»Wer Wind sät, wird Sturm ernten! Hosea 6, Vers 6!« antwortete Maurus erbost und traf seinen Gegner endlich so glücklich, daß der Räuber mit einer klaffenden Halswunde aus dem Sattel stürzte.

»Jeder Seele wird voll bezahlt, was sie getan hat! 39. Sure, 70. Vers!« rief Tughril und ließ seinen Säbel auf einen untersetzten Schwarzbart niedersausen.

Maurus stieß seinem Streitroß die Fersen in die Flanken und hetzte hinter dem nächsten Räuber her, der meinem Fuhrwerk nun schon bedrohlich nahe gekommen war. »Wenn man Milch stößt, macht man Butter daraus«, schrie der Mönch aus voller Kehle. »Und wer den Zorn reizt, zwingt Hader hervor! Sprüche 30, Vers 33!«

Der Türke verzog die Lippen zu einem grimmigen Lächeln. »Ist nicht im Höllenfeuer eine Bleibe für die Hochmütigen?« fragte er, »39. Sure, 60. Vers!«

»Der Mensch, vom Weib geboren, ist kurzer Lebenszeit! Hiob 14, 1. Vers!« versetzte der Riese und ließ einen Hagel gewaltiger Schläge auf seinen Feind niederprasseln.

Hinter den beiden Gefährten tauchte Tyrant du Cœur auf, von einem Dutzend Reiter verfolgt. Mit weit ausholenden Hieben hielt sich der Ritter die Feinde vom Leib.

Tughril schlug dem Schwarzbart nun seine Klinge gegen den Schädel, so daß der Reiter besinnungslos von seinem rasenden Gaul stürzte, und jubelte laut: »Den Schlaf haben wir euch zum Ausruhen gegeben! 78. Sure, 9. Vers!«

Maurus lachte spöttisch und hielt auf den nächsten Gegner zu. »Mancher kommt zu großem Unglück durch sein eigenes Maul!« rief er. »Sprüche 16, 26. Vers!«

»Mein Herr, laß auf Erden keine ungläubigen Bewohner! 71. Sure, 26. Vers!« schrie der Türke zurück und drosch mit kräftigem Arm auf den Schild eines neuen Angreifers.

»Du schlägst sie, aber sie fühlen es nicht!« höhnte der Mönch. »Jeremia 5, 13. Vers!«

»Nur diejenigen, die Verstand haben, lassen sich mahnen!« erwiderte der Türke hitzig und trat erzürnt nach seinem Gegner, bis dieser seitwärts vom Pferd stürzte. »39. Sure, 9. Vers!«

»Hoho!« brüllte Maurus. »Gehen Euch die Sprüche denn noch immer nicht aus? Saul hat 1000 geschlagen, David aber 10000! 1. Buch Samuel, 18. Kapitel, 7. Vers. Was sagt Ihr nun?« Triumphierend spaltete er mit seinem Beil dem nächsten Räuber den Scheitel. Der Leichnam seines Opfers prallte wie ein zerfetzter Sack Korn auf den Boden.

Die wilde Jagd führte uns bald immer näher an das kahle, schroffe Gebirge heran, das uns den Weg nach Osten versperrte. Schaumflocken lösten sich von den Nüstern der Zugpferde. Die tapferen Tiere schienen längst am Ende ihrer Kräfte. Die schmale Straße schlängelte sich zwischen einigen großen Felsbrocken hindurch, und ich erwartete, daß wir nun gleich eingeholt werden würden. Denn die Verfolger ritten auf kürzerer Strecke quer durch den Sand und holten schnell auf. Mit der Linken tastete ich nach dem Kupferkästchen unter meinem Sitz, um mich mit allen Mitteln der Magie zu wehren. Doktor Cäsarius rollte auf seinem mit Stricken umschnürten Lager hin und her, als sei er schon tot. Ich lehnte mich zurück und versuchte, den Storaxstab aus seinem Ärmel zu ziehen. Da sah ich aus den Augenwinkeln plötzlich einen Schatten, der wie ein riesiger Vogel hinter den Felsen hervorflog. Eine Sekunde später erkannte ich klopfenden Herzens den uralten Ritter mit der Longinuslanze.

Der geheimnisvolle Fremde jagte mit wehendem weißen Haar hinter den Räubern her. Ein himmlischer Glanz umgab seine hohe Heldengestalt. Die Hufe seines schwarzen Hengstes schienen kaum den Boden zu berühren. Er folgte den Feinden, so wie sich der Adler auf einen Fuchs fallen läßt, der sich gerade an einem Hasen gütlich tun will. Die Spitze des heiligen Speers strahlte wie lauteres Gold.

Die Räuber starrten dem neuen Feind erschrocken entgegen, und ihre Mordgier wich winselnder Furcht. Verzweifelt rissen sie ihre Pferde herum und versuchten, dem Uralten zu entkommen. Aber der fremde Ritter stach sie der Reihe nach aus dem Sattel, so wie man Fische in der Tonne spießt. Jedesmal, wenn die Longinuslanze einen der Räuber durchbohrte, wandelte sich der Leib des Getroffenen durch die Wunderkraft der geweihten Waffe wieder in das, woraus er geschaffen war, und alle Toten stürzten als Hundekadaver zu Boden.

Staunend beobachteten die Gefährten den Ritt unseres Retters. Erst jetzt erkannten auch Tyrant du Cœur und Bruder Maurus, daß uns nicht Glaubensgenossen Tughrils, sondern unheilige Satansgeschöpfe verfolgt hatten. Mit gellenden Schreien brachen die Besiegten seitwärts in die Büsche. Der Uralte ritt ihnen nach wie ein Engel der Rache.

Als der Kampfeslärm hinter den Felsen verhallte, zügelte ich die erschöpften Pferde. Schleudernd kam das Fuhrwerk zum Stehen. Bruder Maurus holte mich als erster ein. Blut troff von der Schneide seiner Axt. »Wer war das?« staunte der Riese. »Bei der Jungfrau Maria, dieser Mann kämpft wie der Erzengel Michael selbst!«

Tughril verhielt sein schnaubendes Roß neben uns; seine Säbelklinge leuchtete rot. »Der Ritter mit der Jesuslanze!« rief er. »Der Himmel steht uns bei!«

Bruder Maurus blickte den Türken verlegen an. »Es scheint, ich habe mich in Euch getäuscht«, murmelte er.

Tughril gab keine Antwort, sondern drehte sein Pferd und blickte Tyrant du Cœur entgegen. Der Ritter mußte fürchterlich unter den Feinden gewütet haben, denn sein Kettenhemd war mit Blutspritzern übersät wie der Kittel eines Schlachters.

»Unser Nothelfer scheint keinen Dank zu begehren«, keuchte der Jüngling. »Ich ritt ihm nach, doch sein Hengst flog wie ein Falke dahin. Kein irdisches Reittier kann meinen Sangroyal so weit hinter sich lassen! Die Kainswesen sind alle tot.«

Er nahm den Helm ab und zog die blutigen Handschuhe aus. Grauen verzerrte seine Züge. »Was für ein Ritt! Was für eine Reise!« murmelte er bedrückt. »Magie und Zauberei umgeben uns wie ein Spinnennetz!« Er stieg vom Pferd und trat in den Schatten einer Akazie, um sich ein wenig abzukühlen.

»Woran erkanntet Ihr, daß diese Räuber keine Mahometaner, sondern Diener des Teufels waren?« fragte er den Türken.

Tughril preßte die Lippen zusammen. »Das war leicht«, erwiderte er. »Dieser Rotbart war mein Onkel.«

Überrascht starrten wir ihn an.

»Jedenfalls sah er so aus«, fuhr der Türke fort. »Soliman, meines Vaters jüngerer Bruder, streifte im Auftrag des Sultans einige Jahre durch Griechenland, um die Kampfesweise der Christen besser kennenzulernen. Ihr entsinnt Euch wohl seiner, Herr Tyrant.«

»In der Tat«, gestand der Ritter. »Niemals traf ich einen so starken Fechter! Meine Hiebe wehrte er ab, als wäre ich nur ein Knabe. Fast hätte er mich aus dem Sattel gestoßen. Dann trennte uns die Schlacht. Wäre der Rotbart damals mit seinen Männern auf dem Feld geblieben, ich weiß nicht, ob wir ihn hätten besiegen können! Doch als die Griechen feige flohen, fand er sie wohl seiner Treue nicht wert.«

»Auch ich sah ihn«, erklärte ich. »Ich dachte mir gleich, daß er Euch kein Unbekannter sei, Tughril.«

Der Türke stieg ebenfalls ab und führte sein Reittier unter den schirmenden Baum. »So war es auch«, erklärte er schlicht.

»Warum habt Ihr uns das nicht gleich gesagt?« fragte der Mönch.

»Dann hättet ihr mir doch noch mehr mißtraut!« versetzte Tughril und pochte mit dem Finger an seine Stirn. »Und nicht einmal ohne Grund, wie ich zugeben muß.«

Bruder Maurus schwieg. Der Türke fuhr fort:

»Ich hoffte, meinen Onkel überreden zu können, euch ungeschoren ziehen zu lassen. Ich weiß, er liebt die Christen nicht. Aber er hätte mir diesen Wunsch gewiß nicht abgeschlagen. Nur: Dieser Rotbart erkannte mich überhaupt nicht. Zwar glich er meinem Onkel aufs Haar, und auch seine Reiter redeten in der Sprache unseres Stammes. Aber wie kann ein Onkel seinen Neffen vergessen! Also fragte ich ihn. Da er merkte, daß er durchschaut war, griff er zum Schwert. Zum Glück war ich darauf gefaßt. Das weitere wißt ihr.«

»Ihr habt klug gehandelt«, lobte der Ritter. »Wahrlich, ich kann nicht sagen, wie ich entschieden hätte, wenn ich...« Er verstummte und legte dem Türken dankbar die Hand auf die Schulter. »Nicht immer bedeutet Verschlossenheit Untreue«, stellte er fest. »Uns hat Euer Schweigen vielleicht vor einem schweren Fehler bewahrt.«

Da mußte ich daran denken, daß ich den Gefährten ja ebenfalls etwas verheimlichte. Inbrünstig hoffte ich in meinem Herzen, daß sich auch mein Schweigen schließlich als Segen erweisen würde.

Doch als ich um diese Gnade zu beten begann, trieb mir gleich wieder ein brennender Schmerz auf meiner Stirn die Tränen in die Augen.

Wir sahen nach dem Magister und rollten nach kurzer Rast weiter nach Osten. Die Nacht verbrachten wir in einer kleinen Oase, die ein verfallener Brunnen am Leben erhielt. Tyrant du Cœur tränkte ein Tuch mit Wasser, entkleidete Doktor Cäsarius und rieb ihn von Kopf bis Fuß ab, damit der ausgemergelte Leib des Alten wenigstens auf diese Weise ein wenig Feuchtigkeit aufnehmen konnte. Dem Magister Wasser einzuflößen wagten wir nicht, denn wir fürchteten, der Bewußtlose könne dabei ersticken.

Zwei Tage später rollten wir durch eine Furt des Flusses Chabur. Dahinter durchzogen immer häufiger Bodenwellen das flache Gelände. Am nördlichen Himmelsrand sahen wir bald die ersten Felssäulen des Ararat. Wir überquerten zahlreiche Bäche und sandige Wasserläufe. Abends rasteten wir in den geborstenen Trümmern einer namenlosen Stadt, die schon seit Urzeiten verlassen schien.

Während der ganzen Reise trafen wir nicht einen einzigen Menschen, so daß wir schon argwöhnten, durch ein verzaubertes Land zu fahren. Doch ich empfand keine Furcht mehr, sondern dachte nur immer an Apollonius von Tyana und daran, ob wir ihm am Lubar wirklich begegnen würden. Konnte es denn überhaupt sein, daß er noch immer lebte? Dann mußte er jetzt fast 1 200 Jahre zählen – mehr als selbst Methusalem, der Sohn Henochs, dem Gott 969 Sommer schenkte. Schlief Apollonius vielleicht seit Jahrhunderten auf diesem Berg und wurde deshalb nicht älter? So wie die frommen Jünglinge von Ephesus, die zur Zeit des Kaisers Decius in eine Höhle eingemauert wurden und erst nach fast 200 Jahren erwachten? Oder wandelte der Weise von Tyana etwa als Geist über die Erde, wegen seines Unglaubens verdammt wie Ahasver, der ewige Jude? War vielleicht auch von ihm nur noch das Haupt übrig, angebetet von den Dienern einer unbekannten Sekte? War er tatsächlich der blinde Jesus aus dem Sibyllenorakel? Würde er uns sagen, was wir wissen wollten, oder würde auch er nur wieder in Rätseln sprechen, die es erst noch zu lösen galt? Solche Gedanken fuhren mir durch den Kopf, und am liebsten hätte ich gebetet. Aber ich wußte ja, daß Gott sein Ohr vor meinem Flehen verschlossen hielt, und so schwieg ich.

Acht Tage nach unserem Aufbruch aus Haran blickten wir auf die schäumenden Strudel des Tigris. Durch die Schneeschmelze in den Bergen mächtig angeschwollen, stürzten die Fluten des jungen Stroms so reißend zu Tal, daß wir es nicht wagen durften, unser Gespann hindurchzulenken. Daher zogen wir am westlichen Ufer flußaufwärts. Einige Meilen später schoben sich plötzlich schwarze Gewitterwolken heran. Blitze zuckten, Donner grollte dumpf in der Ferne, und bald goß der Himmel seine Wasserflut über uns aus. Regentropfen, groß wie Kirschen, rissen den Sandboden auf und schwemmten Erde davon, bis nackter Fels zurückblieb. Unsere Pferde gerieten ins Rutschen, und einmal wäre das Fuhrwerk fast in den Tigris gestürzt. Darum steuerte ich den Wagen in einen dichten Rotbuchenwald, der uns ein wenig Schutz versprach.

Völlig durchnäßt erreichten wir den düsteren Hain. Das letzte Tageslicht schwand, und völlige Dunkelheit hüllte uns ein. Der Regen trommelte auf die Blätter. Ein heftiger Wind ließ die Stämme schwanken, als bestünden sie nur aus Stroh wie die Halme des Hafers. Ich trieb die Tiere an den Rand einer kleinen Lichtung. Da knirschte das rechte Vorderrad unseres Fuhrwerks plötzlich gegen einen großen Stein, so daß ich schon glaubte, die Speichen seien gebrochen. Schnell hielt ich an und sprang vom Wagen.

Bruder Maurus ritt an meine Seite. »Sauwetter!« schimpfte er.

»Seid froh!« meinte Tughril. »Wir sind dem Berg der Sintflut offenbar nahe!«

»Laßt uns hier warten, bis das Unwetter abzieht«, schlug der Ritter vor.

Ich nickte. Wir spannten die Zugtiere aus und banden sie an die Bäume. Tyrant du Cœur entrollte ein großes Stück Segeltuch. Der Mönch stellte den Kochkessel auf. Tughril und ich sammelten unter den dichten Büschen Holz, das noch trocken genug schien, um für ein Feuer zu dienen.

Ich hoffte, der Regen würde bald nachlassen, aber die Blitze zuckten in immer kürzeren Abständen aus dem schwarzen Gewölk. Ich stolperte über Wurzelstöcke und prallte gegen von Schlingpflanzen überwucherte Steine. Einmal wäre ich fast der Länge nach zu Boden gestürzt. Im letzten Moment klammerte ich mich an einen hüfthohen Felsen, da griff ich plötzlich an eine Kante, die nur durch einen Meißel entstanden sein konnte. Verblüfft betastete ich den glatten Marmor. Ein neuer Blitz erhellte das gespenstische Dunkel des Waldes, und in seinem Schein erkannte ich, daß ich auf einem uralten Friedhof stand.

Der Totenacker schien noch aus der Heidenzeit zu stammen. Schößlinge, die man einst an seinen Gräbern pflanzte, waren im Lauf von Jahrhunderten wohl zu diesen mächtigen Buchen gewachsen. Tausendmal hatten sie ihre Blätter abgeworfen und neue Knospen getrieben, waren schließlich entwurzelt niedergesunken und hilflos vermodert, während ihre Söhne und Töchter zum Licht strebten. Büsche, Hecken, Gras, Moos und Farne wuchsen immer höher, und schließlich deckte schier undurchdringlicher Urwald den alten Begräbnisplatz zu. Wer wußte, seit wie vielen Jahren ihn keines Menschen Fuß mehr betreten hatte!

Schnell lief ich zu unserem Wagen zurück, stemmte mich mit aller Kraft gegen das rechte Vorderrad und rief: »Helft mir!«

Blitz auf Blitz fuhr nun herab. Tyrant du Cœur und Bruder Maurus sahen mir kopfschüttelnd zu. Dann eilten sie an meine Seite. Als sie in die Speichen griffen, rollte der Wagen ein Stück nach hinten. Wieder erklang ein seltsames, hohles Knirschen.

»Was war das?« fragte der Ritter verwundert.

Ich bückte mich und fegte mit beiden Händen Erde und loses Laub zur Seite.

Bald fühlten meine Finger eine marmorne Platte und darin die Vertiefungen einer Inschrift. Ein Blitz, heller als alle anderen zuvor, fuhr herab. Erstarrt lasen wir den Namen, der auf der Grabplatte stand: APOLLONIUS TYANIENSIS.

Zischend entließ der Ritter die Luft aus seinen Lungen. Bruder Maurus bekreuzigte sich. Ein gewaltiger Donnerschlag krachte. Dann hörte der Regen so plötzlich auf wie ein Wasserschwall aus einer endlich geleerten Kanne. Ein Sturm trieb die schwarzen Wolken wie mit einem riesigen Besen davon. Dann schwand der Wind zu einem milden Hauch, und tröstlich funkelten wieder die Sterne auf uns herab.

SECTIO IV

Hinter uns raschelte es. Wir fuhren herum. Tughril trat auf die Lichtung, ein Bündel Reisig im Arm. »Ich glaube kaum, daß wir heute ein Feuer in Gang kriegen«, sagte er. Dann las er die Inschrift und verstummte.

»Was machen wir jetzt?« fragte der Ritter.

»Fort von hier!« stieß der Mönch hervor und blickte sich mißtrauisch um.

»Wir haben diese weite Reise nicht gemacht, um einen Stein anzuschauen«, erwiderte ich.

»Aber dieses Grab ist gewiß schon älter als tausend Jahre! Da finden wir höchstens noch ein paar vermoderte Knochen!« rief der Mönch. »Wie sollen wir mit einem Leichnam reden?«

»Durch Nekromantie«, erklärte ich.

Die anderen starrten mich verstört an. »Ihr wollt einen Toten befragen?« staunte der Ritter. »Denkt an die Sünde Sauls in En-Dor! Wie schwer strafte Gott den König dafür!«

»Gott verstieß Saul schon vorher«, entgegnete ich, »wegen seines Ungehorsams im Krieg gegen die Amalekiter, als der König die Beute für sich behielt, statt sie dem Herrn zu opfern! Auch wollte Saul den Propheten nicht aus Frömmigkeit, sondern zum eigenen Nutzen befragen. Wenn aber einer reinen Herzens die Seele eines Toten beschwört, um Gottes Plan zu erfüllen, so frevelt er nicht, sondern befolgt den Willen des Herrn.«

»Ich weiß nicht recht«, zweifelte Tyrant du Cœur.

»Denkt an das Orakel der Sibylle!« beharrte ich. »Warum sonst lenkte uns das Gewitter in diesen Wald? Warum stieß unser Wagen gegen diesen verborgenen Grabstein?«

»Wenn nur der Magister gesund wäre!« seufzte der Ritter. »Er weiß wohl, wie man mit Verstorbenen spricht. Aber Ihr...«

»Laßt es mich wenigstens versuchen«, bat ich.

Bruder Maurus schüttelte heftig den Kopf. Auch Tughril schien über mein Vorhaben nicht glücklich. »Bei den Buhlengeln von Babylon«, flüsterte er, »das ist ein gar zu unheimlicher Ort! Es sind die Diener Scheitans, die hier ruhen. Weckt sie nicht auf!«

»Wir werden hier nicht lagern«, beruhigte ich ihn. »Laßt uns zum Fluß fahren! Dann kehre ich hierher zurück und versuche meinen Zauber.«

Tyrant du Cœur gab sich einen Ruck. »Ich komme mit Euch«, erklärte er.

»Nein«, wehrte ich ab. »Nekromanten betreiben ihre Magie stets allein. Denn die Toten erscheinen nur einzelnen Menschen. So steht es im ›Buch der Beschwörung‹ des weisen Utarid von Babel.«

»Aber das war doch ein gottloser Heide!« entfuhr es Bruder Maurus.

»Utarid starb nicht als Christ, falls Ihr das meint«, versetzte ich. »Aber er lebte nicht ohne die Gnade Gottes. Auch Zoroaster, Pythagoras, Seneca kannten nicht den Erlöser und traten doch, jeder auf seine Weise, für Christi Heilslehre ein. Nicht anders handelte auch der Mann, den ich befragen will.«

Der Mönch sah mich durchdringend an. »Hütet Euch vor der Tücke des Teufels!« warnte er. »Schon manches Mal streifte Satan sich das Gewand eines Frommen über, um Christi Herde in das Verderben zu führen! Denkt daran, was Paulus den Corinthern schrieb: ›Wie die Schlange einst durch ihre Falschheit Eva täuschte, könntet auch ihr in euren Gedanken von der aufrichtigen und reinen Hingabe an Christus abkommen‹!«

»Ich werde mich vorsehen«, beruhigte ich ihn. Dann spannten wir die Pferde an und fuhren aus dem Wald. Bald erblickten wir unter uns wieder das silberne Band des Tigris. Zwischen zwei majestätischen Eichen schlugen wir unser Lager auf. Wir stärkten uns mit einer heißen Brühe und pflegten den alten Magister, dessen Geist in fernste Finsternis gefallen schien. Dann holte ich das Beschwörungsbuch Utarids aus dem Fuhrwerk, nahm das kupferbeschlagene Kästchen und ging zurück in den Rotbuchenwald.

Die Blicke der Gefährten folgten mir, und ich konnte ihnen ansehen, daß sie nichts Gutes erwarteten. Ich aber schaute nicht nach links oder rechts, sondern lief auf den Spuren des Fuhrwerks bis zu dem Grab des Weisen zurück. Dort reinigte ich die Platte von Blättern und Moos, bis der Marmor glatt unter meinen Händen lag. Dann stellte ich sechs runde Sockel aus Alabaster an die Spitzen eines salomonischen Sterns, legte die eherne Pfanne auf diesen Zauberaltar, zündete ein kleines Feuer aus Zypressenholz an und streute die Samen der sieben stärksten Sorten von Weihrauch hinein: Calmus und Cassienrinde, Costuswurzel und Kampfer, Myrrhe, Narde und Storaxharz. Während sich der Wohlgeruch über den nächtlichen Friedhof ausbreitete, zog ich zu meinem Schutz mit dem kleinen eisernen Messer des alten Magisters einen Kreis um mich in den Boden und ritzte an allen vier Seiten die magischen Abwehrzeichen vom Schwert des Moses in die weiche Erde.

»Protege me, Domine«, betete ich dabei. »Schütze mich von links und von rechts, von vorn und von hinten.« Doch kaum hatte ich den Namen des Herrn ausgesprochen, da spürte ich schon wieder einen furchtbaren Schmerz, so heftig, als ob meine Haut zerrisse. Tränen traten mir in die Augen, aber ich biß die Zähne zusammen, holte das Buch der Beschwörung hervor und begann meinen Zauber.

Zuerst scharrte ich mit den Händen ein wenig Grabeserde unter dem Rand der steinernen Platte hervor und formte sie zu einer Pyramide mit stumpfer Spitze. Darauf streute ich ein wenig getrocknetes Ingwergras, dessen Duft die Totenseelen lockt. Dann verbeugte ich mich, bis meine Stirn die Pyramide berührte, und betete leise:

»O Herr, Du heiliger Gott! Wenn ich auch ein Verlorener bin, so weiß ich doch, daß nichts auf der Welt gegen Deinen Willen geschieht. Darum flehe ich Dich an: Hemme nicht meinen Zauber! Jahwe, Adonai, Elohim, El Elijon, Schaddai, Allmächtiger, hindere mich nicht daran, Deinen Befehlen zu folgen! Nicht für mich bitte ich, sondern für die Gefährten. Nicht um meiner selbst willen kämpfe ich gegen den Satan, sondern aus Liebe zu Deiner Schöpfung!«

Der Schmerz auf meiner wunden Stirn verstärkte sich immer mehr, so daß ich es kaum aushalten konnte. Aber ich ließ nicht nach, sondern preßte mein Gesicht noch tiefer in die weiche Erde und fuhr fort: »Herr Jesus, hilf mir in meiner Not! Ja, ich verriet Dich. Aber ich handelte nicht zum eigenen Vorteil, sondern aus Sorge um Alix und die Gefährten! Meine Schwäche half dem Bösen. Gib mir nun die Stärke, mit meiner Magie dem Guten zu nutzen!«

Mir war, als wühlte ein Dämon mit eisernen Haken in meiner unsichtbaren Wunde, und ich stöhnte vor Qual. Aber ich gab nicht auf. Mit zitternden Fingern wickelte ich einen purpurnen Engelsfaden um mein linkes Handgelenk, ergriff das scharfe Messer des Magisters und schnitt mir tief in den Daumen.

Dicke Blutstropfen quollen hervor. »Bainchooch Semesilam Marmararoth«, murmelte ich, »Engel des Todes, sende die Seele aus der Finsternis in das Reich des ewigen Lichts!«

Der Wind rauschte in den Wipfeln der Bäume, und in der Ferne klagte ein Käuzchen. Ich beugte mich vor und schrieb mit meinem Lebenssaft die zwingende Formel der Seelenbeschwörung auf die Grabplatte: »Ablana Thanabla Nebutho Saleth«, hießen die ersten vier heiligen Worte; andere darf ich Ungeweihten nicht nennen. Der Wind frischte auf, und die Rotbuchen schwankten wie riesige trunkene Geister.

Nacheinander rief ich nun immer stärkere Worte aus Utarids Buch: »Akrammacharami! Phnukentabaoth! Sesengenbarpharanges!« Dann nannte ich die sieben Namen Gottes vom Schwert des Moses. Bei jedem Wort war mir, als bohre sich eine spitze Lanze durch meine Stirn. Schweiß brach mir aus allen Poren, aber ich war entschlossen, so lange weiterzukämpfen, bis ich mein Ziel erreicht hatte.

Ein heftiger Sturmwind peitschte plötzlich die hohen Bäume, so daß sie sich wie in großer Angst bogen und knarrende Laute der Pein von sich gaben. »Erscheine, Geist des Magiers Apollonius von Tyana!« rief ich so laut, daß meine Stimme aus dem Wald widerhallte. »Gehorche und steige aus deinem Grab!«

Ich spürte, wie mein Lebenssaft durch die Erde in die Tiefe sickerte. Da schrie ich: »Abrax!« Dieses Wort ließ einst der Pharao vor Joseph herrufen, um die Würde seines Wesirs zu erhöhen. Richtig ausgesprochen zwingt es alle Menschen zu unbedingtem Gehorsam. Es gibt keinen Widerstand gegen diesen Befehl, weder für einen Lebenden noch für einen Toten.

Als ich das Josephswort gerufen hatte, rollte plötzlich Donner über den sternklaren Himmel. Da nahm ich meinen ganzen Mut zusammen und fügte die letzten vier Teile der Seelenbeschwörung hinzu, Worte, mit denen Jesus einst vor seinen Jüngern am Ozean den Strahlenkranz seines Vaters herabrief; Worte, deren jedes mich auf der Stelle töten konnte: »Psinother Therinops Nopsither Zagoure! Höre mich, mein Vater, Vater allen Vatertums, Du grenzenloses Licht!«

In diesem Moment fuhr ein Blitz vom Himmel und schlug mit solcher Gewalt in das Grab, daß ich aus meinem Kreis geschleudert wurde und einer Ohnmacht nahe liegenblieb. Erdklumpen und Holzsplitter regneten auf mich nieder, vor meinen geblendeten Augen herrschte undurchdringliche Schwärze, und in meinen Ohren dröhnte es, als schlügen zehntausend Teufel mit eisernen Klöppeln auf blecherne Pfannen. Mein ganzes Gesicht fühlte sich an wie eine einzige offene Wunde, die ein unsichtbarer Folterknecht mit einem zugespitzten Pfahl vertiefte. Ich krümmte mich in schier unerträglicher Pein, und jede Faser meines Körpers sehnte sich nach Erlösung. Mein Geist aber rief wie einst Jakob, als er am Jabbok mit Gott rang: »Ich lasse Dich nicht, Du segnest mich denn!«

Nach einer Weile fühlte ich plötzlich einen eisigen Hauch. Der Schmerz auf meiner Stirn ließ langsam nach, ich hörte wieder das Rauschen des Windes, und als ich die Augen aufschlug, gewahrte ich über dem Grab einen silbernen Schein. Schnell kroch ich zurück in meinen schützenden Kreis. Da sprach eine dunkle Stimme:

»Fürchte dich nicht, Dorotheus von Detmold! Nicht Tod noch Teufel sind dir erschienen, sondern ich bin es, Apollonius von Tyana, den du gerufen hast, um dein Schicksal und das deiner Gefährten zu enträtseln.«

Ich kniff die Lider zusammen, und je besser meine Augen sich an das grelle Licht gewöhnten, desto mehr enthüllte sich mir nun die strahlende Gestalt eines hochgewachsenen, bärtigen Mannes.

Der Geist schien ein genaues Abbild des Lebenden zeigen zu wollen, denn er trug noch die Kleider der alten Zeit: Ein hoher, runder Hut, geformt wie ein Kegel mit stumpfer Spitze, bedeckte die braunen

Locken des Magiers. Ein jonischer Chiton aus feinstem Leinen umschlang seinen wohlgestalteten Leib. Auf der Schulter hielt eine bronzene Fibel nach griechischer Sitte den Mantel aus weißer Wolle. Sein Saum war mit silbernen Sicheln bestickt, und seine Sandalen wurden von goldenen Riemen gehalten. Das Seelenbild schwebte wohl eine Elle hoch über der marmornen Platte. In der Linken hielt es das Zeichen magischer Weisheit, das goldene Astrolab. Das Gesicht des Weisen strahlte milden Glanz aus, als er sprach:

»So seid Ihr endlich erschienen! Seit tausend Jahren warte ich auf Euch. Ja, ich weiß von der chaldäischen Lade und dem Verbrechen in der Hagia Sophia, vom Diebstahl des Johanneshaupts und von Euren Kämpfen gegen Drachen und Dämonen, den Magier Kynops und den Herzog von Hinnom.«

»Ihr kennt mich?« staunte ich. »Und schon seit so langer Zeit?«

»Schon in der Apokalypse Adams steht es geschrieben, daß der Satan dreimal versuchen werde, das Gottesvolk zu vernichten«, erklärte der Geist des Magiers. »Zuerst griff der Teufel den Zionsberg an: Siebzig Jahre nach der Geburt des Herrn verleitete er die Römer, Jerusalem zu zerstören. Doch dadurch fügten sich der Höllenfürst und die Heiden selbst Schaden zu. Denn mit den vertriebenen Jüngern Christi wanderte auch das Evangelium über die Erde. Und nach ihrem Sieg wurde Jerusalem schöner aufgebaut als je zuvor. Vier Jahrhunderte später lockte der Satan Attila gegen Rom, um die neue Hauptstadt der Heilslehre zu verbrennen. Doch da stand Petrus selbst von den Toten auf und trat den hunnischen Horden entgegen. Vor neunzig Jahren schließlich gelang es dem Teufel, die Kreuzritter so zu verblenden, daß sie Konstantinopel, das zweite Rom, überfielen. Und da diesmal keine Heiden, sondern Christen in Satans Dienst gegen die Gottesburg stritten, wandte der Herr sein Angesicht von der Menschheit ab. Nun muß sie sich ohne göttliche Hilfe gegen die höllischen Scharen wehren. Wer weiß, wie lange ihr das noch gelingt! Die Menschen sind schwach und werden noch immer schwächer, sind sündhaft und werden noch immer sündhafter, schreiten in ihr Verderben und merken es nicht.«

»Woher wißt Ihr das alles?« staunte ich. »Ihr seid doch schon seit mehr als zwölf Jahrhunderten tot!«

»Es gibt ein Zauberreich, das aller Zeit entrückt ist und in dem die großen Magier wohnen«, antwortete Apollonius. »Dort warten die Weisen der heidnischen Zeit auf das Jüngste Gericht. Der große Pythagoras und der Stoiker Zenon, Heraklit der Dunkle und Empedokles der Auswähler, Sokrates, Plato und Aristoteles, Diogenes und Demokrit, Seneca und Vergil und noch viele andere Philosophen aus fernen Ländern und Zeiten. Dank der Gnade Gottes erfahren sie durch die Engel, was auf der Welt geschieht. Dank der Gnade Gottes auch darf ich mit Euch nun gegen den Teufel kämpfen. Vielleicht erhalte ich dafür den Lohn, den ich so lange ersehne.«

»Warum«, fragte ich, »schickt uns der Herr nicht einen seiner Heiligen oder Apostel zu Hilfe?«

»Ja, Ihr habt recht«, seufzte der Magier. »Ich stehe weit unter Gottes Dienern, selbst die Geringsten von ihnen besitzen mehr Macht und Wissen als ich. Ach, einstmals zählte ich mich zu den klügsten Menschen der Erde und ahnte nicht, wie verblendet ich war! Meine Zauberkraft machte mich so berühmt, daß man mich den zweiten Jesus nannte – ich aber ärgerte mich, weil man nicht sagte, daß Jesus ein zweiter Apollonius sei! Ach, warum erkannte ich ihn nicht als Sohn Gottes! So ward all mein Streben nach Vollkommenheit vergeblich. Unermüdlich suchte ich nach der Ruhe der Seele, gab alle Wünsche des Leibes auf und löste mich von den irdischen Trieben. Denn nur wer die Welt überwindet, befreit sich von ihr. Nur so wird der Mensch unabhängig von allen Fährnissen stofflichen Lebens und damit letztlich vom Tod.«

Er blickte mich mahnend an und berichtete weiter:

»Mein Freund und Begleiter auf zahllosen Reisen, Damis aus Ninive – er bekehrte sich zu Gott und erhielt im Traum ein Orakel, daß er so lange leben werde, bis er die letzte Seite der Bibel erreiche. Ich riet ihm, sich jeden Tag nur eine einzige Zeile vorzunehmen. Er aber las das Buch der Bücher in einer einzigen Nacht. Damis hatte verstanden, was Christi Botschaft bedeutet: Wer sein Leben hütet, verliert es. Doch wer es Jesus schenkt, gewinnt es für immer.«

Wieder seufzte er tief und blickte mich traurig an. Dann fuhr er fort: »Ich aber wandelte zeit meines Lebens auf Gottes dunkler Seite. Obwohl ich mich weise dünkte, wußte ich doch nicht mehr als die dümmsten griechischen Bauern, die sich darüber stritten, wer die Welt lenke: Zeus oder der Zufall. Erst nach meinem Tod, im Elysium der Magier und Philosophen, erkannte ich mein Versagen. Nun endlich las ich die Heilige Schrift und erkannte: Der Sinn allen Lebens heißt Dienen. Niemals tat ich etwas Schlechtes, aber es gibt nichts Gutes ohne den Glauben an Gott.«

»Die Prophezeiung der Sibylle spricht von einem blinden Jesus«, sagte ich leise. »Gab Euch Gott das Augenlicht wieder zurück?«

»Ich wurde vom Herrn nicht mit körperlicher Blindheit geschlagen wie der böse Zauberer Barjesus aus der Apostelgeschichte«, erklärte der Magier, »doch ich war geistig blind.«

»Und warum«, fragte ich weiter, »mußtet Ihr sterben, während ein so grausamer Mörder und Frevler wie Kynops noch lebt?«

Der Weise schüttelte langsam den Kopf. »Ihr irrt«, erwiderte er. »Der Magier von Patmos ist längst tot. Kennt Ihr das Martyrium Johanni nicht? In diesem Buch steht doch geschrieben, wie der Evangelist den bösen Zauberer überwand! Seither liegt der Leichnam des Zauberers auf dem Grund des Meeres. Der Herzog von Hinnom beschwor den Geist des Magiers aus der Hölle herauf und gab ihm eine Heimstatt im Totentempel unter der Sphinx von Ägypten. Berichtet mir nun alles, was Ihr erlebt und erfahren habt, damit ich erkenne, was Ihr richtig, falsch oder gar nicht versteht! Ich will Euch dann alles erklären.«

Ich begann mit meinem Abschied von Meister Eckhart, erzählte von dem Überfall im Kloster Heisterbach und in der Alpenschlucht, von Kynops und dem Kynokephalus, auch von dem Grauen, vom Auftrag Papst Cölestins und vom Schimmel Scheitans, von unseren Abenteuern in Achaia und Haran. Der alte Zauberer hörte mir aufmerksam zu und stellte viele kundige Fragen. Am Ende zögerte ich einen Moment und überlegte, ob ich ihm wirklich alles anvertrauen sollte, denn ich dachte, daß er von den jüngsten Geschehnissen vielleicht noch nicht wußte. Dann aber faßte ich mir ein Herz und berichtete auch von meiner Todsünde in dem Ssabiertempel unter der Sphinx. Da blickte mich der Magier schmerzerfüllt an und rief:

»So tief seid Ihr gesunken, so weit entferntet Ihr Euch von Gott? Dann seid Ihr verloren! Ach, hättet Ihr mich doch aufgesucht, bevor Ihr nach Haran eiltet!«

Erneut überschwemmte eine Woge der bittersten Reue mein geschundenes Gemüt. Bedrückt sagte ich: »Aber ich tat es doch nicht für mich, sondern nur um den Gefährten und der gefangenen Alix zu helfen!«

Der Zauberer schüttelte traurig den Kopf. »Niemals, niemals durftet Ihr den Erlöser bespeien«, antwortete er niedergeschlagen. »Schworen etwa die Märtyrer ihrem Glauben ab, um ihre Frauen und Kinder zu retten? Nein, diese heiligen Männer schritten aus Treue zum Herrn Seite an Seite mit ihren Lieben in einen grausamen Tod. Denn sie vertrauten auf Gott und seine Gnade, die ihnen nun im Himmelreich leuchtet. Abraham war sogar bereit, seinem Sohn mit eigener Hand die Kehle durchzuschneiden. Gott selbst verhinderte das Opfer. Ihr aber wolltet es nicht dem Herrn überlassen, ob und auf welche Weise er Euch und den Gefährten half, sondern Ihr hieltet Euch für fähig, selbst das Richtige zu tun. Hochmütiger Jüngling, der Ihr seid! Ihr wart nicht weniger verblendet als ich selbst. Seht, was aus mir wurde, da ich Jesus nicht folgte. Was steht Euch bevor, der Ihr ihn verraten habt!«

Ich schluckte und gab mühsam zur Antwort: »Ja, Apollonius von Tyana. Es waren meine Leidenschaft, meine Hoffart und meine Furchtsamkeit, all die schlechten Triebe, die mich in das Verderben führten. Je klüger sich der Mensch glaubt, desto leichter fällt er dem Teufel zur Beute. Nun ist es zu spät. Ich weiß, daß meine Seele verloren ist. Noch aber haben meine Gefährten ihren Kampf um das Johanneshaupt nicht verloren. Ich will ihnen helfen, solange ich noch am Leben bin.«

Der Magier nickte. Dann sagte er: »Also gut. Ich will Euch erst einmal darüber aufklären, wie eure Sache steht. Ihr wißt, daß auch des Satans größte Sünde sein Hochmut war. Als Engel weigerte er sich, Adam zu huldigen, dem Menschen, den Gott nach seinem Ebenbild erschaffen hatte. Für seinen Trotz wurde Luzifer in die Hölle verbannt. Doch selbst dieser Sturz heilte den Teufel nicht von seiner Hoffart. Seit er in der Finsternis herrscht, wünscht er sich nichts Geringeres, als im Bund der heiligen Dreifaltigkeit der Vierte zu werden. Darum versucht er jeden Tag, Gott seine Fähigkeit zu beweisen. Und wirklich gelang es ihm schon einige Male, vom Herrn freie Hand zur Prüfung des Menschengeschlechts zu erhalten. Denkt an das Buch Hiob! Doch sooft der Satan auch Menschen mit allen Listen verführte und schon fast zu siegen schien, am Ende fand sich doch stets ein Gerechter, der ihm widerstand und seinen bösen Plan zunichte machte. Auch jetzt, soviel wißt Ihr ja schon, darf der schlimme Versucher auf Erden schalten, während Gott schweigt. Denn die Sünden der Menschen, vor allem ihre Untreue, erfüllten den Herrn mit Zorn.«

Der Magier verstummte und blickte mich kummervoll an. Dann fuhr er fort: »Ja, es ist so, wie Jakob, der Bruder Christi, im Katholischen Brief lehrt: ›Wenn die Begierde schwanger ist, bringt sie die Sünde zur Welt. Ist die Sünde reif geworden, gebiert sie den Tod.‹ Seht Euch doch nur einmal um, Dorotheus: Der Starke frißt den Schwachen, der Reiche nutzt den Armen aus, der Böse schlägt den Guten, der Sünder verspottet den Gerechten, Richter verurteilen Unschuldige und lassen Schuldige laufen. Kaiser bestehlen ihr Volk, Könige rauben es aus, Fürsten versklaven, Barone ermorden es. Noch schlimmer die Frevel der Diener Gottes! Nach der Eroberung Konstantinopels wandte der Herr sein Antlitz von der Erde ab. Und seit das Haupt des Täufers zerstückelt wurde, wehrt auch Jesus dem Teufel nicht mehr. Darum darf euch auch kein Heiliger helfen, sondern nur ich, ein Heide.«

»Wer ist der Herzog von Hinnom?« fragte ich klopfenden Herzens.

»Das gehört zu den Rätseln, die Ihr selbst lösen müßt«, antwortete der Zauberer. »Ich darf Euch jetzt nur soviel verraten, daß auch er, wie Tyrant du Cœur und Bruder Maurus, mit den sieben Frevlern aus der Hagia Sophia zu tun hat. Sieben Jahre lang diente Jakob um Rahel. Sieben Tage lang aßen die Israeliten im Lande Gosen ungesäuertes Brot. Sieben Söhne ließ Isai an dem Propheten Samuel vorüberwandeln, ehe David als König gesalbt werden konnte. Sieben Söhne auch zeugte Hiob. Sieben Körbe blieben nach Christi Speisewunder übrig. Sieben Engel bringen einst die letzten sieben Plagen Gottes auf die Erde. Sieben Jünger aber waren es auch, denen sich Jesus am See Genezareth zum letzten Mal vor seiner Himmelfahrt zeigte. Sieben Frevler zerstörten das Haupt des Täufers... Seit es nun hilflos im schwebenden Schloß liegt, strahlen von der Nebelinsel die giftigen Ausdünstungen des Bösen in alle Welt: Laster und Lustseuchen, Sünden und böse Gedanken, Schwäche, Feigheit, Gottlosigkeit, alles, was den Menschen schadet...«

»Wie können wir die Reliquie retten«, fragte ich verzweifelt, »nun, da ich Gott die Treue brach? An meiner Brust trage ich noch immer die sethianische Verfluchungstafel und bleibe dem Satan verfallen – lege ich das unheilige Zauberzeichen aber ab, so wird mich der Graue vernichten!«

»Der Tod ist nicht der Diener des Teufels«, erklärte der Geist. »Hätte er mich sonst auf Euren Wunsch noch einmal zur Erde zurückkehren lassen? Er ist der dunkle Engel, der weder Gut noch Böse kennt. Die Sklaven Satans schlägt er ebenso wie die Gläubigen Gottes. Der Herr, nicht der Teufel setzt den Tod über das Leben. Im Himmel, nicht in der Hölle wird über das Ende sterblicher Wesen entschieden.«

»Doch warum verfolgt mich der Graue dann so begierig?« fragte ich wieder.

»Der Assiduus stellt Euch erst nach, seit Furcht und Zweifel in Euch wohnen«, antwortete Apollonius von Tyana. »Denn das sind die Eltern des Unglaubens, und dieser wiederum ist der Vater des Verrats.

Denkt an Euren Lehrer zu Paris! Ich kenne Meister Eckharts Schriften gut. ›Wer wirklich gehorsam sein möchte, muß sich allem eigenen Streben entziehen‹, sagte er, und: ›Weil es Gottes Wille ist, daß dieses Leid geschieht, soll des guten Menschen Wille so ganz und gar mit Gottes Willen eins und geeint sein, daß der Mensch mit Gott dasselbe will, selbst wenn es sein Schaden und seine Verdammnis wäre‹. Erinnert Ihr Euch?«

»Genau diese beiden Sätze hielt mir auch der Magister vor«, staunte ich, »nach dem Dämonenkampf im Kloster Heisterbach. Ich fragte ihn, wie denn ein Mensch die eigene Verdammnis wünschen könne. Er gab mir darauf keine Antwort.«

»Vielleicht, weil ihm Euer Geist damals noch nicht genügend gereift erschien«, antwortete der Weise. »Jetzt aber seht Ihr wohl, was Euer Fehler war: Nicht, was der Mensch wünscht, ist wichtig, sondern allein das, was Gott gefällt. Oh ja, in Paris bereutet Ihr Eure Sünden und tatet schmerzvolle Buße. Doch diese Frömmigkeit war hohl wie ein tönerner Krug, der durch den ersten Steinwurf zerbricht.«

»Was hätte ich denn tun sollen?« rief ich erschüttert. »Was verlangt Gott denn noch von uns außer Reue und Buße?«

»Liebe«, sagte der Magier sanft. »Die Menschen sollen Gott nicht nur fürchten, sondern vor allem lieben. Denkt an den 1. Johannesbrief: ›Gott ist die Liebe, und wer in der Liebe bleibt, bleibt in Gott, und Gott bleibt in ihm.‹ Ihr aber habt Gott nicht geliebt, sondern nur gefürchtet. Für Euch, Dorotheus, war unser Herr nur ein Gott des Forderns, Verbietens und Strafens – seine Güte gewahrtet Ihr nicht. Über die Furcht aber steht in diesem Johannesbrief: ›Furcht gibt es in der Liebe nicht, sondern die vollkommene Liebe vertreibt die Furcht. Denn die Furcht rechnet mit Strafe, und wer sich fürchtet, dessen Liebe ist nicht vollendet.‹ Versteht Ihr nun endlich? Weil Ihr Gott zu wenig liebtet, zeugten Zweifel und Furcht in Eurer Seele den Unglauben, ohne daß Ihr selbst es bemerktet. Zweifel, Furcht und Unglaube aber ziehen den Tod an wie blutendes Fleisch einen hungrigen Wolf.«

So wie der Strahl der Morgensonne dem Wanderer in der Fremde nach und nach die Umrisse einer Landschaft entdeckt, die er bei Nacht betrat, so enthüllten sich nun vor meinem inneren Auge die spitzen Felsen meiner Selbstgerechtigkeit, die tosenden Wildwasser meines Trotzes und die gefährlichen Schluchten meiner Sündhaftigkeit.

Jetzt erkannte ich, welchen gefährlichen Pfad ich gewählt hatte – doch ach!, die Einsicht kam zu spät. Der Magier musterte mich voller Mitleid und sprach leise weiter:

»Das Böse ist nicht nur etwas, das uns verfolgt, sondern es liegt immer auch in uns selbst. Gott ist der Wall, der uns von dem Assiduus trennt. Wer dem Grauen auch nur die kleinste Lücke öffnet, ist verloren.«

»Was wird mit mir geschehen, wenn mich der Dämon einholt?« fragte ich bang. »Gefriere ich dann zu Eis?«

»Nicht körperlich wie jene Pferde am Rhein«, erwiderte der Weise, »wohl aber seelisch. Wenn der Assiduus Euch berührt, verliert Ihr jede Erinnerung an den katholischen Glauben, und Eure Seele stirbt. Dann werdet Ihr die scheußlichsten Verbrechen begehen – Untaten, die Ihr Euch jetzt gar nicht vorzustellen vermögt. Ihr werdet Eure Gefährten ermorden, ja selbst die Frau, die Ihr liebt. Denn Euer Körper wird dann nur noch eine leere Hülle sein, nicht mehr von einem menschlichen Willen gelenkt, sondern nur noch von teuflischen Trieben, zu denen Freundschaft und Liebe nicht zählen.«

Schaudernd fragte ich: »Wißt Ihr denn keinen Zauber, der mich vor dem Grauen beschützen könnte? Ihr wart doch der mächtigste Magier der Erde, und Eure Taten gleichen den Wundern des Herrn!«

»Aber ich war nur ein Mensch«, antwortete der Zauberer. »Dem Assiduus sind nicht einmal die Teufel und Geister der Hölle gewachsen.«

»Dann könnte der Assiduus wohl sogar Luzifer besiegen?« staunte ich.

Apollonius schüttelte heftig den Kopf. »Den Satan schützt sein Glaube«, erklärte er. »Ja, Dorotheus: Niemand weiß so gut um Gottes Allmacht wie der Teufel, denn niemand hat sie am eigenen Leibe stärker verspürt als er.«

»Der Herzog von Hinnom sagte mir aber, sein Herr werde eines Tages den Himmel erobern!« wandte ich ein.

»Der Höllenfürst gaukelt gern eine Gewalt vor, die er in Wirklichkeit gar nicht besitzt«, versetzte der Weise. »Das Schwert des Satans ist der Schwindel, seine Lanze die Lüge, sein Dolch der Trug, und wenn er siegt, dann nicht durch Stärke, sondern durch List. Sein Ziel aber heißt nicht, Gott zu bezwingen. Denn so vermessen denkt nicht einmal der Teufel. Der Prophet Jesaja sagt: ›Auch das Böse kommt von Gott‹. Der Herr sendet den Menschen Leid, um ihre Treue zu prüfen. Für diese Aufgabe will sich der Teufel empfehlen. Er hofft, dann wieder unter die himmlischen Heerscharen aufgenommen zu werden und sich an den Menschen, seinen alten Feinden, mit Gottes Erlaubnis rächen zu dürfen.«

»Wie können wir das verhindern?« rief ich. »Am liebsten risse ich mir die verfluchte Sethianertafel vom Hals und lieferte mich dem Grauen freiwillig aus! Aber dann könnte ich den Gefährten nicht länger helfen. Was soll ich nur tun?«

»Ihr wandelt auf dem rechten Weg«, erklärte der Geist. »Denn nur wenn Ihr vor dem Assiduus keine Furcht mehr empfindet, könnt Ihr ihm ohne Schaden begegnen. Wer Gott aus tiefstem Herzen liebt, dem darf vor dem Todesengel und seinen Boten nicht bangen! Aureus, der Mönch zu Heisterbach, ängstigte sich und stürzte vom Dach. Auch seinen Mitbrüdern Lucretius und Caleb gereichte ihr mangelnder Glaube zum Verhängnis. Denn Reliquien und Heilszeichen wirken nur, wenn man ihnen vorbehaltlos vertraut. Unterscheidet dabei aber stets zwischen Schwarzer und Weißer Magie! Im kochenden Meer habt Ihr richtig gehandelt, als Ihr den Drachenstein über Bord warft. Gottes Gunst erwirbt man nicht mit den Schätzen der Hölle!«

»Dadurch kamen wir zwar mit dem Leben davon«, sagte ich traurig, »doch wir verfehlten unser Ziel, und ich allein bin daran schuld.«

»Gewiß, Ihr lebtet in Sünde«, entgegnete der Magier zweifelnd, »aber Eure Gefährten auch. Und den Verrat begingt Ihr erst viel später.«

Ich starrte ihn an. »Meint Ihr damit etwa, ein anderer als ich sei an unserem Schiffbruch schuld?« fragte ich erregt.

Apollonius von Tyana wiegte nachdenklich das Haupt und erwiderte: »Auch diese Frage kann ich Euch nicht beantworten. Als eure Fahrt zur Nebelinsel gescheitert war, stieg Papst Cölestin vom Stuhl Petri herab und trat an die Stelle des neuen Judas – nicht als Streiter an Eurer Seite, wie Ihr es vielleicht erwartet habt, sondern als einsamer Büßer in seiner Zelle. Doch das geschah lange bevor Ihr dem Satan die Treue schwort!«

»Ich sündigte schon früher«, erinnerte ich ihn, »zu Padua, Katakolon und Corinth.«

»Eure Gefährten etwa nicht?« antwortete der Weise. »Von Bruder Maurus wißt Ihr, daß er euch schon einmal belog – sagte er später bei Bodonitsa die Wahrheit? Bedenkt, er stammt von dem Frevler St. Clair ab! Und Tughril? Weiß der Türke tatsächlich nicht, was sich in dem Zedernholzkästchen befindet? Und dürft Ihr dem Ritter blind vertrauen, der aus dem Tod seines Bruders Blandrate als einziger einen Vorteil gewinnen kann? Sein Ahn hieß Rotwolf von Tamarville! Selbst Doktor Cäsarius könnte Euch täuschen. War es denn wirklich

Zufall, daß Ihr zu Terracina ausgerechnet das Johanniterschiff mit dem Salomehaupt betratet?«

»Schweigt!« rief ich heftig. »Verleitet mich nicht dazu, die Schuld für mein Versagen bei anderen zu suchen! Ich bin es, der die Gefährten verriet!«

»Ja, Ihr begingt schwere Fehler«, stimmte der Zauberer zu. »Verlaßt Euch aber nicht darauf, daß Eure Freunde Engeln gleichen! Das Blut der Frevler soll sich selbst erlösen. So lautete der letzte Teil des Fluchs in der Hagia Sophia. Das aber kann nur bedeuten, daß ihr alle, auch Ihr, Dorotheus, Nachfahren jener sieben Ritter seid, die das Johanneshaupt unter sich teilten.«

SECTIO V

Fassungslos starrte ich den Magier an. »Wir alle?« fragte ich heiser. »Wie ist das möglich? Dankwart von Detmold fand mich vor seinem Dom...«

»Wer aber legte Euch auf die Stufen?« hielt mir der Geist entgegen. »Gewiß werdet Ihr auch dieses Geheimnis bald lüften. Im Traum des Pharao fraßen sieben magere Kühe die sieben fetten. Sieben kümmerliche, ausgedörrte Ähren verschlangen die sieben prallen. Die sieben Frevler aus der Hagia Sophia aber werden von sieben Gerechten erlöst: von Doktor Cäsarius, Euch, Bruder Maurus, Tughril, Tyrant du Cœur und auch von Alix.«

»Das sind nur sechs«, antwortete ich, »und zwei davon verrieten bereits den Herrn! Auch die anderen luden Sünde auf sich...«

»Wenn Ihr Euer Werk getan habt, werdet Ihr auch dieses Wunder verstehen«, sagte der Zauberer leise. »Nun aber will ich Euch erklären, wie Ihr auf den Dämonenberg und auf die Nebelinsel gelangt. Morgen schon wird der Palmsonntag gefeiert. Öffnet mein Grab und steigt hinein! Auf seinem Grund findet Ihr einen Mantel. Er ist aus Amiantos gesponnen, Wolle vom löschenden Stein. Die Römer umhüllten mit diesen Stoffen einst ihre Toten, damit sich die Asche der Leichname nicht mit der des Holzes vermische.«

»Das linum asbestum«, entfuhr es mir. »Ich las davon. Auch Kaiser Karl der Große und Papst Alexander III. besaßen Gewänder aus solcher Salamanderwolle.«

»Der Amiantosmantel schützt Euch vor den Flammen, in denen Ihr

Euer Herz reinigen müßt, um auf den Lubar zu gelangen«, berichtete der Geist.

»Wolle, die man im Feuer wäscht«, staunte ich. »Aber wie komme ich über den Strom?«

»In einer Tasche meines Mantels steckt eine kleine Smaragdtafel«, fuhr Apollonius fort. »Sie stammt aus dem Grab des Propheten Henoch, den man auch Hermes Trismegistos nannte. Ich fand sie unter dem Schutt von Persepolis im Schatz Alexanders des Großen. Mit ihrer Hilfe werdet Ihr über den Tigris wandeln, als seien die Wogen Treppenstufen. Bringt die Smaragdtafel dann in die Arche zurück, aus der sie stammt! Denn das Schiff Noahs soll alle magischen Mittel, die den Menschen gegeben wurden, am Ostersonntag in Gottes Obhut zurückbringen.«

»Auch die der Weißen Magie?« staunte ich.

Der Geist nickte. »Die Zeit des Zauberns ist vorüber«, verkündete er, »mit Doktor Cäsarius sinkt der letzte der alten Wissenden ins Grab. Der Herr wünscht, daß sich die Menschen wieder mehr auf ihren Glauben besinnen, statt ständig weiter zu versuchen, durch Zauberkraft ihrem Schöpfer zu gleichen. Zur Demut vor Gott gehört auch, die Grenzen menschlichen Wissens zu achten. Wer versucht zu vollbringen, was Sterblichen nicht gegeben ist, der reißt durch seinen Übermut sich und andere ins Verderben. Auch ich zählte zu diesen Hochmütigen, die vor lauter Stolz auf ihre Fertigkeiten unfähig blieben, Gott zu erkennen.«

»Wie kann ich Belphegor zwingen, mich zum Dämonenkonzil zu tragen?« fragte ich.

»Schreitet durch die Flammenwand auf den Berg«, erklärte der Geist. »Hinter den lodernden Bränden findet Ihr die kostbarsten Kleinodien aller Zeiten: den Stein des Weisen, den Siegelring Salomos, den sephirotischen Baum... Manche von diesen magischen Mitteln wurden schon vor Jahrhunderten in die Arche gebracht. Wer sie alle zugleich besäße, könnte auf Erden herrschen wie Gott. Hütet Euch aber, diese Zauberwerke zu berühren! Wenn Ihr sie erst einmal in die Hand nehmt, werdet Ihr sie nicht mehr hergeben wollen. Und was der Herr in die Arche zurückgeführt hat, darf ihr der Mensch nicht mehr entreißen.«

»Sollen wir denn den Kampf gegen Kynops und den Herzog von Hinnom ganz ohne Magie führen?« staunte ich. »War es die Zauberei des Magisters, die uns Gottes Gunst kostete?«

»Die Weiße Magie darf Euch nur noch bis zum Osterfest dienen«, versetzte der Geist, »wer sie danach noch anwendet, zieht den Zorn Gottes auf sich.«

»Warum schickt Ihr mich dann auf diesen Berg, wenn ich doch nicht nutzen darf, was er bereithält?« fragte ich verwundert.

»Nur mit den Worten Salomos könnt Ihr Belphegor bezwingen«, antwortete der Zauberer, »diese aber werdet Ihr auf den Heiligtümern in der Arche lesen.«

Er zählte nun der Reihe nach auf, welche Inschriften ich mir einprägen solle, und lehrte mich dabei noch viele andere Geheimnisse, die es in keinem Buch zu lesen gab: die Kunst der Leviation, mit deren Hilfe man sich schwerelos in die Lüfte erhebt, und auch den Zauber, der Menschen in Vögel verwandelt. Ich hörte staunend zu und fragte am Ende: »Doktor Cäsarius hatte recht – Ihr kennt mehr Wunder als alle anderen Menschen. Aber warum soll ich mit Belphegor zu dem Dämonenkonzil reisen, wenn ich den Berg der Verfluchung ebensogut auf gefiederten Schwingen erreiche?«

»Schon mancher Zauberer versuchte, das Treffen der unreinen Geister in Vogelgestalt zu belauschen«, versetzte der Magier, »doch keiner kehrte zurück. Denn die Greife, die das Konzil bewachen, erspähen selbst das kleinste Wesen und verschlingen es augenblicklich. Nicht einmal eine Fliege könnte unbemerkt auf diesen Berg gelangen. In Belphegors Bart aber werden die Wächter keinen Späher vermuten.« Die Augen des Magiers begannen unheimlich zu funkeln. »Wenn Ihr dort oben erfahren habt, was Ihr zu wissen begehrt«, fuhr er mit erhobener Stimme fort, »müßt Ihr Belphegor unschädlich machen. Sonst werdet ihr die Nebelinsel niemals erreichen. Der Dämon kennt euch. Schon lange lauert er auf eine Gelegenheit, euch einmal fern des Kupferkästchens und ohne Storaxstab anzutreffen. Als Vögel wärt ihr ihm dann wehrlos ausgeliefert.«

»Wie können wir den Dämon töten?« fragte ich. »Beim Drachen Mamonas halfen uns heilige Wasser, aber den Riesenwolf Rhabdos hätten wir nicht ohne die Hilfe des Ritters mit der Longinuslanze besiegt. Kennt Ihr den Uralten?«

Der Geist nickte bedächtig. »Ihr werdet ihn bald wiedersehen«, versprach er. »Denn er steht Euch sehr nahe. Sein Name aber soll ein Geheimnis bleiben, bis Eure Aufgabe erfüllt ist. Denn er stellt einen Teil des großen Rätsels dar, das Ihr nicht mit dem Verstand, sondern nur mit dem Glauben zu lösen vermögt. Ja, die Lanze Christi würde Belphegor töten. Doch Ihr besitzt sie nicht und werdet sie nie Euer Eigentum nennen. Jedoch könnt Ihr den Dämon fangen und für immer in Gewahrsam halten. Nehmt ein Brett aus der heiligen Arche und zimmert daraus einen Schrein! Beschriftet ihn mit den Lettern des Salomonischen Rings. Wenn Ihr Belphegor dann plötzlich die Worte des sephirotischen Baums ins Ohr ruft, wird er vor Schreck zusammenfahren, bis er nur noch die Größe einer Maus besitzt. Dann handelt schnell! Packt ihn und sperrt ihn in den Noahschrein. Versiegelt das Schloß mit einem Tropfen Erlöserblut, dann kann sich der Dämon nicht mehr selbst befreien.«

Ich schluckte und stammelte: »Die weisesten Magier erwähnten in ihren Büchern nichts von dem, was Ihr mich lehrt!«

»Die Worte, die Ihr in der Arche findet, werden Euch mehr Macht verleihen, als selbst ich je besaß«, antwortete Apollonius von Tyana. »Doch wenn Ihr Euer Ziel erreicht und das Johanneshaupt gerettet habt, sollt Ihr nie wieder zaubern. Schreibt dann auf, was Ihr getan habt, damit die Nachwelt Kunde von Eurer Magie und ihren Gefahren erhalten kann! Gott selbst wird dann entscheiden, wann die Zeit gekommen ist, der Menschheit davon Mitteilung zu machen. Mahnt alle Gläubigen, nur noch der Wunderkraft ihrer Gebete und den Reliquien der Heiligen zu vertrauen. Handelt nicht wie Isebel, die Prophetin von Thyatira, die ihren Zuhörern predigte, daß man sich auf das Geheimnis des Bösen einlassen müsse, um es entlarven und entmachten zu können! Denn es ist den Menschen nicht gegeben, die Tiefen des Satans auszuloten.«

»Und die sethianische Verfluchungstafel?« fragte ich. »Sie ist ein Werk der Schwarzen Magie. Doch wenn ich sie ablege, wird mich der Graue töten!«

»Das bleibt Eure Entscheidung«, versetzte der Magier. »Eure Seele verlort Ihr bereits – was also wollt Ihr noch retten? Nun aber hört: Macht Euch unsichtbar nach den Regeln, die Ihr auf Henochs Smaragdtafel findet! Zwingt Belphegor mit seinem verlorenen Barthaar herbei! Gebt Euch dem Dämon auch hinterher nicht zu erkennen, sondern schließt ihn in den Schrein! Verwandelt Euch und Eure Gefährten in Vögel und fliegt in das schwebende Schloß! Rettet Alix und das Johanneshaupt! Und vernichtet den Schädel Salomes! Dann erst gilt Satan als besiegt. Denkt immer an das Opfer Christi: Wer dem Herrn sein Leben weiht, gleicht Jesus in seiner Seligkeit.«

Ich nickte traurig und verfluchte mich selbst, weil ich so dumm gewesen war, mich dem Teufel auszuliefern. Jetzt erst erkannte ich das volle Ausmaß meiner Torheit, und Tränen traten mir in die Augen.

»Keiner von den Fehlern der Menschen gleicht dem Versagen derer, die des Vollendens fähig waren«, murmelte der Magier. »Handelt, wie Euer Herz es gebietet! Gebt mir nun meinen Lohn.«

»Wie könnte ich Eure Hilfe vergelten?« fragte ich niedergeschlagen. »Nichts von dem, was ich besitze, wäre für Euch von Wert.«

Der Zauberer blickte mich traurig an. »Dann also lebt wohl«, sprach er leise, und sein Bild begann zu verblassen.

»Halt! Wartet!« rief ich schnell. »Steigt zu mir herab! Vielleicht kann ich doch...« Hastig kramte ich in dem kupferbeschlagenen Kästchen.

»Ich darf nicht in Euren Kreis treten«, meinte der Geist.

Ich erhob mich und verließ das schützende Zauberzeichen. »Kniet nieder!« befahl ich dem Geist.

Der Magier gehorchte. Ich hob das Fläschchen mit dem Jordanwasser und sprach:

»Ich bin kein Priester und habe das Recht verwirkt, mich einen Christen nennen zu dürfen. Doch auch wenn das, was ich jetzt tun will, nicht den Gesetzen der Kirche entspricht, hoffe ich doch auf den Segen Gottes.«

Das Kreuz auf meiner Stirn begann wieder zu brennen. Ich biß die Zähne zusammen und fuhr mit den Worten des 1. Petrusbriefs fort: »Die Menschen waren einst ungehorsam, als Gott in den Tagen Noahs geduldig wartete, während die Arche gebaut wurde; in ihr wurden nur wenige, nämlich acht Menschen durch das Wasser gerettet. Dem entspricht die Taufe... sie ist eine Bitte an Gott um ein reines Gewissen aufgrund der Auferstehung Christi.«

Tiefe Frömmigkeit leuchtete auf den Zügen des alten Zauberers, und voller Inbrunst sprach er mir nach: »Ich schwöre und gelobe, daß ich dem Satan und seinen Werken für immer entsagen will... Ich schwöre und gelobe, daß ich Gott ewig die Treue halten werde...«

Ich nahm das Fläschchen, schüttete einige Tropfen auf das lockige Haupt des Magiers und sprach: »Ich taufe dich auf den Namen des Vaters, des Sohnes und des heiligen Geistes, Amen.«

Wieder war mir, als führe ein Speer aus brennendem Eisen durch meine Stirn. Apollonius von Tyana blickte mich dankbar an und rief voller Freude: »Nun bin ich erlöst! Denn die Strafe für meinen Unglauben lautet, daß ich nur dann getauft werden solle, wenn sich dazu ein Gottloser finde, der nichts von diesem Urteil wußte. Ihr wart der Verlorene und machtet meine Seele gesund. Rettet nun auch die Eure!« Dann verblaßte sein Bild und verschwand.

Ich stemmte mich gegen die schwere Grabplatte. Sie glitt so leicht zur Seite, als ruhte sie auf Rollen. Ein modriger Geruch stieg aus der Tiefe auf. Doch ich empfand keine Furcht, sondern ließ mich ohne Zögern in die kühle Gruft hinab. Geisterhaft leuchteten die Gebeine des toten Zauberers im Licht der Sterne. Ich wickelte sie aus dem grauen Mantel, warf mir das Kleidungsstück über die Schulter und zog mich schnell wieder auf die Erde. In der Brusttasche fand ich das grüne Plättchen. Ich schob die Marmorplatte an ihren Platz und kehrte zu meinen Gefährten zurück.

Tughril und Bruder Maurus schliefen. Doktor Cäsarius lag noch immer ohne Bewußtsein im Wagen. Tyrant du Cœur aber blickte mir wartend entgegen.

»Wo fandet Ihr diesen Zaubermantel?« fragte er und befühlte mißtrauisch den steifen Stoff.

»Jetzt ist nicht Zeit, davon zu erzählen«, erwiderte ich. »Ich muß so schnell wie möglich auf den Lubar steigen.«

»Allein?« rief der Ritter überrascht. »Laßt mich Euch begleiten – mein Schwert ist mit Spänen von Petri Ketten geweiht!«

»Auf dem Berg Noahs wohnen keine Dämonen, sondern die Engel Gottes«, wehrte ich ab. »Wartet auf mich, bis ich wiederkehre!«

Tyrant du Cœur schüttelte heftig den Kopf. Doch als er merkte, daß ich standhaft blieb, seufzte er schließlich und sagte: »Warten, nur immer warten! Mein Herz fiebert nach Kampf, mein Schwert dürstet nach Blut! Ach, grausames Schicksal, das mich zwingt, tatenlos am Feuer zu sitzen, während andere für mich streiten!«

»Geduld!« tröstete ich. »Bald schlägt Eure Stunde.«

»Geht mit Gott!« murmelte der Ritter. »Ich werde für Euch beten.« Er drückte mich an sich und küßte mich auf die Wange.

Ich wandte mich ab und schritt davon. Bald erreichte ich den Rand der steilen Klippen, durch die der junge Tigrisstrom sein Bett gegraben hatte. Das Donnern seiner schäumenden Wogen hallte laut von den Wänden der Felsenschlucht wider. Gischt spritzte bis zu den Wipfeln gespenstisch anmutender Weidenbäume. Die stürzenden Wasser rissen braunen Schlamm, graues Geröll und selbst große Steinbrokken talwärts. Ich kletterte auf eine Felsnase, die in den grollenden Strom hineinragte, und zog die smaragdene Tafel hervor. Die Schriftzeichen glühten in der Dunkelheit. Ich streckte die Hände aus und rief die Formel, mit der einst Moses die Wogen des Roten Meeres zerteilte: »Paguri Nethmomaoth – Der Herr ist das Licht!«

Der Fluß beruhigte sich jedoch nicht, sondern tobte nur noch wilder. Als ich meinen linken Fuß vorsichtig auf das Wasser hinabsenkte, tauchte er sofort ein, und die Strömung packte mich mit solcher Gewalt, daß ich fast von den wütenden Wogen fortgezerrt worden wäre.

Schnell kletterte ich wieder zurück und betete inbrünstig: »Herr! Nicht um meiner selbst willen bitte ich Dich um Deine Gnade, sondern nur zu Deinem Preis. Dein Wille ist es, dem wir gehorchen!« Das unsichtbare Kreuzeszeichen auf meiner Stirn begann wieder zu brennen, und unsicher fragte ich mich, ob Gott es wirklich nicht zulassen wollte, daß ich den Paradiesstrom überschritt.

Von neuem hob ich die Arme. Dann rief ich die Formel, mit der einst Josua beim Einzug der Israeliten in das Gelobte Land die Fluten des Jordan hemmte, so daß die Träger der Bundeslade trockenen Fußes hindurchschreiten konnten: »Nepsiomaoth Markhkhatha – Alle Wunder kommen vom Herrn!«

Die Sterne flackerten, und der Nachtwind zerrte an meinem Amiantosmantel. Vorsichtig stieg ich wieder zum Ufer hinab, doch die wütenden Wasser wiesen mich ein zweites Mal ab; diesmal sank mein Fuß in die nassen Wirbel wie in einen Bottich voll Honig.

Verwirrt dachte ich: »Kann es denn wirklich sein, daß mir der Geist des Magiers die Unwahrheit sagte? Aber warum?« Schon drohten mich Angst und Unsicherheit zu übermannen. Da endlich erkannte ich, daß die Ursache meines Versagens allein in meinem Unglauben begründet lag. Ich kniete nieder und betete: »Oh Herr, der Du alles siehst, hörst und weißt! Du kennst die Schwäche meines Geistes ja noch viel besser als ich. Gib mir die Kraft, die Furcht aus meinem Herzen zu vertreiben! Mein Mut reicht nicht aus, selbst ein Bächlein zu bannen, Du aber hältst mit einem Wort selbst die Sintflut zurück!«

Das Kreuz auf meiner Stirn schmerzte wieder wie unter den Stößen glühender Lanzen. Selbst die heftigen Windstöße, die durch die enge Schlucht brausten, linderten meine Qualen nicht. Schweißtropfen liefen mir durch die Brauen und brannten in meinen Augen. Ich preßte meine Stirn auf den nassen Fels, doch auch der Stein verschaffte mir keine Kühlung. Da richtete ich mich auf, hob zum dritten Mal die Arme und schrie durch das wütende Tosen nun die vier Worte, mit denen Jesus einst die Wasser des Sees Genezareth unter seinen Füßen verfestigte: »Zoroko Thora Jeou Sabaoth – Dein Gesetz, Herr, gilt auf ewig!« Und diesmal setzte ich meinen Fuß so heftig auf die Wogen, daß ich rettungslos in den Fluß gestürzt wäre, hätten sie sich nicht in diesem Augenblick zu Eis verwandelt.

Wo vorher Gischt sprühte, sanken nun Tropfen wie Schneeflocken nieder, wo Wellen übereinander hinweggerollt waren, standen sie nun wie eine Stiege, bereit, mich über den Tigris zu tragen. Ich schob die Tafel Henochs in die Tasche zurück und schritt erst vorsichtig, dann immer schneller durch die verzauberten Wogengebirge. Als ich die Mitte des Flusses erreichte, überkam mich noch einmal Angst, und einen Herzschlag lang dachte ich: »Wenn der Strom jetzt seine göttliche Fessel abwirft, bist du verloren. Kein Schwimmer der Welt vermag sich aus solchen Wirbeln zu retten!« In diesem Moment begannen die gläsernen Berge zu beben, und meine Füße sanken ein wie in einen tiefen Teppich aus Wolle. Da legte ich mein Schicksal in Gottes Hand und rief wie Jesus im Garten von Gethsemane: »Fiat voluntas tua – Dein Wille geschehe!« Sogleich verhärteten sich die Wasserwälle wieder, und ich erreichte ungefährdet das andere Ufer des Stroms. Doch kaum betrat ich das Gestade, da zerbrach der Tigris den Zauberzwang, und seine Wogen stürmten noch viel wilder und wütender durch die Felsen als zuvor.

Keuchend sank ich auf die Knie und stieß das Dankgebet Jakobs, des Stammvaters Israels, aus: »Oh Herr, ich bin nicht wert all der Huldbeweise und der Treue, die Du Deinem Knecht erwiesen hast. Denn nur mit einem Stab habe ich den Jordan dort überschritten, und jetzt sind aus mir zwei Lager geworden.« Doch das Zeichen auf meiner Stirn glühte noch schmerzhafter und gemahnte mich daran, daß ich nicht mehr das Recht besaß, mich meinem Schöpfer zu Füßen zu werfen. Jakob, so dachte ich, zog einst als Flüchtling über den Strom in die Steppe von Aram und kehrte dank Gottes Gnade als Geretteter heim, mit genügend Gefolgsleuten für zwei große Zeltlager. Mir aber stand die Verdammnis bevor.

Über Wurzeln, Schlingpflanzen und Geröll kletterte ich aus der Schlucht und wanderte durch hohes Steppengras nach Osten, dem Feuerschein entgegen, der dort wie eine aufgehende Sonne den Himmelsrand erhellte. Ein schmaler Saumpfad wand sich zwischen aschebedeckten Hügeln hindurch und stieg in immer steileren Windungen zwischen gewaltigen Felsensäulen zum Lubar empor. Höher und höher führte der Weg den fliehenden Wolken nach. Bei jedem Tritt umschloß zäher Schlamm meine Füße, und ein heftiger Wind stemmte sich mir entgegen, als ob mich die Natur daran hindern wollte, Noahs Berg zu erklimmen. Schritt für Schritt kämpfte ich mich voran, dem zuckenden Licht entgegen, das bald als Wand wabernder Lohe vor mir aufragte. Die ungeheure Hitze der magischen Flammen ließ die Felsen zu beiden Seiten wie geschmolzenes Eisen erglühen, und voller Schaudern erkannte ich, daß ich am Tor des Erzengels Gabriel stand.

Das göttliche Feuer sandte lodernde Zungen nach mir. Sie leuchteten hell wie die Flammen des Schwerts, mit dem der Cherubim den Weg ins Paradies bewachte. Himmelhoch wie die Feuersäule, die einst den Pharao hinderte, die Söhne Israels zu verfolgen, wallte der zauberische Brand und dröhnte so ohrenbetäubend wie der Flammenregen, unter dem Gott einst Sodom und Gomorrha begrub. Ich spürte die sengende Hitze auf meiner Haut, roch den Gestank verbrannter Haare meines Körpers, und wieder überkam mich atemloses Entsetzen. Ich sank auf die Knie, verhüllte mein Gesicht mit dem Amiantostuch, so wie einst Moses sein Antlitz vor dem brennenden Dornbusch verbarg, und flehte laut:

»Herr! Es sind die Flammen meiner Sünden, die mich hier bedrohen, und ich weiß, daß ich der gerechten Strafe für meinen Treuebruch nicht entgehen kann. Aber ich bitte Dich aus tiefstem Herzen: Lasse mich noch so lange leben, bis wir das Haupt Deines Dieners befreit haben! Dann will ich alles auf mich nehmen, was Du mir als Strafe für meine Schuld zugedacht hast, und für immer in den Bränden der Hölle leiden.«

Nach diesem Gebet erhob ich mich, barg Kopf und Hände unter dem weiten Mantel und lief so schnell ich konnte durch die Feuerwand. Ein Donnerschlag krachte in meinen Ohren, und von allen Seiten ertönte ein Ächzen und Stöhnen, Wimmern und Weinen, als schritte ich schon durch den Ofen des Teufels. Dann aber schwand der Gluthauch plötzlich, und schattige Kühle umfing mich. Ich schlug die Augen auf und fand mich in einem herrlich grünenden Garten, der den gesamten Gipfel des Lubar bedeckte. In seiner Mitte erhob sich die Arche, die jene acht Gerechten vor der Sintflut rettete: Noah und seine Frau Nuraita, beider Söhne Sem, Ham und Japhet sowie deren Frauen Sedeketelbab, Neelatamauk und Adataneses.

Ehrfürchtig verhielt ich den Schritt, als ich das Heiligtum erblickte. Die Zedernholzplanken des heiligen Kahns strömten den Duft von Zimt und Zirbelnüssen aus. Der Bugspriet bog sich wie der Stoßzahn eines riesigen Elefanten, und das Achterschiff wölbte sich breiter als selbst das Dach des Wormser Doms. Als die Sonne nun ihren ersten Strahl über den Himmelsrand sandte, traf er auf eine winzige Luke hoch oben im Heck und umgab sie mit einem goldenen Schimmer.

Ich schüttelte meine Scheu ab, trat auf die hölzerne Steigleiter an der Außenwand der gestrandeten Arche und stieg dann Sprosse für

Sprosse in schwindelnde Höhen hinauf. Ein milder Wind strich über mein erhitztes Gesicht. Immer mehr Sonnenstrahlen tauchten aus dem rosigen Himmel und beleuchteten meinen Weg. Das Holz der Bordwand bebte, als wohnte eine geheimnisvolle Art von Leben in ihm.

Der Rand der Luke fühlte sich so weich an wie Wachs. Rasch kletterte ich in das Innere der Arche. Dort war mir, als ob mich tausend unsichtbare Hände umfingen. Sie schoben mich durch einen schmalen Gang in einen weiten Raum. Als sich meine Augen an die Dunkelheit gewöhnt hatten, erkannte ich, daß ich mich im Heiligtum Noahs befand.

Der Altar des Propheten stand immer noch so erhaben wie vor 4000 Jahren. Auch Stühle, Truhen und Schränke schienen seit der Landung am Lubar nicht von der Stelle bewegt. Von einem großen Tisch in der Mitte ging ein seltsames Leuchten aus. Als ich nähertrat, gewahrte ich auf der Platte aus Tamariskenholz die herrlichsten Kostbarkeiten der Weißen Magie.

Zuvorderst entdeckte ich den mineralischen Stein der alexandrinischen Alchemisten. Er stammt aus dem Kristall der Himmelswölbung, und seine blauen Strahlen besitzen die Kraft, unedle Metalle in Gold, und Kiesel in Diamanten zu wandeln. Er lag auf einem Kissen aus rotem Samt, und bei seinem Anblick dachte ich: »Nimm dieses Juwel, und du wirst nie wieder machtlos sein. Kostbare Kleider, Pferde, Frauen, Burgen, ganze Länder kannst du dir kaufen, ja sogar Krieger genug, die Welt zu erobern.« Ich aber widerstand der Versuchung, denn Geld und Gut bedeuteten mir nichts.

Dahinter sah ich, auf einem Polster aus schwarzer Seide, den vegetabilischen Stein. Er läßt auf wunderbare Weise Pflanzen, Blumen und Bäume wachsen – selbst in Wüsten, wo sonst kein Halm die Sonnenglut überlebt. »Der Herr dieses Steins gebietet über alle heilenden Kräfte in der Natur«, dachte ich bei mir. »Du könntest Doktor Cäsarius wieder gesund machen und mit seiner Hilfe versuchen, deine Seele zu retten.« Aber ich widerstand der Versuchung, denn das Geschick des Magisters lag in Gottes Hand.

Daneben strahlte auf weißem Batist der mantische Stein. Er befähigt seinen Besitzer, die Zukunft aller Menschen zu enträtseln, Verschwundene wiederzufinden und Liebende zueinander zu führen, aber auch, so wie der hl. Franz von Assisi, die Sprache aller Tiere zu verstehen. »Dieses Kleinod könnte es uns gewiß erleichtern, als Vögel durch die Luft zu reisen und Alix in ihrem Verlies aufzuspüren«, dachte ich bei mir. Aber ich widerstand der Versuchung, denn nicht das Mädchen durfte jetzt das Ziel meiner Wünsche sein, sondern ich hatte all mein Trachten auf das Haupt des Täufers zu richten.

An vierter Stelle fand ich den angelischen Stein. Er glänzte auf einem Bett aus schwerem Brokat. Nur drei Männer beherrschten dies magische Kleinod: Henoch, Moses und Salomo. Dank seiner Hilfe vermochten sie, ohne Nahrung zu leben und mit den Engeln zu reden. »So könntest auch du dir vielleicht den starken Arm des Erzengels Michael sichern und den Teufel um vieles leichter und schneller besiegen«, sprach ich in meinem Innern zu mir. Aber ich widerstand der Versuchung, denn ich fühlte mich solcher Hilfe des Himmels nicht würdig.

Als nächstes enthüllte sich meinen staunenden Augen der Stein der Weisen, der sich vor 24 Äonen aus dem versteinerten Atem Gottes gebildet hatte. Zu seinen Eigentümern zählten die größten Geister aus der Geschichte der Menschheit. Ihnen löste das Kleinod alle Rätsel der Welt, so leicht verständlich wie die Worte Jesu, der den Menschen am See Genezareth sagte: »Ich öffne meinen Mund und rede in Gleichnissen. Ich verkünde, was seit der Schöpfung verborgen war.« Die Oberfläche des zwölfeckigen Juwels schimmerte wie Perlmutt in allen Farben des Regenbogens. Sein Fuß war in schneeweißes Byssusgewebe geschlagen. »Großes könntest du mit dieser Gabe vollbringen«, sagte ich zu mir. »Wie Salomo könntest du den Dämonen befehlen und den Herzog von Hinnom zwingen, alles herauszugeben, was er je raubte.« Schon zitterte meine Hand voller Sehnsucht, die Kostbarkeit zu ergreifen. Aber ich widerstand der Versuchung, denn niemals wieder wollte ich ein Gebot Gottes verletzen.

Ich prägte mir die Worte der goldenen Stickerei auf dem glänzenden Stoff ein und ließ meine Blicke dann weiterwandern. In einem Glas aus durchscheinendem Kristall glühte die prima materia, jener geheimnisvolle Urstoff, der weder fest noch flüssig ist und aus dem Gott die sichtbare Welt schuf. Diese Substanz bleibt manchmal dem klügsten Gelehrten verborgen, kleine Kinder aber erkennen sie oft ohne Schwierigkeit. Auf dem goldenen Verschluß des purpurn leuchtenden Flakons las ich das Jesuswort aus dem Evangelium des Matthäus: »Auditu audietis ... Hören sollt ihr, hören, aber nicht verstehen; sehen sollt ihr, sehen, aber nicht erkennen.«

Daneben stand das göttliche Agens, die Treibende Kraft des Lebens, die zuerst der Araber Algazelin in seinem »Buch der göttlichen Wissenschaft« beschrieb. Wer sie in Händen hält, gewinnt Unsterblichkeit. Hinter dem Großen Elixier funkelte Kyphi, das heilige Juwel der

Ägypter. Von Engeln aus Gold und Silber, blauem Chästeb und grünem Mafek gefertigt, heilt dieser Stein jede Krankheit. In einem ausgehöhlten Rubin schimmerte die Essenz der Erde, das fünfte Element, in dem sich die Weltseele verbirgt. Wer sie besitzt, beherrscht ein Stück der Macht, mit der Gott das stoffliche Universum begabte. Ein goldenes Band umschlang den blutroten Edelstein, und darauf stand zu lesen: »Sprecht nicht vom Herrn ohne Erleuchtung!«

Im Schmuck vieler Tausender Diamanten gleißte der kosmische Ofen Athanor, der Licht in Stoff und Stoff in Licht verwandelt. Seine Inschrift lautete: »Das Gebet steige auf wie Rauch, ein Gott wohlgefälliges Opfer.« Aus seinem ehernen Leib drangen unaufhörlich die neun mystischen Töne, von denen sich die Lichter des Himmels leiten lassen.

Dahinter erblickte ich das goldene Astrolab des Apollonius, auf dem geschrieben stand: »Wache, auch wenn du schläfst!« Mit seinen drehbaren Halbkugeln konnte der Weise den Lauf des Schicksals für Städte und Länder lenken.

Erschauernd erkannte ich dann den Schlüssel Salomos, mit dem man das Tor zur ewigen Weisheit öffnet, um die Stufen zur himmlischen Stadt zu erklimmen. Aus ihm erklang unaufhörlich die Hymne der Sterne: »Certa stant omnia lege – Alles ruht sicher in dem Gesetz.«

Als nächstes sah ich den Siegelring Salomos, dieses herrlichste Kleinod aller Magie, das seinem Träger die gesamte Welt des Unsichtbaren unterwirft. Sein sonnenheller Glanz blendete meine Augen, so daß ich zwischen den Fingern hindurchspähen mußte.

Vier Steine schmückten den Ring. Der erste, ein blutroter Rubin, übte Macht über alle Tiere aus. Der zweite, ein moosgrüner Smaragd, sicherte seinem Träger die Herrschaft über die Menschen. Der dritte, ein meerblauer Saphir, zwang alle Dämonen und unreinen Geister unter den Befehl des Davidsohns. Der vierte, ein reinweißer Diamant, unterwarf selbst die Cherubim und Seraphim dem Willen des großen Königs. Das vordere Siegel bestand aus Messing: damit unterzeichnete Salomo seine Briefe an die Engel des Himmels. Das hintere Siegel aber war aus Eisen geschmiedet, und damit fertigte der König seine Befehle an die Teufel der Hölle aus. Die Inschrift des Rings enthielt die zauberkräftigen Worte, die einst auf Adams Stirn, Gabriels Flügel und Mosis Stab geschrieben standen.

»Stecke diesen Ring an«, rief mir eine innere Stimme zu, »dann kannst du selbst Satan befehlen. Wie leicht wird es dann für dich sein,

Gottes Willen zu erfüllen und das Haupt des Täufers zu retten!« Doch ich widerstand auch dieser Versuchung, denn dieser Schatz war nicht für mich bestimmt.

Als letzte Verlockung in Noahs Gemach erkannte ich schließlich den sephirotischen Baum. Seine Wurzel wuchs aus einem eckigen Kreis, jeder seiner Äste strebte nach oben und unten zugleich, und seine acht runden Blätter drehten sich mit dem Wind in vier Richtungen wie die Räder der Engel Ezechiels. In hebräischer Schrift enthielten sie alles Wissen der Welt: elf Worte aus dem Testament Adams, elf aus der Apokalypse Henochs, elf aus den Gesetzestafeln Mosis, elf aus den Psalmen Davids, elf aus den Sprüchen Salomos, elf aus den Weissagungen des Täufers und elf aus der Bergpredigt Jesu. Auf dem obersten Zweig aber stand: »Was du säst, wird nicht lebendig, du stürbest denn«.

Erst dachte ich: Präge dir all diese Worte ein – mit ihrer Kraft kannst du gewiß ganze Welten vernichten und neu erschaffen. Du wirst wie Gott sein! Dann aber verstand ich die letzte Botschaft, die auch in die Rinde des Lebensbaums im Garten Eden geschnitzt ist: Adams Fleisch steckt voller Fäulnis, aber aus ihm wächst ein Same in die Ewigkeit. Ohne Sünde gibt es keine Erlösung, ohne den Tod keine Auferstehung. Christus allein wurde frei von Fehl geboren, und er besiegte den dunklen Engel. Alle anderen Menschen aber holt der Tod schließlich ein. Keiner soll oder kann ihm entfliehen. Oh, hätte ich das doch früher beherzigt! Damals betete ich nur, um fromm zu sein, heiligte mich, um vollkommen zu werden, büßte aus Furcht vor Strafe, und dabei war mein Trachten in Wahrheit doch nur auf die Welt bezogen und nicht auf das Ewige Leben.

Ich nahm die Smaragdtafel aus der Tasche, beugte das Knie und legte das Kleinod in eine leere güldene Schale, die mit reinem Leinen ausgeschlagen war. Die Tafel hatte kaum das weiße Tuch berührt, da fuhren Flammen aus ihr hervor wie aus einem Stück Glut, in das ein starker Windstoß bläst. Erschrocken prallte ich zurück. Angst ergriff mich, und ich eilte durch den engen Gang zu der winzigen Luke.

Als ich den blauen Himmel wiedersah, beruhigte ich mich ein wenig und dachte an den Rat des toten Magiers. Mit beiden Händen packte ich den hölzernen Fensterladen und versuchte ihn mit einem Ruck aus den Angeln zu reißen. Doch der Deckel zerbrach, und ich behielt nur ein Brett in den Händen zurück. Im gleichen Augenblick erfaßte mich ein peitschender Luftstoß und schleuderte mich aus der Arche.

Weißliche Wirbel umfingen mich, und rettungslos stürzte ich in die Tiefe. »Das ist also das Ende«, dachte ich, »nun ist es mir doch nicht vergönnt, Rache an Satan zu nehmen.« Dann prallte ich auf den Boden, und die Welt um mich herum versank in lichtloser Schwärze.

Ich wartete darauf, daß meine Seele sich nun von meinem zerschmetterten Körper löste. Doch zu meiner Verwunderung hörte mein Herz nicht auf zu schlagen, auch meine Lungen arbeiteten weiter, und nach einer Weile öffnete ich die Augen. Das grelle Licht des angelischen Feuers war verloschen, doch ein anderer, milderer Schein erhellte die Nacht. Neben mir ertönte ein leises Scharren, und als ich den Kopf drehte, blickte ich auf zwei Stiefel aus schwarzem Eidechsenleder.

Der alte Magister stand vor mir und starrte verblüfft auf mich herab. Sein Gesicht war weiß wie Kreide. »Vor drei Monaten begann ich, Euch zaubern zu lehren«, murmelte er entsetzt, »und jetzt schwebt Ihr schon auf Engelsflügeln herbei! Wo wart Ihr? Was haltet Ihr da in der Hand? Erzählt!«

»Doktor Cäsarius!« rief ich entgeistert. »So seid Ihr wieder gesund? Was ist geschehen?«

»Heute früh erwachte ich und fühlte mich, als sei ich niemals krank gewesen«, berichtete der Magister. »Kein Husten mehr, kein Blut – es ist wie ein Wunder.« Er beugte sich zu mir herab und half mir auf die Beine. »Habt Ihr vielleicht etwas damit zu tun?« fragte er mißtrauisch.

»Nicht, daß ich wüßte«, erwiderte ich, rieb mir die schmerzenden Glieder und klopfte mir vorsichtig Schmutz von den Kleidern.

»Kommt nun endlich«, meinte Doktor Cäsarius ungeduldig, »die anderen warten!«

Er führte mich zwischen den rauschenden Rotbuchen zu unserem Lagerplatz. Die Gefährten blickten mir voller Spannung entgegen. Die verzerrten Züge des Mönchs verrieten heftiges Erschrecken. Tughril blickte mich unsicher an, und seine Lippen flüsterten einen Vers aus der 6. Sure des Korans: »Von eurem Herrn sind nun sichtbare Zeichen zu uns gekommen.« Tyrant du Cœur aber lächelte voller aufrichtiger Freude und rief: »Dorotheus! Welches Wunder tat Gott an Euch! Der Erzengel Michael selbst trug Euch zu uns zurück. Seine weißen Schwingen stoben wie ein Schneesturm über den Himmel, und es dröhnte, als bräche die Weltenscheibe entzwei!«

Er drückte mich an seine Brust. Dann faßten wir einander an den Händen, und Doktor Cäsarius betete laut aus dem 116. Psalm: »Wie

kann ich dem Herrn all das vergelten, was er mir Gutes getan hat?«
Die Gefährten geleiteten mich zum Feuer, und ich erzählte ihnen nun, was ich von Apollonius erfahren und auf dem Berg Noahs erlebt hatte. Die vier hörten staunend zu. Bruder Maurus bekreuzigte sich immer wieder. Tughril pries viele Male Allahs Güte. Zum Schluß erklärte ich:

»Ja, das sprechende Haupt der Ssabier erfüllte die Weissagung der Sibylle und wies uns ohne Hand den Weg. Apollonius von Tyana war wirklich der blinde Jesus aus unserer Prophezeihung. In uns aber fließt das Blut, das sich selbst rächen soll. Denn nicht nur Ihr, Herr Tyrant, und Ihr, Bruder Maurus, seid Nachkömmlinge der sieben frevelnden Ritter, sondern wir alle entstammen ihrem verfluchten Samen – auch Doktor Cäsarius, Tughril und ich selbst.«

»Auch Ihr?« rief der Ritter verblüfft. »Aber warum habt Ihr uns das verheimlicht?«

»Ich wußte es selbst nicht«, entgegnete ich. »Ich bin wirklich ein Findelkind, das seine Eltern nicht kennt – glaubt mir, ich habe Euch nicht belogen!«

Tyrant du Cœur blickte mich forschend an. Dann wandte er sich dem Magister zu. »Und Ihr?« fragte er. »Welcher der sieben Ritter war Euer Vorfahr?«

Der alte Magister saß wie versteinert. Dann faßte er sich und murmelte: »Bis heute hinderte mich ein Schwur, über meine Geburt zu sprechen. Nun aber, da Ihr es wißt, bin ich nicht länger verpflichtet zu schweigen. Ja, es ist wahr. Ich bin des unglücklichen Kaisers Balduin nachgeborener Sohn.«

SECTIO VI

Die Rotbuchen wiegten sich leise im Nachtwind und schienen mit uns zu lauschen, als der Magister nun die Geschichte seiner Herkunft erzählte. Vor meinen geistigen Augen erschienen bald Bilder der alten Schlachten und grausamen Geschehnisse, denen der Dämonologe sein Leben verdankte.

»Nach der Eroberung Konstantinopels durch die lateinischen Ritter schlossen die Griechen ein Bündnis mit den Bulgaren«, schilderte Doktor Cäsarius. »Der wilde Zar Joannisa fiel sogleich in Thrazien ein. Das ganze Land geriet in Aufruhr. In Städten und Burgen wurden fränkische Ritter überfallen und niedergemacht. Kaiser Balduin sammelte seinen Heerbann und zog den Bulgaren entgegen. Für die Schlacht wählte er ein weites, baumloses Feld in der Nähe von Adrianopel.«

Müde wischte sich der Magister mit einem Ärmel seines Talars über die Augen. »Ach, wieviel Blut tränkte dort schon die Erde!« klagte er. »Kaiser Konstantin schlug bei dieser Stadt einst seinen Todfeind Licinus. Kaiser Valens fiel dort später unter den Beilen der Goten. Anten, Awaren, Sklavenen, Bulgaren und noch viele andere kriegerische Völker des Nordens brandeten schon gegen diesen Stützpfeiler christlicher Glaubensmacht. Und wer weiß, wann die nächsten Angreifer vorrücken, vielleicht die Araber oder die Türken!« Er seufzte schwer. Dann sammelte er seine Gedanken und berichtete weiter:

»Am Abend vor der Schlacht sah Kaiser Balduin ein hübsches Marketendermädchen vor seinem Zelt. Er ließ die junge Sklavenin zu sich bringen und verbrachte die Nacht mit ihr. Am nächsten Morgen flutete der Bulgaren Schar über die kleine fränkische Streitmacht hinweg. Nur wenige Ritter entrannen dem Blutbad. Unter Führung des Dogen flüchteten sie nach Konstantinopel. Der Kaiser wurde gefangengenommen und später zu Turnovo, dem alten Nicopolis, auf bestialische Weise zu Tode gefoltert.«

Der Alte hielt plötzlich inne und hob warnend die Hand. Angestrengt horchten wir in die Dunkelheit. Dann zupfte Tughril an seinem gesunden Ohr und erklärte: »Das war nur ein Käuzchen.« Wir lehnten uns wieder zurück, und Doktor Cäsarius fuhrt fort:

»Nach der Schlacht plünderten die Bulgaren Lager und Troß der Franken. Als ein paar rohe Burschen dem Sklavenenmädchen die Schenkel auseinanderzwängen wollten, lief die junge Marketenderin davon und schrie den Verfolgern in ihrer Not zu, sie trage ein Kind des Kaisers unter dem Herzen. Vor den Zaren geschleppt, erzählte sie von ihrem Erlebnis. Der grausame Joannisa befahl ihr zu schweigen und gab sie in die Obhut eines Klosters, wo sie ihr Kind austragen sollte. Denn der Zar wollte Balduins Sohn später als Faustpfand gegen die Franken benutzen.«

»Das verstehe ich nicht«, meinte der Mönch. »Nach dem Tod des Kaisers stieg doch dessen Bruder Heinrich auf den Thron!«

Der Magister gab keine Antwort. Statt dessen sprach Tyrant du Coeur ungeduldig: »Aber doch nur, weil niemand wußte, daß Kaiser Balduin einen Sohn und Erben besaß!« Ehrfürchtig sah er Doktor

Cäsarius an und fügte hinzu: »Euch gebührt die Krone von Konstantinopel!«

»Bleibt mir mit solchen Torheiten vom Leib«, wehrte der alte Magister ab.

»Zumindest könntet Ihr über die Franken Achaias gebieten«, beharrte der Ritter.

Doktor Cäsarius schüttelte heftig den Kopf. »Auf dem Weisen lastet das Diadem der Macht wie eine drückende Bürde«, entgegnete er. »Es hemmt den Flug seiner Gedanken und unterwirft ihn den gleichen Zwängen, denen sich auch der armseligste Tagelöhner ausgesetzt sieht. Nur Narren balgen sich um Purpur! Der Thron des Wissenden ist sein Studierstuhl, sein Schwert der Zauberstab, sein Zepter die Schreibfeder. Seine Krieger sind die Bücher, die er las, und seine Fanfaren die Psalmen, mit denen er Gottes Gnade erfleht.«

Tyrant du Cœur nickte nachdenklich. »Ihr habt wohl recht«, gestand er. »Wir sahen es ja an Konrad von Katakolon: Die Gier nach Macht zersetzt das Gemüt wie ein schleichendes Gift. Verrat ist ihre Waffe, Verdammnis ihr Preis! Doch warum wußte niemand von Euch und Eurer Herkunft?«

»Kurz nach meiner Geburt wurde Zar Joannisa vom Dolch eines kumanischen Aufrührers niedergestoßen«, schilderte der Magister. »Sein Nachfolger wußte mit mir nichts mehr anzufangen. Denn seit Balduins Bruder Heinrich zum Kaiser gesalbt worden war, hatte mein Dasein seine Bedeutung verloren. Die Mächtigen vergaßen mich. Als ich acht Jahre alt war, brachte mich meine Mutter in das neugegründete Zisterzienserkloster Chortaiton bei Thessaloniki. Denn sie wünschte, daß ich nicht als orthodoxer Christ, sondern im katholischen Glauben meines Vaters aufwachsen sollte.«

Wieder seufzte er, und seine Augen trübten sich. »Meine Mutter litt an der gleichen Krankheit wie ich«, berichtete er. »Sie starb sehr jung. Kurz vor ihrem Tod vertraute sie mir an, wessen Sohn ich sei. Doch weil sie die Gefahren kannte, die mir als Kaisersohn drohten, befahl sie mir zu schwören, daß ich das Geheimnis meiner Abstammung niemals preisgeben würde.«

»Dann zählt Ihr mehr als 90 Jahre!« rief Bruder Maurus verwundert.

»So ist es«, nickte Doktor Cäsarius. »Nun aber zu Euch, Tughril: Könnt Ihr Euch denken, von welchem der sieben Ritter Ihr abstammt?«

»Allerdings!« versetzte der Türke mit einem mißmutigen Blick auf den dunkelgesichtigen Riesen. »Und wie es aussieht, bleibt kein anderer Schluß, als daß ich mit diesem schwarzen Fettkloß dort drüben einen Großvater teile!«

»Ist das wirklich wahr?« rief der Mönch grinsend und streckte die Arme aus. »Laßt Euch umarmen!«

»Untersteht Euch!« rief Tughril unwillig. »Es genügt mir schon, daß ich nun einen Christenhund zu meinen Vorfahren rechnen muß!«

»Pons de St. Clair also!« stellte Tyrant du Cœur fest. »Was wißt Ihr über Eure Abkunft von ihm?«

»Ihr braucht mich gar nicht so anzustarren!« giftete sich der Türke. »Ich bin kein Sohn von Sklaven wie dieser Mohrenbastard! Meine Mutter stammte aus Ägypten. Ich glaube, sie war eine Tochter aus der zweiten Ehe St. Clairs, jener, die nicht nach den Bräuchen der Ungläubigen, sondern nach den Geboten des Korans geschlossen wurde. Mein Vater weilte einmal am Nil...«

»Wohl um zu rauben und zu plündern?« erkundigte sich Bruder Maurus freundlich.

»Er befand sich auf frommer Reise!« versetzte Tughril erbost. »Denn er diente dem wahren Glauben auf die gleiche Weise wie später auch ich. Allerdings nahm er den Wegzoll von christlichen Karawanen zu Lande, während ich Allahs Willen auf den Wellen des Meeres erfüllte. Auf einem Ritt durch die nubische Wüste verliebte er sich in ein Mädchen, das mit seiner Mutter in einer Bergwerkssiedlung wohnte. Da sie seine Gefühle erwiderte, hob er sie in den Sattel und brachte sie in sein Zelt. Ich bin Ihr Sohn.«

»Deshalb also!« murmelte der Magister. »In all den Monaten grübelte ich darüber nach, warum uns der Herr einen Nichtchristen sandte. Jetzt wissen wir es: Auch Ihr solltet den Frevel in der Hagia Sophia sühnen – so wie Tyrant du Cœur, seine Schwester, Bruder Maurus, Dorotheus und ich.«

»Das sind sechs«, wandte ich wieder ein. »Die Hand besitzt nur fünf Finger. Andererseits sprach Apollonius von sieben Gerechten. Wer gehört noch dazu? Papst Cölestin?«

»Wir werden es bald erfahren«, meinte der alte Magister. »Nun aber wollen wir uns beeilen, Belphegor zu bannen. Die Mitternacht rückt näher. Seht nur, die Dämonen!«

Wir blickten nach oben und sahen zahllose feurige Streifen, die über das Himmelszelt zogen. Wenn unreine Geister emporsteigen, um an den Toren Gottes zu lauschen, dabei ertappt werden und vor den Erzengeln fliehen, dann fliegen sie als Funken zwischen den Sternen davon. Die Dämonen dieser Nacht aber reisten nicht am hohen Himmel dahin, sondern jagten geradewegs über unsere Köpfe hinweg.

»Das Konzil beginnt«, flüsterte ich. »Bereiten wir nun unseren Zauber vor!«

Bruder Maurus lief zum Wagen und holte Werkzeug. Doktor Cäsarius und Tughril zogen brennende Äste aus dem Lagerfeuer und liefen auf die Lichtung, um dort den salomonischen Zauberkreis einzugraben. Der Mönch zersägte das altersdunkle Brett aus der Arche und leimte es dann mit kundiger Hand zu einer kleinen Lade zusammen. Ich umwickelte den Schrein mit purpurnen Engelsfäden und malte die magischen Worte auf. »Unser Sieg über Belphegor hängt von Eurer Schnelligkeit ab«, sagte ich zu Tyrant du Cœur.

Der Ritter nickte. »Ich werde Euch nicht enttäuschen«, versprach er.

Ich nahm das kupferbeschlagene Kästchen und eilte zu dem Magister. Tyrant du Cœur und Bruder Maurus folgten mir.

Hinter einem gelbblühenden Ginstergebüsch fiel eine flache Böschung zu einer sandigen Kuhle ab. Auf ihrem sorgsam geglätteten Grund enthüllte der flackernde Lichtschein die vier konzentrischen Kreise mit dem Stern Salomos in der Mitte. Zwischen den beiden äußersten Linien standen die heiligsten Gottesnamen: Jahwe, Emmanuel, Elohim und Schaddai. Zwischen den mittleren Ringen las ich die Formel »Messiah Arpheton Anasbona Erigion«. Über die innersten Linien waren die Titel Agia, El Elijon, Adonai und Jessemon geschrieben. Jede der fünf Sternspitzen trug ein Kreuz. Im Fünfeck standen die heiligen Buchstaben AGLA aus dem Gebet »Atha Gibor Leolam Adonai – Du bist in Ewigkeit mächtig, oh Herr«.

»Laßt mich erst den Unsichtbarkeitszauber wirken«, flüsterte der Magister. »Steckt die Fackeln in die Böschung und stellt euch auf die Kreuze!«

Schweigend gehorchten wir. Doktor Cäsarius kniete auf seiner Sternspitze nieder, öffnete die Truhe und zog ein Elfenbeinfläschchen mit dem Blut eines Hasen hervor. Denn dieses Tier versteht wie kein anderes, sich vor Verfolgern zu verbergen. Dann räucherte der Magister in seiner ehernen Pfanne Baumflechte, Weißdorn, kermanischen Kümmel, Basilicumkelche, getrocknete Bergminze, Schalen von bitteren Mandeln, Rebstöcke, Kamelgrasblüten, Tamariskensamen und Myrrhe zu gleichen Teilen, so wie sie der Engel des Mondes schätzt.

Denn es ist das Nachtgestirn, welches die Augen am listigsten täuscht. Dazu sprach der Dämonologe feierlich:

»Lagoz Atha Cabyolas! Oh du Engel, der du gesetzt bist über den Zauber des Lichts und seinen Schein, Sanaqil, Herr der Unsichtbarkeit, gewähre mir deinen Beistand!«

Der Wind frischte auf, und die hohen Gräser auf der Böschung wisperten wie eine Schar erschrockener Kinder. Doktor Cäsarius trat zu mir und bestrich meine Lippen mit dem Hasenblut. »Unsichtbar wie dein Atem sollst du werden«, sprach er dazu. »Samahac Et Famyolas! Das Licht verhülle Euch, und Euer Schatten fliehe!«

Danach wiederholte er die Beschwörung bei Tyrant du Cœur, Bruder Maurus und Tughril. Gespannt blickte ich in die dunklen Gesichter meiner Gefährten. Sie schienen nach dieser Formel noch schwärzer zu werden. Dann lösten sich ihre Gestalten auf wie ein Tropfen Wein in einem Glas Wasser. Die nächtliche Luft schien zu zittern, die Bäume des Waldes wankten. Einen Wimpernschlag später standen die Rotbuchen wieder fest, die Gefährten aber waren verschwunden. Auch meinen eigenen Körper konnte ich nicht mehr erkennen.

»Herr, ich danke Dir!« flüsterte ich. Sofort begann das Kreuz auf meiner Stirn zu brennen.

Als nächstes räucherte Doktor Cäsarius Cardamom, Storaxharz, Alantkraut, Stechginster, Safran, Henna, Lilienwurzel, Rosenblüten und Beeren von persischer Salvadora, wie sie der Dämon aus der Akazienau am Toten Meer besonders liebt. Laut sprach der Magister dazu:

»Bei der Zauberkraft Salomos, des Sohnes Davids, bei der Macht des menschlichen Geistes und göttlicher Eingebung, ich rufe Euch, Belphegor. Erscheint!«

Ein starker Windstoß fuhr durch den Wald und ließ die riesigen Bäume schwanken. Unsere Fackeln flackerten heftig. Der beizende Geruch des Räucherwerks stieg mir in die Nase, und gespannt lauschte ich in die Nacht. Doktor Cäsarius rief:

»Wo Ihr auch immer umherschweifen mögt, Fürst der Dämonen, enthebt Euch der Ruhe und eilt herbei! Ich rufe Euch, Belphegor. Erscheint!«

Wieder rauschte ein stürmischer Luftstoß durch die Kronen der Rotbuchen, diesmal so heftig, als ob er sie abbrechen wollte. Die Fackeln verloschen, und nur noch der Mond spendete Licht.

Plötzlich sah ich den Storaxstab über den weichen Erdboden fahren. Mit langsamen Bewegungen malte der alte Magister das Zeichen des salomonischen Schlüssels in den feinkörnigen Sand. Dann erhob Doktor Cäsarius zum dritten Mal seine Stimme und schrie die heiligen Worte des mächtigen Bannspruchs, die ich in der Arche auf dem Kleinod gelesen hatte: »Xywoleh Vay Barec! Het Vay Yomar! Erscheint nun, Belphegor, König der Geister, denn ich befehle es Euch!«

Ein rötliches Glühen flammte hinter dem Urwald auf. Ich hielt den Atem an. In der nächsten Sekunde ertönte ein schreckliches Brüllen. Die Bäume um unsere Lichtung knickten wie Späne, und eine ungeheure Riesengestalt fuhr herab.

Erschrocken prallte ich zurück und wollte im ersten Moment lieber davonlaufen. Eben noch rechtzeitig besann ich mich und dachte daran, daß uns der Dämon ja nicht sehen konnte.

Da faßte ich wieder Mut und betrachtete den grausigen Gigantenleib.

Vom Scheitel bis zur Ferse maß der Dämon wohl zweihundert Klafter. Jeder der riesigen Füße bedeckte ein halbes Tagwerk Boden. Die Schenkel standen so dick wie die Türme von Notre Dame zu Paris. Die zottige Brust wölbte sich breit wie die Kraterwand des Vesuvs von Neapel. Die düster glühenden Augen schwebten so hoch über uns wie die flammenden Sterne der Pest und des Todes. Und auch wenn ich wußte, daß sich Belphegor nach Belieben verkleinern und wieder vergrößern konnte, staunte ich doch über solche Maße und dachte bei mir: »Freilich, die Erzengel bändigen selbst die stärksten Dämonen, so wie ein kundiger Treiber den Stier am Nasenring zieht.« Unsere magische Macht aber reichte bei weitem nicht aus, um Belphegor zu bezwingen – wir mußten hoffen, daß unsere List gelang.

»Wo wartet wer?« fragte der Ungeist in der eigentümlichen Sprechweise der Dämonen. »Wessen Wille waltet? Rede, wer mich rief! Nennt Namen!«

»Ihr kennt mich gut!« erwiderte Doktor Cäsarius ruhig. »Mit Worten aus Salomos Schlüssel zwang ich Euch herbei. Befolgt nun meine Befehle!«

»Feind der Finsternis!« grollte der Dämon. »Gegner der Geistwesen, kämpft ohne Kreis!«

»Hier könnt Ihr mich nicht mehr so leicht überwinden wie damals am Strand, als mich der Graue betäubte!« antwortete der Magister. »Mich schützt der Stern des Davidsohns. Euch aber bannt seine Beschwörung!«

»Niederlage? Niemals!« knirschte Belphegor. Feurige Lohe fuhr aus seinem Mund und brandete wie eine Welle aus flüssiger Glut gegen den Rand unseres Kreises. »Verlaßt das Versteck! Entscheidung bis zum Ende! Ihr oder ich!«

»Ihr seid schon besiegt«, versetzte Doktor Cäsarius gelassen. »Seht!« Er öffnete das kupferbeschlagene Kästchen und holte die augenlose Schlange hervor. Verzweifelt wand sich der silbrige Leib in der Luft.

»Haar vom Haupt«, brüllte der Dämon zornig. »Borste vom Bart! Wer wagte Wegnahme? Ich räche Raub! Kehre zurück an mein Kinn!«

Die Schlange zitterte leicht, doch der Magister hielt sie fest.

»Erstattet Eigentum zurück!« forderte der Ungeist wütend.

»Erst wenn Ihr schwört, meinen Wunsch zu erfüllen«, rief der Alte.

»Was will Widersacher?« fragte Belphegor mit dröhnender Stimme. »Dank für Diebstahl? Lohn für Lüge, List?«

»Ihr wart es, der zu Trug und Tücke griff!« entgegnete Doktor Cäsarius. »Ihr stahlt meine Gestalt und täuschtet darin die Gefährten. Durch diese hinterhältige Tat habt Ihr Euch einen Vorteil verschafft. Nun ist es Zeit für uns, den Mangel auszugleichen. Durch Euren Betrug kennt der Herzog von Hinnom unsere Geheimnisse. Verratet uns nun auch die seinen!«

»Vergeblicher Versuch!« höhnte der Dämon. »Streiter Satans schlau! Eure Falle zu flach!« Ein donnerndes Lachen beugte die Wipfel der Bäume.

Ich schloß die Augen und murmelte leise den ersten Zauberspruch für meine Levitation. Sogleich verblaßten alle Empfindungen meines Geistes. Meine Ohren hörten die Stimmen des Dämons und des Magisters nur noch wie aus weiter Ferne. Ich spürte weder Wind noch Wärme, roch auch den Räucherduft nicht mehr, und meine Zunge formte die ersten unhörbaren Laute der levitierenden Verzückung: »Omra! Amra! Ur Ummu!«

Sogleich sanken meine Gedanken in nicht mehr wahrnehmbare Tiefen, so wie die losen Blätter des Herbstes im Dunkel des Waldbodens ihren Ruheplatz finden. Wie durch eine Wand vernahm ich die Stimme des alten Magisters.

»Überlegt es Euch gut!« mahnte er den Dämon. »Ich weiß sehr wohl, wie ich Euch Schmerzen zufügen kann!« Mit einer heftigen Bewegung stieß er den Kopf der augenlosen Schlange in die Kohlenglut der Räucherpfanne. Sogleich ließ ein schrecklicher Schrei die Erde erbeben.

»Sagt mir, welche Waffe den Herzog tötet!« befahl der Alte mit hallender Stimme. »Wenn Ihr mir nicht gehorcht, verbrenne ich Euer Haar zu Asche!«

Der riesige Geist stieß ein markerschütterndes Heulen aus. Sein Fuß hob sich, um uns zu zertreten, aber den schützenden Kreis konnte er nicht überwinden. Da sprach der Dämon mit dumpfer Stimme:

»Brennt nicht Barthaar! Weiß nicht Waffe! Herzog hütet Heimlichkeit!«

»Dann geht und findet das Geheimnis für uns heraus!« bestimmte Doktor Cäsarius barsch. »Ihr seid ihm vertraut. Euch wird er es verraten. Entlockt es ihm! Ich gebe Euch einen Tag Frist. Wenn Ihr bis dahin nicht zurückgekehrt seid, werdet Ihr dafür büßen.«

Wieder hielt der Magister die Schlange ins Feuer. Ein Wutschrei ertönte. »Händigt mir Haar aus!« brüllte Belphegor. »Dann Dank! Erfüllung Eures Forderns!«

»Schwört bei Eurem Herrn, dem Satan!« gebot der alte Magister.

Schnell richtete ich meine Gedanken nun auf den zweiten Teil meines Zaubers. Mein Atem ging ruhig und gleichmäßig wie im Schlaf. Ich legte die linke Hand auf meinen Kopf und strich mit der rechten sanft über meinen Körper bis zu den Füßen. Dabei sprach ich in meinem Innern: »Mana Mana Amanara!« Mit jeder Silbe schwand ein wenig Schwere aus meinem Leib.

»Gebt Gestohlenes! Dann befolge ich Befehl!« rief der Dämon herab. »Eid beim Gefallenen Engel!«

Erleichtert vernahm ich den falschen Schwur, der unserem Plan Gelingen versprach.

»Also gut«, nickte Doktor Cäsarius, »ich werde Euch das Barthaar schon jetzt zurückgeben. Enttäuscht mich aber nicht! Ich kann Euch jederzeit wieder bannen. Vergeßt das niemals!«

»Gebt Gestohlenes!« wiederholte Belphegor drängend. »Eid beim Gefallenen Engel!«

Hastig murmelte ich nun die letzten Silben der Levitation, und es war, als schwebte mein Geist in einem grenzen- und lichtlosen Raum. Durch die geschlossenen Lider starrte ich auf meine Nasenwurzel, und diese magische Bewegung löste endlich den kosmischen Schlaf aus, in dem der Magier wachen Geistes träumt. Ich fühlte, wie meine unsichtbaren Füße sich vom Boden lösten, und griff rasch nach dem Schwanz der augenlosen Schlange. Doktor Cäsarius tastete nach meiner Schulter und schob mich aus dem schützenden Kreis. Dann ließ er den Vipernkopf los.

»Hier habt Ihr Euer Haar!« rief er dem Dämon zu. »Nehmt es und erfüllt Euren Schwur!«

»Kehre zum Kinn!« rief der Ungeist mit donnernder Stimme. Sogleich stieg das Haar empor und zog mich hinter sich her. Die Wipfel der Bäume blieben unter meinen Füßen zurück. In der nächsten Sekunde flogen wir durch das dichte Gestrüpp des Dämonenbarts, dessen Borsten sich wie Maden wanden. Die augenlose Schlange bohrte sich mit dem Kopf voran in die schwarzglänzende Haut. Ich packte schnell einige andere Haare und band sie mir um die Brust.

Belphegor stieß ein dröhnendes Lachen aus. »Morgen Mitteilung!« rief er mit weithin hallender Stimme. »Wartet auf Wiederkehr!«

»Beeilt Euch!« rief der Magister, der jetzt kaum größer als eine Ameise erschien.

Der Dämon lachte wieder. »Wir wiedersehen!« brüllte er laut wie ein Sturmwind. »Vertraut Versprechung! Glaubt Gelübde! Eid ehrlich! Belphegor bringt Beweis!«

Mit diesen Worten stieß er sich vom Erdboden ab und flog wie ein rasender Sturm in den nächtlichen Himmel. Die kalte Luft zerrte an meinen Kleidern, und die biegsamen Haare des schwarzen Bartes peitschten mich wie mit Ruten. Tief unter uns floß der Tigris als silbernes Band zwischen den schroffen Klippen dahin. Über dem Strom bog Belphegor nach rechts, um dem Lubar auszuweichen, den kein Dämon überfliegen darf. Dahinter erspähte ich in der Ferne die vom bleichen Mondlicht beschienenen Klippen des Berges der Verfluchung.

Plötzlich ertönte ein wilder Schrei. Als ich herumfuhr, sah ich den Kynokephalus neben uns schweben. Seine ledernen Flughäute knarrten wie Türen in rostigen Angeln. Auf dem Rücken des Hundeköpfigen hockte Kynops. Seine kohlschwarzen Augen schienen sich in die meinen zu bohren, und mich durchzuckte wieder ein eisiger Schreck. Dann aber merkte ich, daß auch der Magier von Patmos den Unsichtbarkeitszauber nicht zu durchdringen vermochte.

»Wo bleibt Ihr, Belphegor?« rief Kynops. »Der Herzog wartet schon auf Euch!«

»Magie des Magisters!« schrie der Dämon und lachte spöttisch. »Besaß Barthaar! Aufgehoben am Alphiosfluß! Versuchte Verleitung zu Verrat!«

»Und? Habt Ihr ihn überlistet?« fragte Kynops begierig. »Sind diese Hunde endlich erledigt?«

»Noch nicht!« antwortete Belphegor mit wildem Gelächter. »Aber anderntags! Nächste Nacht! Zauberkreis zerstören!«

Der Magier nickte. »Ich werde mich darum kümmern«, meinte er, und wieder erschrak ich vor dem grenzenlosen Haß in seiner Stimme.

Immer wieder flogen wir durch Wolkenfetzen, die den Kynokephalus und seinen Reiter vorübergehend verhüllten. Doch sobald die schwärzlichen Schleier verschwanden, tauchten der grausame Zauberer und der doggengesichtige Dämon von neuem neben uns auf. Dann stieg Belphegor plötzlich steil in die Höhe.

Glatt wie ein gemauerter Turm hob sich vor uns nun ein schwarzer Gebirgsstock aus dem ebenen Grund der Wüste. Von Gestalt glich er einem abgehauenen Baumstumpf, der über dem Waldboden thront. Aber um ihn zu umschreiten, bedurfte es nicht nur einiger Schritte, sondern mehrerer Tagesreisen, und ihn zu erklimmen erforderte nicht etwa einen spielerischen Sprung, sondern die ganze Kraft zauberischer Schwingen.

Als wir näherkamen, entdeckte ich in den lotrechten Felswänden tiefe Risse, als habe der Satan daran seine Krallen gewetzt. Schwärme von Raben, Krähen, Dohlen und anderen unreinen Vögeln flatterten um die Höhlen und Nischen am Fuß des Gebirges. Der Dämon beschleunigte seine Fahrt. Das Herz klopfte mir bis zum Hals, und ein Schwindelgefühl verdrehte mir alle Sinne, als wir nun an der Wölbung der Felswand hinaufrasten. Ein heftiger Sturm heulte mir in den Ohren. Die Windstöße drangen mit solcher Macht auf mich ein, daß ich den Kopf zur Seite wenden mußte, um Atem zu schöpfen. Dann zuckten plötzlich Blitze um uns auf, und als ich nach ihnen spähte, erkannte ich die greulichen Greife, die Hüter des Dämonenkonzils.

Mit gierig aufgerissenen Rachen und drohend gespreizten Stößen rasten die teuflischen Tiere in großer Zahl durch die Luft, um alle fremden Wesen zu verschlingen, die sich in diese Höhe wagten. Als zwei der geflügelten Schreckensgestalten auf uns zufuhren, zog ich mich schnell noch tiefer in das schwarze Bartgestrüpp zurück, aus Furcht, der scharfe Blick der strahlenden Augen könne meine Magie überwinden. Denn die Greife gehören zu den ältesten und erfahrensten Wächtern der Welt. Selbst den mächtigsten Geistern gelingt es nicht, die Löwenadler zu täuschen. Doch der Zauber versagte nicht, und aufatmend sah ich nach einer Weile, wie die silbrig leuchtenden Greife zurückblieben.

In diesem Augenblick flogen wir über den wie eine Säge gezackten

Grat. Mein Magen hob sich, als Belphegor nun seinen Aufwärtsflug abbrach und unvermittelt in nachtschwarze Tiefen hinabschoß. Staunend erkannte ich, daß der gewaltige Bergstock in seinem Innern wie eine Schüssel ausgehöhlt war. Schweflige Dämpfe stiegen vom Boden empor. Zwischen dolchspitzen Felszacken, lanzenförmigen Steintürmen und messerscharfen Bruchkanten abgesplitterter Blöcke sanken wir immer schneller dem Grund entgegen. Ein gespenstischer Lichtschein schimmerte dort. Dann endete unsere höllische Fahrt mit einem so starken Aufprall, daß es mich fast aus dem Bart des Dämons geschleudert hätte. Nur meine levitierende Kraft bewahrte mich vor einem tödlichen Sturz.

Benommen schüttelte ich den Kopf. Da drang eine wohlbekannte Stimme an mein Ohr, durch den Widerhall der gewölbten Felswand schaurig verstärkt:

»... Ostersonntag ist es vorbei mit der Macht der Weißen Magie«, rief der Herzog von Hinnom. »Nur noch ein paar Tage, und ich halte das Haupt Salomes in meinen Händen. Dann winkt uns die Freiheit, hat der Allmächtige das Spiel verloren und wird uns nicht mehr befehlen. Unser Thron steht sicher dann, und Fürst Satan wird wieder, wie vor der Erschaffung Adams, die Welt beherrschen. Christus den Tod!«

»Christus den Tod!« riefen die Dämonen im Chor, und ohrenbetäubender Beifall brach los. Von überall erschollen schrille Schreie. Ein Bellen, Blöken und Brüllen, Gröhlen und Heulen, Jaulen und Johlen, Kreischen und Pfeifen tobte durch den urzeitlichen Krater, als hätten sich alle Stimmen der belebten und unbelebten Natur zu einem grausigen Chor der Gottlosigkeit vereint. So laut hallte dieses lästerliche Geheul, daß mir die Ohren schmerzten und sich das lose Geröll polternd vo;n den steilen Wänden löste.

Angestrengt spähte ich durch das Gewirr der schwarzen Haare. Das geisterhafte Glühen drang aus einer breiten Felsspalte. Sie durchzog den Boden der steinernen Schüssel, als sei sie mit einer riesigen Axt in das schwarze Urgestein geschlagen und reiche bis in die Hölle hinab.

Am Rand der Kluft erkannte ich die schauerlichen Umrisse des Satansaltars mit dem Kreuz des reuelosen Schächers und dem silbernen Spottkruzifix. Der Herzog von Hinnom stand auf den Stufen, die Arme zum Himmel erhoben, als wolle er den Thron Gottes selbst mit den Händen herunterreißen. Neben ihm sah ich den Magier Kynops.

An den Felswänden aber gewahrte ich nach und nach die entsetzliche Schar der Dämonen, die sich anschickte, Macht über alle Menschen zu gewinnen.

Als das unheilige Beifallsgeschrei allmählich wieder verebbte, erklang plötzlich eine unsagbar tiefe Stimme: »Frage: Fünf Feinde?« rief sie. »Heilige Hand? Wo Widersacher? Warum nicht überwunden?«

Überrascht spähte ich in eine finstere Felsenbucht rechts von dem Satansaltar und erkannte auf einem Steinklotz die ungeheure Riesengestalt des Dämons Dimirjat ibn Iblis, eines der mächtigsten Söhne des Teufels. Riesige schwarze Schlangen wanden sich um seine fahlgelbe Stirn, Flammen loderten zwischen rotglühenden Hauern aus seinem Maul, und seinen Leib umschlang wie ein Gürtel ein lebender Drache mit Stierhörnern. Um den Sohn Satans hatten sich Scheitane der mahometanischen Hölle niedergelassen, Dschinnen, Ifrite, blutsaugende Tagute und windschnelle Zaubas, fürchterlich anzusehen in ihrer Größe und Mißgestalt. Drohend reckten sie ihre Klauen dem Herzog entgegen, als warteten sie auf ein Zeichen des Satans, den Herrscher von Hinnom zur Strafe für das geringste Versagen in Stükke zu reißen. Der Herzog zeigte jedoch keine Furcht vor den Höllenwesen, sondern gab gelassen zur Antwort:

»Sorgt Euch nicht, Herr ibn Iblis – auch diese fünf Männer können uns nicht aufhalten. Einer von ihnen steht in meinem Sold und arbeitet für uns. Ich bin sicher, daß wir die Zedernholztruhe mit seiner Hilfe bald finden.« Er lächelte grimmig und fuhr fort: »Dann wird der Verräter mit den anderen sterben. Niemals wieder dürfen Menschen unserem Fürsten die Herrschaft bestreiten!«

Von neuem schallte mir nun der Jubel der Ungeister in den Ohren. Als sich die Dämonen wieder beruhigt hatten, fragte der Sohn des Satans mit boshaftem Unterton: »Schöner Schwur! Schon einmal schlecht! Verräter verstummte! Was, wenn Wiederholung?«

Ich schrak zusammen und vergaß zu atmen, als ich den Sinn dieser Worte erkannte. Endlich begannen sich nun auch die letzten Binden von meinen Augen zu lösen: »Zwiefach ist des Verrats Gesicht, den Heiland täuschen beide nicht«, hieß es in dem Sibyllenorakel. Ja, ich hatte Gott durch meine fleischlichen Sünden und später durch meinen Schwur vor dem Satansaltar zweimal die Treue gebrochen: durch Worte wie auch durch Taten. Doch jetzt bestätigte sich mir, was Apollonius von Tyana vermutet hatte: daß das Orakel etwas ganz anderes aussagte. Es meinte nicht einen Judas, der seinen Herrn zweimal hinterging, sondern zwei Verräter: ich, auf den der Herzog von Hinnom nun seine Hoffnungen setzte, und ein anderer, der unserem Feind früher einmal Dienste geleistet haben mußte, ihm nun aber nicht mehr zu gehorchen schien.

Kaum hatte ich diesen Gedanken zu Ende verfolgt, da bewies der Herzog die Richtigkeit meiner Annahme, indem er sagte:

»Ja, Ihr habt recht, Prinz der Hölle! Dennoch besaß dieser untreue Helfer Nutzen für uns. Denn er lenkte den Zorn Gottes auf das Schiff unserer Feinde. Der Leviathan selbst schwamm ihnen in den Weg und hinderte sie, uns auf der Nebelinsel zu bekriegen. Ihr wißt, jetzt schweigt unser Mann, weil er sich betrogen glaubt. Bald wird er dafür büßen.«

»Überlaßt ihn mir!« knurrte Kynops. Mordlust verzerrte seine Stimme. Ich aber rätselte, wen der Herzog wohl meinte. Doktor Cäsarius etwa, der damals im kochenden Meer bereit schien, das christliche Erlöserblut für den heidnischen Drachenstein hinzugeben? Bruder Maurus, der uns so lange über seine Herkunft belog? Tughril, der das Zedernholzkästchen mit dem Salomehaupt stahl? Oder am Ende doch Tyrant du Cœur, der ein doppeltes Spiel wagte, um mit Satans Hilfe Wünsche zu verwirklichen, die Gott ihm niemals erfüllen würde?

»Griechische Geister gefesselt!« rief nun ein anderer Dämon mit scheußlichem Schmatzen. »Hellenische Höllenfreunde noch immer hilflos! Bald Befreiung? Rasche Rettung?«

Ich spähte nach dem Sprecher und erkannte unter einem überhängenden Felsdach die Schreckensgestalt des östlichen Dämonenkönigs Mudhib. Ein silberner Flammenkranz züngelte aus seinem massigen Schädel. Armlange Reißzähne ragten zwischen den Lefzen seiner schwarzglänzenden Schweineschnauze hervor. Seine sichelgleichen Klauen umklammerten Schlangen mit abgebissenen Köpfen. An seiner Seite hockte die grausige Kinderverschlingerin Filtis, die einst den Kampf selbst mit Salomo wagte. Schleim troff aus ihren Nüstern, als sie sich vor Haß auf die Lippen biß.

»Ihr wißt, welchen Vertrag unser Herr, der Fürst der Hölle, mit dem Allmächtigen schloß«, antwortete der Herzog von Hinnom. »Sobald ich das Zedernholzkästchen mit meinem Spottkruzifix aufschließen kann, fallen die Fesseln für alle Dämonen der Welt. Nicht nur Eure griechischen Höllengefährten, sondern auch unsere alten Freunde aus akkadischer und ägyptischer, assyrischer und babylonischer, kanaanitischer, phönizischer und römischer Zeit kehren dann in die Lichtwelt zurück. Nur wenige Stunden noch, dann feiern sie

Auferstehung. Dann wird Ostern nicht mehr das Fest des Heilands, sondern der Tag der Hölle heißen. Nicht länger wird die feige Frömmigkeit die Welt beherrschen, sondern dann besingen wir den Erfolg des Willens über den Glauben, den Sieg des Starken über den Schwachen und den Triumph des Hasses über die Liebe!«

Neben Mudhib gewahrte ich nun auch die anderen Geisterkönige des Ostens: Ahmar, der Rote, den die Griechen als Ares und die Römer als Mars verehrten, wurde von einer Schar Dämoninnen umlagert, die sich Tawabi, die Verfolgerinnen, nennen. In dunklen Forsten lauern sie auf einsame Wanderer und reißen sie in Stücke. Ihr Herr trug Löwenohren auf seinem roten Haupt, seine drei Augen schimmerten golden zwischen bläulichen Lidern, und aus seiner Stirn sproß ein silbernes Horn. Ein wenig entfernt saß Barkan, der König des Blitzes, auf dem Schoß die silberne Keule, mit der er die Berge ins Wanken bringt. Hinter ihm sah ich Samhuris, den Schlächter des Viehs, mit seinem furchtbaren Drachenschwert. Abjad, der Weiße, mit seinem schlangengekrönten Haupt folgte als nächster. Dann schlossen sich die Teufel des Nordens an: Der von Furunkeln bedeckte Forcas saß auf einer grauen Schindmähre. Marchocias aus dem höchsten Adel des Höllenreichs schwebte auf einem Greifen. Er führt 30 Legionen Teufel an. Astaroth, der häßliche Engel der Sünde, hockte auf einem Höllendrachen und spielte nachdenklich mit einer Viper. Buër kroch auf seinen fünf Beinen, deren Knie wie bei einem Weberknecht nach oben zeigten, langsam durch das felsige Rund. Er befehligt gar 50 Teufelslegionen, und seine Grausamkeit kennt kein Maß.

»Große Gelöbnisse!« rief dieser Dämon mit kehliger Stimme. »Ruhmvolle Rede! Doch Feinde noch frei! Weniger Worte! Werke wichtiger!«

»Nur noch etwas Geduld«, erklärte der Herzog. »Wir stehen kurz vor dem Sieg!«

»Unsere Unterstützung?« fragte der rote Ahmar und schwenkte sein blutiges Schwert. »Sieg sicher dann!«

»Nein, nein!« wehrte der Herzog lächelnd ab. »Kynops und ich sind Manns genug, selbst mit so ein paar christlichen Frömmlern fertigzuwerden.«

Ich beugte mich ein wenig vor und spähte die Reihen der Teufelsfürsten entlang, soweit ich sie zu überblicken vermochte. Noch viele andere Schreckenswesen aus allen Teilen der Hölle bevölkerten den gewaltigen Krater, darunter auch alle Dämonen aus Salomos Testament: vom panzerhäutigen Pterodrakon bis zu Lix Tetrax, dem Leberzerreißer, und dem aasverzehrenden Abezethibou. Zwischen ihnen standen auch viele Ungeister von liebreizender Gestalt: Harut und Marut, die brünstigen Engel von Babel, trugen silberne Kleider über den schlanken Körpern stattlicher Jünglinge mit blonden Locken. Isaacaaron, der Teufel der Lust, ließ sein rabenschwarzes Haar lang auf die breiten Schultern fallen und trug den Kinnbart nach Art französischer Troubadoure gestutzt. Die Buhlteufel Gresil, Armand, Beheris und Elemis umgaben ihren Anführer in der Haltung eitler Stutzer, denen keine Jungfrau widersteht. Theutus, der Dämon der Blutschande, der in Gestalt von Vätern die Töchter verführt, saß in der Schar seiner Incubi, Männern und Knaben jeden Alters, deren Liebeskünsten selbst Nonnen erliegen. Und erst die teuflischen Verführerinnen! Wie ein glitzernder Wasserfall umrahmte eine Fülle silberner Locken das herrliche Antlitz der zauberischen Maimuna. Jakuta, die man die Wolkige nennt, zeigte schamlos den lüsternen Leib unter Seidenstoffen. Zaubala sah ich, deren Schoß Männer anlockt wie ein Spinnennetz Fliegen, und schließlich Rakija, die Tochter des roten Ahmar, deren Freude darin besteht, Könige und Kalifen in rettungslosen Liebeswahnsinn zu treiben. Auch die engelhaarige Enepsigos, die oleandergleiche Onoskelis und die orchideenduftende Obyzuth standen in dieser teuflischen Schar.

»Belphegor zweimal besiegt!« grollte nun wieder die tiefe Stimme des Satanssohns. »Nicht noch eine Niederlage! Meidet Mißerfolg! Sonst Sturz! Versagen Verrat am höllischen Vater!«

»Verlaßt Euch auf uns, Herr ibn Iblis!« suchte der Herzog ihn zu besänftigen. »Ja, es stimmt, schon zweimal versuchte Belphegor, die fünf Finger der Hand zu zerbrechen. Nur Zufälle ließen ihn scheitern. Immerhin erkundete er für uns die Pläne der Feinde. So konnten wir schließlich einen von ihnen in Haran fangen und zum Abfall von Gott überreden.«

»Wir wissen!« grollte der Höllenprinz. »Doch Hand hält immer noch Haupt! Ohne Salome kein Sieg! Wo wandern Widersacher?«

»Nahe Noahberg!« rief Belphegor, und der Klang seiner Stimme dröhnte wie Paukenschlag in meinen Ohren. Während seine Lippen sich bewegten, schwang ich in seinen Barthaaren umher wie eine Klette im wedelnden Schweif eines Rosses, und wieder bewahrte mich nur meine Levitation davor, mitten unter die Dämonen geschleudert zu werden.

»Was ist geschehen?« fuhr der Fürst von Hinnom auf. »Berichtet!«

»Hand hielt Haar«, erklärte der Dämon. »Cäsarius zauberte!

Brannte Bart. Salomokreis schützte. Ich lockte mit List. Gelobte Geheimnis zu lüften. Erhielt Eigentum. Morgen morden! Schlangenschwanz soll Schutzwall schleifen. Dann Tod!«

Ein Raunen und Flüstern erhob sich wie im Zelt eines Feldherrn, wenn ein Bote Nachricht vom Feind bringt. Der Herzog fragte grimmig: »Was wollen diese Hunde erfahren?«

»Etwas von Euch«, erwiderte Belphegor höhnisch. »Wissen wenig! Welche Waffe würgt Euch? Ende nur durch eigenes Elixier! Blut von Blut!«

»Schweigt!« schrie der Statthalter Satans unbeherrscht. Danach fuhr er etwas leiser fort: »Verzeiht, Fürst, ich wollte Euch nicht kränken. Es ist nur, weil ich nicht gern von diesem Geheimnis spreche. Noch nicht einmal an einem so sicheren Ort wie diesem.«

Kynops schaute den Herrscher an wie ein Jagdhund, der waidwundes Wild wittert. »Jetzt können wir sie in die Falle locken«, frohlockte er.

Der Herzog nickte. Sein rotes Auge glomm wie ein Kohlenstück. »Wann erwartet Euch der Magister zurück?« fragte er den Dämon.

»Nach der Nacht«, antwortete Belphegor. »Mit dem Morgen. Schickt Schlangen!«

Der Herzog schüttelte den Kopf. »Nein«, widersprach er. »Wenn Ihr die Fünf verschlingt, finden wir das Salomehaupt vielleicht nie!«

Die Dämonen begannen zornig zu zischen. Der Statthalter Satans hob schnell die Hand und fuhr fort:

»Jedenfalls könnte ihr Tod uns die Suche erheblich erschweren. Einer von den Fünfen hält das Zedernholzkästchen verborgen, vielleicht in Achaia, vielleicht in Asien, wer weiß! Unser geheimer Helfer will sich bemühen, das Versteck herauszufinden. Jetzt werden wir noch ein weiteres tun.«

Er wandte sich zu Belphegor, der lauernd auf ihn herabblickte. »Kehrt gleich nach dem Konzil zu dem Magister zurück«, befahl der Herzog. »Erklärt ihm, die einzige Waffe, die mich zu töten imstande sei, liege in der chaldäischen Lade! Dann werden diese Tölpel uns das Salomehaupt selbst auf die Insel bringen.«

Belphegor warf den Kopf zurück und lachte schallend. Mit aller Kraft klammerte ich mich an die Schlangenhaare in seinem Bart. Auch die anderen Höllenfürsten stießen ein unbändiges Gelächter aus. »Ihr seid zwar ein Mensch, Herzog«, dröhnte der Sohn des Satans, »aber schon fast so schlau wie unser unheiliger Vater selbst!«

Der Herzog verbeugte sich geschmeichelt. »Betet zu unserem Fürsten, damit die List auch wirklich gelingt!« sprach er mit hallender Stimme und beugte das Knie vor dem Teufelsaltar.

Die unreinen Geister verneigten sich vor dem lästerlichen Opferplatz. Mit weithin hallender Stimme rief der Statthalter Satans nun die gottlosen Glaubenssätze der antichristlichen Predigt:

»Gepriesen, wer im Reichtum schwelgt, denn ihm gehört die Welt, und die Armen zittern vor seinem Zorn.«

»Gepriesen, wer anderen Leid zufügt, denn er besitzt die Macht.«

»Gepriesen, wer in Wut Wehrlose schlägt, denn er wird die Erde beherrschen.«

»Gepriesen, wer wohllebt, während die anderen hungern. Denn er wird leben, da die anderen sterben.«

»Gepriesen die Unbarmherzigen, denn sie werden zur Rechten des Teufels thronen.«

»Gepriesen, wer Krieg herbeiführt und viele Menschen tötet, denn man wird ihn einen Sohn Satans nennen.«

»Gepriesen, wer über fremdes Leid lacht, denn sein Hohn erheitert das Herz des höllischen Herrn, und er wird es ihm danken.«

»Gepriesen, wer Gott haßt und deshalb verfolgt wird. Denn ihm winkt in der Gehenna die herrlichste Heimstatt.«

Die unreinen Geister beteten jeden Satz mit ihren grausigen Stimmen nach. Als sie geendet hatten, dröhnte wieder markerschütterndes Beifallsgeschrei durch das riesige Rund, und das Heulen und Pfeifen gellte mir noch schrecklicher in den Ohren als zuvor. Der Herzog ließ die Arme sinken und sprach:

»Nun wißt ihr, was ihr wissen wolltet, ihr edlen Unheiligkeiten und Majestäten der Hölle, meine Freunde und lieben Gefährten. Vertraut mir! Ich werde euch nicht enttäuschen. Noch ehe der Mond am Himmel schwindet, halte ich das glorreiche Haupt der herrlichen Salome in meinen Händen. Mit seiner Macht werde ich die ewige Herrschaft Fürst Satans über die Welt und die Menschen begründen! Dann seid ihr frei und berufen, den Söhnen und Töchtern Adams zu schaden, wann und auf welche Weise es euch beliebt. Niemand wird euch daran hindern. Christus den Tod!«

»Christus den Tod!« riefen die Teufelswesen im Chor.

Der Herzog trat von den Stufen herab und verneigte sich tief. Die Erde klaffte auf, und der schwarze Satansaltar sank in die Tiefe, rötlich bestrahlt von der höllischen Glut, die ihn im Reich des Teufels empfing. Die Dämonen begannen nun mit ihren Folterkünsten zu prahlen und einander die Qualen zu schildern, die sie den wehrlosen

Menschen zufügen wollten. Alle Arten von Schmerzen gedachten sie über die Sterblichen zu bringen: Leiden des Leibes und Gebrechen des Gemüts, furchtbare Krankheiten, Seuchen und Siechtum, Sündhaftigkeit und die verwerflichsten Laster, Feindschaft, Haß, Mord und Unzucht, gottlose Schrecken, wie sie nicht einmal der fiebernde Geist in seinen Alpträumen kennt, und mein Herz erstarrte vor Furcht.

Nach einer Weile schwebten die ersten Teilnehmer des Dämonenkonzils in bester Stimmung aus dem nächtlichen Krater. Andere blieben noch eine Weile zurück, um die verschiedenen Völker und Länder unter sich aufzuteilen. Denn nicht einmal das ärmste Dorf oder der einsamste Siedler sollten der Rache der Menschenfeinde entgehen.

Als das erste fahle Licht des neuen Tages den Rand der gezackten Klippen über uns bleichte, rief Belphegor dem Herzog frohlockend zu: »Jetzt Jagd! Lustige List! Komme Karfreitag! Küste Kretas!«

Der Herzog von Hinnom nickte. »Fliegt mit Fürst Satan!« antwortete er. »Christus den Tod!«

»Christus den Tod!« jubelte der Dämon und schwang sich mit einem mächtigen Satz in die Lüfte empor. Wieder klammerte ich mich an seine Barthaare, und die Schläge seiner unsichtbaren Schwingen trugen uns schneller in die Höhe, als eine mit Luft gefüllte Schweinsblase aus tiefem Wasser emporsteigt. Wieder hob sich mein Magen, und nur mit Mühe überwand ich den Schwindelanfall, der mir die Sinne zu verdunkeln drohte.

Mit der Raserei eines Sturmwindes tobte Belphegor außen an den zerklüfteten Felsen hinab und schoß wie ein riesiger schwarzer Pfeil funkensprühend über die graue Wüste. Schon ein paar Herzschläge später sah ich den Tigrisstrom unter uns leuchten. Im nächsten Moment schwebte Belphegor über dem Rotbuchenwald.

»Erwache, Erdling!« schrie er laut wie tausend Stiere zu dem Magister hinab, der zusammengekrümmt in seinem Zauberkreis lag. »Bringe Botschaft! Geheimnis gelüftet!«

Die Wipfel der hohen Bäume bogen sich unter dem Schall. Langsam fühlte ich, wie meine Kräfte schwanden. Vorsichtig löste ich die Schlangen an Brust und Hüften und zog mich Hand über Hand an Belphegors Barthaaren zu seinem rechten Ohr.

Tief unter mir sah ich Doktor Cäsarius auf die Füße springen. »Wie heißt die Waffe, die den Herzog von Hinnom vernichtet?« klang seine dünne Stimme herauf. »Sagt es mir, sonst werde ich Euch bestrafen!«

Der Dämon lachte dröhnend. »Begnadigt Belphegor!« rief er mit kaum verhohlenem Hohn. »Ich fürchte Feindschaft! Zage vor Eurem Zorn!«

»Sprecht!« forderte der Magister, als ich gerade den unteren Rand des spitzen Dämonenohrs erreichte. Die düstere Öffnung klaffte weit wie ein Scheunentor.

»Tod in Truhe!« brüllte der Dämon hinunter. »Herzog hilflos! Zittert vor Zedernholzkästchen! Darin Dolch! Tötet Teufels Treuen!«

»In der chaldäischen Lade?« fragte Doktor Cäsarius, um noch etwas Zeit für mich zu gewinnen. »Deshalb also will der Herzog dieses Kästchen in seine Gewalt bringen!«

»Sterblicher schlau!« schrie der Dämon lachend. »Kluger Kopf! Ahnt Absicht! Sieg sicher!«

Doktor Cäsarius spähte angestrengt zu mir empor. Selbst aus dieser großen Entfernung konnte ich in seinem Gesicht lesen, wie besorgt er darüber war, immer noch kein Lebenszeichen von mir erhalten zu haben. Ich konnte nur hoffen, daß die unsichtbaren Gefährten jetzt auf der Hut waren – vor allem Tyrant du Cœur.

»Also gut!« rief der Magister. »Ihr habt Euer Wort gehalten!«

»Belphegor brav!« brüllte der Ungeist und wollte sich schier ausschütten vor Lachen. »Dankt dem Dämon!« befahl er.

»Ich danke Euch!« antwortete der Alte. Wieder hallte dröhnendes Gelächter aus Belphegors riesigem Maul. Im gleichen Moment ließ mein Levitationszauber nach. Im letzten Augenblick schwang ich mich in den dunklen Gehörgang und landete mit beiden Füßen in einer ekelerregenden gelblichen Masse.

Übelriechende Dämpfe von betäubender Stärke strömten mir entgegen, und Fledermäuse stoben in Scharen aus der Finsternis hervor. Ich spürte, wie der Dämon zusammenzuckte und seine Hand hob, um nach dem Ohr zu tasten. Da nahm ich alle Kraft meiner Lungen zusammen und schrie, so laut ich konnte, die sieben allerheiligsten Worte aus dem Siegel Salomos, von denen ich hier nur vier nennen darf: »NAWABRA OTYMEO ADDHAYON HAMALECH!«

Belphegor stieß einen Schrei aus, so laut, daß tief unter mir große Bäume krachend zerknickten, Felsen wie Sandkörner fortrollten und der Tigris für eine Sekunde stillstand. Dann sank die teuflische Riesengestalt mit rasender Geschwindigkeit in sich zusammen. Die Wipfel der Bäume rauschten an mir vorüber, und ein Wimpernzucken später prallte ich schwer auf den weichen Sandboden.

Der Dämon schien verschwunden, dann aber sah ich neben mir eine Ratte mit gesträubtem Fell davonhuschen. Doch ehe Belphegor ein

Schlupfloch erreichen konnte, um sich dort nach dem Verklingen der salomonischen Formel zu seiner einstigen Größe zurückzuentwikkeln, stülpte sich die Lade aus dem Holz der Arche über das teuflische Tier.

»Geschafft!« rief Tyrant du Cœur und klappte den Deckel zu. Sogleich sprang der Magister hinzu und träufelte den letzten Rest des Erlöserbluts auf das Schloß. Dann nahm er mein Gesicht in seine knochigen Hände und fragte: »Dorotheus! Lebt Ihr noch? Das war ein böser Sturz!«

Ich spuckte ein paar Grasbüschel aus, richtete mich ächzend auf und betastete meine Knochen. »Ich fühle mich, als hätte ich alle Rippen gebrochen«, gestand ich.

»Ein letzter Rest von Levitation rettete Euch«, seufzte der Alte erleichtert. »Sonst hättet Ihr den Sturz aus solcher Höhe wohl kaum überlebt.«

In diesem Augenblick stieg die Sonne über den Himmelsrand, und ihre wärmenden Strahlen flößten mir neue Kraft ein. Winzige Punkte funkelten an den Spitzen des Salomosterns in der Sandkuhle. Dann wuchsen die Funken plötzlich zu Flammen, die Luft erzitterte und die Gefährten standen wieder sichtbar vor mir.

»Dorotheus!« rief Tyrant du Cœur. »Ihr habt es also tatsächlich geschafft!« Bewegt eilte er auf mich zu und drückte mich an sich. Auch Tughril und Bruder Maurus liefen herbei.

»Was ist?« rief der Mönch. »Habt Ihr etwas gehört, das uns von Nutzen sein kann?«

»Nicht so ungeduldig!« mahnte der Magister. »Laßt ihn doch erst einmal zu Atem kommen! Wir wollen zum Lager zurückkehren. Stärkt Euch mit Wein und...«

»Später!« fiel ich ihm ins Wort. »Erst brauchen wir ein neues Versteck. Der Herzog weiß jetzt, daß wir am Tigris lagern. Er sandte Belphegor hierher, um Euch mit einer Lüge zu täuschen...«

»Hält er uns wirklich für so dumm?« fragte Doktor Cäsarius grimmig. »Dachte er wirklich, wir würden ihm die chaldäische Lade selbst auf die Insel bringen? Kein Papst würde jemals erlauben, daß dieses gefährliche Kästchen die Mauern des Vaticans verläßt!«

Ich blickte zu Tughril. Der Türke schaute mich nachdenklich an. »Ich bin der gleichen Meinung«, murmelte er. »Wir verschwinden besser von hier. Warum tun wir nicht einfach so, als glaubten wir Belphegors Lüge? Solange der Herzog hofft, daß wir auf seine List hereingefallen sind, läßt er uns vielleicht in Frieden!«

Der alte Magister sah mir nachdenklich in die Augen. Dann wanderte sein Blick plötzlich in die Höhe. »Zu spät«, murmelte er.

Wir starrten ihn überrascht an.

»Dreht Euch nicht um«, sagte Doktor Cäsarius leise. »Tut so, als hättet Ihr ihn nicht bemerkt. Der rotschnäblige Rabe hat uns die ganze Zeit über beobachtet. Diesmal darf er uns nicht entkommen.«

SECTIO VII

Wir verließen das schützende Zauberzeichen und wanderten langsam zu unserem Lager, bemüht, uns den Anschein von Sorglosigkeit zu verleihen. Der Rabe folgte uns von Baum zu Baum. Vor unserem Fuhrwerk ließen wir uns auf Steinen und Stämmen nieder. Der Mönch schob Holz ins Feuer und begann, ein Frühstück vorzubereiten. Doktor Cäsarius nahm dem Ritter das Kästchen mit dem Purpurfaden ab und lobte: »Ihr besitzt eine schnelle Hand, Herr Tyrant. Heute scheint Euch das Jagdglück hold!«

»Hoffentlich hält es vor«, versetzte der Ritter, der sofort verstand.

»Wir müssen uns beeilen«, raunte ich dem Magister zu. »Gebt mir den Storaxstab!«

Der Rabe schlug mit den Flügeln und beugte den Kopf ein wenig vor. Bruder Maurus hieb Tughril krachend auf die Schulter und rief launig: »Trinkt Wein mit mir! Jetzt, da ich weiß, daß wir von dem gleichen Vorfahren stammen, genieße ich Eure Gesellschaft noch mehr als zuvor!«

»In der Tat, liebwerter Vetter«, versetzte der Türke und wand einen Krug aus der Pranke des Mönchs, »auch mir erscheint Euer Gesicht mit jedem Schluck liebenswerter!«

»Oho!« machte Maurus. »Freilich, für meine Schönheit bin ich nicht berühmt. Doch unter dieser Kutte schlägt ein goldenes Herz. Laßt Euch umarmen!« Heftig drückte er Tughril an sich und küßte ihn schmatzend auf beide Wangen.

Während sich die beiden dieserart in allerlei übertriebenen Freundlichkeiten ergingen und damit die Blicke des Raben auf sich zogen, schob mir Doktor Cäsarius vorsichtig seinen Zauberstab zu. Ich verbarg ihn unter meiner Decke und fragte Tyrant du Cœur leise: »Seid Ihr bereit?«

Der Ritter sah mich mit funkelnden Augen an. »Jederzeit!« erwiderte er.

»Wahrlich, Ihr erdrückt mich ja!« keuchte der Türke in der Umarmung des riesigen Mönchs. »Ach, hätte ich doch früher von unserer Verwandtschaft gewußt! Jetzt steckt mir jedes böse Wort, das ich Euch sagte, wie ein Messer im Herzen!«

»Auch ich gab Euch viele schlechte Namen«, versetzte der dunkelgesichtige Riese reuevoll. »Wie konnte ich Euch nur so kränken, mein lieber, lieber Vetter!«

Klirrend stießen die beiden nun Weinkrüge gegeneinander und taten so kräftige Schlucke, daß ihnen der Rebensaft durch die Bärte rann. Der Rabe sah ihnen neugierig zu. Doktor Cäsarius zog das kupferbeschlagene Kästchen so zwischen uns, daß es vom Baum aus nicht zu sehen sein konnte. Dann öffnete er lautlos den Deckel, tastete zwischen den Fläschchen umher und holte einen kleinen Beutel mit rotem Sandelholz hervor.

»Auf unseren gemeinsamen Ahn!« brüllte der Mönch mit lallender Zunge und ließ voller Hochgefühl einen lauten Wind knarren. »Möge er nicht an seinen Taten, sondern an seinen Enkeln gemessen werden!«

»Wohlgesprochen!« rief Tughril mit hochrotem Kopf.

»Wenn Ihr auch ein Ungläubiger seid«, fügte Bruder Maurus hinzu und schwenkte seinen Krug, »Blut ist dicker als Meßwein!«

Mit Lippen, die sich kaum bewegten, murmelte ich nun jene acht Worte von der Smaragdtafel Henochs, mit denen Varcan, Gottes Königsengel der Luft, angerufen wird. Übersetzt lauten sie etwa: »Es ist wahr, ohne Lüge und wirklich: was oben ist, ist wie das, was unten ist, fähig, die Wunder des Einen auszuführen ...«

Bruder Maurus geriet immer besser in Stimmung. »Ach, wie viele schöne Stunden hätten wir schon miteinander verbringen können, wenn wir nur früher von unserer Verwandtschaft erfahren hätten, lieber Enkel meines Großvaters«, schrie er. »Aber wir werden alles nachholen, das dürft Ihr mir glauben!« Vor Begeisterung ließ er wieder einen lauten flatus fahren.

»Ei, wie artig auch Euer rückwärtiger Mund Freude auszudrücken versteht!« sprach der Türke bewundernd. »Er klingt wie Posaune und Pauke zugleich!«

Der Mönch rülpste schallend. »Wenn das Herz voll ist, läuft der Mund über!« lachte er fröhlich.

Doktor Cäsarius griff wieder unauffällig in das kupferbeschlagene Kästchen und förderte den ausgedörrten Kadaver eines Chamäleons zutage. »Elohim, Essaim, frugativi et appelavi«, murmelte er. Dann streute er Schwefel und Salz auf das tote Tier und goß etwas Quecksilber darüber.

Besorgt spähte ich nach dem Raben, doch der Vogel lauschte noch immer den Reden der beiden Vettern und achtete nicht auf unseren heimlichen Zauber.

»Was heißt hier Christ, was Mahometaner!« brüllte Maurus erregt. »Vor Gott gelten wir doch alle als Brüder!«

»Und Ihr seid keineswegs ein Fettwanst, werter Vetter«, beeilte sich Tughril nun zu versichern, »sondern ein Samson, der mit bloßen Händen Löwen zerreißt.«

Der Magister gab mir einen bedeutungsvollen Blick. Zwischen seinen Fingern schimmerte ein veilchenfarbenes Fläschchen mit dem Blut des hl. Cyprian von Antiochia in Syrien. Denn nichts hilft besser zu Verwandlungen als der Lebenssaft dieses Bischofs, der ja einst selbst als Zauberer wirkte, ehe er sich zu Christus bekehrte und ihm als Märtyrer sein Leben weihte.

Plötzlich schlug der Rabe mit den Flügeln, so als ob er jeden Moment davonschweben wollte. Schnell ließ Doktor Cäsarius die Phiole in meine Hand gleiten. »Viel Glück!« raunte er mir zu. Dann erhob er sich, reckte die Glieder, begann ein Lied zu pfeifen und schritt zu unserem Fuhrwerk. Dort begann er mit Töpfen und Tiegeln zu klappern. Der Rabe legte den Kopf schief und äugte dem alten Magister mißtrauisch nach. Schnell schraubte ich das Fläschchen auf und befeuchtete einen Finger mit dem heiligen Saft. Tyrant du Cœur beugte sich vor. Ich malte ein Kreuz auf seine Stirn und betete leise: »Im Namen des Vaters, des Sohnes und des heiligen Geistes: Verwandelt Euch!«

Die Haut über meinen Brauen brannte wieder, als tröffe ein Teufel geschmolzenes Eisen darauf. Ich biß die Zähne zusammen und fuhr mit gepreßter Stimme fort: »Varcan, Königsengel Gottes, stehe uns bei!« Dann nahm ich die Rechte des Ritters, legte sie auf den Kadaver des Chamäleons und flüsterte ihm ins Ohr: »Converti! Muti! Seid verwandelt!«

Tyrant du Cœur begann zu zittern. Sein Kopf sank zwischen die Schultern, seine Ellenbogen drehten sich nach außen und seine Brust bog sich wie der Bug eines Schiffes. Da riß ich den Storaxstab aus dem Ärmel, schlug dem Ritter auf die Schulter und schrie das heilige Wort, das ich in der goldenen Stickerei unter dem Stein der Weisen gelesen hatte: »Ipsantakhounkhainkhoukheoc!«

Im gleichen Moment fuhr der Rabe kreischend zum Himmel empor. Tyrant du Cœur krümmte sich wie unter unerträglichen

Schmerzen. Rasselnd sank sein Kettenhemd zu Boden, und sein leerer Umhang beulte sich, als sei ein Geist in das Tuch gefahren. Entsetzt starrten Tughril und Bruder Maurus auf das unheimliche Schauspiel. Dann wurde der Stoff wie von einer unsichtbaren Hand heftig zur Seite geschleudert, und mit einem triumphierenden Schrei stieg ein herrlicher Jagdfalke zum Himmel.

Ehrfürchtig sank ich auf die Knie und betete voller Demut mit Worten aus dem Buch Hiob: »Kommt es von Deiner Einsicht, daß der Falke sich aufschwingt und nach Süden die Flügel breitet? ... Siehe, ich bin zu gering.«

Wie ein Engel der Rache raste der Beizfalke hinter dem Raben her. Der schwarze Späher des Herzogs ließ sich schnell zwischen die schwankenden Baumkronen fallen, aber Tyrant du Cœur folgte dem teuflischen Tier mit gespreizten Stößen zwischen die Zweige der Buchen und öffnete schon den spitzen Schnabel zum tödlichen Hieb.

Tughril und Bruder Maurus sprangen auf. Mit bleichen Gesichtern verfolgten sie die zauberische Jagd.

»Hoffentlich kriegt er ihn«, murmelte der Magister. »Wenn der Rabe entkommt und seinem Herrn berichtet, schickt der Herzog gewiß die gesamte Heerschar seiner Dämonen nach uns. Dann dürfen wir es nicht mehr wagen, den salomonischen Kreis zu verlassen, und werden niemals auf die Nebelinsel gelangen.«

Er hatte kaum zu Ende gesprochen, da klang fern in der Finsternis des Urwalds ein höllisches Kreischen und Zischen auf. Gestrüpp und Geäst brach beim Kampf der zwei magischen Vögel, und schweflige Blitze durchzuckten das dunkle Grün. Plötzlich ertönte ein schrecklicher Schlag, und ein langgezogener Todesschrei gellte uns in den Ohren. Dann kehrte tiefste Stille ein.

Wir lauschten gespannt. Die Miene des Magisters verriet Besorgnis. Bruder Maurus blickte uns an, als wolle er gleich sein Beil schultern und in dem Dickicht nach dem Rechten sehen. Tughril aber zupfte an seinem gesunden Ohr und rief erleichtert: »Ich höre ihn!«

Kurze Zeit später vernahmen auch wir das Geräusch sausender Schwingen. Dann erschien der Beizfalke über den Wipfeln der Bäume. Blätter raschelten, als ein lebloser Körper durch die Kronen der Buchen brach. Dann schlug uns etwas Schweres vor die Füße. Erleichtert erkannten wir den von Schnabelhieben zerfetzten Körper des Raben.

Maurus streckte schnell den Arm aus. Einen Augenblick später landete der verzauberte Ritter auf der Pranke des dunkelgesichtigen

Riesen. Ein Sonnenstrahl brach sich in der gelben Wachshaut des scharfen Schnabels.

Ich hob den Storaxstab, trat auf den Greifvogel zu und sprach schnell die Formel der Rückverwandlung: »Retragsammaton Clyorab!« Sogleich begannen die Augen des Falken zu glühen, er flatterte mit den blaugrauen Schwingen, und einen Wimpernschlag später saß Tyrant du Cœur auf der Schulter des Riesen.

Bruder Maurus wankte unter der plötzlichen Last und starrte mit offenem Mund zu dem Ritter hinauf.

»Wollet mich bitte zu Boden lassen!« forderte Tyrant du Cœur. »Dank für Eure Gefälligkeit!«

Der Mönch gehorchte. Auch Tughril schaute den Ritter an, als könne er seinen Augen nicht trauen. »Bei den sieben Namen Allahs auf dem Tor der Kaaba!« sagte er staunend zu mir. »Nie hätte ich geglaubt, daß Euch ein solches Wunder möglich sei!«

»Bald werdet auch Ihr als Vogel durch die Luft reisen«, erwiderte ich. »Ihr habt ja gehört, daß wir die Nebelinsel nur fliegend erreichen können. Macht Euch also darauf gefaßt, statt Armen Flügel, statt Zehen Krallen und im Gesicht einen Schnabel zu tragen!«

»Landet dann aber auf einer anderen Schulter!« meinte der Mönch und zeigte auf seine von Falkenklauen zerrissene Kutte. »Ich möchte Euch nicht gern auf Fetzen bewillkommnen, mein teurer Vetter!«

Die beiden Männer lachten. Tyrant du Cœur und wir stimmten ein. Dann faßten wir einander an den Händen und beteten mit den ehernen Worten aus dem Buch Josua: »Dem Herrn, unserem Gott, wollen wir dienen und auf seine Stimme hören.«

Danach umwickelte der Magister den Körper des toten Raben mit purpurnen Engelsfäden. Bruder Maurus hob ein fußbreites Loch aus. Doktor Cäsarius warf den schwarzen Kadaver in die Grube und sprach:

»Rabe Noahs! Viereinhalbtausend Jahre flogst du über die Welt. Hättest du dem Propheten damals die Treue gehalten, so sänge die Bibel dein Ruhmeslied, und du säßest unter den edelsten Wesen der Schöpfung. So aber ward Verachtung deine Strafe. Krächze nun in der Hölle!«

Maurus spuckte haßerfüllt auf den zerhackten Vogelkörper und fügte hinzu: »Du hast uns genug Schaden zugefügt, du verdammte Bestie! Schade, daß ich dir nicht selbst den Hals umdrehen durfte!« Dann schleuderte er mit der Schaufel Sand auf den toten Raben und trat den Boden mit den Stiefeln fest.

Wir schirrten die Pferde an und zogen auf einer gewundenen Straße nach Westen, tief in unbekanntes Land. Am Abend rasteten wir an einem kleinen Fluß, der ein von dichten Fichtenwäldern bedecktes Gebirge durchströmte. Dort sagte ich zu den Gefährten:

»Karfreitag, die Nacht der Entscheidung, naht. Wir haben nicht mehr genügend Zeit, mit unserem Fuhrwerk nach Achaia zurückzukehren. Das Schloß des Herzogs wird am Bluttag vor der Küste Kretas schweben. Laßt uns also so tief wie möglich in dieses Fichtendickicht tauchen und den Wagen mit Salomoseilen sichern. Alles muß in diesem Wald zurückbleiben: Sangroyal und die anderen Tiere, das kupferbeschlagene Kästchen, die Truhe Belphegors und selbst Euer Storaxstab, Doktor Cäsarius. Denn nach Ostern sollen wir Menschen den Teufel nicht mehr durch Zauberei, sondern nur noch durch Gebete bekämpfen.«

»Habt Ihr das auch gut bedacht?« wandte der Magister ein. »In Vogelgestalt können wir nicht einmal unser Gotteslamm mitnehmen. Wir werden völlig schutzlos auf der Nebelinsel landen.«

»Wir müssen tun, was Apollonius uns riet«, beharrte ich. »Der Magier sprach mit den Engeln – wie können wir ihm mißtrauen? Gottes Wille geschehe!«

»Und der Verräter?« fragte Tyrant du Cœur. »Wenn wir ihn erst im schwebenden Schloß entlarven, ist es vielleicht zu spät!«

»Wenn wir dem Judas bis jetzt nicht auf die Schliche kommen konnten, so wird uns das auch in der kurzen Zeit bis Karfreitag wohl kaum gelingen«, erklärte ich entschieden. »Sobald wir aber gegen den Herzog zum Entscheidungskampf schreiten, muß sich der Abtrünnige selbst zu erkennen geben – oder auch seinen neuen Herrn verraten.«

Dann rätselten wir über die Bestandteile des Elixiers, das den Herzog töten sollte, konnten das Rätsel aber nicht lösen.

Am nächsten Morgen standen wir sehr früh auf und fuhren immer tiefer in den menschenleeren Forst. Bald hörten die letzten Wagenspuren auf. Wir rollten durch Bäche, holperten über Wurzeln und Steine, brachen durch Büsche und schwankten zwischen bemoosten Stämmen dahin, bis uns schließlich eine steile Felswand den Weg versperrte. Dort spannten wir die Tiere aus. Tyrant du Cœur und Tughril rafften Reisigbüschel zusammen und verwischten unsere Fährte. Doktor Cäsarius, Bruder Maurus und ich banden die Seile mit den kleinen goldenen Leitern, silbernen Sechsen und anderen salomonischen Zeichen fest, bis sie zwei Klafter über dem Boden das schützende Zeichen des Davidsohns bildeten. In den weichen Wiesenboden gruben wir einen Zauberkreis gegen die dunklen Dämonen der Tiefe. Die Lücken zwischen den Bäumen versperrten wir mit Dornenzweigen, so daß kein Bär oder Wolf hindurchdringen konnte. Dann zündeten wir ein kleines Kochfeuer an, stärkten uns mit einer Pökelfleischbrühe und ließen Weinkrüge kreisen, wie es die Sitte von Kriegern ist, wenn sie gemeinsam in eine Schlacht ziehen wollen. Maurus und Tughril erzählten einander von ihrer Jugend und ihren Müttern. Doktor Cäsarius und ich erörterten noch einmal die einzelnen Lehren des Apollonius von Tyana. Tyrant du Cœur aber schwieg; es war ihm anzusehen, wem seine Gedanken galten.

Ehe wir uns zur Ruhe legten, betete jeder von uns einen Rosenkranz. Und nachdem ich soviel über die zahlreichen Gemeinsamkeiten zwischen dem christlichen und dem mahometanischen Glauben hinzugelernt hatte, wunderte es mich nun nicht mehr, daß auch Tughril eine solche Gebetsschnur aus seiner Tasche zog. Wir Christen sangen gemeinsam den 34. Psalm mit den herrlichen Versen: »Kostet und seht, wie gütig der Herr ist; wohl dem, der zu ihm sich flüchtet!« Tughril aber sprach aus der 16. Sure: »Wollt ihr die Gnadengaben Gottes zählen, so könnt ihr sie nicht in Zahlen fassen.«

Kurz bevor die Sonne aufging, weckte ich die Gefährten und sagte: »Übermorgen ist Karfreitag. Auf Flügeln brauchen wir wohl zwei Tage bis zur Nebelinsel. In unserer Tiergestalt können wir uns nur durch Zeichen verständigen, bis sich der Zauber am Abend löst. Darum laßt uns jetzt festlegen: Tyrant du Cœur fliegt voran. Doktor Cäsarius und ich folgen. Tughril und Bruder Maurus bilden den Schluß. So sind wir am besten geschützt.«

»In welche Vögel wollt Ihr uns denn verwandeln?« fragte der Türke.

»Das entscheidet Varcan, der Engel der Luft, ganz allein«, gab ich zur Antwort. »Er mißt jedem Menschen die Tiergestalt an, die den körperlichen und geistigen Eigenschaften des Verzauberten am ehesten entspricht.«

»Dann, lieber Vetter«, meldete sich Bruder Maurus zu Wort, »werdet Ihr gewiß als königlicher Aar zum Himmel entschweben. Denn ich wüßte nicht, welcher andere Vogel Eurer Kraft und Klugheit sonst noch genügte.«

»Als Adler? Wohl kaum, Gefährte meines Bluts«, entgegnete Tughril. »Tyrant du Cœur flog als Falke gegen den räudigen Raben – wie sollte ich den Ritter übertreffen? Ich wäre schon froh, wenn ich nicht zur Krähe geriete!«

Doktor Cäsarius lächelte und reichte mir den Storaxstab. Ich nahm Sandelholz, Cypriansblut und die anderen magischen Mittel für die Verwandlung aus dem kupferbeschlagenen Kästchen und stellte es neben Belphegors Truhe. Danach verschlossen wir die Plane des Wagens und wickelten Engelsfäden um seine sechs Stangen.

Zuerst vollführten der alte Magister und ich wieder gemeinsam den Zauber für Tyrant du Cœur. Nach dem Beschwörungswort vom Stein der Weisen flog der Beizfalke wieder mit kraftvollem Kampfruf zu den Wipfeln der Bäume.

»Jetzt Ihr!« befahl ich Tughril.

Der Türke streifte sein Obergewand ab, wickelte das Agnus Dei und seine Gebetskette in den grünen Stoff und kniete nieder. Ich räucherte wieder, rief die beschwörenden Worte, und plötzlich reckte uns ein angriffslustiger Sperber das rostrote Brustgefieder entgegen. Sein Kopf fuhr schlangengleich in alle Richtungen, bis er seine Gestalt genügend begutachtet hatte. Dann öffnete er seinen Schnabel, zischte zufrieden und schlug mit den graubraunen Schwingen, bis er neben Tyrant du Cœur auf dem Ast saß.

»Oho!« rief Bruder Maurus beeindruckt. »Wahrlich, Engel, eine gute Wahl! Bin gespannt, was Ihr mir zubilligen werdet!«

»Schweigt!« befahl der Magister unwillig. »Jetzt ist nicht die Zeit für Scherze! Wollt Ihr, daß Varcan Euch zu einem Kauz oder Geier macht?«

»Das wäre nicht gerecht!« wehrte der Mönch betroffen ab. »Ich bin ein reinlicher Mensch und darf daher wohl auch die Hülle eines sauberen Tieres beanspruchen!«

Er legte die Kette ab, faltete sie aber nicht sorgsam zusammen wie Tughril, sondern warf sie zerknüllt hinter sich und rief uns zu: »Nun auf, zeigt eure Kunst! Ich will schon zufrieden sein, wenn ich als Vogel halbwegs so groß und kräftig bleibe, wie ich als Mensch bin.«

Ich warf wieder Sandelholz in die Glut der ehernen Pfanne, und von neuem erklangen die magischen Formeln. Der Mönch sah uns ein wenig mißtrauisch an. Plötzlich sank sein Kinn auf die Brust, und seine muskelstarken Arme wurden mit unheimlicher Macht auseinandergerissen. Einen Wimpernschlag später saß ein Pelikan vor uns und glotzte uns aus großen Augen an.

»Nun?« rief der Magister und klatschte in die Hände. »Was ist? Wollt Ihr nicht fliegen?«

Unschlüssig schlug der Wasservogel mit den schwarzbraunen Schwingen. Der Sperber stieß sich von seinem Ast ab, schoß wie ein Pfeil auf uns zu und sauste mit einem lauten Schrei dicht vor dem langen, rotgelben Schnabel des Vetters vorüber. Der Pelikan fuhr mit schlotterndem Kehlsack zurück und hätte fast das Gleichgewicht verloren. Nun endlich spreizte der schwere Vogel die Zehen, lief ein paar Schritte, stieß sich vom Boden ab und flatterte dann in gefährlich anmutenden Schwüngen zur Krone der großen Schwarzfichte empor, in der ihn die Gefährten erwarteten. Als er auf sie zusteuerte, ließen sich Falke und Sperber schnell fallen und flatterten auf einen anderen Zweig. Mit vorgestreckten Ruderfüßen landete der Pelikan auf dem dürren Ast, der sogleich unter seinem Gewicht zerbrach, so daß der große Vogel kopfunter in die Tiefe stürzte. Er kreischte wütend, prallte gegen den Stamm, worauf sich ein paar weiße Federn lösten, flatterte heftig mit den Flügeln und plumpste schließlich in einen Holunderstrauch, aus dem er uns mit lautem Wehgeschrei entgegenwatschelte.

»Grämt Euch nicht, Bruder Mönch!« rief Doktor Cäsarius lächelnd. »Es ist, als hätte der Engel Gottes unsere Abmachung gehört. Ihr fliegt am Schluß. Wenn einer von uns ermüdet, könnt Ihr ihn in Eurem Beutel tragen!«

Ich streichelte den gelblichen Schopf des Vogels und fügte hinzu: »Gibt es ein edleres Tier als den Pelikan, der seine Jungen mit seinem Blut füttert? Wenn er seine Kinder von einer Schlange umgebracht findet, sticht er sich in eine Ader, träufelt den Lebenssaft über die Toten und weckt sie dadurch wieder auf. So wie Gott die Sünder, die seine Lehre nicht annehmen, durch sein Opfer dennoch vom Tod zum ewigen Leben errettet.«

Der Pelikan klapperte aufgeregt mit dem Schnabel. »Jetzt Ihr!« sagte ich zu dem Magister. Doktor Cäsarius glättete seinen roten Talar, schob das Gotteslamm in seine Tasche und brachte das Bündel zu unserem Fuhrwerk. Dann setzte er sich mit untergeschlagenen Schenkeln vor mich hin. Abwechselnd sprachen wir nun die heiligen Worte der Verwandlung. Am Ende schlug ich ihn mit dem Storaxstab. Da hockte plötzlich ein Vogel vor mir, wie ich ihn nie zuvor gesehen hatte.

Das fremdartige Federtier maß höchstens eine Spanne. Seine Daunen glänzten in den kostbarsten Farben: golden und silbern leuchteten seine Schwingen, auf seiner Brust gleißte es wie Rubine und Saphire, seine Füße leuchteten wie Bernstein, und sein Schnabel schimmerte wie Elfenbein. Seine Schwanzfedern zeigten die vier ersten Buchstaben des Namens Gottes, und endlich erkannte ich den zauberischen Jynx, jenen Vogel, den man schon seit den ältesten Zeiten als einen Boten des Himmels verehrt.

Im Gerichtssaal Salomos half dieses heilige Tier zur Gerechtigkeit, indem es bei jeder Lüge warnend die Stimme erhob. Auch vor dem Thron Nebukadnezars von Babel und vieler späterer Herrscher bis zu Karl dem Großen verrichteten solche Jyngen ihre unschätzbaren Dienste. Erleichtert rief ich: »Herr, ich danke Dir!« Und ein noch größerer Trost als die Erscheinung dieses angelischen Vogels war mir, daß ich den brennenden Schmerz auf meiner Stirn jetzt etwas weniger heftig fühlte.

Ich streifte schnell mein Gewand ab und sprach zum letzten Mal das verwandelnde Weihewort. Der Jynx nahm den Storaxstab in den Schnabel, flatterte auf meine Schulter und berührte mich mit dem geheiligten Holz. Da spürte ich, wie die Luft pfeifend aus meinen Lungen entwich. Der Erdboden wölbte sich rasend schnell meinen Augen entgegen, die Grashalme wuchsen zu Bäumen und die Last des Magisters, der eben noch als ein leichtes Luftgeschöpf auf meiner Schulter gesessen hatte, drückte mich nieder wie das Gewicht eines Elefanten. Der Jynx schwirrte auf und flatterte zu den Fichten empor. Keuchend sah ich ihm nach. Vor dem Blau des wolkenlosen Himmels, der mir jetzt noch viel weiter entfernt erschien als zuvor, zog der Beizfalke seine Kreise und spähte aus scharfen Augen auf mich herab. Ich bewunderte seinen anmutigen Flug, da stand er plötzlich über mir und rüttelte wie ein Habicht, der in den Furchen des Ackers die Feldmaus erspäht.

Erschrocken dachte ich, der Königsengel der Luft habe mich vielleicht im Namen Gottes für meinen Verrat bestraft und in eine Schlange verwandelt. Verzweifelt sandte ich Befehle in alle Glieder, meinen Körper davonzutragen. Unversehens fand ich mich auf dem Bauch, dann wieder auf dem Rücken liegen. Dann endlich erkannte ich, daß ich Flügel besaß, die es zu steuern galt. Als ich sie gleichmäßig bewegte, hob ich mich langsam vom Boden ab und stieg zu den Wipfeln der Fichten. Das linke Lid des Falken zuckte herab, als blinzelte Tyrant du Cœur mir zu. Dann warf sich der Greifvogel voller Ungeduld in den Wind und flog mit kräftigen Flügelschlägen davon.

Der schillernde Jynx folgte ihm. Auch ich ließ mich nun von einer leichten Luftströmung zum Himmel tragen. Hinter mir segelte der große Sperber. Als ich nach einer Weile noch einmal über die Schulter zurückblickte, sah ich am Ende den Pelikan, der sich schwankend und schlingernd gerade noch über den Baumkronen hielt.

Der Falke führte uns geradewegs der Sonne voraus. Wir überquerten waldbedeckte Gebirge, deren Buckel einander glichen wie die Wellen des Meeres. Mit jedem Meter dieser magischen Reise gewann ich an Sicherheit. Bald gaukelte ich so leicht und schwerelos durch die Luft, als hätte ich mein bisheriges Leben auf Flügeln verbracht. Da erkannte ich die Gnade Gottes und betete voller Dankbarkeit in meinem Herzen den 71. Psalm: »Für viele bin ich wie ein Gezeichneter, Du aber bist meine starke Zuflucht.« Das Brennen auf meiner Stirn blieb auch diesmal nicht aus. Doch es erschien mir wieder weniger schmerzhaft, und ich grübelte darüber nach, ob ich diese Linderung meiner Reue oder nur dem kühlenden Wind verdankte.

Nach einer Stunde schlängelte sich das glitzernde Band des Euphrat durch den grünenden Teppich unter uns. Der Falke kreischte und sauste im Sturzflug hinab. Wir legten die Flügel an und ließen uns fallen. Der Wind griff mit tausend Fingern in mein Gefieder. Immer schneller raste ich dem Wasser entgegen. Die Schläge meines Herzens folgten einander so schnell und laut wie die Geräusche eines Steckens, den ein Knabe in die Speichen eines rollenden Rads hält. Vor meinen Augen bildeten sich rötliche Schleier. »So also fühlen sich Engel, wenn sie zur Erde reisen«, dachte ich. Kurz vor dem schillernden Spiegel des Stroms faltete ich meine Flügel auf. Meine Brustmuskeln spannten sich schmerzhaft, als hinge ich hilflos an einem Kreuz. Dann wandelte sich der steile Sturz in einen flachen Flug. Ich zog eine Armlänge über dem spiegelnden Wasser dahin und erkannte nun endlich, daß ich die Gestalt eines Sperlings besaß.

In meiner ersten Bestürzung dachte ich an das Jesuswort im Evangelium des Matthäus: »Verkauft man nicht zwei Spatzen um einen Pfennig?« Dann aber entsann ich mich auch des folgenden Verses, der von dem verachteten Vogel sagt: »Und doch fällt keiner von ihnen zur Erde ohne den Willen des Vaters.« Da betete ich in meinem Innern den 84. Psalm, in dem es heißt: »Auch der Sperling findet ein Haus und die Schwalbe ein Nest für ihre Jungen: Deine Altäre, Herr der Heerscharen, mein Gott und König.« Und wieder war mir, als brenne die unsichtbare Blutwunde auf meiner Stirn weniger heftig als vorher.

Der Falke verlangsamte seinen Flug und ließ sich am westlichen Ufer des Euphrat auf einem glatten Stein nieder. Der Jynx, der Sperber und ich landeten neben ihm. Der Pelikan aber ließ sich in den Strom plumpsen und ruderte dann gemächlich zum Ufer.

Wir putzten unser Gefieder, tranken einige Schlucke und ruhten uns aus. Der Pelikan wälzte sich indessen genußvoll im Wasser und stieß mit dem Schnabel spielerisch nach den Fischen. Dann stieg der Falke wieder auf, zog einen Kreis über dem weißgefiederten Schwimmer, stieß einen ungeduldigen Schrei aus und schwebte weiter nach Westen.

Stunde um Stunde zogen wir über die Länder Asiens. Westlich des Euphrat ragten bald die zerklüfteten Berge des Taurus empor. Bei Tarsus erreichten wir die Küste des wogenden Meeres und flogen am Südrand des Erdteils dahin. Am späten Nachmittag nahten wir der Ägäis. Da erspähte ich in den Dünen den Kadaver einer ertrunkenen Kuh, um den sich schwarze Schatten scharten.

Der Falke erkannte sofort die Gefahr und drehte nach Norden. Aber es war schon zu spät. Die aasverzehrenden Bussarde hatten uns entdeckt. Wild mit den blutverschmierten Flügeln schlagend jagten sie uns nach.

In schnellem Flug strebte der Beizfalke dem schneebedeckten Gebirgszug entgegen. Der Jynx und ich hielten uns dicht hinter ihm. Sperber und Pelikan blieben ein wenig zurück, um die Raubvögel abzufangen, ehe sie dem Magister und mir gefährlich zu werden vermochten. Bald wurden die beiden Gefährten von den Bussarden eingeholt, und ein Kampf begann, wie ich ihn nie zuvor gesehen hatte.

Die Aasfresser schwärmten aus und griffen von allen Seiten zugleich an. Blutige Borsten an ihren Schnäbeln zeugten von ihrem grausigen Mahl. Ihre Augen blickten starr wie die von Schlangen, und ihre messerscharfen Krallen fuhren wie Sensen durch die Luft. Reste zerfetzter Eingeweide klebten in dem schwefelfarbenen Brustgefieder der häßlichen Vögel. Aus ihren schmutzigen Hälsen drang ein wütendes Zischen. Der größte der Bussarde schoß aus der Höhe auf den viel kleineren Sperber hinab und spreizte schon die nadelspitzen Krallen zum tödlichen Stoß. Tughril tat, als sähe er den Angreifer nicht. Erst im letzten Moment wich der Sperber mit einem flinken Flügelschlag aus. Während der überraschte Räuber vorüberrauschte, traf Tughril ihn mit einem Hieb seines Schnabels am Hals, so daß rotes Blut zwischen den grauen Daunen hervorquoll.

Der Bussard schrie zornig und taumelte in die Tiefe. Andere Aasvögel schwirrten nun auf den Pelikan zu. Der schwerfällige Wasservogel flatterte wie wild und versuchte, nach oben auszuweichen. Schon schienen sich die Sichelkrallen des vordersten Angreifers in seinen Rücken zu bohren. Da ließ sich Maurus plötzlich fallen. Er drehte sich mit verblüffender Gewandtheit im Flug auf den Rücken, drückte den überraschten Aasvogel mit den starken Schwingen an seine Brust und ließ sich mit ihm fallen.

Erschrocken beobachtete ich den Sturz. Schon glaubte ich, Pelikan und Bussard müßten gleich auf dem Boden zerschellen. Dann aber sah ich Wasser aufspritzen und erkannte erleichtert, daß sich der Pelikan mit seinem Gegner in einen kleinen Bergsee geworfen hatte. Kurze Zeit blieben beide Vögel verschwunden. Dann tauchte der Pelikan auf und schwang sich mit funkelnden Fittichen wieder vom Wasser empor. Hinter ihm trieb der Kadaver des ertrunkenen Bussards davon.

Am anderen Ufer versperrten uns hohe Felsen den Weg. Der Falke führte uns rasch an die zerklüftete Steilwand und ging auf einem schmalen Sims nieder. Dahinter öffnete sich eine enge Felsspalte. Hastig rutschte der Jynx in die schützende Höhlung. Ich drängte ihm nach. Der Beizfalke aber stellte sich mit gespreizten Schwungfedern auf den schmalen Felsrand zum Kampf.

Mit heiseren Schreien strichen die Bussarde vorüber und hieben mit scharfen Klauen nach unserem Beschützer. Tyrant du Cœur focht in dieser schwindelerregenden Höhe nicht weniger kunstvoll als auf dem Turnierplatz. Mit bestaunenswerter Geschicklichkeit wich er den Angriffen der unreinen Tiere aus und fügte ihnen dabei mit Schnabel und Stößen klaffende Wunden zu.

Kurze Zeit später eilte der Sperber herbei und setzte mit zornigem Zischen neben dem Falken auf. Die Bussarde suchten ebenfalls Fuß zu fassen und bedrängten uns immer heftiger. Einem der stinkenden Vögel gelang es sogar, sich am Rand unserer kleinen Kluft festzukrallen. Sein abstoßender Schädel schob sich zu uns herein und hackte nach dem Magister. Da rauschte plötzlich ein Schatten heran und fegte den Angreifer in die Tiefe. Wenig später verriet uns ein lautes Platschen, daß der Pelikan ein weiteres Opfer ins Wasser gerissen hatte.

Immer wütender drangen die Angreifer auf uns ein. Federn stoben durch die Luft, Schnäbel und Fänge zuckten wie Blitze, und ein Kreischen klang uns in den Ohren, als hätten wir mit Dämonen zu ringen. Falke und Sperber bluteten bald aus zahlreichen Wunden. Selbst den Pelikan schien allmählich die Kraft zu verlassen. Da sah ich, daß die Sonne unterging und ihr letzter Schein eben noch über den Himmelsrand reichte. Schnell zupfte ich den Jynx am Flügel. Der bunte Zaubervogel schwang sich ohne Zögern aus dem schützenden Felsspalt und stürzte sich in die Tiefe.

Ich folgte ihm. Wieder war mir, als triebe der Druck der Luft mir das Blut aus den Adern. Die Bussarde hetzten uns nach. Nahezu gleichzeitig brachen der Jynx und ich durch die dichtbenadelten Zweige der Tannen und landeten atemlos auf dem moosigen Grund. Die Aasvögel flatterten suchend zwischen den Bäumen umher, ihrerseits nun von Pelikan, Sperber und Falke bedrängt. Eine Sekunde später verschwanden die letzten Strahlen der Sonne. Das weiche Moos fuhr unter meinen Füßen zurück. Statt auf Krallen sah ich auf Zehen, und meine Hände endeten wieder in Fingern statt in Federn. Auch meine Gefährten fanden sich plötzlich in Menschen zurückverwandelt. Sogleich rissen sie Äste ab und schlugen die Raubvögel in die Flucht.

Tyrant du Cœur blutete aus vielen Wunden. Auch Tughril und Bruder Maurus trugen zahlreiche Spuren des erbitterten Kampfes. Doktor Cäsarius aber sagte bedeutsam: »Diese Aasfresser schickte der Satan nach uns. Niemals sonst greifen Bussarde andere Vögel an – sie nähren sich viel lieber von Schlangen und Mäusen. Wir hatten Glück, daß es schon spät war und der Zauber sich löste.«

Er suchte Schafgarbe, preßte die heilsamen Blätter auf die verletzte Haut an der Schulter des Ritters und band sie mit etwas Bast fest. Bruder Maurus und ich sammelten Holz, schlugen mit einem Stein Funken in ein wenig Werg und entflammten ein kleines Feuer. Tughril knotete Schlingpflanzen zu einer Schnur, band sie an einen langen Ast, steckte einen Wurm auf einen Dorn und zog mit dem Geschick des erfahrenen Anglers zehn prachtvolle Forellen aus dem glasklaren Wasser. Wir steckten die Fische auf spitze Zweige, brieten sie und verspeisten sie mit großem Genuß.

Als ich mich gesättigt zurücklehnte, dachte ich an den kommenden Tag und an die Gefahren, die uns bevorstehen mochten. Da schien mir unser Vorhaben plötzlich die größte Torheit zu sein: Unbewaffnet wollten wir in die Festung der Feinde dringen, ohne die Mittel der Magie gegen den Zauberer Kynops, ohne die Hilfe von Heiligen gegen den Herzog von Hinnom kämpfen! Noch dazu von einem schlauen Verräter bedroht! Angst schlich sich in mein kleinmütiges Herz, und verzagt sprach ich in meinem Innern zu mir: Ein Schneeball in einem glühenden Ofen besitzt wohl bessere Aussichten! Da fiel plötzlich ein seltsames Licht auf uns herab. Als ich überrascht zum Himmel aufblickte, sah ich die Sterne in einem so hellen Glanz funkeln wie noch niemals zuvor. Sie leuchteten in allen Farben und schienen mir tröstlich zuzuzwinkern, und dann erreichte ein leises Lied mein lauschendes Ohr: »Certia stant omnia lege«, sangen die fernen Fakkeln am Firmament, »alles ruht sicher in dem Gesetz!« Da senkte sich neue Zuversicht in mein Herz, und die ermutigenden Verse des 103. Psalms drangen mir in den Sinn, die da heißen: »Der Herr ist barmherzig und gnädig, langmütig und reich an Güte. Er wird nicht immer zürnen, nicht ewig im Groll verharren.«

Auch die Gefährten betrachteten nachdenklich die gleißenden Lichter der himmlischen Heere. Nach einer Weile sagte Tyrant du Cœur: »Wahrlich, es ist, als möchten die Engel uns Mut machen. Ach, wollte Gott es uns doch trotz des Verräters vergönnen, das heilige Haupt zurückzugewinnen! Dann will ich Burg und Lehen von Katakolon meiner Schwester schenken und nie mehr nach Achaia zurückkehren. Zu viele traurige Erinnerungen verbinden sich mit diesem Land! Ich werde Alix einen tapferen und edelmütigen Ritter als Ehegemahl finden. Dann kehre ich heim in mein Artois. Dort sollen für jeden von euch stets ein leerer Stuhl und ein voller Krug bereitstehen, meine liebe Gefährten!«

Bruder Maurus seufzte und sprach: »Ihr tut gut daran, Herr Tyrant, diesem Pfuhl der Sünde zu entweichen! Zu tief sind die Franken Achaias in Sünde verstrickt, als daß ihrem Reich eine Zukunft gebührte. Ich für meinen Teil werde in meine Klause zurückkehren und mein Leben dem Lob Gottes weihen. Kommt Ihr jemals dort vorüber, so kehrt ein und seid mein Gast!«

Dann beugte sich der dunkelgesichtige Riese zu Tughril und fragte: »Und Ihr, edler Vetter? Gedenkt Ihr Euer altes Handwerk wieder aufzunehmen, wenn unsere Kriegsfahrt endet? Laßt ab von Raub und Mord, ich rate Euch gut! Wir, die wir dem Tod so nahe standen, sollten nur noch Werke des Lebens vollbringen!«

»Wohlgesprochen, lieber Blutsgefährte«, erwiderte der Türke mit belegter Stimme. »Falls ich nach diesem Feldzug gegen Dämonen und Höllenwesen noch lebe, will ich sogleich nach Mekka pilgern, siebenmal um die heilige Kaaba schreiten und meine Seele läutern. Denn niemand reibt sich am Teufel und wird nicht schwarz! Niemand schläft mit den Töchtern des Scheitans und sündigt nicht. Niemand liest in den Büchern des Bösen und ätzt nicht sein Auge!«

»Recht habt Ihr«, stimmte Doktor Cäsarius zu. »Auch ich will mich auf eine Wallfahrt begeben. Bethlehem ist mein Ziel. Dort, wo der Heiland geboren wurde, möchte ich in geweihter Erde ruhen. Denn mit der Magie sterbe auch ich. Weihrauch war mein Brot, Märtyrerblut mein Wein. Wie kann ich ohne die Weiße Kunst leben? Ach, welcher Schatz an Bannsprüchen und Beschwörungen, Formeln und Zauberzeichen geht nun der Menschheit verloren! Jetzt wird die Tür ins Zwischenreich verschlossen, und unsere Erben werden auf die Welt der Wissenschaft beschränkt, statt sich wie wir über alle Gesetze der Schöpfung zu heben. Niemals wieder werden Menschen wie Vögel fliegen, niemals wieder Tote zum Leben erweckt, niemals wieder Weise die Ketten des Körpers abstreifen. Doch Gottes Wille geschehe!«

Traurig verstummte er. Tyrant du Cœur legte ihm den Arm um die Schultern und sagte:

»Ihr gehört in die alte Zeit, Magister – und so auch ich. Statt Frömmigkeit herrscht heute Gottlosigkeit, statt Ehre Niedertracht und statt Treue Verrat. Grämt Euch nicht Eurer Jahre – meiner Zukunft winkt kein Ruhm, meinem Alter keine Freude! Einsamkeit lautet meine Bestimmung, und mein Schicksal wird die unglückliche Erinnerung sein.«

Der Ritter seufzte gedankenschwer. Dann gab er sich einen Ruck, wandte sich zu mir und fragte:

»Und Ihr, Dorotheus? Wohin gedenkt Ihr zu wandern, wenn unser Ziel erreicht ist? Wollt Ihr mir nicht ins Artois folgen, wo Ihr die Kinder von Tamarville im Glauben und Wissen erziehen könntet?«

Ich sah ihn forschend an. In seinem Blick lag soviel Zuneigung, daß ich voller Scham die Augen niederschlug. Dann schüttelte ich den Kopf und erwiderte:

»Habt Dank, Herr Tyrant, daß Ihr Euch um mich sorgt. Vielleicht ziehe ich nach Heisterbach und lege dort das Ordensgelübde ab. Vielleicht auch erlaubt mir Papst Bonifacius, neben Cölestins Zelle büßen zu dürfen. Gottes Finger griff zu tief in mein Herz, als daß ich jetzt wieder zu einem gewöhnlichen Leben zurückkehren könnte.«

Die Gefährten nickten nachdenklich. Nach einer Weile beteten wir zu unserem Schöpfer und schliefen ein.

Als der Morgen graute, weckte uns Tyrant du Cœur. »Beeilt Euch!« rief er. »Gleich geht die Sonne auf. Heute werden wir endlich das schwebende Schloß über der Nebelinsel betreten. Stärken wir uns mit einem Gebet, solange noch Zeit ist!«

Wir faßten einander fromm an den Händen, und Doktor Cäsarius sprach bewegt die Worte aus dem Brief des hl. Paulus an die Epheser: »Seid also standhaft: Gürtet Euch mit der Wahrheit, zieht als Panzer die Gerechtigkeit an und als Schuhe die Bereitschaft, für das Evangelium vom Frieden zu kämpfen. Vor allem greift zum Schild des Glaubens! Mit ihm könnt ihr alle feurigen Geschosse des Bösen auslöschen. Nehmt den Helm des Heils und das Wort Gottes.«

Einen Wimpernschlag später schossen die ersten rötlichen Strahlen des Tagesgestirns über die Berge, und wir wurden erneut in Vögel verwandelt. Der Falke flog wieder voran, und bald schwebten wir tausend Klafter hoch über dem grünblauen Meer.

Nach einer Stunde sahen wir Rhodos, die Roseninsel. Selbst aus solcher Höhe wirkte das mächtige Schloß der Johanniter gewaltig wie eine Burg von Giganten. Dann überquerten wir die unfruchtbare, felsige Insel Carpathus und kreuzten das kretische Meer.

Angestrengt spähten wir voraus, doch lange Zeit vermochten wir weder ein Schloß noch eine Insel zu finden. Um die Mittagszeit aber erschien eine weiße Wolkenwand weit im Westen. Der Falke hielt sogleich auf die schneefarbenen Schwaden zu. Als wir näher kamen, bemerkten wir, daß vor uns eine riesige Nebelbank lag. Siedende Hitze stieg aus der See in den nahezu windstillen Himmel. Als ich auf die kochenden Wogen hinabsah, durchzuckte mich ein eisiger Schreck. Denn zwischen den schäumenden Wellen entdeckte ich den ungeheuren Buckel des Leviathan. Die sieben Häupter des Ungeheuers starrten mit glühenden Augen zu uns empor.

Der Falke warf sich in den dichten Dunst. Qualm umfing uns bald wie ein Schleier die Braut. Aber nicht ein Gebilde der Liebe war es, das uns schmückte, sondern ein Erzeugnis des Hasses, das uns blind machen sollte, und wir waren nicht zu einer Hochzeit, sondern zu unserer Leichenfeier geladen.

Der Dampf des kochenden Meeres stank wie der Brodem des Drachen. Wir flogen nun Schwinge an Schwinge, damit wir uns nicht aus den Augen verloren. Tyrant du Cœur führte uns in steilem Flug der Oberfläche des Meeres entgegen, und es war, als ob wir in einen Höllenschlund stürzten. Die Hitze raubte mir den Atem, und in meinen Ohren ertönte ein Zischen, als ob ein riesiger Teufel Wasser auf Kohlen goß. Schon dachte ich, daß der zarte Flaum auf meiner Brust gleich Feuer fangen müsse. Da umfing uns plötzlich gleißende Helligkeit. Geblendet schloß ich die Nickhaut über die Augen. Durch das dünne Lid sah ich vor uns ein von tiefem Schnee bedecktes Eiland.

Eine Weile kreisten wir vorsichtig über der Insel. Dann ließ sich der Falke fallen und raste eine Handbreit über den weißen Boden entlang. Ich tat es ihm gleich. Als ich im Flug eine Zehe in den vermeintlichen Schnee steckte, fühlte ich, wie seine Glut mir die Haut verbrannte. Mit einem Schmerzensschrei zog ich den Fuß zurück. Denn was wie winterlicher Niederschlag erschien, bestand in Wirklichkeit aus weißer Asche. Es waren die Reste glutflüssigen Bluts aus dem Schoß der Erde, das wohl erst kurze Zeit zuvor durchs Meer heraufgequollen war und immer noch soviel Hitze verströmte wie in den Tagen der Schöpfung.

Der Falke stieß einen Warnschrei aus. Als ich seinem Blick folgte, sah ich, daß schwarze Felstrümmer durch die Luft auf uns zurasten. Schnell schlugen wir mit den Flügeln, bis wir wieder Höhe gewonnen hatten. Während die Satansgeschosse unter uns ihre Bahn zogen, dachte ich an die Weissagung der Sibylle: »Die Steine sind wie Luft so leicht, und Schnee glüht Kohlestücken gleich.«

Tyrant du Cœur eilte weiter nach Westen, wo die dichten Schwaden allmählich zu schwinden begannen. Eine doppelte Sonne strahlte nun über uns, rot wie der Wein des letzten Abendmahls, und der Wind drückte schwer wie Eisen. Zwischen den Aschebergen erschien bald ein kleiner Tümpel, dessen Wasser nicht brodelte oder zischte, sondern glatt und ruhig wie ein kühler Bergsee unter uns lag. Der Pelikan krächzte erfreut und flatterte hinab, um sich zu erfrischen. Jynx und Falke folgten dem Wasservogel und suchten ihn abzudrängen. Als der Pelikan nicht nachgeben wollte, hieb Tyrant du Cœur mit scharfem Schnabel nach ihm und zupfte ihm dabei eine Feder aus dem Schopf. Die Daune fiel in den See. Als sie auf das vermeintliche Wasser traf, züngelten Flammen auf und verschlangen die Feder. Dann lag der Weiher wieder in trügerischer Ruhe.

»Meerwasser brodelt kochend heiß, und Feuer brennt so kalt wie Eis«, dachte ich erschrocken. Die Weisung aus dem Buch Picatrix kam mir in den Sinn, in der beschrieben wird, wie man aus Goldmarkasit, Weinessig und anderen Stoffen den Alkahest gewinnt, jenes kalte, doch brennende Wasser, das man nicht löschen kann.

Der Pelikan flatterte, ängstlich bestrebt, sich so weit wie möglich über den tödlichen Teich zu heben. Wir zogen weiter über Felder aus heißer Asche. Dann gewahrten wir einen rötlichen Schein. Das Gewölk lockerte sich, und plötzlich loderte vor uns eine riesige Feuerwand in die Höhe.

Staunend starrten wir auf den magischen Brand. Die Flammensäulen wanden sich knisternd und prasselnd in schier unerreichbare Höhen und vereinten sich dort zu glühenden Wolken, vor deren Leuchten sogar die Sonne verblaßte. Darüber schwebte das Schloß des Herzogs von Hinnom, ganz aus fliegenden Satanssteinen erbaut, und die furchtbare Drohung der schwarzen Wälle senkte ein Gefühl der Beklommenheit in mein Herz.

Die hochragenden, runden Mauern der Teufelsburg waren wie die Flughäute von Fledermäusen geformt. Die Türme erschienen wie die zum Himmel gereckten Krallen der greulichen Nachtflieger, die so gern in Götzentempeln hausen. Die Zinnen stachen spitz wie Vipernzähne in die Luft. Vor den wie Rattenohren geformten Fenstern schimmerten Läden aus Blei. Silberne Fahnen mit den Insignien Satans drehten sich knarrend im Wind. Auf allen Wehrgängen sahen wir Pythoniden mit ihren Sägelanzen.

Der Falke stieg kreisend zum Schloß. In den glühenden Wolken schlug uns eine Welle schier unerträglicher Hitze entgegen. Eilig flatterten wir an der schwarzen Außenmauer hinauf. Von ihren Vorsprüngen starrten uns die steinernen Schädel von Schlangen und Drachen an. Rasch flirrten wir zwischen den schartigen Zinnen hindurch. Die Pythoniden schienen uns nicht zu bemerken. Einige Herzschläge später landeten wir auf dem steilen Schrägdach des Herrenhauses.

Der Palas war mit schwarzen Ziegeln aus Schiefer gedeckt. Sein Giebel trug steinerne Bilder von den Triumphen der Hölle. Schaudernd betrachtete ich die in schwarzen Obsidian gemeißelten Szenen von der Zerstörung Zions durch Titus, von der Plünderung Roms durch den Wandalen Geiserich und der Eroberung Konstantinopels durch die lateinischen Ritter. Andere Darstellungen zeigten die grausigen Untaten heidnischer Hunnen, mordgieriger Mongolen und vieler weiterer Teufelsvölker, die das christliche Europa einst nur mit Hilfe der Heiligen abwehren konnte. Überall auf den Gesimsen des Palas leuchteten gebleichte Totenschädel. Die Zinnen waren mit Spottkruzifixen, lästerlichen Hohnworten gegen Gott und unzüchtigen Figuren bemalt. Aus den Wasserspeiern rann schwarzes Blut. Über allen Dächern der Festung hingen die giftigen Ausdünstungen teuflischer Grausamkeit, und eine Ahnung entsetzlicher, zerstörerischer Macht ließ mich erzittern.

Der Falke beugte sich über die Umlaufzinnen und spähte an der schwarzen Mauer hinab. Dann flatterte er vorsichtig in die Tiefe und setzte auf der Steinplatte eines schmalen Fensters auf, dessen Läden halb offenstanden. Sofort glitt der farbenprächtige Jynx neben ihn und zwängte sich als erster hinein. Falke und Sperber folgten ihm und drückten von innen gegen die Läden, bis sich der schmale Spalt so weit verbreiterte, daß auch der Pelikan hindurchschlüpfen konnte. Dadurch drang der Schein des Feuers in das Gemach. Als sich unsere Augen an das flackernde Licht gewöhnt hatten, sahen wir vor uns die höchsten Heiligtümer der Hölle.

Auf einer Säule aus schwarzem Marmor lagen in einer Schale die Feldfrüchte Kains, die dem Herrn nicht als Opfer genügten. Daneben drohte auf pechschwarzem Polster die Peitsche, mit der Kains grausamer Nachfahr Lamech zu seinem Vergnügen Knaben erschlug. Der oberste Stein des Turms von Babel, auf dem hoffärtige Menschen zum Himmel hinaufsteigen wollten, ruhte auf scharlachroter Seide neben dem Zepter der Könige Sodoms und der Krone Gomorrhas. Düster schimmerten die Waffen Amaleks, der Moses zu Rephidim anfiel. Um das Schwert Esaus schlangen sich die durchsichtigen Brustschleier der heidnischen Hethiterinnen, durch deren brünstige Umarmung Isaaks ältester Sohn seinen Erstgeburtssegen an Jakob verlor. Dahinter standen auf einem mit Schlangenleder bezogenen Tisch die Teraphim, die Jakob einst unter den Eichen von Mamre vergrub. Staunend erkannte ich das begehrlich funkelnde Auge Sichems, des kanaanitischen Jünglings, der Jakobs Tochter Dina zur Unzucht zwang und dafür samt seinem Volk von Simeon und Levi erschlagen wurde. Es war in Silber gefaßt und starrte uns an, als lebte es noch immer, sich an der Sünde zu weiden. Aber auch Satansschätze aus jüngerer Zeit fanden sich in diesem seltsamen Raum: Der geschliffene Smaragd, durch den Kaiser Nero die Leiden der Christen verfolgte, lag zwischen den Lorbeerzweigen Domitians. An dem Opfermesser des abtrünnigen Kaisers Julian Apostata klebte noch immer Blut. Schwer hingen die bleiernen Kugeln an der Geisel des gefürchteten Awarenhäuptlings Bajan herab, der vor 600 Jahren die fromme Langobardenprinzessin Romilda schändete und pfählte. Noch viele andere unheilige Trophäen erinnerten an die zahllosen Scheußlichkeiten, die Satans Diener seit der Erschaffung der Welt begingen. Wieder befiel mich Angst, als sollte ich gleich Daniel in eine Löwengrube gestürzt werden.

Plötzlich vernahm ich ein Zwitschern. Als ich aufblickte, sah ich den Jynx zur hinteren Wand des düsteren Zimmers fliegen. Auf Leisten aus Judasbaumholz standen dort die berühmtesten Bücher des Bösen: Die Apokalypse Kains, die in gottloser Verzückung die Vernichtung der Erde ersehnte, stand neben der peregrinatio Pilati, dem reuelosen Rechenschaftsbericht des Römers, der nach der Kreuzigung Christi dem Teufel noch in vielen anderen Ländern bezahlte Dienste erwies. Beim Nekromicon der Nabatäer, jener Nachkommen Esaus, denen auch der blutige Herodes entstammte, fand ich die verschollenen Schriften des älteren Plinius, der in einer Feuerwolke von Erden fuhr. Daneben reihten sich die Werke der mächtigsten Magier des alten Rom: Theogenes, der für Augustus die Sterne las, Eleazar, der vor Kaiser Vespasian Dämonen herbeirief, und Chrysaltis, der die untreue Kaiserin Faustina lehrte, die Eifersucht ihres Gemahls Marc

Aurel mit dem Blut eines Gladiators zu stillen. Ich entdeckte die Hymnen der Sethianer von den Krokodilteichen zu Tentyra und die blasphemische »Lehre der Gottwerdung« Chairemons, des Erziehers Neros. Ältere Rollen enthielten das berüchtigte »Buch der Seelengeißelung«, das der etruskische König und Magier Tarquinius schrieb, und das obszöne Werk »Wunder durch Worte« der Saulshexe von En-Dor. Auch »Das Siegel des Bösen« Belsazars von Babel und noch viele andere Titel warteten dort auf sündige Augen. Das Kryptische Kultbuch des Karsaphas, der zur Zeit Noahs die Menschen verdarb, lag neben der uralten Chronik von Sodom, das mehrdeutige Mysterienbuch des pontischen Magiers Mithradates neben dem baccantischen »Eid der Ekstase«, die perverse Psalmodie der Pythoniden neben dem abartigen Alphabet der Aasdämonen. Die Miasmen mörderischer Magie drangen wie schwarze Wolken in meinen Geist, und hastig schloß ich die Lider vor der Verlockung, frevlerisches Wissen zu erwerben.

Der buntgefiederte Jynx flatterte aufgeregt an den Büchern entlang, so daß ich schon zu befürchten begann, er könne seinen Wissensdurst nicht länger bezähmen und dadurch die Erfüllung unseres Plans gefährlich verzögern. Da schlugen die bleiernen Läden plötzlich zurück. Ein gräßliches Zischen erklang, und ich erkannte, daß unser letzter Kampf gegen Satan begonnen hatte.

Denn durch das schmale Fenster schob sich die spitze Schnauze des Kynokephalus auf uns zu.

SECTIO VIII

»Jasal Salha Jahima Jamha!« schoß es mir durch den Kopf. Ach, hätten wir nun einen Mund besessen, die Worte zu rufen, mit denen Doktor Cäsarius den Hundeköpfigen damals zu Heisterbach bannte! Doch uns fehlte der Storaxstab ebenso wie die salomonischen Zauberzeichen.

Ängstlich flatterte ich an den Wänden entlang, aber ich fand die einzige Tür verschlossen. Der Dämon fletschte die Zähne und schob seinen häßlichen schwarzen Leib herein. Mit blutunterlaufenen Augen spähte er nach uns. Schleim glänzte auf seiner schwammigen Nasenkuppe, und zwischen seinen Lefzen troff Geifer hervor. Er spreizte die dolchspitzen Klauen und zog die schweren Läden zu, so daß wir nicht mehr hoffen konnten, ihm durch das Fenster zu entwischen.

Nur noch ein gespenstisches Glühen aus den Satansreliquien erhellte das schwarze Zimmer. Der Falke fuhr wie ein Pfeil auf den Hundeköpfigen zu. Von der anderen Seite stürzte sich der Pelikan dem Feind entgegen. Der Kynokephalus hob die Klauen und griff nach dem Raubvogel. Unser Gefährte entkam den schlagenden Krallen nur knapp, ritzte mit scharfem Stoß das linke Auge des Dämons und brachte sich dann mit einem schnellen Schlag seiner Schwingen in Sicherheit. Der Pelikan zielte mit spitzem Schnabel auf den rechten Augapfel des Ungeists. Doch anders als der flinke Falke wurde der schwerfällige Wasservogel von den Pranken des Hundeköpfigen gepackt. Weiße Daunen stoben durch die Luft. Dann stürzte der Pelikan leblos zu Boden.

Ein schrilles Kreischen hallte durch das Gemach. Rachedurstig stieß der Sperber von einem Deckenbalken auf den Doggengesichtigen hinab. Der Kynokephalus sprang dem neuen Angreifer mit heiserem Knurren entgegen. Dabei stolperten seine klobigen Füße über den leblosen Pelikan und schleuderten den Wasservogel roh zur Seite. Mit gespreizten Flügeln und unnatürlich verkrümmtem Hals blieb das arme Tier dicht vor dem Fenster liegen.

Der Sperber flog mit gespreizten Stößen dicht an der Schnauze des Dämons vorüber. Seine nadelspitzen Fänge rissen blutige Kratzer in die schwarze Lederhaut des Höllengeschöpfs. Brüllend vor Zorn hieb der Ungeist mit seiner Pranke nach dem Raubvogel. Doch er verfehlte ihn knapp, und der Sperber konnte sich auf einen Stützpfosten retten.

Als der Dämon ihm nachsetzen wollte, wurde er schon wieder von dem Jagdfalken angegriffen. Der Kynokephalus zischte, duckte sich unter den goldgelben Füßen des Feindes und faltete dann seine Flughäute auf, um die beiden Greifvögel durch die Luft zu verfolgen. Mit beängstigender Gewandtheit jagte er sie durch alle Ecken und Winkel des kleinen Saals. Mir grauste, als ich sah, daß seine tödlichen Hiebe einige Male nur um Haaresbreite an den Gefährten vorüberfuhren. Splitter und Späne stoben wie schwarzer Schnee durch die Luft, wenn der Dämon den Schwung seiner Schläge nicht rechtzeitig hemmen konnte und seine eisenharten Krallen das Holz einer Strebe zerfetzten.

Die beiden Raubvögel zielten beharrlich nach den blutunterlaufenen Augen des Ungeists. Doch ihre Waffen erwiesen sich als zu schwach. Bald schienen auch die Kräfte der Gefährten zu schwinden.

Da stieß der Jynx einen Ruf aus, der wie ein zauberisches Glockenspiel klang. Im nächsten Moment verließ er sein Versteck zwischen den staubigen Büchern und schwirrte auf den Kynokephalus zu.

Ich bewunderte den Mut des Magisters, aber zugleich bedrückte mich auch die Sinnlosigkeit seines Wagnisses. Denn wenn schon die Raubvögel mit ihren Schnäbeln und Krallen den Hundeköpfigen nicht ernsthaft verletzen konnten, durfte, so dachte ich, der zierliche Jynx noch viel weniger auf Erfolg hoffen.

Als der Dämon das bunte Federtier auf sich zuschweben sah, verharrte er einen Moment lang unschlüssig. Mit unvergleichlicher Kühnheit strich der Jynx dicht an dem aufgerissenen Rachen des Höllengeschöpfs vorüber. Der Kynokephalus hob die Pranken, um den frechen Vogel zu erhaschen. In diesem Moment stürzte der Beizfalke nieder und schlug dem Kynokephalus den scharfen Haken seines Schnabels ins rechte Auge.

Dunkelblaues Blut quoll hervor. Der Hundeköpfige hieb wie rasend nach dem Falken. Tyrant du Cœur flog wieder zur Decke, der Jynx aber flatterte dicht über dem Boden davon.

Racheschnaubend glitt der Dämon auf ausgebreiteten Flughäuten hinter dem vielfarbigen Zaubertier her. Der Magister schlängelte sich rasch zwischen den schwarzen Säulen und Schreinen hindurch. Schon sauste wieder der Sperber auf den Hundeköpfigen herab. Diesmal aber schützte der Kynokephalus seine Augen rechtzeitig und traf den Angreifer mit einem Hieb seiner Krallen am linken Flügel, so daß Tughril zwei Schwungfedern verlor.

Der Sperber schrie vor Schmerz, taumelte und rettete sich mit letzter Anstrengung auf einen breiten Querbalken unter der Decke. Der Kynokephalus flog hinterher, um den Gegner von seinem Sitz zu reißen. Da hielt es mich nicht länger. Ich streifte meine Angst ab, so wie sich ein Falter im Frühling der unansehnlichen Haut seiner Puppe entledigt, und flirrte mit hellem Zwitschern auf den Doggengesichtigen zu.

Das grausige Gesicht des Dämons wuchs vor meinen Spatzenaugen schnell zu einer scheunentorgroßen Fratze. Seine Augen glühten wie Sonnenwendfeuer. Zwischen seinen baumdicken Lefzen drohten Reißzähne so lang wie Lanzen. Ein stinkender Gifthauch fuhr aus dem Schlund des Hundeköpfigen hervor und raubte mir fast den Atem. Die Krallen sausten wie geschliffene Sensen durch die Luft. Ich hatte es nur meiner Spatzengröße zu verdanken, daß ich unverletzt zwischen den schimmernden Sicheln hindurchfliegen und mich auf den Kopf einer grauen Steinsäule retten konnte. Dort blieb ich keuchend hocken, während nun wieder der alte Magister sein Glück auf die Probe stellte.

Abwechselnd flogen Doktor Cäsarius und ich immer wieder so dicht wie möglich am Kopf des Kynokephalus vorbei. Der Beizfalke versuchte dann jedesmal, auch das andere Auge des Dämons zu treffen. Der Sperber aber blieb wie ein lebender Köder auf dem Querbalken sitzen.

Als ich den tödlichen Klauen des Hundeköpfigen wieder einmal nur mit knapper Not entkommen war, landete ich unversehens am Fenster. Durch die enge Lücke zwischen den bleiernen Läden sah ich, daß die doppelte Sonne eben ins Meer hinabzutauchen begann und wir nun bald zurückverwandelt würden. Zuerst erleichterte mich dieser Gedanke. Denn ich glaubte, daß wir den Kynokephalus als sprechende Menschen eher bezwingen konnten. Dann aber fiel mir wieder ein, daß wir ja ohne die Waffen der Weißen Magie fechten mußten. Als Vögel durften wir wenigstens hoffen, ihm durch die Luft zu entfliehen.

Der Dämon raste brüllend auf mich zu. Bebend preßte ich meinen Körper gegen das kühle Blei. Die Angst verdoppelte meine Kräfte, und tatsächlich gelang es mir, durch den schmalen Spalt zu schlüpfen. Hastig kletterte ich auf den steinernen Sims und dachte: »Wäre es nicht besser, wenn du dich jetzt in die Lüfte erhöbst, statt dort drinnen weiterzukämpfen? Die Gefährten kannst du ohnehin nicht retten. Wenn du aus falsch verstandener Treue mit ihnen stirbst, nützt dein Tod nur dem Satan!« Doch dann vertrieb ich die schlechten Gedanken, zwängte mich in das schwarze Zimmer zurück und stemmte mich gegen die Fensterläden.

Der Jynx schwirrte herbei und half mir. In seinen grünen Augen spiegelte sich das Licht der untergehenden Sonne. Doch auch unsere vereinten Kräfte reichten bei weitem nicht aus, die schweren Läden zu öffnen. Dann ertönte ein furchtbares Krachen. Der Kynokephalus hieb mit seiner rechten Pranke den Querbalken mittendurch. Der Sperber stürzte zwischen den Splittern kreischend hinab.

Mit lautem Triumphgebrüll landete der Hundeköpfige auf dem Boden, um den verhaßten Vogel wie eine Wanze zu zertreten. Der verletzte Sperber wand sich eben noch zwischen den plumpen Füßen des Dämons hindurch und verbarg sich in einer dunklen Nische. Der Kynokephalus ließ sich auf die Knie nieder. Als er sein unverletztes Auge vor das Versteck des Sperbers schob, schoß der Vogel zischend hervor und stieß mit spitzem Schnabel zu. Der Dämon aber ließ sich kein zweites Mal überraschen, sondern fuhr blitzschnell zurück, lachte höhnisch auf und schloß seine Klauen um den geschundenen Leib des tapferen Sperbers.

Der Vogel schrie vor Qual. Von der anderen Seite des Saals her antwortete der Falke und raste herbei, um dem Gefährten zu helfen. Die letzten Strahlen der Sonne schimmerten zwischen den Läden herein. »Wir haben verloren«, dachte ich verzweifelt. »Bruder Maurus ist tot. Tughril wird jeden Moment sterben. Tyrant du Cœur kann nicht mehr fliehen und will es wohl auch nicht. Doktor Cäsarius und ich aber sind viel zu schwach. Jede Sekunde können wir wieder zu Menschen werden. Dann ist es zu spät!«

Der Falke wich dem Hieb des Kynokephalus aus und schlug seine Krallen tief in die Klaue des Ungeists, die den Sperber umklammert hielt. Der Dämon aber griff schnell mit der anderen Pranke zu und hielt nun auch den zweiten Vogel gefangen. Laut hallte sein schauriger Siegesschrei durch das schwarze Gemach.

Die Strahlen der Sonne verblaßten, der Tag war vorbei. Verzweifelt warf ich mich ein letztes Mal gegen die bleiernen Läden. Der Jynx aber stieß sich von dem schmalen Sims ab und schwirrte geradewegs auf den Dämon zu. Entsetzt verfolgte ich seinen Flug und wollte schreien: »Zurück, Magister, Ihr rettet nichts mehr! Sehen wir lieber zu, daß wir dem Dämon entkommen!« Doch meiner Spatzenkehle entrang sich nur ein schrilles Piepsen. Der Jynx riß seinen kreuzförmigen Schnabel auf, und plötzlich war mir, als vernähme ich nun das stärkste und schrecklichste Wort des salomonischen Siegels: »CHUABOTAY!«

Der Hundeköpfige schien zu erstarren. Mit aufgerissenem Rachen glotzte er dem bunten Vogel entgegen. Der Jynx aber flog mit dem letzten Sonnenstrahl geradewegs in das geifernde Maul unseres Feindes, und wieder vernahm ich den magischen Ruf: »CHUABOTAY!«

In diesem Moment brach der letzte Finger des Himmelslichts ab. Der grausige Kopf des Dämons begann auf einmal zu schwellen wie eine Schweinsblase, die der übermütige Sohn eines Schmieds vor den Blasebalg spannt, um sie mit kräftigen Tritten zum Platzen zu bringen. Die glühenden Augen des Höllengeists traten aus ihren Höhlen. Die schaumbedeckten Lippen spannten sich wie die Haltetaue einer Galeere in starker Strömung und rissen plötzlich entzwei. Die borstigen Wangen des Dämons warfen sich auf wie die Wellen des Meeres. Die flache Stirn wölbte sich vor wie ein Segel, in das ein kräftiger

Wind fährt. Seine Schnauze klaffte auseinander wie die Kiefer einer Pythonschlange, die in ihrer maßlosen Gier ein ganzes Schwein auf einmal hinabwürgen will. Knirschend lösten sich alle Knochen des Kopfes. Einen Wimpernschlag später flog das Haupt in alle Richtungen auseinander: das Schädeldach fuhr krachend zur Decke des Zimmers empor. Die Backenknochen prallten klirrend gegen die seitlichen Wände. Das Kinn der häßlichen Schnauze aber schoß mit solcher Wucht gegen das Fenster, daß die bleiernen Läden wie mit einem Hammerschlag aufgesprengt wurden.

Die Augen des Dämons rollten wie reife Melonen zu Boden. Die Zunge wand sich wie ein neugeborener Wal auf den steinernen Platten. Die Zähne prasselten nieder wie Eiszapfen, und das schleimige Hirn floß wie ein stinkender Honig der Hölle über die Reste des zerborstenen Schädels dahin. Donnernd schlug der kopflose Rumpf des toten Ungeists zur Erde. Seine Flughäute rissen, und bläuliches Blut sprudelte wie ein Springbrunnen aus dem baumdicken Hals.

Wie gebannt sah ich dem grausigen Geschehen zu und merkte kaum, daß ich nun wieder menschliche Gestalt besaß. Auch Tyrant du Cœur und Tughril hatten sich zurückverwandelt. Der Ritter bog die scharfen Klauen des Dämons auseinander und befreite den verletzten Türken aus dem ehernen Griff. An der Wand erkannte ich Bruder Maurus, über und über von blutenden Wunden bedeckt. Doktor Cäsarius aber war verschwunden. Wir sahen ihn niemals wieder.

Keuchend eilte Tyrant du Cœur zu dem leblosen Mönch und rüttelte ihn an der Schulter. »Lebt Ihr noch?« schrie er. Als er keine Antwort erhielt, schleppte er den dunkelgesichtigen Riesen mühsam aus der Nähe des Dämonenbluts, das bei der Berührung des steinernen Bodens zischend zu dampfen begann. Tughril humpelte von der anderen Seite zu uns.

Plötzlich schlugen bläuliche Flammen aus dem geborstenen Haupt und griffen schnell auf den Rumpf des Kynokephalus über. Ein beißender Gestank drang uns in die Nasen. Dann hüllte ein saphirfarbenes Feuer den Leichnam ein. Dichte Rauchwolken stiegen empor, und die Hitze trieb uns zum Fenster zurück.

Tyrant du Cœur stieß die Bleiläden auf, schob Bruder Maurus auf den schmalen Sims und hielt ihn dort fest. Tughril und ich klammerten uns von außen an die Läden. Zwischen uns quoll der Qualm in dichten Wolken hindurch, und aus dem Saal drang ein lautes, unheimliches Winseln.

Nach einer Weile lichteten sich die fetten Rauchschwaden, und der Gestank ließ langsam nach. Vorsichtig spähten wir in das Gemach und sahen, daß die Überreste des Dämons verschwunden waren. Nur noch eine weiße Ascheschicht bedeckte den steinernen Boden.

Vorsichtig kletterten wir zurück und betteten Bruder Maurus auf eine Bank. Suchend spähte ich umher, doch ich vermochte weder Überreste des Jynx noch des Magisters zu finden. Da schlug ich die Hände vors Gesicht und begann zu weinen.

»Doktor Cäsarius hat sich für uns geopfert«, sagte Tyrant du Cœur ergriffen.

Tughril fügte hinzu: »Ohne ihn lebte ich jetzt nicht mehr. Er soll nicht umsonst gestorben sein. Denkt an den Vogel Phönix: Die Vergangenheit gab sich hin, damit die Zukunft siege.«

»Doch der Jynx stirbt nur einen Tod«, schluchzte ich, »und steht nie wieder auf!«

Tughril stieß mich derb in die Seite. »Faßt Euch!« rief er. »Jetzt, da der Magister tot ist, müßt Ihr unser Anführer sein.«

Ich schüttelte kraftlos den Kopf, keines klaren Gedankens mehr fähig. Da wurde plötzlich die schwere Eichenholztür aufgerissen. Mit schnellen Schritten trat der Herzog von Hinnom herein. Der Magier Kynops und ein Dutzend Pythoniden folgten ihm. Als uns die Echsenmänner sahen, zischten sie laut und hoben die Sägelanzen.

»Wehrt Euch nicht!« rief ich den Gefährten zu.

Tyrant du Cœur und Tughril ließen die Hände sinken. Die Pythoniden drängten uns an die Wand, bis wir uns nicht mehr rühren konnten.

Schmerzhaft schnitt das scharfe Sägeblatt eines Teufelsspeers in meinen Hals. Ich wagte kaum noch zu atmen. Der Fischgestank der Echsenmenschen hob mir den Magen. Fast hätte ich mich übergeben. Da erschien das verwüstete Gesicht des Herzogs vor meinen Augen. Lauernd blickte er mich an. Dann gab er den Pythoniden ein Zeichen. Sofort ließen sie die Waffen sinken.

Ich rieb mir die schmerzende Kehle und schielte vorsichtig zu den anderen. Tyrant du Cœur und Tughril starrten den Herzog haßerfüllt an. Der Herrscher von Hinnom würdigte die Gefährten jedoch keines Blickes, sondern schaute nachdenklich auf den bewußtlosen Maurus.

Kynops trat neben den Herzog. »Der Kerl lebt noch«, murmelte der Magier.

Der Mönch stöhnte und hob mühsam den Kopf. Ich wollte ihm zu Hilfe eilen, doch die Echsenmänner hoben drohend die Lanzen.

»Wir wollen ihn erst gesundpflegen«, sagte Kynops, »ehe wir ihn zu Tode foltern.«

»Das also soll unser Schicksal sein!« dachte ich und betete voller Verzweiflung: »Herr, der Du dort oben zusiehst – hilf uns aus dieser Not!«

Der Statthalter Satans schüttelte zweifelnd den Kopf. »Laßt uns keine übereilten Entschlüsse treffen«, meinte er. »Vielleicht hat er doch noch etwas herausfinden können.«

Erschrocken starrte ich den Herzog an. Nur allmählich begann ich die Bedeutung seiner Worte zu begreifen.

»Das glaube ich nicht«, erwiderte Kynops verächtlich. »Er hatte lange genug Gelegenheit, sich unseres Vertrauens würdig zu erweisen. Doch er versagte. Darum soll dieser doppelte Verräter noch qualvoller sterben als selbst der Ritter, der unseren treuen Pallavicini erschlug.«

SECTIO IX

»Maurus!« schrie ich in meinem Innern. »Ihr also wart der Judas, dessen Verrat Gott bewog, uns den Leviathan zu schicken! Eurer Verfehlung wegen durften wir damals nicht mit unseren heiligen Waffen auf die Nebelinsel gelangen, sondern müssen nun mit leeren Händen gegen die Teufelsbrut kämpfen! Euch also meinten die Dämonen bei ihrem Konzil, als sie von einem ungehorsamen Späher sprachen! Was aber tatet Ihr, wann und warum? Wie konntet Ihr unsere Pläne stören, ohne daß der Magister es merkte? Wie lange halft Ihr dem Satan schon? Und warum schwiegt Ihr später, statt dem Herzog zu berichten, was Ihr wußtet?« Und voller Verachtung setzte ich in Gedanken hinzu: »Doktor Cäsarius mußte sterben, Ihr aber lebt. Hoffentlich trifft Euch nun die gerechte Strafe für Euren Verrat!«

Dann aber besann ich mich und dachte voller Bitterkeit: »Wer bist du, Dorotheus, daß du dich zum Richter aufschwingst? Handeltest du selbst denn ehrenhafter, als du vor dem Satansaltar das Knie beugtest und den Erlöser bespiest? Du bist um keinen Deut besser als dieser untreue Mönch. Und wenn du dir einbildest, daß du ja deine Verfehlung bereust und alles tun willst, dein Versagen wieder auszugleichen – plant Bruder Maurus nicht vielleicht das gleiche? Gegen den Kynokephalus wagte auch er sein Leben. Verhält sich so ein Verräter? Wie willst du auf Gottes Verzeihung hoffen, wenn du selbst es versäumst, einem anderen zu vergeben, dessen Verfehlung vielleicht sogar geringer wiegt als die deine?«

Kynops trat dem Mönch roh in den Leib. Der blutende Riese stöhnte schmerzerfüllt auf. »Die Folterbank wartet!« rief der Magier mit grausamem Lächeln. »Bald werden wir erfahren, was Ihr uns zu verheimlichen suchtet!«

Dann wandte sich Kynops zu uns. Seine kohlschwarzen Augen faßten mich so fest, wie eherne Haken den zappelnden Köderfisch halten. »Euer Magister ist tot«, sagte er, »und den Mönch werdet Ihr nicht mehr wiedersehen. Drei Finger bleiben an der Hand – wie wollt Ihr da noch siegen? Gebt Euren sinnlosen Kampf endlich auf! Einer von Euch kennt das Geheimnis, das wir erfahren wollen. Wenn er es uns noch länger verschweigt, werdet ihr alle sterben! Alix aber soll dann den Ssabiern dienen. Morgen, am Jubeltag der Kreuzigung Jesu, will ich in ihrem Blut baden!«

Tyrant du Cœur schrie zornig auf und wollte sich auf den Magier stürzen. Die Pythoniden hoben die Lanzen. Tughril hielt den Ritter zurück.

»Wenn Ihr Euch aber besinnt«, sprach nun der Herzog, »und unser Eigentum freiwillig herausgebt, sollt Ihr alle am Leben bleiben. Dann wird Alix Euch unversehrt nach Achaia begleiten.«

»Was wollt Ihr von uns?« rief Tyrant du Cœur in höchster Seelenqual. »Ich verstehe Euch nicht!«

»Fragt Eure Gefährten!« befahl der Herzog. »Ich gebe Euch bis Mitternacht Zeit. Wenn der Karfreitag beginnt, endet Satans Gnade. Dann sollt Ihr entweder dank Eurer Klugheit leben oder durch Euren Sklavengehorsam zu Tode kommen. Wählt selbst! Bedenkt dabei aber: Ihr entscheidet nicht nur über Euer eigenes Schicksal, sondern auch über das Eurer Schwester.«

Vier Pythoniden traten auf Bruder Maurus zu, packten den Mönch an Armen und Beinen und schleiften ihn hinaus. Die anderen umringten uns und führten uns über gewundene Treppen tief in die Keller der Burg.

Aus allen Winkeln und Nischen starrten uns Häupter von Drachen und Schlangen entgegen, uralten Getreuen des Teufels, die oft schon vor Jahrtausenden ihren letzten Kampf gegen Gott gekämpft und danach im Schloß des Satans eine würdige Ruhestätte gefunden hatten: Tiamat, die Unterweltsschlange Babels, und Apophis, das Ungeheuer Ägyptens, das einst die Sonne verschlingen wollte. Vritra, der Wolkendrache der Inder, und Illujanka, jene hethitische Wetterschlange, der Esaus Frauen zu Füßen lagen. Python, der Drache von Delphi, und Ophiuchus, der greuliche Gott der ophitischen Schlangenanbeter. Auch die abscheuliche Rahab sah ich, von der es im 89. Psalm heißt: »Herr, Gott der Heerscharen, wer ist wie Du? Rahab hast Du durchbohrt und zertreten.« Auch der gräßliche Schädel des libyschen Drachen erschien, den der hl. Georg von Kappadozien erstach. Ein modriger Hauch strich durch die düsteren Gänge, in denen blutrote Fackeln aus Judasholz brannten.

Durch eine niedrige Pforte aus Blei gelangten wir in ein großes Gewölbe. An der rückwärtigen Mauer standen zwei Käfige. Der linke war ganz aus Eisen geschmiedet. Fauliges Stroh bedeckte den Boden. Zwischen den rohen Quadern der Wände sickerte schmutziges Wasser hervor. Die Stäbe des anderen Kerkers waren aus reinem Silber getrieben. Kostbare Teppiche lagen dort. Seidene Wandbehänge mit Darstellungen aus den Evangelien Satans verhüllten die Wand. Zwischen zierlichen Schränken und Schreinen, die von kostbarsten Gewändern überquollen, standen juwelenverzierte Tische mit herrlichen Speisen und erlesenen Weinen.

Auf silbernen Liegen mit üppigen Polstern aus scharlachfarbenem Samt räkelten sich zwei fast nackte Gestalten, in denen ich sogleich die orchideenduftende Obyzuth und die oleandergleiche Onoskelis erkannte. Die schwarze Dämonin trug wieder das knappe Kostüm der tunesischen Tänzerin, die hellhäutige hielt sich noch immer im kindlichen Körper der jungen Syrerin auf. Zwischen ihnen lag Alix, mit silbernen Ketten an Händen und Füßen gefesselt.

»Alix!« schrie Tyrant du Cœur und stürzte vorwärts. Zischend hoben die Pythoniden die Sägewaffen. Tughril und ich klammerten uns mit aller Kraft an die Arme des Ritters und bewahrten ihn davor, sich in die spitzen Lanzen zu stürzen. Die Echsenmänner stießen uns in den ehernen Käfig und schoben einen armdicken Riegel vor.

Der Herzog blickte uns spöttisch an. Dann schritt er zu dem silbernen Gefängnis, dessen Tür offenstand. »Nun, meine Töchter?« fragte er die Dämoninnen. »Konntet Ihr unseren Gast schon für die Lust begeistern, die von den dummen Christen als Sünde mißachtet wird?«

»Gebt uns noch etwas Zeit, Meister«, antwortete die ebenholzfarbene Obyzuth. »Noch hinderte uns das Gift ihres Glaubens. Bald aber wird sie sich uns ergeben. Dann könnt auch Ihr die Schönheit dieses Menschenkörpers kosten!«

»Wagt es nicht, meine Schwester anzurühren, ihr Teufel!« stieß Tyrant du Cœur in ohnmächtiger Wut hervor. »Oder ich jage euch selbst in die Hölle!«

»Wenn Ihr Euch weiter widersetzt, werdet Ihr Euch dort schon sehr bald einfinden«, versetzte der Herzog. »Vorher aber sollt Ihr zusehen, wie Eure Alix Gehorsam lernt.«

Kynops lächelte lüstern. Auch die Echsenmänner starrten gierig auf die Gefesselte.

»Verratet ihnen nichts, teurer Bruder!« erklang die helle Stimme der Fürstentochter. »Sorgt Euch nicht um mich! Die heilige Jungfrau wird mich beschützen.«

Der Herzog lachte schallend. Kynops und die Dämoninnen fielen ein. Die Pythoniden begannen gehässig zu zischen.

»Denkt daran: Um Mitternacht läuft die Frist ab!« rief der Herr des Schlosses. »Oh, wie Ihr leiden werdet, wenn Ihr meinem Willen trotzt!« Er winkte den beiden Buhlteufelinnen. »Kommt!« befahl er. »Wenn diese wackeren Gottesstreiter bis Karfreitag nicht zur Vernunft kommen, mögt Ihr Euch an ihnen ergötzen. Laßt aber etwas für Belphegor übrig, der uns morgen besucht!«

Die Dämoninnen erhoben sich lächelnd und traten mit wiegenden Hüften aus dem silbernen Käfig. Tughril starrte ihnen mit aufgerissenen Augen entgegen. Die kindliche Tänzerin trat dicht an mich heran und zwinkerte mir lockend zu. Die Ebenholzdunkle drückte ihr hübsches Gesicht vor dem Türken an die rostigen Gitterstäbe und schmeichelte: »Sei nicht dumm, Diener Mahomets! Warum wollt Ihr Euer Leben für Christen opfern, die doch die schlimmsten Feinde Eures Glaubens sind? Bekehrt Euch zu uns! Nicht einmal die Hurimädchen im Paradies können Euch mehr Lust bereiten als wir!« Sie spitzte in spielerischem Begehren die Lippen, und für einen winzigen Augenblick fuhr ihr rosiges Zünglein hervor. Der Türke hielt ihr die drei dämonenabwehrenden Finger entgegen und rief voller Abscheu: »Suhle dich mit dem Satan! Für einen wahren Gläubigen bleibt deine sündige Lockung ohne Reiz!«

»Dann habt Ihr Euch sehr verändert!« antwortete die Buhlteufelin. Die beiden Dämoninnen lachten glockenhell und folgten ihrem Meister aus dem Saal. Kynops warf uns einen spöttischen Blick zu. Dann drehte er sich ebenfalls um und verschwand mit den Pythoniden.

Als unsere Feinde das düstere Gewölbe verlassen hatten, stürzte Tyrant du Cœur zum äußersten Ende des Käfigs, streckte seine kräftigen Arme durch das Gitter und rief: »Alix! Verzagt nicht – der Herr wird uns helfen!«

Die junge Fürstentochter blickte ihn traurig an und erwiderte: »Ach, Herr Tyrant, wie leicht fiel mir das Warten auf den Tod, solange ich noch hoffen durfte, daß Ihr leben würdet! Und wie schwer erscheint jetzt das Sterben, da ich fürchten muß, daß auch Euch das Ende naht!«

Schweißperlen glänzten auf ihrem schönen Gesicht, ihr kaum verhüllter Busen hob und senkte sich unter hastigen Atemstößen, und Tränen füllten ihre blauen Augen, so daß es eines steinernen Herzens bedurft hätte, nicht vom tiefsten Mitleid ergriffen zu werden.

»Alix!« stöhnte der Ritter verzweifelt. »Ich werde Euch retten!« Hastig wandte er sich zu mir. »Was will der Herzog wissen?« fuhr er mich an. »Welches Geheimnis sollen wir ihm verraten? Und was plant er mit diesen Dämonenweibern?«

Als ich nicht gleich antwortete, packte er mich grob am Untergewand. »Sprecht, Dorotheus!« befahl er mit zorniger Stimme. »Jetzt ist nicht Zeit zum Grübeln. In zwei Stunden wird es Mitternacht!«

Tughril trat zwischen uns und löste behutsam die verkrampften Finger des Gefährten von meiner Brust. »Beruhigt Euch, Herr Tyrant!« sagte er.

Ich preßte die Lippen zusammen. Noch immer wagte ich nicht, dem Ritter meine ganze Verworfenheit einzugestehen.

»Sie suchen das Haupt der Salome«, flüsterte Alix. »Es liegt in einer Zedernholztruhe. Der Herzog behauptet, Christen hätten es Satan gestohlen.«

»Salome?« staunte der Ritter. »Was hat die sündige Tänzerin denn mit...« Er unterbrach sich und fuhr verblüfft fort: »Jetzt verstehe ich! Das Johanneshaupt! Und das chaldäische Kästchen! Offenbar will der Herzog das eine gegen das andere tauschen.«

»Zedernholztruhe?« wiederholte Tughril unruhig.

»Ja«, nickte Alix. »Auch mich fragte er, ob ich etwas von ihrem Versteck gehört hätte. Anfangs verstand ich überhaupt nicht, wovon er sprach. Erst nach einer Weile dämmerte es mir: Der Herzog denkt, daß einer von euch das Salomehaupt verborgen hält. Wo ist der Mönch? Hütet euch vor ihm! Ich glaube, er ist ein Verräter.«

Erschrocken sah ich sie an und fragte mich, ob sie wohl auch von meinem Treuebruch ahnte. Tyrant du Cœur sprach mit rauher Stimme: »Ihr habt recht, geliebte Schwester. Maurus täuschte uns. Aber er hinterging auch den Herzog. Nun muß er doppelt büßen.«

Er erzählte Alix nun alles, was er seit unserer Abreise aus Katakolon erlebt hatte. Danach berichtete seine Schwester, wie sie in der Nacht ihrer Entführung plötzlich den unwiderstehlichen Drang verspürt habe, noch einmal in den Burggarten zu gehen; wie sie vor lauter Eile nicht daran dachte, das schützende Gotteslamm anzulegen, und deshalb den Pythoniden hilflos zur Beute fiel. »Es war, als ob ein Zauber meine Füße bewegte«, erklärte sie. »Selbst als ich die Echsenmenschen entdeckte, vermochte ich nicht zu fliehen.«

Danach schilderte sie, wie sie in dem schwebenden Schloß von dem Herzog verhört und mit grausigen Foltern bedroht worden war. »Viele Male betete ich zur heiligen Gottesmutter Maria«, schloß sie, »und die Madonna bewahrte mich vor dem Schlimmsten. Ach, wenn Gott uns nur schnell aus den Händen dieser Teufel befreit!«

Der Türke blickte mich nachdenklich an. »Das Haupt der Salome«, murmelte er. »Wahrlich, fast könnte ich glauben...« Er verstummte und fuhr sich müde über die Stirn. Jetzt erst entdeckte ich, daß an seiner Linken zwei Finger fehlten. Blutiger Schorf bedeckte die Knöchel.

Es drängte mich nun mit Macht, meinen Gefährten endlich das Ausmaß meiner Verfehlungen einzugestehen und ihnen zugleich alles zu eröffnen, was ich wußte. Denn jetzt erkannte ich endlich, daß ich nicht länger schweigen durfte, wenn ich das Haupt retten wollte. Einen letzten Augenblick lang quälte mich Furcht vor der Rache des Ritters und mehr noch vor der Verachtung seiner Schwester. Dann aber streifte ich die letzten Fesseln meiner Scham ab und sagte mit leiser Stimme: »Hört zu! Jetzt ist die Stunde, Euch alles zu beichten. Nicht nur Bruder Maurus verriet uns. Auch ich habe...«

In diesem Moment öffnete sich die bleierne Tür. Kynops kehrte zurück. Hinter ihm führten zwei Pythoniden den Mönch in unser Verlies. Die Hände des dunkelgesichtigen Riesen waren gefesselt. Er konnte sich kaum auf den Beinen halten.

Tyrant du Cœur starrte erst mich und dann den Mönch an. Tughril schob sich langsam hinter mich. Aber noch ehe er zupacken konnte, stießen die spitzen Lanzen durch die Gitterstäbe.

»Schnell!« rief der Mönch. »Holt Dorotheus heraus, ehe sie über ihn herfallen!«

Die Pythoniden schoben den Riegel zurück, sprangen ins Innere unseres Käfigs und drängten die beiden Gefährten an die Mauer zurück. Kynops packte mich am Arm und schleuderte mich mit heftigem Schwung auf die steinernen Platten.

»Narr!« rief der Magier. »Dachtet Ihr wirklich, Ihr könntet uns täuschen? Niemand anders als Ihr selbst stahl das Salomehaupt! Maurus beobachtete Euch dabei. Seine Treue wird nun belohnt, Eure Untreue aber bestraft. Es sei denn, Ihr sagt mir jetzt auf der Stelle, wo sich das Kleinod befindet!«

»Du Hund!« schrie Tyrant du Cœur in hellem Zorn und griff durch die Gitterstäbe nach mir. Tughril rüttelte den rasenden Ritter mit aller Kraft an der Schulter. »Beruhigt Euch, Herr Tyrant!« rief er. »Ihr könnt nichts tun!«

Staunend starrte ich den Mönch an. Der dunkelgesichtige Riese verzog die Lippen zu einem traurigen Lächeln. Da wußte ich, was geschehen sollte.

»Ich werde das Versteck nur dem Herzog selbst verraten«, erwiderte ich, um noch ein wenig Zeit zu gewinnen. »Ihm schwor ich, ihm gehört mein Gehorsam.«

Einer der beiden Echsenmänner bohrte mir zischend die Lanzenspitze zwischen die Schulterblätter.

»Der Herzog spricht mit unserem Vater, dem Satan!« fuhr mich der Magier an. »Er darf nicht gestört werden. Los jetzt! Meine Geduld ist am Ende. Wo habt Ihr das Zedernholzkästchen nach Eurem Schiffbruch vergraben?«

Ich schielte zu Maurus. Der Dunkelgesichtige sah mir ernst in die Augen. Dann wanderte sein Blick zum linken Ärmel seines Untergewands.

»Also gut«, erklärte ich Kynops. »Ja, ich weiß, wo das Zedernholzkästchen liegt. Doch denkt an unsere Abmachung!«

»Sagt es ihm nicht!« rief Alix verzweifelt. »Lieber uns den Tod als der ganzen Welt die Verdammnis!«

»Schweigt!« fuhr der Magier die Fürstentochter an. »Ihr werdet Euren hübschen Mund noch brauchen, wenn Ihr mich um Erlösung von den Qualen anfleht, die Euch erwarten!«

Er gab den Echsenmännern einen herrischen Wink. Der Schmerz zwischen meinen Schultern schwand. Mühsam richtete ich mich auf.

»Der Schatz, den Ihr sucht, liegt in Achaia«, berichtete ich. »In der Nähe von Katakolon.« Ich deutete auf den Mönch. »Mit etwas mehr Klugheit hätte er Euch die Stelle längst zeigen können«, fügte ich spöttisch hinzu.

Bruder Maurus reckte mir die gefesselten Hände entgegen. »Wäre ich nicht gebunden«, rief er wütend, »würde Euer loses Maul keine zweite solche Frechheit entlassen!«

Kynops verzog die dünnen Lippen zu einem grausamen Lächeln. Im gleichen Moment griff ich in den Ärmel des Mönchs und zog den Storaxstab hervor. Sogleich schlang Maurus die mächtigen Arme um den Nacken des Magiers. Ich aber drehte mich blitzschnell um, streckte den Pythoniden das zaubermächtige Holz entgegen und rief, so laut ich konnte: »Atha Gibor Leolam Adonai – Du bist in Ewigkeit mächtig, oh Herr!«

Zischend wichen die Echsenmänner zurück und hoben die gezackten Lanzen. Mordlust blitzte aus ihren schwefelfarbenen Augen. Doch hinter ihrem Haß verbarg sich Furcht. Es schien, als ob sie sich nicht recht entscheiden konnten, ob sie angreifen oder fliehen sollten. Ich ließ ihnen keine Zeit, sondern rief mit erhobener Stimme die machtvolle Formel aus Salomos Testament: »Lamac Lamac Bachylas! Cabahagy Sabalyos!«

Bläuliche Strahlen fuhren aus dem Storaxstecken. Hell wie Blitze zuckten sie durch die Luft auf die Häupter der Echsen und hüllten sie in einen feurigen Schein. Die Pythoniden rissen ihre roten Rachen auf und fauchten wie zornige Löwen. Sie mochten nun einsehen, daß sie dem Zauber nicht mehr entfliehen konnten, und stürzten sich auf mich, um mit mir auch meine Magie zu töten.

Schnell vollführte ich nun mit dem magischen Stab jene fünf Zeichen, die jeder Pilger auf seinem Weg ins Paradies kennen muß, und sang die sieben Vokale der Seligkeit. Mit jedem Ton verlangsamte sich der Angriff der Echsenmenschen, so als ob ihre Füße in Pech klebten. Ihre Arme rangen, als hätten sie plötzlich den Widerstand unsichtbarer Fesseln zu überwinden.

Ich öffnete den Mund, um als nächstes die von allen Satanswesen gefürchteten Namen der fünf Bäume Edens zu nennen. Da hörte ich hinter mir ein entsetzliches Brüllen. Als ich mich umwandte, sah ich ein grausiges Bild: Bläuliche Flammen schossen wie Elmsfeuer aus dem hageren Leib des Magiers und verbrannten Arme und Brust des Mönchs. Fetzen verschmorter Haut lösten sich von den nackten Gliedern des Riesen, und sein Gesicht verzerrte sich in namenloser Qual.

Kynops wehrte sich gegen die Griffe des Hünen, wie eine giftige Viper sich in den Fängen des Adlers windet. Mit funkelnden Augen stieß er die unheiligen Gebete hervor, die den Brand der Hölle entfachen, und das satanische Feuer schlug immer höher und heißer aus allen Poren seines vom Teufel geformten Scheinleibs. Laute Schmerzensschreie drangen aus dem Mund des Mönchs, aber er ließ seinen Todfeind nicht los.

Aus aufgerissenen Augen verfolgten Tyrant du Cœur und Tughril den Kampf. Die Fäuste der beiden Gefährten umklammerten mit aller Macht das eherne Gitter. Weiß traten ihre Knöchel hervor, doch sie konnten den Riegel nicht biegen.

Hastig wandte ich mich nun wieder den beiden Echsenmännern entgegen und sprach in schneller Folge die sieben Amen, die in das Himmelreich führen. Bei jedem Ruf zuckten die Teufelsgeschöpfe wie unter Peitschenhieben zusammen. Dann stieß ich dem größeren meinen Storaxstab vor die Brust und schrie: »Bei Noah, der die Arche zimmerte und den ersten Bund mit Gott schloß – stirb, du Geschöpf der Hölle!«

Der Pythonide starrte mich aus blutenden Augen an. Ich stach mit aller Kraft, da gab sein Panzer plötzlich nach, und die Spitze des geweihten Holzes bohrte sich zwischen den Schuppen hindurch. Zischend drang Dampf aus dem Dämonenleib, und ein heißer Hauch strich über mein Gesicht.

Der Satanskrieger ließ seinen Sägespeer sinken. Die Muskeln seiner Arme erschlafften, dann gaben auch seine Knochen nach. Er schrumpfte wie ein zerstochener Weinschlauch. Am Ende flatterte er als leere Hülle vor meinen Füßen zu Boden.

Kynops stieß einen heiseren Schrei aus und verdoppelte seine Anstrengungen. Fürchterliche Brandwunden bedeckten Hals, Brust und Arme des Mönchs, doch er ließ den Magier nicht los.

»Oh du Verlorener Gottes«, dachte ich bei diesem Anblick. »Wenn schon die Brände der Schwarzen Magie solche Schmerzen bereiten, welche Qualen erwarten dich dann in den Öfen der Hölle!« Dann faßte ich mich und schrie dem anderen Echsenmenschen entgegen:

»Bei Abraham, der Gottes ersten Altar errichtete – vergehe, du Ausgeburt des Bösen!«

Wieder stieß ich mit dem Storaxstab zu und traf das Schattengeschöpf an der Kehle. Der Pythonide bäumte sich auf. Von neuem ertönte ein schreckliches Zischen. Blauschwarzer Schleim spritzte aus der Gurgel des Echsenwesens. Ein glühender Luftstoß brach aus seiner Wunde hervor. Dann sank auch der zweite Pythonide nieder.

»Schnell«, schrie Tyrant du Cœur. »Befreit uns!« Heftig rüttelte er an dem Eisengitter. Ich aber hörte nicht auf ihn, sondern eilte zu Bruder Maurus, der nun am Ende seiner Kräfte schien. Die Haare seines Bartes waren bis zu ihren Wurzeln abgesengt. Zwischen seinen blutigen Lippen drang ein lautes Stöhnen hervor. Das Hanfseil an seinen Handgelenken war längst von der höllischen Glut zerfressen. Noch immer hielt der Riese seinen Todfeind fest umklammert.

»Bei Moses, der Besaleel beauftragte, für Gott die Bundeslade zu schreinern – verende, du Sklave Satans!« schrie ich und stieß Kynops den Storaxstab tief ins Herz.

Der Magier schlug mit den Klauen nach mir. Bläuliche Blitze rasten auf mich zu. Ich duckte mich und riß das Zauberholz aus der Wunde. Wie feiner Sprühregen schoß das Blut des Höllenknechts hervor und brannte rauchende Löcher in die steinernen Platten.

Ich sprang wieder vor und bohrte die heilige Waffe in den Magen des Zauberes. Dabei rief ich, so laut ich konnte: »Bei David, der Araunas Tenne zu Jerusalem für den Tempelbau kaufte – fahre ins ewige Nichts, du Erzeugnis der Gottlosigkeit und der Sünde!«

Feuer schlug nun aus dem Mund des Magiers. Aus seinem Bauch tropfte flüssige Glut, und seine Augen leuchteten jetzt wie brennender Schwefel. Geifer löste sich in schwarzen Flocken von seinen Lippen und blieb rauchend wie heißes Pech auf dem Boden liegen. Da hob ich zum fünften Mal meinen magischen Stab; denn fünf Steine waren es auch, die David vor seinem Kampf gegen Goliath in seine Schleudertasche steckte. Sorgfältig zielte ich auf die Leber in dem dämonischen Leib. Dann stieß ich mit aller Kraft zu und schrie: »Bei Salomo, der Zions heiligen Tempel erbaute – nichts soll von dir übrigbleiben, du Abkömmling des Antichrist!«

Kynops warf den Kopf zurück, und aus seinem grausig verzerrten Mund erscholl ein Geheul wie aus den Schlünden von tausend Teufeln. Schwarzer Schaum stob durch die Luft, und blaues Blut quoll in breiten Strömen aus seiner Todeswunde. Die Flammen verschwanden, und sein hagerer Körper sank langsam zusammen. Da endlich löste Bruder Maurus seinen Griff.

Der Magier fiel zu Boden und krümmte sich auf den steinernen Platten wie ein Wurm in der Glut eines Herds. Sekunden später schlug wieder Feuer aus seinem Leib, diesmal aber von gänzlich anderer Farbe: goldene Flammen wie aus dem Auge des Himmels hüllten den Zauberer ein. Schwefelgestank drang uns in die Nasen. Schnell flogen wir vor der funkensprühenden Lohe zu dem eisernen Käfig. Ich schob den Riegel zurück, und die Gefährten eilten heraus, eben noch rechtzeitig, um den stürzenden Mönch aufzufangen. Behutsam betteten sie ihn auf den Boden.

Bruder Maurus röchelte im Todeskampf, doch er besaß zuviel Kraft, um schnell sterben zu können. Starr vor Schrecken blickten wir auf das göttliche Feuer. Obwohl in dem Kellergewölbe kein Lüftchen wehte, brodelte der Brand immer heftiger, und die Flammen reckten sich, als ob ein kräftiger Wind sie belebte. Die Hitze versengte unsere Gesichter. Am Schluß schwoll das Feuer zu einem riesigen Ball aus goldener Glut, der plötzlich mit einem ohrenbetäubenden Krachen zerbarst.

Dann herrschte wieder Finsternis. Nur die Fackeln aus Judasbaumholz leuchteten rot an den Wänden. Schnell lief ich auf unseren Kampfplatz und sah nach den Überresten des Zauberers. Aber ich konnte keine Spur von Kynops entdecken. Selbst die steinernen Platten des Fußbodens schienen unversehrt, als habe niemals ein magisches Feuer auf ihnen gelodert. Da kehrte ich zu Bruder Maurus zurück und sagte:

»Der Geist, der Vater Hermogenes tötete, ist nicht mehr. Es war Euer Sieg, und Ihr habt Euer Rachegelübde erfüllt.«

Tughril kniete nieder und betrachtete seinen sterbenden Vetter. Das Gesicht des Türken war aschfahl. »Da ist nicht mehr zu helfen«, murmelte er voller Grauen. »Niemand kann solche Verbrennungen überleben.«

Tyrant du Cœur hastete in den silbernen Käfig und löste die Fesseln seiner Schwester. Dann bedeckte er ihre Blöße mit einem Umhang, hob sie wie ein Kind auf die Arme und trug sie hinaus. Schaudernd starrte die Fürstentochter auf den schwerverletzten Mönch.

»Er war ein Verräter«, erklärte der Ritter bedrückt. »Aber zugleich ein tapferer Mann, der viel wiedergutgemacht hat. Möge Gott sich seiner Seele erbarmen!«

Dann faßte Tyrant du Cœur mich ins Auge und fragte: »Aber wie steht es mit Euch, Dorotheus? Wahrlich, ich kenne Euch nicht mehr. Seid Ihr nun Freund oder Feind?«

»Ich fechte auf Eurer Seite«, erwiderte ich. »Aber...«

Ein leises Stöhnen ertönte. Die zerbissenen Lippen des Mönchs begannen sich zu bewegen.

Schnell beugten wir uns zu ihm hinab. »Wollt Ihr noch etwas sagen?« fragte der Ritter.

Der Sterbende nickte mühsam. Aus dem blutigen Mund drang seine Stimme als kaum vernehmbarer Hauch. »Ich bin Euch noch etwas schuldig, Herr Tyrant«, flüsterte er. »Ja, ich verriet Euch. Niemals aber, niemals war ich bereit, Satan Euer Leben zu opfern.«

Ich nickte. »Er hat recht«, erklärte ich leise. »Wie sonst hätte er bei Bodonitsa den Schwur auf das Jesusblut leisten können?«

Der Ritter blickte den Mönch nachdenklich an. »Ich vergebe Euch«, sagte er dann. »Auf dieser Reise blieb keiner von uns frei von Schuld. Auch ich nicht.« Traurig blickte er zu seiner Schwester.

»Ihr irrt Euch«, stieß Bruder Maurus keuchend hervor. »Ich wollte es Euch schon lange sagen. Aber ich fürchtete Euren Zorn. Ach, hätte ich doch früher gewußt, wie das alles zusammenhängt... Nun sollt Ihr endlich erfahren: Als ich Euren Bruder Blandrate damals im Wald bei Katakolon fand, lebte er noch. Er starb erst in meinen Armen. Vorher aber vertraute er mir ein Geheimnis an. Blandrate liebte Euch über die Maßen, Herr Tyrant – doch sein Bruder wart Ihr nicht. Sein Vater Normann von Tamarville zog Euch zwar auf wie seinen eigenen Sohn, doch in Wirklichkeit seid Ihr wie Dorotheus ein Findelkind.«

SECTIO X

Tyrant du Cœur starrte den Sterbenden fassungslos an. In dem edlen Gesicht des Ritters zuckte es wie ein Wetterleuchten. »Schnell!« befahl er dem Mönch. »Sagt mir alles, was Blandrate Euch erzählte!«

»Wir haben keine Zeit!« warnte Tughril. »Jeden Moment werden die Pythoniden erscheinen!«

»Aber ich muß es wissen!« rief der Ritter erregt.

Der Riese stöhnte wieder vor Schmerz. Dann stieß er mühsam hervor:

»Nach der Geburt Blandrates wollte Graf Normanns Gemahlin Eschieve von Tamarville ihrem Gatten einen zweiten Sohn schenken. Doch ihr Leib wurde nicht mehr gesegnet. In ihrer Not unternahm sie eine Bittfahrt zu den Gebeinen der hl. Monica im Augustinerkloster Arrouiaise. Auf bloßen Füßen lief sie durch tiefen Schnee zu dem Reliquienschrein und betete dort die ganze Nacht. Als sie die Kapelle am Morgen verließ, hatte der Herr ihr Flehen erhört, wenn auch auf andere Weise, als sie gedacht hatte. Denn auf den Stufen fand sie Euch, in einer Wiege aus Weidenruten. Sie verstand den Wink des Himmels und nahm Euch mit sich.«

Bruder Maurus röchelte im Todeskampf, und wir glaubten, daß seine Seele nun gleich aus dem Leib fahren würde. Doch mit ungeheurer Anstrengung kämpfte sich der tapfere Mönch noch einmal ins Leben zurück und fügte kaum vernehmbar hinzu:

»Graf Normann von Tamarville liebte Euch von der ersten Sekunde an. Denn Euer kindliches Lächeln verzauberte ihn, und darum gab er

Euch auch diesen Namen: Tyrant du Cœur – Tyrann des Herzens – solltet Ihr heißen, weil Ihr von Anfang an wie ein Gewaltherrscher über die Gefühle Eurer Eltern gebotet. Zwei Jahre später aber wurde der Leib Eurer Ziehmutter doch noch einmal gesegnet, und sie brachte eine Tochter, Alix, zur Welt.«

Tughril sprang auf, eilte zu den Überresten der toten Echsenmänner und kehrte mit ihren zwei Sägelanzen zurück. »Macht Euch bereit!« rief er dem Ritter zu. »Die Scheitansdiener kommen!«

Erschüttert blickte Alix auf den Schwerverletzten hinab. Dann sah sie Tyrant du Cœur an. »So seid Ihr gar nicht mein Bruder!« flüsterte sie mit zitternden Lippen. »Oh Tyrant – auch meinem Herzen befehlt Ihr, und es will Euch ewig gehorchen!«

Zärtlich zog sie der Ritter an sich. »Ich werde Euch niemals verlassen«, versprach er. Dann beugte er sich zu dem Mönch nieder und fragte: »Seit wann wußte Blandrate, daß ich ein Findelkind bin?«

»Sein Vater vertraute es ihm auf dem Totenbett an«, antwortete Maurus stockend. »Er ließ ihn schwören, das Geheimnis bis an sein Lebensende zu hüten. Denn Graf Normann wollte nicht, daß Ihr jemals davon erfuhrt – außer, wenn Ihr selbst Herr von Tamarville werden würdet.«

»Und warum«, fragte ich nun, »habt Ihr uns das damals in Katakolon verheimlicht? Und auch noch später bei Bodonitsa?«

Maurus wandte mir sein zerstörtes Gesicht zu. Der Geruch seines verbrannten Fleisches ließ mich schaudern, doch im Blick des Mönchs lag soviel Liebe, daß ich nicht anders konnte, als Mitleid und Scham zu empfinden. Wer war ich, über Verrat zu richten? Wer war ich, Untreue zu verdammen? Machtvoll drängte sich das Jesuswort aus dem Evangelium des Johannes in meinen Sinn, da der Messias dem zornigen Volk vor der ertappten Ehebrecherin zurief: »Wer von euch ohne Sünde ist, der werfe den ersten Stein!«

»Als ich in Katakolon allein in meiner Krankenstube lag«, berichtete Bruder Maurus leise, »erschien mir nachts der Herzog von Hinnom. Er sagte, wenn ich dem Teufel hülfe, werde Fürst Satan den Tod überreden, meine tote Guillerma aus der Unterwelt zu mir zurückzuschicken. Alles hätte ich dafür gegeben, sie zurückzugewinnen! Auch versprach der Herzog, mir den Magier Kynops auszuliefern. Ich forderte einen Beweis. Kurz darauf trug der Kynokephalus meine Geliebte herbei. Ich glaubte zu träumen und zwickte mich in den Arm, aber ich wachte! Ich betastete Gesicht und Glieder meiner Geliebten, fühlte den Schlag ihres Herzens und roch ihren Atem. Heute weiß ich, wie der Herzog mich hinterging! Nicht eine aus dem Totenreich wiedergekehrte Guillerma zeigte er mir, sondern die noch immer lebende, die der Dämon aus dem Kerker von Bodonitsa gebracht hatte. Ihr hatte man wohl gedroht, daß man mich umbringen würde, falls sie mir die Wahrheit verriet.«

Er seufzte schwer. Meine Augen füllten sich mit Tränen. Alix schluchzte laut. Auch Tyrant du Cœur vermochte sich kaum zu beherrschen. Der Mönch keuchte: »Ich will Euch alles sagen. Herr, gib mir dazu die Kraft! Als der Kynokephalus meine Guillerma wieder auf seinen Rücken lud und verschwand, schwor ich dem Satan Treue – aber nur unter der Bedingung, daß Euch, meinen Gefährten, kein Leid geschehen dürfe. Leider vergaß ich, Alix in diesen Vertrag aufzunehmen! Der Herzog leistete mir den geforderten Eid. Dann gab er mir einen Span von dem Weidenbaum, an dem sich einst Judas nach seinem Verrat an Jesus erhängte. Als Doktor Cäsarius zu Isthmia unser Boot aus den heiligen Hölzern Abrahams bauen ließ, schlich ich nachts heimlich hinzu und fügte das böse Zauberzeichen zwischen die Spanten am Kiel, wo es keiner bemerkte. Darum nur schickte uns Gott den Leviathan!«

Er unterbrach sich und röchelte wieder. Hinter der niedrigen Bleitür erklang ein Rasseln. Dann stürmten zwei Pythoniden mit heiserem Zischen herein.

Tughril hob seine Sägelanze und stellte sich den Echsenmännern entgegen. Tyrant du Cœur eilte ihm zu Hilfe. Der Mönch fuhr hastig fort:

»Ich glaubte, daß die Pythoniden nach unserem Schiffbruch nur so tun sollten, als ob sie uns verfolgten. Heute bin ich mir dessen nicht mehr so sicher. Als ich an Land schwamm, fuhr Belphegor herab. Er fragte mich nach dem Zedernholzkästchen. Damals ahnte ich ja noch nicht, was Tughril nichtsahnend geraubt hatte! Da ich dem Dämon also keine Auskunft geben konnte, erklärte er mir, er habe den Magier überwältigt und wolle in dessen Gestalt versuchen, etwas aus Tyrant du Cœur, Tughril und Euch herauszubekommen. Als ich später bei Katakolon den toten Blandrate in meinen Armen hielt und Ihr plötzlich auf mich zulieft, mußte ich glauben, daß Belphegor in der Haut des Magisters steckte. Darum sagte ich Euch, Herr Tyrant, nichts von den letzten Worten Eures Bruders. Erst in Bodonitsa erkannte ich, wie ich getäuscht worden war. Der Kynokephalus konnte außer dem Magier nur noch einen Menschen aus dem Kerker davontragen. Ihr, Alix, scheint Kynops wichtiger. Meine Guillerma aber brachte der

Zauberer um, damit sie mir und Euch nichts verrate. Oh, wie gern hätte ich euch damals alles gestanden! Aber ich mußte mich weiter verstellen und immer neue Lügen ersinnen, um bei euch bleiben zu dürfen. Denn ohne euch hätte ich wohl niemals Gelegenheit gefunden, mich an Kynops zu rächen. Ihr glaubtet meinem Schwur zu Recht, doch seine Worte habt ihr falsch gedeutet: ›Niemals werde ich Gott verleugnen und dem Teufel dienen‹, sagte ich damals – es war kein Eid, der das Vergangene betraf, sondern ein Versprechen für die Zukunft. Das Jesusblut auf meiner Stirn verbrannte mich nicht, denn der Herr wußte, daß ich mein Gelöbnis erfüllen würde.«

Lautes Waffengeklirr hallte durch das düstere Gewölbe. Immer mehr Pythoniden drangen auf die Gefährten ein. »Dorotheus!« schrie Tyrant du Cœur. »Helft uns! Wir brauchen jede Hand!«

»Doch wenn der Mächt'gen Plan zerrinnt, kommt Rettung durch ein Findelkind«, sagte ich in meinem Innern zu mir. »Du, Dorotheus, wirst dieser Retter nicht sein. Der Magister hat sich geirrt. Der Ritter ist es, auf dem Gottes Gnade ruht!« Neue Furcht drang in mein zaghaftes Herz. »Ach, Doktor Cäsarius!« dachte ich schmerzerfüllt. »Wenn Ihr doch noch lebtet, mich durch diesen Irrgarten zu leiten!« Doch dann ermannte ich mich wieder. »Nur noch eine Frage«, sagte ich zu dem Sterbenden. »Wie brachtet Ihr den Storaxstab in diese Feste?«

Die Augen des Riesen funkelten, und ein Lächeln huschte über seine gequälten Züge. »Als ich erkannte, daß Varcan mich in einen Pelikan verwandelt hatte, wußte ich gleich, warum«, erwiderte er. »Gott schenkte mir eine Möglichkeit, mein Versagen wettzumachen. Ihr wärt allerdings wohl kaum mit meinem Vorhaben einverstanden gewesen. Denn Ihr wolltet den Herzog ja ohne die Waffen der Weißen Magie überwinden. Also stellte ich mich, als könne ich kaum fliegen. Als ihr davonschwebtet, zog ich den heiligen Stecken mit dem Schnabel aus dem Talar des Magisters und schob das Holz in meinen Kehlsack. Nach unserem Kampf mit dem Kynokephalus spürte ich die geweihte Waffe plötzlich an meinem Kinn und verbarg sie in meinem Ärmel.«

Sein Lächeln verschwand. »Nun wißt Ihr alles«, hauchte er. »Berichtet es auch den Gefährten! Befreit das Haupt des Täufers, tötet den Herzog und – betet für meine Seele!« Dann hob sich seine breite Brust ein letztes Mal, und mit einem langen Seufzer fuhr das Leben aus seinem riesigen Leib.

»Dorotheus! Gebt acht!« schrie Alix entsetzt.

Ich fuhr herum. Einer der Echsenmänner stürzte mit erhobenem

Spieß auf mich zu. Ich duckte mich unter der niedersausenden Lanze, packte Alix an der Hand und zog sie hinter mir her zu den Gefährten. Dort ließ ich die Fürstentochter zu Boden sinken, streckte meinem Verfolger den Storaxstecken entgegen und rief wieder die dämonenvernichtenden Formeln aus dem Testament Salomos. Bläuliche Blitze zuckten aus dem geweihten Holz und trafen den fauchenden Pythoniden zwischen die Augen. Ein Wimpernzucken später hüllten Flammen den Echsenmann ein, und mit grausigem Gebrüll verbrannte er zu Asche.

Tughril hauste unter den Pythoniden wie ein Sturmwind in dürrem Gehölz. Mit noch stärkerem Arm focht Tyrant du Cœur. Aber die noch überlebenden Echsenmänner dachten nicht etwa daran zu fliehen, sondern warfen sich auf uns, als würden sie von einem fremden Willen gelenkt. Dem einen jagte der Türke die Lanze tief in den aufgerissenen Rachen. Ich sprang mit meinem Storaxstecken hinzu. Zischend entwich das falsche Leben aus dem Leib des Teufelswesens. Einen Herzschlag später starb auch der letzte aus dieser Schar, von einem prächtig gezielten Stoß des Ritters in die Leber getroffen.

»Laßt uns verschwinden!« keuchte Tughril. »Verstecken wir uns irgendwo und warten, bis es dunkel wird! Dorotheus – könnt Ihr auch Alix in einen Vogel verzaubern? Durch die Luft werden wir wohl am ehesten entkommen...

Tyrant du Cœur schüttelte entschlossen den Kopf. »Nicht ohne das Haupt des Täufers!« sprach er und fügte drohend hinzu: »Ihr aber, Dorotheus, werdet uns dorthin begleiten, Verräter oder nicht!«

Ich nickte und murmelte hastig ein placebo Domine für den toten Mönch. Tyrant du Cœur nahm Alix an der Hand und eilte mit erhobener Lanze durch den düsteren Gang. Tughril und ich folgten dichtauf. Unser Weg gabelte sich viele Male, und wir erkannten, daß wir durch ein schier unentwirrbares Labyrinth hetzten. An einer Ecke hörten wir hastige Schritte und Waffengeklirr. Vorsichtig preßten wir uns in eine Nische. Scharen von Echsenmenschen eilten vorüber.

Einige Minuten später fanden wir eine gewundene Treppe. Tyrant du Cœur und Tughril wechselten einen Blick. Dann stieg der Ritter als erster hinauf. Der Türke hielt sich am Schluß. Alle zehn Stufen öffnete sich eine schmale Scharte zwischen den Steinen, und ich sah die Sterne funkeln.

Auf der obersten Stufe hielt Tyrant du Cœur an und lauschte. Ich spähte durch eine Mauerlücke und sah das Sternbild der hl. Kirche bereits dem Zenit entgegenstreben. Jeden Moment mußte es Mitternacht werden. Tief unter uns klirrten Waffen. Dann polterten hastige Schritte auf der Stiege.

»Weiter!« rief Tughril.

Der Ritter packte den Echsenspieß fester und lief wie ein zorniger Löwe durch den gekrümmten Gang. Nach etwa hundert Schritten versperrte uns eine Bleitür den Weg. Tyrant du Cœur rüttelte an der Klinke. Die schmale Pforte gab ohne Widerstand nach. Vorsichtig schlichen wir hindurch, drückten die Tür hinter uns zu und schoben den Riegel vor. Dann erst erkannten wir, daß wir im Thronsaal des Herzogs standen, jener unheiligen Halle, aus der er im Auftrag des Teufels Böses in alle Welt sandte.

Das gewaltige Gelaß glich dem ins Riesenhafte vergrößerten Kelch einer Herbstzeitlose. In der gewaltigen Wölbung fühlten wir uns so winzig wie Fliegen. Sechs Blütenblätter aus grauem Granit bildeten die runden Außenwände. Sie ragten höher auf als selbst die Ränge des Colosseums zu Rom. Wie die Staubfäden einer giftigen Blume standen sechs schwarze Säulen im Kreis, jede wohl mindestens zehnmal so hoch wie selbst die größten Obelisken Ägyptens. Von dem schmalen Rundgang, auf dem wir standen, fiel der riesige Blütentrichter in schwindelnde Tiefen hinab. Brodelnde Dämpfe bedeckten den Boden, und glitzernde Augen von teuflischen Tieren starrten uns aus der Finsternis an. Aus diesem Pfuhl, dem wohl auch die Pythoniden entkrochen sein mochten, hob sich der todverbreitende Fruchtknoten dieser künstlichen Kolchispflanze empor, dicker als selbst der stärkste Bergfried. Von dem Umlauf führte ein schwankender Stieg wie der Faden einer titanischen Spinne zu der breiten Plattform auf der Spitze des Turms.

Über den gezackten Rändern dieser ungeheuren Blume des Bösen leuchtete der gestirnte Himmel wie ein brennendes Zelt. Auf den sechs Säulen zeigten silberne Standbilder der höchsten Diener des Teufels an, welcher sündige Same von dort in die Welt hinausgeschleudert wurde: Zu unserer Linken lockte Venus, die Dämonin der Wollust, mit ihrer Blöße. Auf der benachbarten Säule sahen wir Nero, den Genius menschlicher Grausamkeit. Die nächste Spitze krönte ein Standbild Kaiser Elagabals, des Vollenders zuchtloser Völlerei. Rechts von uns starrte Herodes blicklos zum nächtlichen Himmel, der Heger des Hasses, an dessen Händen das Blut der unschuldigen Kinder von Bethlehem klebt. Neben ihm stand Simon Magus, der böse Zauberer aus der Apostelgeschichte, Symbolgestalt des Aberglaubens, der Herz und Seele verdirbt. Ihm folgte Kaiphas, der Hohepriester, der Jesus ans Kreuz schlagen ließ, weil er ihm seine Wunderkraft neidete. Über der hohen Plattform in der Mitte dieser Brutstätte des Bösen drohte das riesige Standbild des Teufels. Zu seinen Füßen erblickte ich nun zum dritten Mal den schauerlichen Satansaltar, aus der Hölle ans Licht gehoben, um mit seiner teuflischen Pracht die Diener des Bösen zu wärmen. Auf seinen Stufen kniete der Herzog von Hinnom, in lästerliche Gebete versunken.

Tyrant du Cœur zögerte keinen Moment. »Wartet hier!« befahl er und drückte mir Alix in den Arm. Dann hob er seinen Spieß und stürmte über die schmale Brücke auf seinen Todfeind zu. »Wehrt Euch!« schrie er. »Eure letzte Stunde ist gekommen!«

Der Statthalter Satans schreckte aus seiner unheiligen Andacht auf und fuhr herum wie ein Wolf, dem ein Hirtenhund das geraubte Lamm streitig macht. »Ihr?« rief er staunend. »Wie konntet Ihr aus dem Kerker entkommen? Kynops! Was ist geschehen?«

»Der höllische Scheinleib des Magiers verbrannte«, versetzte der Ritter grimmig, »nicht einmal Asche blieb von ihm zurück! Ihr aber werdet ihm folgen. Nicht in Eure Heimat, die Hölle, sondern in das Totenreich, aus dem es keine Wiederkehr gibt.«

»Ihr fahrt vor mir dorthin!« zischte der Herzog haßerfüllt, riß das silberne Absalomschwert aus der Scheide und stürzte dem Ritter entgegen.

Klirrend prallten die Klinge des Aufrührers und die Lanze der Echse nun gegeneinander. Funken sprühten durch die Luft wie Blütenblätter des Goldregenstrauchs. Der Herzog schlug mit ungeheurer Kraft auf unseren Gefährten ein. Tyrant du Cœur aber führte seine schwere sperrige Waffe mit solchem Geschick, daß er die schnellen Streiche des Rotbarts allesamt abwehren konnte und selbst die Deckung des Gegners durchbrach.

Mit einem fürchterlichen Fluch sprang der Statthalter Satans zurück. Dann griff er sogleich wieder an. Seine blitzende Klinge fuhr wie ein Unwetter durch die Luft. Tyrant du Cœur gab auf jeden Hieb die gehörige Antwort, doch seine Streiche versehrten den Herzog nicht, sondern versetzten ihn nur in immer größere Wut.

Nach einigen weiteren heftigen Schlägen standen die beiden Kämpfer plötzlich Fuß gegen Fuß. Mit schwellenden Muskeln drückte der Herzog den scharfen Stahl seiner Waffe gegen den Schaft der Sägelanze. Die Schläfenadern des Herzogs traten hervor wie die Spuren des Wurms im Schlick. Sein entstelltes Gesicht verfärbte sich purpur. Das

Narbengewebe auf Stirn und Wangen hob sich von dieser Röte ab wie Rauhreif von einer Christrose. »Ihr sollt mir in der Hölle dienen, und Eure Schwester auch!« knirschte der Statthalter Satans. Unter den Fersen Tyrant du Cœurs lösten sich Steine vom Rand der Plattform und polterten in die Tiefe.

»Schnell, helft ihm doch!« rief ich Tughril zu.

»Zu spät!« antwortete der Türke. Durch die bleierne Pforte drangen sechs Echsenmänner herein. Mit gräßlichem Zischen eilten sie auf uns zu. Ich griff schnell nach der Hand der Fürstentochter und führte sie über den schwankenden Steg. Tughril folgte uns und wehrte die nachdrängenden Satanskrieger ab, so wie ein starker Rothirsch mit seinem Geweih die kläffende Meute der Hetzhunde von seiner Hindin fernhält.

»Ergebt Euch!« schrie der Herzog. »Dann will ich Gnade walten lassen.«

»Mich könnt Ihr nicht täuschen!« rief der Ritter verächtlich und hieb die Lanze so heftig gegen das Schwert seines Gegners, daß er es ihm fast aus der Hand geschlagen hätte.

Auch hinter uns klang nun Stahl gegen Stahl. Tughril focht mit dem Sägespeer, als sei er an diese seltsame Waffe seit Jahren gewöhnt. Flink duckte er sich unter einem pfeifenden Querhieb des vordersten Pythoniden und stieß dem Schuppenkrieger dann das stumpfe Ende der gezackten Lanze in den Leib. Der Echsenmensch fauchte, verlor das Gleichgewicht und stürzte mit gellendem Kreischen in die Tiefe des Trichters.

Ich hob schnell den Storaxstab, rief: »Atha Gibor Leolam Adonai!« und richtete die Strahlen auf die dichtgedrängte Schar unserer Verfolger. Blaue Blitze fuhren den Pythoniden entgegen, und furchtsam wichen sie zurück. Doch auf einen lauten Befehl ihres Herrn griffen sie gleich wieder an.

Nach und nach hasteten immer mehr von diesen grausen Geschöpfen in den schwarzen Saal. Verzweifelt spähte ich zum Himmel. Der blutrote Mond trat in das Sternbild des Apostels Thomas und zeigte damit an, daß der Karfreitag begonnen hatte. Da zerrte mich Alix plötzlich am Arm. »Seht!« rief sie durch den Waffenlärm und zeigte auf ein goldenes Leuchten neben dem Satansaltar.

Ich kniff die Augen zusammen und erkannte einen kleinen Tisch. Das Möbel bestand ganz aus Holz in der häßlichen Farbe getrockneten Blutes. Darauf stand ein Kästchen aus weißem Korund. Das goldene Glühen drang unter dem Deckel der schimmernden Truhe hervor. Es gab keinen Zweifel, daß dieser himmlische Schein vom Haupt des Täufers ausgehen mußte.

»Wir haben den Schatz gefunden!« rief ich dem Ritter zu. Und wenn Tyrant du Cœur bis dahin noch gezögert hatte, den Statthalter Satans zu töten, da er nicht sicher sein konnte, daß wir die Reliquie ohne den Herzog zu finden vermochten, so legte der Ritter jetzt jede Zurückhaltung ab. Mit hallenden Streichen trieb er den Herrscher der Burg vor sich her.

Doch sooft er Brünne oder Helm des Herzogs traf, der Statthalter Satans wankte nicht, sondern er schien im Gegenteil durch jeden Streich seines Gegners sogar noch gestärkt. Am Ende schien es uns fast, als ob Tyrant du Cœur gegen sich selbst focht: Wenn der Ritter seinen Feind verfehlte, blieb der Herzog stehen und wartete auf einen neuen Hieb. Traf er ihn aber, so wuchsen dem Statthalter Satans sogleich neue Kräfte zu, und er stürzte sich mit verdoppelter Wucht auf unseren Gefährten. Auf diese Weise drängte der Herzog den Ritter bald wieder zum Abgrund.

»Inversus!« dachte ich erschrocken. »Vom Teufel verdreht! Tyrants Kraft nutzt nur dem Feind. Wie kann er einen solchen Gegner besiegen?«

»Dorotheus!« rief Tughril verzweifelt.

Ich drehte mich um und erstarrte. Der Türke hatte den Halt verloren und hing nun über dem schrecklichen Abgrund, die blutenden Finger um die scharfe Kante der Brücke gebogen. Mit höhnischem Zischen traten ihm zwei Pythoniden auf die verletzten Hände.

Schnell rief ich wieder ein »Atha Gibor Leolam Adonai« und noch einige andere Worte aus dem Testament Salomos. Auch diesmal versagte die heilige Waffe des alten Magisters nicht. Feuerblitze fuhren hervor und prallten funkensprühend gegen die Schuppenpanzer. Die beiden Echsenmänner stürzten mit markerschütterndem Kreischen in den qualmenden Kelch des Bösen hinab.

Tughril zog sich mit schier übermenschlicher Anstrengung wieder auf die Brücke zurück und packte einen Sägespeer, den unser letztes Opfer fallengelassen hatte. »Worauf wartet Ihr?« fragte er unmutig. »Holt endlich das Johanneshaupt herbei! Die Reliquie wird uns gewiß gegen die Scheitane helfen!«

Mit zusammengebissenen Zähnen stemmte er sich den Feinden entgegen. Ich wandte mich um und starrte auf den Kampf zwischen Tyrant du Cœur und dem Herzog. Schon war ich versucht, den Storaxstab zu erheben, doch eine innere Stimme hielt mich zurück.

Wenn die Schläge des Ritters den Statthalter Satans nur stärkten, wie viele neue Kräfte mußte unser Feind dann erst durch die Magie des geweihten Holzes gewinnen?

Der goldene Schimmer des heiligen Haupts verbreitete immer mehr Helligkeit in dem nächtlichen Saal. Ich überlegte, ob ich versuchen sollte, an dem Herzog vorüberzueilen und das kostbare Kleinod zu bergen. Aber ich wagte es nicht, denn ich ahnte, daß mich der Statthalter Satans sofort angreifen würde. Dann aber würde mir nichts anderes übrigbleiben, als mich mit dem Storaxstab zu wehren.

»Wovor fürchtet Ihr Euch?« rief Alix mit blitzenden Augen und wollte selbst zu dem Kästchen laufen. Ich hielt sie am Arm zurück.

»Laßt mich!« rief sie zornig und versuchte sich loszureißen. »Ich bin nicht so feige wie ihr! Herr Tyrant! Helft mir doch!«

Der Ritter stieß einen wütenden Schrei aus. So tapfer er sich auch wehrte, die Streiche des Herzogs zwangen ihn doch in die Knie. Mit einem Bein schon über dem schaurigen Abgrund, hielt Tyrant du Cœur die Echsenlanze schützend über sein Haupt. Der Statthalter Satans holte aus, um seinem Feind den Todesstoß zu versetzen.

»Nein!« rief Alix flehend. »Tötet ihn nicht!«

»So?« stieß der Herzog zwischen zusammengepreßten Lippen hervor. »Und welchen Preis gedenkt Ihr für sein Leben zu zahlen? Wollt Ihr Euch endlich Satan unterwerfen?«

Alix sank schluchzend zu Boden. »Lieber Gott, laß es nicht geschehen«, betete sie. »Heilige Maria, hilf uns!«

Der Statthalter Satans lächelte höhnisch. Blitzend fuhr seine Absalomklinge durch die Luft. Entsetzt schrie ich auf. Dicht neben dem Ritter schlug das Schwert funkensprühend gegen den steinernen Boden.

»Und Ihr, Dorotheus?« rief der Herzog. »Seid auch Ihr bereit, Euren Bruder für Euren Glauben zu opfern?«

»Ihr könnt uns nicht täuschen, Sklave des Satans!« knirschte der Ritter. »Sie werden nicht um meinetwillen von Gott abfallen. Ich bin mit Alix ebensowenig verwandt wie mit Dorotheus!«

»Seid Ihr so sicher?« rief der Stellvertreter des Teufels mit unverhohlenem Spott. »Ich dachte stets, ihr betrachtet einander alle als Brüder und Schwestern in Christo!« Er lachte aus vollem Hals und hob wieder sein Schwert. Der Schall aus seinem Mund drang wie ein grausiges Geläut der Hölle an mein Ohr. Ich dachte an die letzten Rätsel aus der Weissagung der Sibylle: »Wo Gut und Schlecht Geschwister sind, ist Gut zugleich des Bösen Kind.« Da erleuchtete mich plötzlich eine Eingebung Gottes, und mir erging es wie Saulus, von dem die Apostelgeschichte erzählt: »Da fiel es ihm wie Schuppen von den Augen«. In letzter verzweifelter Gegenwehr riß der Ritter die Lanze empor, ich aber rief: »Wartet, Herr Tyrant! Er ist unser Vater!«

SECTIO XI

Tyrant du Cœur stand wie versteinert. Seine Lippen bewegten sich, doch aus seinem Mund drang kein Laut. Mit zitternden Händen senkte er seine Waffe und sah dem Herzog verwirrt ins Gesicht. »Ihr mein Vater?« stammelte er bestürzt. »Wie ist das möglich?«

Der Statthalter Satans blickte den Ritter aus glühendem Auge durchdringend an.

Dann sprach er mit hallender Stimme:

»Ihr seid mein Sohn und könnt mein Erbe werden. Unterwerft Euch Fürst Satan, unserem Herrn! Dann werdet Ihr nicht nur Achaia, sondern mit mir die Welt beherrschen. Kämpft nicht länger gegen mich, sondern folgt mir! Zusammen kann uns niemand besiegen, und unsere Herrschaft wird ewig währen.«

»Nein!« schrie Tyrant du Cœur in höchster Erregung. »Niemals! Eher sterbe ich!«

»Denkt nicht nur an Euch«, warnte der Herzog. »Haltet Euch auch das Schicksal vor Augen, das Alix und Eure Gefährten erwartet, wenn Ihr Euch Satan noch länger verweigert! Ihr seid ein tapferer Krieger, und ich bin stolz auf Euch und Eure Kraft. Aber den Fürsten der Welt werdet Ihr nie überwinden. Besinnt Euch und kniet vor diesem Altar! Dann werden wir beide wie Gott, und alle Eure Wünsche gehen in Erfüllung.

»Weicht von mir!« rief der Ritter und trat einen Schritt zurück. »Niemals breche ich dem Herrn die Treue, mag geschehen, was will.«

»Narr!« zischte der Herzog unmutig. »Verblendeter Tor! Euer Bruder war klüger als Ihr!« Er starrte mich an, und sein Auge griff wie ein glühender Haken in mein bebendes Herz. »Laßt Euren Storaxstab sprechen und tötet diesen Tölpel, Dorotheus!« befahl er. »Dann gehören Alix und Achaia Euch!«

»Das Haupt! Das Haupt!« rief Tughril von der schwankenden Brücke her, die er noch immer gegen die Übermacht der Pythoniden verteidigte.

»Ihr bemüht Euch vergebens, Herzog«, erwiderte ich. »Ja, ich brach Gott die Treue und gelobte Euch Gehorsam. Darum ist meine Seele unrettbar verloren. Aber solange noch Blut in diesen Adern rollt, will ich das Böse bekämpfen. Gottes Wille geschehe!«

Der Statthalter sah mich verachtungsvoll an. »Einmal Verräter, immer Verräter«, sprach er mit kalter Stimme. »Doppelt wie Eure Untreue soll auch Eure Strafe sein!«

»Was schwatzt Ihr so lange?« schrie Tughril und schlug klirrend mit seiner Lanze um sich. »Holt endlich die Reliquie, damit wir verschwinden können!«

Ungebändigte Gedanken wirbelten durch die Höhle meines Verstandes wie Blätter durch einen herbstlichen Wald. Alle die Zauberbücher, die ich auf Geheiß des Magisters gelesen hatte, erschienen vor meinem geistigen Auge, doch ihre Lehren nutzten mir nichts. Der Geist ist der Vater, die Seele der Sohn. Wenn sie getrennt werden, kämpfen sie so lange gegeneinander, bis sie wieder vereint sind. So schrieb einst Hermes Trismegistos. Wie aber war dieser geheimnisvolle Satz zu verstehen? Gut und Böse fließen aus der gleichen Quelle, denn Gott ist der Schöpfer allen Seins. Der Geist, so sagten die Gnostiker, muß für die Seele sterben. Wie aber konnten wir den Herzog töten, solange jeder Schlag ihn stärkte. Welche Waffe brach diesen Zauber? »Eigenes Elixier«, hatte Belphegor gerufen. »Blut von Blut!«

Tyrant du Cœur sah hilfesuchend zu mir. Ich konnte in seinen Augen lesen, daß er den gleichen Gedanken verfolgte. Dann schien der Ritter plötzlich einen Entschluß gefaßt zu haben. Er packte die Lanze wieder fester und sprang wie ein Raubtier auf seinen Feind zu.

»Nein!« rief ich. »So könnt Ihr ihn nicht besiegen!«

Der Herzog lachte grimmig, trat dem Ritter entgegen und ließ sein Schwert durch die Luft sausen. Zu meiner Überraschung wich Tyrant du Cœur diesmal nicht aus, sondern griff mit der bloßen Hand nach dem scharfen Stahl. Blut sprang aus einer klaffenden Wunde und floß hell am Arm des Ritters hinab. Tyrant du Cœur schleuderte einige Tropfen auf den Herzog, der überrascht zurückwich.

»Jetzt ist es bewiesen, daß Ihr mein Vater seid«, rief der Ritter. »Euer Blut fließt in meinen Adern!«

Der Statthalter Satans hob wieder das Schwert. »Sterbt, wenn Ihr nicht gehorchen wollt!« rief er zornig und schlug mit aller Kraft zu. Das geschliffene Eisen grub sich tief in die rechte Schulter Tyrant du Cœurs. Blut strömte hervor. Und so wie zuvor die Hiebe des Ritters den Gegner gestärkt hatten, schwächten ihn nun seine Wunden. Da endlich erkannte auch ich, was Belphegors Worte bedeuteten: Nur das Opfer des Sohnes konnte die Macht des Vaters brechen. Nur durch die Hingabe des Guten wird das Böse besiegt. Jesus überwand seine Feinde nicht durch Kriegstaten, sondern durch seinen Kreuzestod. Nichts anderes auch konnte der Fluch in der Hagia Sophia bedeuten, in dem es hieß, daß sich das Blut der sieben Frevler selbst rächen solle. Doktor Cäsarius und Bruder Maurus waren tot. Tyrant du Cœur, Alix, Tughril und ich aber konnten das Ziel noch immer erreichen. Wer aber war der siebte in unserem Kreis?

»Tut doch etwas!« rief Alix verzweifelt.

Ich sah sie an. Wieder wogte ein machtvolles Gefühl der Liebe durch meine Brust. Jetzt aber bedrängte mich nicht mehr die sündige Begierde, die schöne Fürstentochter zu besitzen, sondern ich empfand nur noch den Wunsch, sie und die Gefährten zu retten, auch wenn ich dabei das Leben verlor. Floß in meinen Venen nicht das gleiche Blut wie in denen des Ritters? Bei diesem Gedanken überwand ich endlich auch die letzte Schranke meiner Eigensucht und Furcht, sprang zwischen die Kämpfenden und rief dem Ritter zu:

»Haltet ein! Ich bin es nicht wert zu leben, während Ihr sterbt!«

»Aus dem Weg, Dorotheus!« schrie Tyrant du Cœur mit blitzenden Augen. »Das ist meine Sache!« Er stieß mich grob zur Seite und schritt, den Echsenspieß noch immer in den Händen, auf seinen Feind zu.

Der Herzog wich langsam zurück. Als er die Stufen erreichte, stolperte er und wäre fast gestürzt.

»Dorotheus!« rief Tughril hinter mir in höchster Not.

Ich fuhr herum und richtete schnell meinen Storaxstab auf die vordersten Pythoniden. Bläuliche Blitze fegten zwei weitere Echsenmenschen von der Spinnfadenbrücke. Die anderen aber drangen mit unverminderter Angriffslust auf den Türken ein. Es erweckte den Anschein, als ob die Teufelswesen wußten, daß sie ohnehin vergehen mußten, wenn ihr Meister fiel.

Schnell wandte ich mich wieder um. Der Statthalter Satans stand nun mit dem Rücken am Kreuz des reuelosen Schächers. Er riß sich den Helm vom Kopf und schleuderte ihn seinem Feind entgegen. Tyrant du Cœur duckte sich und versuchte wieder, das Absalomschwert zu ergreifen.

Schweiß perlte von der zernarbten Stirn des Herzogs. Er taumelte und lehnte sich keuchend an das silberne Kreuz. Mit jedem Blutstropfen, der aus einer der vielen Wunden Tyrant du Cœurs drang, schien der Statthalter Satans ein Stück seiner Lebenskraft zu verlieren. Als der Ritter dicht vor ihm stand, ließ der Herzog sein silbernes Schwert auf den Altar fallen. Dann faßte er mit letzter Kraft die Spitze der Sägelanze, richtete sie auf das Spottkruzifix an seiner Brust und keuchte: »Das Schicksal entschied gegen mich. So tötet mich denn!«

»Nein!« rief der Ritter schnell und zog seine Waffe zurück. »Mein ist die Rache, spricht der Herr. Wie dürfte ich seiner Vergeltung vorgreifen? Jesus Christus starb auch für Euch. Betet und büßt, so wird vielleicht selbst Euch noch verziehen!«

Der Herzog lachte spöttisch. »Was liegt mir an der Gnade Gottes, da mich der Fürst der Welt beschenkt?« erwiderte er. »Im Leben und im Tode bleibe ich Satan treu!«

Er packte die Sägelanze nun auch mit der Linken und hielt sie an sein Herz.

»Stoßt zu!« befahl er. »Zeigt Euren Haß und beweist Euren Mut, damit ich mich wenigstens nicht zu schämen brauche, einen Feigling gezeugt zu haben!«

»Laßt mich!« schrie Tyrant du Cœur. »Zwingt mich nicht, Euch zu töten, ich bitte Euch! Auch wenn Ihr dem Satan dient, so seid Ihr doch mein Vater!«

»Unterwerft Euch oder tötet mich!« forderte der Herzog mit schrecklicher Stimme. Ein unheimliches Leuchten drang aus seinem blutunterlaufenen Auge, und sein verunstaltetes Gesicht verzerrte sich zu einer Maske teuflischer Bosheit.

Ich sah, daß wir nun weder siegen noch verlieren durften: Wenn wir den Herzog erschlugen, stürzten wir uns selbst in tiefste Schuld. Verschonten wir ihn aber, so mußten wir sterben, ohne das Haupt des Täufers gerettet zu haben.

»Worauf wartet Ihr noch?« brüllte Tughril mit sich überschlagender Stimme. »Merkt Ihr denn nicht, daß dieser Kerl nur Zeit gewinnen will? Stoßt ihn endlich nieder und holt das Johanneshaupt, sonst sind wir alle verloren!«

Der Herzog nickte. »Ihr hört es«, sagte er zu dem Ritter. »Wenn Ihr mir nicht Gehorsam schwören wollt, müßt Ihr sterben. Auch Eure Geliebte, Euer Bruder und Euer treuer Gefährte sind dann dem Tod geweiht!«

Ratlos blickte Tyrant du Cœur zu mir.

Ich überlegte fieberhaft, doch ich fand keinen Ausweg. Da sah ich aus den Augenwinkeln plötzlich einen Schatten zu dem Satansaltar huschen. Als ich den Kopf wandte, erkannte ich Alix. Flink tauchte sie unter dem Arm des Herzogs hindurch, riß das Korundkästchen mit dem Johanneshaupt an sich und sprang behende die Stufen herab.

Der Statthalter Satans stieß einen wütenden Schrei aus und griff wieder zum Schwert. Nun, da ihm die Niederlage seines höllischen Gebieters vor Augen stand, verlor er alle Selbstbeherrschung und schien sich um sein eigenes Schicksal nicht mehr zu scheren. Mit zornigem Gebrüll stürzte er sich auf den Ritter. Überrascht hob Tyrant du Cœur die Lanze und wehrte die ersten Hiebe ab. Dann aber dachte der Ritter daran, daß nur sein Opfer den Sieg über Satan zu sichern vermochte. Er ließ den Teufelsspeer fallen und erwartete hoch aufgerichtet den Todesstreich.

»Tyrant!« rief Alix. Aller Schmerz, den eine Frau zu empfinden vermag, lag in ihrem Schrei. Starr vor Grauen sah ich, wie der Herzog zum letzten Schlag ausholte. Er hob den Arm so weit empor, daß der Stahl seiner Absalomklinge klirrend gegen die Silberverkleidung des Kreuzes schlug. »Der Himmel ist Euch sicher, Sohn!« knirschte er mit furchtbarer Stimme. »Mein Lohn aber wartet im Thronsaal der Hölle auf mich, wo ich zur Rechten Luzifers sitzen werde!« Dann löste sich das schreckliche Schwert aus seiner Hand, und aus seiner Brust wuchs ein seltsamer Stab wie ein Reis aus dem Ast einer Weide.

Ungläubig blinzelte ich, doch meine Augen täuschten sich nicht: Mitten durch den Harnisch des Herzogs bohrte sich ein Spieß und heftete den Statthalter Satans wie mit einem riesigen Nagel an das unheilige Holz. Vom Schaft der seltsamen Waffe ging ein goldenes Leuchten aus.

»Die Longinuslanze!« entfuhr es mir.

Tyrant du Cœur sank erschöpft zu Boden. Die Pythoniden standen wie versteinert. Tughril drehte sich staunend um und starrte mit offenem Mund zum Altar. Alix kniete nieder und begann zu beten. Ich aber erkannte nun endlich, wer der siebente in unserem Kreis war. Denn über die schmale Brücke schritt, die reglosen Echsenmänner achtlos zur Seite stoßend, der alte Ritter mit dem Lilienhelm.

Die Pythoniden sanken bei der Berührung des Fremden wie leblose Puppen zu Boden. Der Uralte stieg über ihre Hüllen hinweg und trat auf die schmale Brücke. Tughril ließ seinen Echsenspieß sinken und wich zurück. Gespannt blickten wir dem Lilienritter entgegen.

Mit schwerem Schritt überquerte der Greis den schwankenden Steg. Seine breite Brust umschloß die rostige Rüstung, von seinen Schultern wallte ein karmesinroter Umhang herab. Ein eiserner Anderthalbhänder hing an seiner Hüfte. Plötzlich mußte ich an die Beschreibung der Kundschafter im 4. Buch Mosis denken, die nach der Rückkehr von ihrer Spähfahrt nach Kanaan den Israeliten angstvoll von den Enakitern erzählten: »Wir kamen uns selbst klein wie Heuschrecken vor.«

Der uralte Ritter schien mehr als hundert Jahre zu zählen. Als er die Plattform betrat, bebte der Boden. Einige der toten Echsenmänner rollten über den Rand des Abgrunds und stürzten in das brodelnde Gewölk. Alix eilte zu Tyrant du Cœur und gab ihm das Korundkästchen. Tughril stellte sich mit der Sägelanze schützend vor mich. Wie der Jüngling, blutete auch der Türke aus vielen Wunden. Und jetzt erst wurde ich gewahr, daß die Gesichter meiner Gefährten mir nicht mehr schwarz wie Schatten erschienen, sondern meine Augen wieder ihre Züge zu unterscheiden vermochten.

Der Lilienritter blieb einen Schritt vor uns stehen und sah uns nachdenklich an. Unter den buschigen Brauen blickten blaßblaue Augen voll Güte, und in seinem eisgrauen Bart lächelten Lippen freundlich und traurig zugleich. Dann sprach er mit seiner tiefen Stimme:

»Ihr seid nun fast an das Ende Eurer Reise gelangt und habt für Gott den herrlichsten Sieg erstritten. Die Lanze des Longinus fällte den Herzog; sie flog aus meiner Hand. Ihr aber wart es, die Satans Zauber durchbrachen, der den Verbrecher bisher vor meiner Rache schützte. Darum gebührt Euch der höchste Preis. Denn so wie der Herr die Treue seines Dieners Abraham prüfte, ohne ihm seinen Sohn Isaac wirklich zu nehmen, so erprobte der Herr auch Euren Gehorsam und wünschte doch nicht Tyrants Tod.«

Atemlos lauschten wir. Ein heiliger Glanz senkte sich vom hohen Himmel herab und hüllte uns ein. Der Uralte fuhr fort:

»Noch aber ist nicht alles erfüllt, was Gott uns gebot. Ein Rest bleibt noch zu tun, und Ihr sollt nicht säumen. Doch ehe Ihr aufbrecht, will ich Euch auch die letzten Geheimnisse Eures Schicksals enthüllen.«

Der Fremde sah erst Tyrant du Cœur, dann mich an und erklärte:

»Ihr hörtet aus des Herzogs Mund, wie nahe Ihr miteinander verwandt seid. Doch in Wirklichkeit seid ihr mehr als nur Brüder: Wie Esau und Jakob, kamt ihr als Zwillinge zur Welt. Esau, so steht es im 1. Buch Mosis, wurde als erster geboren, Jakob aber folgte ihm und hielt die Ferse des Bruders fest. Esau brach Gott die Treue und heiratete zwei heidnische Hethiterinnen. Jakob aber wankte nicht in seiner Ergebenheit vor dem Herrn und ging in die ewige Seligkeit ein. Bei Euch war es umgekehrt: Ihr, Dorotheus, der Ihr der Jüngere seid, habt Gott verraten und Eure Seele dem Teufel geweiht. Ihr aber, Tyrant du Cœur, trotztet allen Angriffen Satans, selbst als er versuchte, in Eurem Herzen frevlerische Begierde zu jener Frau zu entfachen, die Ihr für Eure Schwester halten mußtet. Ihr habt der sündigen Verlokkung widerstanden. Aber Ihr wart nicht der erste in Eurer Familie, der einer solchen Anfechtung ausgesetzt war.«

Staunend starrten wir einander an.

Der Uralte erzählte weiter:

»Der Stammvater eures Geschlechts, Rotwolf von Tamarville, hatte zwei Söhne und eine Tochter: Normann erbte die Besitzungen seines Vaters im Artois. Tancred sollte die Lehen der Tamarville in Achaia erhalten. Aber der jüngere Sohn erhob seine lüsternen Augen zu seiner Schwester Blancheflor. So wie einst Davids Sohn Amnon seine arglose Schwester Tamar an sein Krankenlager bat und sie dann darin vergewaltigte, lockte auch Tancred von Tamarville die unschuldige Blancheflor in sein Zimmer und fiel dort über sie her. Nach der Freveltat floh er vor seinem Vater und schwor sich dem Satan zu. Nach vielen weiteren bösen Taten verlieh der Teufel ihm den Titel ›Herzog von Hinnom‹ und setzte ihn als seinen Statthalter ein. Rotwolf von Tamarville aber brachte seine geschändete Tochter in das Kloster Chortaiton bei Thessalonike, das gleiche, in dem viele Jahre zuvor Doktor Cäsarius aufgewachsen war. Niemand sollte von dem Verbrechen erfahren. Einer der Zisterziensermönche stammte aus Detmold in Deutschland. Sein Name war Dankwart.«

»Mein Ziehvater!« entfuhr es mir.

Der Uralte nickte und berichtete weiter:

»Durch Satan erfuhr Tancred, daß seine Schwester schwanger war. Der Fluch aus der Hagia Sophia war Luzifer wohlbekannt. Der Teufel ahnte wohl, daß in Blancheflors Schoß etwas heranwuchs, das seinen

Plänen gefährlich werden konnte. Tancred, sein Statthalter, sollte ihn von dieser Sorge befreien. Der Herzog von Hinnom hätte nicht gezögert, seinem eigenen Nachwuchs im Mutterleib nachzustellen. Aber das ungeborene Leben steht unter Gottes besonderem Schutz. Erst wenn der Mensch das Licht der Welt erblickt und durch seine Geburt mit der Erbsünde Adams befleckt ist, darf sich der Teufel ihm nähern. Als Blancheflor niederkam, eilte Tancred nach Chortaiton. Aber er kam zu spät. Denn Gottes Engel warnte Blancheflor vor dem Verfolger. Gleich nach der Geburt bat sie ihren Beichtvater Dankwart, euch möglichst weit fortzuschaffen und für euch zu sorgen. Sie starb im Wochenbett.«

Tyrant du Cœur blickte mich fassungslos an. Seine Augen schimmerten feucht. Auch ich konnte mich meiner Tränen nicht länger erwehren.

»Kaum zu glauben!« murmelte Tughril heiser. »Niemals hätte ich gedacht, daß Tyrant du Cœur und Dorotheus Zwillinge seien!«

»Wie konntet Ihr auch!« erwiderte der Uralte. »Tyrant du Cœur wuchs in einem normannischen Schloß auf, Dorotheus in einem deutschen Pfarrhaus. Ein Ritter übt sich früh in den Waffen, jagt und zieht in den Krieg. Ein Theologiestudent aber blättert in Büchern. Tyrant du Cœur läßt seine Locken wachsen, Dorotheus schneidet sich die Haare kurz. Tyrant du Cœur trägt seinen Bart kaum gestutzt, Dorotheus aber schert sich fast jeden Tag. Auch Kleidung täuscht, und so gibt es noch viele andere Unterschiede. Nun aber hört weiter: Dankwart machte sich mit den beiden Säuglingen auf den Weg in seine Heimat. Mit einem fränkischen Schiff segelte er um Spanien und die Bretagne bis in die Mündung der Seine. Dort erstand er ein Fuhrwerk und rollte nach Osten. Er wußte, wie gern die Dämonen an der Himmelstür lauschen und daß sie dort aus den Gesprächen der Engel so manches erfahren. Darum befürchtete er, es werde sich vor dem Teufel nicht lange geheimhalten lassen, daß die arme Blancheflor Zwillingen das Leben geschenkt hatte. Um dem Satan die Suche zu erschweren, beschloß er, euch beide zu trennen. Vier Tagesreisen hinter Rouen lagerte Dankwart in einem Kloster. Um Mitternacht erschien ihm die hl. Monica und befahl ihm, an ihrem Reliquienschrein zu beten. In der Düsternis der nächtlichen Kapelle entdeckte er eine vornehme Frau, tief in fromme Andacht versunken. Schluchzend flehte sie um einen Sohn, und Dankwart wurde ungewollt zum Zeugen ihres Herzenskummers. Da erkannte er Gottes Willen. Er legte Euch, Herr Tyrant, in Eurem Weidekorb auf die Stufen und wartete, bis Ihr gefunden wart. Er wußte nicht, daß die beschenkte Frau niemand anders als Eschieve von Tamarville war, die Schwester Eurer unglücklichen Mutter. Euch aber, Dorotheus, nahm der treue Dankwart mit sich nach Detmold.«

»So seid Ihr also meine Cousine!« sprach Tyrant du Cœur erschüttert zu Alix.

»Ja«, bestätigte der Uralte, »und Gott segnet Euren Bund! Ihr, Herr Tyrant, wart der Retter aus der Weissagung der Sibylle. Dorotheus glaubte nur, ein Findelkind zu sein. Denn Domherr Dankwart benötigte ja eine möglichst unverfängliche Erklärung dafür, daß er ein Kind in seinem Haus aufzog.«

Er unterbrach sich und blickte zornig zum Satansaltar. »Viele Jahre lang ließ Euch der Teufel überall auf der Welt von seinen Dienern suchen«, berichtete er weiter. »Aber erst, als göttliche Fügung Euch in der Drachenschlucht zusammenführte, erkannte der Satan die Wahrheit. Seither versuchte er immer wieder, Euch zu entzweien – durch Alix, die Tyrant in Sünde verstricken und Dorotheus mit Haß gegen seinen Bruder erfüllen sollte.«

Der junge Ritter sah seine Geliebte besorgt an. »Hat Dorotheus Euch etwas getan?« fragte er grollend. Oh, wie schämte ich mich! Doch da die Fürstentochter ja nichts von meiner Magie in Katakolon wußte, schüttelte sie den Kopf.

Wieder bebte der Boden. Die sechs Säulen der Sünde begannen zu wanken. Große Steine lösten sich von den Rändern des riesigen Blütenkelchs und polterten krachend in die Tiefe des Trichters.

»Wir müssen uns beeilen«, murmelte der Uralte. »Das Satansschloß wird bald versinken. Hört also, damit Ihr auch wirklich alles versteht und nicht noch in letzter Sekunde einen Fehler begeht: Als Satan sah, daß Tyrant du Cœur die Freveltat seines Vaters nicht wiederholen würde, versuchte er ihm einen anderen Sündenstoff in die Seele zu träufeln: das zersetzende Gift des Hasses. Der Teufel wollte, daß Tyrant du Cœur versuchte, den Herzog von Hinnom zu töten.«

Der Jüngling preßte die Lippen zusammen. »Ich hätte ihn nicht erschlagen können«, sagte er leise. »Nicht, nachdem ich wußte, daß er mein Vater war.«

»Ich verstehe Eure Gefühle«, antwortete der Uralte. »Und Ihr hattet recht, als Ihr sagtet, daß die Rache Gott allein gebührt. Denn den Teufel besiegt man nicht durch Haß oder Rachsucht, sondern durch Liebe und Vergebung. Durch Eure Bereitschaft, Euer Leben und selbst Eure Zukunft mit Alix zu opfern, habt Ihr den Bund zwischen Gott und den Christen noch einmal gerettet. Isaac bot dem Messer in der Hand seines Vaters die Kehle, doch er war noch ein Knabe, und Kinder trennen sich leichter vom Leben als Männer. Ihr aber habt gehandelt wie Hiob, der dem Herrn selbst noch in höchster Seelenqual die Treue hielt. Für Euren Glauben und den Gehorsam gegen Gottes Gebot wart Ihr bereit, alles Glück aufzugeben. Zugleich löste das Blut, das Ihr vergoßt, den Fluch aus der Hagia Sophia. Niemand kann Euch dafür dankbarer sein als ich. Mir aber blieb es am Ende, den Willen Gottes zu erfüllen und sein Urteil mit der heiligen Lanze zu vollstrecken.«

»Woher wißt Ihr das alles!« staunte Tughril. »Wer seid Ihr?«

Eine bestimmte Ahnung drang in meine Gedanken, doch ich wagte nicht, sie auszusprechen. Wieder wankten die Wände des Schlosses. Die Plattform schaukelte so stark, daß wir fast hinabgestürzt wären. Hastig rief der Lilienritter: »Jetzt gibt es Wichtigeres zu besprechen!« Mit großen Schritten lief er zu dem Kreuz des Schächers und zog den Longinusspeer aus der Brust des Herzogs. Dann nahm er den Herrscher von Hinnom auf die Arme und legte den Leichnam auf den unheiligen Opfertisch. Ein Zittern fuhr durch den Leib des Uralten, und seine Augen glänzten feucht. Dann ertönte ein dumpfes Knirschen, und der Satansaltar begann sich langsam zu senken. Tiefer und tiefer glitt er mit all seinen Unheiligtümern hinab. Als letztes verschwand die silberne Spitze des Schächerkreuzes.

Plötzlich ertönte ein ohrenbetäubendes Krachen. Breite Risse klafften in den steinernen Wänden der Giftblüte. Das Licht der Sterne schmolz die grauen Quadern, so wie sich glühende Messer durch faules Fleisch fressen. Der Uralte drückte Tyrant du Cœur die geweihte Waffe in die Hand. »Ihr und Alix sollt das Haupt des Täufers nach Rom zurückbringen«, befahl er. »Laßt Euren Ehebund dort vom Papst heiligen und kehrt nie mehr nach Achaia zurück! Die Lanze, die einst in die Seite des Heilands stach, soll Euch beschützen. Solange Ihr sie führt, wird Euch der Satan fliehen. Nach Eurem Tod aber soll Euer Sohn sie wieder in die Schatzkammer des Vatican zurückbringen.«

Dann drehte sich der Lilienritter zu Tughril und mir und fuhr fort: »Ihr aber werdet den anderen Teil der Aufgabe übernehmen, die jetzt noch zu erfüllen ist: Verbrennt alle Werke der Weißen Magie, die ihr in jenem Fichtenwald zurückgelassen habt. Auch den Storaxstab, den Ihr in Eurem Ärmel versteckt, Dorotheus. Kehrt dann nach Achaia zurück und vernichtet das Salomehaupt!« Er reichte mir das silberne Spottkruzifix von der Brust des Herzogs und fügte hinzu: »Solange die Reliquie des Bösen besteht, werden die Diener des Teufels versuchen, sie an sich zu bringen. Erst wenn sie zu Asche verbrannt und im Wind zerstreut ist, gilt Luzifers Wettstreit gegen Gott endgültig als verloren.«

In diesem Moment zuckte ein Blitz aus dem nächtlichen Himmel und zerschmetterte mit gewaltigem Getöse das silberne Standbild Satans über der Plattform. Seine zerschlagenen Trümmer sausten über uns hinweg in den Abgrund. Auch die sechs Säulen der Sünde stürzten zusammen. Krachend zerbrach der steinerne Kelch des Bösen. Auch aus dem Turm, auf dem wir standen, lösten sich die Steine immer schneller.

»Tughril!« rief Tyrant du Cœur. »Nehmt das Kästchen, bis wir an Land sind – Ihr habt ja Übung darin!«

Der Türke nickte und packte den glühenden Korund mit sicherem Griff. Der Uralte breitete lächelnd die Arme aus. Einen Wimpernschlag später war er verschwunden.

»Ich wußte gleich, daß er kein Mensch ist«, sagte ich zu mir selbst.

Tyrant du Cœur und Alix starrten mich an. Plötzlich gab der Boden unter unseren Füßen nach, und wir stürzten zwischen den berstenden Trümmern des Schlosses in schier unergründliche Tiefen hinab.

Die Nebelinsel war im Meer versunken. Tief unter uns zeigte ein silberner Blitz, wo der Satansaltar in den schäumenden Wogen der See verschwand. Schneller und schneller rasten wir durch die Luft, und der Gedanke kam mir in den Sinn, daß wohl selbst der Höllensturz der Verdammten am Jüngsten Tag kaum mehr Schrecken verursachen konnte als dieser Fall aus wolkenhohem Stand. Wie in einem magischen Spiegel eilten nun noch einmal alle Bilder unserer heiligen Kriegsfahrt an meinem inneren Auge vorüber.

»Doktor Cäsarius!« dachte ich in meinem Herzen. »Wie viele Jahre lang richtete der Prophet Samuel gerecht und gottesfürchtig über die Söhne Israels! Dann aber salbte er Saul zum König. So habt auch Ihr mich zu Eurem Nachfolger erwählt, und wie Saul versagte auch ich. Nach Saul aber herrschte David, und dieser gehorchte dem Willen Gottes, so wie auch Tyrant du Cœur den Plan des Herrn erfüllte. Alles, was wir taten, stand in der Heiligen Schrift. Wir hatten es nur zu lesen. Nun wartet Ihr, Magister, wohl auf die anderen Gerechten unter uns. Gewiß verzeiht Gott auch Bruder Maurus, der seinen

Verrat widerrief und mit dem Leben sühnte. Auch Tyrant du Cœur, Alix und Tughril werden Euch eines Tages im Himmel begegnen. Ich aber werde dann im Höllenfeuer brennen, denn ich habe es nicht anders verdient.«

Der zitternde Spiegel des nächtlichen Meeres, vom Mondschein wie mit geschmolzenem Silber begossen, kam rasch näher. Einen Atemzug später schlug das nasse Element über mir zusammen, und ich tauchte in die Tiefe der See.

Als mir das kalte Wasser in Mund und Nase drang, kam ich wieder zu mir und schlug mit den Armen, bis ich an die Oberfläche gelangte. Ein starker Arm ergriff mich, und ich erkannte Tyrant du Cœur.

»Wo ist Alix?« rief der Ritter und ließ mich sogleich wieder los. »Alix! Wo seid Ihr?«

Ich spürte eine Hand an meinen Füßen, tauchte hinab und zog die Fürstentochter empor. Keuchend rang sie nach Luft. »Ich kann nicht schwimmen!« stieß sie halberstickt hervor.

Tyrant du Cœur eilte herbei. »Haltet die Lanze!« befahl er mir und löste seine Geliebte aus meinen Armen. »Was sollen wir tun?« fragte er. »Ich kann sie viele Stunden über Wasser halten. Doch was geschieht, wenn der Tag anbricht und wir in Vögel verwandelt werden? Könnt Ihr auch Alix verzaubern?«

Im gleichen Moment bebte die See. Eine riesige Woge trug uns hoch empor, und ein schreckliches Brüllen drang an unsere Ohren.

»Der Leviathan!« schrie Tyrant du Cœur. »Schnell, Dorotheus, gebt mir die Lanze zurück!«

»Nein!« rief ich. »Wir dürfen das Geschöpf des Vaters nicht mit der Waffe des Sohnes bekämpfen!«

Ratlos sah mich der Ritter an. Tughril hob das Zedernholzkästchen und sagte: »Vielleicht wirkt dieser Zauber!«

Ein riesiger Kopf hob sich vor uns aus dem zerwühlten Wasser, und voller Grauen erkannte ich das siebte und schrecklichste Haupt des göttlichen Ungeheuers. Der Kranz seiner sieben gewaltigen Hörner bedeckte den Rand des Himmels von Westen nach Osten. Seine sonnenhellen Augen sandten blendendes Licht auf uns herab. Das Maul klaffte weiter als selbst die Wolken des Gewitters, und in seinem hintersten Rachen glühte die feurige Lohe, der Urstoff der Schöpfung. Ich dachte an meinen Storaxstab. Doch hatte nicht selbst der Magister vergeblich versucht, das Ungeheuer mit dem geweihten Holz zu schrecken? Da rief ich den Gefährten zu: »Gottes Wille geschehe! Wehrt Euch nicht und versucht nicht zu fliehen!«

Der Leviathan fauchte, und es klang, als fegte ein Sturmwind über die wogenden Wasser dahin. Dann schloß sich sein scheußlicher Schlund, und einen Herzschlag später war das Ungetüm wieder im Wasser verschwunden. Auf den stürzenden Wellen aber tanzte ein Stück von seinem Panzer, groß genug, uns zu tragen.

Ohne zu zögern schwamm Tyrant du Cœur auf die Schuppe des Seewesens zu, schob seine Geliebte über den Rand und zog sich dann selbst empor. Tughril reichte ihm den Zedernholzkasten und kletterte gewandt auf das seltsame Floß. Dann packten mich die Gefährten an beiden Armen und zerrten mich hinterher.

Als wir schweratmend auf der hornigen Platte lagen, drehte sich das sonderbare Gefährt und schwamm nach Nordwesten davon. Im Osten zeigte sich bald ein heller Streifen am Himmel.

»Die Sonne geht auf«, stellte der Ritter fest. »Reden wir, solange noch Zeit ist, Dorotheus! Erzählt uns nun alles, was Ihr uns bisher verschwiegt! Wir haben wohl ein Recht darauf, zu erfahren, wie Ihr uns verraten habt.«

»Ja«, gab ich zu. »Wie Maurus, so brach auch ich Gott die Treue. Ach, wie leicht erliegt gerade jener Mensch der Tücke des Teufels, der sich dem Satan an Schlauheit ebenbürtig dünkt!«

Dann berichtete ich den Gefährten alles, was ich bis dahin so sorgfältig vor ihnen verheimlicht hatte, und ich schonte mich nicht.

Mit dem Ausdruck größter Verblüffung lauschte Tughril meiner Erzählung von der Nacht mit der Dämonin Obyzuth, die mich in der Gestalt der tunesischen Tänzerin aufgesucht hatte. Als ich danach den Zauber erklärte, mit dem ich Alix in den Burggarten gelockt hatte, packte mich Tyrant du Cœur am Gewand. Einen Moment lang glaubte ich, er werde mich wie eine Ratte ertränken. Darum sagte ich schnell: »Ich weiß, ich habe Strafe verdient. Doch noch ist unsere Aufgabe nicht erfüllt! Wenn ich jetzt sterbe, werdet Ihr Euer Leben lang jeden Morgen in einen Falken verwandelt.«

Der Ritter zog die Hand zurück und sagte grimmig: »Fahrt fort! Ich werde Euch nichts tun. Ihr seid mein Bruder, wenn ich auch wünschte, es wäre nicht so.«

Ich schilderte nun die Ereignisse in dem Ssabiertempel zu Haran und in der Burg des Magiers Kynops unter der Sphinx von Ägypten. Als ich erzählte, wie ich das Kreuz des Erlösers bespie, legte sich ein Ausdruck tiefsten Schmerzes über die Züge des Ritters. »Seid Ihr endlich fertig?« fragte er mit mühsam unterdrücktem Grimm. »Habt Ihr auch nichts vergessen?«

Ach, wie schwer wurde es mir nun, die restliche Wahrheit zu enthüllen! Aber ich wußte, daß meine Beichte vollständig sein mußte. Und so erzählte ich schließlich, wie ich nachts zu Katakolon auf den Kemenatenbau geklettert war und der Dämonin Enepsigos beigewohnt hatte, im Glauben, es sei Alix gewesen.

»Das habt Ihr getan?« knirschte der Ritter in flammendem Zorn und griff nach mir. Ich duckte mich ängstlich. In diesem Moment blitzte der erste Sonnenstrahl über den Rand des Himmels. Ich schrumpfte wieder zu einem Sperling. Tyrant du Cœur aber wuchs zu einem grimmigen Falken. Mit gespreizten Flügeln stürzte er sich auf mich, und sein geöffneter Schnabel hackte nach mir. Dann flatterte ein Schatten zwischen uns, und ich erkannte, daß der Sperber dem Falken entgegenstürzte. Mit schrillen Schreien schlug er nach dem größeren Vogel. Da kam Tyrant du Cœur endlich wieder zur Besinnung. Er fuhr zurück, faltete seine Schwingen und wandte den Kopf ab, um mich nicht mehr anzusehen.

Stunde um Stunde trieben wir über das Meer. Das Bild, das wir boten, wäre einem Betrachter gewiß ebenso unwirklich erschienen wie der Anblick Elijas, als er in einem Wirbelsturm mit einem Wagen und Pferden aus Feuer zum Himmel fuhr. Der Sperber saß wachsam auf einer pfahldicken Borste, die aus der Mitte der Hornplatte ragte. Alix lehnte mit dem Rücken an diesem Mast, ich hockte zu ihren Füßen, der Falke aber thronte auf der Truhe mit dem Johanneshaupt.

So reisten wir in rascher Fahrt nach der Peloponnes, um zu erfüllen, was uns aufgetragen war, und zu beenden, was wir begonnen hatten. Nach all den Überraschungen auf diesem Feldzug gegen das Böse wunderte es mich nicht, daß uns die Strömung nun zum zweiten Mal an jenen Strand spülte, auf dem ich auch nach unserer ersten Begegnung mit dem Leviathan gelandet war. Als der Kies des Gestades unter unserem magischen Fahrzeug knirschte, sank die Sonne ins Meer, und wir erhielten unsere menschlichen Körper zurück. Schnell kletterte ich auf einen Felsen und spähte umher. Das Athanasioskloster hing wie der Horst eines Habichts über hochragenden Felsen.

»Was sucht Ihr?« fragte Tyrant du Cœur besorgt. »Glaubt Ihr, daß Euch der Graue noch immer verfolgt?«

Ich nickte. »Der Assiduus gibt niemals auf«, erklärte ich. »Ich denke, er wußte auch längst, daß wir hierher zurückkehren würden.«

»Aber Ihr sagtet doch, daß Euch die sethianische Verfluchungstafel vor ihm beschützt«, staunte der Ritter.

»Die liegt in unserem Wagen«, erwiderte ich.

»Aber dafür tragt Ihr doch das Spottkruzifix unseres Va... des Herzogs!« meinte der Ritter.

»Jetzt nicht mehr«, entgegnete ich, streifte die Kette von meinem Hals und verbarg den unheiligen Schmuck samt dem Beutel unter einem flachen Stein. Dann zog ich den Storaxstab aus dem Ärmel, richtete ihn auf Tyrant du Cœur und sprach die lösenden Worte vom Siegel Salomos:

»Retragsammaton Clyorab! Mensch bist du, Mensch bleibst du. Abrax!« Dann nannte ich die fünften Worte der fünf Bücher Mosis, und der Zauberbann brach für immer.

Tyrant du Cœur sah zu Boden, rieb sich das Kinn, räusperte sich verlegen und sprach: »Es tut mir leid, daß ich Euch gestern so viele böse Worte gab, Dorotheus. Es war dumm und hoffärtig von mir. Ich hatte es ja doch viel leichter als Ihr und besitze kein Recht, Euch zu verachten. Verzeiht mir!«

»Ich habe Euch nichts zu vergeben«, erwiderte ich. »Nichts von dem, was Ihr sagtet, war falsch, und ich verdiene Schlimmeres als Schimpf und Schande. Ach, wäre ich doch in den Anfechtungen des Teufels so stark geblieben wie Ihr!«

Der Ritter umarmte mich, küßte mich auf die Wange, trat einen Schritt zurück und bat: »Kommt auf meinem treuen Sangroyal nach Hause in unser Artois, wenn Eure letzte Aufgabe erfüllt ist! Ihr sollt dort als mein lieber Bruder in alle Eure Rechte eingesetzt werden. Das ist auch Alix' Wunsch.«

Verblüfft sah ich die Fürstentochter an. Alix nickte mir lächelnd zu, schlang mir die Arme um den Hals, erhob sich auf die Zehenspitzen und berührte mich sanft mit den Lippen. Und so erhielt ich am Ende doch, wonach ich mich so lange vergeblich gesehnt hatte.

Tughril legte mir schwer die Hand auf die Schulter. »Ich kann mir Lustvolleres vorstellen, als Euch zu küssen«, erklärte er. »Doch selbst dazu wäre ich bereit, wenn Ihr nur endlich auch mich von diesem Vogelzauber erlösen wollt.«

Ich schüttelte den Kopf. »Ihr braucht Eure Schwingen noch«, entgegnete ich. »Ein Sperling ist viel zu schwach, um einen Storaxstab durch die Lüfte zu tragen. Kommt aufs Floß! Was wir heute nacht auf dem Wasser fahren, brauchen wir morgen früh nicht zu fliegen!«

»Christen!« brummte der Türke. »Wer sich einmal mit ihnen einläßt, wird sie nie wieder los!«

Tyrant du Cœur und Alix lächelten. »Viel Glück«, sagten sie.

»Euch auch!« versetzte Tughril, stieg hinter mir auf das Floß und stieß es vom Ufer ab.

»Wir warten auf Euch, Dorotheus!« rief mir der Ritter nach und legte den Arm um die Schultern seiner Geliebten. Ich aber wußte, daß ich die beiden nie mehr wiedersehen würde.

Von neuem ergriff eine starke Strömung unser zauberisches Gefährt und trug uns auf hoher Woge nach Osten. Als der Tag graute, tauchte die dampfende Insel Melos vor uns aus dem Meer. Der Sperber packte den Storaxstab mit den Krallen und flog davon. Ich folgte ihm. Am Mittag erreichten wir schon die Westküste Asiens. Trotz der zwei fehlenden Schwungfedern an seinem linken Flügel schwebte Tughril mit großer Kraft und Ausdauer unter dem Himmel dahin. Einige Male stiegen Raubvögel auf, um mich zu verfolgen. Doch wenn der Sperber auf sie herabstieß, drehten sie kreischend ab und ließen uns ziehen.

Die Nacht traf uns bei dem Felsen an, unter dem wir unser Fahrzeug versteckt hatten. Wir landeten eben noch auf dem weichen Waldboden, ehe wir wieder in Menschen verwandelt wurden. Sangroyal begrüßte uns wiehernd. Wir sammelten die Salomoseile und die anderen Schutzzeichen ein. Dann sattelte ich den Schimmel und befestigte das Gefängnis des Dämons mit einem Gurt an Sangroyals Kruppe. Danach füllte ich die Satteltaschen mit Lebensmitteln und packte auch das schwarze Büchlein hinein. Am Schluß legte ich den Beutel mit der Verfluchungstafel an. Tughril schichtete indessen Holz unter unser Gefährt. Wir warfen alle magischen Gegenstände in den Wagen und zündeten den Stapel an. Ein steifer Wind blies in das Feuer. Bald schlugen lodernde Flammen in allen Farben empor. Ich stieg in den Sattel und sagte zu Tughril: »Und nun heraus mit der Sprache: Wo habt Ihr das Zedernholzkästchen versteckt?«

»Beim Athanasioskloster natürlich«, antwortete der Türke verblüfft. »Ich dachte, das hättet Ihr längst erraten! Nach unserem zweiten Schiffbruch eilte ich nach Burg Bellerophon und grub die Truhe aus. Ich ahnte doch damals noch nicht, was sie in Wahrheit enthielt! Dann begann die Magie des Magisters in meinen Gedärmen zu wirken und zog mich mit unwiderstehlicher Macht zur Küste zurück. Unter dem Kloster liegt eine kleine Höhle. Vor ihrem Eingang blüht ein Ginsterstrauch. In dieser Grotte habe ich die Zedernholzkiste versteckt, bevor ich Euch in Eurer Krankenstube aufsuchte. Ich dachte, wir wollten das Salomehaupt gemeinsam vernichten!«

»Das ist meine Sache«, erwiderte ich. Zwei Tote waren genug.

»Eure Fahrt endet hier. Jetzt werde ich uns von dem Zauber befreien. Lebt wohl!« Ich richtete den Storaxstab erst auf mich, dann auf Tughril und rief dabei zweimal: »Retragsammaton Clyorab!« Dann schleuderte ich das geweihte Holz in die prasselnde Glut, stieß Sangroyal die Fersen in die Weichen und sprengte davon.

Ich ritt durch den nächtlichen Wald nach Westen. Nach einer Stunde gelangte ich auf einen schmalen Weg. Von da an kam ich rasch voran. Als es Mitternacht wurde und der Ostersonntag begann, hörte ich hinter mir plötzlich ein Donnern und Dröhnen, als stürzte ein Wasserfall vom höchsten Himmel herab. Ein goldener Schein überstrahlte die Sterne, und fern im Osten erkannte ich die Arche, die mit den Schätzen der Weißen Magie zu Gott entschwebte.

Ich bekreuzigte mich und ritt weiter. Zwölf Tage später kühlte Sangroyal seine Hufe in der Ägäis. In dem alten Hafen Adalia fand ich einen schnellen armenischen Kauffahrer, der mich nach Nauplia übersetzte. Kurz darauf sprang der Schimmel über den nördlichen Arm des Gießbachs und trabte in das Athanasioskloster.

Das letzte Rätsel aus der Weissagung der Sibylle führte mich zum Friedhof: »Der Tote findet keine Ruh', den Lebenden deckt Erde zu«. Unter einem uralten Ölbaum fand ich ein ehernes Kreuz. Auf seiner Spitze steckte der rostige Lilienhelm des Uralten. Die Inschrift darunter lautete: »Requiescat in pace. Rotwolf von Tamarville«.

Ich kniete nieder, betete einen Segen und sagte dann zu dem Toten in dem kühlen Grab: »Der Herr verzieh Euch, Großvater; Ihr durftet helfen, das heilige Haupt zu befreien. Nun werdet Ihr Ruhe finden. Ich aber werde, ehe mich der Staub bedeckt, dafür sorgen, daß Gottes ganzer Wille erfüllt wird.«

Danach stieg ich in die Felsen unter dem Kloster hinab. Nach 200 Schritten erspähte ich den gelben Ginsterstrauch. Die Zedernholztruhe lag in der kleinen Höhle hinter einem weißen Felsen. Ich öffnete die Lade nicht. Denn vor dem Sterben gab es noch viel zu tun.

Ich kehrte in das Kloster zurück und suchte den Prior auf. Ich ließ ihn auf die Bibel ewiges Schweigen schwören und erzählte ihm dann von unserer Jagd nach dem heiligen und dem unheiligen Haupt. Der Abt hörte mir staunend zu und betete viele Male. Zum Schluß befahl ich ihm:

»Nehmt das Behältnis mit Belphegor und mauert es in der Krypta unter Eurer Kapelle ein! Sprecht aber zu niemandem darüber, damit der Teufel Eure Mönche nicht mit der Neugier peinigt! Sonst gräbt einer von ihnen das Kästchen wieder aus und öffnet es, weil er darin einen Goldschatz vermutet. Das Pferd aber laßt nach Katakolon bringen. Die Knappen dort werden wissen, wie sie Sangroyal zu seinem Herrn nach dem Artois schaffen.«

Der Prior nickte. »Und Ihr?« fragte er dann. »Kann ich auch für Euch etwas tun?«

»Beherbergt mich bis Pfingsten«, bat ich. »In der Nacht vor dem Fest wird die Erde beben. Ihr werdet seltsame Zeichen sehen, und wohl auch eine große, graue Gestalt. Was dann auch immer geschehen mag – verlaßt das Kloster nicht, sonst seid Ihr verloren! Am Pfingstsonntag mögt Ihr dann in die Höhle steigen. Wenn Ihr meinen Leichnam findet, so bestattet mich neben dem Grab meines Großvaters. Findet Ihr aber nichts, so lest eine Messe für meine Seele.«

Der Abt führte mich in eine geräumige Kammer. Mönche brachten mir Speise und Trank. Ich nahm ein Messer, schabte alle Buchstaben von den Pergamentseiten des Henochbuches und erfüllte, was Apollonius von Tyana mir aufgetragen hatte.

Am Abend vor dem Pfingstfest beschloß ich meinen Bericht. Ich feierte die Messe und nahm auch teil an der hl. Kommunion. Als mir der Abt die Hostie reichte, schmerzte das Kreuz auf meiner Stirn nicht.

Danach ergriff ich eine Öllampe und lief durch die Dunkelheit zum Strand. Etwas Schweres floß durch die Luft wie Blei auf mich zu. Schnell griff ich unter den Stein und hängte mir auch das Spottkruzifix des Herzogs um den Hals.

Einen Wimpernschlag später trat der Graue hinter einem Felsen hervor. Am Rande des Sturzbachs blieb er stehen und streckte fordernd die Klauen nach mir aus. Der Mond beschien sein schlafendes Gesicht.

»Bald dürft Ihr mich töten«, sagte ich zu ihm.

Der Bote des dunklen Engels gab keine Antwort, aber ein grausames Lächeln spielte um seine schmalen Lippen.

Ich stieg in die Höhle, stellte die Öllampe auf einen Felsen, legte Buch und Schreibzeug zurecht und fügte meiner Erzählung die letzten Zeilen hinzu. Dann holte ich das chaldäische Kästchen und wirkte meinen allerletzten Zauber, mit dem ich verhinderte, daß Pest oder anderes Unheil aus der Lade in die Welt hinausfahren konnte. Nach dieser Beschwörung aus Salomos Testament schob ich das Spottkruzifix des Herzogs mit der Spitze unter den Rand des Deckels und löste auf diese Weise den Zauber der Unbrennbarkeit. Der magische Verschluß gab nach, und ich blickte in das verführerische Gesicht der Tänzerin Salome.

Ich hatte erwartet, das von Verwesung zerstörte Haupt einer Toten zu sehen, doch die Schönheit der sündigen Nabatäerin schien unversehrt. Gold, Silber und Edelsteine in nie gesehener Fülle zierten ihr Totenkissen. Rabenschwarze Locken umhüllten die lilienweiße Stirn und die straffen Wangen. Unter der zierlichen, kindlichen Nase lächelten volle Lippen in der Farbe reifer Granatfrüchte. Dann schlug Salome plötzlich die Augen auf und sprach mit sanfter Stimme zu mir:

»Seht mich an, Dorotheus! Solche Schönheit wollt Ihr für immer auslöschen? Das dürft Ihr nicht! Bin denn nicht auch ich ein Geschöpf des allmächtigen Gottes? Dient nicht auch mein Herr, der Satan, in Wirklichkeit nur dem Höchsten und handelt nach dessen Weltenplan? Welche Schuld meßt Ihr mir bei, daß ich tat, was mir bestimmt war? Was wäre Abel ohne Kain, Moses ohne den Pharao, Jesus ohne Judas? Ihr habt das Haupt des Täufers wiedergewonnen – seid gerecht und gebt nun auch mich dem Satan zurück!«

Und mit lockendem Lächeln fügte die Dämonin hinzu: »Dann werde ich den Fürst der Welt bitten, mir einen neuen Leib zu formen, in dem ich vor Euch tanzen kann. Alle Süßigkeiten der Erde sollt Ihr aus meinen Armen empfangen, und ...«

Schnell klappte ich den Deckel zu. Das Flüstern verstummte. Schweiß perlte von meiner Stirn. Keuchend hielt ich die Öllampe in das Reisig, das ich vor meiner Höhle aufgeschichtet hatte. Als die Flammen hochschlugen, warf ich das Zedernholzkästchen hinein.

Ein schrecklicher Schrei ertönte. Es klang, als ob tausend Teufel kreischten. Zehntausend Funken zerplatzten am Himmel, und ich sah die Schar der Dämonen stürzen. Dann bebte die Erde, und ich wurde zurück in die Höhle geschleudert. Felsen polterten von der Decke herab. Ich riß mir das Spottkruzifix und die sethianische Verfluchungstafel von der Brust. Da öffnete sich der Boden unter mir, und hilflos glitt ich mit losem Geröll in die Tiefe.

Als ich wieder zu mir kam, war die Lampe verloschen. Hoch über mir drang ein heller Lichtschein herein. Mit letzter Anstrengung kletterte ich an den glatten Felsen empor und spähte durch die Lücke. Der alte Eingang der Höhle war verschüttet. Der neue aber lag in einer so steilen Wand, daß ihn höchstens ein Vogel erspähen und erklimmen konnte. Der Abt, das erkannte ich nun, würde ihn niemals finden. Er mußte glauben, der Berg habe mich verschlungen. Das

Bachbett im Tal tief unten aber lag trocken, denn durch das Beben hatten sich die beiden Wildwasser wieder vereint.

Ich rutschte ab und stürzte auf den Boden. Da ahnte ich, was mein Schicksal sein sollte. Ich nahm die Feder und schrieb:

»Heute nacht wird der Graue zu mir herabsteigen. Was dann geschieht, weiß Gott allein. Nur durch die sethianische Verfluchungstafel, die dort unter Lehmklumpen blinkt, könnte ich mich jetzt noch vor dem Assiduus retten. Ich spüre die Versuchung. Diesmal aber werde ich ihr widerstehen.

Der letzte Psalm ist ausgeklungen, der letzte Kelch geleert. Vor meinem inneren Auge erscheint das ernste Gesicht des alten Magisters, dessen Seele nun wohl mit denen der anderen großen Magier auf das Jüngste Gericht wartet. Und durch die Stille der Grotte, die mir als Lebendem zum Grab geworden ist, scheint manchmal die derbe Stimme des Mönchs zu dringen, der das Fegefeuer für seine Sünden schon auf sich nahm, ehe er starb. Tughril sehe ich vor mir, den tapferen Türken, der nun wohl seine Pilgerfahrt nach Mekka beginnt. Liebevoll lächelt mir Tyrant du Cœur zu, dessen Mut und Treue uns den Sieg gewannen. Und auf meinen Lippen spüre ich noch den sanften Druck des Kusses, mit dem mir Alix verzieh.

Ich liebte Alix, so wie ein Mann eine Frau liebt. Für die Gefährten empfand mein Herz wie für Brüder. Jetzt aber erfüllt mich eine ganz andere Art der Zuneigung: Liebe zu Gott und seiner Schöpfung. Und endlich verstehe ich auch den Sinn dessen, was Meister Eckhart lehrt. Jetzt erst ist mein Wille so eins und geeint mit dem Willen Gottes, daß ich mit dem Herrn dasselbe will, auch wenn es meine Verdammnis bedeutet.

Zum Schluß aber möchte ich alle, die diese Schrift nach Gottes Ratschluß eines Tages lesen werden, an jene Worte gemahnen, die der hl. Petrus einst den Christen in der Diaspora schrieb: ›Seid nüchtern und wachsam! Euer Widersacher, der Teufel, geht wie ein brüllender Löwe umher und sucht, wen er verschlingen kann. Leistet ihm Widerstand in der Kraft des Glaubens! Der Gott aller Gnade wird Euch wiederaufrichten, stärken und auf festen Grund stellen. Sein ist die Macht in Ewigkeit. Amen.«

In der Handschrift Ath 2504, dieser mittelalterlichen Aventiure eines Klerikers, begegnet uns eins der seltsamsten Stücke mystischer Literatur. Vieles will dem modernen Leser wie der Ausfluß einer überhitzten Phantasie erscheinen. Der Verfasser selbst räumt zu Beginn ein, daß er manches Erlebnis im nachhinein selbst kaum glauben könne. Doch dem ersten oberflächlichen Eindruck, hier habe ein besonders stark von den abergläubischen Vorstellungen des Mittelalters geprägter Geist ständig die Grenze zwischen Wirklichkeit und Wahn überschritten, widerspricht die absolute historische Genauigkeit des Berichts.

Die Angaben des Dorotheus von Detmold über die Päpste, Fürsten und wichtigsten Ereignisse seiner Zeit finden in zahlreichen anderen Quellen, über deren Authentizität nicht der geringste Zweifel besteht, ihre Entsprechung. Auch die Bibelzitate, apokryphen Berichte und Angaben über Reliquien halten jeder wissenschaftlichen Nachprüfung stand.

Zu diesem Komplex erscheinen noch einige weiterführende Erläuterungen angebracht.

Der hl. Cölestin V., geboren 1215 zu Isernia in den Abbruzzen, stieg nach einem langen Einsiedlerleben am 5. Juli 1294 auf den Stuhl Petri und dankte schon fünf Monate später, am 13. Dezember, freiwillig ab. Seine letzten Lebensjahre verbrachte er auf dem Schloß Fumone bei Anagni (75 Kilometer östlich von Rom), wo er am 10. Mai 1306 starb.

Sein Nachfolger Bonifaz VIII. (1294–1303), ein zu Anagni geborener Nachkomme katalanischer Einwanderer, wollte das Papsttum auf den höchsten Gipfel seiner Macht führen und behauptete seinen Weltherrschaftsanspruch lange Zeit mit Erfolg gegen die erstarkenden Nationalstaaten. Dante Alighieri (1265–1321) haßte diesen Papst und versetzte ihn im 19. Höllengesang seiner göttlichen Komödie in die Unterwelt zu den kopfunter eingegrabenen Ämterschacherern.

Auch die Namen der lateinischen Ritter bei der Eroberung Konstantinopels und später in Achaia sind, mit Ausnahme der Grafen von Katakolon, durch zeitgenössische Urkunden belegt. Der von Dorotheus vorausgeahnte Untergang der fränkischen Feudalherren vollzog sich bereits am 15. März 1311 in der Schlacht im Copaissee, jenem morastigen Gewässer in Böotien, an dem Dorotheus von Detmold auf seiner Reise nach Bodonitsa vorüberfuhr.

Bei diesem Gefecht stritt die Blüte des fränkischen Adels unter Führung des Herzogs von Athen gegen eine Bande von katalanischen und türkischen Söldnern, die auf eigene Rechnung plündernd durchs Land zogen. Der moorige Grund wurde den schwergepanzerten Franken zum Verhängnis. Ihre Streitrosse sanken ein, und die überraschten Reiter blieben, wie der byzantinische Chronist Nikephoros berichtet, »wie Statuen« auf ihren Pferden sitzen. Sie wurden von ihren Feinden mit leichter Mühe aus den Sätteln gezogen und niedergemacht.

Die wohl anschaulichste Darstellung dieser Ereignisse stammt von dem großen Historiker Ferdinand Gregorovius (1821–1891), aus dessen fundamentalem Werk »Geschichte der Stadt Athen im Mittelalter«, Verlag C. H. Beck, München 1980, wir zitieren: »Der Knäuel von Menschen und Tieren wird von den Wurfgeschossen der Spanier überschüttet; das Löwenbanner der Brienne sinkt; der Herzog stürzt. Panischer Schrecken erfaßt die Reihen des schönsten Heeres, welches das fränkische Hellas jemals gesehen hat. Das Haupt des Herzogs trugen die Spanier im Triumph auf einer Lanze umher. Von den 700 Rittern blieben nur zwei am Leben. Die Sieger teilten unter sich die Schlösser und Güter und selbst die Frauen und Töchter der Erschlagenen. Der Raub der Sabinerinnen fand in Attika und Böotien sein Nachspiel, oder vielmehr die Katalanen wiederholten das Verfahren der Normannen nach der Eroberung Englands, wo die Witwen der bei Hastings gefallenen sächsischen Edlen ihre Person und ihre Güter den Siegern überliefern mußten. Je nach Rang des Söldners wurde ihm ein Weib zugeteilt; mancher erhielt ein solches von so hohem Adel, daß er kaum würdig war, ihm das Handwasser zu reichen.«

Der zeitgenössische Chronist Giovanni Villani aus Florenz beschließt seinen Bericht über diese Katastrophe mit der Feststellung: »So wurden ... jene Wonnen zerstört, in deren Genuß einst die Franken gekommen waren, und diese hatten dort in größerem Wohlstand und Luxus gelebt als in jedem anderen Lande der Welt.«

Die Reliquien Johannes des Täufers befinden sich zum größten Teil noch heute (oder heute wieder?) an den von Dorotheus angegebenen Orten (mehr darüber bei E. Lucius: »Die Anfänge des Heiligenkults in der christlichen Kirche«, Tübingen 1904). Wenn sie damals wirklich geraubt und wieder zurückgebracht wurden, so könnte das nur unter größter Geheimhaltung geschehen sein. Für eine erneute Zerstreuung der wiederaufgefundenen Schädelteile böte sich allenfalls die Erklärung, daß Eifersüchteleien unter den Vorbesitzern den Papst daran hinderten, das Haupt als Einheit zu erhalten, und die Teile daher wieder an ihre vorherigen Aufbewahrungsorte zurückgebracht wurden.

Auch die Ssabier haben zu der von Dorotheus beschriebenen Zeit in Haran noch existiert. Sie verschwinden erst in den Mongolenstürmen. Die abstoßenden Gebräuche dieser syrischen Sekte werden von zahlreichen christlichen und arabischen Autoren der Antike und des Mittelalters beschrieben (Theodoretus, Nikephoros, Schahrastani u. v. a. Genaueres bei: D. Chwolsohn: »Ssabier und der Ssabismus«, St. Petersburg 1856).

Für die Dämonennamen, Zaubersprüche und magischen Formeln wurden in der vorliegenden Übersetzung die Schreibweisen nach Magriti »Picatrix oder Das Ziel des Weisen«, London 1962, sowie H. A. Winkler »Siegel und Charaktere der muhammedanischen Zauberei«, Berlin & Leipzig 1930, gewählt.

Über die späteren Schicksale der in dem Bericht aufgeführten Glaubenskämpfer können erst weitere Forschungen Auskunft geben. Tughril scheint mit einem Anführer jener türkischen Söldner identisch zu sein, die am Copaïssee im Bund mit den Katalanen den fränkischen Heerbann vernichteten. Über Doktor Cäsarius und Bruder Maurus existieren keine schriftlichen Zeugnisse. Auch Ort und Geschlecht der Tamarville im Artois sind der Wissenschaft unbekannt.

Hier liegt jedoch die Vermutung nahe, daß der Verfasser den wirklichen Namen durch einen Kunstnamen ersetzte, um die enge Verbindung seiner Protagonisten zu Vorbildern aus der Bibel deutlich zu machen (vgl. 2 Samuel 13: Amnon und Tamar).

Ganz ungeklärt bleibt naturgemäß die Frage nach dem weiteren Schicksal des Verfassers. Die Möglichkeit, daß Dorotheus die Erscheinungen des »Assiduus« und der anderen Dämonen lediglich halluzinierte, soll hier nicht außer acht gelassen werden. Auf der anderen Seite bietet sich für die Entsetzensschreie der beiden Mönche im Athanasioskloster, ihre Flucht aus der Krypta und ihren schließlichen Sturz durch die gelockerte Decke der zu diesem Zeitpunkt längst in Vergessenheit geratenen Höhle am Ostersonntag vergangenen Jahres kaum eine bessere Erklärung als die panischen Schreckens an.

In diesem Zusammenhang gilt mein Dank besonders Seiner Glückseligkeit Chrysostomos III., dem Abt des Athanasiosklosters, der mir eine exakte Schilderung der Ereignisse übermitteln ließ. Von gleich hohem Wert für meine Forschungen zeigten sich auch die detaillierten Untersuchungsberichte des Polizeichefs von Monembasia, Herrn Spyros Katsanikos, über den Tod der beiden Mönche und die in diesem Zusammenhang festgestellten Einbruchsspuren im Schatzkeller unter der Kapelle des Klosters. Eine Untersuchung der dort gefundenen Holzsplitter nach der C-14-Methode ergab das erstaunliche Alter von 5 200 Jahren.

Kurz vor Drucklegung erreichte mich ein Brief von Herrn Prälat Mülheimer, Detmold, der auf eine alte Heimatsage im östlichen Teutoburger Wald hinweist. Nach dieser Legende soll vor langer Zeit plötzlich »wie vom Himmel gefallen« ein »Fremder aus südlichen Landen« in Detmold aufgetaucht sein, den man ob seines Reichtums den »goldenen Griechen« nannte. Er habe einen »großen Schatz« besessen und damit »viele gute Werke« getan. Der Rest seines Goldes soll nach altem Volksglauben noch immer unter der Grotenburg bei Detmold vergraben liegen.

Außerdem teilte Herr Prälat Mülheimer mit, daß 1958 bei Ausschachtungsarbeiten an seiner Kirche ein Grabstein gefunden wurde, aus dessen leider stark beschädigter Inschrift nur noch die Buchstaben »DOROT ... PAX« entziffert werden konnten. Die darunter liegenden Knochen wurden seinerzeit im Gerichtsmedizinischen Institut der Universität Münster untersucht. Es handelte sich um die Überreste eines etwa 70jährigen Mannes, der vor mehr als sechseinhalb Jahrhunderten offenbar eines friedlichen Todes starb. Das Skelett wies eine sehr gut verheilte Bruchstelle am linken Unterschenkel dicht unterhalb des Knies auf. Es handelte sich dabei um die Spur einer Verletzung, die der Unbekannte vermutlich durch einen Sturz offenbar schon in sehr jungen Jahren erlitt.

Der Herausgeber

GLOSSAR

Aischa: Dritte Gemahlin des Propheten Mohammed

Apokryphen: Schriften religiöser Natur, die trotz des von ihnen erhobenen Anspruchs auf Echtheit und Originalität nicht in den Kanon heiliger Texte aufgenommen wurden (griech. »verborgen«, »unecht«)

Armageddon: (Harmageddon) nach der Offenbarung Joh. 16,16 der mythische Ort, an dem die bösen Geister »die Könige der gesamten Erde« für einen großen Krieg versammeln; der letzte Kampf zwischen Gut und Böse

Astrolab: Altes astronomisches Instrument zur lagemäßigen Bestimmung der Gestirne

Buhurt: Mittelalterliches Ritterkampfspiel

Deuteronomium: Das 5. Buch Mose, das in seinem Hauptteil (Kap. 12–27) Gesetze enthält, die auf Moses zurückgeführt werden

Dschinnen: Geister und Dämonen des Islam

Flatus: Furz

Gehenna: nach Ge-Hinnom (Tal des Todes) bei Jerusalem; spätjüdische, neutestamentliche Bezeichnung für Hölle

Gnosis: (Gnostiker); Gotteserkenntnis. In der Schau Gottes erfahrene Welt des Übersinnlichen (hellenistische, jüdische und besonders christliche Versuche der Spätantike, die im Glauben verborgenen Geheimnisse durch philosophische Spekulationen zu erkennen und so zur Erlösung vorzudringen)

Hagia Sophia: Krönungskirche der oströmischen Kaiser in Konstantinopel, erbaut 532–37 unter Kaiser Justinian. Nach 1453 Moschee, seit 1934 Museum

Huris: Jungfrauen im islamischen Paradies

Johanniter: Ältester geistlicher Ritterorden, gegründet in Jerusalem, des Mittelmeerraums. Neben der ursprünglichen Aufgabe der Fürsorge für Pilger und Kranke wuchs ihm bald die Aufgabe des bewaffneten Grenzschutzes zu (1137)

Kaaba: Steinbau in der großen Moschee von Mekka; Hauptheiligtum des Islam

Kabbalistik: mit Buchstaben- und Zahlendeutung arbeitende jüdische Geheimlehre und Mystik vor allem im Mittelalter

Mediävistik: Erforschung des Mittelalters

Palas: Hauptgebäude einer Ritterburg

Palimpsest: Aus Sparsamkeitsgründen (nach Tilgung des ursprünglichen Textes) von neuem beschriebene Handschrift des Altertums und Mittelalters

Peregrinatio: Wanderung und Reise im Ausland

Schallern: mittelalterlicher Helm

Scheitan: Teufel im Islam
Scholastik: Die auf die antike Philosophie gestützte, christliche Dogmen verarbeitende Philosophie und Theologie des Mittelalters (9.–14. Jh.)
Sententiarius: Seit dem 8. Jh. wurden thesenartige Aussprüche aus der Heiligen Schrift von den Kirchenvätern usw. für Lehrzwecke gesammelt. In der Frühscholastik wurden sie systematisch zu Lehrbüchern (Sentenzbüchern) erweitert, deren Verfasser man Sententiarier nannte
Skapulier: Überwurf über Brust und Rücken in der Tracht mancher Mönchsorden
Sure: Kapitel des Korans, der in 114 Suren eingeteilt ist
Tjost: Ritterlicher Zweikampf mit scharfen Waffen
Zisterzienser: Im Jahr 1098 gegründeter benediktinischer Reformorden

Maurice Druon

Auf dem Scheiterhaufen hatte der Großmeister der Templerritter im Jahre 1314 den Papst, den König und das Haus der Kapetinger verflucht. Wie dieser Fluch sich in nur wenigen Jahrzehnten erfüllte, wie Liebe und Ehebruch, Machtgier und Grausamkeit, Verrat und Mord dabei zusammenwirkten, erzählt Maurice Druon in seiner historischen Romanfolge über die Großen und Mächtigen im Frankreich des 14. Jahrhunderts: Die unseligen Könige

Der Fluch aus den Flammen
Band 8145

Der Mord an der Königin
Band 8146

Das Schicksal der Schwachen
Band 8147

Die Macht des Gesetzes
Band 8148

Die Wölfin von Frankreich
Band 8164

Lilie und Löwe
Band 8165

Ein König verliert sein Land
Band 8166

Fischer Taschenbuch Verlag

fi 390/3

fi 1049 / 1

Bibliothek der phantastischen Abenteuer

Eine Auswahl

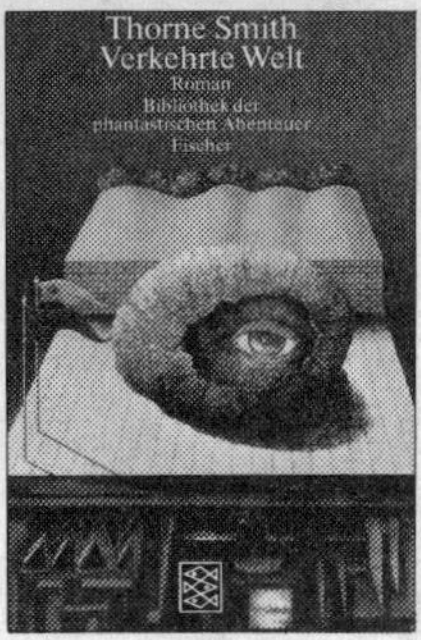

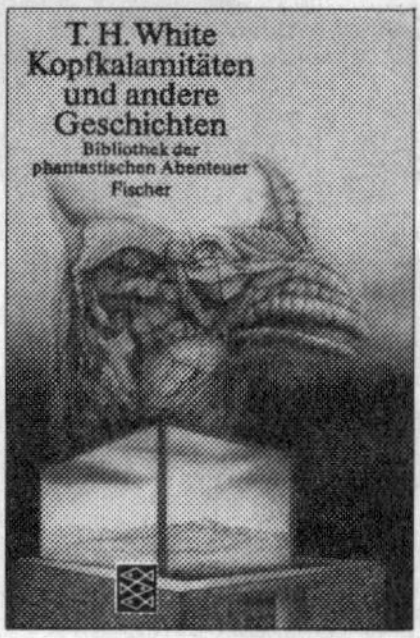

Elizabeth Scarborough

Aman Akbars Harem
Roman. Band 2706

Bronwyns Fluch
Band 2726

Einhornkodex
Band 2725

Die seltsamen Taufgäste
Roman. Band 2734

Zauberlied
Band 2721

Sigfridur Skaldaspillir

Die Hexe von Orkney
Roman. Band 2708

Thorne Smith

Der Jungbrunnen
Band 2729

Das Nachtleben der Götter
Roman. Band 2710

Topper
Roman. Band 2714

Topper geht auf Reisen
Roman. Band 2715

Verkehrte Welt
Roman. Band 2732

Mary Stewart

Wolfswald
Roman. Band 2712

Peter Tremayne

SIE rächt sich
Roman. Band 2733

Frédérick Tristan

Asche und Blitz
Band 2728

T. H. White

Kopfkalamitäten und andere Geschichten
Band 2730

Schloß Malplaquet oder Lilliput im Exil
Roman. Band 2702

Patricia C. Wrede

Schattenzauber
Roman. Band 2716

Marion Zimmer Bradley (Hg.)

Schwertschwester
Magische Geschichten I. Band 2701

Wolfsschwester
Magische Geschichten II Band 2718

Windschwester
Magische Geschichten III Band 2731

Fischer Taschenbuch Verlag

fi 517/1b